国家出版基金项目
NATIONAL PUBLICATION FOUNDATION

国家出版基金项目
“十二五”国家重点图书出版规划项目

中國京劇流派劇目集成

启功题签

《中国京剧流派剧目集成》编委会　编

第 拾柒 集

學苑出版社

图书在版编目（CIP）数据

中国京剧流派剧目集成．第17集 /《中国京剧流派剧目集成》编委会编．—北京 ：学苑出版社，2014.1
ISBN 978-7-5077-4455-2

Ⅰ．①中… Ⅱ．①中… Ⅲ．①京剧－剧本－作品集－中国 Ⅳ．①I232

中国版本图书馆 CIP 数据核字 (2013) 第 304588 号

出 版 人：孟　白
责任编辑：潘占伟
装帧设计：徐道会
出版发行：学苑出版社
社　　址：北京市丰台区南方庄2号院1号楼
邮政编码：100079
网　　址：www.book001.com
电子信箱：xueyuan@public.bta.net.cn
销售电话：010-67675512　67678944　67601101（邮购）
经　　销：新华书店
印 刷 厂：北京信彩瑞禾印刷厂
开本尺寸：889×1194　1/16
印　　张：18.625
字　　数：452千字
版　　次：2014年5月第1版
印　　次：2014年5月第1次印刷
定　　价：260.00元（精装）

序言

◎黄克

京剧向称国粹艺术，内容博大精深，剧目十分丰富，人们常以"汉唐三千宋明八百"形容其浩瀚。其中流派剧目又以演员表演的鲜明个性使剧目显得更为多彩多姿，充满魅力，既被专业人员钻研承继，也为广大戏迷喜闻乐见，遂成为京剧舞台上一大亮点。

流派

举凡表演艺术，原本就无不带有表演者的个人色彩。京剧表演艺术因其唱念做打诸多方面功夫的综合性和繁难性，表演的个性化尤为突出；加以行当的粗分、剧目的雷同，于大致相同的条件下尽显各自的千姿百态、千变万化；一招一式、一腔一韵之中可以体现不同的特色，同样一出戏，甚至同样一个戏中人物也完全可以演出不同的风采，这种充满个性化的表演，遂成为京剧竞技场上最是为人乐道而又情趣无穷的审美内涵。倘若这种富于个性化的表演为受众所认可，且代有传人，形为规范，即可自成一家，成为迥异于他人的艺术流派。以"四大名旦"（梅兰芳、程砚秋、荀慧生、尚小云）为例，虽皆工旦行，却又各有千秋。京剧大师王瑶卿就曾这样分析这四位后起之秀的独到之处："梅兰芳的样儿，程砚秋的唱儿，尚小云的棒儿，荀慧生的浪儿。"所谓"样儿"，指梅的艺术造诣全面，要什么有什么；所谓"唱儿"，指程以行腔之新颖动听为能；所谓"棒儿"，指尚的刀马功底深厚；所谓"浪儿"，指荀的柔媚多姿、风情万种。寸长尺短，一语道破各有专擅的各家流派特点。如此成就固然来自自己的勤学苦练、苦心孤诣，更少不了观众的知音捧场、鼓励有加。因此，一个艺术流派的形成，对于创始人来说，无疑是开拓了审美追求的新境界；对于受众戏迷来讲，则更是得到了多样化审美需求的新满足。梨园行有云：唱戏的是疯子——指其追求的执着，听戏的是傻子——指其享受的痴迷。二者相得益彰、相映成趣，或许正道出京剧流派形成之三昧。

流派剧目

在京剧传承的一二百年间，随着历史的变迁、社会的发展，以及新人辈出、师承转换，荡涤旧物、崇尚新声，传统剧目中的绝大部分早已绝迹于舞台，然而，其精华部分（包括剧目中表现出来的唱念做打等程式体系）还是被完好地保存了下来，并得到长足的发展。其间，流派创始人于剧目的推陈出新做出了不可磨灭的贡献。基于对剧目乃至剧中人物的理解和认识，以及更便于发挥自己技艺特长的需要，流派创始人对浩如烟海的传统剧目进行了严格的筛选，经过了整理加工再创作，使之又焕发出崭新的韵味和光彩；随着这样剧目的增多，最终形成了自己流派所特有的剧目系列。而另外的流派又在另外的剧目系列中发挥着自己的优势，即或剧目相同，不同流派依然可以于演出中表现出自己的独特风格。总之，在其演出的剧目中，无不打上自己表演风格的鲜明烙印。京剧舞台上一度出现的这种百花齐放、争芳斗艳的盛况，实由自丰富多彩的流派剧目，这在京剧发展史上已是不争的事实。

但也应看到，如今京剧流派剧目相对于京剧的鼎盛时期，已是光景不再。个中原因很复杂，就客观因素而言，新兴的艺术形式的多种多样，人们的欣赏习惯和娱乐方式已经有了更广泛的选择余地，因而完全可以去旁骛；此外，就京剧本身而言，演出剧目之贫乏不能不说是观众锐减的重要原因之一。本来演出场所和演出场次就不多，翻来覆去又只是那几出骨子老戏，怎么能吸引观众，特别是年轻观众呢？——连那些老戏迷们也都听腻歪了。

回过头来看，今日演出剧目的贫乏和流派创始人晚年艺术景况也不无关系。他们在艺术的巅峰期——集中在上个世纪二三十年代，创作或改编了一出出新戏，直令观众赏心悦目，目不暇接。当其时，除了富连成科班或游动的散班演出些大路戏外，北京的京剧舞台几乎就是流派剧目的天下。据1932年商务印书馆出版的《五十年来北平戏剧史材》的记载，自民国十二年（1923）至十八年（1929）这六七年间，以梅派剧目为例，只“初演”的剧目——也就是自家独创的新戏或整理改编的传统戏，就有前后本《西施》、《洛神》、《廉锦风》、头二三四本《太真外传》、《俊袭人》、全本《宇宙锋》、《凤还巢》、《春灯谜》等12出戏（其中前后四本《太真外传》这四出戏是在一年多时间里陆续完成的）；同一时间段，马派“初演”的剧目也有《化外奇缘》、全本《玉镯记》、《秋灯泪》、《战宛城》、全本《火牛阵》、《鸿门宴》、全部《临江馆（“馆”应作“关”）》、全部《浣纱溪》、《范仲禹》、全本《清风亭》、头二三四本《大红袍》、全本《天启传》、《许田射鹿》、全本《十道本》等15出戏（其中《大红袍》分头二和三四本两次演出），当然，其中还不包括“初演”以外的经常性的大量的传统戏演出。试问，这些曾经轰动一时的流派创始人编创的新剧目于今又有多少出传承下来了呢？个中主要原因就在于流派创始人到了晚年一些唱做吃重的剧目已难胜任，只有将其已臻于炉火纯青的技艺凝炼到少数剧目之中，或演出或教习也只拘囿于这少数几个剧目了。而其传人也就将这几出戏奉为圭臬，全不知其鼎盛时期的所谓“文武双全”、所谓“昆乱不挡”为何事，致使一些当年的热门戏几近失传，这不能不说是梨园一件憾事。记得梅兰芳先生曾撰文论述学艺过程中的“少、多、少”，大意是初学时会的戏（包括技艺）自然是少的。随着所学剧目的增多，技艺的增长，激发起拓宽其艺术驰骋领域的热情，兼收并蓄，从而极大地丰富了自己。进而又随着审美取向的定型，艺术见识的提高，势必要对自己所学所用下一番去芜存精的工夫，扬长避短，使自己的独特技艺集中在少数几个代表剧目之中。表面看来演出的剧目是少了，但炉火纯青，在艺术创新上却达到了新境界。从少到多，从多而少，贯穿着的是继承与发展的艺术成熟的过程，也闯出了一条攀升艺术高峰的必由之路。后学者以为，学会了几出流派代表剧目便可以薪尽火传，得到了真经，孰不料缺少广博的根基，既影响个人的发展，也造成了剧目越传越少的现实。这难道不是应该汲取的教训吗？

有道是“礼失求诸野”。由于流派剧目的独特韵味及其所富有的艺术魅力，由于京剧作为自娱自乐的审美取向已深入人心，更由于迷恋传统演唱艺术者的大有人在，京剧传统剧目——包括一些已经消失于舞台的流派剧目，至今仍在京剧爱好者中间传唱不息。我们不妨到公园里看一看那一圈圈围着的戏迷，他们来自四面八方，或许彼此并不相识，只凭一把胡琴就将大家凝聚在一起，有滋有味地互相欣赏着一段段流派唱腔。更不用说那遍布全国各地乃至国外华人聚居区的票房，他们还时不时地粉墨登场，过一把戏瘾呢！这种自拉自唱、自娱自乐的红火场面，充分显示了京剧流派剧目的深厚群众基础和顽强的生命力，对于相对落寞的京剧舞台不啻一种发人深省的挑战。然而，这又何尝不是对京剧振兴的潜在的呼唤和有力的支持呢！

流派剧目集成

正鉴于其强大的生命力和深厚的群众基础，“振兴京剧”作为文化建设的国策的提出可谓正得其时。而振兴之务，首要的是挖掘和继承优秀传统剧目，以之作为发展和创新的基础和借鉴。我们编纂《中国京剧流派剧目集成》的初衷正在于此：将流派剧目演出的精彩瞬间记录于永恒，将构成流派剧目的诸多元素一一记录在案。诸如每剧的剧情本事、创始人表演特点的提要，剧中人物行当归属、服装扮相，剧本曲文、唱腔谱、伴奏谱、锣鼓经，以及身段谱等得以再现流派表演风格的内容，都力图完整地记录整理出来，为流派艺术的教学和研究提供文字的基础资料。持此，内行自可作为表演的参考，京剧爱好者也可以作为演习的蓝本。

这一工作，对于京剧剧目的基本建设虽然可谓之善举，但具体做起来却困难多多。首当其冲的就是剧目的选定。京剧剧目虽称汗牛充栋，但保存下来的资料却十分有限。京剧形成初期，以“老生三杰”又称“前三鼎甲”的程长庚、余三胜、张二奎为代表的一代固然没有留下什么音像文字资料；即或以“老生新三杰”又称“后三鼎甲”的谭鑫培、孙菊仙、汪桂芬为代表的一代除了少量的唱片外也没有完整的剧目传下来，所以我们的剧目整理工作只能从民国初年以降的“四大须生”、“四大名旦”开始。他们受熏陶于前辈艺术家，可谓传统的集大成而又能创新的一代，整理剧目以他们为重点自然最合适不过。遗憾的是这些艺术大师大都已经作古，得到他们指点和首肯已不可能，为此，我们只能通过其亲传或再传弟子来进行流派剧目的整理工作。从中我们更深地体会到抢救要及时，当初未能抢救下来现在也不要嫌晚而不为，抢救一点是一点，否则能够保存下来的精华越来越少，越加难向历史向后人交代了。

更难的则是遴选整理者。剧目的全面整理需要全面的人才。我们在组织稿件的过程中却发现这样的人手颇不易得。如果流派创始人或其传人曾在戏校任教，且有较为完整的教案保存下来，今日稍加整理即可选用，自然不是难事。不过这样的情况并不多，大量的剧目尚需要对当年的演出本进行追忆记录，加工整理。曾经受业于流派创始人或其传人的京剧工作者虽然是整理演出本的合适人选，但是他们大都是单位的骨干，忙于演出，忙于剧务，或居于领导职位，很难分出身来。即或肯于应承下一两出戏，也常有如下的情况：能演不能说，能说不能写，能写又不能打谱。因此，完成一个剧目经常需由记录者、整理者和打谱人联袂而行，倘再加上剧目的传授者和提要的撰写人，则非四五人鼎力不可。《中国京剧流派剧目集成》收入二百多出戏，每出戏即使平均两三人参加，也要组织四五百人次。其繁难可以想见，其壮观亦可以想见。当然，这还仅就整理者的数量而言，更为难能可贵的还在于参与者的无私奉献。试想，跟演一出戏或教一出戏相比，以文字整理出一出戏，不仅费时而且费力，无疑是一桩一般人不肯为也不屑为的苦差事，而我们的整理者却能甘之如饴，乐此不疲，没有为京剧事业的传承而不计个人得失的宝贵情操，是难有这种积极性的。不仅如此，随着岁月流逝，整理流派剧日益困难，更需要求助一些老专家，他们或是资深艺员、教师，或是资深票友、戏迷，而今已是硕果仅存的京剧艺术的专家、流派历史的见证人。在他们身上洋溢着一种传承京剧流派的使命感，和对振兴京剧的期待。他们热情地参加到这项工作中来，或亲自动手，为我们整理剧目；或答惑解疑，给我们工作以指导。使我们在受教于他们的同时，油然而生一种深深的敬意。

克服了上述困难，《中国京剧流派剧目集成》终于呈现在读者面前。书中，除了囊括主要流派的主要代表剧目，试图反映京剧鼎盛时期的大致面貌而外，尚有可说道者。

首先是挖掘整理出一批流派剧目，其中不乏已近失传的流派艺术精品。其中共收流派五十余家、剧目二百多出，不仅是从装扮到曲谱俱全，而且半数以上不曾整理出版过，可算是京剧剧目建设的一个不小的工程。下列剧目可为佐证。如王（瑶卿）派名剧《南天门》（今能见到的只剩下王和老谭合拍的剧照）、余（叔岩）派名剧《太平桥》（据说是老谭给余说的开蒙戏）、马派名剧《白蟒台》（写王莽被俘后向旧臣一一乞命事，老生扮演反面人物堪称奇特）、麒派名剧《斩经堂》（其中吴汉的悲剧性格曾引起过热烈争论）、荀派名剧《鱼藻宫》（写吕后残害戚姬事，乃荀派悲剧剧目之一），以及汪（笑侬）派名剧《哭祖庙》、龚（云甫）派名剧《徐母骂曹》、徐（碧云）派名剧《绿珠坠楼》、裘（盛戎）派名剧《打銮驾》等，都是难得一见的流派剧目之珍品。而以“关外唐”名世的唐（韵笙）派名剧经其家人和传人的努力竟整理出其代表作《驱车战将》、《闹朝击犬》、《好鹤失政》、《绝龙岭》、《未央宫斩韩信》、《刀劈三关》等七出之多，堪称流派剧目建设的新收获。除此之外，《中国京剧流派剧目集成》还特别着力于武戏的挖掘整理。较之文戏，武戏更难整理，需要将演员在台上的动作招式一一准确地反映出来，没有深入的钻研领会、亲身体验，很难下笔。众所周知，杨小楼作为一代武生宗师，其“武戏文唱”乃武生的不二法门，也是令人神往的一种表演境界，在武戏剧目整理中理应得到体现。资深票友朱家溍先生得其真传，整理了杨派名剧《麒麟阁》，并详细记述了前后六次观剧的心得，惜乎不及将其用工尺谱记下的昆曲吹腔翻为简谱便溘然而逝了。另一出杨派名剧《镇潭州》则是根据京剧耆儒刘曾复先生的讲授整理出来的，其中杨再兴上场的“蝴蝶霸”、和岳飞对打的“枪架子”，皆独得杨派之秘，给人以再闻《广陵散》般的惊喜。此外，高盛麟的《长坂坡》、《走麦城》，王金璐的《落马湖》、《蚆蜡庙》也都走的杨派的路子，有的就是直接跟杨宗师学的。南派大武生盖叫天武功盖世，他的剧目身后却乏人整理，多亏移居上海的原中国戏校武功教师赵雅枫先生以耄耋之年勉力整出《一箭仇》，也算保存了盖派一脉。还值得一提的是收获了一批武丑戏。叶盛章当年是以武丑戏挂头牌演大轴的第一人，勇于创新，能戏甚伙，现将其创作的名剧《酒丐》、《祥梅寺》、《打瓜园》、《徐良出世》、《三盗九龙杯》、《铜网阵》等七出代表作一并推出，既再现了叶氏当年神勇，也为乏人承继的武丑行当提供一些演习之本。尤为可喜的是我们也挖掘整理出富连成科班总教习、文丑“萧派”创始人萧长华老先生的《选元戎》、《荡湖船》、《变羊记》等已近绝迹舞台的拿手剧目。凡此，整理者挖掘流派剧目的辛勤劳作成果，均为我们编纂“集成”增添了光彩。

为了方便读者翻检使用，本书采取四五出戏合编一册的形式，这样全书约有五十册之多，并拟分三批推出。第一批为老生行的余派，以及号称“南麒、北马、关外唐”的三派，和武丑行的叶（盛章）派，计五家八册。第二批则以旦行“梅、尚、程、荀”为代表，包括老旦、刀马旦等流派。第三批是老生、小生、武生、净、丑等其他流派。

预期一两年内出齐。倘若其中有重要疏漏，又得人整理，亦可考虑编辑出版“集外集”，以满足读者的需求，也使这部“集成”更为名副其实。

当然，《中国京剧流派剧目集成》的编纂，其目的只在提供流派剧目作为研究家和后学者的参考借鉴。而流派、流派，意重在“流”。所谓流，指流行和流变。流派艺术正是在流行、流变中最终形成的，即或在最终形成之后，也还是靠流行、流变而发展的，倘若泥古不化，抱残守缺，就会失掉其鲜活的生命力，艺苑奇葩也会枯萎，这已为京剧发展史所证明。不过，流派艺术发展也需要有个前提，那就是首先要掌握渗透在表演程式唱念做打、手眼身发步中的艺术个性，而流派剧目就是其艺术个性展现的载体。继承流派艺术，不能只满足于模拟外在的“体”，更要在剧目演练中去体味其艺术个性的“魂”，这样才能促使京剧流派艺术从剧目建设到表演个性都得到发扬光大。此乃传承流派剧目的题内之义，自毋庸赘言。

目录

荀慧生

张逸娟 万凤姝 **整理**　　万如泉 **记谱**

金玉奴

荀慧生演出本

荀慧生先生自小看到母亲在旧社会所受到的歧视和凌虐，对男尊女卑就极为不平。故此成名后一向喜欢演出为妇女鸣不平的戏。《金玉奴》原名《鸿鸾禧》。其中有金玉奴为鸿鸾星照命，必与贵人成婚的内容，强调婚姻本天定。戏一开始，还有鸿鸾星君出场，带有浓重的封建迷信色彩。新中国建立后，删去此情节，戏名改为《金玉奴》；也有用《豆汁记》，或《棒打薄情郎》的。戏中原情节是：金玉奴以热豆汁救了冻饿倒于风雪中的书生莫稽，与之结为夫妇，助之赴考。莫稽高中之后，反而嫌弃金玉奴出身微贱，恩将仇报，在携眷赴任途中将其推入江中，又逐走岳父金松。金玉奴为巡抚林润所救，认为义女。林润夫妇为维护一女不嫁二夫，必得从一而终的封建礼教，让她与莫稽破镜重圆。荀先生对此种处理很不满意，每演到“重圆”一场，心情总觉压抑。虽为金玉奴不平，但是多年来一直没敢改动。

为新中国成立十周年准备献礼剧目时，荀先生决心让这出戏以新面貌出现，改结尾的“大团圆”为不团圆。让金玉奴向林润夫妇揭露莫稽的丑恶心灵，诉说如今他肯与自己重入洞房，是想攀附上司，谋求富贵。一旦情况有变，他还会再生恶念。以此打动林润，将莫稽罢职。此次改动于1959年初进行，除改动结尾为不团圆外，对全戏的场面、台词也做了加工。当年6月试演，听取意见。自饰金玉奴；沈曼华、朱斌仙、陈喜兴三位老搭档，分饰莫稽、金松、林润。演出后受到好评。此后荀先生及其传人都据此演出。其他剧种也有仿效这种结局演出的。

我自1959年初随荀先生工作，整理剧本及其表演艺术。第一个接受的任务，便是这出《金玉奴》。由此使我深知荀先生在修改中非常认真，考虑情节、词句时，都是设身处地，把自己当做彼时彼地的剧中人。并且不断加深体会，不断修订。因此定下来的情节、台词都十分贴切、感人。像这出戏最后新增加的、按不团圆结尾的话白和最后的一段唱，简练而极具情感，表达出类似金玉奴这样的妇女的心声。当时是金玉奴不肯遵从林润夫妇的意见，不肯与莫稽重归于好。所以这段【二黄原板】，开头便是“非是女儿不从命”，随之指出莫稽的豺狼本性，再说出将来“一朝贵贱难等论，也不知何年何月他再送儿的残生。”最后以封建社会的男女不平等打动林润夫妇，说出“我若是将他推江死，落得个谋害亲夫。万剐凌迟大大的罪名”。由此得到林润的同情，不再劝她入洞房，且将莫稽治罪。

此次润色唱词，还有个插曲。金玉奴出场后头两句唱，原词是“人生在天地间原有俊丑，富与贵贫和贱听命自由”。荀先生说：“头一句是废话，第二句带有迷信成分”。“也曾有人让我改‘听命自由’为‘何必忧愁’。”我说：“如果把俊丑不从面貌上理解，而从品德上理解，也还说得过去。”人民艺术家老舍先生得知此情，说：“唱词以深入浅出为好，不宜晦涩；头一句还是改改。第二句不改可出笑话，贫穷可以忧愁；富贵还忧愁什么？怕有钱没地方花去？”于是我们把头一句后四个字，改为“唯存忠厚”；第二句全句改为“贫寒人对富贵不可强求”。

周 桓

人物行当

金　松	丑	报录人	丑
金玉奴	旦	船　夫（甲、乙）	杂
莫　稽	小生	二　杆	丑
林　润	老生	书　吏	生
林夫人	老旦	四衙役	杂
八丫环	旦	四军士（红文堂）	杂
家　院	生	中　军	生
四乞丐	丑	车　夫	杂

服装扮相

金　松　丑扮。戴蓝毡帽、黑罗帽、髎五撮、后换员外巾，穿纱褂子、蓝布箭衣、青褶子，大带、青彩裤，白布袜、皂鞋。后换蓝帔、福字履。

金玉奴　俊扮。梳大头、线尾子、水钻头面、甩发，穿裤子袄子、四喜带、饭单、裙子，褶子。“棒打”时，戴红绒花、插挑子，红绣花帔，彩鞋。

莫　稽　俊扮。戴高方巾、穿富贵衣，浅青彩裤，福字履。后换方正纱帽、甩发，换青褶子、红官衣，玉带，厚底。

林　润　俊扮。戴方纱、髎三，穿紫蟒、玉带、苫肩，红彩裤，厚底。

林夫人　俊扮。戴髎发髻、网子、髎鬓发、紫绸条，穿紫色帔，绿裙子、彩裤，白布袜、福字履。

八丫环　俊扮。梳大头、线尾子、抓髻，穿裤子袄子、坎肩，腰巾子，彩鞋。

家　院　俊扮。戴青罗帽、白三，穿黑褶子、大带，青彩裤，厚底。

四乞丐　丑扮。戴青罗帽或豆包、孩儿发，穿青布褶子，青彩裤，黑薄底，或茶衣、大袖、小腰包。

报录人　丑扮。戴皂录帽，穿蓝布箭衣、大带，青彩裤，薄底。

船　夫　俊扮。戴梢子帽，穿蓝布箭衣、卒坎、大带，青彩裤，薄底。

二　杆　丑扮，黑八字。戴蓝毡帽，穿大袖、小腰包，青彩裤，白大袜、皂鞋。

书　吏　俊扮。戴高方巾，穿青褶子，青彩裤，薄底。

四衙役　俊扮。戴秦椒帽，穿青袍，青彩裤，薄底。

四军士　俊扮。戴红大板巾，穿红龙套服，薄底。

中　军　俊扮。戴黑大板巾，穿红开氅，红彩裤，厚底。

车　夫　俊扮。戴梢子帽，穿蓝布箭衣、卒坎，大带、青彩裤，薄底。

道具

桌子	一张	椅子	三把
红帐子	一份	篮子	一只
书	一册	补衣	一件
红盖头	一块	红彩裤	一条
饭碗	一个	茶盅	一个
筷子	一双	杆子	一根
红帖	二张	酒具	一份
银子	一封	手帕	一方
车旗	一付	船桨	二枝
鹿头拐	一根	棒槌	四根
行李卷	一个	木托盘（放褶子、帔等）	一个
素桌围椅披	一扮	红桌围椅披	一份

第 一 场

〔【小锣单上场】

〔莫稽内白：“好冷哪！”

〔【小锣夺头】莫稽双手抱肩从“上场门”上，走至“九龙口”，捂耳看天降大雪，冷不可耐。

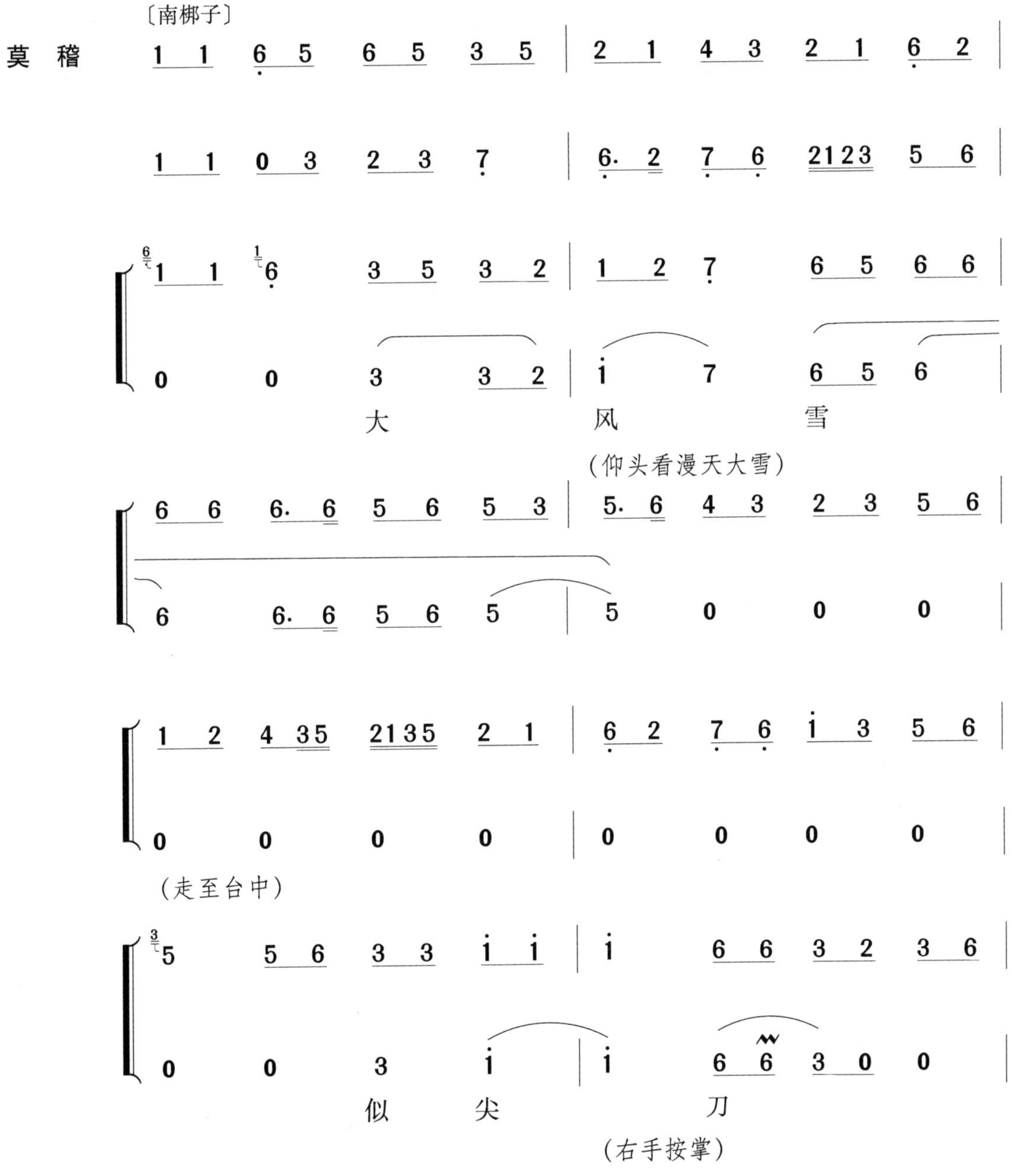

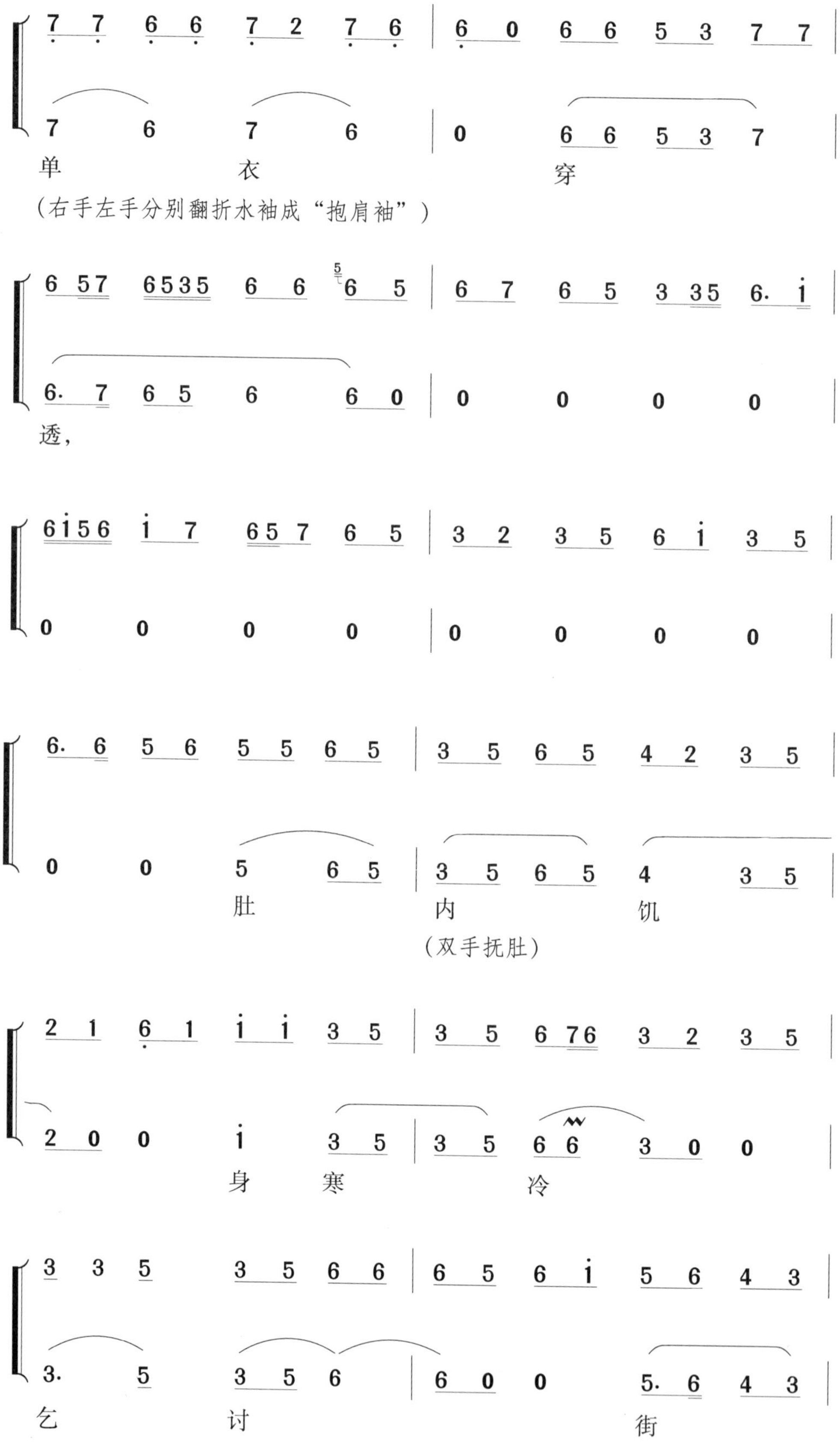
单 衣 穿
（右手左手分别翻折水袖成“抱肩袖”）
透，
肚 内 饥
（双手抚肚）
身 寒 冷
乞 讨 街

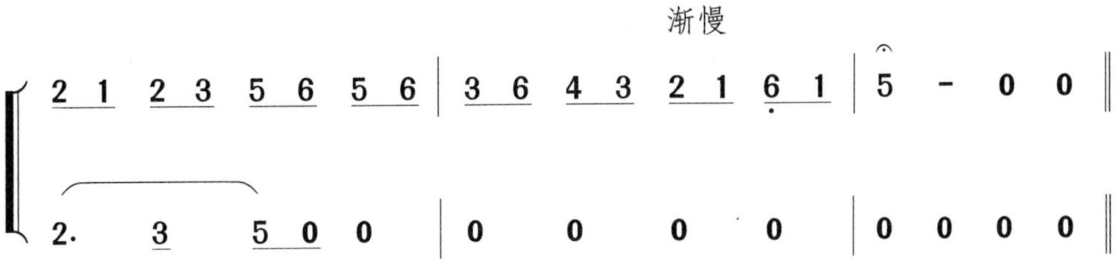

头。

（右手摊掌）

天哪！（台）像这样大雪漫头，寒风刺骨（双手抱肩），饥肠辘辘，哎，眼看就要冻饿而死呀……（拭泪）

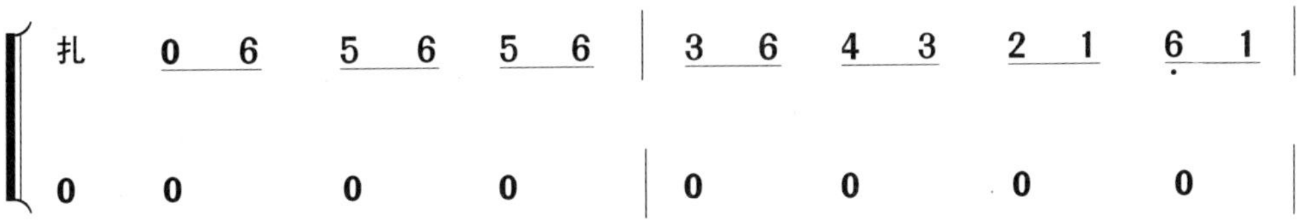

（右手抖袖）

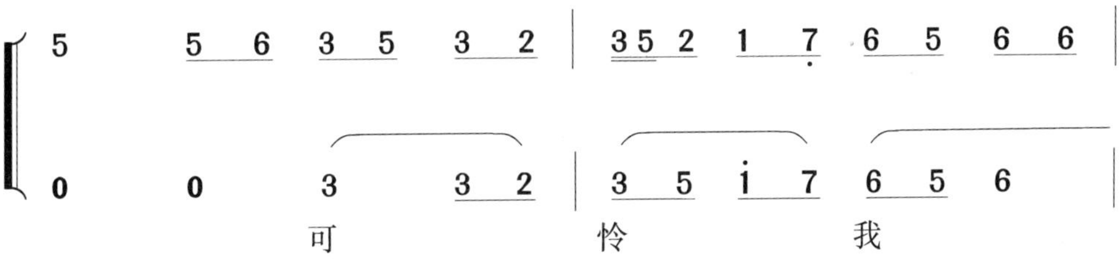

（右手抚胸）

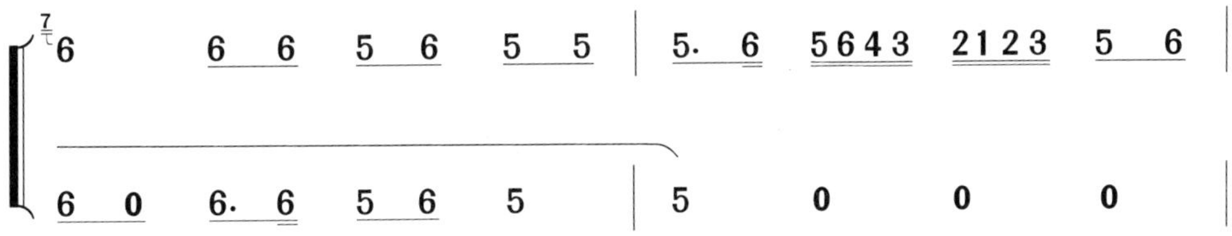

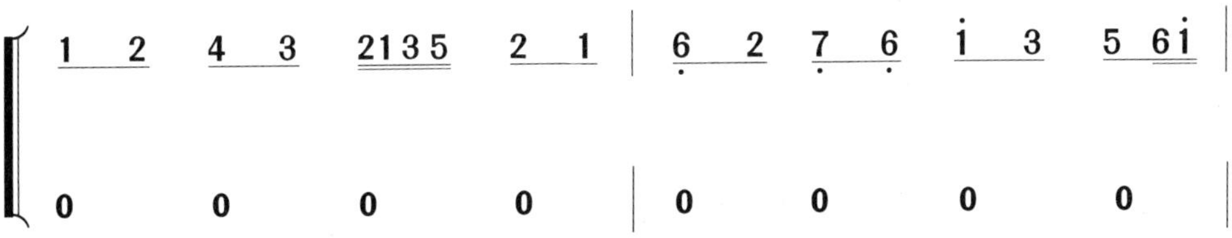

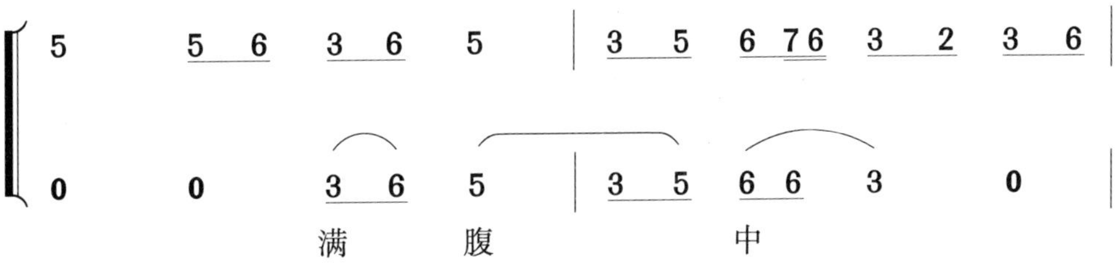

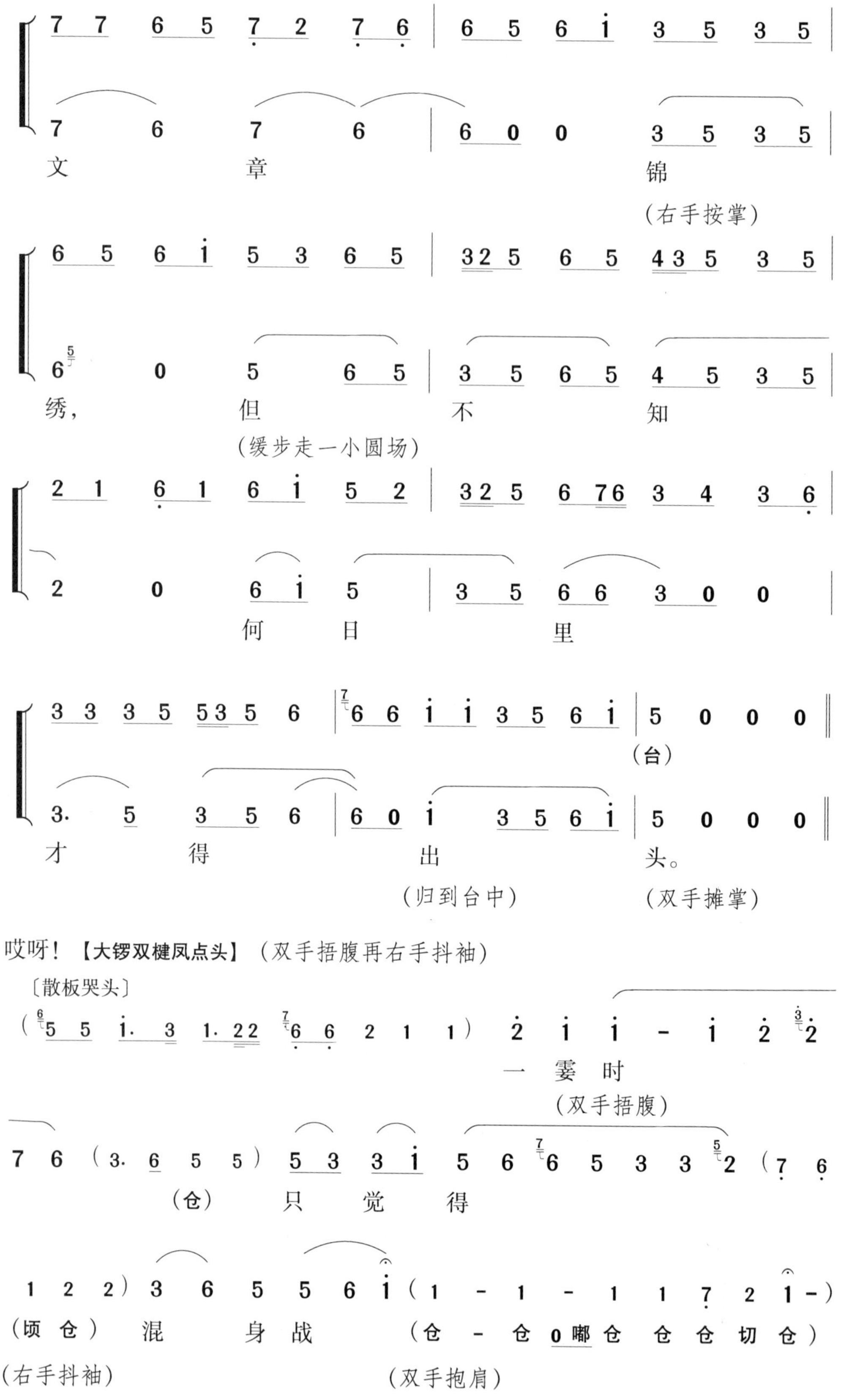
文 章 锦
（右手按掌）
绣，但 不 知
（缓步走一小圆场）
何 日 里
才 得 出 头。
（台）
（归到台中）
（双手摊掌）
哎呀！【大锣双楗凤点头】（双手捂腹再右手抖袖）
〔散板哭头〕
一 霎 时
（双手捂腹）
（仓）只 觉 得
（顷 仓）混 身 战
（仓 － 仓 0嘟 仓 仓 仓 切 仓）
（右手抖袖）
（双手抱肩）

金 玉 奴

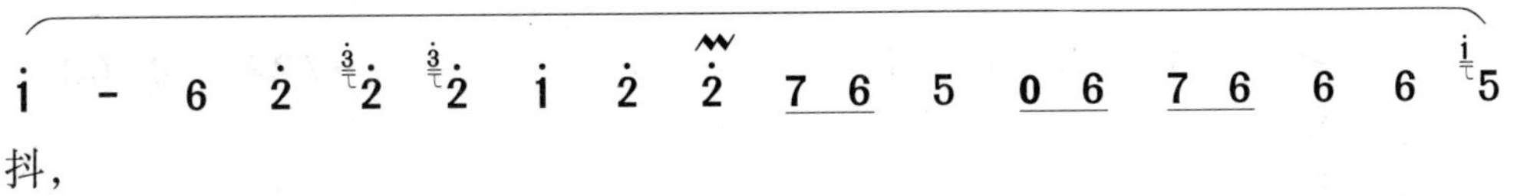

（向左倒两步，向右再倒两步扬袖、捂头。**【大锣扫头】**走一小圆场，饥寒交迫体力不支，卧倒在左台口）

〔**【撤锣】【小锣尾】**

〔金玉奴内白：“啊哈！”

〔**【小锣五击】**金玉奴持手帕从“上场门”上，走至前台口。

金玉奴 （念）青春正二八，（右手食指、中指直伸，其余三指弯曲）

生长在贫家。（双手按掌）

绿窗人寂静，（双手向右前方指）

空负（大乙.）（右手持帕叉腰）貌（右手按掌）如（右手按掌点动）花。

（台）　（台）　（台）

（右手食指指面颊）**【小锣归位】**（左转身归“外场座”）

我，（右手抚胸）金玉奴。爹爹（拱手）金松，乃是本城一个杆儿上的，就是花子头儿（右手指出）。清早起来给人家照看喜事去啦（双手向下按掌），天到这般时候（右手扶鬓看），还不见（双手摆手）他老人家回来。方才听得门外（右手指出）扑通一声（双手向下按掌），也不知道是什么东西（右手摊掌），我不免出门盼望爹爹便了。（右手指出）

〔西皮原板〕

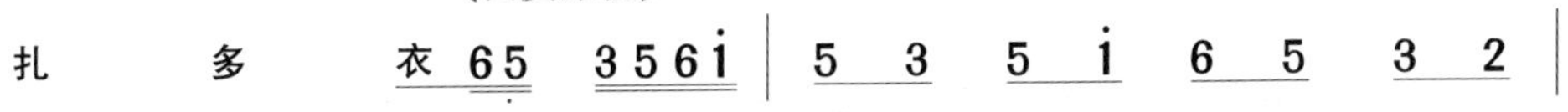

（身站起，右手扶鬓看）

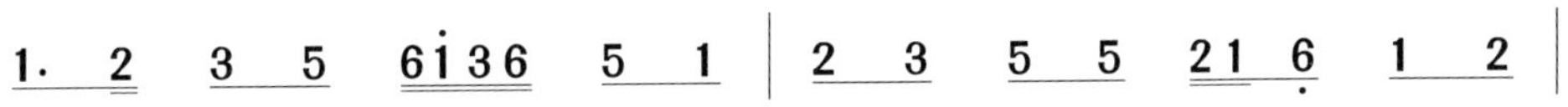

（左手扶鬓）（双手理整衣襟）

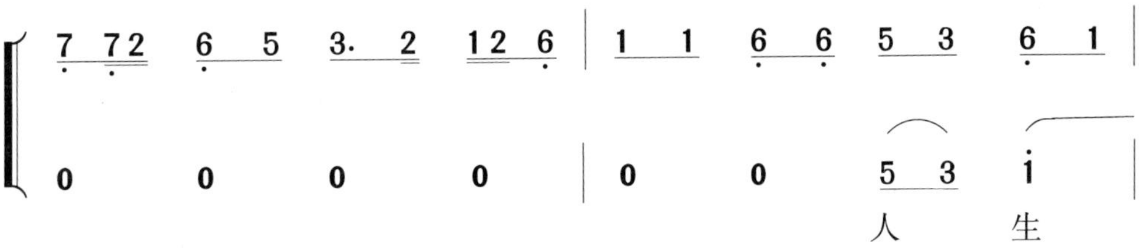

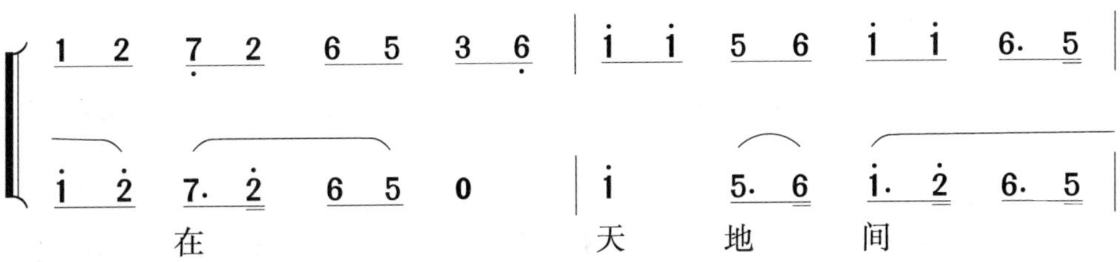

（右手按掌）

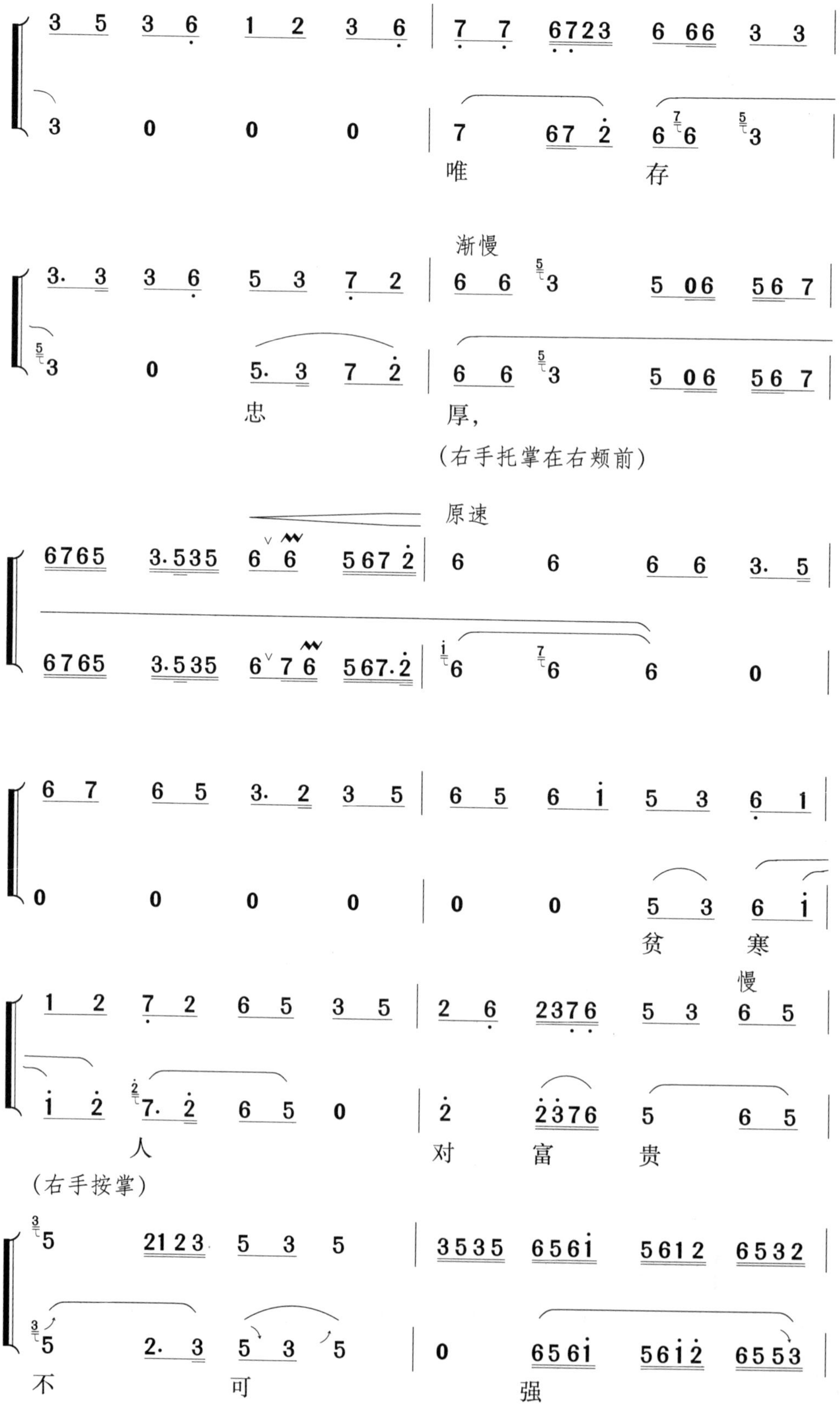
唯 存
渐慢
忠 厚，
（右手托掌在右颊前）
原速
贫 寒
慢
人 对 富 贵
（右手按掌）
不 可 强

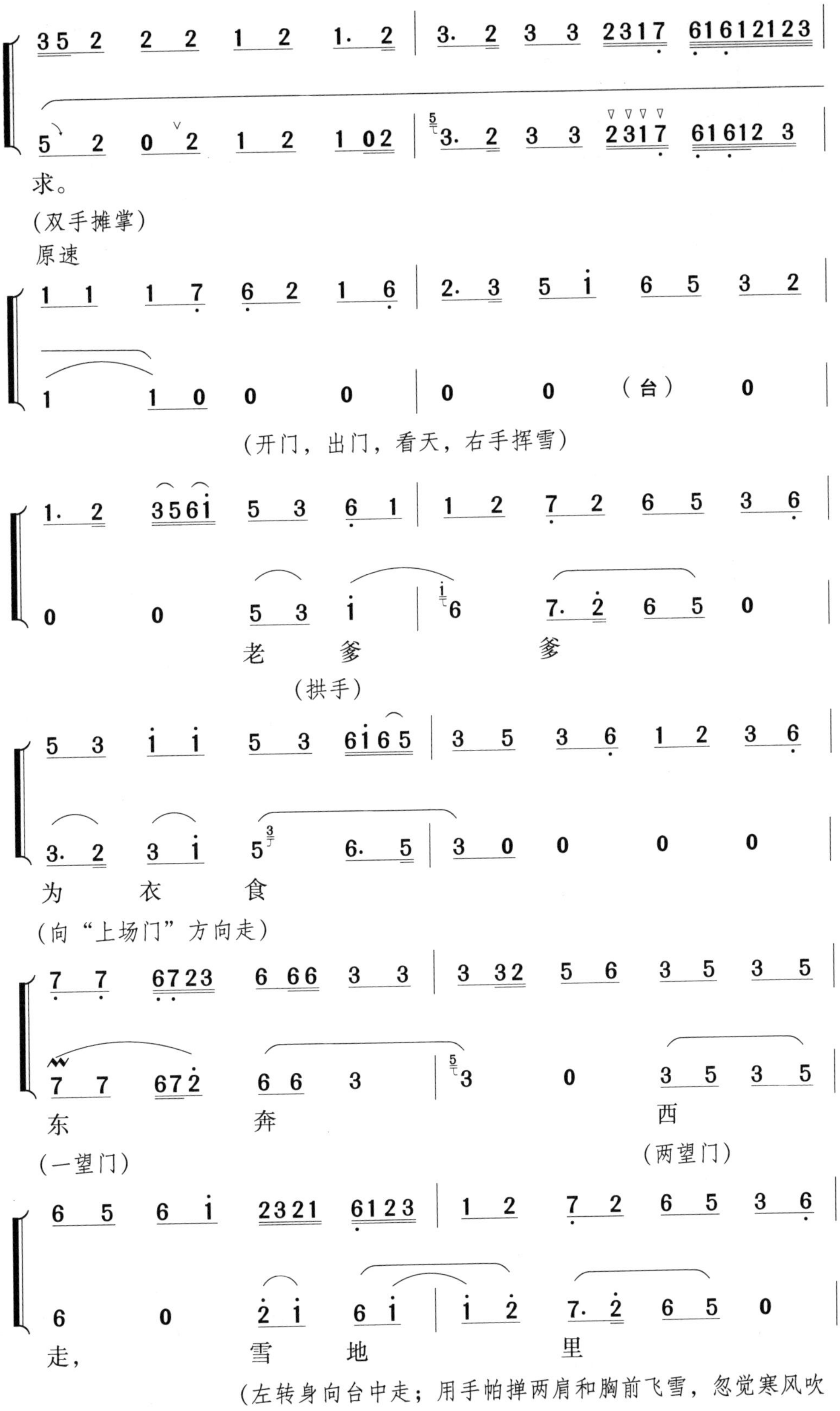
求。
（双手摊掌）
原速
（台）
（开门，出门，看天，右手挥雪）
老 爹 爹
（拱手）
为 衣 食
（向“上场门”方向走）
东 奔 西
（一望门）
（两望门）
走，雪 地 里
（左转身向台中走；用手帕掸两肩和胸前飞雪，忽觉寒风吹

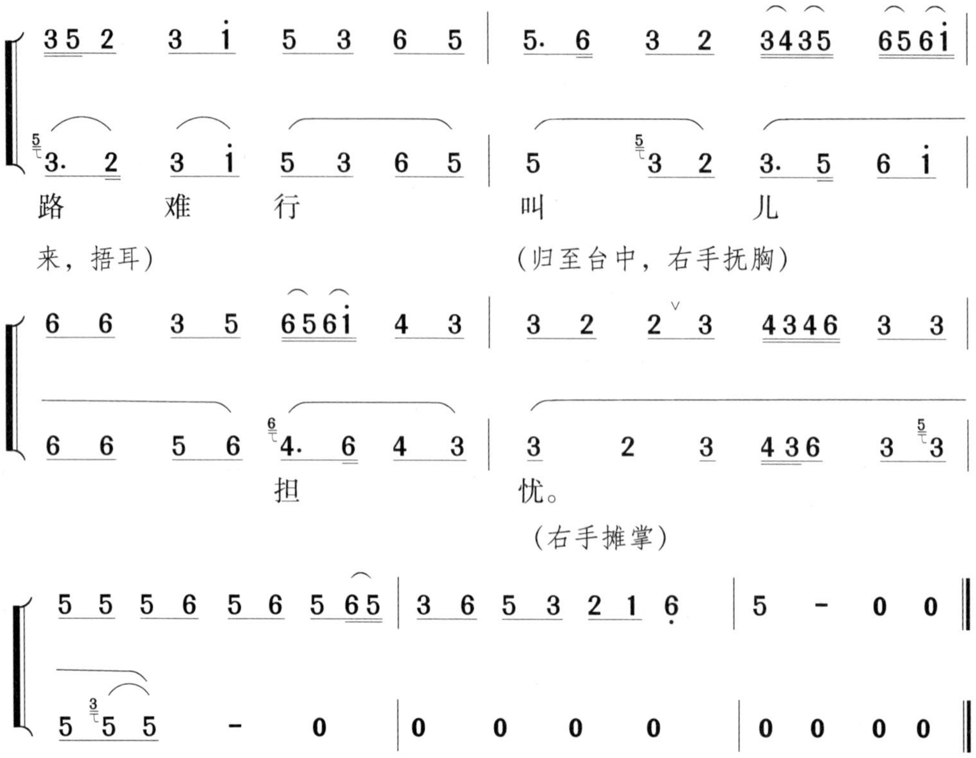

哟！（台）好冷的天哪！（双手抱肩）**【小锣一击】**（看漫天飞雪）好大的雪呀！怎么您老人家还不回来哪？（从台中向左台口走去，忽然发现倒卧在地的莫稽）**【小锣一击】**（左手指莫稽）哟，哪儿来的这么一个倒卧呀！

【小锣一击】（莫稽呻吟，金玉奴扶鬓观看）哟，还有点气儿哪。我说嗨，（右手扬帕）你醒一醒！

〔**【小锣一击】**莫稽苏醒、挣扎坐起。

莫　稽　哦，（看）原来是位小姑娘。

金玉奴　是我呀（右手抚胸），你是做什么的？（右手摊掌）

莫　稽　（无奈地）我乃是饥寒人哪。（低头）

金玉奴　噢，你是个要饭的！（左手指莫）为什么躺在我们家门口哪？

莫　稽　哎，天降大雪（右手指天），身上寒冷，倒有两三餐未曾用饭，故而倒卧你家门首（右手指地），啊……（拭泪）

〔**【小锣一击】**金玉奴扶鬓看莫稽。

金玉奴　唉！（同情地）怪可怜的，你有三天没吃饭啦？（一想）这么着，我们（右手抚胸）家里有的是豆汁（右手按掌），给你一碗充充饥,你看好不好啊？（双手扬掌）

莫　稽　如此，多谢小姑娘。（拱手）

金玉奴　外头风大（一扬右手），你可得到院里头喝去。（左手指莫）

莫　稽　多谢小姑娘。**【小锣一击】**（刚欲站又坐下，两腿无力，莫稽叹气摇摇头）咳！两足疼痛，难以行走。（摆右手）

金玉奴　你走不动啊，难道说我还抱着你……（台）（伸出双手欲拉莫，一想男女有别）

不行吗？（右手甩帕）

莫　稽　如此，我就爬了进去吧。

金玉奴　（点头）对啦！你爬进来吧。（左手指莫）

〖金玉奴进门，莫稽见金玉奴进门，急抬右手欲招呼。（**台匝匝匝……**）莫稽爬进门，归左台口处。

莫　稽　爬进来了。（盘坐在地）

金玉奴　你在这儿等着。（右手指莫**【小锣一击】**看莫稽同情地摇摇头）

〔西皮摇板〕

（7 6 5 55 36 55 32 12 65 55）i i 36
谁 怜

5 7 76 5 6 7 6 6 3 5 6（65 35 65 32
你 饥 寒 人 风 尘 已 久，

12 65 55）3 36 5 5 3 5 6 6（65
穷 人 中 才 真 有

35 6 6）i 5 35 65 6 6 5 - ‖
漂 母 一 流。

你等着！（右手指莫，右转身从“上场门”下）

〖**【小锣凤点头】**莫稽望金玉奴背影，心生感慨地摇摇头。

莫　稽　唉！

〔西皮摇板〕

（过门同前）i 63 5 5 7 6 7 6 6 3 5 6
今 日 里 受 饥 寒 姑 娘 相 救，
（右手指“上场门”方向）

（65 35 65 32 12 65 55）3
也

36 5 65 35 6 i 65 3 3 5 ‖
是 我 命 不 绝 天 赐 糜 粥。
（右手抚胸）（拱手）

〖**【小锣一击】**

〖金松内白：“啊哈！”

〖**【小锣抽头】**金松从“上场门”上，至右台口。

〔西皮摇板〕

金　松　（过门同前）　2 1 2 2 1 2 3 2 1 6 1 2 （3 2 1

每日里吃的是残茶　剩　酒，

（右手按掌）

6 1 2 2） 2 1 2 1 2 3 1 2 6. 2 1 3 2 3

替人家守　门户　倒　也风流。

（双手赞美指摇头晃脑）

2 1 6 1 1 （3 5 2 1 6 2 1） 3 1 2 6 2 1 2

做丐头众　弟

（从右台口向台中

3 2 2 2 1 2 3 5 3 － 2 3 2 1 2 【小锣凤点头】

兄　举我为　首，

走归到右台口走一小圆场）　（看见家门）

（过门同前） 1 3 2 2 2 1 1 2 3 6 5 7 6 5 6 6 1 ‖

回家来坐草　堂　更　赛王　侯。　（仓）

（右手向左指进门）　（右手食指直伸，向下划圈，横迈右步，迈左步，迈右步，看见莫一怔）

嘿嘿嘿！（一扬右手）

莫　稽　（闻声抬头）原来是位老丈。（拱手）

金　松　老账？先甭提老账，咱们先说新账！你是干什么的？（左手指莫）

莫　稽　我乃是饥寒人哪！

金　松　（一摸胡子）噢，饥寒人？是个要饭的。你也不打听打听（左手点指莫），我是干什么的？（右手拍胸）

莫　稽　请问老丈（拱手），你是做什么的？

金　松　我是花子头儿，专管这要饭的。再说你要饭也有要饭的规矩，（右手指莫）不在门口要，你怎么跑到我们的院子里来要啦？这是怎么回事呀？（双手摊掌）

莫　稽　啊，老丈，不是我要进来的。（忙摆手）

金　松　（双手叉腰）不是你要进来的，哪一位拿红白帖儿把尊驾（拱手）您给请来的？

莫　稽　有位小姑娘她叫我进来的呀！（右手右指）

金　松　（一怔）什么？哪儿的这么一位小姑娘啊？

莫　稽　里面那位小姑娘（右手指“上场门”），喏，她叫我进来的。

金　松　嘟！（右手指莫）嘟！（左手指莫）再给你个嘟！（右手指莫）我们姑娘叫你进来的？我揍你（举右拳）！你血口喷人！

莫　稽　啊老丈不要生气，是小姑娘让我进来的。

金　玉　奴

金　松　好，我把她叫来问问（右手向后指），要真是她让你进来的还则罢了，要不是她叫你进来的，我叫你吃不了兜着走（右手点指莫）！

莫　稽　老丈（拱手）你去问哪。

金　松　那是我得问（点头）。玉奴哇、丫头，你给我走出来吧！（右手指“上场门”方向）

〔金玉奴内白：“来了！”

〔**【小锣抽头】**金玉奴左手端碗、右手拿筷从“上场门”上，至右台口。

〔西皮摇板〕

金玉奴　（过门同前）i i 3 6 5 5 7 7 5 6（6 5 3 5 6 6）
听 呼 唤 不 由 人

7 6 6 3 5 6 6（6 5 3 5 6 5 3 2 1 2 6 5 5 5）
双 眉 喜 透，　**【小锣一击】**
金松夹白：“可气死我了。”
（拿筷右手举在右颊前）（向门内看）

i i 3 6 5 6 5 3 5 6 3 3 i 6 5 3 3 5
声 如 吼 怒 不 休 是 何 缘 由。
（用筷指金松）（右手拿筷摊掌式）

（6 5 3 6 5 5 3 2 1 2 6 5 5 5）3 3 6 5 7 7 6
走 向 前 施 一
（进门）（将豆汁放在

〔行弦〕
5 6 7 6 5 3 5 - 6 5 4 3 2 - | 2/4 2161 2 3 |
礼 爹 爹 好 否？
桌上）（拱手）

2161 2 0 | 2161 2 3 | 2161 2 0 | 2161 2 3 |
金松：“这叫什么事！
（金玉奴用帕掸衣，向金松施礼，金松不看玉奴，扭着脸生气的说）

2161 2 0 | 2161 2 3 | 2161 2 0 ‖
可气死我喽！”　（乙 大 乙 台）
（金玉奴右手扶鬓看金松）

〔**【小锣凤点头】**金松猛回身，看站在“小边”的金玉奴，右手点指玉奴。

〔西皮摇板〕

金　松　（过门同前）3　2 1　1　2　2 1　1　2　7 6　7 2　5 6

你　叫　　我　大　杆　　头　　脸　　面　　全

（右手指玉奴又指自己的鼻子）　　（右拳击左掌心变双摊掌）

1　（1 1　6 2　1）‖

丢！　　　　（台）

〔【小锣一击】金玉奴扶鬓看金松。

金玉奴　爹呀，您回来啦！

金　松　啊，我回来啦。我的家我不回来，我又嘚儿回来啦！（看玉奴后，赌气地扭过头）

金玉奴　爹呀，您跟谁生这么大的气呀？

金　松　你要问哪，（站起）我跟你！（指玉奴）我跟你（指玉奴），我简直地就跟嘚儿你！（瞪着玉奴坐下）

金玉奴　您跟我生的什么气呀？难道说女儿我还有什么不好吗？（双手摊掌）

金　松　唉，孩子！自从你妈去世以后，我打这么点拉扯你这么大，（用右手从低比划到高）我可不容易呀！实指望你长大成人，给你嫁夫找主，（右手按掌）怎么我这么会儿不在家，你怎么把个卖零碎绸子的（左手指莫）叫到家里来啦？要是教街坊四邻看见，好说不好听的，再说也观之不雅呀！（双手撒掌）我是你爸爸（用手指鼻子），咳，教我说你什么好呀！（连连抖落双手）

金玉奴　（一笑）我道为了什么，原来就为的是他呀？（右手指莫）

金　松　啊，不为他，还为的是我吗？（指鼻子）

金玉奴　您别生气，（走过去扶金松右肩）您听我慢慢地跟您说。

金　松　说你的吧！

金玉奴　是这么回事，清早起来，您老人家不是给人家照看喜事去啦吗？（右手摊掌）

金　松　那是咱们爷儿们的差事。（右手拍胸）

金玉奴　天到这般时候（右手指天）还不见您老人家回来。（双手摊掌）

金　松　我的事情忙。

金玉奴　是我（右手抚胸）放心不下，去到门口望看您去啦。（双手向右指）

金　松　那是你一点孝心。（右手指玉奴）

金玉奴　没想到，就偏偏遇上他啦。（左手指莫）

金　松　他便怎么样？（右手摊掌）

金玉奴　他躺在咱们家门口（左手指莫），哪有见死不救的呢？（双手摊掌）咱们爷儿俩都是热心肠的人。（右手抚胸）

金　松　管闲事也得问清楚了哇。（一扬右手）

金玉奴　是我问他是干什么的，他说是饥寒人。（左手指莫）

金　松　（点头）哦，要饭的。

金玉奴　他说他倒有两三餐未曾用饭啦。

金　松　他不愿意吃你管他哪。（一甩右手）

金玉奴　我想咱们家有的是现成的豆汁（右手按掌），给他一碗半碗的，叫他充充饥解解饿。常言说的好："救人一命，胜造七级浮屠。"（右手指出）您回得家来，不问青红皂白（右手按掌点动四下），跟我们（右手抚胸）生这么大的气，您至于吗？我说爹呀（拱手），您至于吗！（左手扶金松肩，右手抚金松胸）

金　松　哈哈哈……这么一说，是我错怪你了。（右手指玉奴，同情地对莫说）我说在院里喝多冷啊，你干脆进屋里头喝吧。

金玉奴　（双手拉金松胳膊）爹呀，刚才我叫他进院，您还生气呢，这么一会儿（将金松拉站起来）您又把人家让进屋去了。（示拦）

金　松　咱们爷儿俩不都是热心肠的人吗，我也（右手抚胸）见不得这个。（摆右手对莫）上屋里来吧。

莫　稽　我又登堂入室了。

〔【小锣一击】莫稽双腿跪走进屋，盘坐左台口。

金　松　（对玉奴）我问你豆汁端来了没有？

金玉奴　端来啦。（忙从桌上端起碗看）可是凉啦。

莫　稽　啊，老丈，凉的我也将就了。

金　松　（同情地）真是饿极了。

〔金玉奴将豆汁递与金松，金松把碗递与莫稽，莫稽急喝。

金玉奴　我再给他端点热的去吧。（右手指莫，向金松看）

金　松　你去吧，（点头）真是饿极了。

〔金玉奴从"上场门"下，复端豆汁碗上。将碗递与金松。

金玉奴　热的来了。

〔金松接碗，将热豆汁倒在莫稽碗中。莫稽拿起碗猛喝。

金　松　（叮咛）烫！

莫　稽　哎呀！（张嘴用右手持筷扇舌）

金　松　怎么啦。

莫　稽　（看金松）烫了我的舌头了！（用筷急扇）

金　松　你嘴也太急了。（右手指莫）

〔莫稽顾不得再说话，忙喝碗中的豆汁，待豆汁喝完，犹感腹内不足，将筷子放在口中捋两下，又双手捧碗，舔碗。

莫　稽　啊老丈，无有了？（表示碗内的豆汁）

金　松　无有了。（学莫讲话）

莫　稽　（捧碗）哈哈！（另台）哈哈！（另台）啊哈哈哈……

〔【小锣凤点头】莫向上扔碗，双手接住。

金　松　吃饱了，喝足了，跑这儿打哈哈来了，（一看莫扔碗）哎哟，留神我的碗。（欲向前）

〔西皮摇板〕

莫　稽　（过门同前）　3 2　3 6　5　5　7　7　5　6　$^{\dot{2}}$7　6　6　3　5

一　雯　时　只　觉　得　精　神　抖

（右手在右额前托掌）

6 ⁷6（6 5 3 6 5 5 3 2 1 2）3 3 6 5 5 3 i 6
擞，　　　　　　　　　　　　　　这 才 是 热 心 肠
（右手平抬，左手指金松）

i 5 6 5 3 ⁵3 5（3 5 6 5 3 2 1 2 6 5 5 5）3
侠 义 之 流。　　　　　　　　　　　　　　　走

3 6 5 7 7 6 5 6 7 6 5 3 5 － ³5 ⁷6 －
向 前 施 一 礼 多 谢 搭 救，
（从“大边”向台中走两步深施一礼）

「【小锣一击】金松举手。

金　松　我揍你！

「金玉奴忙从“小边”归到台中，用双手推金松左肩，拦阻。

金玉奴　爹呀，您为什么打人家呀？

金　松　（站小边）刚才他管我叫老丈，这么会子吃饱了喝足了又管我叫大舅，合着净讨我的便宜！（双手一摊）

金玉奴　是吗？我问问他去。（左手指莫，向“大边”走两步）嗨！（右手扬帕）我说你这个人怎么这么不通情理呀！（右手指莫）

莫　稽　怎么不通情理了？（双手摊掌）

金玉奴　怎么吃饱了喝足了，管我爹叫大舅哇？（双手摊掌）

莫　稽　哦哦，不是啊，老丈（拱手）听错了，我说的是“搭救”之救，（右手按掌），不是大舅。（摆右手）

金玉奴　噢，搭救……（回头）爹呀，（转身向金松走去）您听错了。（右手指金松）

金　松　怎么呢？

金玉奴　人家说的是搭救，（右手按掌）不是大舅。（摆双手）

金　松　（想，数手指头）搭救、大舅，大舅、搭救，音同字不同（点头），我（右手抚胸）错怪你啦，你倒是说你的。（一扬右手）

「【小锣一击】莫稽右手抖袖。

〔西皮摇板〕

莫　稽　（过门同前）3 3 6 5 5 3 i 6 i 6 5 3 ⁵3 5
救 我 命 如 再（呀）造 感 德 不 休。
（右手扶胸）　　　　（深施一礼）

（5 5 3 6 5 －）‖

金　松　你吃饱了吧？

莫　稽　（点头）吃饱了。

金　松　喝足了吧？

莫　稽　（点头）喝足了。

金　松　身上暖和了没有？（左手指莫）

莫　稽　身上么（一摸双肩）也暖和了。

金　松　两个字的考语，你给我“请出”。（双手向外一伸）

莫　稽　老丈，你叫我走哇？（右手指鼻）

金　松　啊，我不叫你走，你还叫我走吗？（先右手指莫，再指自己鼻子）

莫　稽　好，我要走了，（施礼）我要走了。

〔【小锣一击】莫稽走至前台口，欲出门，金玉奴见莫走，右手扬帕招呼。

金玉奴　我说嗨，你回来。

莫　稽　（抽足转身）唔，我回来了。

金　松　（向玉奴）人家走的好好的，你叫他回来干什么？（双手摊掌）

金玉奴　我还有话问他哪。（右手指莫）

金　松　好！那你跟他说吧。

金玉奴　我说你吃饱了吗？

莫　稽　吃饱了。

金玉奴　喝足了吗？

莫　稽　喝足了。

金玉奴　你这个人好不通情理，吃饱了喝足了，连一个谢字不答，（右手食指单伸）难道说你就走吗？（右手摊掌）

莫　稽　方才谢过老丈了。（拱手）

金　松　对了，（点头）他谢过我了。（转身归坐）

金玉奴　你谢过您啦（左手指坐着的金松），你再谢谢我（左手抚胸），你看使得使不得呢？（双手指交叉，掌心朝下，从胸窝前向下按）

金　松　姑奶奶挑了眼了（右手右指），你（右指莫）再谢谢我们小姑娘吧！（示意让莫谢玉奴）

莫　稽　如此，多谢小姑娘！（深施一礼）

〔【小锣一击】金玉奴右手抚鬓看莫；后退两步。

〔西皮散板〕

金玉奴　大　大　廿（5 4 5 4 5. 7 6 5 4 6 - 5 -）5 - 6 6. 7
见　此

（左手平抬、右手右指）

6 5 5 3 5 - 5 2 -（大. 大 大 大 衣 大 大 台）
人

（右手扶鬓看莫）

〔西皮摇板〕

（过门同前）3 3 6 5 5 6 6. i 3 5 6. 7 6
眉　宇　间　一　派　清　秀，

（右手在右颊前托掌）

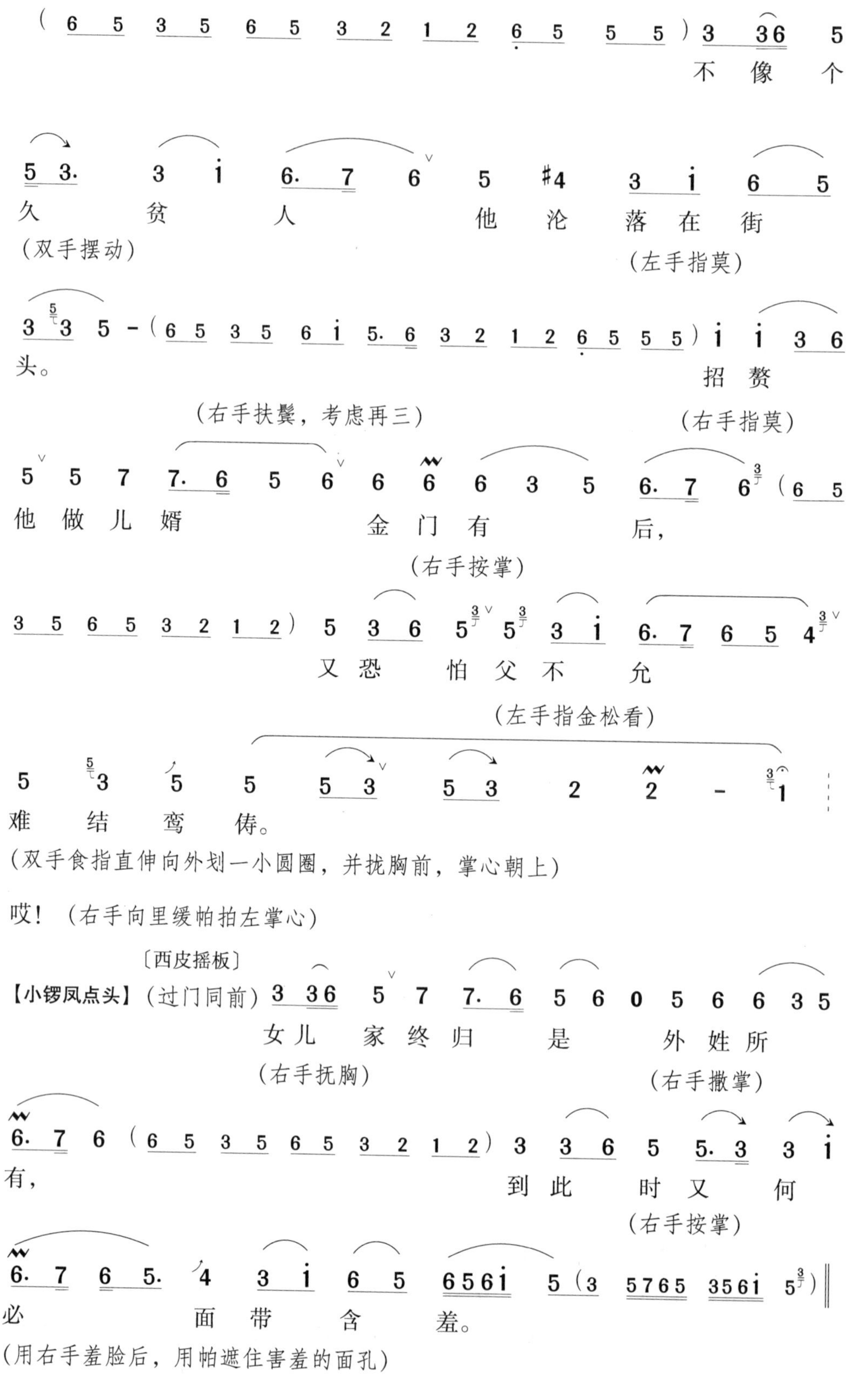
不像个
久贫人他沦落在街
（双手摆动）
（左手指莫）
头。
招赘
（右手扶鬓，考虑再三）
（右手指莫）
他做儿婿金门有后，
（右手按掌）
又恐怕父不允
（左手指金松看）
难结鸾俦。
（双手食指直伸向外划一小圆圈，并拢胸前，掌心朝上）
哎！（右手向里缓帕拍左掌心）
〔西皮摇板〕
【小锣凤点头】（过门同前）
女儿家终归是外姓所
（右手抚胸）
（右手撒掌）
有，到此时又何
（右手按掌）
必面带含羞。
（用右手羞脸后，用帕遮住害羞的面孔）

我说爹呀，您这儿来，（双手拉金松站起来）我看他不像久贫之人（右手指莫），为何落在乞讨之中呢……（左手拉金松右臂示意去问）

金　松　（甩开右臂）管他呢，叫他走得了。（一扬右手）

金玉奴　您去问问去。（又拉金松臂）

金　松　麻烦劲的。（向莫稽）我们姑娘说了，看你不像久贫之人，怎么落在乞讨之中呢？（双手摊掌）

莫　稽　实不瞒老丈（拱手；看金玉奴，又向玉奴拱手）小姑娘——（向前凑近了一步，金松用手一拦）

金　松　你离远着点。

莫　稽　小生乃本城黉门秀才哟。（右手缓一圈指帽）

金　松　（看莫惊讶，双手推玉奴左臂，玉奴往右走两步）姑娘啊，人家还是个秀才哪！（右手指莫）

金玉奴　他是个秀才（右手指莫），可是跟咱们门不当户不对……（双手摆动）

金　松　哎，人家是念书的人（左手指莫），咱们是要饭的，这说不到一块。（摆双手）

金玉奴　要是他这么流落街头，也怪可怜的呀。（用右拳击左掌心）

金　松　你管他可怜不可怜哪。（又同情地向莫稽）你既然是个秀才，（右手指莫）教教书也能吃饭呀（右手做扒饭状），怎么你落在乞讨之中啊？（双手摊掌）

莫　稽　只因父母双亡（拱手），家业凋零，疏亲少友（双手摊掌），又无馆地，只落得乞讨之中。天降大雪（右手指天），倒有两三餐未曾用饭，不是小姑娘搭救（拱手），我命（右手抚胸）休矣……（拭泪）

〔**【小锣一击】**金玉奴同情地拭泪。

金　松　（向玉奴）你哭什么？

金玉奴　爹呀，听他说得怪可怜的，咱们家有的是杂合菜，给他一碗半碗，您看好不好哇？（右手摊掌）

金　松　（摆右手）不行，那杂合菜，我还留着渗酒泥。（右手做酒盅饮介）

金玉奴　瞧您这贫劲儿的，（左手拿帕指、右手拉帕）好的我都给您留着哪。

金　松　这是你的孝心（右手指玉奴）。可是我问问你，他把豆汁是喝啦，肚子也不饿啦，身上也不冷啦，这不就得了吗。（一扬手）

金玉奴　可是他净喝豆汁，呆一会儿不就饿了吗？（双手摆弄手帕）

金　松　他跟咱们（右手抚胸）既不沾亲又不带故，也不是我的儿子，我还能管他一辈子吗？（一甩右手）

金玉奴　（双手拉金松右手）您真管他一辈子，他不就成了您的儿子了吗。（害羞地甩开金松手）

金　松　我没听说过（摇头）为一碗杂合菜（双手端碗状）就给人家当儿子的。

金玉奴　什么儿子不儿子的（右手来回扯帕），我想他是个念书人，日后还能没有出头的日子吗？（双手摊掌）救人救到底（右手按掌），他要是不离开您（右手指莫又指金松），那不就跟一家人一样了吗？（左手拉金松右袖）

金　松　你这么说（右手指玉奴）那不就成了我的……（忽然心有所悟）你真是人大心大呀，（右手点指玉奴）好啦……你赶快端杂合菜去吧！

〔玉奴高兴地点头。右手向莫一扬帕。

金玉奴　嗨，我给你（向莫稽）热杂合菜去，你别走（摆右手），你可别走哇！（左手指莫，右手用帕遮脸，笑着从“上场门”下）

「【小锣一击】莫稽朝玉奴下的方向望去，金松用手一拦。

莫　稽　我是不走的（双手合掌），我是不走的了呕！（用右手食指蹭鼻子）

金　松　（看莫稽）你是吃定了我了，你是吃定了我了呕！（学莫动作）（二人相视）取笑了。请坐。

莫　稽　告坐。

「莫稽归“大边”、金松归“小边”八字坐。

金　松　请问相公（拱手）尊姓大名？

莫　稽　小生姓莫名稽。（拱手）

金　松　原来是莫稽相公，失敬了！（拱手）

「金松见莫闷坐不言语，自己反沉不住气了。

金　松　嘿嘿嘿，（左手一扬）你这个人怎么这么死气呀（左手点指莫）！我问完了你，你倒是问问我呀？（右手指鼻）

莫　稽　不是老丈提起，我倒把你耽误了。（欠身拱手）

金　松　你这是怎么说话呢？

莫　稽　请问老丈上姓？（拱手）

金　松　小老儿姓金。

莫　稽　请问老丈大名？（拱手）

金　松　单名一个松字。（右手食指单伸）

莫　稽　噢，金松老丈，失敬了。（站起施礼）

金　松　岂敢。

莫　稽　老丈做何生理？（右手摊掌）

金　松　我是本城的一个团头。（右手外指）

莫　稽　什么叫做团头哇？（双手摊掌）

金　松　我是专管要饭的花子头儿，就是个杆儿上的。

莫　稽　噢，老丈，你是个杆儿上的！（右手指金）方才与我取豆汁的那位小姑娘，她是你什么人哪？

金　松　你问的那位小姑娘（右手向后指），相公，是我跟前的。

莫　稽　（站起）原来是令嫒。

金　松　不敢当。（摆左手）

莫　稽　她今年多大年岁了？（右手摊掌）

金　松　她今年十六岁了。（右手外指）

莫　稽　噢，一十六岁了。请问（拱手）令嫒芳名是哪几个字呀？（右手指金）

金　松　她叫金玉奴。（右手外指）

莫　稽　啊老丈，（近前拉金松，金松站起）可是金银之金，（左掌伸开，右手食指在左掌心比划）碧玉之玉，奴家之奴哇？（话说完也比划着写完）

金　松　正是。

莫　稽　好个响亮的名字哟！（用舌头舔左掌心虚划的字）

金　松　（一看拉莫右臂）你怎么把它吃在肚子里啦？

莫 稽 吃在肚内，记在心头，（右手抚胸）我是一辈子也忘不了的。
金 松 原来是个书呆子。小老儿告便。
莫 稽 请便。
金 松 （向右台口走去）哎呀慢着。我看莫稽，人有人才，文有文才（赞美指）。丫头也老大不小的啦，刚才她话言话语的也有点意思（点头），倒不如成全他们（右手指莫）做个小两口（双手食指直伸并拢），把莫稽做个儿婿两当，待我百年之后，也好抓把土把我埋了（右手按掌）。可是这个话我怎么跟人家说呢（双手摊掌）？唉！（一拍腿）圆脸往下一拉，拉成长脸，（双手在面颊上往下一捋）我就这么办了。（向莫稽）方才我跟前那个小姑娘你看见啦。（边说边坐下）
莫 稽 看见了。（点头）
金 松 她叫金玉奴。
莫 稽 她叫金玉奴。
金 松 她今年十六岁啦！（右手外指）
莫 稽 她今年十六岁了。
金 松 我看相公人有人才，文有文才，我打算（一伸右手）……（觉得说不出口，往右拉椅子）
莫 稽 你打算？……（挪椅子向金松靠近）
金 松 我打算？……（还觉不好开口，又往右挪椅）
莫 稽 你打算怎样呀？（挪椅子还向金松靠）
金 松 （被逼无法）我我打算要揍你！（举右拳）
莫 稽 （摆双手）哎，取笑了。
金 松 你别挤兑我成不成？（连连抖落双手）
莫 稽 老丈请讲。（拱手）
金 松 你听我说呀，我就是这么一个姑娘，我们爷儿俩都是热心肠的人……（右手抚胸）
莫 稽 是呀！（双手一拍掌）你父女心地善良，日后老丈一定是子孙满堂。（右手按掌）
金 松 哎，我老婆早死了，（一扬右手）哪儿来的儿子呢，眼下我就缺个儿子。（右手抚胸）
莫 稽 （略思）噢，我明白了！（点头）老丈（拱手）是我活命之人，恩同再造，如不嫌弃，情愿拜在名下做个义子，你看如何？（右手摊掌）
金 松 不敢当（双摆手）。虽然是干儿子，可总还不太亲近，我就这么一个姑娘……（欲言双止，假意咳嗽又挪椅子，下决心）要是再近一层，大家变成一家人多好啊！
莫 稽 噢——（拉椅子二椅并靠“小边”）那你不成了我的岳父了么？（双手撩衣襟，盘左腿）
金 松 嗳，这就对了（点头）！（示意莫稽把椅搬回去、二人重归“八字”坐好）你想想，要做个儿婿两当，你也有了安身之处，（指莫）我（右手抚胸）女儿也有了人家，我也有了儿子，三全其美（右手按掌掸动四下），你看怎么样？（双手摊掌）
莫 稽 （站起背语）哎呀且住！（走至左右口）想我莫稽黉门秀才，（右手平抬、左手右指）岂能要这丐头之女……（一想）在这无可奈何之下，暂且应允（左手按掌），日后再做道理……（抖左袖）啊老丈，（向金松拱手）应允倒应允，只是

我一贫如洗，无有聘礼呀！（双手摊掌）
金　松　（一摆手）哎,咱们是爱好作亲，（右手按掌）讲什么聘礼不聘礼的，（双手摊掌）你会说大话吗？
莫　稽　说大话我会呀！（右手指鼻）
金　松　这不结了吗，（一扬左手）说两句大话就得了。（右手指莫）
莫　稽　（连连拍掌）好，好，岳父老大人（拱手），小婿预备下了。（右手按掌）
金　松　预备下什么了？（双手摊掌）
莫　稽　珍珠凤冠一顶。（右手指帽）
金　松　（点头）是要戴的。
莫　稽　霞帔一件。（双手抱肩）
金　松　（两手一拍）正要穿的。
莫　稽　彩缎百端。（右手按掌）
金　松　（摇头摆手）太多了。
莫　稽　黄金千两。
金　松　凤冠霞帔、彩缎百端小老儿收下，（双手一接）那黄金千两小老儿实不敢收。（双摆手）
莫　稽　岳父老大人，你收下吧！（以衣襟作兜让金松收下）
金　松　不敢收，不敢收！（双手推衣襟）
莫　稽　哎呀呀……（低头看衣襟）
金　松　怎么啦？
莫　稽　哎，又撕了一块呀！（放衣襟）
金　松　没关系，呆会儿让我们丫头给你补补。（左手指莫）哎哟，这么一高兴，姑老爷花大发了。我也预备下了。（右手按掌）
莫　稽　预备了什么？
金　松　象牙床一座。（右手食指直伸）
莫　稽　总要用的。（点头）
金　松　闪缎被褥一百床。
莫　稽　哎呀呀，要不了这许多。（摆双手）
金　松　留着你们慢慢地盖呀。（左手指莫）
莫　稽　（摆手）取笑了

〔二杆内白：“啊哈！”
〔四小杆内白：“走着！”
〔**【小锣五击】**二杆随同四小杆从“上场门”上。二杆站右台口；四小杆站“一条鞭”。

二　杆　啊哈，饥寒真饥寒，饱暖真饱暖；饥寒的要饭，富贵的做官。我说兄弟们，找大哥去。（一看）到了，大哥在家吗？
金　松　是谁呀？（出门看）哟，兄弟们来啦，来的真巧。

〔四小杆“挖门”“站门”。金松、二杆进门，二杆站“大边”，金松向莫招手。

金　松　过来，过来，见见众位叔叔大爷。
莫　稽　（无奈地）叔叔大爷我有礼了。（拱手施礼后转身背朝前台）
众　人　你瞧嘴真甜，罢啦罢啦！大哥这是谁呀？

金　松　这是给你侄女招的女婿，莫稽莫相公。
众　人　（拱手作揖）我们给大哥道喜啦，多咱给他们办喜事呀？
金　松　（一扬手）还没挑好日子呢？
二　杆　（一数手指头）丁是丁，卯是卯，今儿个日子就好。
金　松　（连忙摆手）不成，不成，姑老爷连外褂子都没有。（双手摊掌）
小杆甲　我这儿有一件。（从怀中掏出交给金松）
金　松　（抖落一看）咳，是条裤子，怎么穿啊？
二　杆　裤子（右手指裤子）有吉祥话呀。
金　松　什么吉祥话？
二　杆　金银满库。（右手按掌掸动四下）
金　松　（点头）好！（一看）这白裤腰……
二　杆　这也有吉祥话。
金　松　什么吉祥话？
二　杆　白头到老哇。（右手按掌）
金　松　（高兴地连连点头）吉祥，吉祥，请姑老爷入库。（将裤子腿搭在莫双肩上，莫站在中间）可是姑娘还没盖头哪！
二　杆　大哥，我这儿有一块。（从怀中掏出）
金　松　（接过盖头）好，一事不烦二主，兄弟，你给说两句吉祥话赞个礼，我去搀姑娘去。（从“上场门”下）
二　杆　（站前台口）伏以再伏以：一块沉香木，雕刻一马鞍，新人往上跨，步步保平安。动乐！搀新人！

〔奏唢呐曲牌<小傍妆台>金松从“上场门”搀玉奴上，金玉奴、莫稽并排站。二杆白：“一拜天地。（玉奴、莫稽向前行礼）二拜高堂。（二人向金松行礼）夫妻对拜。（二人面对面行礼）送入洞房！”（二新人入洞房从“下场门”下）曲牌止。

众　人　大哥，您大喜啦！（拱手）
金　松　（拱手）同喜，同喜！
二　杆　我们要告辞了。
金　松　慢着，我这儿还有点儿现成的杂合菜，再弄几两烧刀子，咱们来个蝴蝶儿会。（右手按掌）走，（一扬右手）咱们后边喝点儿去！
众　人　好，扰您一顿。（众人拱手）

〔**【小锣打下】**金松、二杆从“下场门”下，众小杆“窝下”。

第　二　场

〔**【小锣夺头】**莫稽、金玉奴从“上场门”上，至“九龙口”，莫稽右手反折水袖、左手背袖温情地望玉奴，玉奴见状含羞，右手持帕放左鬓低头。

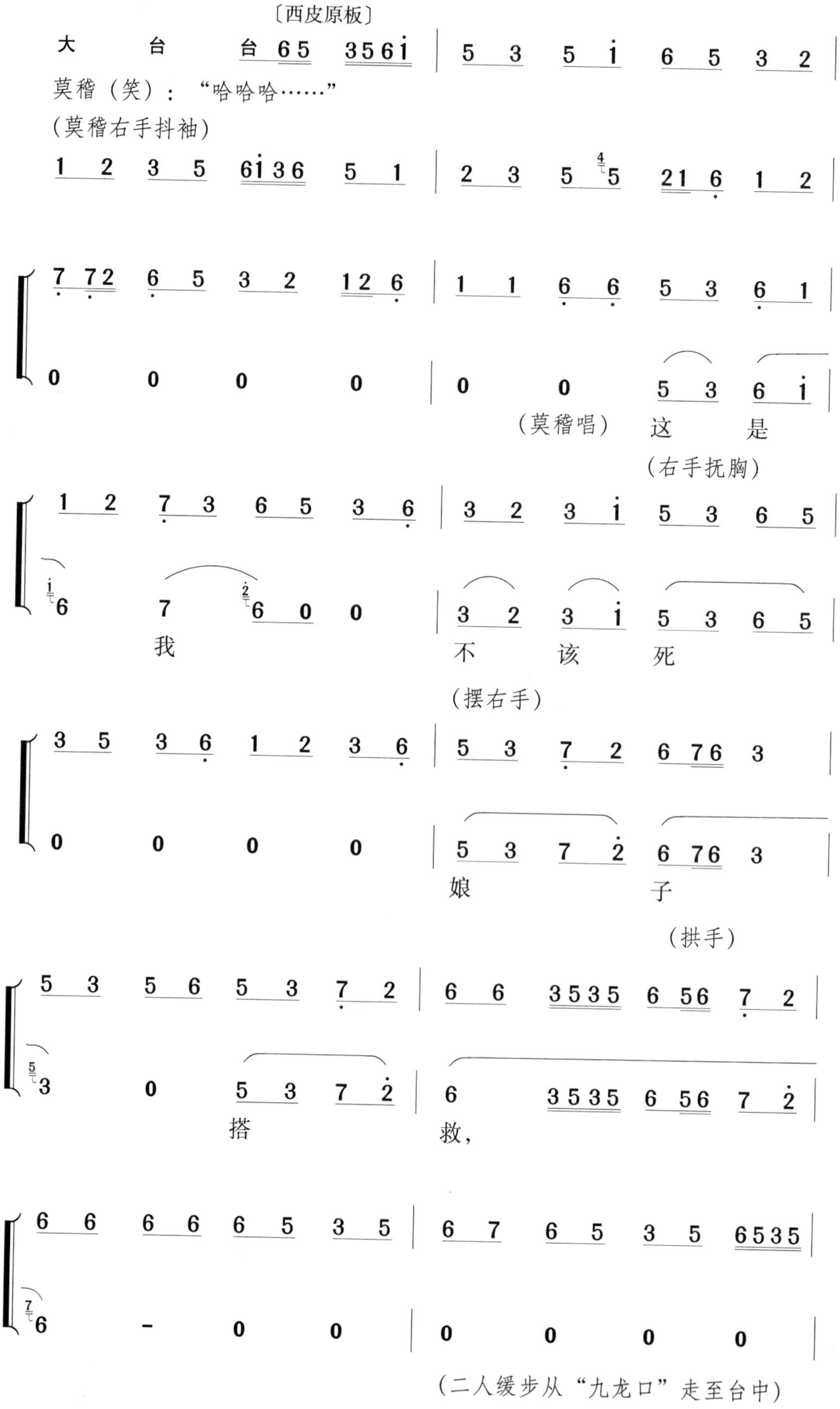
〔西皮原板〕
大 台 台
莫稽（笑）：“哈哈哈……”
（莫稽右手抖袖）
（莫稽唱）这是
（右手抚胸）
我
不该死
（摆右手）
娘子
（拱手）
搭
救，
（二人缓步从“九龙口”走至台中）

金玉奴

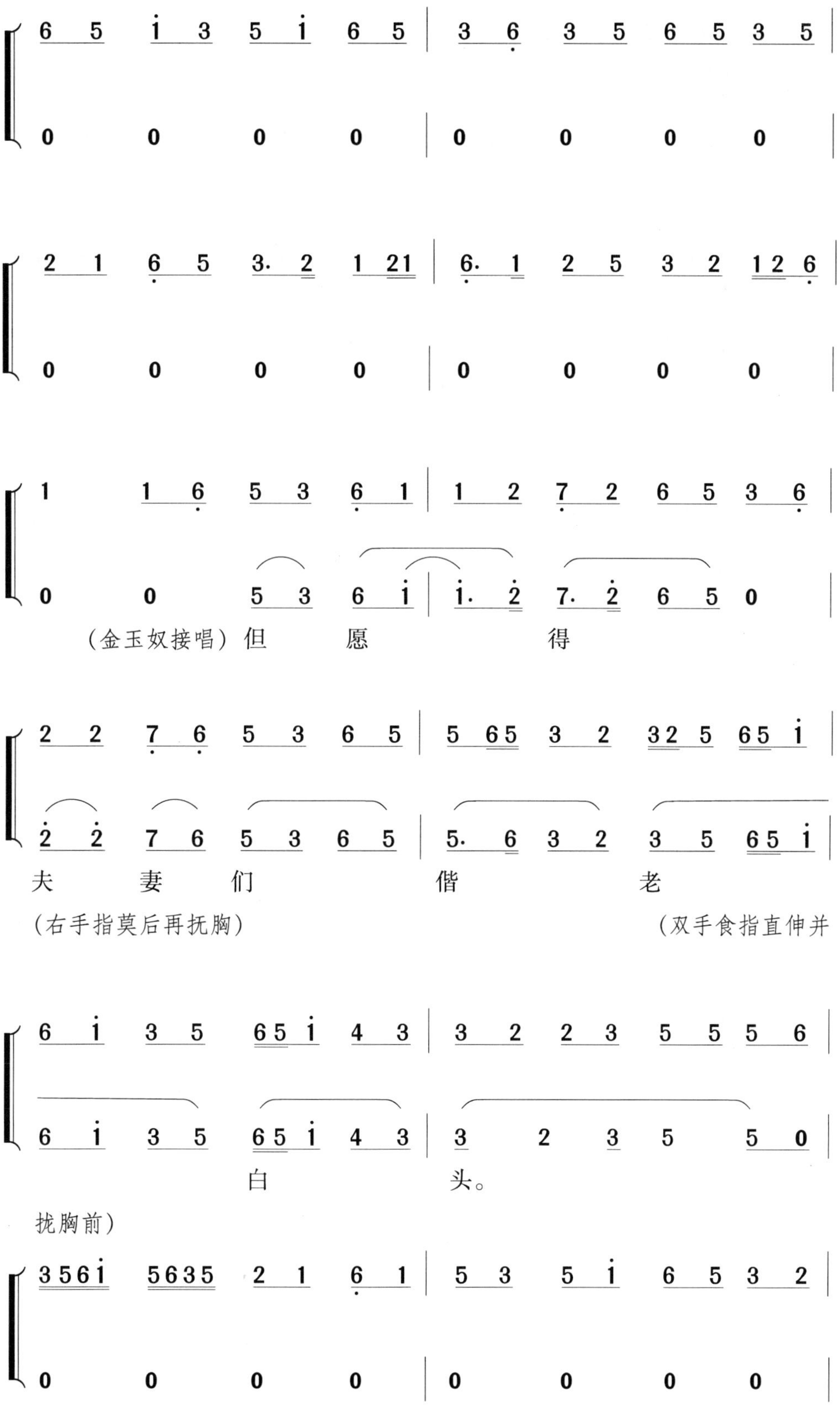

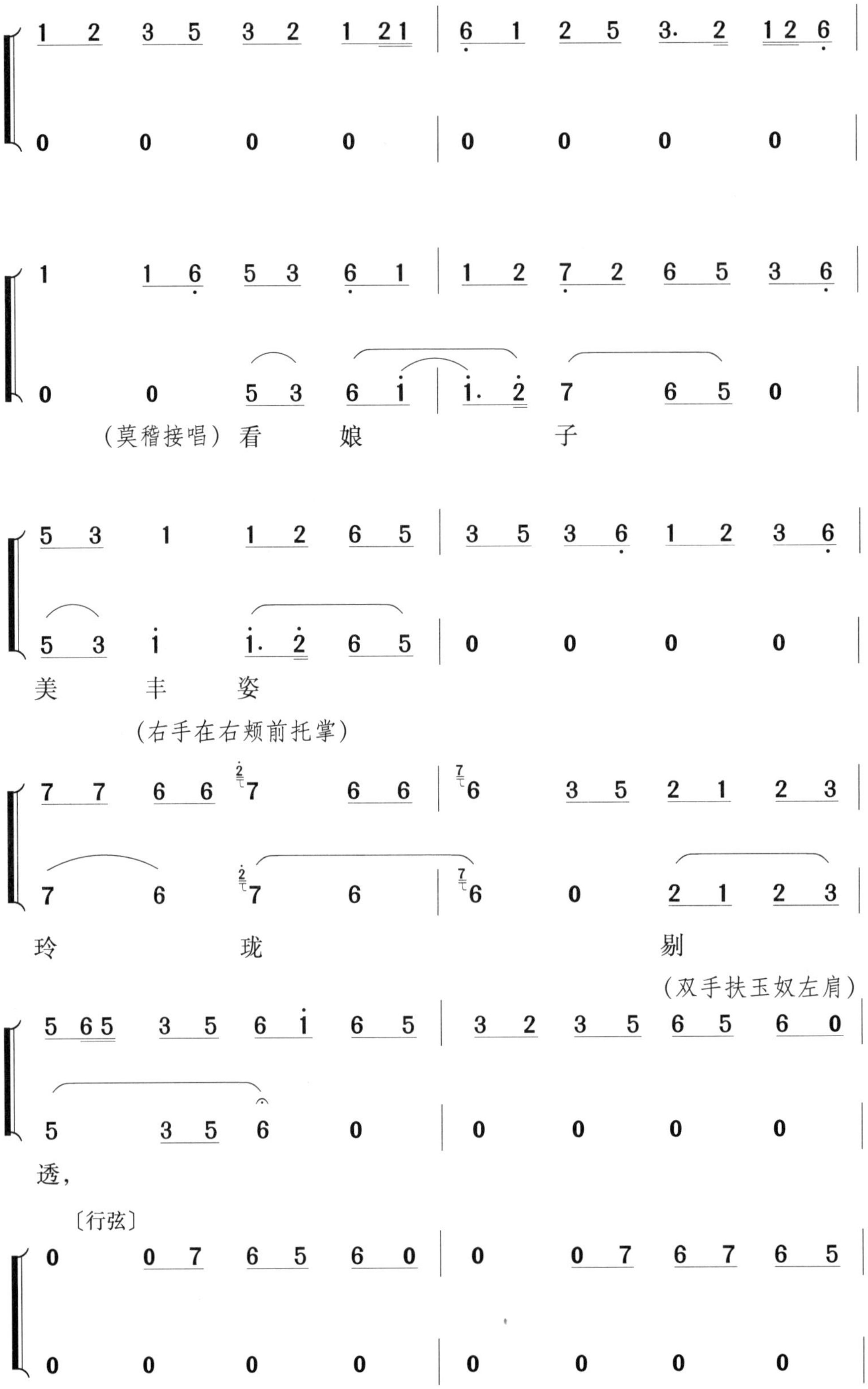

金玉奴夹白：“相公夸奖了，你渴了吧，我给你倒水去！”
（摆右手）　（右手指莫）　（示意让莫稽稍等）

3 2 3 5 6 1 5 6 | i 7 6 7 6 5 | 3 2 3 5 6 6 ‖

0 0 0 0 | 0 0 0 0 | 0 0 0 0 ‖

「【小锣抽头】金玉奴从“上场门”下，端茶盅复上。

〔西皮摇板〕

（过门同前）3 3 6 5 5 3 5 6 6 3

滚 开 水奉 夫君请

（右手指茶盅）

5 i 6 5 3 3 － （5 5 3 6 5 －） ‖

润 咽 喉。

（双手递与莫）

「【小锣凤点头】莫稽接茶盅。玉奴转身落座补衣，莫稽看玉奴。

〔西皮摇板〕

莫 稽 （过门同前）i i 3 6 5 5 3 3 i 6 （6 5 3 5 6

寒 门 女 识 礼 仪

（左手拿茶盅、右手指玉奴）

〔行弦〕

6） 5 6 6 3 5 － 6 － （6535 6 7 | 6535 6 0 |

倒 也 少 有，

夹白：“看她虽是丐头之女，看来

（右手指玉奴，点头，

6535 6 7 | 6535 6 0 | 6535 6 7 | 6535 6 0 |

也还晓得敬夫之道。”

右手按掌）

（走到桌旁放茶盅）

6535 6 7 | 6535 6 0 | 6535 6 7 | 6535 6） ‖

“啊，娘子，你手拿何物呀？”

（右手摊掌）

「【小锣一击】莫稽坐“大边”，玉奴停针看莫。

〔西皮摇板〕

金玉奴 （过门同前）3 3 6 5 5 3 5 6 3 5 6 5

为 相 公 补 旧 衣 免 受 风

〔行弦〕

6 i 5 |（5536 5 0 | 5536 5 i | 6536 5 0 |

飕。

“这是我爹的一件破褂子，我

（边缝边说）

5536 5 i | 6536 5 0 | 5536 5 i | 6536 5 0 |

给你缝缝，也好搪搪寒哪！”

（看莫稽）

5536 5 i | 6536 5）‖

［【小锣凤点头】莫稽颇受感动。抖右袖。

〔西皮摇板〕

莫　稽（过门同前）3 36 5 5 3 i 6 5 6 6 3 5 6 6

好一个贤娘子待我颇厚，

（双手一拍掌）（向玉奴伸赞美指）

（65 35 65 32 12 65 55）5 i 65 5 6

（金玉奴接唱）为妻室理应

6 36 5 65 3 3（5 65 36 55 32

当百般温柔。

（边缝衣边唱）

12）5 i 5 5 3 i 6 5 6 6 3 5 6 6

（莫稽接唱）从今后闭门户每日相守，

（双手做关门状）

（65 35 65 32 12）5 i 5 5 3.5 6 6

金白：“哎！”（金接唱）读书人志千里

（金玉奴停针）（边缝边看莫）

i 5 65 3 3 5（65 36 55 32 12）

功名须求。

（莫稽接唱）

5 i i 3 3 36 3 36 5 7 6 -（65 35

有粗茶和淡饭倒也将就，

（右手按掌）（一扬右手）

6 5 3 2 1 2）i i 3 6 5 5 6 6 3 6 5 6 5 3 ⁵3 5 ‖

（金玉奴接唱）休 忘 却登青云大 展才 谋。

（缝毕） （咬断线）

〔【小锣凤点头】莫稽不以为然地摇摇头。

莫 稽（过门同前）i 6 3 5 5 5 5 7 ⁷6 3 6 5 5 6 7 7 ⁷6【小锣一击】

老岳 父百 年 后丐 头赌 受，

（右手按掌）

〔行弦〕

6535 6 7 | 6535 6 0 | 6535 6 7 | 6535 6 0 |

"等岳父下世之后，有那一根杆儿，自然吃穿无忧了！"

（右手食指直伸） （右手按掌）

6535 6 7 | 6535 6 0 | 6535 6 7 | 6535 6 5 |

（台）

〔西皮摇板〕

（3 2 1 2 6 5 5 5）3 3 6 5 5 3 6 i 5 6 5 3 ⁵3 5 ‖

又何 必求 功 名风 雨 飘 流。

（双手摊掌）

〔【小锣一击】金玉奴右手扶鬓看莫。

金玉奴 呀！【小锣凤点头】

〔西皮摇板〕

（过门同前）3 3 6 5 3 5 6 7 5 6 5 6 7 6

往 日 里 言 语 间 他的抱 负

（双手摊掌）

6 3 5 6 ⁷6（6 5 3 6 5 5 3 2 1 2 6 5 5 5）3

颇 有， 却

（右手按掌）

3 6 5 i 5 6 i 5 6 5 3 ⁵3 5（5 5 3 6 5 －）

为 何 今 日 里 甘 居 下 流。

（平抬左手，右手指莫） （右手摊掌）

听你这话，是一定要赌受那根杆儿吗？（右手向外指）

莫 稽 做团头威风也不小哇。

金玉奴（冷眼看莫点头）好，有志气！

〔【小锣一击】金玉奴站起搬椅走到右台口。

莫　稽　过奖了。（摆手）

金玉奴　有心胸！（放椅）

莫　稽　（摇头晃脑）我的心胸还小吗？（右手摊掌）

〔【小锣凤点头】金玉奴看莫，赌气地一甩手帕。

〔西皮摇板〕

金玉奴　（过门同前）i i 3 6 5 5 7 - 7 5 6 7 6

实指 望嫁才 郎 希图

（右手

6 3 5 6 ⁷6（6 5 3 5 6 5 3 2）5 i i 6 5

上 进， 守青灯

按掌）

5 3 5 6 6 3 6 5 6 5 3 5（6 5 3 6 5 5 3 2 1 2）

伴 读书望 你成 名。

（左手指莫）

i i 3 6 5 5 7 7 5 6 5 7 6 3 5 6 ⁷6 3 3 6 5

李亚 仙刺双目 劝夫猛 醒， 我岂 能

（双手食指直伸指双目）

i i 6 5 3 3 3′ i 6 5 3 ⁵3 5（6 5 3 2 3. 6 5 -）‖

贪欢 爱误你 前 程。

（双手指莫稽）

〔【小锣凤点头】金玉奴拭泪坐下。莫稽看玉奴。

〔西皮摇板〕

莫　稽　（过门同前）i i 3 6 5 5 5 3 7 ⁷6 5 6 6 3 5

听她 言把我 的志气提

6 ⁷6（6 5 3 6 5 5 3 2）3 3 6 5 5 6 6 i 5

醒， 倒不 如进京都求取

6 5 3 ⁵3 5（3 6 5 5 3 2 1 2 6 5 5 5）3 3 6

功 名。 说两

5 5 7 7 5 6 7 6 5 3 6 5 5 6 -（台大·

句好言语 将她 来 哄，

〔行弦〕

6535 6 7 | 6535 6 0 | 6535 6 7 | 6535 6 0 |

“啊娘子不要啼哭，我情愿上京求取功名，只是舍不得娘

(走进椅前，右手按掌)　(双手抚

6535 6 7 | 6535 6 0 | 6535 6 7 | 6535 6)|

子你呀！娘子啊！”

玉奴左肩)

【小锣凤点头】(过门同前) i 6 3 5 i i 6 5 3 3 2

(右手抖袖) 都 只 为 新 婚 爱

3 6 5 6 6 5 (5 5 3 6 5 -) ‖

不 愿 登 程。

(左手指出)

啊娘子，进京我是愿去，只是舍不得你呀！(右手指玉奴)

〔**【小锣一击】**玉奴抚鬓看。

金玉奴 怎么着，闹了半天你舍不得我呀！(右手抚胸)

莫　稽 (点头)是呀！

金玉奴 舍不得我…… (想)唉，我跟你去，(左手指莫)你看好不好？(右手摊掌)

莫　稽 好便好，怕是岳父大人(拱手)不肯应允吧？(双手摊掌)

金玉奴 不要紧的，我请您出来商量商量。(拱手，向前出门)有请爹爹。

〔金松从“上场门”上。

金　松 大清早上的，把我请出来有什么事呀？

金玉奴 您姑爷请您哪！

〔金松、玉奴进门。金松坐中间，玉奴站“小边”。

莫　稽 啊岳父。(施礼坐在“大边”)

金　松 姑爷。哎，你们俩人把我请出来有什么事吗？(双手摊掌)

〔莫稽示意玉奴讲。

金玉奴 爹呀，您姑爷他说了。(拉金松胳膊)

金　松 他说什么呀？

金玉奴 他说他—— (右手指莫)要进京赶考去。

金　松 好事呀，别拦阻他。

金玉奴 他又说啦。

金　松 他又说什么了。

金玉奴 他说他…… (**【小锣一击】**双手放下，害羞)

金　松 他说什么？(右手摊掌)

金玉奴 他说他舍不得我。(害羞)

金　松 他舍不得(左手指莫)你，便怎么样啊？(右手指玉奴)

金玉奴 我也舍不得他。(羞笑)

金　松　他舍不得你（左手指莫，再指玉奴），你舍不得他（左手指玉奴再指莫），你们打算怎么样啊？（双手一拍摊掌）

金玉奴　我打算（右手抚胸）跟他去（右手指出），您看好不好哇？（右手摊掌）

金　松　唉，（一扬右手）哪有赶考的老爷们带着家眷的哪。

金玉奴　爹呀，我们是恩爱夫妻，难以割舍。（双手食指并拢再向左右分开）

莫　稽　着哇！（以右拳击左掌心）我们乃是恩爱夫妻（双手食指直伸并拢胸前），难以割舍。（双手食指向左右分开；身站起又坐下）

金　松　哦，你们俩是恩爱夫妻难以割舍，看起来谁也没有两口子近，你舍不得他，他舍不得你，（右手来回点指）反正你们俩都舍得我。（右手托髯）咳，这事我明白了，他上京赶考你跟他去，（右手指莫又指玉奴）不用说就把老头子我一个人给搁家里啦。（站起向前走两步）想我金松（右手托髯）好不命苦！这么大的年记，老伴死得早，就留下这一个闺女（右手指玉奴），实指望长大成人，嫁夫找主，在我面前尽点孝心（右手按掌）。他们是恩爱夫妻难以割舍（右手来回点指），这一走可就苦了我喽！（双手摊掌）要是有个灾病的，谁管我这苦老头子哇！（右手拍胸）唉，真是越想越难受，我想起我的老伴来了！（哭）我的老婆子哎……（哭）

金玉奴　爹呀，您这是怎么了？（双手扶金松肩）您姑爷上京赶考，乃是一桩好事，倘若得个一官半职，（右手按掌）岂不是您老人家的光彩体面吗！（右手在右颊前托掌）

莫　稽　着哇！（站起）小婿进得京去，得个一官半职，岂不是您老人家（走过去以左手抚金松胸，右手扶肩）光彩体面么！

金　松　唉，（把莫手推开）哪有随便要老丈人的。这么着，你们去，我也不放心！（摆双手）干脆我跟你们一快去。跟你们去，可不是白去，不瞒你们说咱们的钱不多，（摆右手）我沿途要着饭，（右手撒掌）哎，钱也有了，饭也有了，也到了京城了。（右手食指直伸、数落着左手指头）

莫　稽
金玉奴　（二人同时拉金松手）咱们走走走。

金　松　（一甩双手）哎，别忙啊，我还得交待交待哪！

莫　稽　交待什么？

金　松　交代那根杆儿呀！（指桌上）如若不交，有八个字的考语，那可担待不起。（摆双手）

莫　稽　什么考语呀？（右手摊掌）

金　松　擅离职守、弃杆逃走，交部严加议处。

莫　稽　哎呀，好厉害！我们（向玉奴）收拾行李去。（右手右指）

「金玉奴点头，二人从“上场门”下。

金　松　我还得找他们一趟去。

「金松欲出门，众小杆、二杆从“上场门”上。众小杆“挖门”两边站。二杆站“大边”。

金　松　喝，巧极了，正要找你们哪，全来啦！

二　杆　大哥，什么事呀？

金　松　我们姑爷要上京赶考去。（左手外指）

二　杆　好事，别拦他。

金　松　姑娘也要跟了去。

二　杆　赶考的举子，哪有带家眷的呀？（摊双手）

金　松　（点头）我也是这么说呀！（右拳击左掌心）他们说是恩爱夫妻，难以割舍。（右手按掌）

二　杆　您打算怎么样？（右手摊掌）

金　松　我打算跟他们一块去。（右手外指）

二　杆　这儿的差事怎么办呢？

金　松　这儿的差事就请贤弟（拱手）代管一年半载的，等愚兄回来再原业归宗。

二　杆　（忙摆手）小弟才疏学浅，不能担此重任。

金　松　不不不，大材必有大用，就此拜杆！

〔奏唢呐曲牌<小傍妆台>。金松脱纱褂子，二杆穿上。金松拜杆儿后、二杆拜杆，三叩首。莫稽扛行李、拿篮子、红包袱上。众小杆纷纷从怀里往出掏钱交二杆，二杆交金松，金松点头称谢，放入怀中。莫稽、金玉奴站右台口，曲牌止。

金玉奴　叔伯送别心难受，（右手抚胸）

莫　稽　眼前一群无赖尤。（右手向左指）

金　松　（一见二人）收拾好了，告辞了！

〔**【小锣凤点头】**众小杆归台右方站“一条鞭”，二杆站“小边”，金松站“大边”；莫稽、金玉奴站金松身后。

〔西皮摇板〕

金　松　（过门同前）2 1 2 1 3 5 1 2 2 2 1 3 · 3 2

辞 别 了 众 贤 弟 同 把 京 （哪）进，

（拱手）（右手向外指出后又拱手）

〔**【小锣凤点头】**金松、莫稽出门从“下场门”下。金玉奴走至左台口，右转身。

〔西皮摇板〕

金玉奴　（过门同前）3 3 6 5 5 3 5 6 （6 5 3 5 6 6）

但 愿 得 此 一 去

（右手按掌）

i 5 3 5 6 5 6 6 5

鱼 跳 龙 门。

（右手指出）

〔**【小锣抽头】**金玉奴从“下场门”下。锣鼓收住。众小杆归两边站。

二　杆　兄弟们，大哥（拱手）把事情交给咱们啦，咱们是一个将军一个令，（右手按掌）要饭有要饭的规矩，不许强打强要，不许无理取闹，（摆右手）大家可得谨慎点。（右手点指众小杆，众小杆点头）有事没事呀？

众小杆　没事。

二　杆　没事，咱们退堂！

〔**【大锣打下】**二杆、众小杆从“下场门”下。

第 三 场

〔**【小锣抽头】**院公从“上场门”上，至台中。

〔西皮摇板〕

院　公　（过门同前）1　2　1　2　3 2　3　2（3　2 1　6 1 2）
大　人　得　志　身　荣　显，
（拱手）

3　2 1　6 2　1　2　3 21　6 1　1 ‖
宰　相　门　前　七　品　官。
（右手托髯）

我，林府院公林福是也。（扎）只因我家林大人钦奉圣命（拱手），官拜江西巡按，即日就要到任（右手按掌），命我（右手托髯）准备官船。这船只已经准备停当，倒也富丽堂皇（双手托掌）。看！（左手翻折水袖）**【撕边一击】**那旁大人、夫人已然来了。

〖**【大锣导板头】**

〖林润内唱。

〔西皮导板〕

（6　5　i　3. 2　7　6　2　1　1）3　3　3 2　2
停　车　驻　马

3　2 3　4　3　2　2 3　2 3　2　3　–｜
临　江　岸，

〖**【快长锤】**四军士、四丫环从“上场门”上，站“一条鞭”。林润举马鞭，林夫人、车夫从“上场门”上。林润至右台口勒马。

〔西皮摇板〕

林　润　（过门同前）6 2　1　2　2（3 5　2 1　6 1　2 2）3 5　2 1　6 1　1 ‖
昼　夜　兼　程　赴　省　垣。

院　公　请大人、夫人登舟。（拱手）

〖奏唢呐曲牌<小傍妆台>，二船夫从“下场门”上，“斜门”站。

〖林润下马、林夫人下车，同时四军士与车夫从“上场门”下。

〖船夫搭扶手，四丫环、院公、林夫人、林润上船，四丫环“挖门”归“八字站”，林润归“大边”坐，林夫人归“小边”坐。曲牌止。

林　润　上得船来，好一派江景。**【长锤】**（左手抖袖）

〔西皮原板〕

大扑 台　仓 62｜1 65　32 1｜6 1　1 2｜3 5　6535｜

21 5　5532｜1235　6535｜2165　3212｜6125　3612｜

金玉奴

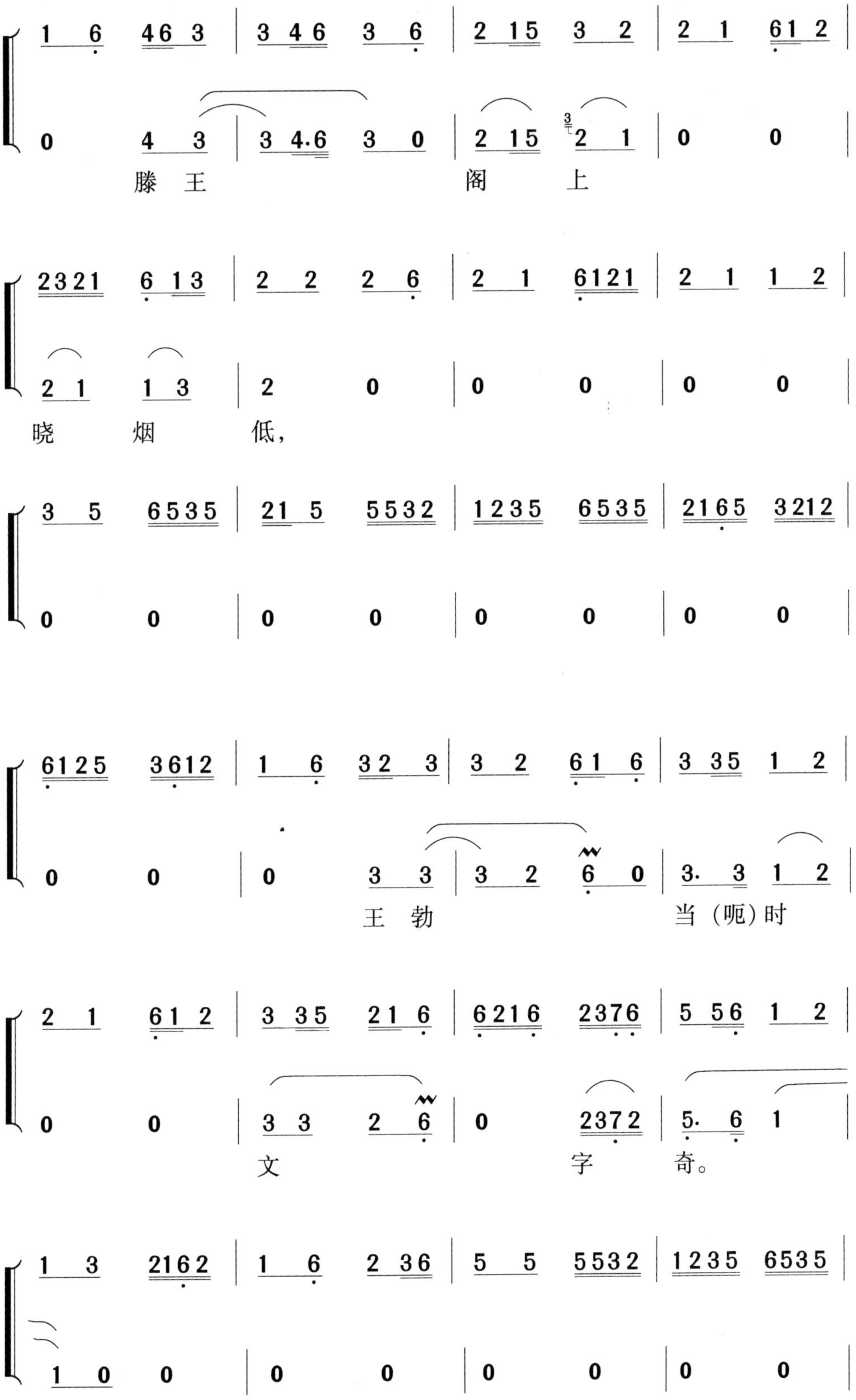

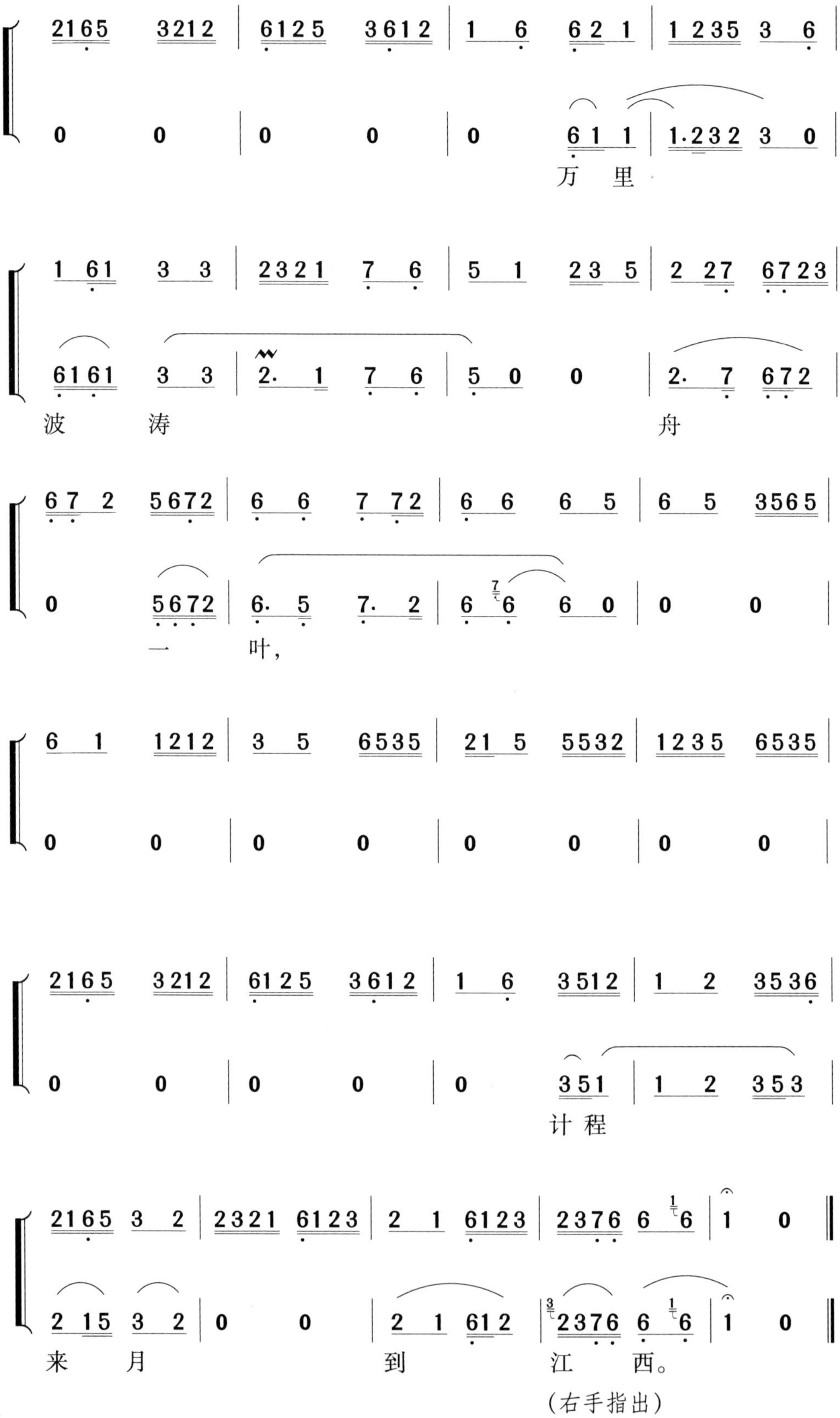
万里
波涛
舟
一叶，
计程
来月
到
江西。
（右手指出）

〖【大锣原场】众人扯“斜门”，从“下场门”下。

第 四 场

〖【小锣夺头】金玉奴持帕从“上场门”上。

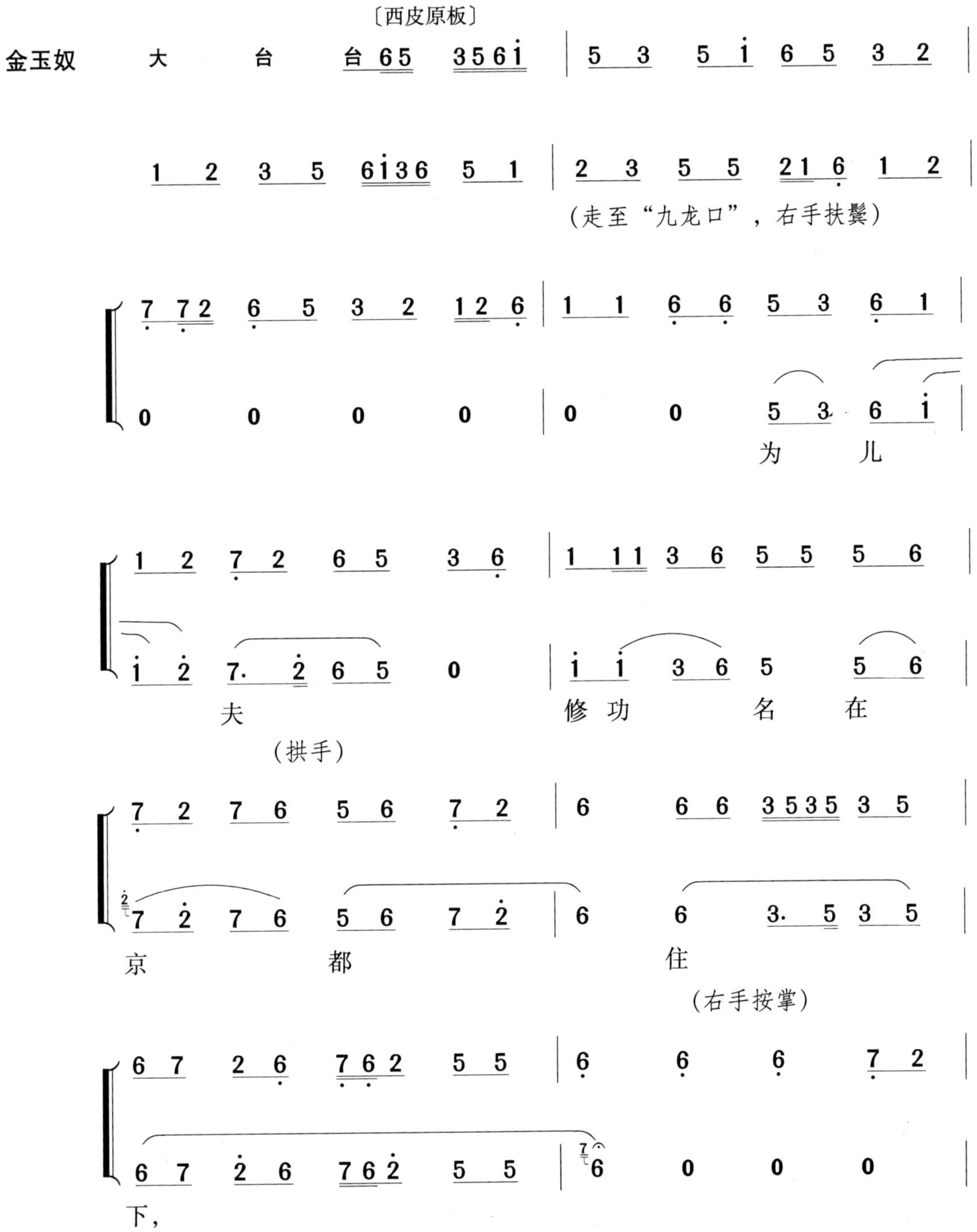

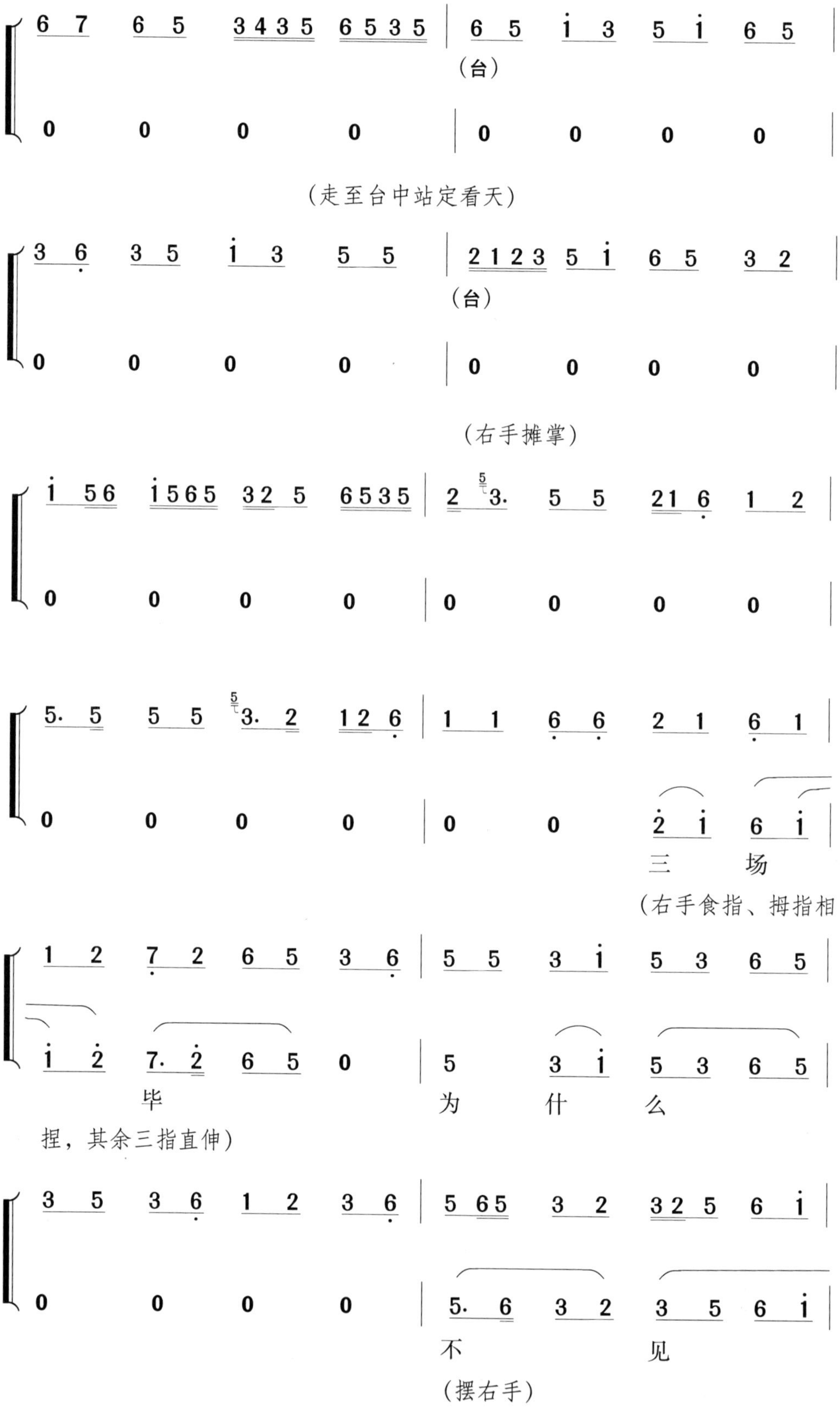
（台）
（走至台中站定看天）
（台）
（右手摊掌）
三 场
（右手食指、拇指相
毕
为 什 么
捏，其余三指直伸）
不 见
（摆右手）

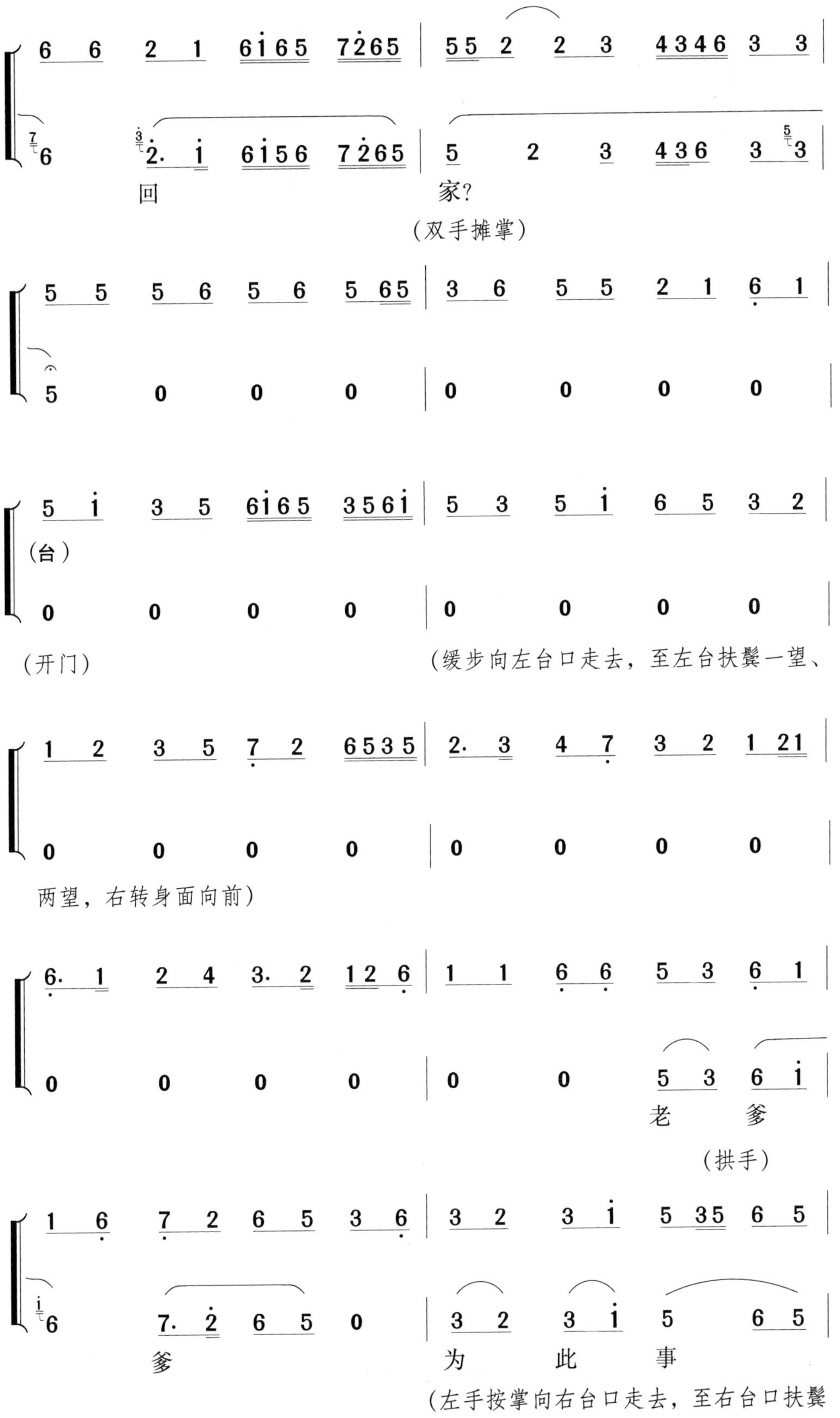
回
家？
（双手摊掌）
（台）
（开门）
（缓步向左台口走去，至左台扶鬓一望、
两望，右转身面向前）
老
爹
（拱手）
爹
为
此
事
（左手按掌向右台口走去，至右台口扶鬓

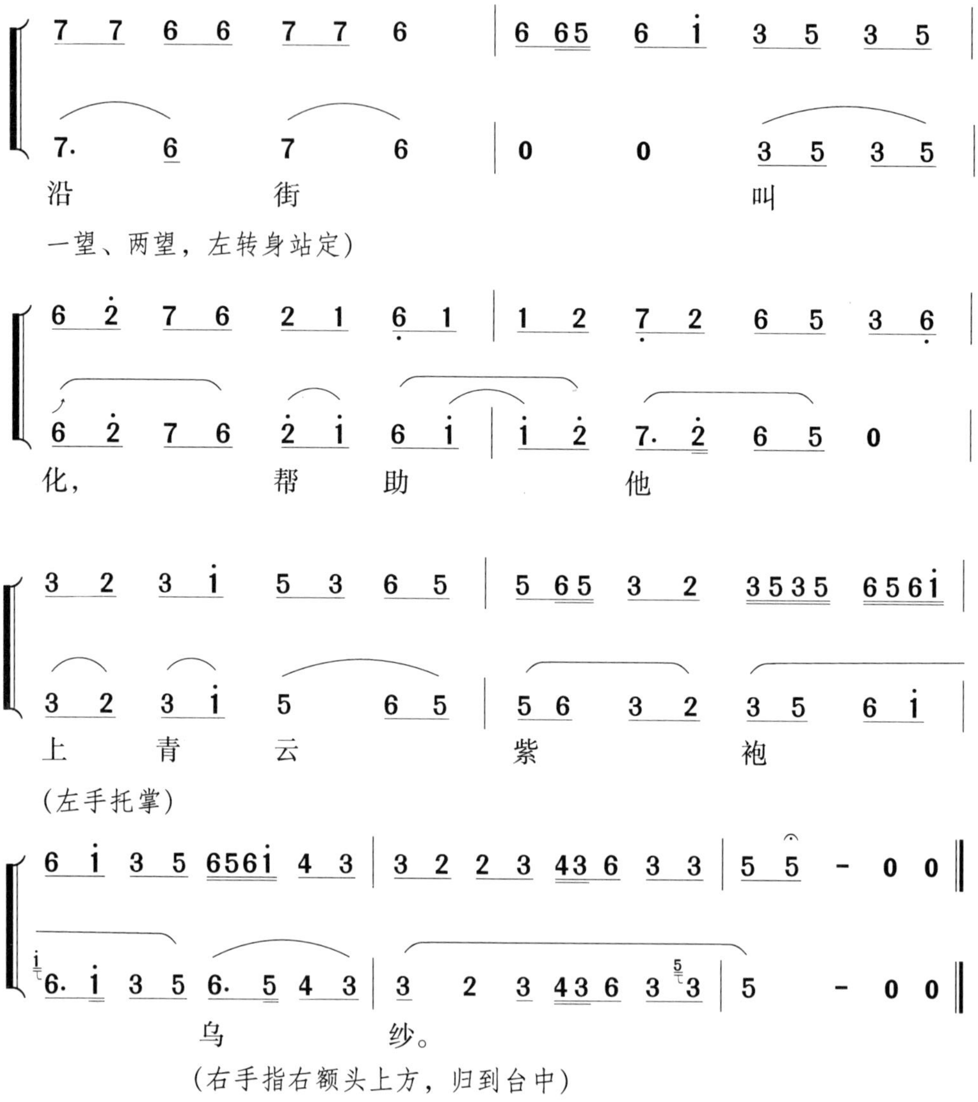

〔【小锣抽头】莫稽左手提考篮从“上场门”上，至右台口。

〔西皮摇板〕

莫　稽 (过门同前)

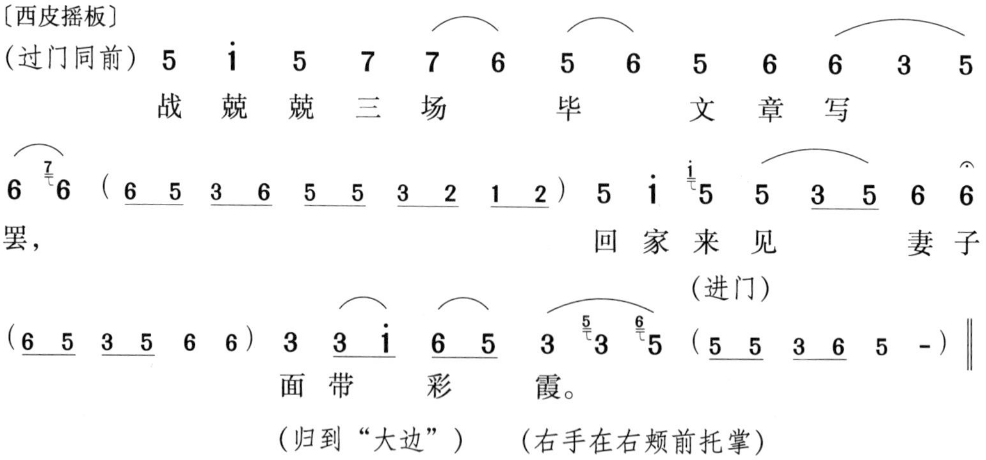

金玉奴　相公回来了。(接篮子放桌上)

金 玉 奴

莫　稽　回来了。

金玉奴　今场文章是否得意？

莫　稽　文章倒也得意（点头），只是……（双手捧腹）哎，我腹内饥饿了。

〔【小锣一击】金玉奴右手扶鬓看莫。

金玉奴　你饿了吗？哎，我爹到街头要饭去了，（右手外指）你忍耐一会儿（右手指莫），您也就要回来啦。（右手按掌）

〔金松内白：“修好的老爷太太们哪！”

〔【小锣抽头】金松端着碗从“上场门”上，至右台上。

〔西皮摇板〕

金　松（过门同前）2　1　2　2　15　32　3　21　61
在　长　街　讨　来　了　残　羹　剩
（右手指左手端的碗）

2（35　21　61　2　2）3　21　1　62　1
饭，　回　家　来　为　女

1　2　62　1　2　1（11　62　1　－）‖
婿　一　顿　饱　餐。
（右手按掌）

金玉奴　爹呀您回来啦，要来什么啦？

金　松　我要了半碗剩饭。孩子，瞧你这几天没好好的吃饭，一点精神也没有，你先吃吧。

金玉奴（接碗）您姑爷他饿了。（左手指莫向金松说）

金　松　那你就先给姑爷吃吧！（右手指莫）

金玉奴　哎！（转身向莫稽）我爹要了半碗剩饭，相公请用。

莫　稽（接碗欲吃，看金松）岳父请用。（让）

金　松　我不吃，姑爷你就吃吧。

莫　稽（再看玉奴）娘子请用。（再让）

金玉奴　我吗？（右手抚胸）【小锣一击】（看莫双摆手）我还不饿哪。

莫　稽　哎，哪里是不饿，分明贤德。待我用下。

〔报录人内白：“报！”

〔【小锣五击】报录人手拿红帖从“上场门”上，至右台口。

报录人（数板）报报报，喜来到，
举子得中真荣耀。（赞美指）
金榜题名把姓氏标，（右手托掌）
富贵门前讨钱票，讨 0 钱票。
我报录的。今有举子莫稽得中甲辰科第八名进士。是我找了半天也没找到。听人说他住在这个店里头（右手向左指），我在门口吆喝吆喝。嗬！（把右手放右耳旁）

报录的来喽，莫稽莫大老爷中喽！
金　松　（听声出门）嗨，你嚷嚷什么？
报录人　我是报录的。
金　松　报的是哪一家啊？（右手摊掌）
报录人　莫稽莫大老爷。
金　松　怎么着，莫稽中了吗？
报录人　中了。
金　松　（喜出望外）你等一等，我给你通报去。（右手向左指，进门）
报录人　想不到在这儿找着啦。
金　松　姑老爷你中啦，外面有报录的来啦。
莫　稽　怎么？我中了！啊哈哈哈……待我前去会他。（站起，金松急拦，玉奴暗谢天地）
金　松　慢着慢着，别失了官体，等我叫他去。（出门朝报录人）报录的，老爷唤你进来。（进门）
报录人　是。（进门）
金　松　（朝莫）报录的来啦。
报录人　报录的与老爷叩头。（跪）
莫　稽　罢了。
金　松　可有报单？
报录人　有。
金　松　呈上来。
报录人　是。（将帖递金松，金松将帖递莫稽）
金　松　外面伺候着。
报录人　是。（出门站右台口）
莫　稽　（接帖）岳父请看。（一让）
金　松　我不认识字，（摆双手）姑老爷看吧。
莫　稽　娘子请看。（向玉奴一让）
金玉奴　相公请看。（拱手）
莫　稽　如此，（将帖打开）待我念来："捷报贵府莫大老爷印稽，得中甲辰科第八名进士。"啊哈哈哈……（抬手正碰在金松脸上）
金　松　（捂脸）哎哟，你这是怎么啦？
莫　稽　我中了。（向金松）
金　松　你中了，我这儿肿了。
莫　稽　将报单贴在门首。
「金松出门在左台口贴报单，进门站"大边"。
报录人　唏！（用手招金松出来）
金　松　（出门）你怎么还没走哇。
报录人　请您回禀一声，讨点赏钱。
金　松　这……你等会儿。
「金松进门，暗示玉奴拿点赏钱，玉奴一摸，摇头、摊手。金松看到桌上的半碗剩饭。将碗背在背后。

金　松　我说你跑了一天辛苦啦。

报录人　没什么。（摆手）

金　松　别的也没准备，这有老爷吃剩下的半碗剩饭，你拿去吧！（递碗）

报录人　谁要你的剩饭哪！（一甩手从“上场门”下。金松放碗）

金　松　想不到我们姑老爷中了！（高兴的直拍手）

金玉奴　我说爹呀，您瞧女儿的眼力怎么样？

金　松　（点头）不错，你的眼力倒是不含糊。他这么一中（左手指莫）往后你可就是夫人啦！（右手拍玉奴左肩）

金玉奴　我是夫人，您可就是老太爷啦！（拱手）

金　松　什么，老太爷啦。哎呀，这回可真是个乐儿。哈哈（高兴地走回“大边”站）是乐总得乐吧，呀咿哟！（高兴地手舞足蹈）

莫　稽　嗯！（朝金松）中是中了，从今以后大家须要拿出些规矩来！

〔（**台**）莫稽抖左袖；玉奴一怔。

〔（**大、大**）玉奴出门以手招金松。（**大大……台**）金松出门。

金玉奴　（满心难过地）爹呀，您听见没有？他说中虽中了，从今以后叫咱们（右手抚胸）可得拿出点规矩来……（哭拭泪）

金　松　（安抚地）好孩子，你别哭，这就是官大脾气长，（右手按掌）要是不长脾气，还算是做官的吗？（双手一摊）

金玉奴　爹呀，（恳求地）您不要计较于他。有道是言多语失（右手按掌），您以后少说几句就是了。（左手指金松）爹呀，您就忍耐着点（抽泣）吧……（哭）

〔**【小锣一击】**玉奴拭泪，金松定神望玉奴。

金　松　我不计较他（摆右手），只要你们小两口和和美美的，（右手拍玉奴左肩）我没什么（摇头），你也忍耐点吧（右手指玉奴）。

〔金玉奴抑制不住，欲放声哭，金松见状急打手势制止。**【小锣一击】**金玉奴强忍拭泪。**【小锣一击】**双手整衣、摸鬓。**【小锣一击】**进门归“小边”坐。

〔报录人内白：“啊哈！”

〔**【小锣五击】**报录人手拿报单从“上场门”上。

报录人　喜事从天降，平地一声雷。嗬，又到了。我吆喝吆喝，噢，报录的来喽！报录的来喽！

金　松　（出门）哎，又是你呀，报谁呀？

报录人　莫稽莫大老爷。

金　松　莫大老爷，候着候着。

〔金松狂喜，蹿跳进门，玉奴见状急暗示金松举动要自重。金松忽然意识到失态了，以手扇口，用手捂口，低身向莫稽。

金　松　啊，回禀姑老爷的话，外面又有报录的来啦。（右手指门外）

莫　稽　传！

金　松　嗻！（出门）报录的，老爷唤你，小心点！（右手指报录人）老爷可是大长脾气。

〔**【小锣一击】**金松撇嘴，双手握拳，摇头晃脑，学莫得意的样子。

报录人　嗻！

金　松　进来，进来。（二人进门）

报录人 与老爷叩头。（跪）
金　松 可有报单？
报录人 有。
金　松 呈上来。
报录人 是。
〔报录人递帖给金松，金松递莫稽。
金　松 外面伺候。
报录人 是。（出门、站右台口）
〔莫稽看报单，金松凑近看。（**大　大　大**）莫稽冷眼看金松，金松赶快退至一边。
〔（**大 大 大** …… **台**）
〔莫稽再欲看报单，玉奴靠近想同看。
〔（**大 大 大 大 大**……） 莫稽瞪玉奴，举报单叫玉奴看，玉奴羞惧，低头退至椅前。（**台**）玉奴坐下。双手抚衣襟聊以自解。
莫　稽 “捷报贵府莫大老爷印稽，实授江西德化县正堂。”来——贴在门首。
金　松 咳！（接报单）
〔金松心怀不悦地贴报单。
〔报录人以手招金松。
金　松 （向报录人）你还没走哪？
报录人 您还不知道咱们跑道人的辛苦吗？（伸左手）
金　松 （点头）我明白了！（急进门拿剩饭）还是那半碗儿！（向报录人递去）
报录人 留着你吃吧！（从“上场门”下）
金玉奴 老爷荣任为官，可喜可贺。（拱手）
莫　稽 话虽如此，只是无有银钱怎能上任哪？咳！（双手一摊）
金玉奴 爹呀，您到街上打听打听，有放官利债的没有，到了任所咱们再还他。（右手按掌）
金　松 哎，我打听打听去。**【小锣一击】**（出门，向“上场门”招手）街坊，邻居，知道不知道哪儿有放官利债的，到了任所，我们加倍奉还。
〔**【小锣水底鱼】**金松见无人应声，抽身往回走；四衙役引书吏从“上场门”上。
书　吏 来此已是。里面有人么？
金　松 你们是干什么的？
书　吏 我们是江西德化县衙役三班迎接老爷（拱手）上任的。
金　松 候着。（进门）回禀姑老爷的话，江西德化县衙役三班迎接老爷上任。
莫　稽 叫他们一班一班地进来。
金　松 （出门）老爷有话，叫你们一百一百地进来！（右手指书吏）
书　吏 哪有那么许多！一班一班地进去。（朝众衙役说后进门）与老爷叩头。（跪）
莫　稽 罢了。
金　松 站在一边。（指书吏）
〔二衙役进门，跪拜。
金　松 （指衙役）一边一个。
〔二衙役分站。又二衙役进门，跪拜。

金　松　（指衙役）两边站着，一边站俩。

书　吏　书吏带来文书官诰，迎接老爷上任。（拱手）

莫　稽　来，看衣更换。

「**【小锣五击】**莫稽与玉奴从“下场门”下更衣。

书　吏　参见二爷。（向金松施礼）

金　松　什么二爷呀！（右手一扬）他是我的姑老爷，我是（右手抚胸）他（右手后指）老丈人。

书　吏　原来是老太爷，（拱手）请老太爷更衣。

金　松　怎么着，我的衣裳也带来啦，衣裳可要素净点的。

书　吏　是。

「书吏帮金松穿上青素褶子，又系上大带。

金　松　有帽子吗？

书　吏　有。

金　松　哎，我可要带疙瘩的啊。

书　吏　是。（拿帽）请戴上吧。

金　松　（接帽戴，手拿着旧帽）戴上了。

书　吏　您这顶帽儿赏与我吧。

金　松　我不能得新忘旧，我还留着呢！（把帽揣在了怀中）

书　吏　啊老太爷，现有饭食银子二百两，望老爷收下。（递银）

金　松　等着我给你说一声，我们姑老爷还不定收不收哪。（接银）

「莫稽、金玉奴更衣从“下场门”上。

金　松　回禀姑老爷，他们有饭食银子二百两，请姑老爷收下。

莫　稽　收下就是（接银）。吩咐外厢车辆伺候，带马登舟去者！

「**【冲头】**车夫上，书吏带马，莫稽上马，金玉奴登车。奏唢呐曲牌<急三枪>接<小傍妆台>。衙役领起来走了一个小圆场，书吏、金松、玉奴、莫稽随走，众人归右台口站。

书　吏　来到江边。

莫　稽　搭了扶手。（莫稽下马，玉奴下车。众衙役、书吏下）

「船夫从“下场门”上。搭扶手。

「**【撕边】**金玉奴右手翻折水袖欲登舟。莫稽阻拦、右手甩袖。（**仓**）

「**【撕边】**金玉奴闪退欲倒，金松上前扶架。（**仓**）

「金松父女伤心对视，莫稽全然不顾，瞪目斜视金氏父女、甩袖上船。

（**大、　大、　大、大、大、大　大大　大大　大大　大大　乙大　大仓**）

「金玉奴气急，向右转身。左手拉袖欲回家，向“上场门”急走两步。

「**【撕边】**金松急忙向前双手阻拦。（**仓**）

「金玉奴眼望茫茫江水。凝神沉思。

（**大大大大　大大　大大　乙大大仓**）

「**【撕边】**金玉奴双手抖袖，横心瞪目欲投江，金松拦。（**八大仓**）

金　松　孩子，死不得。还有爸爸我哪！

（双手架扶玉奴）（右手托髯）

「金玉奴伤心落泪，以泪眼望着金松，缓缓摇头，表示为了爹爹不能死，向金松点

（ 大 大 大　大大 大大 乙大 大　台）

头，表示听爹的话。长出一口气，无可奈何地和爹爹一起上了船。进船舱后，玉奴落座“小边”、金松站莫稽旁边。曲牌止。

莫　稽　来，吩咐开船！

〔开船，【水声】唢呐奏<水声>

船　夫　回禀老爷，风狂浪大，不便行船。（跪）

莫　稽　就在此处弯船。

船　夫　是。

〔船夫喊：“弯船喽！”【水声】，船夫下。

〔【小锣一击】莫稽朝玉奴看。

莫　稽　啊夫人。

金玉奴　老爷。（拱手）

莫　稽　你我上得船来，好一派江景，（右手摊掌）何不畅饮几杯。

金玉奴　妾身奉陪。（欠身）

莫　稽　来！

金　松　叫谁哪？（纳闷）

莫　稽　金二！【小锣一击】

金　松　（吃惊）怎么着，这是叫我呐！（右手指鼻）我改了金二啦！（一想委曲求全）哎！

莫　稽　看酒。

金　松　咳！斟酒。（“下场门”拿酒具复上、摆酒杯）

〔金松与莫稽斟酒、又与玉奴斟酒；玉奴不安地起立、望着金松，又无奈何坐下。

〔西皮原板〕

莫　稽

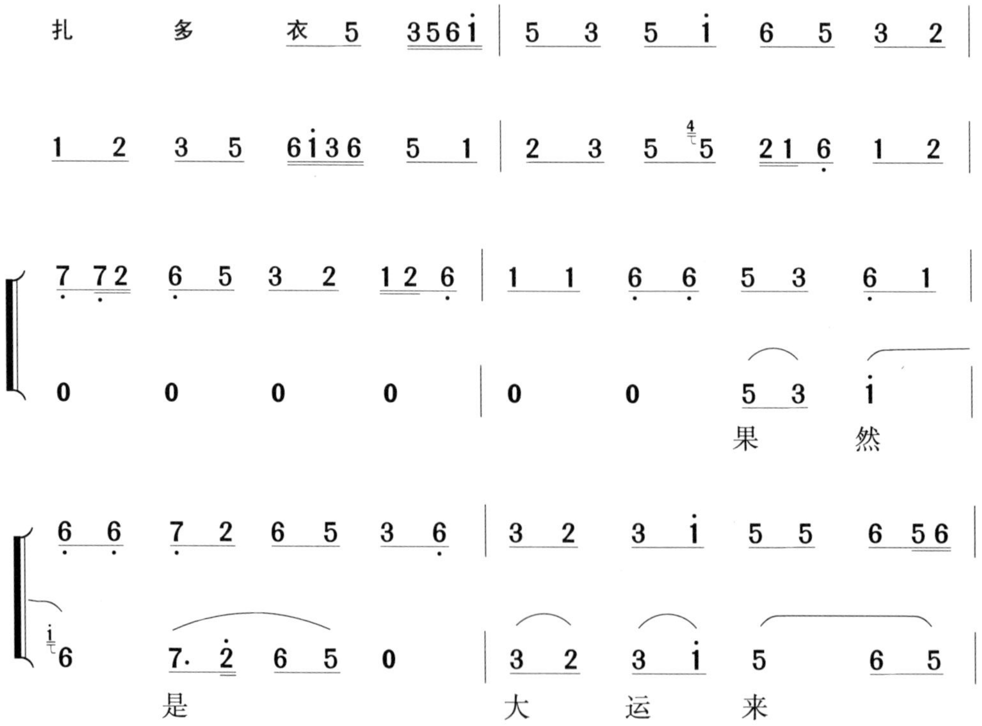

金玉奴

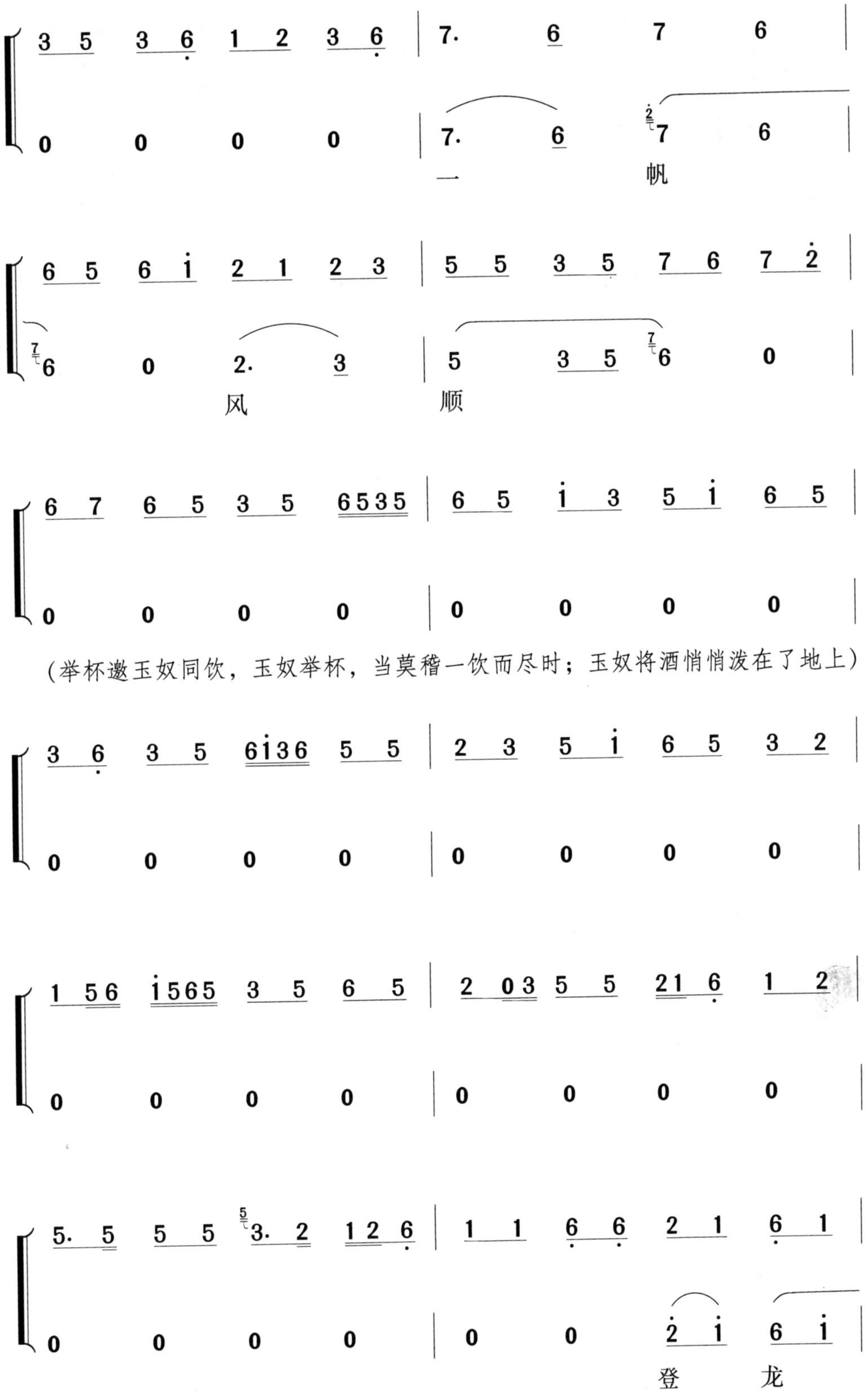

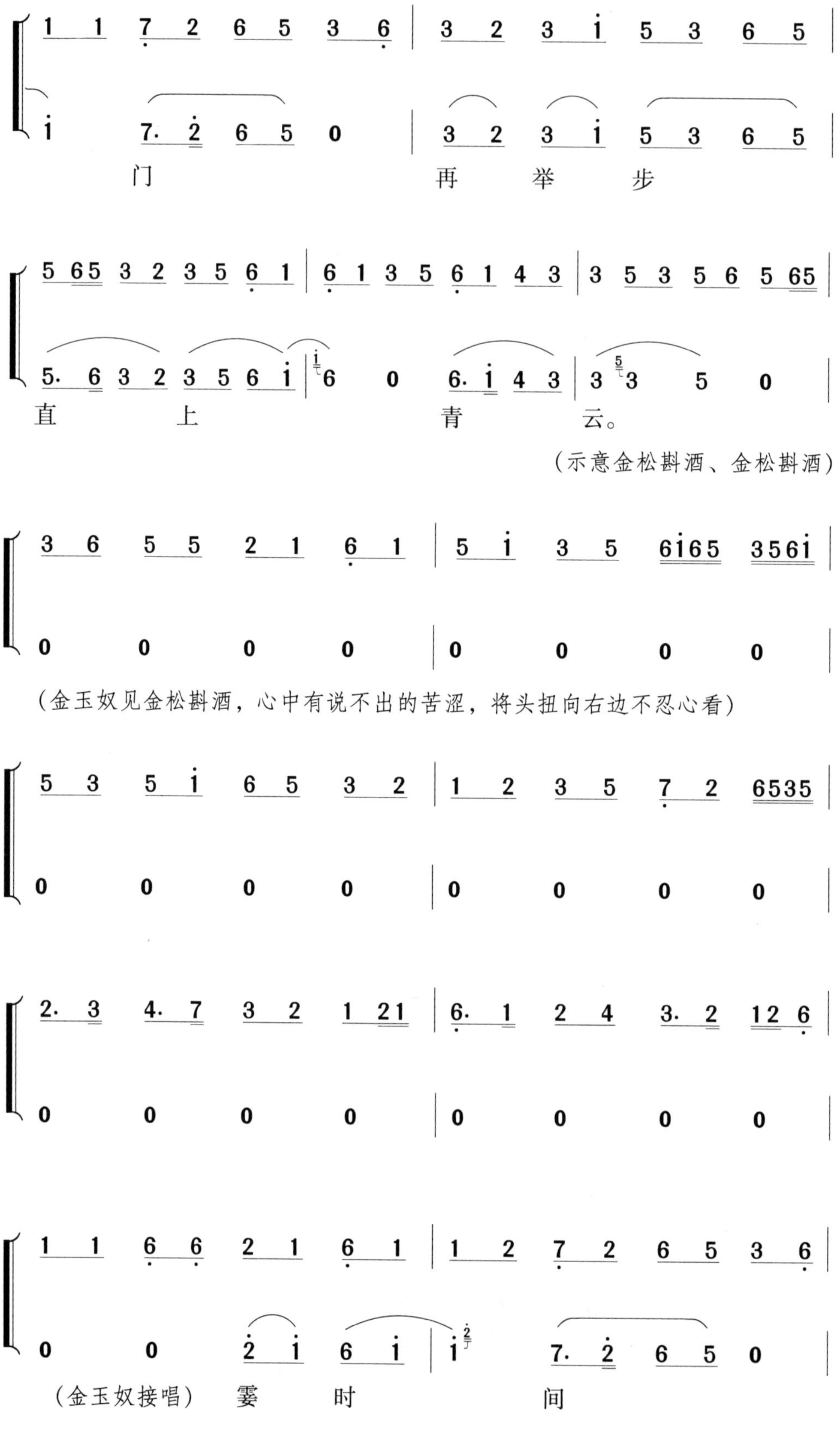
门
再 举 步
直 上 青 云。
（示意金松斟酒、金松斟酒）
（金玉奴见金松斟酒，心中有说不出的苦涩，将头扭向右边不忍心看）
（金玉奴接唱） 霎 时 间

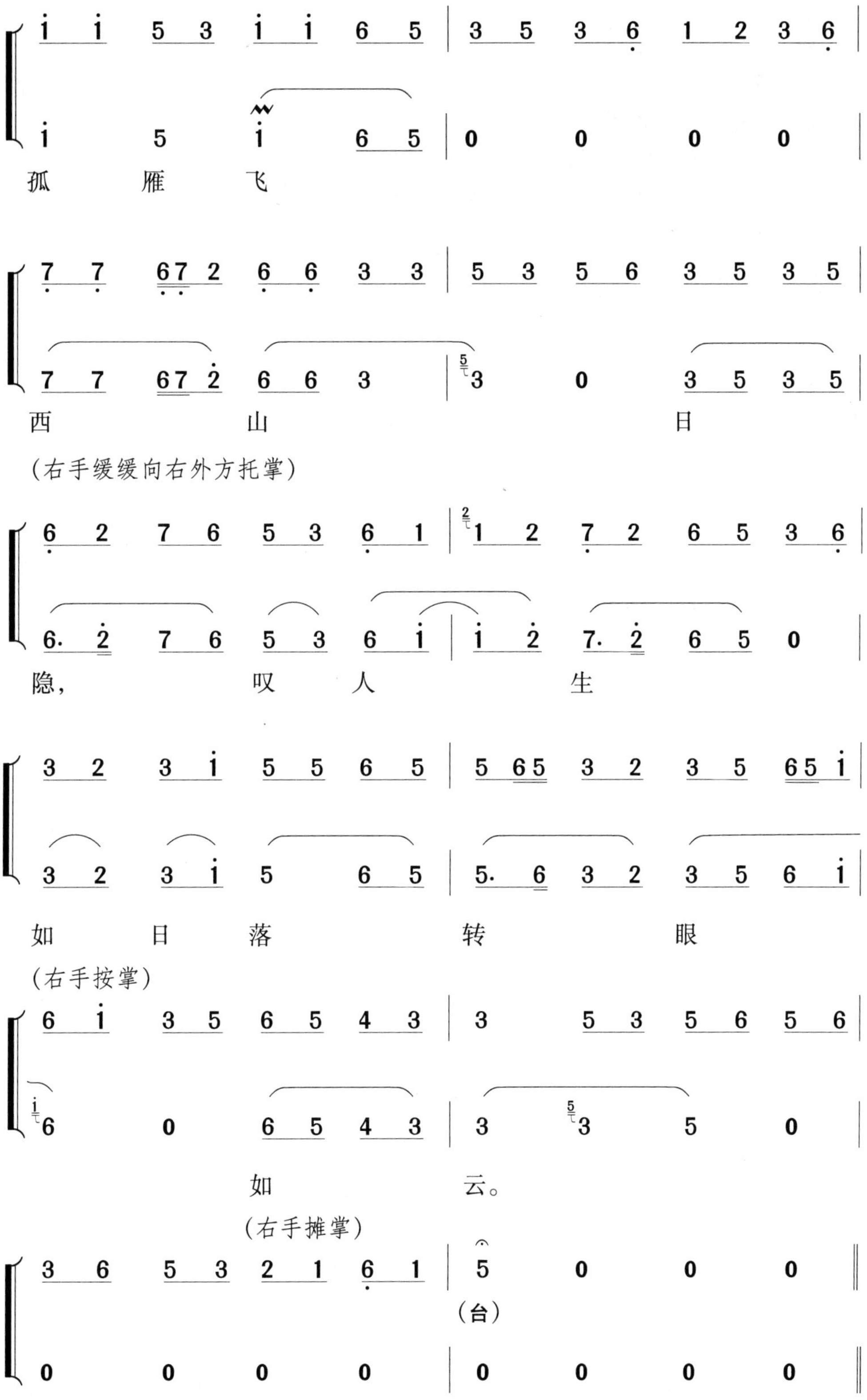
孤 雁 飞
西 山 日
(右手缓缓向右外方托掌)
隐, 叹 人 生
如 日 落 转 眼
(右手按掌)
如 云。
(右手摊掌)
(台)

莫　稽　啊夫人。

金玉奴　老爷。（拱手）

莫　稽　看天色不早，你我安歇了吧。

金玉奴　老爷，你也睡吧。

莫　稽　夫人，你再饮几杯吧。

金玉奴　我醉了。（头枕右拳，右肘靠椅背而眠）

莫　稽　来。

金　松　又叫谁哪？

莫　稽　金二！

金　松　嗻。

莫　稽　将残酒拿到船头去用。

金　松　是啦！（端酒盘欲出舱）

莫　稽　转来（抬右手、金松止步），吃酒自管吃酒，酒后不可胡言乱语！（一扬右手）吃酒去吧。待我安歇了吧。（故意说）

〔金松端酒盘出舱，坐在左台口，边倒酒、边喝。

金　松　好哇！我改了金二啦！（自饮）金二就金二。（又自斟自饮。莫稽站在舱门偷听）你小子忘了倒卧在我们家门口，要不是我们爷儿俩用豆汁搭救你，你还能有今天吗？这可是呀，好不容易盼你做了官啦，我又成金二啦！（双手一摊）你忘了我是你的老丈人（边饮边说）。好哇（点头）！到了任所，你待我好便罢，待我不好哇！嘿嘿！我当着你的年兄年弟（拿杯说），叫你给我吐豆汁儿！

〔**【小锣一击】**莫稽惊怕。金松醉卧船头。

莫　稽　哎呀且住！适才听丐头之言，（右手指金松）倒把我提醒，此番到了任所（右手按掌），以往之事若被他人所知，岂不被人耻笑，（双手摊掌）有碍前程……唉！（右拳击左掌心）想当初就是冻饿而死，决不该与丐头结亲！（右手指金松）这……这便怎么处？（右手抚帽走向船头）**【水声】**（看见急流的江水，动恶念）有了（点头），我不免趁此江水急流，将她推入江中（双手将水袖翻折后向前送）。

〔**【小锣一击】**金松翻身醉语。

金　松　好良心！

莫　稽　（看熟睡的金松）那时我再将金二轰下船去（向金松甩右袖），以绝后患。（点头）我就是这个主意，（急走向玉奴）啊，夫……（忽感到不妥，以手掩口）荒唐，荒唐！（抖右袖埋怨自己）使不得。此时天色尚早，（看金松）金二未曾睡熟，谅他也逃不出我的掌握之中（右手攥成拳），又何必心急呀！（双手一摊）待我假寐片时，再将她（看玉奴）推入江中也还不迟（右手做推状），就是这个主意（点头）。

〔起**【初更】**莫稽头枕右拳，依桌而睡。

〔二黄导板〕

金玉奴　**【大锣导板头】**（$\overset{6}{}$5 5 5 5 5 43 2 2 2 3 3 3 2· 1 6 6 6 6

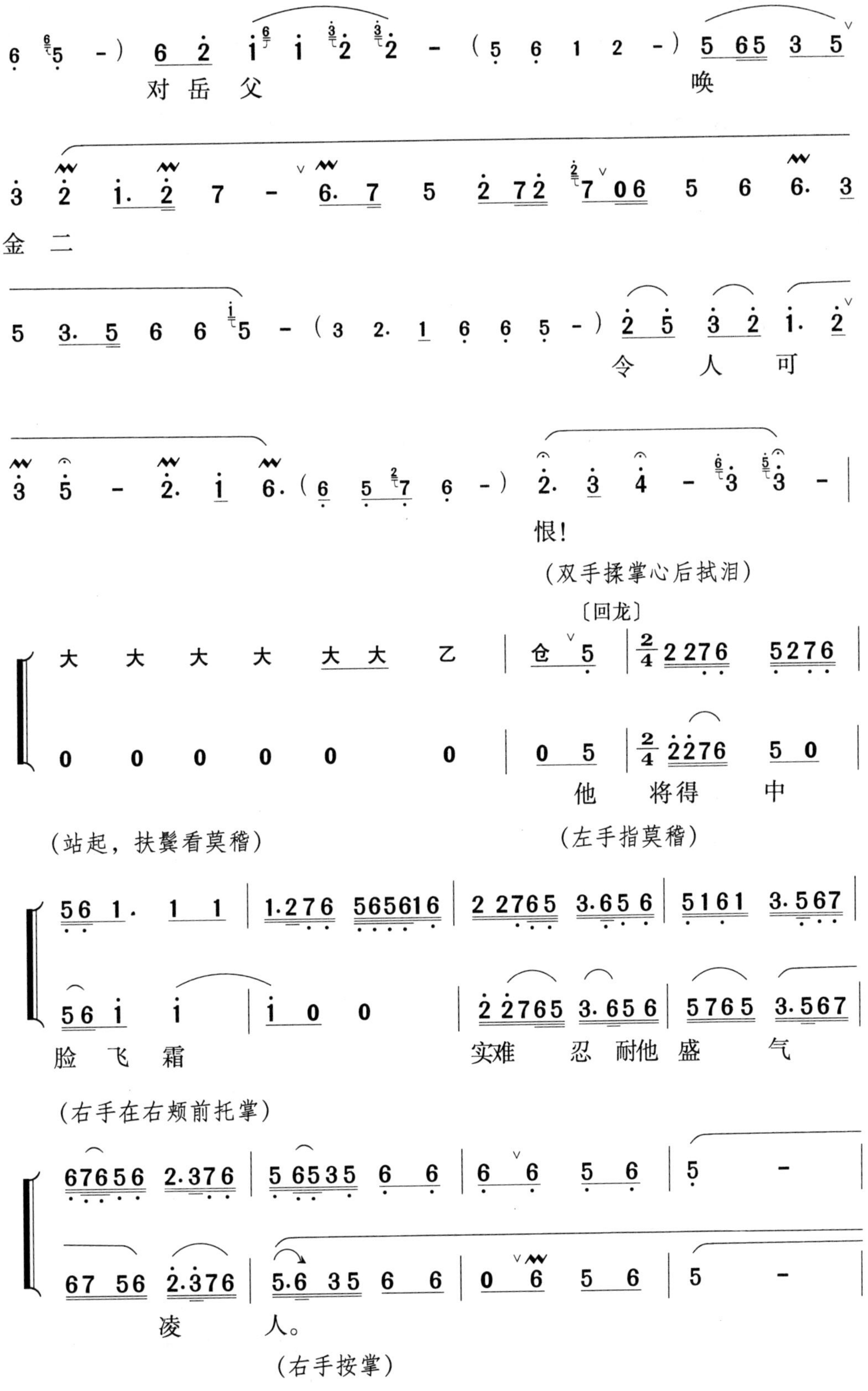

对岳父
唤
金二
令人可
恨！
（双手揉掌心后拭泪）
〔回龙〕
大 大 大 大 大 大 乙
仓
他 将得 中
（站起，扶鬓看莫稽）
（左手指莫稽）
脸飞霜
实难 忍 耐他 盛 气
（右手在右颊前托掌）
凌 人。
（右手按掌）

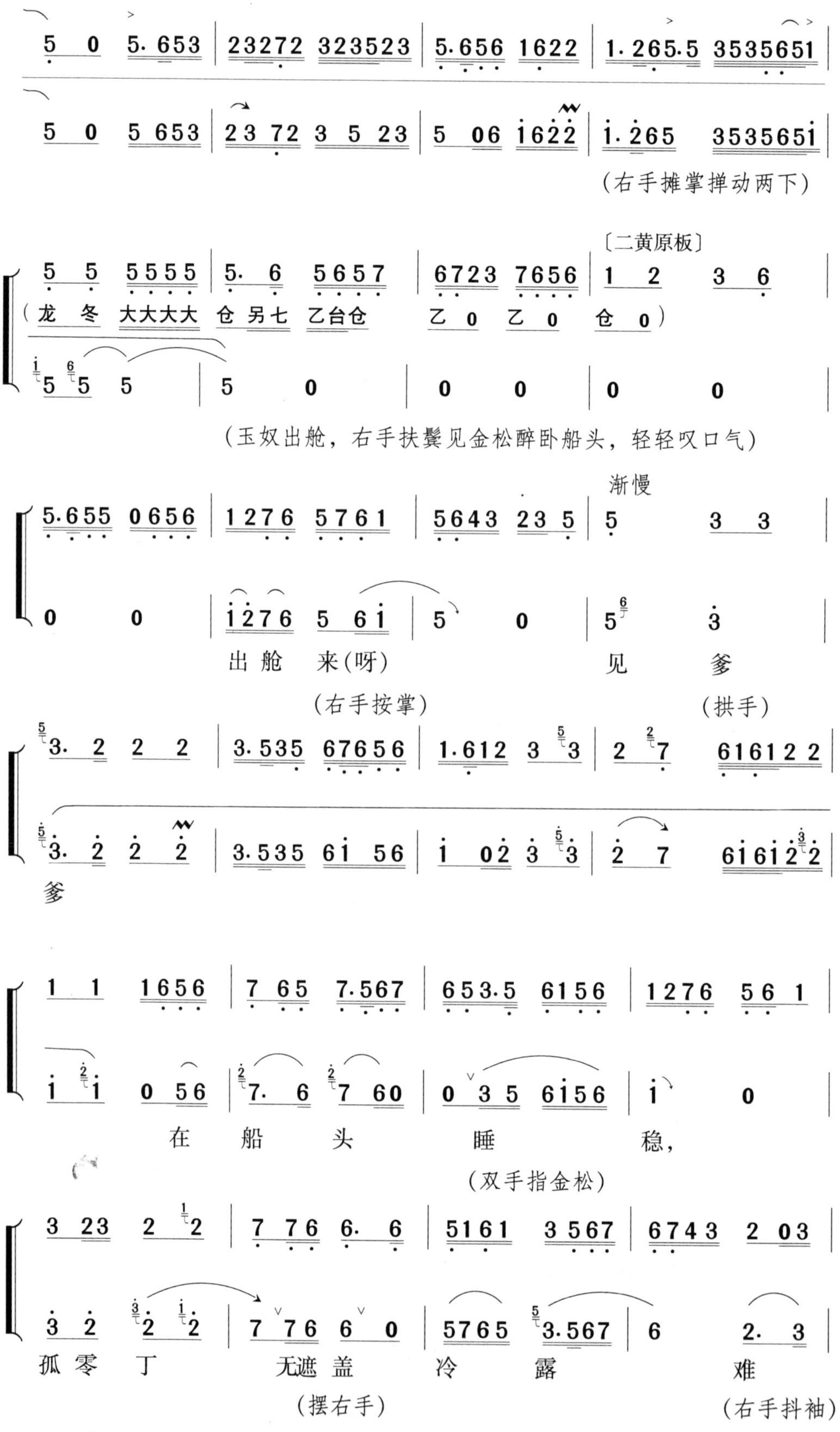
(右手摊掌掸动两下)
〔二黄原板〕
(龙 冬 大大大大 仓 另七 乙台仓 乙 0 乙 0 仓 0)
(玉奴出舱，右手扶鬓见金松醉卧船头，轻轻叹口气)
渐慢
出 舱 来(呀) 见 爹
(右手按掌) (拱手)
爹
在 船 头 睡 稳，
(双手指金松)
孤 零 丁 无遮 盖 冷 露 难
(摆右手) (右手抖袖)

金玉奴

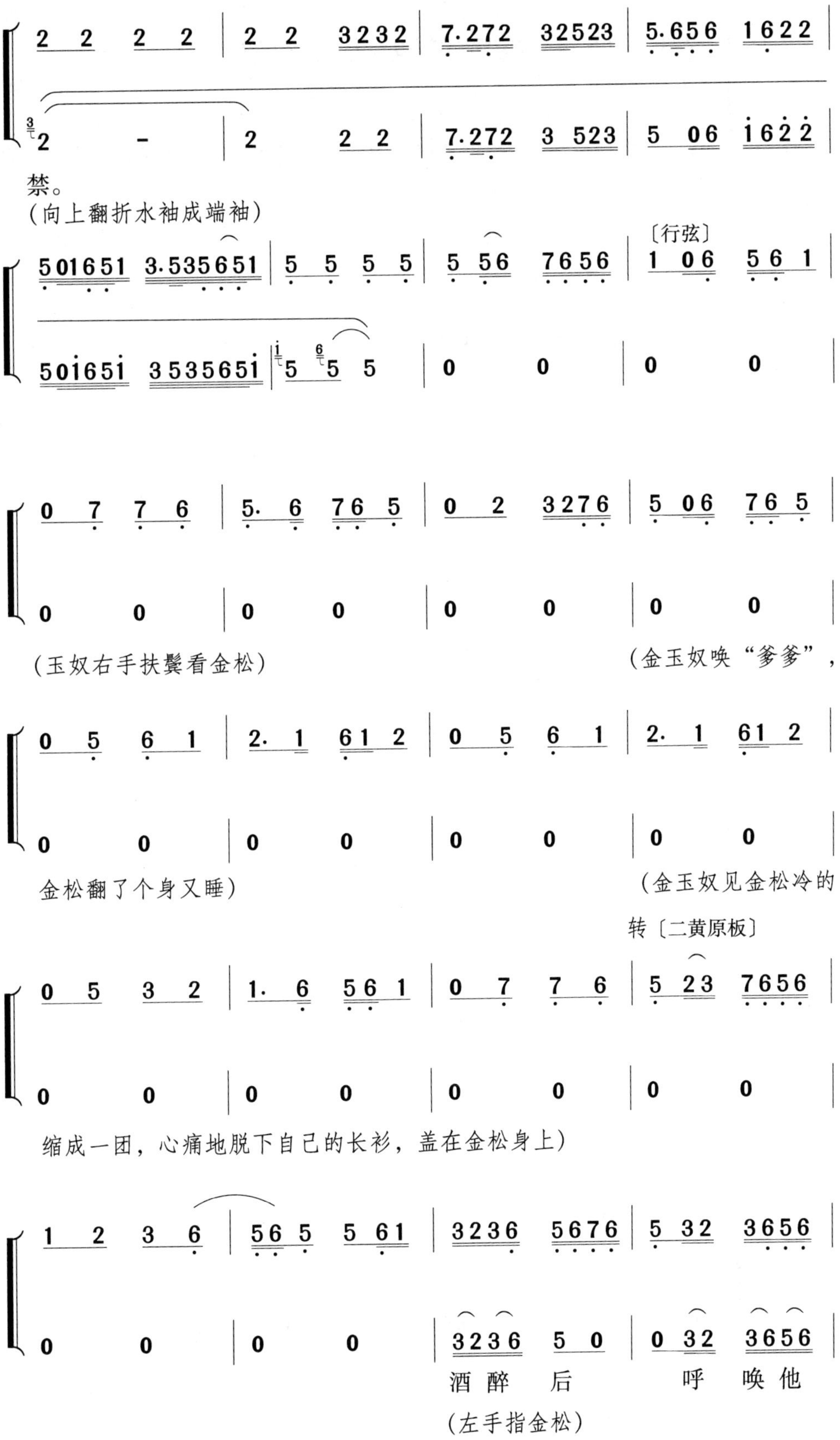
禁。
（向上翻折水袖成端袖）
〔行弦〕
（玉奴右手扶鬓看金松）
（金玉奴唤“爹爹”，
金松翻了个身又睡）
（金玉奴见金松冷的
转〔二黄原板〕
缩成一团，心痛地脱下自己的长衫，盖在金松身上）
酒醉后
呼唤他
（左手指金松）

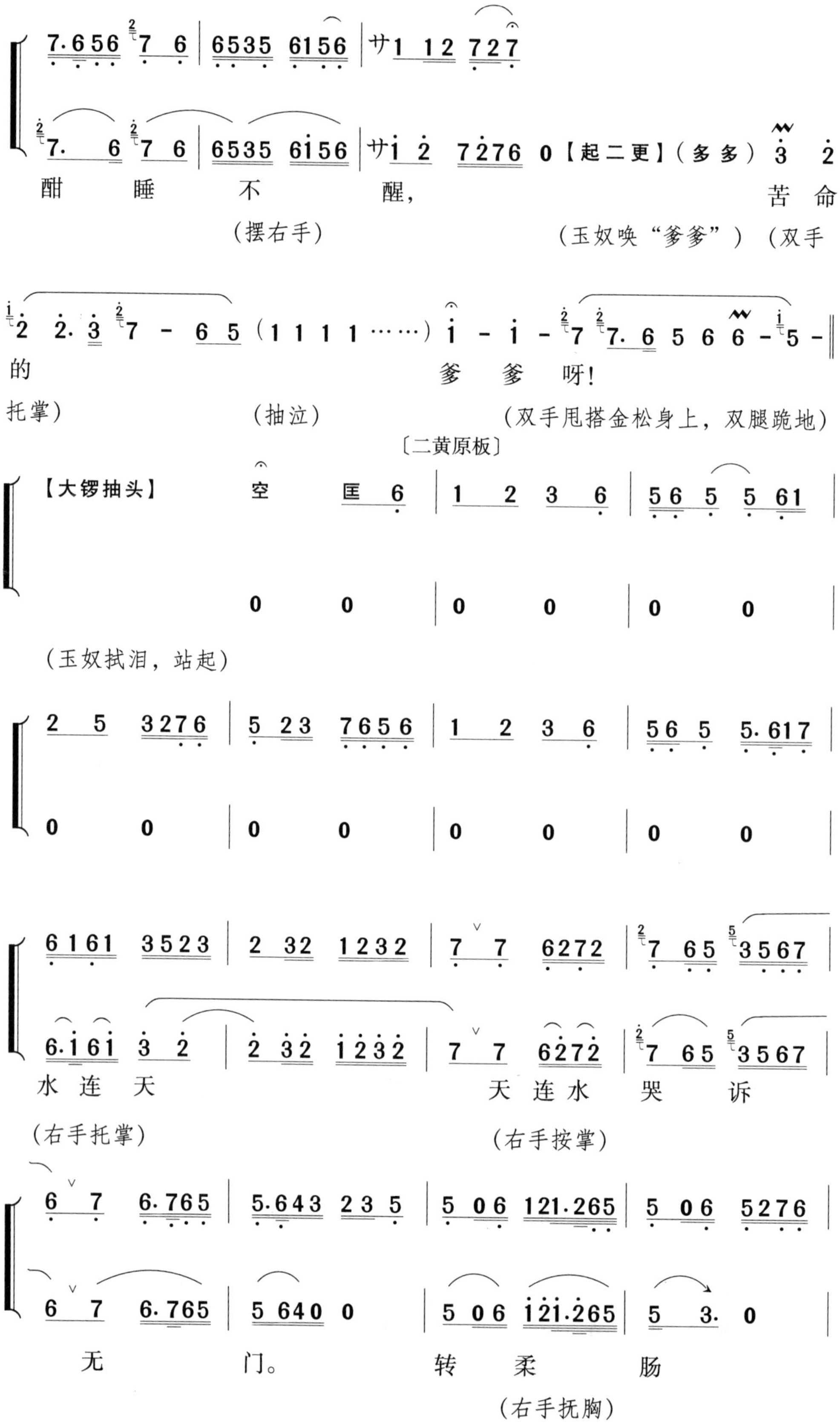
酣睡不醒，
苦命
（摆右手）
（玉奴唤“爹爹”）（双手
【起二更】（多多）
的
爹爹呀！
托掌）
（抽泣）
（双手甩搭金松身上，双腿跪地）
〔二黄原板〕
【大锣抽头】
空
匡
（玉奴拭泪，站起）
水连天
天连水
哭诉
（右手托掌）
（右手按掌）
无
门。
转柔
肠
（右手抚胸）

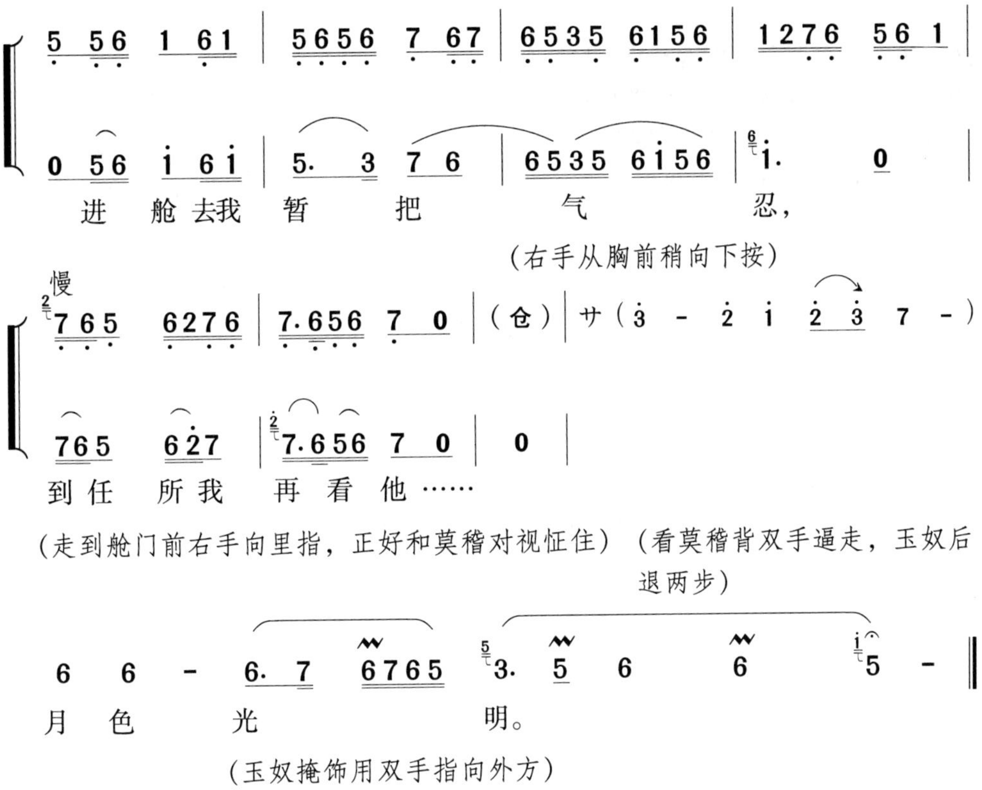

金玉奴 （回身右手指月）好明亮的月色呀！

莫　稽 不想夫人有此雅兴，外面风狂浪大，不要伤了你的玉体呀。

金玉奴 如此，你我回舱去吧。（欲进舱，莫稽拦）

莫　稽 想这皓月当空，银波似镜，（右手按掌）玩赏片时倒也有趣。

金玉奴 陪伴老爷（拱手）就是。

〔莫稽拥玉奴至右台口，示意玉奴远望，玉奴望前方；莫稽欲推之入江，玉奴惊有所察觉，莫稽又假意搀扶。**（水声）**

金玉奴 （心有余悸）我们还是回去了吧。（欲回身）

莫　稽 （拦）啊夫人，江天水月煞是好看……（计上心来）夫人你来看，那旁有一金色鲤鱼正在那里戏水！（左手指江）

金玉奴 在哪里？（双手摊掌向前走了一步）

莫　稽 在这里。

〔莫稽向玉奴身边凑一步，拥玉奴至左台口，左手拧玉奴右手，用右手推玉奴落水，**（水声）**玉奴落水后被浪头打得旋转着。

金玉奴 （挣扎地）哎呀爹……（一盖右袖）

〔**（水声）**玉奴被涌来的浪头卷旋着从“下场门”下。**【冲头】**

〔**【小锣一击】**莫稽心虚地向右台口一望。转身朝金松嚷。

莫　稽 哎呀夫人！夫——人！**【小锣一击】**

金　松 （惊醒站起）什么事呀？姑爷你嚷嚷什么哪？

莫　稽 哎呀岳父呀！你女儿失足落于长江了。

金　松 快些打捞！快些打捞！伙计们快打捞！（双手扬起向“下场门”招呼人，船夫从

"下场门"上）

船　夫　江水湍急，打捞不起了！（复下）

金　松　怎么打捞不起啦！哎呀我的儿呀！（哭）

〔二黄散板〕

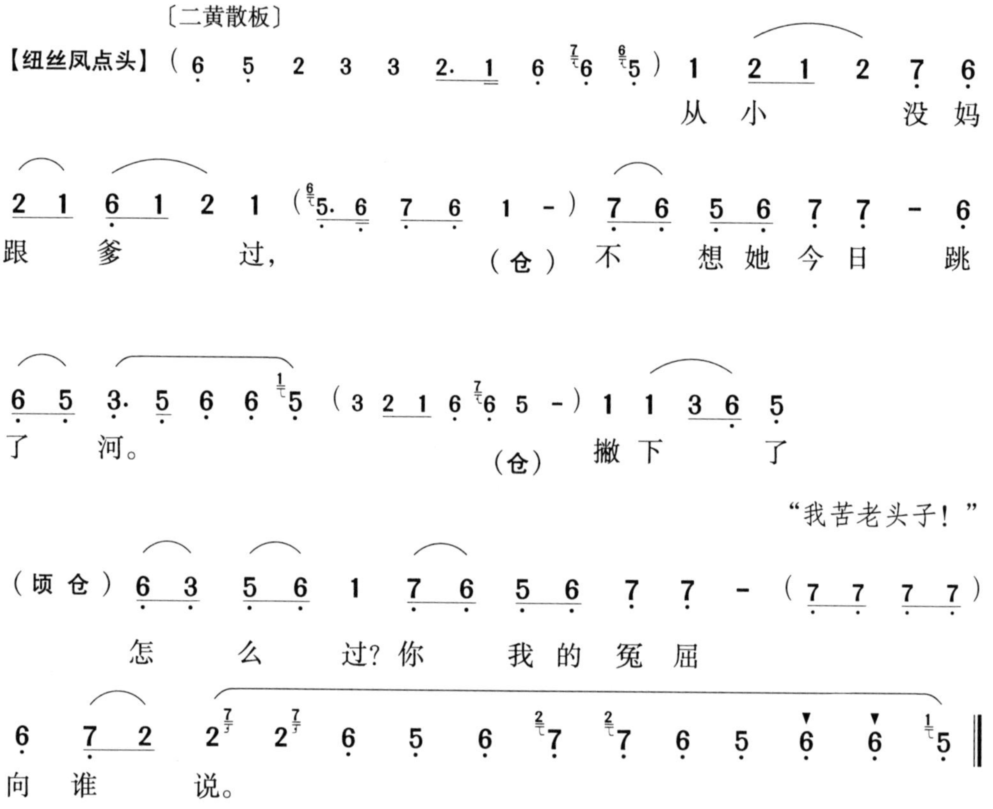

（痛心地哭唱双手摊掌，连顿右足）

〔【大锣住头】金松哭泣。莫稽冷眼看金松。

莫　稽　啊岳父，不必哭了，哭也无益，水势甚急，打捞不起，总是她命该如此呀！

〔【小锣一击】金松怔。

金　松　是呀，一个要饭的女儿哪有做官太太的命！（双手一摊）你刚得中（右手指莫稽），她就失足落水了，你说哪有这么巧哇？（连连抖落着双手）

莫　稽　她不是失足落水难道是哪个害她不成？（摊双手）她失足也罢，投水也罢，（右手按掌）衙门的规矩你也不懂（左手指金松），不必随往任所了。（摆左手）来来来（桌上取银）现有纹银二十两，拿回家去，吃碗安乐茶饭，下船去吧！（递银）

金　松　（接银）这是银子！（左手点指）莫稽，我告诉你说，我要不是为我女儿，冲着你我早走了，（一扬左手）你要没我这门亲戚（左手拍胸），早就喂狗了！（指莫稽）你刚得中之后，就跟我摆官架子，我是你老丈人（左手拍胸），拿我当你的佣人，叫我金二。（点头）我全明白了，你是怕我嘴敞，怕我到了任所给你泄底！（左手指）我趁早躲开你，省得你不放心，不用你轰，我这就走！我人穷志不穷，你给我的银子（右手掂银子），你拿它当银子，我还没看得起它（看银），我就拿它当砖头砸你的狗头吧！

〔【大锣撕边一击】金松掷银打莫稽。

莫 稽 可恶的东西，轰了下去！（甩右袖）

金 松 别轰！（一举双手）我早知道有这么一天。（脱彩衣、帽子抓在手上）这帽子是你的还你！衣裳是你的，我也不穿，都给你！（新衣、帽全扔在了地上）

〔**【冲头】**船夫搭扶手，金松下船，站在岸上，指着莫稽。

金 松 莫稽，你是我的姑爷，你叫我说你什么好呢？（右手点指，气急，捡石头）我拿石头砸你，（扔石头，**【撕边一击】**）我拿水潦你，（双手向莫潦水，**【撕边一击】**）我把你这忘恩负义丧尽天良的王八羔子！

〔金松怒指莫稽亮相。**【大锣原场】**

金 松 咳！儿呀……

〔金松悲伤哭泣着从“上场门”下。

〔**【大锣五击】**莫稽站台中。

莫 稽 看金二已去，已除后患，来！

船 夫 有。

莫 稽 开船！

〔**【大锣打下】**莫稽从“下场门”下。

第 五 场

〔**【快长锤】**林润、林夫人、院公、四丫环、船夫从“上场门”上。林润归“大边”站，林夫人归“小边”站，四丫环侍立两旁，院公站“大边”，船夫在“大边”。

〔西皮摇板〕

林 润 （过门同前）2 1 3 2 2 2 1 3 2 -（3 5 2 1 6 1

船 行 江 中 狂 风 浪，

（右手托掌）

2 2）2 1 2 2 2 3 21 1（6 5 3 6 5 5

（林夫人接唱）江 水 连 天 界 渺 茫。

（右手按掌）

3 2 1 2）3 2 1 1 2 1 2 2 1 1 3 2**【撕边一击】**|

（林润接唱）吩 咐 水 手 拢 岸（呐）上，

（右手指出）

船 夫 启禀大人，水中有一女子！

林 润 快快救了上来！

〔**【快长锤】**船夫从“上场门”将金玉奴救上船，林润归“大边”坐，林夫人归“小边”坐。二丫环向前招呼，金玉奴跪坐台中。

林夫人 6 2 1 1 3 2 1 2 i
快　快唤　醒灌姜汤。

〔【大锣凤点头】丫环拿姜汤灌玉奴，玉奴苏醒，低头坐唱。

〔西皮散板〕

金玉奴 （过门同前） 3 3 6 5 7 7. 6 5 6 5 6 6 3 5 6
那莫　稽揣鬼　计　把月来　赏，

（6 5 3 3 5 6） i i 3. 6 5 5 3 3 5 6 i
（仓）嫌贫　贱下　毒　手推

6 5 2 3 5 （2 3 6 5 -） i 6 3 5 5 6 6 7
奴　人　江。（仓） 因何　故到一只官
（拭目）

6 6 3 5 5 - 6 - （6 6 6 -） 【大锣凤点头】
船之　上，
众丫环："女子醒来！"

（过门同前） 3 3 6 5 5 3 3 5 6 i 5
又只　见众　侍　女排列
（站起左右观望）

3 5 3 5 6 5 6 6 5 5 【大锣住头】
两　行。
（双手摊掌）

金玉奴 （向丫环）这是什么所在？

众丫环 这是林大人的官船。救了你的性命，还不向前谢过。

〔【小锣一击】金玉奴忆起落水之事，扶鬓沉思。

金玉奴 我还不曾死呀？

〔【小锣一击】玉奴走向前两步。

金玉奴 老爷、夫人，多谢救命之恩。（跪拜）

林　润
林夫人 罢了。那一女子，姓甚名谁，因何失足落水？

金玉奴 老爷客禀——　（拱手）

〔【大锣夺头】站"小边"。拧衣裙，拂拭头发、鬓发上的泥水。

金 玉 奴

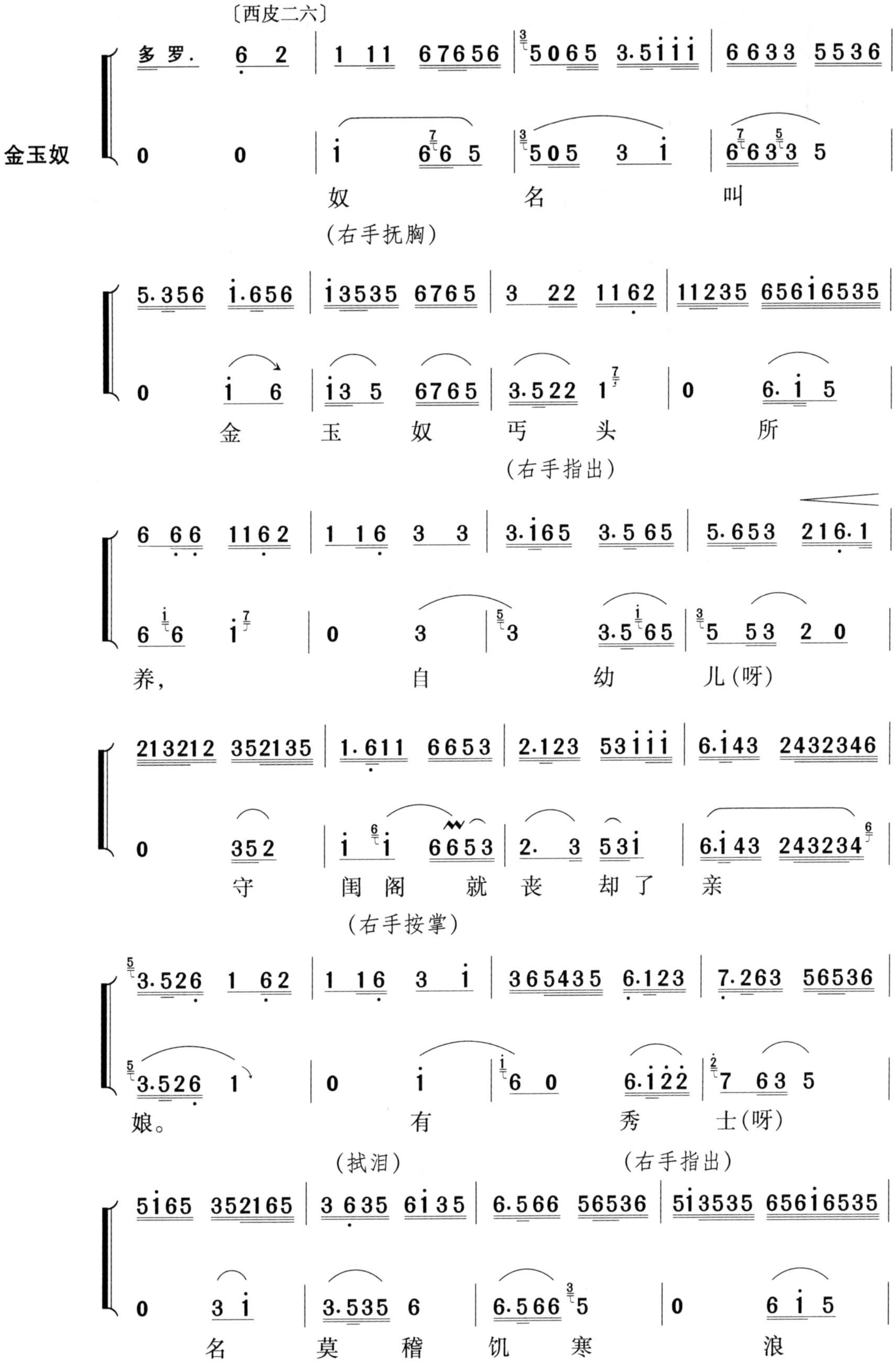
〔西皮二六〕
金玉奴
多 罗.
奴 名 叫
(右手抚胸)
金 玉 奴 丐 头 所
(右手指出)
养, 自 幼 儿(呀)
守 闺 阁 就 丧 却 了 亲
(右手按掌)
娘。 有 秀 士(呀)
(拭泪) (右手指出)
名 莫 稽 饥 寒 浪

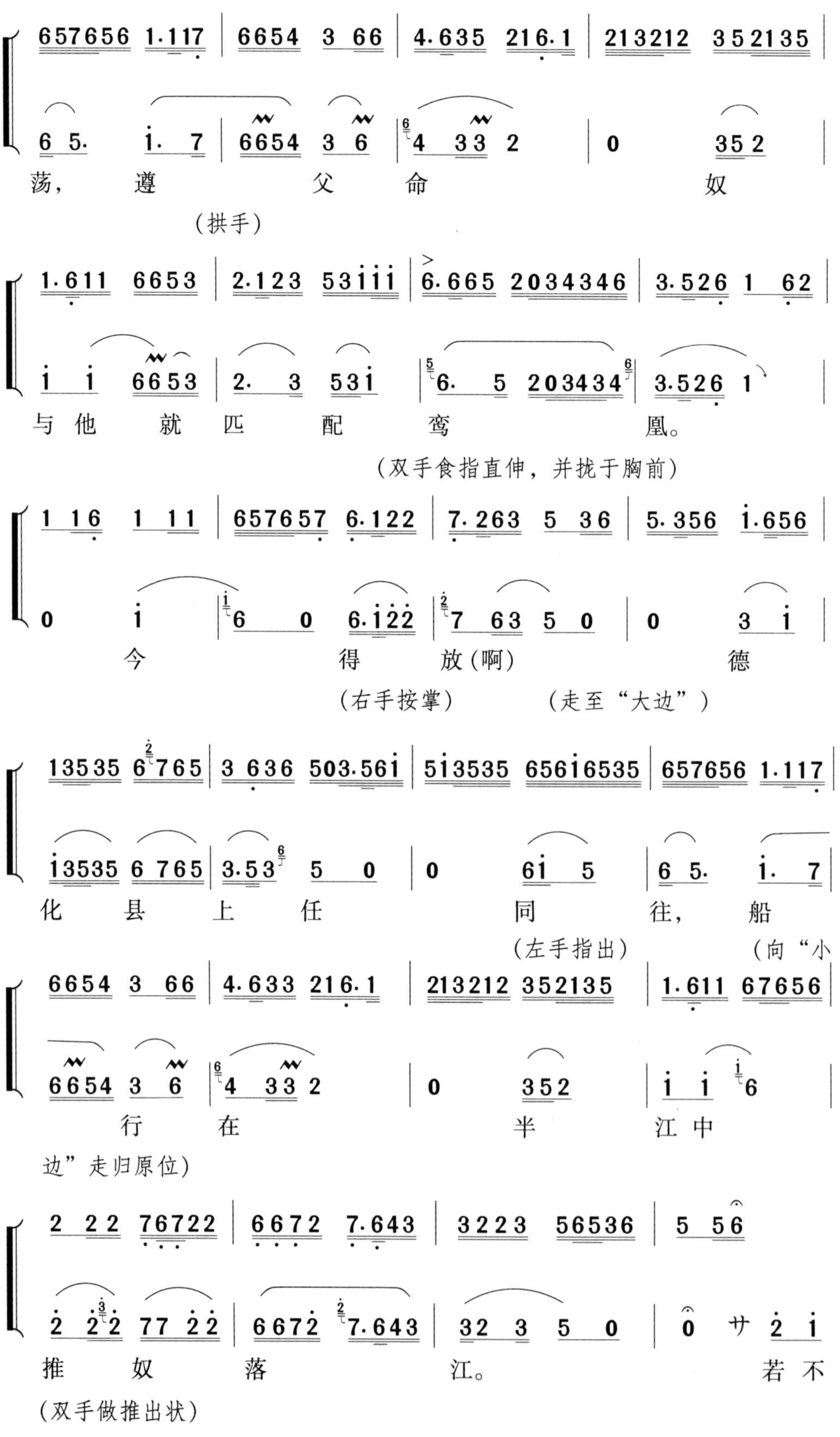
荡，遵父命奴
（拱手）
与他就匹配鸾凰。
（双手食指直伸，并拢于胸前）
今得放（啊）德
（右手按掌）
（走至“大边”）
化县上任同往，船
（左手指出）
（向“小边”走归原位）
行在半江中
推奴落江。若不
（双手做推出状）

金玉奴

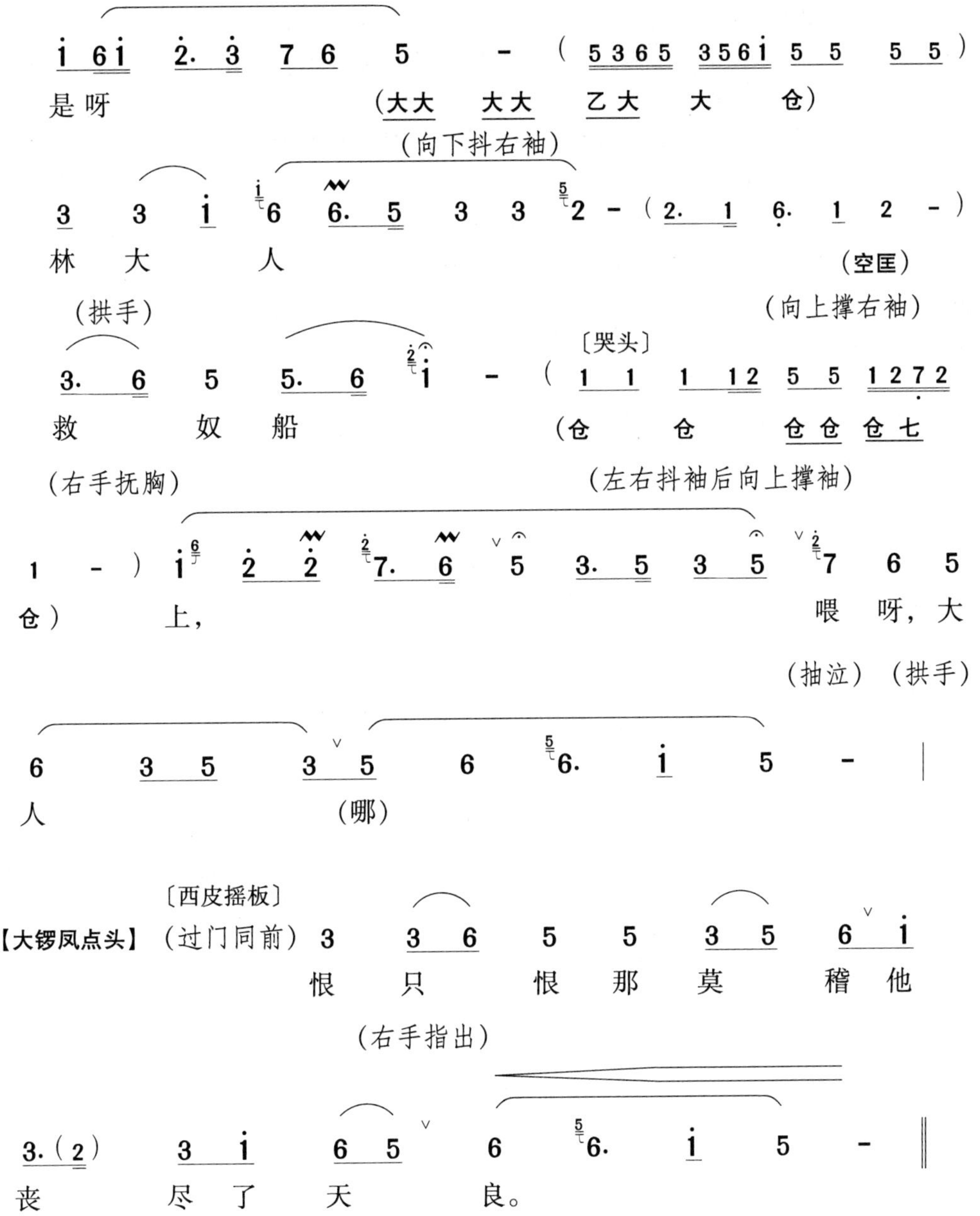

〔【闪锤】林润右手抖袖。

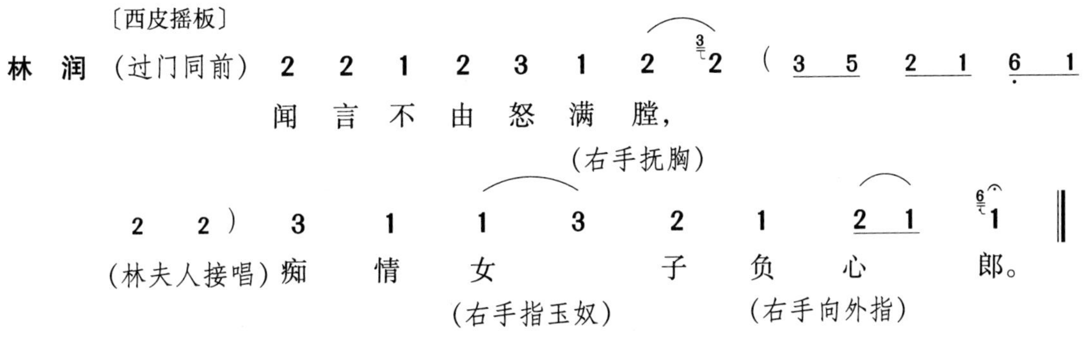

〔【大锣住头】林润同情地朝玉奴。

林　润　老夫林润（右手托髯），乃是江西巡按，那莫稽官居德化县正堂，正归老夫属下，我自有处治之法。

金玉奴　多谢大人（施礼）。只是小女子落水之时，我爹爹（拱手）还在他的船上（右手指出），我死之后，他岂肯容留（右手摊掌），定要受他之害（右手指出）。小女子实不放心（右手抚胸），望求大人（拱手）放小女子下船，寻找我那爹爹，我父女二人见面，也好回家度日，侍奉我那苦命的爹爹呀……（哭、拭泪）

林　润　如此家院进来。

院　公　是。

林　润　命你沿江寻找金老丈，不得有误。

院　公　是。（向船夫）搭了扶手。

〔院公下船，从“上场门”下。【小锣一击】

林夫人　哎呀，老爷呀（拱手）！世界之上竟有如此丧心病狂、人面兽心之人！老身（右手抚胸）闻听也难容忍。（摆右手）到得任所，定要将他唤进衙来，（右手按掌）大大教训他一番，与玉奴出出气，（右手指玉奴）然后使你夫妻重圆；（向玉奴）他若不允，（右手向外指）自有老身（右手抚胸）做主。

金玉奴　多谢夫人好意。（拱手）只因莫稽他做官之后，嫌我出身贫贱（右手抚胸），才将我推入江中，如此怎能再与他重圆（双手摊掌）？只求大人（拱手）与小女子申冤报仇。（右手向外指）

林　润　噢！（右手捋髯）夫人，那莫稽嫌她出身微贱……

林夫人　老爷，我有意……

林　润　不消说了（摆右手）。啊，金玉奴，老夫有意收你以为螟蛉义女，为你报仇雪恨，你意下如何？（站起，右手摊掌）

金玉奴　大人（拱手）若不嫌弃，肯与我报仇雪恨，又是我的救命恩人，我情愿（右手抚胸）终身不嫁，侍奉二老爹娘（拱手）。如此爹娘请上，受孩儿大礼参拜！

〔【大锣五击】玉奴右手翻折水袖，进前跪拜。

林　润
林夫人　身受了。啊丫环！

众丫环　有。

林　润
林夫人　扶侍小姐后舱更衣去吧！

众丫环　是。

〔【大锣凤点头】金玉奴抖右袖。

〔西皮散板〕

金玉奴　（过门同前）i 6 3 5 5 6 6 7 6 6 3 5 6 6
心挂　念老爹爹时刻难　忘，

(6 5 3 3 5 6) 3 3 6 5 5 3 5 6 i 5 3 5
(出舱)　　　(仓)我 只　得 到 后　舱 整 理

6 5 6· 7 6 5 4 5 6 6 5 -‖
容　装。
(右手在右颊前托掌)

〖【大锣原场】玉奴双手翻折水袖进后舱，丫环、玉奴从“下场门”下。

林　润　船家。

船　夫　在。

林　润　家院回来，速报我知。

林夫人　啊，老爷，女儿受了这样冤枉，你是怎样与她做主呢？（双手摊掌）

林　润　到了任所，你自然知道哇。夫人请（一让）。

林夫人　老爷请啊！（拱手）

〖【大锣原场】林润、林夫人、船夫从“下场门”下。

第 六 场

〖金松内白：“老爷太太——”

〖金松从“上场门”上，至台中。

金　松　（数板）（ 多.多 一个多 多0 ）

恨莫稽，丧天良，
黉门秀才赛虎狼。.他（右手指出）
狗运亨通把德化县放，
忘了来我家把豆汁尝。（右手抚胸）
真是官大脾气长；（双拳端起来）
嘿儿哈的要官腔，（走圆场）
骨肉之亲他全不讲，（摆右手）
比作奴婢并不强。
夜晚三更无人后，
他说我女儿落长江。（双手托掌向下落）
真假虚实难猜想，（双摆手）
报仇雪恨还须细思量。
他给我纹银二十两，.我（右伸出食指、中指）
不吃他的瞪眼粮。（双手摆动）

孤身一人无处往，（双手摊掌）
只得长街唤爷娘，唤
0爹娘。

〔院公紧随金松数板的末句咬尾从“上场门”上，跟在金松后面，从右台口向左张望。

院　公　（数板）大人命我长街往，（右手按掌）
寻找金松到沿江，（向左右观望）
有名有姓没见过面，（摆右手）
不知谁是金老丈。（双手摊掌）
那旁望见一乞丐，
吹胡子瞪眼带嚷嚷。（右手指金松）
逢人便问来寻访，（走圆场，追金松）
是疯是傻再端详。

〔**【大锣住头】【撕边】**金松走圆场归“大边”，金松猛一回身，将急步赶来的院公撞倒，（**八　大　大　仓**）　院公跌坐在地，左手指金松。

院　公　哈哈，你这人脚步无根，在路上行走，碰撞于我，扬长而去，真真岂有此理。（站起）

金　松　嗐！人要是倒霉，什么事都遇得见。你撞了人（右手指院公）反倒说人家撞了你，告诉你，我金松不是好惹的，不受人家欺负，你这样不通情理我就揍你。

院　公　唔，（捋髯看）你就是金松老太爷么？（施礼）

金　松　得了，得了，人受一口气，佛受一炷香，你既然给我赔了礼，那我也不怪你（摆右手）。你走你的道（指院公），我要我的饭。（转身欲走）

院　公　老丈请转，你可是金松老丈啊？

金　松　是呀（点头），我不是告诉你了吗？我叫金松。（右手指鼻）

院　公　我家大人（拱手）命我寻找你老人家。（拱手）

金　松　好哇！我女儿让他害死了，连我也不饶（右手拍胸），又想害我是怎么着。（双手一摊）

院　公　你的女儿已然得救了。

金　松　他哪有那份良心哪。（一扬右手）

院　公　是我家林大人将她搭救，你是怎样讲话呀。（抖左袖）

金　松　什么大人？（急问）

院　公　江西巡按林大人，搭救了落水女子金玉奴。

金　松　嗐，你说的糊里糊涂，我一点也听不明白，这到底是怎么回事呀？

院　公　待我仔细讲来，我家林润林大人（拱手），救了个落水的女子，名叫金玉奴，可是你的女儿？（左手摊掌）

金　松　噢，闹了半天，您敢情林大人的管家，我给弄拧了，我只当是莫稽派你下来追我呢。（摇头、摆手）

院　公　不是的。（摆左手）

金　松　噢，不是的。您说我女儿得救了，现在什么地方呢？（双手摊掌）

院　公　现在我们府中啊。

金　松　现在大人的府中。哎呀，还是好人有好报呀，没别的说的，我得给您老人家（拱手）磕头道谢去！您带路吧。

院　公　是是是，老丈随我来！

〔【大锣打下】院公引金松从“上场门”下。

第 七 场

〔【一锤锣】四军士从“上场门”上，“站门”，中军随上站“大边”。林润从“上场门”上，至“九龙口”，抖袖、整冠、端带至前台口。

林　润　（引）巡按江西，【小锣二击】勘民情，

（多多）　1 2　3 2 2 1　6 7 6　5 5 7 6·
　　　　采　　风　　　　察　　　吏。
　　　　　　　　　　　（右手指出）

〔奏唢呐曲牌〈水龙吟〉。左手抖袖、提袖、整冠、理髯、双手端带左右环视，右转身向大帐走去，走至大帐左转身，归“内场”坐。曲牌止。【大锣归位】

（诗）少生科第老驰名，
　　曾捧册章入朝门。【小锣二击】
　　如今年迈秉中正，
　　一片丹心保朝廷。（拱手）

〔【大锣归位】左手抖袖。

老夫【撕边一击】林润。【大锣住头】到了任所，为了义女之事，费尽心机。中军。

中　军　有。

林　润　传话下去，文武百官免参免见，单传南昌、德化二县进见。

中　军　下面听者！【撕边一击】大人有命：（拱手）文武百官免参免见，单传南昌、德化二县进见。

〔【小锣五击】甄一臣、莫稽从两边分上。甄站“小边”，莫站“大边”。

甄一臣　（念）十载寒窗苦，（右手按掌）

莫　稽　（念）得意上青云。（左手指出）

〔二人躬身拉左袖。

甄一臣
莫　稽　报，南昌/德化县知县甄一臣/莫稽告进！

〔二人“挖门”归一横排站。

甄一臣
莫　稽　卑职等参见大人。（跪拜）

林　润　哪位是莫稽莫贤契？

莫　稽　卑职德化县知县莫稽。（立“大边”，甄立“小边”）

林 润 哦喝呀，莫贤契，我来问你，此番上任可曾携眷否？（右手摊掌）

莫 稽 这……也曾携眷，咳，不幸糟糠失足落于长江了。

林 润 哦！【撕边一击】失足落于长江了，哼，哈哈哈……转堂。

〔奏唢呐曲牌〈小傍妆台〉，众人分“两边下”，甄一臣、莫稽一翻两翻，林润归“外场座”，曲牌止。

林 润 二位贤契请坐。

甄一臣
莫 稽 大人在此，哪有卑职座位。（欠身拱手）

林 润 有话叙谈，焉有不坐之理。

甄一臣
莫 稽 卑职告坐。（莫坐“大边”，甄坐“小边”）

林 润 方才贤契言道，宝眷失足落于长江，老夫有一言，只是难于启齿。

莫 稽 大人（拱手）有何金言，就请当面吩咐。

林 润 甄贤契！（以目示意）

甄一臣 （会意）啊，年兄，（向莫稽挥手示意，二人至右台口）林大人之意你晓得么?(右手指莫)

莫 稽 莫非怪罪于我。（右手抚胸）

甄一臣 非也，恭喜年兄（拱手）。大人有一女儿，生得人才出众，（右手在右颊前托掌）四德俱全（右手按掌），有意许配与你，不知年兄意下如何呀?

莫 稽 （喜出望外）哎呀呀！（双手一拍掌）竟有这样事……

甄一臣 （示意）还不向前拜过。

莫 稽 如此岳父请上，受小婿大礼参拜。

〔【大锣住头】莫稽跪拜。

林 润 哈哈哈……贤婿请起请起。（示意）小女自幼娇养惯了、性情不好，洞房之内若有不到之处，贤契要担持一二呀！（右手指莫）

莫 稽 承蒙岳父雅爱，小姐纵有不到之处，小婿理当容让。（欠身施礼）

林 润 就请贤契在这按院衙门居住，（右手按掌）择日与你们完成花烛。随我来呀！（抬右手招唤莫）啊哈哈哈……

甄一臣
莫 稽 大人请。（拱手）

〔【撕边】【一锤锣】林润右转身从“下场门”下，甄一臣、莫稽随下。

第 八 场

〔金玉奴内唱。

〔二黄导板〕

【导板头】サ（6̣ 5̣ 3 2 - 2 1 6̣ 6̣ 3 6̣ 6̣ ⁶5̣ -）6 6 2̇

林 大

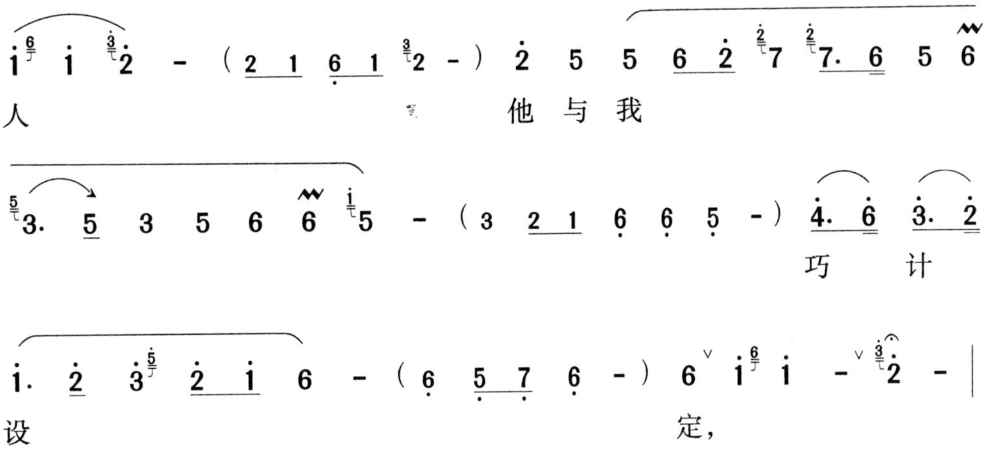

〔【大锣原场】四丫环抱棒从“上场门”上，“站门”。又四丫环簇金玉奴从“上场门”上。金玉奴站台中，八丫环“八字”形站。金玉奴右手翻折水袖亮住相。

〔【大锣帽子头】右手抖袖、提袖。

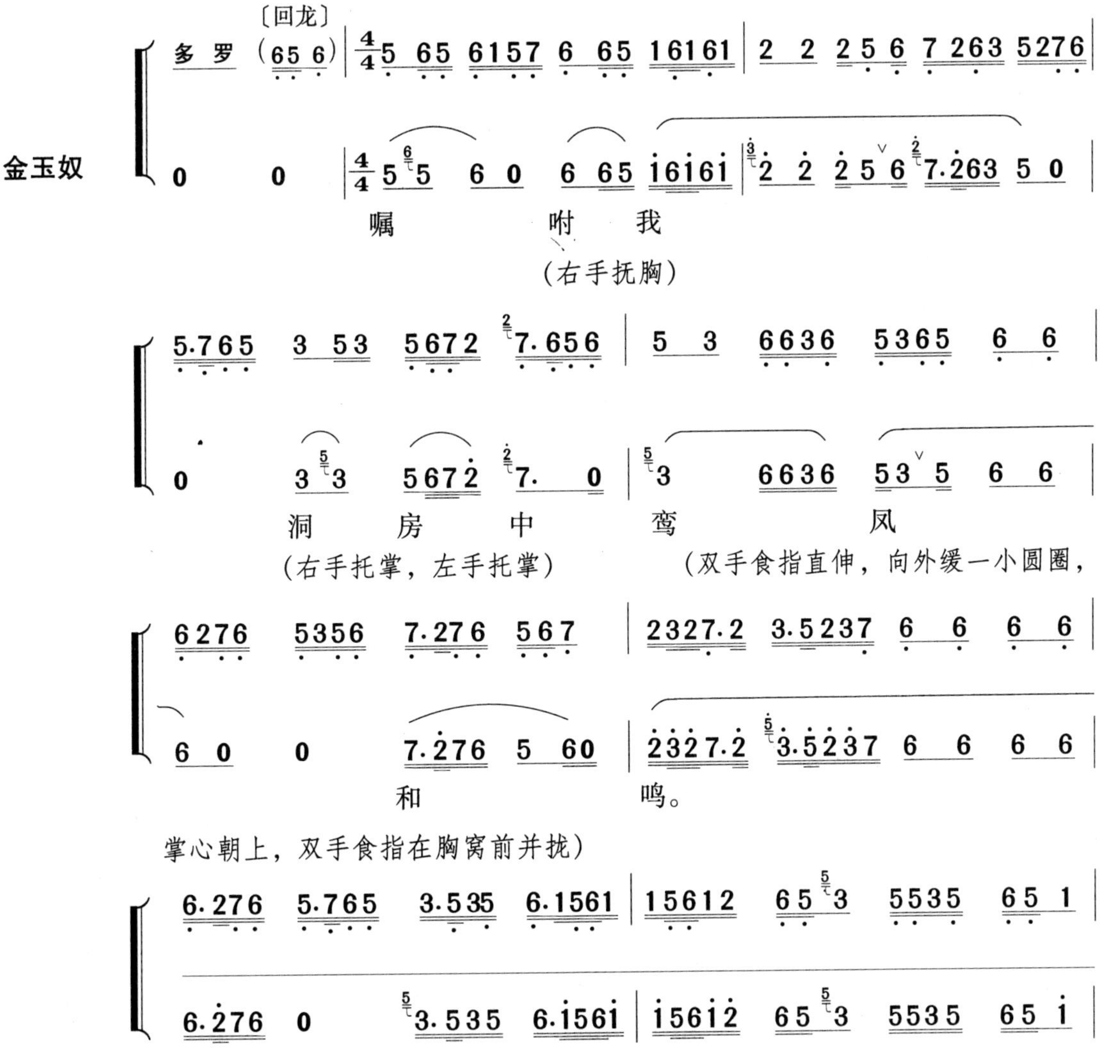

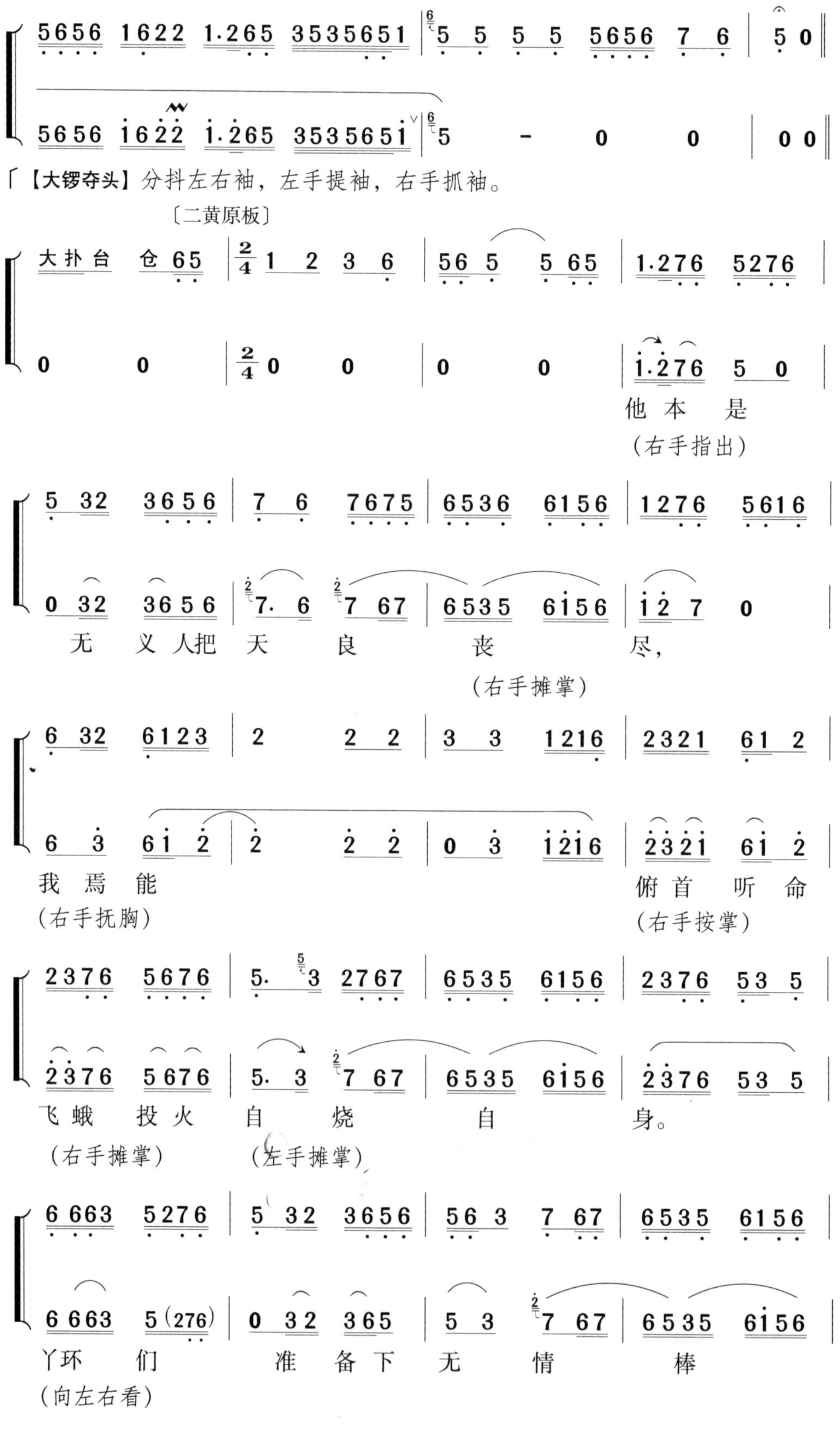
【大锣夺头】分抖左右袖，左手提袖，右手抓袖。
〔二黄原板〕
大扑台 仓
他本是
(右手指出)
无义人把天良丧尽，
(右手摊掌)
我焉能
(右手抚胸)
俯首听命
(右手按掌)
飞蛾投火自烧自身。
(右手摊掌)
(左手摊掌)
丫环们准备下无情棒
(向左右看)

〖【大锣抽头】金玉奴左转身归“外场座”。莫稽从“上场门”上，双手端带，春风得意地至右台口。

〔二黄摇板〕

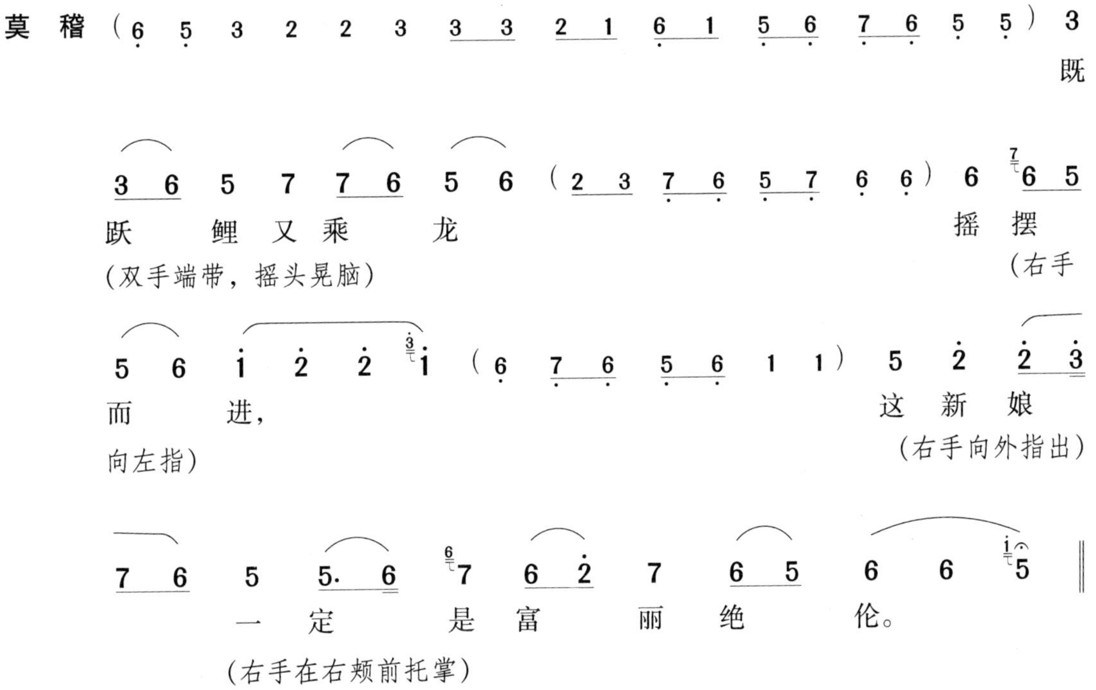

〖莫稽进门，【乱锤】四丫环见莫进门，持木棒乱打，莫稽忙用水袖遮头。

众丫环 打打打！

莫　稽 快快住手！【撕边一击】我乃按台娇客。

众丫环 什么叫娇客呀？

莫　稽 娇客就是姑老爷。（双手端带）

众丫环 噢娇客就是姑老爷。我们这儿有个乡风，姑老爷未入洞房之前，先打一百棒！

莫　稽 这哪里是洞房啊！（双手一摊）若是不打呢？

众丫环 不打就不能入洞房。

莫　稽 哎呀！好难入的洞房啊！（摇头）

众丫环 着打吧！你！

〔众丫环打，莫稽抱头躲闪。

金玉奴 丫环，不要打了，叫他低头而进。

众丫环 小姐叫你低头而进。

莫　稽 噢！（缓口气）我进来了。

〔**【大锣住头】**莫稽低头进门，归“小边”站。

金玉奴 丫环，叫他脸朝外跪。

一丫环 小姐说了，叫你脸朝外跪。

莫　稽 怎么？还要跪下？（右手向下指）哎呀呀（双手一拍掌），倒是大家之女（右手赞美指），有这样大的规矩，我跪下了。**【大锣住头】**（撩袍跪在前台口）

金玉奴 下跪的可是莫稽？

莫　稽 正是下官。

金玉奴 我来问你，你家中可有妻室？

莫　稽 这……

金玉奴 嗯……

莫　稽 唔，有的……

金玉奴 既有妻室，如此说来，我岂不做了你的二房了么？（右手摊掌）

莫　稽 不不不(双摆手)，小姐（拱手）乃名门之女，焉能做二房！小姐不必担忧，是我得中之后，我那前妻金玉奴（右手外指）随同上任，船行半江之中，我将——（双手做推出状，忽觉失言，用右手掩口）

〔**【小锣一击】**金玉奴站起。

金玉奴 将她怎么样啊！（右手指莫）

莫　稽 我将将得中，她就失足落水了。（右手指出）

〔**【小锣一击】**玉奴恨生心头，强忍怒火。

金玉奴 听你这么说，那金玉奴也怪可怜的，（看莫背影）怎么你刚刚得中，她就失足落水了呢？

莫　稽 想那金玉奴出身微贱，命小福薄（右手按掌），怎能比得小姐（拱手抬至左肩）的福大造化大呀！

金玉奴 （试问）倘若我父丢官罢职，一朝势败，（右手按掌）那时你怎样看待于我？（右手抚胸）

莫　稽 小姐何必多疑，你我夫妻乃是同甘共苦，百年相好，小姐何必多疑呢？

金玉奴 如此说来，你倒是个有良心的人啦！（右手点指莫）

莫　稽 大大的有良心。（双手端带，得意地晃脑袋）

金玉奴 我早就知道你是有良心的。（点头）可是你进得洞房还没有看见新娘子我的长相如何呢？（归坐）

莫　稽 多谢小姐。（一揖站起）是啊，我进洞房，将我打得乱七八糟，我倒要看看林家的小姐。

〔莫稽回身看，金玉奴打莫稽一掌。**【撕边一击】**莫见是玉奴，惊怕。玉奴站起。

金 玉 奴

莫　稽　哎呀，打鬼！**【撕边一击】**（右手向上扬袖、后退一步）打鬼！**【撕边】**（左手向上扬袖，再后退一步）**【冷锤】**（双手向上撑袖，捂头）

金玉奴　哼，打鬼！你看看这洞房之中，谁是人，谁又是鬼哪！**【撕边一击】**

莫　稽　哎呀，我好悔矣！（顿悟）

〔二黄散板〕

【纽丝凤点头】（过门同前）6 6 2 1 1 2（5 6 1 2）5 7

悔 只 悔 前 番

6 3 6 5 2 1 -（6 7 6 1）5 2 3 7 7 6

错 悔 之 不 尽，（仓）望 夫 人 饶

（双手摊掌）

5 6 7 7 7 6 7 2 6 5 6 1 5 ‖

恕 我 以 往 薄 情。

（深施一礼）

〔**【纽丝凤点头】**金玉奴抖右袖归座。莫稽见玉奴不理，退一步双手摊掌。

莫　稽　哎呀！

〔二黄散板〕

（过门同前）3 6 5 6 6 6 5 5 6 1（6 7 6 1）5 6 2

往 事 如 云 休 怀 恨，（仓）为 顾

（右手按掌）（摆右手）（双手摊掌左

7 6 5 6 7 7 -（6 5 6 7 7）6 7 2 6 5 3 5 6 6 5 ‖

这 小 前 程 跪 倒 在 埃 尘。

右一看）（撩袍跪在前台口）

〔**【小锣抽头】**金松右手柱杖，从“上场门”上，至右台口。

〔二黄摇板〕

金　松　（过门同前）2 1 2 2 1 3 2 6 2 1 2 1（6 5 6 7 6 1 1）

适 才 间 林 大 人 对 我 言 论，

（左手按掌）

2 1 2 2 5 3 2 1 2 3 6 2 1 2 2（2 1 6 1 2 1 -）‖

到 洞 房 看 一 看 无 义 之 人。

（左手向左指）

（见莫稽跪在地下，气不打一处来）

好狗不挡道，挡道没好狗，你是哪条狗！（左手指莫，右手用拐杖戳地）

莫　稽　啊，岳父！（讨好乞求地拱手）

金　松　你认错了人了吧，我不是你的岳父，我叫金二，你再瞧瞧，进士公，县太爷。

莫　稽　啊岳父，（拱手）过去之事不必再提了。（摆右手摇头）

金　松　莫稽呀，你这狠心的王八羔子！（咬牙切齿地怒指、跺脚）

〔二黄散板〕

金　松　**【大锣双楗凤点头】**（过门同前）3 ⁵3 2 1 3 2 2 1 2 1（6 7 6 1）
狼 心 狗 肺 真 可 恨，（仓）

6 2 1 1 3 2 2 1 6 1 2 -（5 6 1 2）3 2 1
眼 中 哪 有 这 门 亲？（仓）手 持

6 2 1 2 2 1 5 6 1 1 ³2 2 ³2 ²1 ‖
拐 杖 将 尔 打 定。

〔**【乱锤】**金松举杖，莫稽吓得站起急躲，金松用杖威吓，二人“一欺两欺”，金松漫莫稽头，金松归到“大边”，莫稽归到“小边”。

〔**【撕边一击】**林润、林夫人、甄一臣从“上场门”上。莫稽抬头见林润左手怒指自己，惧怕得跪地。〔亮弦〕（6 5 6 7 6 1 1）**【大锣双楗凤点头】**林润抖左袖，怒看莫稽。

〔二黄散板〕

林　润　（过门同前）2 1 2 2 1 3 3 62 1 2 2 - ‖
洞 房 中 明 是 非 再 做 调 人。
（右手按掌）

〔**【大锣五击】**林润、林夫人进门，金玉奴、金松迎。甄一臣走至莫稽面前。

甄一臣　年兄，是我（右手抚胸）先前不知，贸然作媒。年兄，还望多多原谅。（一拱手）

莫　稽　啊年兄，我已知过，讲个人情吧！（央求地拱手）

甄一臣　（不屑一顾地）哼，斯文败类。（甩右袖）

〔**【小锣一击】**甄进门站“小边”，靠林夫人站。林润站“大边”，金松站林润外边。金玉奴站林润与金松的前排“大边”。

甄一臣　啊小姐，（拱手）你打也打了，你还是将他（右手指莫）认下了吧！

金玉奴　啊甄大人，你如今看他可怜么？**【大锣叫头】**莫稽呀！（右手翻折水袖）我把你这狠心的狼崽子！**【大锣归位】**想当初你不得第之时，天降大雪，肚内无食，沿街乞讨（右手撒掌），冻饿我家门口（右手指出），**【大锣住头】**多亏我（右手抚胸）父女一碗豆汁救你活命，你险些做了饿殍（右手指莫）。我父女劝你上京赶考，可怜我爹爹跋山涉水沿街讨饭（右手按掌），才助你成名。（右手指莫）**【大锣住头】**今放德化县知县，夫妻上任同往，船行半江之中，你嫌我是丐头之女，假作赏月，你将我推入了（双手按掌向右外方推出）**【大锣脆头】**江心哪……（痛哭。将双水袖搭在金松肩上抽泣）多亏义父林大人（拱手）与我们设计重圆。今日洞房，爹爹（朝金松）听着，他是个负心之人，（右手指莫）女儿岂能再与他重做夫妻！（摆右手）

〔**【撕边一击】**玉奴抖右袖、甩左袖。

莫　稽　啊，夫人，想如今你乃是林大人的义女，下官何敢再生异心哪！（双手摊掌）

〔**【撕边一击】**玉奴回头向林大人拱手。

金玉奴　林大人您看他跪的是哪一个？（右手摊掌）

林　润　他跪的自然是你呀！（右指玉奴）

金玉奴　哎！（摆右手摇头）他（指莫）跪的是林大人（拱手）。您再看看他怕的是哪一个？（双手摊掌）

林　润　怕的也是你！（右指玉奴）

金玉奴　嗐，他怕的是林小姐不与他成亲。他对我金玉奴哪有半点愧悔之心（右手抚胸）。啊爹爹（向林润），难道您就不顾女儿性命了么？（向林润哭）**【大锣脆头】**

林　润　这……

林夫人　啊女儿，谅他不敢（走至玉奴面前），听为娘相劝，你就快快与他入洞房去吧。（右手外指）

〔（**大大大大**）玉奴看林夫人，摇摇头，向后退一步。

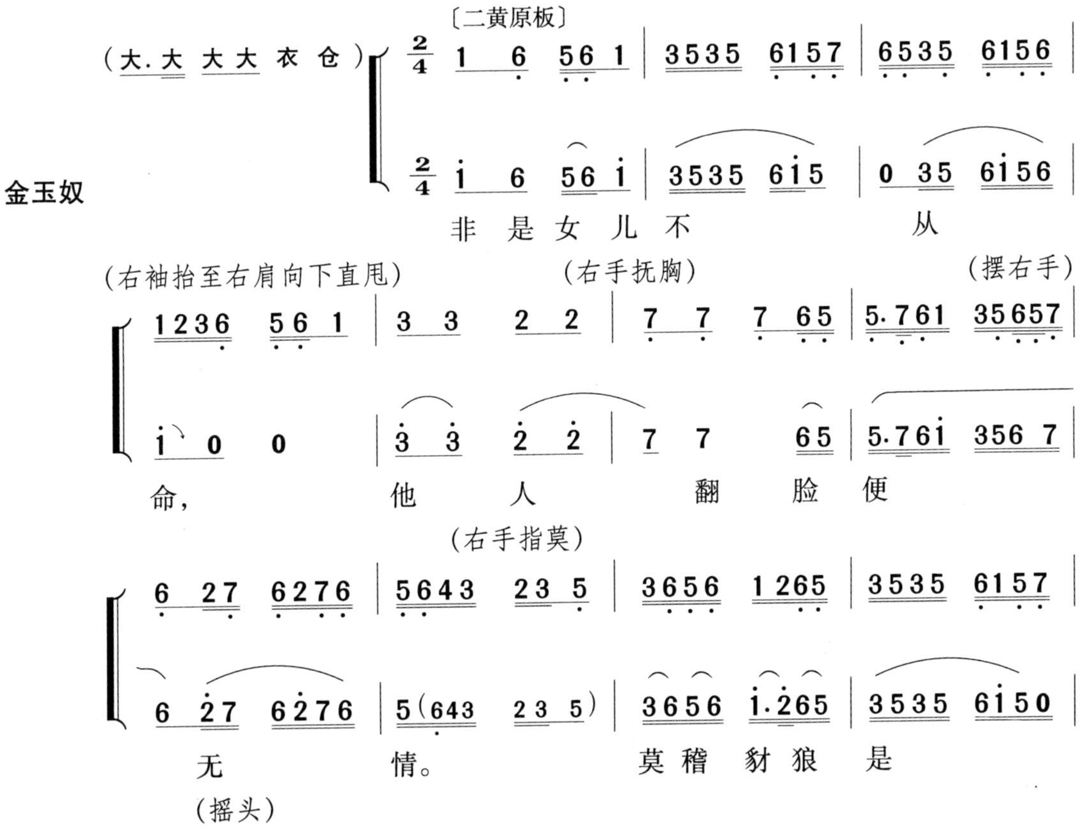

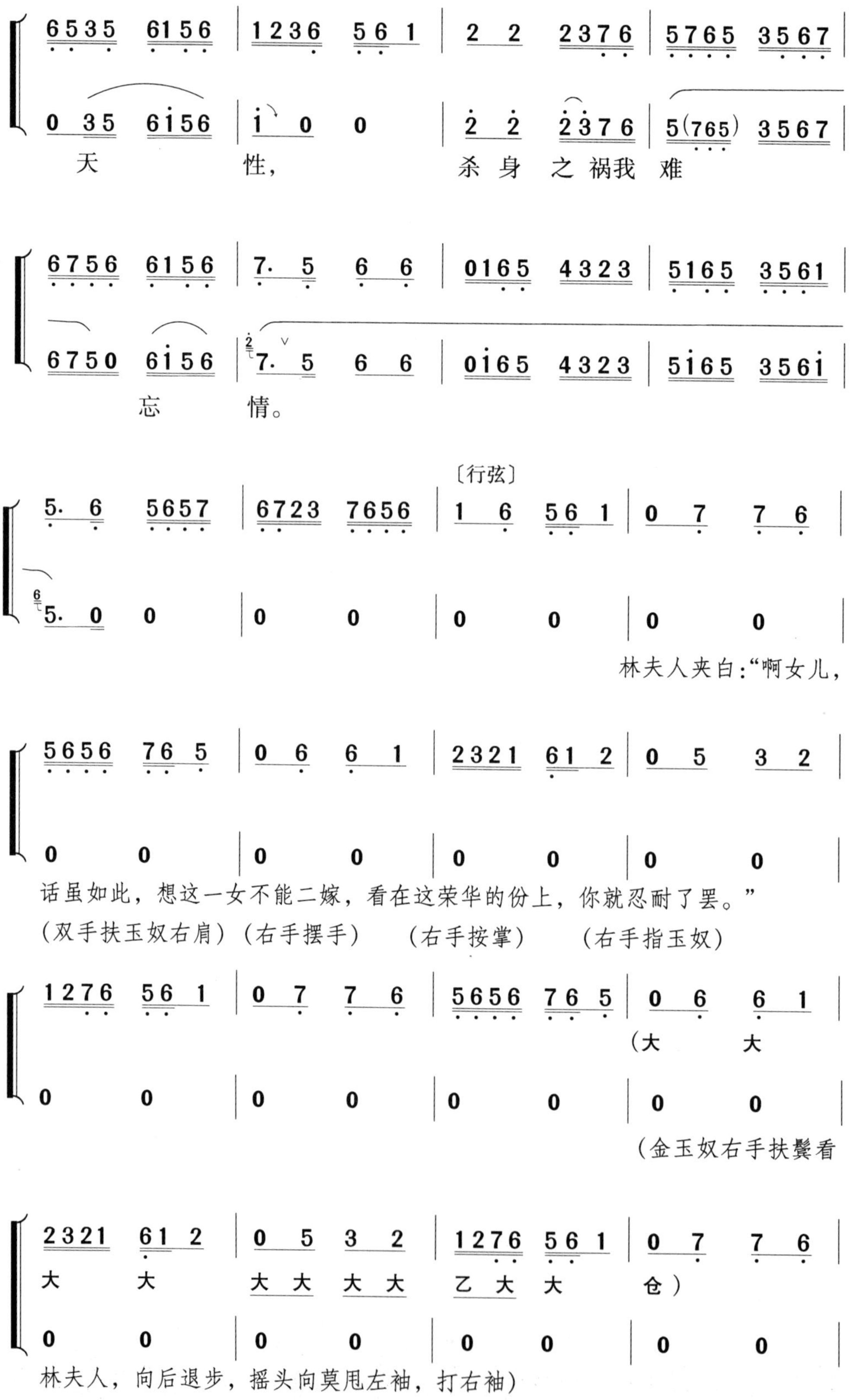
天 性，
杀 身 之 祸我 难
忘 情。
〔行弦〕
林夫人夹白:“啊女儿，
话虽如此，想这一女不能二嫁，看在这荣华的份上，你就忍耐了罢。”
（双手扶玉奴右肩）（右手摆手） （右手按掌） （右手指玉奴）
（大 大
（金玉奴右手扶鬓看
大 大 大 大 大 大 乙 大 大 仓）
林夫人，向后退步，摇头向莫甩左袖，打右袖）

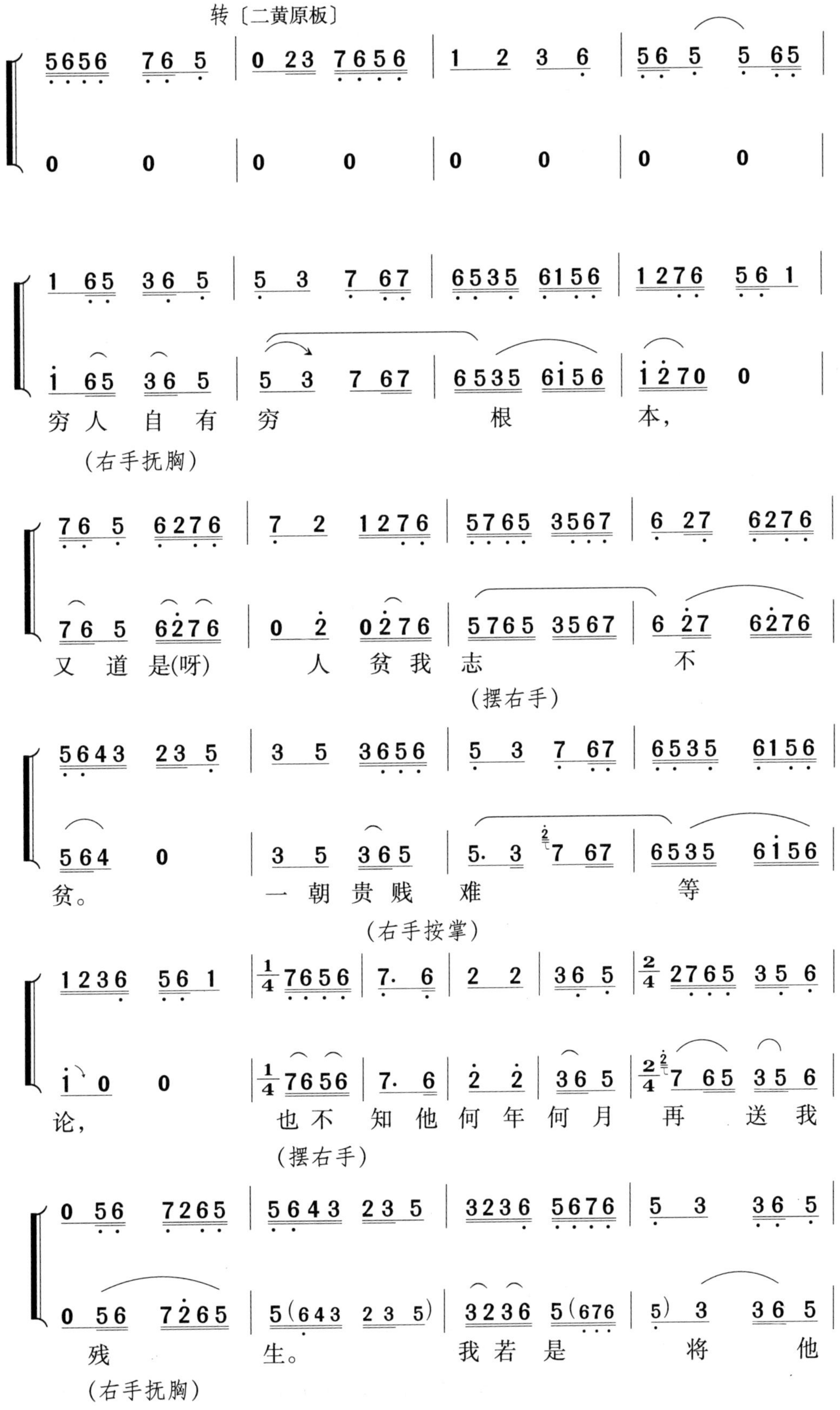
转〔二黄原板〕
穷人自有穷根本，
（右手抚胸）
又道是(呀)人贫我志不
（摆右手）
贫。一朝贵贱难等
（右手按掌）
论，也不知他何年何月再送我
（摆右手）
残生。我若是将他
（右手抚胸）

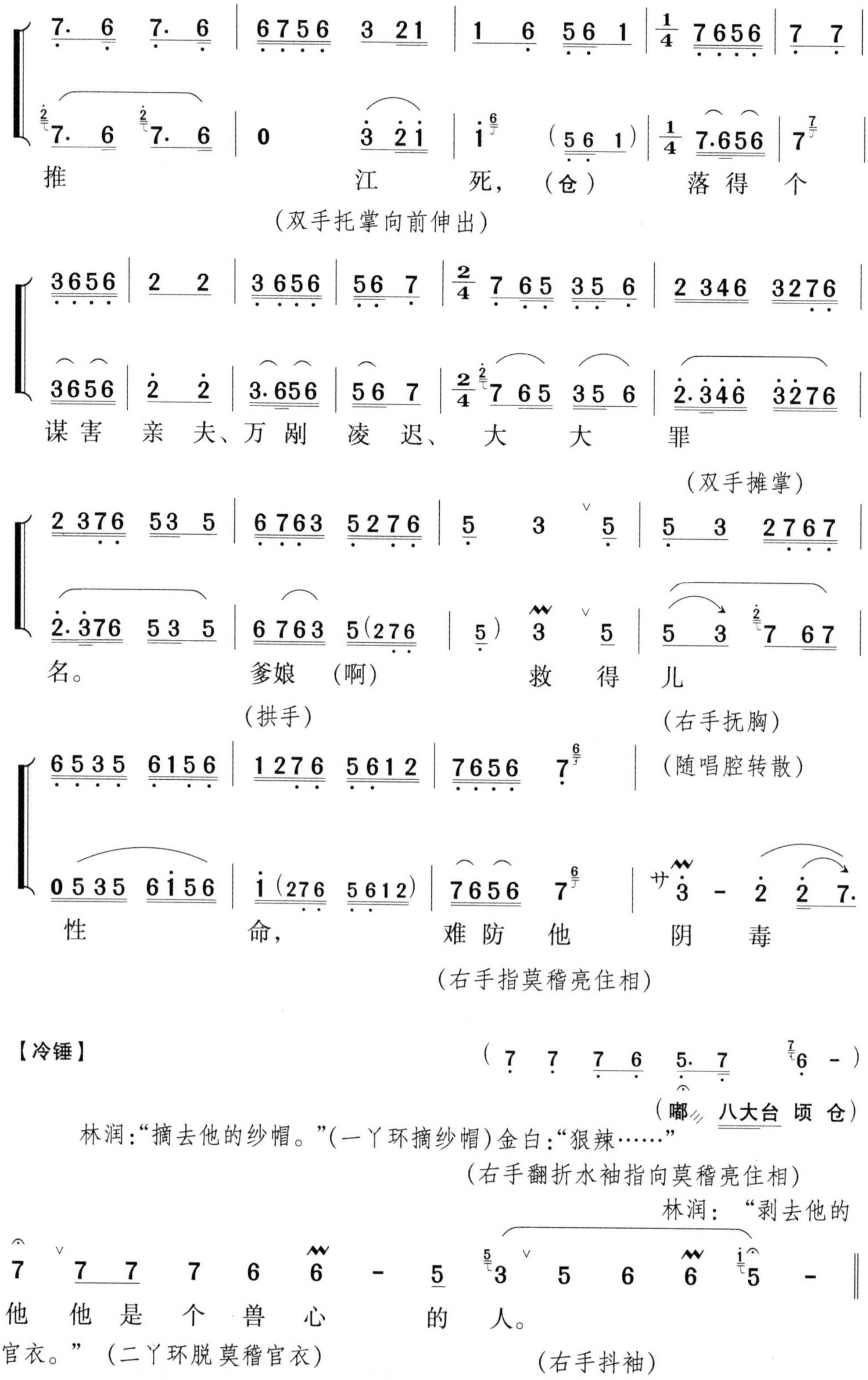

〔【大锣叫头】淋润右手翻折水袖。

林 润 嘟！胆大莫稽！（右手抖袖）想我女儿若是将你推入江心（右手指出），岂不落个谋害亲夫的凌迟重罪？似你这样为官(左手指莫)，焉能为民除害？回衙听参！

〖【撕边一击】林润抖左袖。莫稽惊怕。

莫　稽　（朝甄作揖）啊年兄，与我求个人情吧。

甄一臣　（冷眼相看）爱莫能助！（甩左袖，从“上场门”下）

莫　稽　（朝金松央求）啊岳父！（拱手）

金　松　你给我喝豆汁去吧！

〖【撕边一击】金松用拐杖将莫稽推出门外。

〖【大锣五击】莫稽无奈地抱双肩狼狈地从“下场门”下。

金玉奴　多谢爹娘！（向林润、林夫人施礼）

〔二黄散板〕

【大锣双槌凤点头】（过门同前）　3̇ 2̇ - 5 7 6 5 7 6 6
多谢　义　父义　母与
（拱手）

6 3 6 5 6 2̇ i̇ 0 5 6 2̇ 3̇ 7 6 5 6
我报　仇雪　恨，　回　家　去　做
（右手向

7 6 7 5 6 7 6 7 7 0 0 6 6 - 3 5
针　黹勤　操　劳我　侍奉
外指出）

i̇ i̇ - 7 7. 6 5 6 6 5 - ‖【大锣住头】
爹　尊。
（拱手）

林　润　此案原告已定，你父女就随老夫身旁，也好做一见证。随老夫来呀！（向金玉奴招手）哈哈哈……

金玉奴　（同）多谢义父义母。（同向林大人施礼）
金　松　（同）多谢林大人。

〖奏唢呐曲牌〈尾声·后段〉，林润、林夫人从“下场门”下，金玉奴搀扶金松随下。

——剧　终

万凤姝　万如泉　整理

香罗带

荀慧生演出本

明朝，乌程县守备唐通，娶妻林慧娘，生子唐芝。唐芝长大后，请陆世科教读。唐通因公出差。一日陆世科突患风寒之症，唐芝见状，拿锦被送往书馆为先生覆盖发汗；因年小力单不好拿抱，就用母亲罗带系之。唐通自杭州归来，到书馆看望陆世科，见妻罗带在馆，遂怀疑林氏不贞，盛怒之下，持剑逼林氏夤夜叩陆门。林氏叩门，陆世科正色严词，愤而辞馆。唐通此时方知是误会，向妻赔礼，和好如初。唐通二次离家，宿店遇盗，遂用林氏罗带捆绑强盗，斩其首级。因随陈璘出征急走，匆忙中将衣物马匹遗留店中，地保见无头尸即向地方官报案。因尸用罗带捆绑，疑是唐通被人杀害。去至唐家，正遇唐表弟杜之秩向林慧娘借钱，并轻言调戏，遭林氏怒斥。地保认为有机可乘，反遭林氏怒打。地保怀恨在心，向县官诬告林、杜行为不轨，二人遂被收监。陆世科辞馆后，中举，放任浙江巡按，察看民情，在湖州下马，勘审积案，见林氏罗带忆起往事，认定林氏不贞杀夫，判以极刑。唐通归家，闻讯赶至法场，几经争辩，真相大白，林氏冤案始雪，夫妻团圆。

《香罗带》一名《三疑计》，又名《拾绣鞋》。原为秦腔，后经陈墨香改编，改绣鞋为罗带，林慧娘原作李月英，陆世科原为老生扮，现改为小生。此剧于1927年编成，于同年8月12日在北京开明戏院（今珠市口影院）首演，备受观众欢迎。这出新颖而别具一格的悲喜剧剧情曲折动人，剧本语言洗练，文典俗白运用贴切，且富有很浓的生活气息，更重要的是在人物塑造上，突出表现了荀派艺术表演生活化和性格化的特点。这出戏从1927年由荀慧生首演，后来其女荀令莱曾演出此剧，到中国戏曲学院副院长荀令香（荀慧生之长子）传授青年教师和学生演出《香罗带》，屈指算来整整有七十五个年头了。一出戏有这么强的生命力，是经受了时间的考验和观众认可的。

荀先生对林慧娘这个人物的唱腔设计，正如他自己所讲的："创造唱腔必须认真下功夫，深入实际，结合剧情，抓紧人物思想感情，不能孤立地去'想'腔……那怕是四句摇板，只要情绪掌握得好，喜怒哀乐无不可表现"。二场"别家"就有四句〔西皮摇板〕。他在唱头一句"我儿夫是英雄才高志大"时，在紧拉慢唱的节奏中，吐字清楚、四平八稳、落落大方，显示出了林慧娘大家风范的身份。在唱第二句"论韬略不亚那汉室虎牙"时，在"韬略"、"虎牙"四个字上用了俏丽的行腔，把林慧娘因为有这样一个有作为的丈夫而感到欣慰的心情传达给了观众。在"天生就封侯骨"的"骨"字后面加了虚字"哇"，唱得有韵有味，寓柔于情、柔而不流。末句唱"到将来凌烟阁"的"阁"字后面稍一停顿，继而在"必定有他"的"他"字上，运用了气息集中的喷口，让观众领会了坚信丈夫能建功立业的意愿。

再第六场《释疑》中的〔西皮二六〕头一句"强对菱花整鬓云"的"强"字，用的曲折环绕的旋律，"整"字又用了倚音装饰，这"悠悠荡荡秋水浮船"的唱法，把林慧娘当时的恐惧心情表露无遗。唱第二句"却叫脂粉掩啼痕"时，"啼"字柔中带哭，加之"痕"字上滑一挑的唱法，不仅体现了荀先生"能变秦声（指梆子，荀先生变的是河北梆子，并非真正秦声）入徽汉（指京剧）"的独特风格，而且将林慧娘承受委屈、口不能辩的怨愤之情曲折传出。"愁随春水添三分”，一个“添”字，荀先生用了下滑压音，出口犹如银河直泻、势不可收。我记得小时候看《香罗带》时，荀先生在梳妆的〔二六〕中，有一个边抽泣边撇嘴唱的表演，演得精彩，唱得传情。直到我向荀令香老师学此戏时，才知道这令人叫绝的表演在“心比秋莲苦十分”一句上。荀先生在“心比秋莲”后面加了一个虚字“就”。“莲”字出口，唱音不断，在虚字“就”字出口前，突然快速闭口抢气，用鼻猛吸一口气，这种深吸气必然导致全身的相应配合，肩头上提、梗颈、低额，随着身体的自然动作，再配合微颦的双眉、含怨的眼神、欲哭不敢放声、紧闭抽动的嘴角，这许多的表演需要在一霎间完成。这种演员从特定情景出发的激情表演，要用真挚同情林慧娘的心来唱，才会感染观众。末一句“害煞了人哪”，是用斩钉截铁、掷地有声的情绪结束的。这里干板垛字的唱法和前面的柔声哭唱，形成了鲜明的对比。我记得令香老师说戏时讲过：“到此时除了怨恨唐通外，还有豁出去的情绪，林慧娘不去书馆不成，那就硬着头皮走吧。”

在末场的《明冤》里，荀先生突破了以往程式，另辟蹊径，大胆地采用了〔二黄散板〕唱腔及大段念白交相使用，来推进剧情，造成观众对剧中人的怜悯和对其命运关心与同情的效果，真算得上独树一帜。荀先生的这段念白，从丹田中运气吐字，既抑扬顿挫、字字分明，又似断实续、上下相连、一气呵成，有时听来，不知在何处点句，但却非常吻合林慧娘念怨悲愤、五内俱焚的情感。在【慢纽丝】打击乐声结束后而起唱的〔二黄散板〕缓起低唱的“覆盆千古恨”五个字里，“恨”字荀先生运用了气声技巧，在唱完“千古”二字后用鼻吸气，“恨”字咬字头、放字腹、收字尾，这种先行气后放音的唱法，配之深沉的〔大锣一击〕，压抑的气氛一下子抓住了观众的心。他的哭中有唱、唱中有哭的哭述的处理方法，板散情不散、腔不散，犹如哀猿啼峡，催人泪下。总的来说，荀先生这种晓之以理、动之以情、导之以行的创腔方法及悲剧音乐的处理手段，是很能突出人物的思想感情的。

荀先生在这出戏中的表演也很有特色，如在启唱〔二六〕以前，〔二六〕有一个十二板的过门，在过门里有一段精彩表演。唐通持剑相逼，林慧娘慌忙躲闪，这一逼一躲在舞台上形成了大幅度的调度。荀先生这里的表演是：头微摇动，眼光流露出乞求的神情，双手连连摆动，两条下垂的水袖随着快步如飞的脚步，飘拂而起，犹如春风摆柳。接下来是二人“半个合推磨”，荀先生脚下走的是“横步”，这种步法很吃功夫，脸要看着唐通，上身向左拧，朝着唐通，而左脚先横撇脚往右脚右方上步，随之右脚向右直上步。这种走法，需要身体各部位的有机配合：上身的稳劲，腰里的拧劲和擎劲，脚腕子的轧劲，这三股劲要合而为一，拧成一股绳才能走顺，况且偌大个舞台这一挤一扯，只有六、七板的时间，剩下寥寥五板，二人还要走“双合扇”往里盖的舞蹈。荀先生的表演从人物出发，有戏有技，既火炽又有分寸，真正做到了快而不乱，繁中见稳，尤其是和唐通往里一盖两盖的大转身，两条水袖像两只玉蝶相戏追逐，飞落有致，美不胜收。“眼是心中苗”。荀先生演悲剧，最突出是眉宇间的惨厉之像，善于变化的喜怒哀怨的眼神。林慧娘第二场出场时柔光的“定神”，唱摇板时含情期待的“凝神”，第六场中听到丈夫说自己败坏门庭时愕然呆滞的“愣神”，和丈夫争辩时，理直气壮、冷峻坦荡的“送神”，唐通以剑相逼悲愤委屈的“怨神”，一直到法场上被冤蒙辱时精神恍惚之神态，荀先生表演得淋漓尽致，而始终又能把各种技巧融进人物的感情之中，使程式化的表演动作富有生命力，让观众从中受到感染，得到艺术美的享受。这正是荀派生活化、性格化的表演风格。

万凤姝

人物行当

林慧娘	青衣	地　保	丑
唐　通	老生	王三善	老生
陈　璘	老生	四军士	杂
春　莺	花旦	中　军	生
杜之秩	丑	四衙役	杂
唐　芝	娃娃生	二公差	杂
陆世科	小生	四刽子手	杂
宋　名	丑	二禁卒（一男、一女）	杂

服装扮相

林慧娘　俊扮。梳大头、线尾子、点翠、水钻头面，后换银头面，淡青或蓝绣花帔、衬褶子、绣边白裙子、罪衣、罪裙，彩裤，彩鞋。

唐　通　俊扮。将巾、面牌、黑三，紫团龙箭衣、大带、绣纹腰箍、紫或蓝团花褶子，青彩裤，厚底。

陈　璘　俊扮。帅盔、黑三，红蟒、玉带、苫肩，红彩裤，厚底。

春　莺　俊扮。梳大头、线尾子、抓髻、水钻头面，裤子袄子、绣花坎肩、花腰巾子，彩鞋。

杜之秩　丑扮。矮方巾，青素褶子、绦子，青彩裤，白布袜、圆口鞋。后换罪衣、罪裙。

唐　芝　俊扮。孩儿发，花边褶子，粉彩裤，厚底。

陆世科　俊扮。文生巾或桥头巾，后换小生纱帽（戴方正），花边青褶子，粉彩裤，厚底。后换粉蟒、苫肩、玉带。

宋　名　丑扮。蓝毡帽，蓝茶衣、白腰包，青彩裤，白布袜、皂鞋。

地　保　丑扮。蓝毡帽，青缎箭衣、大带，青彩裤，白布袜、皂鞋。

王三善　俊扮。方纱、黑三，蓝官衣、玉带，青彩裤，厚底。

四军士　俊扮。马童巾，抱衣抱裤、绦子、大带，薄底。

中　军　俊扮。大板巾、黑三，红开氅，青彩裤，厚底。

四衙役　俊扮。秦椒帽，青袍，青彩裤，薄底。

二公差　俊扮。皂隶帽，蓝布箭衣、大带，青彩裤，薄底。

四刽子手　俊扮，抹鼻窝。大板巾、额子、单翎，刀斧手服，红彩裤，薄底。

男禁卒　俊扮。蓝毡帽，茶衣、腰包，青彩裤，白布袜、皂鞋。

女禁卒　俊扮。梳大头、线尾子、银头面，或戴平三套，蓝布裤褂，四喜带，彩鞋。

道具

单刀	八把	宝刀	一口
马鞭	四根	账本	一份
银子	两锭	书	一本
酒具	一份	烛台	一个
罗带	一根	标子	两个
拶子	一副	锁链	两条
茶具	一份	菱花镜	一面
木梳	一把	被子卷	一个
桌子	两张	椅子	三把
红桌围椅披	一份	大帐	一份
印信	一方	令旗	一面
腰刀	四把		

第 一 场

出 师

〔【快原场】

〔奏唢曲牌＜水龙吟＞二军士抱刀从“上场门”上场到前台口，右手拉开“山膀”亮相。随即左右分开站在两厢。从“上场门”再上二军士，重复以上动作。中军抱令旗从“上场门”上场，在台中稍一停顿，即归到“大边”站好。曲牌止。

〔【一锤锣】陈璘从“上场门”上场，在“九龙口”端带亮相。整冠、理髯、抖左袖走到前台口，抖左袖向上翻折左袖、右手拉左袖。

＜点绛唇＞

陈 璘 【大锣归位】サ 6 i 5 4 3 5 2 ┆（台 台）┆ 2 2 1 2 6 1 5 ┆（台 另 台）┆

将 士 英豪， 儿 郎 虎 豹，

5 5 4 3 5 2 ┆（台 台）┆ 3 2 1 2 3 5 6 5 ┆（台 另 台）┆

军 威 耀， 地 动 山 摇，

（6 5 6 5）┆（多 多）┆ 渐慢 2 2 1 6 1 5 ‖

（白）要把 狼 烟 扫。

（向下抖左袖，再将左袖翻折） （右手向右前方指出）

〔奏唢呐曲牌＜水龙吟·合头＞左手抖袖，整冠、理髯，双手端带左、右环视站立两厢的军士，右转身向大帐走去，左转身，归“大座”，四军士从两侧内归，中军站“大边”，曲牌止。【大锣归位】

陈 璘 （诗）赤面雄心志出群，

南征北战扫烟尘。【小锣二击】

威风抖擞山岳震，

一片丹诚保大明。【大锣归位】

本帅，陈璘。【大锣住头】明室为臣，官拜浙江提督。今有海寇作乱，奉圣命（拱手）前去征剿（右手指出）。中军，吩咐启程前往。

中 军 启程前往。

〔【冲头】四军士“合龙口”、中军带马，陈璘出帐，左转身，面向前台口，右手先拉“山膀”亮相，上马。四军士左转身举刀亮相。

〔奏唢呐曲牌<朱奴儿>

第二场

别家

〔**【四击头】**唐通从“上场门”上场。在“九龙口”亮相。**【一锤锣】**整冠、理髯，行至前台口站住。

唐通（念引）习剑谈兵，

何日里（**多多**）

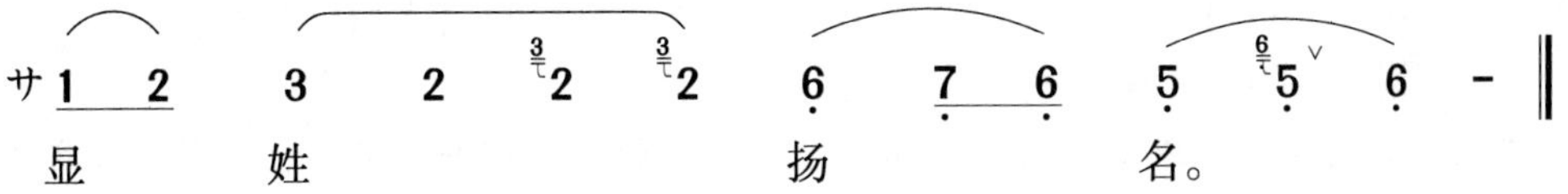

（左手捋髯、右手向右前方指出）

〔【一锤锣】左手放髯，右手先抖水袖，左手再抖水袖，左转身，归正中“小座”。

（念）授书黄石老，

习剑白猿公。① （台台）

胆气迅雷黑，

忠胆为日红。（左袖翻折成举袖，右手指出）

〔【半截夺头、撕边】左袖抖下，右手拉左水袖。

俺（仓）唐通。【大锣住头】乃乌程人氏，幼习弓马，充当本城守备。娶妻林氏，所生一子名唤唐芝，年方一十三岁，现从江苏儒士陆士科在塾攻书。一家倒也和顺。今有海寇作乱（右手指出），陈元帅将令到来（拱手），命我（右手抚胸）往杭州伺候点阅（右手指出，略一思索），不免将娘子唤出，嘱咐一番也好登程。（右手按掌）娘子哪里？

〔林慧娘内白：“来了。”

〔【小锣打上】春莺从“上场门”上站“小边”，林慧娘随上，抖左袖，再将左袖提起。

林慧娘 （念）主持中馈，

举案齐眉②（右手在右额前托掌）。

〔春莺进门，林慧娘随进。唐通站起，春莺搬椅。

林慧娘 官人。（拱手）

唐　通 娘子请坐。（右手让座）

林慧娘 有坐。

〔【小锣一击】二人分八字对坐，春莺站在林慧娘椅旁。

官人唤我出来何事？（右手摊掌）

唐　通 只因海寇作乱（左手指出），陈元帅有将令到来（拱手），命我往杭州伺候校阅，为此请出娘子，将家务嘱咐一番（右手按掌），以便登程（右手捋髯，左手指出）。

林慧娘 家中之事自有妾身料理，（右手抚胸）官人请放宽心。（拱手）

唐　通 （略一点头）话虽如此，我有两桩大事（右手向上伸出食指、中指），放心不下。（右手在胸前摆动两下）

林慧娘 不知是什么事儿？（双手摊掌）

---

① 黄石老：亦称圯上老人，典出《史记·留侯世家》。传说黄石老曾授汉张良《太公兵法》。白猿公：传说中古代善剑术之人，事见东汉赵晔《吴越春秋》。这两句台词从唐杜牧诗“授符黄石老，学剑白猿公”化出。

② 举案齐眉：据《后汉书·梁鸿传》载，东汉人梁鸿与其妻孟光互助互爱相敬如宾。据说梁鸿每日耕作回家，孟光总是把准备好的饭菜，摆在托盘内，双手捧着，举得齐自己眉毛那样高，恭敬地送到丈夫面前，梁鸿愉快受之。后人常用“举案齐眉”来形容夫妻之间互敬互爱之情。

唐　通　第一，我儿年幼现在学中攻书（右手指出），我走之后（右手抚胸），要你认真检理他的功课（右手指林）。

林慧娘　那陆先生（拱手）自到我家设帐，已经数月（右手按掌），我儿的功课甚好（左手赞美指），每日下学归来，妾身盘问他的功课十分进益（向唐通点头）。想是先生教授有方。我儿的学业，你（左手指唐）我（左手抚胸）不必挂心（右手摆动）。

唐　通　我去之后，表弟若来借贷，你一文也不要与他。

林慧娘　这个……**【小锣一击】**（稍一思索，婉转地）哦，官人，想人生在世，总要周济贫寒（右手走三掸手），何况是如此至亲喏（右手摊掌）！

唐　通　不是喏（忙摆动两下右手），那样人不务正业，你我岂能借钱与他（右手向外指出）。

林慧娘　妾身记下了（点头）。不知官人几时启程（右手摊掌）？

唐　通　即刻启程。

林慧娘　好，春莺，去往书房将你少爷唤了回来（右手按掌），你父子（回头对唐通）见面分别分别（双手成兰花指式并拢在胸前，顺势向左右分开）。

唐　通　大兵尚不发动（摆动右手），我不过月余还要回家一次，何必唤他回来，惹他哭哭啼啼（双手摊掌）。我就此去也。

〔二人同时站起。

〔西皮摇板〕

唐　通　**【闪锤】**（ 7 6 5 55 36 55 32 12 65

55 ）6. 2 12 3 1 3 2 6. 2 1 3 2

大　丈　夫　立　功　名　全　凭　弓　马，

（ 2 35 21 65 55 ）3 21 1 6 62 12

边　关　上　舍　性　命

（右手在胸前托掌）

6. 2 1 2. 6 1 （ 1 1 35 21 65 55 ）1

报　效　国　家。　叮

3 2 2 26 1 1 2 2. 1 1 2

咛　语　你　必　须　牢　牢　记　下，

（右手指林，林点头示意）

〔**【快长锤】**唐通出门上马；林慧娘、春莺站右台口处。唐通向“下场门”走几步，右转身、右手横鞭，向林慧娘。

唐 通 （过门同前）5 6 2 1 1 6 2 1 2 6. 2 1 2 – i ‖
你 本 是 贤 德 人 料 也 无 差。
（左手伸出赞美指） （摆两下左手）

〔**【快长锤】**拱手，向后退步；左转身、右手甩鞭打马，“下场门”下。林

〔亮弦〕

慧娘朝唐走的方向紧走两步，サ（7 6 2 1 – –）**【小锣凤点头】**一望两望右转身；右手抖袖。

〔西皮摇板〕

林慧娘 （过门同前）3 3 6 5 5 7 7 7. 6 5 6（6 5 3 5
我 儿 夫 是 英 雄

6 ）7 6 6 3 5 6 6（6 5 3 5 6 5 3 2 1 2
才 高 志 大，
（左手拉右袖口，右手赞美指）

6 5 5 5 ）5 i i – 2i65 5 3 3 5 6. i 6 5
论 韬 略 不 亚 那

3 5 – 6 5 4. 5 3 5 i – 2i65 5 3 3 3 5
汉 室 虎 牙。①

（3 5 6 5 3 2 1 2 6 5 5 5 ）i i 3 5 7
天 生 就 封

7 6 5 6 7 6 6 3. 5 3 5 5 – 6
侯 骨 （哇） 分 毫 不 假，
（右手摆手，点头）

〔**【小锣抽头】**春莺、林慧娘进门，春莺关门，林慧娘左转身左手抖袖。

---

① 虎牙：古代将军的名号，喻其猛锐。《汉书·匈奴传上》：“云中太守田顺为虎牙将军。”

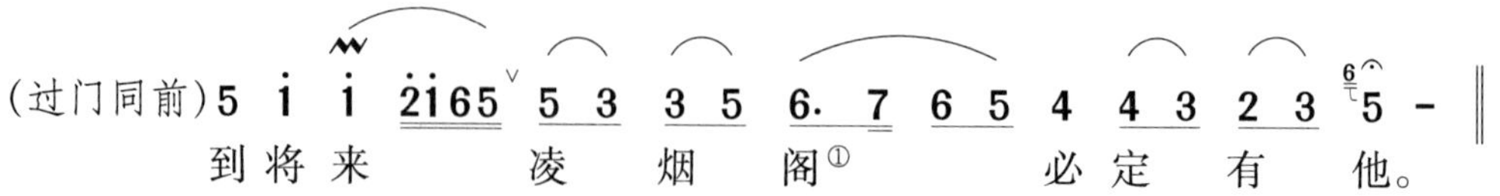

(右手向右前方指出)

「【小锣抽头】林慧娘归“小座”，春莺侍立一旁；杜之秩从“上场门”上场，走到右台口，双手抖袖。

〔西皮摇板〕

杜之秩

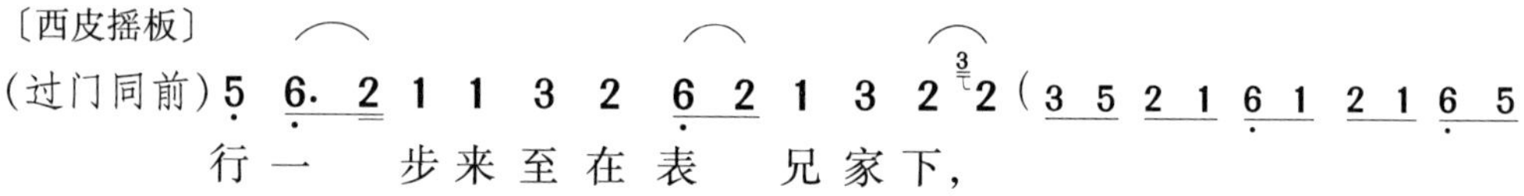

(左手抬起、右手向外缓一小圈再向左指)

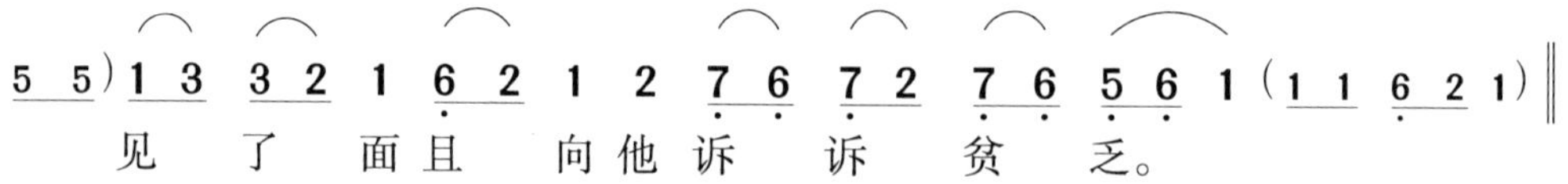

(右手三下掸手)　(抬头看一下正台口)

到啦，待我叫门。表哥表嫂我来啦。

林慧娘　何人叫门？（示意春莺去看）

春　莺　（开门后，出门观看）谁呀？

杜之秩　是我来了。

春　莺　原来是杜二爷，我给您回禀一声。（进门）主母，杜二爷来了。

林慧娘　请他进来。表叔在哪里？（站起）

「杜之秩进门。

杜之秩　嫂子。（拱手）

林慧娘　请坐。

杜之秩　嫂子请坐。

「二人八字对坐。杜之秩四下张望。

林慧娘　表叔看些什么？（右手摊掌）

杜之秩　我哥哥上哪儿去了？（双手摊掌）

林慧娘　你兄长去往杭州伺候陈元帅（拱手）点阅军马去了（右手向右前方指出）。

杜之秩　嫂子，我可有事要求求您哪。

林慧娘　表叔有何事相求。（双手摊掌）

杜之秩　没别的，（摇摇头）我手上又缺了钱啦，跟您借几文。（拇指、中指、食指捏在一起，随后，又捻动几下）

林慧娘　（点头示意）这有何难。春莺，快与杜二爷取一两纹银来。

杜之秩　嫂子，一两哪儿够哪！

林慧娘　如此再添一两。

杜之秩　（急摇头）不够不够！实不瞒您说，家里都卖绝了，锅都揭不开了。（双手摊开）您多借给我点，（恳求地）将来我有钱马上还给您。（右手按掌）

「春莺到“上场门”拿银锭交与杜之秩。

---

① 凌烟阁：古时，为有功之臣记载其功劳题名的地方。

林慧娘 你兄长不在家中，留下日用不多，（右手在胸前摆动）为嫂的实实无有银钱了。

杜之秩 怎么着，您一文也不添了。（用右手掂掂）嫂嫂！（【小锣凤点头】向林慧娘下跪）

〔林慧娘归正中“小座”。

〔西皮摇板〕

杜之秩 （过门同前）2 1 3 2 2. 1 1 2 （3 5 2 1 6 1

走 向 前 来 忙 跪 下，

（拱手）

2 ）4 - 3. 2 1. 2 3 5 2 1 6 1 （3 5 2 1 6 2

嫂 嫂 搭 救 我 一 家。

（双手抚胸）

1 1 ）3 2 2. 1 1 3. 2 3 21 2 3 1.

来 生 情 愿 变 犬

【哭头】

（2 | 1 2 | 1 2 | 1 2 3 5 | 2 1 7 2 | 1 - ）

（双手抖袖又翻折起）

1. 6 2 2 2 7 5 3. 5 3 5 7 6 3 5 6 6 5

马。 嫂 嫂 哇！

（杜之秩假拭泪）

〔【小锣凤点头】唐芝从“上场门”上场，行至右台口抖右袖。

〔西皮摇板〕

唐 芝 （过门同前）6. 2 1 1 2 1 2 1 （1 1 6 2 1 - ）‖

上 房 因 何 闹 喧 哗？

（双手摊掌）

〔唐芝进门向林慧娘施礼。

参见母亲。

林慧娘 罢了。你放学了。

唐 芝 放学了。【小锣一击】（看杜之秩）表叔为何与我母亲下跪？

杜之秩 我给她拜年呢。

唐 芝 今日是冬至，表叔怎么拜起年来了？

杜之秩 我是拜早年。（站起）

唐 芝 表叔不言，我倒明白了。

杜之秩 你明白什么？

唐 芝 表叔敢是又来借钱来了？

杜之秩 可不是吗。

唐　芝 不知我母亲借与表叔多少？（双手摊掌）

杜之秩 （掂掂银锭）二两，不够我用。

唐　芝 我母亲实实手内无钱，（一想）侄儿这里有压岁之宝一锭，（从怀内掏出）与表叔添上。（交与杜之秩）

杜之秩 好小子，真比你爸爸还孝顺我呢！

唐　芝 这是怎么讲话！

杜之秩 我要会说话，也不上你们这儿跪着哭穷来啦。小子这么好心眼，（拍拍唐芝肩）从今以后，见面你甭叫我大叔了。

唐　芝 我叫你什么？

杜之秩 叫我大哥吧。嫂子我走了。（施礼）

林慧娘 恕不远送了。

杜之秩 正是（扎）（出门，边走边说）

（念）二两银子随便要，

　　拿到宝局压个幺。

〔**【小锣五击】**杜之秩“下场门”下场。

唐　芝 母亲，我爹爹（拱手）往哪里去了？（双手摊掌）

林慧娘 你爹爹往杭州伺候陈元帅（拱手）点阅军马去了。临行之时嘱咐为娘（右手抚胸）考查儿的功课，（右手指唐芝）儿呀，随为娘到后面（双手指“下场门”方向）温习来呀。

〔林慧娘向唐芝招手，以右手拉唐芝左手，二人向“下场门”走下；春莺随下。**【小锣打下】**

第　三　场

师　　病

〔**【小锣抽头】**陆世科从“上场门”上场，行至前台口双手抖袖。

〔西皮摇板〕

陆世科 （过门同前）

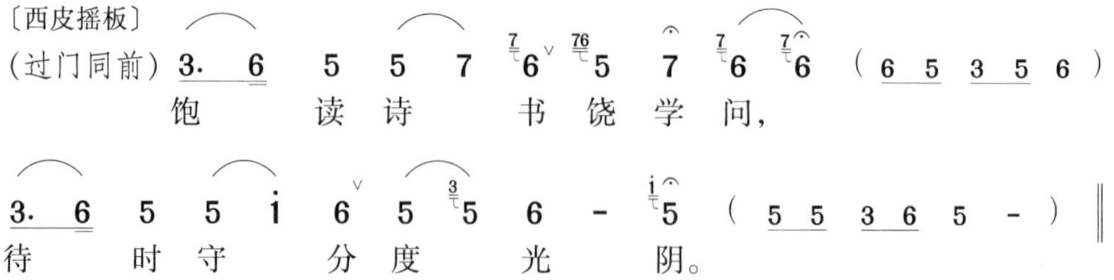

（右手拉左水袖）

小生陆世科（扎），乃姑苏人氏，幼读诗书，曾登乡榜，寄居乌程，在唐守备家中设帐授徒。（右手按掌）多蒙东人（拱手）十分厚待，我只得尽心授徒，今日身体微觉不爽，我也不肯旷他的功课。（双手摆动）正是：（扎）

（念）教授休荒废，（边说边往正场堂桌里归“大座”）

人师不易为。（右手摊掌）

〔【小锣打上】唐芝从“上场门”上场，走至右台口。右手抖袖。

唐 芝 终日读诗书，专心学圣贤。

〔【小锣一击】唐芝进门向陆施礼。

唐 芝 先生拜揖。

陆世科 罢了，你昨日功课可曾熟习？

唐 芝 熟习了，请先生让我背来。

陆世科 不必背了，待我与你另上新书便了。

唐 芝 是。

〔【小锣凤点头】唐芝入“大边”的堂桌内坐。

〔西皮摇板〕

陆世科 （过门同前）3 36 5 7 5 7 6 7 6 6 35

出 则 悌[1] 入 则 孝 人 生 根

6 6 （65 35 6） 5 i 6 5 6 6 3 5i

本， 赵 中 令 治 天 下 半 部

65 3 53 5 （65 36 55 32 12） 3 36

鲁 论[2]。 我 正

5 5 77 6 7 6 56 7 6【小锣一击】

要 翻 书 卷 浑 身 发 冷， （双手抱肩做冷状）

〔【小锣凤点头】陆世科右肘靠桌上以右手扶头；唐芝见状一惊。

〔西皮摇板〕

唐 芝 （过门同前）1 3 2 1 3 2 6. 2 1 2 - 1 ‖

问 先 生 因 何 故 神 志 不 宁？

（拱手） （双手摊掌）

先生为何这等模样？

陆世科 霎时浑身发冷，想是感冒风寒了。

唐 芝 先生且请安眠，待弟子去取棉被与先生遮盖发汗。

陆世科 我这里被褥俱全。

唐 芝 只是单薄了，待我与先生取一床厚被来。【小锣凤点头】

---

① 悌：儒家宣扬的伦理道德之一，指弟弟要尊重哥哥。出自《孟子·滕文公下》：“入则孝，出则悌。”

② 鲁论：即《论语》，系鲁人所传。

〔西皮摇板〕
（过门同前）1 3 2 1 3 1 2 1 2 1 3 2. 1 1 2（3 5
劝 先 生 且 安 心 调 养 病 症，
（拱手） （右手抚胸）

2 1 6 1 2）5 6 2 1 1 6 2 1 2 1 6 7 2 6 - 1
待 弟 子 取 锦 被 遮 盖 你 身。
（以右手指陆世科，出堂桌，出门）

〖【小锣抽头】唐芝从"上场门"下场。

〔西皮摇板〕
陆世科 （过门同前）3 3 6 5 5 7 6 7 6 6 3 5 6 6（6 5 3 6
这 也 是 穷 书 生 身 入 困 境，
（右手胸前托掌） （摇头摆右手） （从堂桌走

5 5 3 2 1 2）5 i 6 5 3 3 5 6 i 5 6 6 5
好 端 端 又 遇 着 病 魔 来 临。
至台中心） （双手摊掌）

〖【小锣抽头】双手抱肩，做冷状，从"下场门"下场。

第 四 场

种 祸

〖【小锣夺头】林慧娘从"上场门"上场至"九龙口"。

〔西皮原板〕
4/4 0 0 0 0 | 1. 1 6 5 3 2 1 2 |
龙 冬 大 大 大 大 | 台 儿 另 台 乙 另 台 |

1 5 i 3 5 i 6 5 | 3 6 3 5 i 3 5 5 |
大 台 台
（林慧娘双手整下衣领，右手抖水袖，再将水袖提起）

2 3 5 i 6 5 3 2 | 1 2 3 5 6i36 5 1 |

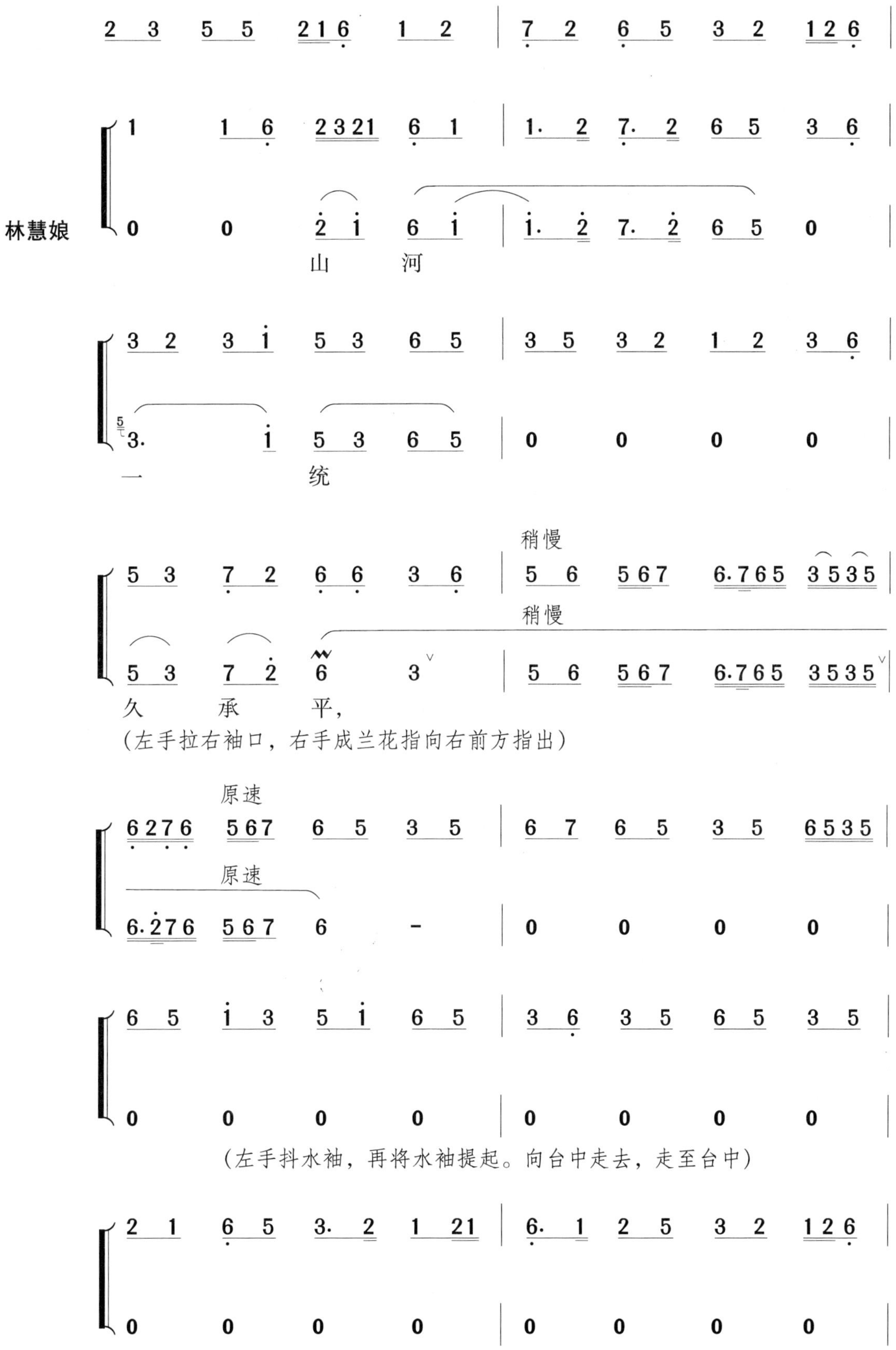
林慧娘
山 河
一 统
稍慢
稍慢
久 承 平，
(左手拉右袖口，右手成兰花指向右前方指出)
原速
原速
(左手抖水袖，再将水袖提起。向台中走去，走至台中)

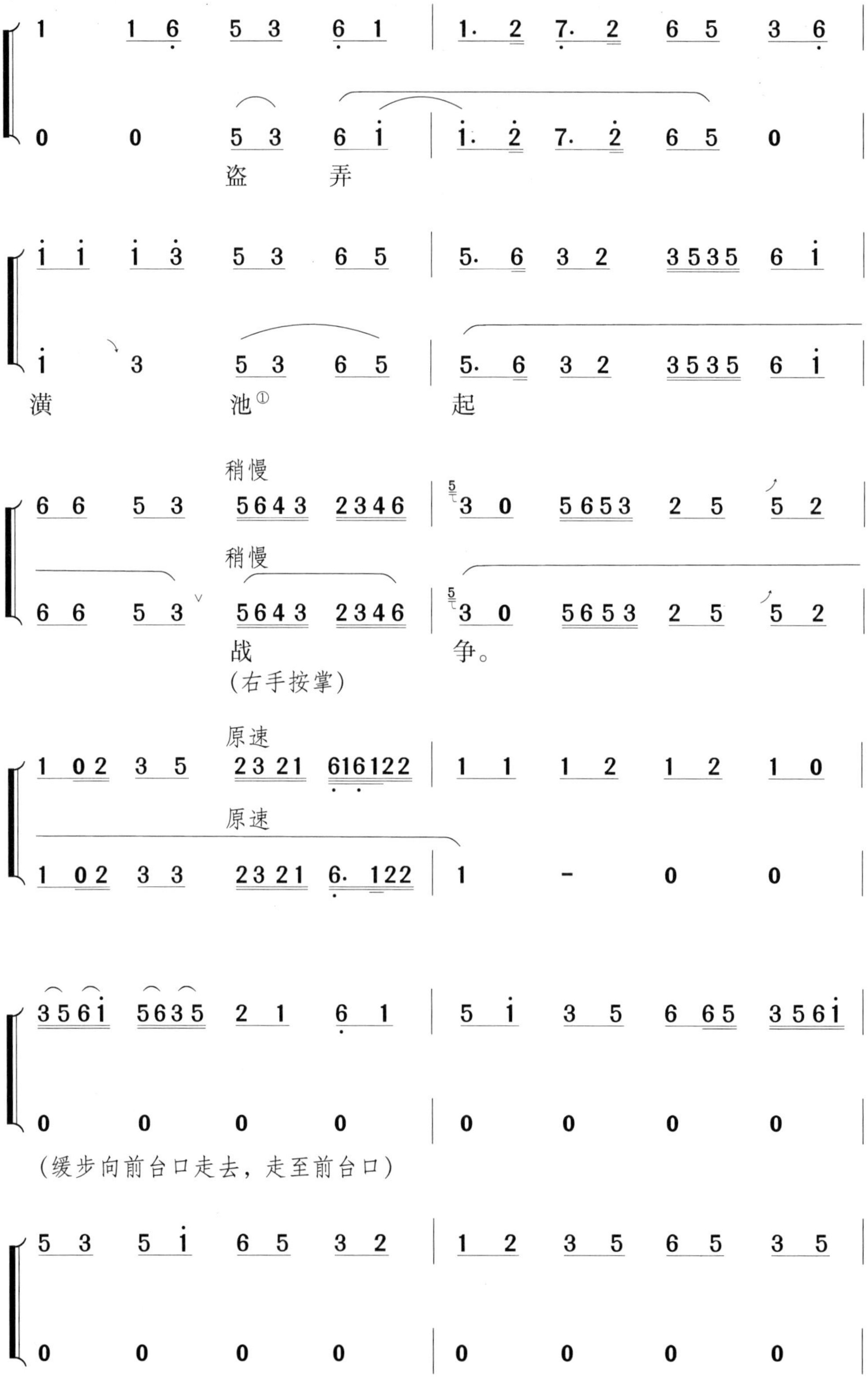

① 盗弄潢池：《汉书·循吏传》有“赤子盗弄陛下之兵于潢池中耳”的记述，意谓叛乱、造反。

香罗带

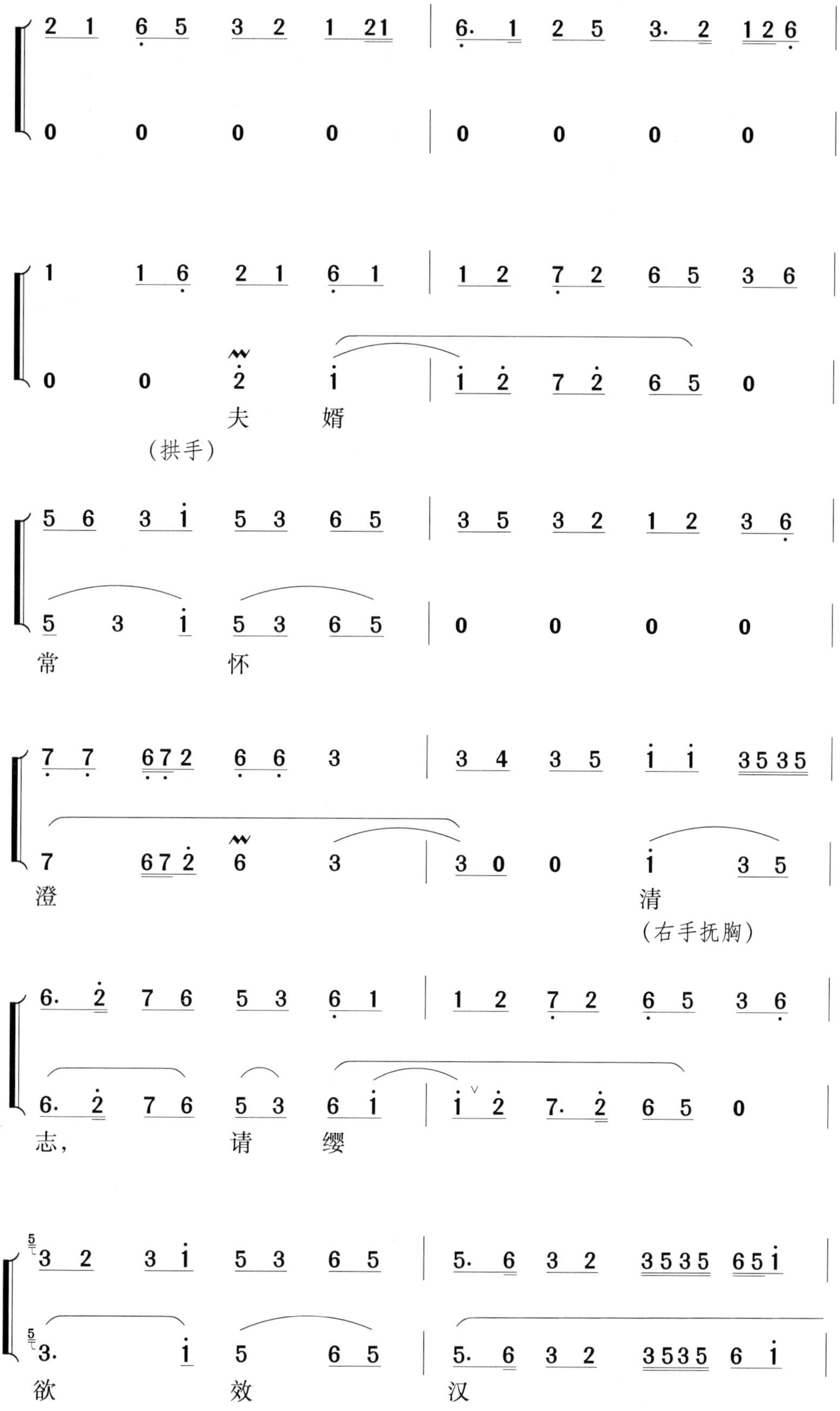

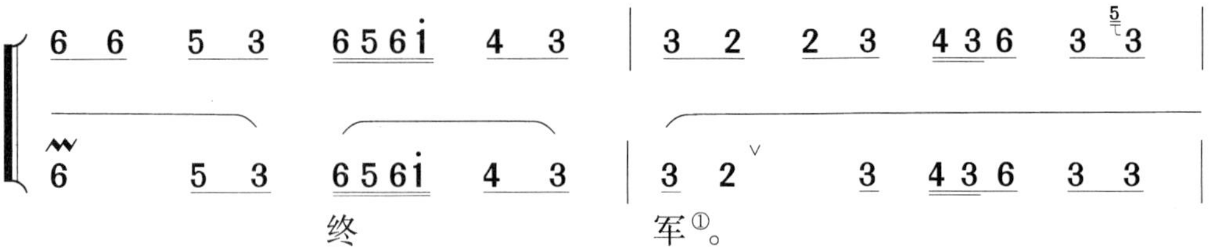

（右手成兰花指，向右前方指出）

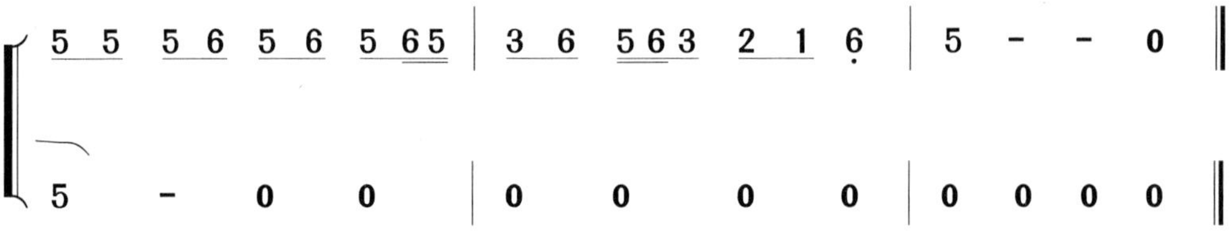

（向左转身归正中“外场椅”坐）

我林慧娘，配夫唐通。夫君往杭州去了，命我在家主持门户，（右手按掌）看看归期不远，待我将这几日的账目归算一番。（右手向右前方指出）

〔回身从桌上拿起账本翻看。**【小锣五击】**唐芝从“上场门”走至右台口。

唐　芝　先生身染病，回家禀娘亲。（拱手）

〔**【小锣一击】**唐芝进门。

唐　芝　参见母亲。（林慧娘回头放账本）

林慧娘　罢了，你今日为何下学甚早？（右手摊掌）

唐　芝　只因先生染病在床，故而下学甚早。

林慧娘　不知先生得何病症？

唐　芝　我想先生不过偶染风寒。

林慧娘　先生染病岂不要耽误我儿的功课，（右手指唐芝）快快请名医调治。（右手按掌）

唐　芝　先生不过偶染风寒，依孩儿之见，（右手抚胸）不如拿床锦被给先生遮盖，（双手按掌）等出了汗也就好了。

林慧娘　好，就依儿之见，快快把你父的锦被与先生拿去发汗。

〔林慧娘回身拿账本算账目；唐芝到二侧幕内拿被子。在侧幕边，双手摊掌。

唐　芝　（自语）我拿不动怎么办呀？（一想）（京白）干脆拿我妈的裤腰带捆上给先生背了去。

〔唐芝转身进侧幕背被，出门。

唐　芝　正是：（扎）

到家孝父母，出门敬先生。

〔唐芝背被从“下场门”下场。

林慧娘　（站起）这是杜家表弟借去的银两，（右手指账本）官人回来难免一番口舌。（右手摊掌）正是：（扎）（右手抖袖）

事事如泡影，须存忠厚心。（右手托胸，归坐）

〔**【快长锤】**唐通从“上场门”持马鞭上场，走至右台口勒缰。

---

① 终军：汉代济南人，曾主动请缨出使劝说南越王，被杀，死时年仅二十多岁。

香罗带

〔西皮摇板〕

唐　通　（过门同前）1　3　6. 2　1　3　1　2　（3 5 2 1

杭　州　盘　桓　一　月　整，

6 1 2）3　2　2. 1　1　2　1　6. 5　6　1

今　日　才　转　故　园　门。

（转身下马，左手扶剑柄；右手指前台口）

〔【大锣住头】唐通进门，挖向“大边”。白：“娘子哪里？”

林慧娘　（站起）官人回来了，（拱手）请坐。

唐　通　娘子请坐。

〔【小锣一击】唐通归正中“外场椅”，林慧娘坐“小边跨椅”。

唐　通　我走之后，杜之秩可曾到家？

林慧娘　你将将出门，杜家表叔就来借贷，（右手按掌）妾身与他二两银子，（右手指出）现在账上（回身拿账，递与唐通），官人请看。

唐　通　（看账目）这二两银子如同抛在水内。（右手指账本后摊掌）

林慧娘　为人总是厚道的好。

唐　通　（点点头）我儿的功课如何？

林慧娘　我儿的功课甚好，我家有了这位陆先生，（拱手）真乃三生有幸。

唐　通　先生果是才高。

林慧娘　非但才高，那日他在花园闲步，（右手指出）妾身偷看于他，（右手抚胸）好一个相貌，（右手在右眉右侧托掌）日后定然是位贵人。（左手拉右袖口，右手赞美指）

唐　通　这位先生才学好。

林慧娘　才学好。（点头）

唐　通　相貌也好？

林慧娘　相貌也好。（点头）

唐　通　着哇！（右拳在胸前绕动一圈，以手背处击左掌心）他的才貌（右手外指）自然比我唐通（双手将髯捧起）强得多呀！【小锣一击】

林慧娘　这个，妾身失言了。（略低头）

唐　通　下次不可。

林慧娘　是。

唐　通　既是先生教授有方，待我到书房去致谢意。

林慧娘　官人不必去了。（右手摆动）

唐　通　却是为何？（双手摊掌）

林慧娘　先生染病在床，等他好了再去不迟。

唐　通　先生有病，我越发的该去探望。（右手向外指出）

林慧娘　不是啊，（双手摆动）他乃有病之人，（右手向右前方指出）你若前去，（右手指唐）他岂不要周旋于你，倒与他添了病症。（右手按掌）【小锣一击】

唐　通　（冷眼看林）你怎么替外人讲话。

林慧娘 （低头不语，稍一沉吟）官人要去也无妨。

唐　通 哼，还不与我退下。（右手指林后甩袖）

〔【小锣五击】林慧娘从“上场门”下场。唐通站起。

唐　通 我往书房去也。（双手左右整下袖口）

〔西皮摇板〕

【闪锤】（过门同前）3 3 1 2 2. 1 3 2 01 2 （3 5 2 1
师 严 道 尊 理 当 敬，
（拱手） （出门走至

6 5 5 5 3 6 5 5） 6. 2 1 1 2 1. 2 1 6 1 ‖
武 将 也 须 重 儒 生。
左台口处） （左手捋髯；右手向前指出）

〔【大锣打下】唐通从“下场门”下场。

第五场

惊　带

〔【小锣抽头】陆世科从“上场门”上场，走到台中，双手抖袖。

〔西皮摇板〕

陆世科 【小锣凤点头】（过门同前）i 5 7 6 5 7 6 （6 5 3 5 6 5
寒 儒 不 幸 身 染 病，
（将双水袖提起） （从台中走至前台口）

3 2 1 2 6 5 5 5） i 6 5 5 6 5 353 5 （6 5
浑 身 上 下 冷 如 冰。
（双手翻折起做抱肩状）

3 5 5 5 3 2 1 2） i 5 7 6 5 7 6 6
强 打 精 神 来 扎 挣，
〔左转身归正中“大座”坐。

【小锣凤点头】（过门同前）i 5 i 6 5 - 6 - 5 ‖
心 中 恍 惚 不 安 宁。
（右掌抚胸后，两手掌搓动两下，
头枕右拳睡介）

〔【小锣抽头】唐芝从“上场门”背被上，到右台口站。

香 罗 带

〔西皮摇板〕

唐 芝 （过门同前）3 3 6· 2 1 3 3 2 （3 5 2 1 6 1 2）

一 床 锦 被 身 背 定，

6· 2 1 2 2 7 6 6 6 1 （1 1 6 2 1 －）‖

师 尊 台 前 表 寸 心。

（唐芝进门）

先生，先生，**【小锣一击】**原来睡着了。（一想）待我与他盖好。（与陆盖被将罗带遗于地上）正是：（扎）

（念）对天暗祷告，师尊祸灾消。

（右手翻折水袖后拱手） （右手抖水袖）

〔**【小锣打下】**唐芝“下场门”下场。

〔**【快长锤】**唐通从“上场门”上场，走至右台口。

〔西皮摇板〕

唐 通 （过门同前）6· 2 1 3 2 6· 2 1 2 （3 5 2 1

为 人 须 把 子 教 训，

（右手按掌）

6 2 1 1） 3 2 2· 1 1 2 1 2· 6 1 5

尊 师 重 道 理 当 应。书

（双手摊掌）

3 3· 1 2 （3 5 2 1 6 1 2） 2· 1 1· 3 2

斋 之 内 声 寂 静，

（左手抬起，右手向外缓后向左指）

〔**【闪锤】**唐通进门见陆沉睡，转身面向前台。

（过门同前）6· 2 1 3 2 2 1 2 1 （1 1 6 2 1）‖

只 见 先 生 睡 沉 沉。

先生，唐某来了。（右手托髯，见陆不应声）**【小锣一击】**（背供）哦原来先生睡熟了。可怜他少年书生，客中患病，令人可叹！（转身面向陆有所发现）哦，这床锦被（右手指陆身子的被子）是我娘子之物（右手抚胸）。想是借与先生发汗。**【小锣一击】**（稍一思索）哎，妇人之物岂可擅借与人，（双手摊掌）忒以荒唐了（右手摆手）。（一想）他既已睡着，不要惊动于他，（右手指陆）待我转去。（左腿跨出门槛，右转身，双手欲带门）待我将门儿与他关好（突然发现掉在地上的罗带）这是什么物件？（近前一看）原来是一条罗带。**【大锣一击】**（猛然想起）哎呀！这条罗带我在哪里见过呀！（以右手敲额头，一怔）哦，这这这这分明是我家娘子之物，（右手抚胸）怎么落到书房之中？！（双手摊掌）（一转眼珠）难道他二人……（双手成单指式并拢在胸前）哦，是了！**【大锣五击】**（猛抬起头，向前走两步）怪不得那个贱人（左手捋髯，右手前指）每每夸奖先生才学，还道他品貌异常，（右手在右前方托掌）原来有这样暧昧之事！（右手向下指）我这样英雄岂不做了此道。（先双手摊掌继而双手内翻变按掌）哎呀！我不免去到上房，（挑起拇指向后指）先杀贱人，（右手做刀状）再杀这个村夫，（右手前指）方消我恨！（右手揉胸）（下决心地）我就是这个主意！

〔**【扫头】**唐通出门，左甩髯，右甩髯，左手捋髯、右手向里绕袖握拳从“下场门”下场。

〔陆伏案，枕右掌，轻轻摇头。

〔西皮小导板〕

陆世科 **【小锣导板头】** 艹 （ 7 6 6 5 i 3. 2 7 6 2

1 – ） 3. 6 5 7 6 5 6 7 – 6 6

睡 梦 之 间 身 寒 冷，

〔**【小锣一击】**双手心搓动两下拭眼。见房门大开，轻点下头。**【小锣凤点头】**

〔西皮摇板〕

（过门同前） i 2i65 5 6 i 5 – 3 i 6 3 3 5 ‖

原 来 未 关 书 房 门。

我身盖重衾，还是这般寒冷，（双手抱肩）原来未曾关门。（双手做关门状）待我自己扶病下床，将门关好，再来安睡（边说边低下头看，突然发现罗带）哦，这条罗带与这床锦被（回身指被）好似妇人之物，（一想）这岂是我盖得的，（双手摊掌）（用手掀被）将它掀过一边。正是：（扎）（站起，走出堂桌）（念）做客原非易，（摆右手、摇头）依人总是难。（关门）哎呀，好冷哪！（双手抱肩做冷状）

〔**【小锣打下】**陆世科步履沉重地从“下场门”下场。

第六场

释疑

〔**【大锣水底鱼】**唐通从“上场门”上场，进门站前台口。

唐 通 画龙画虎难画骨，知人知面不知心。（右手在胸前自内向外揉动两下）可恨贱人无理太甚，来此上房，待我唤他出来。（右手前指）呔！**【大锣一击】**（向右甩髯）贱人与我走出来！（将手中的褶子放桌子上）

〔**【小锣打上】**林慧娘从“上场门”手托茶盘端茶上场，走至右台口。

林慧娘 一盏清茶手中捧，孟光举案敬梁鸿。（进门）官人请茶！

［林慧娘站“小边”向唐通递茶。

唐　通　好贱人！

［（崩 0　登 0　仓 0）唐通打林慧娘嘴巴，林慧娘不知所措。二人同时向里转身；林慧娘在左转身时，向侧幕内扔茶盘，唐通在右转身时，右手拔剑。唐通跺左脚，从右脚踢林慧娘，林慧娘双水袖向上翻折亮斜托袖式；在原地起“屁股坐子”后，急拉唐通双手。**【大锣叫头】**

林慧娘　哎呀官人哪！我与你做了多年夫妻，从不曾见你如此生气。妾身纵有服侍不周之处，望官人恕我初犯。

唐　通　呀呸！**【大锣一击】**（右手挣开林的双手）这样的事，还想做第二次吗？**【大锣一击】**（用眼瞪林慧娘）贱人（用剑指林慧娘）不该败坏我的门庭！**【大锣一击】**（林慧娘吃惊向后坐身，急站起看唐通）

林慧娘　自你走后，我连大门都未曾出过，怎说败坏你的门庭呢？

唐　通　你做的事原在大门之内。（右手提剑下指）

林慧娘　大门之内只有我与春莺两个女子，家无男子，（双手摆动）怎说败坏你的门庭呢？（双手摊掌）

唐　通　那陆世科他不是男子么？

林慧娘　哎，陆先生他是个好人哪。（右手赞美指）

唐　通　陆先生不是个好人你也不与相好了。

林慧娘　呀呸！**【大锣住头】**（林慧娘左抖袖）听你言来语去，分明说我与陆先生有奸！（理直气壮地）我一向谨守闺门，（右手按掌）你若不信，（左手指唐）你只管去问春莺。

唐　通　着哇！（点头、冷笑）你做的事瞒不了贴身使女，待我问她一问。

林慧娘　你只管去问！（右手抖袖，左手抖袖）

唐　通　春莺快来！

［**【小锣长丝头】**春莺从“上场门”跑上，跑至前台口，进门后右转身挖向“大边”。

春　莺　来了来了。（拱手变双手摊掌）老爷什么事？

唐　通　呔！**【大锣一击】**（用剑指春莺）春莺你是你主母心腹之人，她怎样与陆世科私通，快快讲来，免得剑下做鬼！**【大锣一击】**（右手将剑横握瞪眼看春莺，春莺吓的急跪地）

春　莺　哎呀老爷呀！（拱手）**【大锣五击】**主母谨守闺门，老爷不要冤屈了好人。

唐　通　你主婢二人乃是通同作弊。

林慧娘
春　莺　哎呀，我们倒是通同作弊了。（二人同时双手摊掌，春莺站起）

唐　通　今晚主婢二人（左手指点二人）去往书房叫门，待我拿住真赃实据，叫你与那有情人儿，（左手指林）同做地府鸳鸯。

林慧娘　黑夜之间去叫男子的房门，成何体统，我不能前去。（双手摆动）

唐　通　贱人休出此言，他的房中你不知去过几次了。

林慧娘　我几时去过的？（双手摊掌）

唐　通　你若不去，我就杀了你！**【大锣一击】**（右手举剑，左手指林慧娘）

林慧娘　也罢。**【大锣五击】**（双手抖袖）我若不去你的疑心不解，（指唐）我前去就是。

【撕边】（急向前台口走两步，右手翻折水袖）

唐　通　转来。【大锣一击】不是这样前去。（左手摆手）

林慧娘　我要怎样前去？（双手摊掌）

唐　通　你必须梳妆打扮前去。

林慧娘　呀呸！【大锣五击】（左手抖袖、右手甩袖）冶容诲淫，岂是好妇人，我不能妆扮。（右手抚胸后，再摆手）

唐　通　你见着情人，不知怎样的风流，见了自己的丈夫（左手托髯）却这样假正经，（扔髯）快快与我梳妆。【大锣一击】

林慧娘　【大锣叫头】天哪，天！世界之上哪有自己丈夫勒逼妻子梳妆打扮黉夜奔人之理。（双手摊掌）我林慧娘【大锣一击】（左手背袖，右手在胸前翻折袖）好命苦哇……（以右袖拭泪）

「（大大　大大　衣大　大0）

〔西皮二六〕

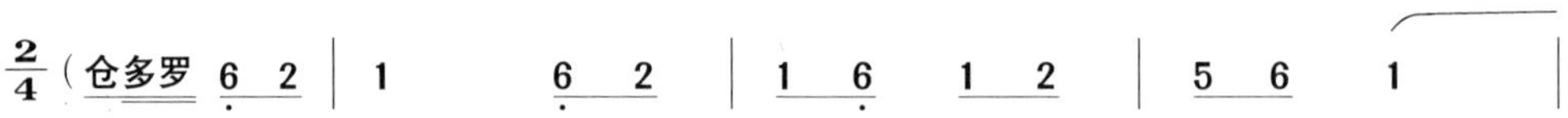

（唐通一挤举剑走到偏放“大边”堂桌的右边；林慧娘急步躲闪走至右台口，

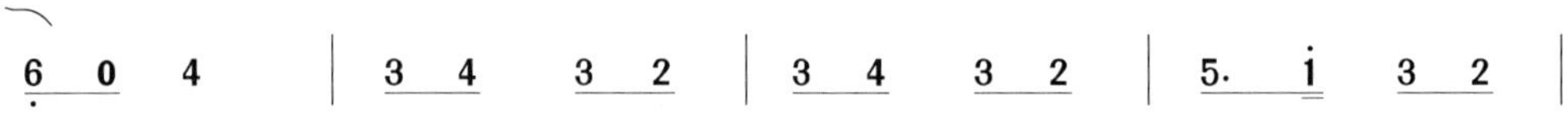

二人推磨走半个圆场；往里一盖两盖，随即唐通右手平肩提剑、左手指林亮相、

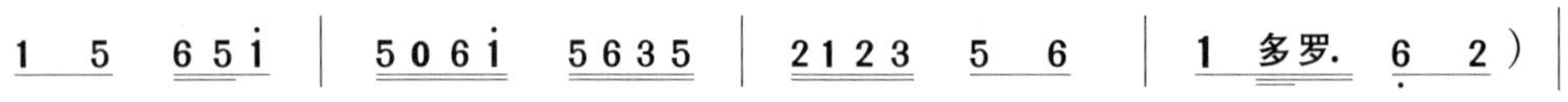

林慧娘右手扶桌左角、左袖上撑亮相）

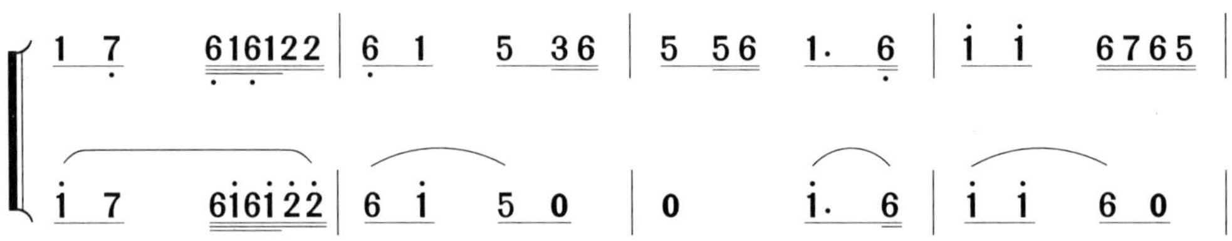

强　对　菱　花

（春莺侍立林身后与林梳头）　（林慧娘右手扶鬓，再左手扶鬓

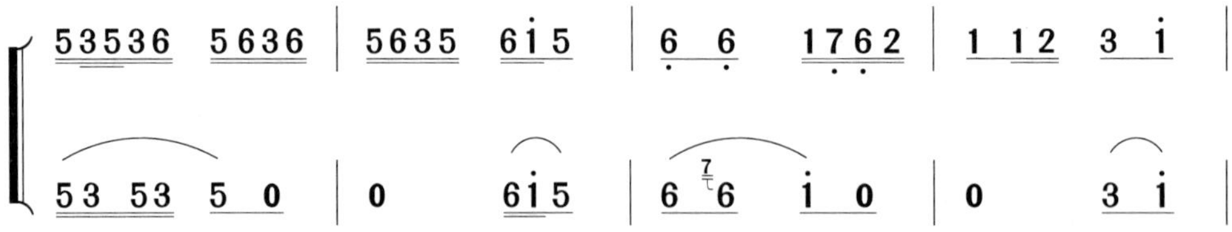

整　鬓　云，　却

照看镜子）

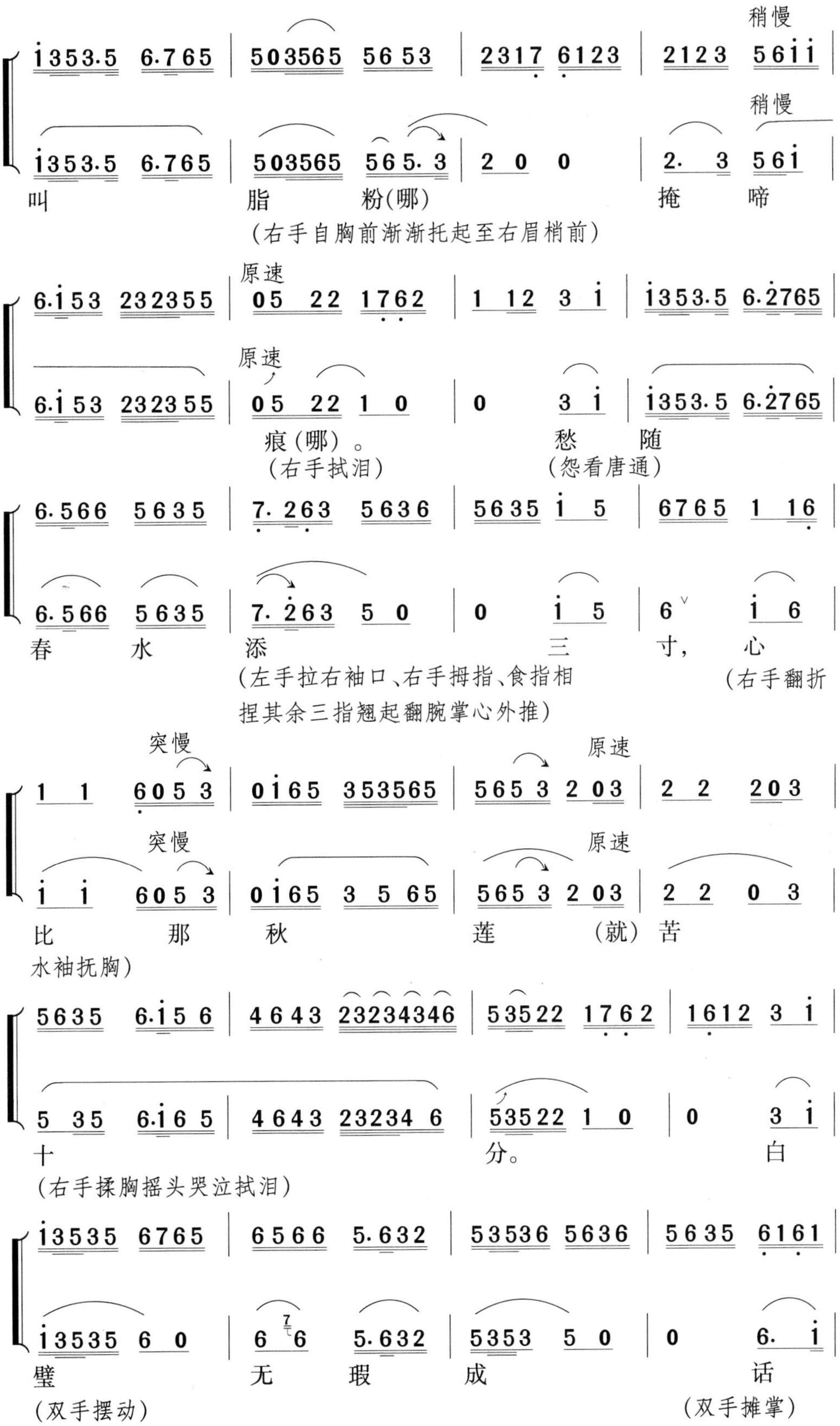
稍慢
叫 脂 粉(哪) 掩 啼
(右手自胸前渐渐托起至右眉梢前)
原速
痕(哪)。 愁 随
(右手拭泪) (怨看唐通)
春 水 添 三 寸, 心
(左手拉右袖口、右手拇指、食指相捏其余三指翘起翻腕掌心外推)
(右手翻折水袖抚胸)
突慢
原速
比 那 秋 莲 (就) 苦
十 分。 白
(右手揉胸摇头哭泣拭泪)
璧 无 瑕 成 话
(双手摆动)
(双手摊掌)

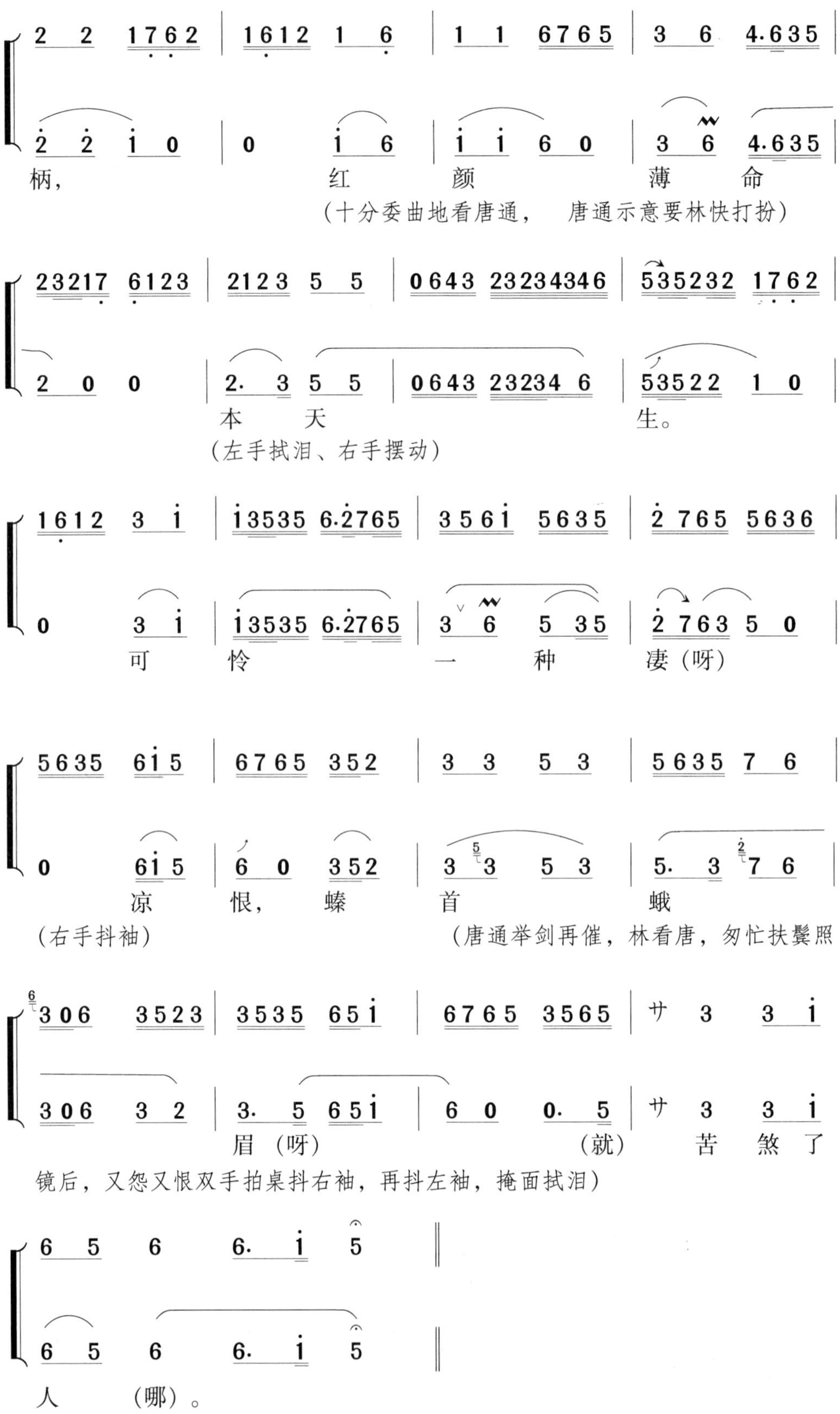
柄，　红　颜　薄　命
（十分委曲地看唐通，　唐通示意要林快打扮）
本　天　生。
（左手拭泪、右手摆动）
可　怜　一　种　凄（呀）
凉　恨，　蛴　首　蛾
（右手抖袖）
（唐通举剑再催，林看唐，匆忙扶鬓照
眉（呀）　（就）　苦　煞　了
镜后，又怨又恨双手拍桌抖右袖，再抖左袖，掩面拭泪）
人　（哪）。

香 罗 带

〔唐通示意林慧娘快走。

〔西皮摇板〕

唐 通 【闪锤】(过门同前) 6. 2 1 3 2 3 1 2 (3 5 2 1 6 1
贱 人 休 要 珠 泪 滚,
(左手背剑，右手指林)

2 2) 6. 2 1 1 3 2 1 3 2 1 6 1 (3 5
自 作 自 受 怨 谁 人?
(右手摊掌) (林指唐,

2 1 6 2 1) 1 2 1 1 2 2. 1 3 2. 1 1 2
离 了 上 房 书 斋 进,
摇了摇头继而抖袖) (唐右手提剑示意林快去)

〔【快长锤】林慧娘出门，春莺跟着出门，唐通在后，林慧娘领起来疾步圆场，走至右台口，斜扎“下场门”犄角，见已至陆门前，右转身快步返回右台口，春莺站林旁，唐通站台中。

唐 通 【大锣凤点头】(过门同前) 6. 2 1 3 2 1 6. 5 6 1 ‖
按 着 青 锋 把 话 云。

〔【大锣住头】唐通右手亮剑，左手指春莺。

唐 通 春莺，你快去通报说你家主母来了。

春 莺 他关着门哪。(双手指陆房门，不情愿地)

唐 通 他关着门，你就不会叫门吗?

春 莺 我说老爷，我虽然是个丫头，我还没有半夜三更叫过男子的门呢。(双手摊掌后，双手叉腰)

唐 通 (不信地) 你背着不知叫过多少次房门了。

春 莺 我多会儿叫过人家的房门哪。(焦急地以右手背连击左手掌三下，又变摊掌)

唐 通 你若不去叫门，我就杀了你。

〔【小锣一击】唐通举剑，左手指春莺；春莺忙摆动双手。二人“半个合”、“推磨”互换位置，唐通逼春莺叫门。

春 莺 (害怕地) 我去就是。(向下场方向走几步，左手拍陆门) 先生开门。

唐 通 (向台下) 这一下便试出他们的真假来了。(顺手将剑入鞘)

〔【小锣打上】陆世科从“下场门”上场。

陆世科 正在睡昏沉，忽听人叫门。
向前来细听，(走至房门处)

春 莺 先生开门! (左手急拍陆房门)

陆世科 咦，却是妇人声。【小锣一击】(一怔) 这般时候哪有妇人叫门? (一想) 哦，是了，想是我 (右手抚胸) 今夜性命该绝，(连连点头) 有催命鬼前来叫门，(右手前指）待我问她几句。外面叫门是人是鬼？你若是人，有道是男女有别；你若是鬼，邪不侵正哪！

春　莺　我是侍女春莺。

陆世科　（一怔）怎么？你是侍女春莺。哎，我只说唐守备闺门整肃，原来家教不严，春莺你快快回去，（严正地）不要在我这里胡缠！

春　莺　（向唐通）老爷，他不开门。（唐通指林慧娘，春莺会意）我主母叫我来的。

陆世科　你主母叫你来做甚？

春　莺　（向唐通双摊手）是呵！老爷，我干什么来了？

唐　通　（低声地、右手轻捂嘴旁）就说主母命你来探病。

春　莺　（点头）主母命我来探先生的病。

陆世科　你主母是个妇道人家，自古道，内言不出于阃[①]。就是差你探病你也该白日前来，怎么你黑夜前来？分明是你不遵约束，私自到此，还不快些回去，若被你主母知道，你吃罪不起！

春　莺　（向唐通）您听见没有，人家是个好人，一死儿的不开门。

〔唐通示意春莺走开，一想，按剑逼林慧娘叫门。

林慧娘　我不自己叫门！（唐通威吓林慧娘）**【大锣一击】**哎，（看唐委屈地）我好命苦哇！**【大锣一击】**

〔西皮小导板〕

〔**【大锣一击】**唐通指林慧娘。

唐　通　你说什么三从四德，你从了他，（指陆房门）就成了四从了。

〔**【硬三锤】**林慧娘抖右袖。

〔西皮快板〕

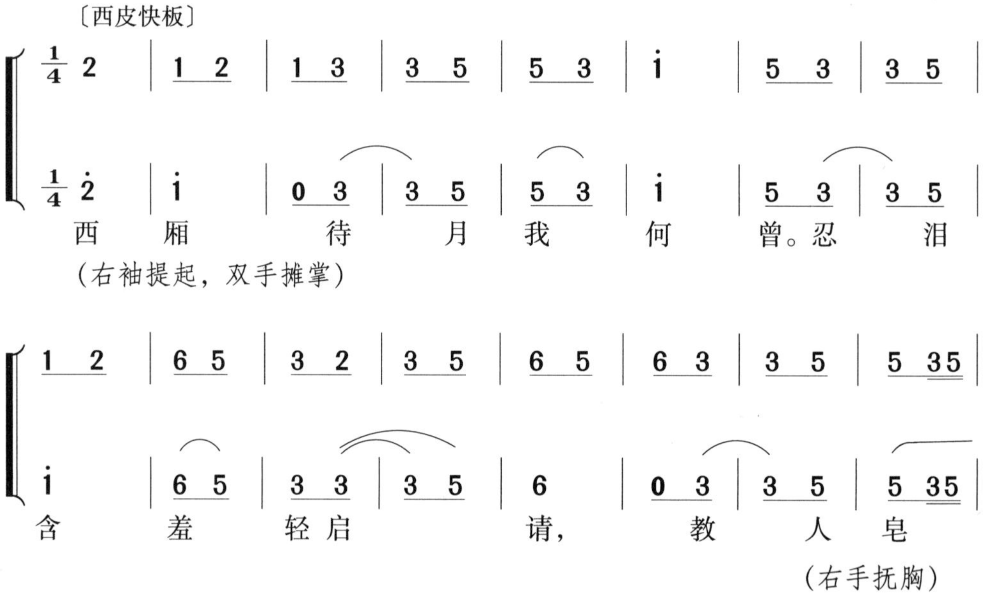

① 阃：（读捆音）指古时妇女所居住的地方。

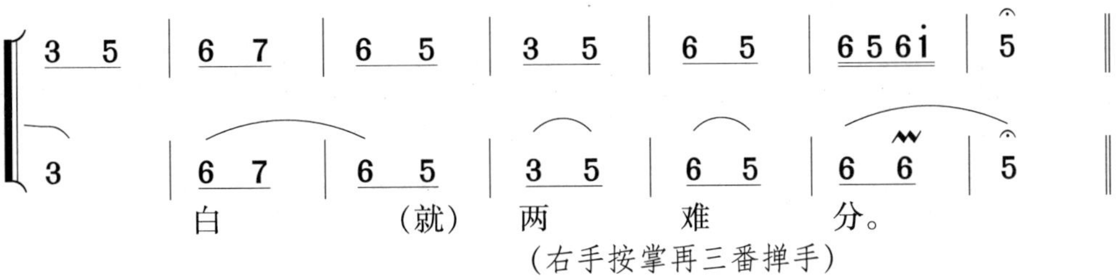

〖【大锣住头】唐通示意让林慧娘快去，林慧娘不情愿地走到陆房门外。

林慧娘 先生开门。

陆世科 （一惊）你又是哪一个？

林慧娘 这个……

〖【小锣一击】林慧娘难以启齿，欲回身转去，唐通按剑威吓。

林慧娘 我是唐守备的妻子林氏。

陆世科 原来是内东主，夤夜到此何事？

林慧娘 这……,（看唐，唐示意快说）哎,（右手怨恨向唐抖袖）闻得先生染病，特来探望。

陆世科 多谢内东主盛意，只是男女有别，许多不便，请回去吧。

〖【小锣一击】林慧娘欲走，唐通仗剑怒目挡阻。

林慧娘 （无可奈何，急速地）啊先生，奴家一来探病，二来还有事相求。

陆世科 夜半三更，男女之间有何事相求？！

林慧娘 （欲走，唐通威逼）哎呀先生哪！奴家命在呼吸，望先生快快开门救命哪……

〖【小锣一击】陆世科吃惊地一怔，右手抬起。

陆世科 哎呀呀，好个无耻的妇人，（左手指门外方向）这般言语亏她说得出口。（双手摊掌）（脸朝门外）内东，上有皇天，（拱手）下有厚土，性命是小，名节是大。你息了这个念头，免得大家出丑。

林慧娘 （急辩地）先生休出此言，待我实说了罢。

〖唐通摇手亮剑，林慧娘欲言又止。

陆世科 （郑重地）你也不必再言你的心事了，我早已明白了。想妇人家名节为重，我幼读诗书，颇知礼义，只学鲁男子闭门不纳，又比柳下惠坐怀不乱，你快快回去吧。

林慧娘 哎，先生哪！（拱手）【大锣凤点头】

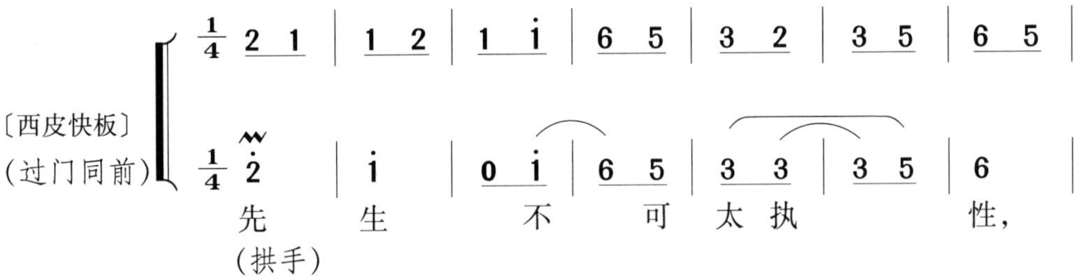

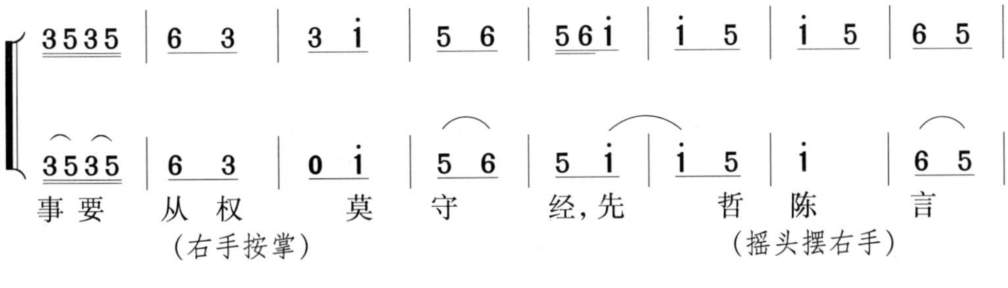

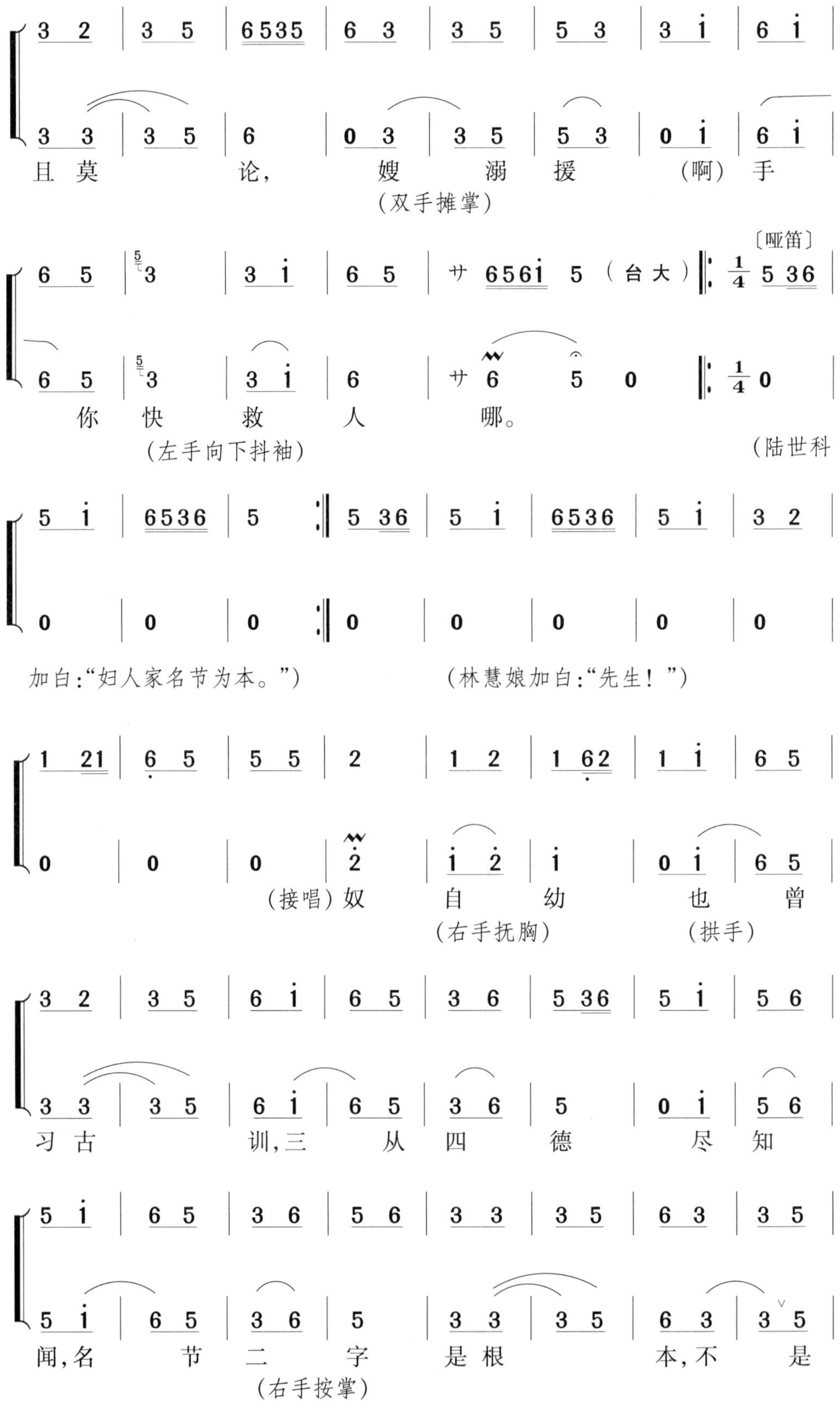

且 莫 论， 嫂 溺 援 （啊） 手
（双手摊掌）
〔哑笛〕
（台大）
你 快 救 人 哪。
（左手向下抖袖）
（陆世科加白："妇人家名节为本。"）
（林慧娘加白："先生！"）
（接唱）奴 自 幼 也 曾
（右手抚胸）
（拱手）
习 古 训，三 从 四 德 尽 知
闻，名 节 二 字 是 根 本，不 是
（右手按掌）

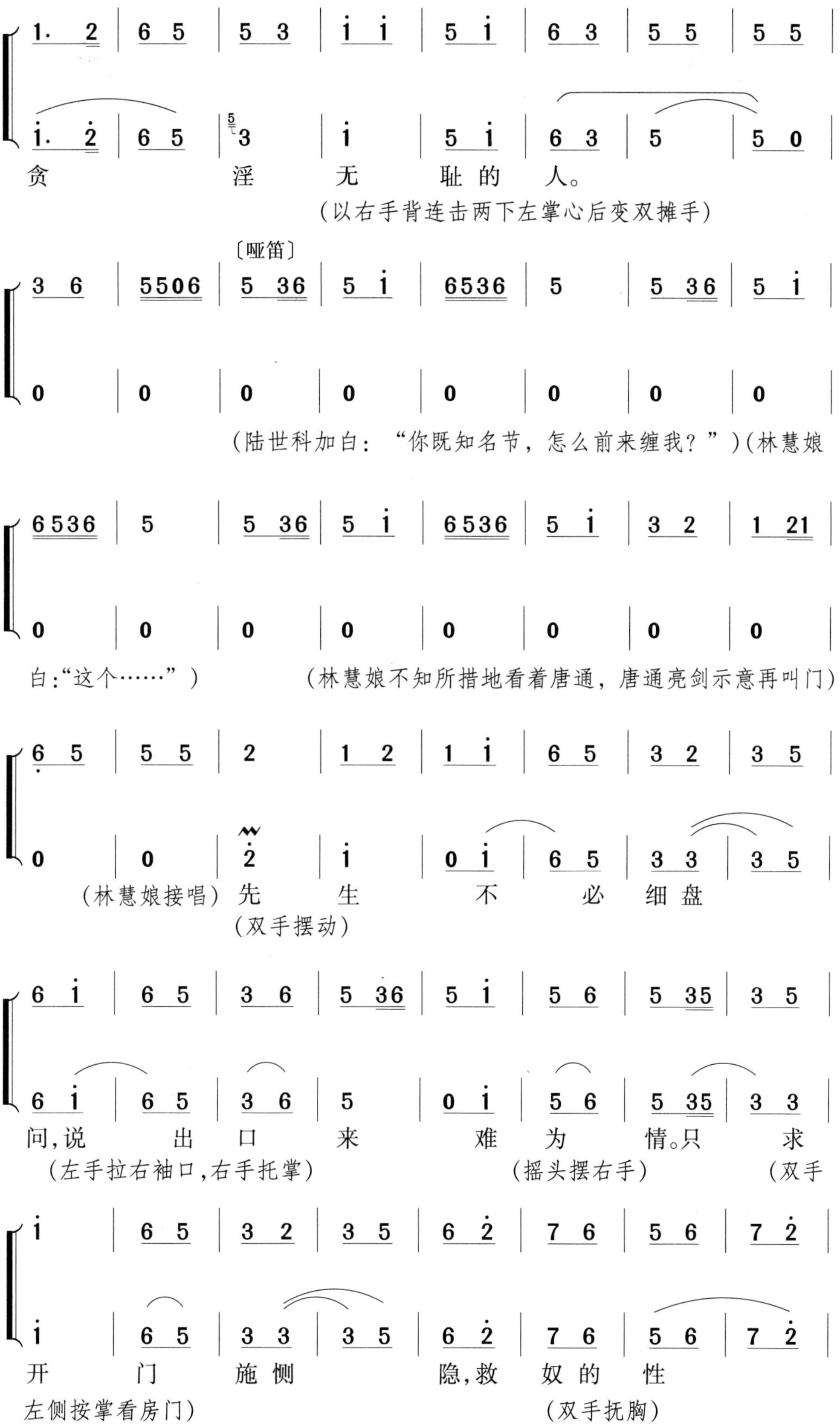
贪 淫 无 耻 的 人。
(以右手背连击两下左掌心后变双摊手)
〔哑笛〕
(陆世科加白:“你既知名节,怎么前来缠我?”)(林慧娘
白:“这个……”)
(林慧娘不知所措地看着唐通,唐通亮剑示意再叫门)
(林慧娘接唱)先 生 不 必 细 盘
(双手摆动)
问,说 出 口 来 难 为 情。只 求
(左手拉右袖口,右手托掌)
(摇头摆右手)
(双手
开 门 施 恻 隐,救 奴 的 性
左侧按掌看房门)
(双手抚胸)

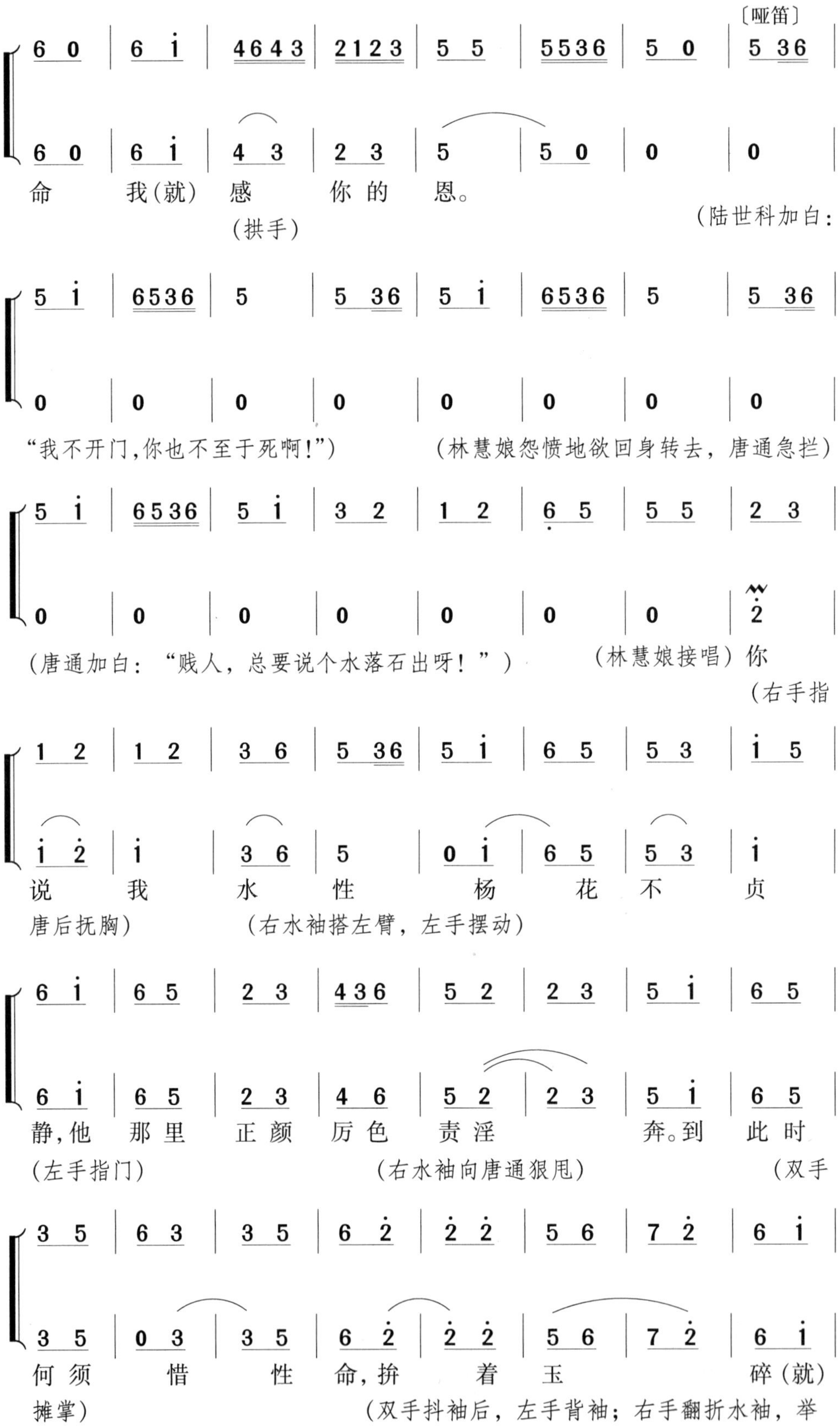
〔哑笛〕
命 我(就) 感 你 的 恩。
(拱手)
(陆世科加白：
“我不开门，你也不至于死啊！”)
(林慧娘怨愤地欲回身转去，唐通急拦)
(唐通加白：“贱人，总要说个水落石出呀！”)
(林慧娘接唱)你
(右手指
说 我 水 性 杨 花 不 贞
唐后抚胸)
(右水袖搭左臂，左手摆动)
静，他 那里 正 颜 厉 色 责 淫 奔。到 此 时
(左手指门)
(右水袖向唐通狠甩)
(双手
何 须 惜 性 命，拚 着 玉 碎(就)
摊掌)
(双手抖袖后，左手背袖；右手翻折水袖，举

3 i	6 5	3 5 3	5 ‖	（崩 0 登 0 仓 0）
3 i	6 5	3 3	5 ‖	
与	珠	沉。		

至右额头旁以头撞门，唐通急拦；陆世科双手抓袖亮相）

陆世科 （愤怒地）住了！你这妇人，真真无耻，你快快息了这条邪念。明日我要带病辞馆，纵然死在街头，我也不在你家居住了。（双手摆动）不但如此，日后见着东家，（拱手）我要（右手抚胸）劝他防范于你，免得日后出丑，唉，叫我读书之人说你什么？（右手指门外）真真无有廉耻的妇人哪！

〔唐通、林慧娘、春莺各做呆立状。

唐　通 娘子，你我回去吧。

〔（崩 0 登 0 仓 0）林慧娘打唐通嘴巴，转身反圆场。春莺拉唐通走。（崩 0 登 0 仓 0）唐通打春莺嘴巴。**【水底鱼】**林慧娘反领一圈圆场，进屋门，春莺往右台口方向搬椅**【冷锤】**林慧娘甩袖坐下，唐通十分尴尬地看着林慧娘。

唐　通 娘子，此事是我的不是了，我这里与你作揖赔礼了。（躬身深施礼）

林慧娘 哇！**【大锣一击】**你方才不问青红皂白，全无夫妻之情，（摇头摆右手）定要我去（右手抚胸）往陆先生那里叫门，（右手前指）我本当不去，又恐你的疑心不解，（左手指唐）只当含羞前往，（左手按掌）幸而陆先生是个正人君子，（右手赞美指）若是浮薄之人开了房门，（双手做开门状）我与他岂不都做了刀头之鬼？（左手拉右袖，右手做刀状）我死不足惜，可怜丧了一生名节，（双手摊掌）似你这般狠毒，（指唐）焉能白头相守，我的心迹已明。我要削发——**【大锣一击】**（右手下绕一圈后在右额头上方单指）修真去了！**【原场】**

唐　通 噢！你要出家，（指林）我不放你出家，（双手摆动）你一辈子也出不了家的。（林慧娘不理）哎，春莺你替我劝解劝解吧。（求情地）

春　莺 我主仆二人乃是通同作弊呀！

唐　通 你也端起来了。（双手架拳摇晃一下身子）哎，春莺不用你管。（右手摆动）

春　莺 （不屑一顾）谁爱管呀！

唐　通 （自嘲地）唐通呀唐通，你真乃欠通，（双手摊开）哪有丈夫逼着妻子去叫外人屋门，（右手外指）真真岂有此理。（摆动右手）哎（一想）有道是解铃还须系铃人。我自己做的事，（双手捧髯）还须我自己解开，（双手放髯）（看林）喏、喏、喏娘子，方才都是我的不是了。你我多年夫妻，（双手单指式并拢一处）你还恕不过我去吗？（恳求地）娘子不要生气了，你再若生气我就要——

春　莺 怎么着？您又要杀人哪！

唐　通 我就要碰死了！

春　莺 老爷、老爷、您别碰死呀……

唐　通 （信以为真）是哇！

春　莺 （挖苦地）你死在宝剑之下，比碰死爽快的多呢！

唐　通 我唐通一时冒失，（右手托髯）如今报应了。（右手放髯）

〔西皮散板〕

唐 通 【纽丝】 サ （7 6 6 5 i 3· 2 7 6 2 1 -）

1 2 1 2 3 1 2 （7 6 1 2 -）
埋 怨 自 己 理 不 应，
（右手托髯，自责地）

1 3 2 2·6 1 2 1 2 1 （1 7 6 2
一 家 人 闹 得 乱 纷 纷。
（放髯） （左掌心和右手背相击一下变双手摊掌）

1 -） 3 3 3·1 2 2·1 1 3 2
三 尺 青 锋 项 上 （哦） 刎，
（拔出宝剑，一亮又害怕）

〔哑笛〕

（仓 大 2161 | 2 3 2161 | 2 2 61 | 2 3 2161 |
（白：“娘子，不要拉我，我死了吧。”） （唐通将剑放在林慧娘面前，

2 2 61 | 2 3 2161 | 2 2 61 | 2 3 2161 | 2 2 61 |
林慧娘不理） 【小锣一击】 （唐通见林慧娘不理，又向春莺面前拿剑

2 3 2161 | 2 2 61 | 2 3 2161 | 2 2 61 | 2 3 2161 |
比划着，加白：“春莺，不要拉我，我死了吧。”）

2 2 61 | 2 3 2161 | 2 2 61 | 2 3 2161 | 2 2 61 |
（春莺冷眼看唐通加白：“你爱死就死吧。” 【小锣一击】）

2 3 2161 | 2 2 61 | 2 3 2161 | 2 2 61 | 2 3 2161 | 2 -）‖
（唐通僵住无语，春莺加白：“你倒是死不死呀！”）

〔西皮摇板〕

【一击凤点头】（过门同前）2 1 2 1 2 3 5 2 1 6 1 （3 5
他 二 人 俱 都 不 作 声。
（指林、春） （提剑

2 1 6 2 1 1 ） 5 3 3 2 2 1 2 1 3 2
出 得 门 来 将 姣 儿 唤，
出门）

〔唐芝从“上场门”急上。

唐　通【一击凤点头】（过门同前） 6· 2 1 1 3 2 2 1 6· 1 6 6 1 ‖
霎 时 来（呀）了 一 个 救 命 的 星。
（左手向右指唐芝）

〔【大锣住头】唐通把剑伸向唐芝，更加装作寻死状，唐芝见状急拦。

唐　通　儿呀，不要拦阻，我死了吧，我死了吧。

唐　芝　爹爹不可寻此短见。

唐　通　（找到解围之人）怎么，我儿不叫我死，好，我就不死了。（插剑入鞘）儿呀，为父得罪了你的母亲，你快替为父劝解劝解。

〔唐芝点头，唐通拉唐芝进门，唐通向唐芝示意。

唐　芝　母亲（拱手）不要与爹爹生气，孩儿跪下了。

〔唐芝双膝下跪，林慧娘不理。

春　莺　小公子，他们老两口子的事，您管不了。天不早了，我送您上学去吧。

〔拉唐芝向“上场门”侧幕走去。

唐　通　（低头念）娘子，你不念夫妻之义，难道说还无有母子之情吗？你看我儿他跪在……（猛一抬头用手指，不见唐芝，见春莺拉唐芝，急将唐芝拉回，示意唐芝下跪）快快跪。娘子不要生气了，我父子又跪下了，（林慧娘不理）儿呀，快与你母亲磕头。

〔唐通手按唐芝头，唐芝连连磕头。

林慧娘　呀！

〔西皮快板〕

【大锣凤点头】 1/4 7 | 6 | 5 | 5 5 | 3 5 6 1 | 5 1 | 3· 2 | 1 21 |

6 5 | 5 5 | 3 6 | 5 6 | 5 1 | 6 5 | 3 2 | 3 5 |
0 | 0 | 3 6 | 5 | 0 1 | 6 5 | 3 3 | 3 5 |
纵 然 不 念 夫 妻
（缓缓站起，看看唐芝，面朝前台摆动右手）

6 | 6 5 | 6 5 | 0 1 | 5 6 | 5 36 | 5 3 | 3 5 |
6 | 6 5 | 6 5 | 0 1 | 5 6 | 5 | 0 3 | 3 5 |
份， 难 舍 堂 前 母 子 情。 细 想
（抬左手；右手单指式向右外方缓一圈指向唐芝）

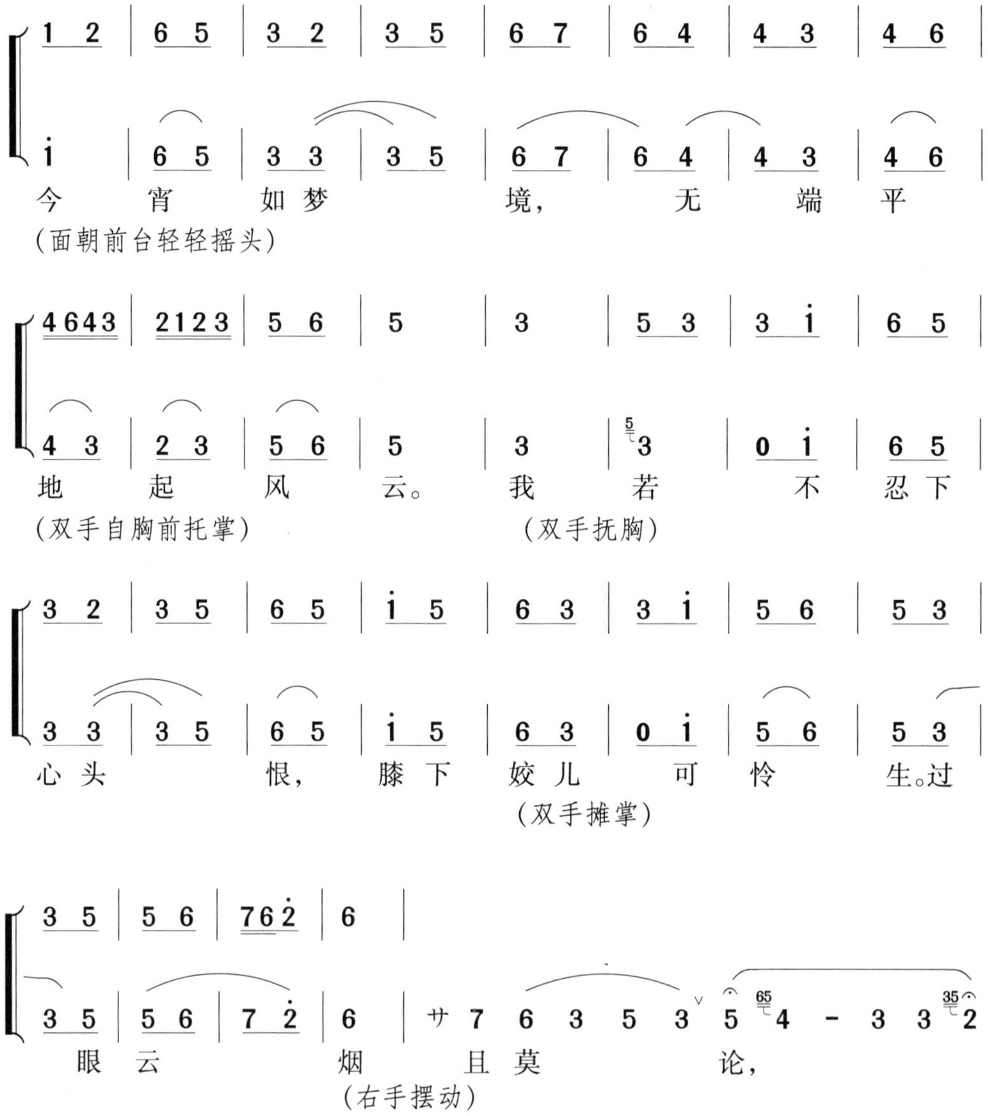

〔【大锣凤点头】唐通按唐芝头连连磕头。

唐 通 儿呀，快与你母亲磕头。

〔西皮散板〕

林慧娘 （过门同前）

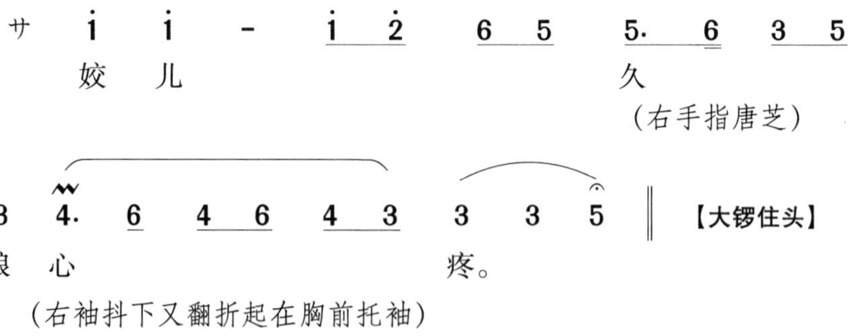

我儿起来。（林慧娘稍欠身扶唐芝起）

唐 通 噢，叫我们起来，我们就起来。

「【小锣一击】唐通欲起，林慧娘抖右袖瞪眼，唐通又赶紧跪下。

林慧娘 嗯。（见唐跪下又不忍地）还不与我起来。

唐　通 得呵、呵、呵令哪！（起身）哈哈……

「春莺将林慧娘坐椅搬回，二人归八字坐。

林慧娘 官人，我与陆先生这场风波，到底从何而起？（右手外指）我与你多年夫妻，（双手单指式并拢在胸前）你怎么无故疑心起我来了？（双手摊掌）

唐　通 不但娘子要问，我自己（右手托髯）也要问，你与陆先生一事，（指林）实有凭据在我眼内。（右手抚胸）

林慧娘 （惊疑不解地）有什么凭据在你眼内？（右手指唐通）

唐　通 我往先生那里探病，观见一床锦被，乃是娘子覆身所用，（右手按掌）又见一条罗带，是你时常系在腰间的。（右手指林）这不是凭据。（双手摊掌）

林慧娘 罗带是何人拿去的？

唐　芝 哎呀，我道为了什么，原来为我母亲那个罗带、锦被，爹爹不早来问我，若是早来问我，您早就明白了。那床锦被是母亲叫孩儿与先生送去的。（拱手）

「【小锣一击】唐通闻言变色。

唐　通 哦，是你母亲叫你送去的么？（指林慧娘，按剑）真是杀之不愧！

林慧娘 （脸不变色）我儿往下讲来。

唐　芝 爹爹不要着急，只因先生（拱手）染病在床，孩儿回得家来，对母亲言讲，要取床锦被与先生发汗，（右手按掌）母亲应允，孩儿将床上锦被送去。孩儿身小力微，（右手抚胸）拿那锦被不动，（右手外指）用我母亲罗带捆好，（双手做捆物状）背往书房。（双手在右肩做背东西状）爹爹，这也是孩儿一时的聪明。（右手成单指式往鼻下蹭一下，指尖向下自里向外连连绕动两下成圆圈形）

林慧娘 好奴才！你只顾一时的聪明，（右手指唐芝）险些害了为娘的性命，（右手抚胸）还不快到书房，将你父的锦被、为娘的罗带取来。（右手向前指）

「【小锣一击】唐芝应下，抱被、带上。

唐　芝 罗带、锦被取回。

林慧娘 我想今夜之事，皆因此带所起，春莺取火来将它焚化了吧。（指罗带）

唐　通 娘子不必如此，（双手摆动）待为丈夫将此带系在腰间，以后做个纪念吧。（将罗带拿了过来，放在桌上）

林慧娘 （笑指唐通）今夜这事得罪先生如何是好？况且我适才出乖露丑，此后宾主之间倒有些难处。

唐　通 那先生经过此事，只怕他也要辞馆了，我要到馆中敷衍他一番。（右手按掌）

林慧娘 你见了先生必须把我的冤枉（双手抚胸）对他言明。（右手外指）

唐　通 那个自然。（点头）看天色已明，我要到书房去了。

林慧娘 啊，官人你不能这样前去。（双手拦唐通）

唐　通 （不解地）要怎么前去？（双手摊开）

林慧娘 必须梳妆打扮前去。（双手按掌）

唐　通 你怎么又提起这些事？再若提起，我就要……（欲逞威风）

林慧娘 你要怎样？（双手背袖）

唐　通 我又要跪下了。（做欲跪状）

林慧娘　你也不怕失了体统。（左手抬起，右手抖袖）
唐　通　取我的衣服来。

〔西皮摇板〕
【闪锤】（过门同前）1 2 1 2 3 1 2 （35 21 6̣1
后 悔 不 该 太 烈 性，
（左手摆动）

2 ）1 3 2. 1 12 1 21 6̣ 1 （3 21
一 家 吵 闹 到 天 明。
（双手自胸前做按掌自里向外平划一圆圈）（以右手背击左掌心后双手摊开）

7̣2 1 1 ）53 3. 1 2 2 2. 1 1 2
去 见 先 生 把 罪 请，
（拱手）

〔**【快长锤】**唐通出门往“下场门”方向走，林慧娘前走两步急叫，唐通忙转身回房。
林慧娘　官人——

〔西皮摇板〕
【大锣凤点头】（过门同前）i i 3 6 5 6 6 6. 7
你 也 到 书 房
（右手指唐）

65 3 3i 6 3 5 6 - 5
去 叫 门。
（右手按掌）（右手再指唐通）

〔**【大锣抽头】**林慧娘看唐通，唐通忙躬身赔礼，林慧娘一笑，右转身从“上场门”下场，唐通立身目送林下场，唐通出门。

〔西皮摇板〕
唐　通　**【一击凤点头】**（过门同前）6̣. 2 1 1 3 2 3 1 3 2
离 了 上 房 书 斋 进，
〔**【快长锤】**唐通走小圆场至陆房门前。

〔西皮摇板〕
唐　通　**【一击凤点头】**（过门同前）3 2 2. 1 1 2 1 65 6̣ 1
因 何 书 房 不 闭 门。
（左手抬起，右手向外缓一圆圈指房门）

〔**【大锣住头】**唐通前走两步看陆房门后再回原来位置。
这位先生倒也好笑。昨夜叫了一夜门，他不肯开门，（右手摆动）如今我不曾叫门，他竟将门大开了，（双手立掌做开门状）待我进去，待我进去。（进门）哦先生，小弟来了。（边走边说）先生往哪里去了？（见桌上书信向前去取）这里有一封书信，待我看来。（看信）原来先生不辨皂白，竟自辞馆而去，（右手外指）（一想）这也难怪于他，都怪我鲁莽，以致如此。（边说边走圆场）看他陆先生真是个至诚君子（进门）来此上房，春莺哪里？

「春莺从"上场门"上场。

春　莺　什么事？

唐　通　你主母一夜不眠，如今可曾安睡？

春　莺　主母没睡，在那看书呢。

唐　通　若是你主母睡着，你不可惊动于她。（右手摆动）若是在那里观书，你请她出来。

春　莺　是啦！（欲走）

唐　通　转来，你要小心些。

春　莺　哟，您这是怎么了？跟昨天可大不一样了。（先双手摆手再上下打量一下）

唐　通　我这叫知过必改。（右手按掌掸动四下）

春　莺　（笑）有请主母。

「**【小锣一击】**林慧娘从"上场门"上场。

林慧娘　何事？

春　莺　老爷请您哪。（拱手）

林慧娘　他喜在那里，还是怒在那里？（右手摊掌）

春　莺　别提多高兴啦！

林慧娘　待我向前。官人。（拱手）

唐　通　娘子。（拱手）

「二人归八字坐。

林慧娘　官人，你可曾见着陆先生？

唐　通　他不辞而别了。

林慧娘　怎么，（右手扶鬓）他不辞而别了么，（右手外指）哎呀，我的冤枉何日得明？（双手摊掌）

唐　通　久而自明。我前者去到杭州，因大军暂不出动，故请假归来，如今我要往大营去了。（右手外指）

林慧娘　怎么，你又要出门么？

唐　通　正是。

林慧娘　啊官人，依我看来，你还是不去的好。

唐　通　却是为何？

林慧娘　你若出门，难道不怕我们败坏你的门风么？（双手摊掌）

唐　通　娘子，你怎么又来了，（指林）慢说无有此事，纵有此事，（右手下指）我也不管了。（右手摆动，一笑）

林慧娘　啐！（一笑）军情大事我怎敢违误。春莺，快取老爷的宝刀衣服来。

「春莺取刀、衣上。

春　莺　都给您拿来了。

「唐通穿衣。

林慧娘　官人，（拱手）公事完毕，早些回来。（右手按掌）

唐　通　那个自然，我就此去也。

〔西皮摇板〕
【闪锤】（过门同前）6. 2 1 6. 2 1 3 3 2（35 21 61 22）
只　为难　却荆花[1]意，

3 2 2. 1 1 1 2 1 6 1
双宿鸳　鸯暂分　离。

（双手单指式并拢胸前双手向左右分开）

〔【大锣打下】林慧娘、唐通拱手道别，林慧娘从“上场门”下场，唐通出门，上马从“下场门”下场。

第七场

除　顽

〔【小锣五击】宋名从“上场门”上场。

宋　名　开的是黑店，赚的是无义钱。

在下宋名，在这湖州镇上开了一座黑店，图些无义之财，（右手按掌）这几日没什么买卖，不免到门口招呼招呼。

〔【快长锤】唐通从“上场门”上场举马鞭亮相。走到右台口向后打马再勒缰亮住。

〔西皮摇板〕
唐　通　【大锣凤点头】（过门同前）5 3 3 1 2 2. 1 1 3 2（35
勒马停　蹄用　目　望，

21 61 2）6 2 1 3 2 1 6 5 6 1
只　见高大一店　房。

〔【大锣住头】唐通看客店，宋名向前。

宋　名　马上客官，天不早啦，您在我这里歇歇腿，明天再走，您看好不好？

唐　通　我正想歇息，你这里可有上房？

宋　名　有上房，您请进来吧。

〔唐通下马。

唐　通　马不要卸鞍，前面带路。

〔【小锣五击】唐通入店。

宋　名　您用些什么？

唐　通　店主人随意，不必费心。

---

① 荆花：即紫荆花，多用比喻兄弟昆仲同枝并茂。这里喻指唐通与陈璘交好，碍于陈璘情面，离家出征。

宋 名 我照老规矩给您明灯一盏，好酒一壶，您说好不好。

唐 通 甚好，甚好。

宋 名 我给您取酒去。（出门，站左台口处）嘿，来了好买卖啦。（作神气）

〔宋名回头往屋里看，正和唐通目光相对，宋名急下。

唐 通 哎呀且住，**【小锣一击】**看这店家鬼鬼祟祟，开的必是黑店，我要留心一二。（右手点指）店家快来！

〔宋名从“下场门”托盘内放酒具上，行至在台口蹲下，将怀中的蒙药洒入酒壶内。进门。

宋 名 来啦！酒还没给烫得呢。酒到，客官请坐，我给您满一盅。

唐 通 店主人也请一杯。

宋 名 我不会饮酒，客官远路而来，一路劳乏，多喝几杯，早点睡吧，我到后面还有事呢。

唐 通 啊，你不会吃酒，好好好，去吧！（宋名“下场门”下）看这店家贼头贼脑，定不是好人！（一想）我不免不饮酒，假装酒醉，看他怎样（右手按掌）行事。嘿嘿，想这江湖之上呵！

〔西皮摇板〕

【闪锤】（过门同前）6. 2 1 6. 2 1 1 3 2 （3 5 2 1

信 义 二 字 为 根 本，

（右手按掌）

6 1 2 2 ） 3 2 2. 6 1 2 1 6 5 6 1 ‖

方 是 江 湖 大 义 人。

〔**【大锣住头】**唐通伏案装醉，宋名从“下场门”上场，进门。看唐通伏在桌上。

宋 名 我看看他怎么样了，醉了，得，这回可活不了啦！待我剥了他的衣服（脱下唐通穿的开氅）哟喝，还带着刀呢。（又欲拿刀）

〔**【大锣一击】**唐通猛然站起，宋名一惊。

唐 通 你为何脱我的衣服？

宋 名 不但脱你的衣服，我还要你的命呢。

〔宋名抢过刀来，二人夺刀，宋名漫唐通头过去，一砍两砍，唐通左手攥宋名右手腕，右手夺刀，顺势左转身右脚踢宋名“屁股坐子”。

宋 名 伙计们，快来哟！

唐 通 你若喊叫，我就杀了你！（举刀）

宋 名 （跪地）好汉爷爷饶命。

〔唐通从怀中取出罗带捆宋名。

唐 通 我不杀你，扯你去见官。

宋 名 天高皇帝远，这儿离官府远得很呢。

〔内鸣锣。

唐 通 外面鸣锣，想是哪位大人来了。

宋 名 怎么那么巧呢？

唐 通 走！

〔【冲头】拉宋名出门。【水底鱼】四军士、中军，陈璘从“上场门”上场，正场挖开，军士两边侍立。陈璘站台中，唐通、宋名在左台口站。

唐　通　原来是元帅到了，待末将参见。（施礼）

陈　璘　少礼，你捉的何人？

唐　通　小将因军情紧急，赶赴大营，夜宿旅店，此贼（指宋名）谋害小将，被小将擒住，请元帅发落。（躬身施礼）

陈　璘　那一贼子，因何大胆谋害我的将官？

宋　名　是他害我，不是我害他。你不信，瞧瞧谁捆着谁呢？

陈　璘　他若害你，本帅到来，他不逃走么？你叫什么名字？

宋　名　小的宋名。

陈　璘　噢，送命！原来是送命之贼，唐守备将此贼斩了。

唐　通　得令！

〔【撕边一击】唐通拉宋名到左侧幕下斩宋名。又复上。

陈　璘　唐守备，你武艺超群，今有贼寇作乱，就命你为先行，前去征剿，报效皇家。

唐　通　小将愿随鞍马，（躬身施礼）只是我的战马还在他的店中。

陈　璘　军中自有好马。

唐　通　只因马上有唐通的戳记，元帅杀此贼留下尸首，恐有贻累。

陈　璘　军中杀人，有什么贻累！左右，将此贼首级带往军前号令。与唐先行另鞴坐骑。就此启程。

〔【扫头】众人从“下场门”下场。

第　八　场

误　禀

〔【大锣五击】地保从“上场门”上场至台中。

地　保　忙将无头案，禀报太爷知。请太爷升堂！

〔【冲头】四衙役、二公差引王三善从“上场门”急上场，四衙役归“八字站”，王三善走至前台口转身归正中“内场椅”。

地　保　叩见太爷。

王三善　地保，此非理事之期，有何急事回禀？

地　保　启禀太爷，唐守备在城外被人杀死。

王三善　有这等事，尸身今在何处？

地　保　尸身现在城外店房门外，只是首级被人割去。

王三善　既无首级，怎知他是唐守备？

地　保　身上衣服是军中打扮，那座店房又拴着一骑好马，上面有唐守备姓名戳记，这被害之人是唐守备无疑了。

王三善　命你往唐家将尸亲传来。

地　保　遵命。

〔【小锣一击】地保从“上场门”下场。

王三善　待本县亲去相验，左右打道尸场。

〔奏唢呐曲牌<急三枪>众衙役插门领起来“下场门”下场，王三善随下。

第九场

欺　嫂

〔【撤锣】

〔【小锣抽头】林慧娘从“上场门”上场，林走至台中，右手抖袖，左手抖袖，双手提袖。

〔西皮摇板〕

林慧娘　【小锣凤点头】（过门同前）3. 6 5 7 7 5 6 （6 5 3 5

夫　是英雄

6 6）5 6 3 5 6 6（6 5 3 5 6 5 3 2 1 2

有志　量，

6 5 5 5）3. 6 5 i 6 3 6 4 3 2 3 5 ‖

忠　心保国一　栋　梁。

（拱手）　（右手赞美指）

〔【小锣抽头】林慧娘左转身归“小边”跨椅；杜之秩从“上场门”上场，走至右台口。

〔西皮摇板〕

杜之秩　（过门同前）3 2 1 6 2 1 3 3 2 （3 5 2 1

听说　表　兄杭州往，

（右手按掌）

6 1 2 2）6 1 3 2 1 2 1 （1 1 7 2 1）‖

去到他家借米粮。

（右手前指）

到啦，开门哪！

〔杜之秩叫门，春莺上，开门。

春　莺　哟！是杜二爷你怎么又来了。

杜之秩 我干吗不来了？你给回禀一声吧。
春　莺 就甭回禀了。
杜之秩 那我就自己进去了。
〔杜之秩进门入内，春莺随入。
表嫂我来了。
林慧娘 叔叔来了，请坐。
杜之秩 我哥哥哪去了？
林慧娘 他出门去了。
杜之秩 哎，您瞧来一趟又不在家，嫂子我有点为难事跟您说。
林慧娘 你不消说了，（右手摆动）春莺与杜二爷取一两纹银。
春　莺 是啦。（取银转付杜之秩，下场）
杜之秩 （接银）谢谢您啦。（背供）哎呀，我这个嫂子是怎么啦？我跟她借钱她总没驳回过。今天我还没张嘴呢，她就给我了。（自作聪明地）我明白啦，别是瞧上我了吧。（向林慧娘）嫂子，您待我的这番心意，我是感激极了。
林慧娘 有无相通是亲谊，叔叔何言感激二字。
杜之秩 我感激嫂子，可不感激我哥哥。（右手外指）
〔林慧娘不理。
杜之秩 嫂子，我有点事可不敢跟您说。
林慧娘 叔叔有话，只管讲来。
杜之秩 您知道我哥哥他跟您变了良心了，他在外头拈花惹草，（右手按掌）嫂子您想，像您这么漂亮的人儿，他做这个事情，（右手外指）对得起您吗？（双手摊掌）
林慧娘 （知杜有意挑唆）唉，此乃男子常情，你管他作甚。（左手抖袖）
杜之秩 不是呀，嫂子，我要遇见您这么个人，叫我出去，我也不出去，整天在家陪着您，要不嫂子，咱两人……
林慧娘 （生气地）住了，**【小锣一击】**你兄长不在家中，为嫂怜你贫穷，（右手无胸）挥金相助，（右手按掌）你为何胡言乱语，（指杜）还不与我走出去。（左手抖袖，右手再向左甩袖）
杜之秩 （不知趣地）您的心我也知道，您别跟我装着玩啦，我的嫂子。
〔杜之秩近前去抱林慧娘，林慧娘站起推杜之秩；地保从“上场门”上场，见宅门开着，进门。
地　保 没关门。待我进门。（正撞见杜纠缠林）哎，这不是杜之秩吗？你怎么跑到这儿来找乐子来啦。
林慧娘 你是什等样人，擅敢闯入民宅！
地　保 我是地保。我来问你，你是唐林氏吗？
林慧娘 正是。
地　保 你丈夫被人杀死了。
林慧娘 哎呀！
〔**【大锣一击】**林慧娘惊厥在椅上。**【冲头】**春莺上，捶林慧娘背。
春　莺 主母醒来。

| 香 罗 带 |

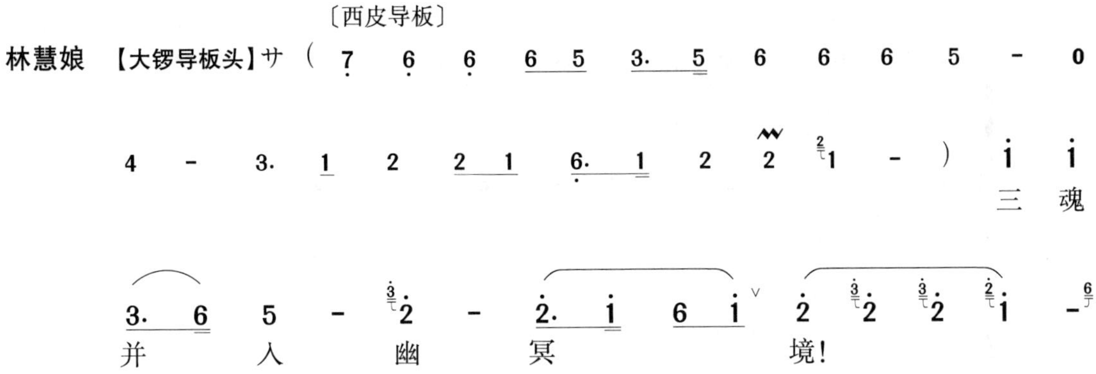

（双掌心相揉动两下拭眼）

〖【冲头】【叫头】林慧娘站起。

官人，（拱手）夫哇！（右手翻折拱手）喂呀……（以右袖拭泪）

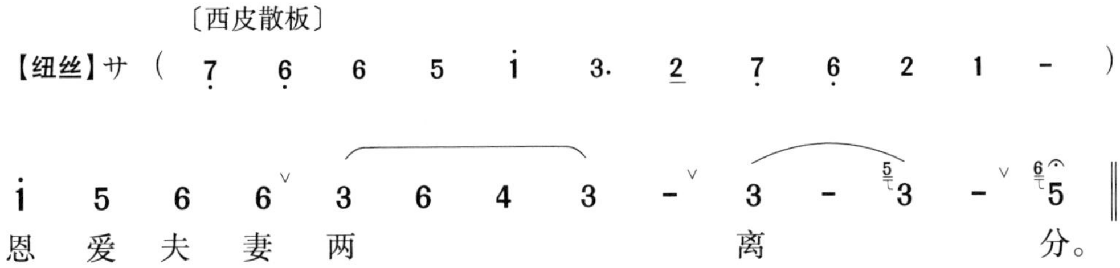

（双手单式指并拢胸前，双手自胸前向左右缓缓分开）

〖【大锣住头】林慧娘拭泪。

林慧娘 地保，我丈夫被人杀死，尸身今在何处？（双手摊掌）

地　保 你要问尸身，随我来。

林慧娘 春莺，我今此去，不知何日才能回来，你要好好照顾小公子，看守门户。

春　莺 是啦。（下）

〖【紧锤】地保、杜之秩随林慧娘出门走圆场，林边走边唱。

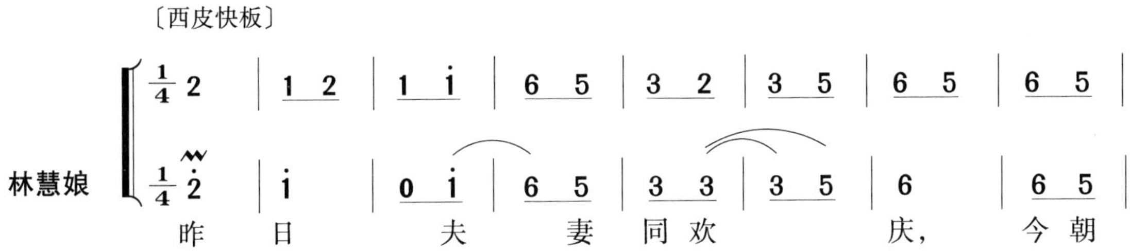

（右袖翻折，左袖搭右臂上在右台口领起来圆场）

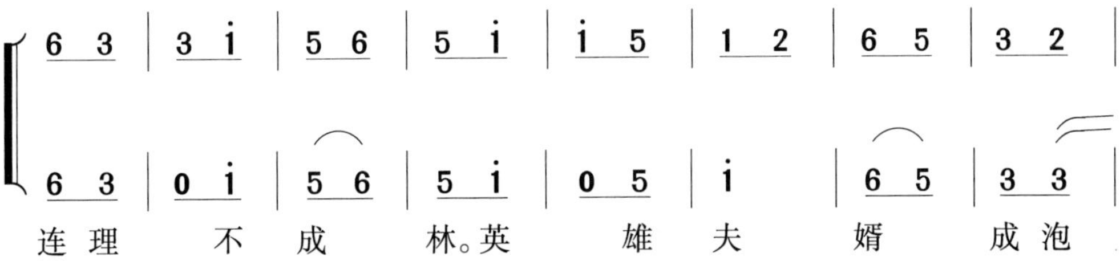

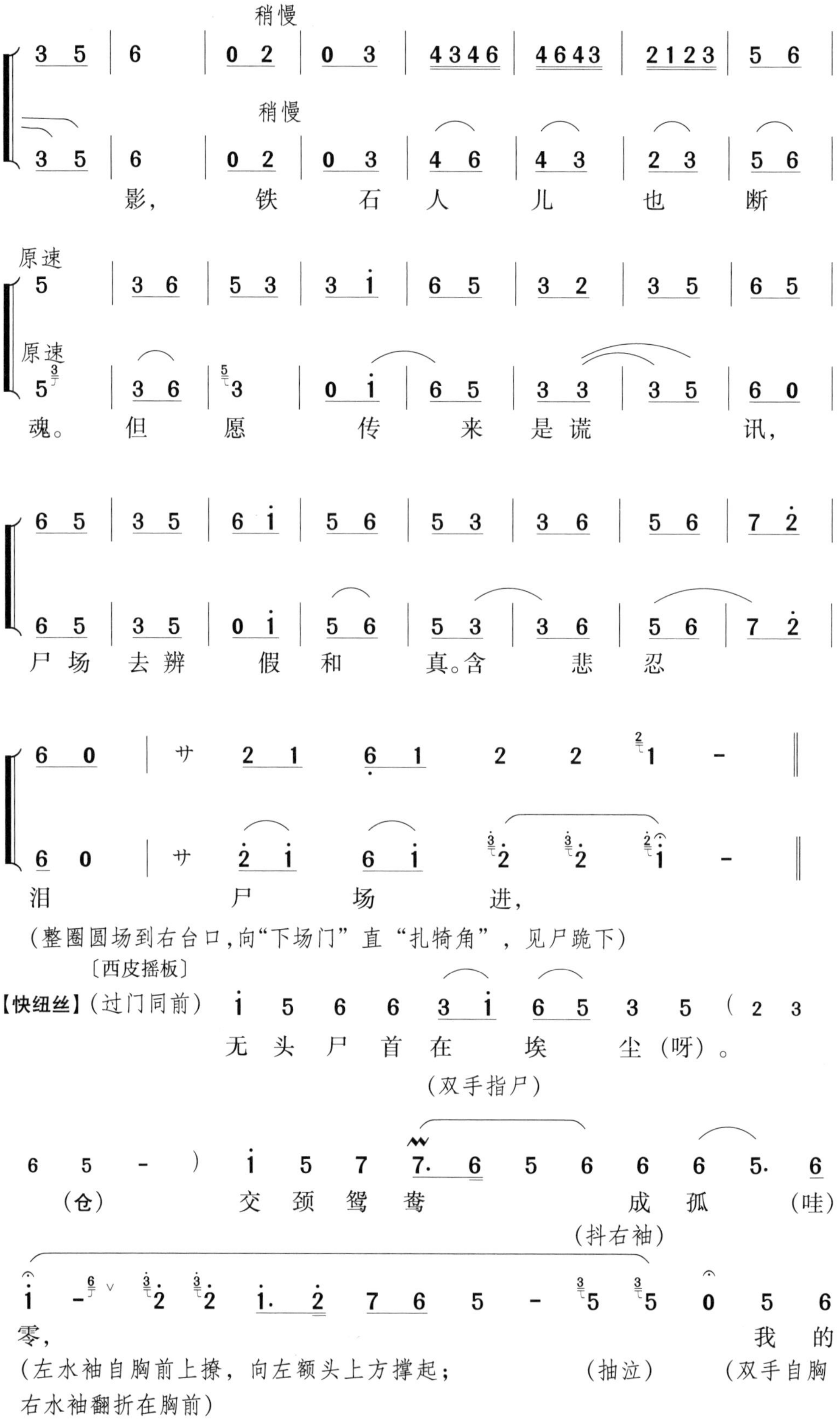
稍慢
稍慢
影，铁石人儿也断
原速
原速
魂。但愿传来是谎讯，
尸场去辨假和真。含悲忍
泪尸场进，
(整圈圆场到右台口,向“下场门”直“扎犄角”，见尸跪下)
〔西皮摇板〕
【快纽丝】(过门同前)
无头尸首在埃尘(呀)。
(双手指尸)
(仓)
交颈鸳鸯成孤(哇)
(抖右袖)
零，
我的
(左水袖自胸前上撩，向左额头上方撑起；右水袖翻折在胸前)
(抽泣)
(双手自胸

7 7 ²7 ²7 6 5 6 6 - ⁶¹5 -【纽丝凤点头】
夫 哇!
前向下直甩，搭在尸身上伏身哭）

（过门同前） i i - ²i ²i 6 5 5 65 #4 5
妻 娇 子
（缓缓站起呆滞地）

6 - 3 4. 6 4643 3 ⁵3 5 ‖【大锣住头】（林慧娘拭泪）
幼 靠 何 人?
（双手自外向里翻腕成双摊掌）

杜之秩 哎，嫂子别哭了，他死了还有我呢。

地 保 对啦，死了穿红的，（指尸首）还有挂绿的，（指杜之秩）死了他，（指杜之秩）还有我呢。跟我好一好，这场官司保你赢。

林慧娘 住了！【大锣一击】你既在公门，调戏良家妇女，（右手抚胸）该当何罪？！（右手摊掌）

地 保 得了呗！什么调戏良家妇女，你既能跟那小子（指杜之秩）推推抱抱的，别跟我充正经人。（右手拍胸脯）

林慧娘 （气极地）好，好，好，你近前来。（向地保招手）

〖地保走近，林慧娘打地保耳光。【大锣一击】

地 保 好，你敢打我，（用手捂脸）你敢跟我去见太爷。

林慧娘 我理直气壮，怕你何来！（右手指地保）

杜之秩 嫂子，您甭跟他一般见识，我是个好人。

〖林慧娘气愤地指杜之秩，怒看地保，从“下场门”下场。

杜之秩 不得了！这要一打官司，我嫂子说出实话，我可受不了，我溜了吧！

〖杜之秩欲溜，地保揪住杜之秩。

地 保 你不用跑，这场官司少不了你。

杜之秩 （摇头）没我的事。

地 保 没你，谁揪辫子？跟我走！

杜之秩 这都哪的事！

〖【大锣打下】地保揪杜之秩从“下场门”下场。

第 十 场

诬 陷

〖【水底鱼】四衙役、二公差、王三善升堂。

王三善 传地保。

「地保“上场门”上。

地　保 叩见太爷。（跪）

王三善 我命你传唤尸亲，为何慢腾腾？叫本县坐等多时，是何道理？

地　保 小人虽然来迟，可是把这一案的真情给访出来了。

王三善 哦，你竟将此案的真情访出来了，讲！

地　保 （站起）小人到唐家传唤尸亲，瞧见唐林氏跟他表弟杜之秩推推抱抱，这件事未必不是唐林氏谋害亲夫。

王三善 谋死亲夫，案情重大，你不要信口雌黄。

地　保 唐守备是用妇人罗带捆杀的，这不是谋死亲夫的凭据吗？太爷严审杜之秩、唐林氏，便知真假。

王三善 带杜之秩。

「杜之秩“上场门”上场。走到右台口。

杜之秩 听得太爷唤，（拱手）吓得浑身颤。

地　保 杜之秩你来啦。

杜之秩 来啦。

地　保 （指杜）你嫂子把你给告了。

杜之秩 告我什么？

地　保 告你调戏她。

杜之秩 这我可受不了。

地　保 我替你蒙混过去啦。你见太爷，就说我说的是实话，你嫂子是瞎话，我保你官司能赢，还能有个乐儿。

杜之秩 怎么着，你说的是实话，我嫂子说的都是瞎话？我照你这么一说，（指地保）我这官司就赢了，还有我个乐儿？

地　保 对啦！

杜之秩 唉！见了太爷，我就这么说。（入门跪）叩见太爷。

王三善 杜之秩，地保禀道：唐林氏一段公案，有你在内，可是实言？

杜之秩 地保说的全是实话，我嫂子说的满是假话。（指地保）他说了，我这么一说就没我的事了。（站起来就走）

王三善 嗯！

杜之秩 别瞪眼，我再跪下。

地　保 太爷，您听他可全招了。

王三善 带唐林氏。

「**【大锣打上】**林慧娘“上场门”上场，上堂跪。

林慧娘 叩见太爷。

王三善 唐林氏。

林慧娘 有。

王三善 杜之秩在你家调戏之事已经招认，你可从实招来。

林慧娘 杜之秩既已招认，小妇人并无别言。

王三善 传男女禁卒。

〔二禁卒上。

禁卒甲
禁卒乙　伺候老爷。

王三善　将他二人钉杻收监。

林慧娘
杜之秩　太爷呀，为何将我收监。

王三善　你两个暗地通奸，唐林氏谋死亲夫，故此钉杻收监。

林慧娘　哎呀太爷呀！**【大锣五击】**杜之秩到小妇人那里借钱，出言无状，被我痛骂，他竟要行强，我二人正在推拒，不料地保（指地保）前去传唤。来到公衙，怎么弄出谋害亲夫的重罪来了？！（双手摊掌）

王三善　我的地保探访禀报，难道还冤枉你们不成！（拍惊堂木）

林慧娘　这里的地保前去传唤，他乘机胁迫，是我打了他一掌，他挟仇诬告，也是有的，太爷详查。（拱手）

王三善　地保，唐林氏供词不为无理，你怎敢挟仇诬告。

地　保　她是一面之辞。小的是公门中人，况且又在太爷案下当差多年，哪敢做这宗事？您要说唐林氏不是谋害亲夫，怎么用她的罗带捆绑尸首，请太爷详问。

王三善　是呀，你既不曾谋死亲夫，尸首为何用你罗带捆绑？

林慧娘　我丈夫出门从军，将小妇人罗带系去，不知怎样反落歹人之手，捆绑杀害，怎道我谋害亲夫。

王三善　这也说的是。想公堂之上只有错拿，并无错放之理，将唐林氏、杜之秩暂且寄监，待我慢慢审问，带下去。

〔禁卒拉林慧娘、杜之秩。

林慧娘　杜之秩（指杜）你害了为嫂了。

杜之秩　别说啦，我也带上这个啦。

〔**【一锤锣】**林慧娘从“上场门”下场，杜之秩从“下场门”下场。

王三善　此案未必无冤，公差过来。

二公差　有。

王三善　命你二人到唐林氏左右，不拘期限，访拿形迹可疑之人，前来见我。

二公差　遵命。

〔二公差“上场门”下场。**【小锣一击】**

王三善　退堂。

〔**【大锣打下】**众人“窝下”。

第十一场

放　官

〔奏唢呐曲牌<六幺令>

0 | 2/4 0 0 | 0 5 6 | 5 3 | 3 1 2 |

大台 | 2/4 仓 切 | 仓 切 | 仓 另台 | 七 台 台 |

（四军士，四衙役“上场门”站门上，到台中一亮，分立两旁。中军上，站“大

3 2 1 | 1 6 5 | 3 5 | 2 3 1 |

仓 另台 | 七 台 台 | 仓 切 | 仓 另台 |

边”。陆世科“上场门”上场，走到前台口，双手抖袖，端带，右转身归正中

1 3 2 | 1 6 5 | 3 5 3 | 2 1 2 | 3 ‖

七 台 台 | 仓 大 | 仓 另切 | 乙台 仓 | 0 ‖

“内场椅”入坐）

〔【大锣归位】两边军士、衙役归成八字。

陆世科 （念）三千法律八千文，

此事如何说与君。【大锣归位】

下官，陆世科。【大锣住头】只因半载以前，上京求取功名，蒙圣恩，（拱手）得选庶常[①]，钦点浙江巡按，并赐尚方宝剑，先斩后奏。来在湖州下马，左右开道。

〔奏唢呐曲牌<六幺令·合头>

0 | 2/4 0 0 | 0 3 2 | 3 1 2 | 3 6 5 | 3 3 2 |

大台 | 2/4 仓 切 | 仓嘟 仓台 | 七 台 台 | 仓嘟 切另 | 仓 另台 |

（众军士、衙役插门领起来圆场从“下场门”下场，陆世科随下）

3 1 2 | 3 5 | 3 5 3 | 2 1 2 | 1 ‖

【大锣打下】

七 台 台 | 仓 大 | 仓 另切 | 切 台仓 | 0 ‖

① 庶常：明清官名。明置庶吉士，清以庶常为庶吉士代称。明初有六科庶吉士，永乐后专属翰林院。天顺后非翰林不入阁，庶吉士地位大增。清沿明制，于翰林院设庶常馆，掌教习庶吉士事。

第十二场

妄断

〔设城，奏唢呐曲牌<小傍妆台>（即俗称<工尺上>）。四衙役、二公堂、王三善从城内走出，在城门口恭候。陆世科原班人马从“上场门”上，在右台口站“一条鞭”。王三善躬身、加白：“迎接大人。”陆世科白：“察院伺候。”王三善白：“是。”众人进城。众军士、衙役、中军从“上场门”上场，陆世科随上。众人“挖门、站门”，陆世科站前台口，整冠、抖袖，右转身坐正中“内场椅”。王三善“上场门”上站右台口，曲牌止。

王三善 （念）辕门常听鼓，官小实难为。
报，王三善告进。（入拜）乌程县县令王三善参见大人。（跪）

陆世科 罢了。（以手势示站起、王站起）贵县治下可有冤案？

王三善 卑职案下，有唐林氏私通表弟谋死亲夫唐通一案。卑职审过半载有余，恐有冤枉。

陆世科 哦，唐通（一想）**【大锣一击】**此人可是本城守备？

王三善 正是本城守备。

陆世科 他这表弟唤做什么？

王三善 名唤杜之秩。

陆世科 哦，杜之秩，贵县不知以何为证？

王三善 有妇人罗带为证。

陆世科 罗带现在何处？

王三善 现在县中存案。

陆世科 中军速将罗带调来我看。

中　军 是。

〔**【冲头】**中军从“上场门”取带再上。

中　军 启大人，罗带到。

〔**【大锣一击】**陆世科看罗带。

陆世科 （背供）这条罗带果然是那贱人身旁之物，当初勾引本院，曾将此物送入书房，如今又赠与情人，作出事来，偏偏犯在本院案下，真乃天网恢恢，疏而不漏。贵县回衙理事。

王三善 告退。

〔**【大锣五击】**王三善“下场门”下场。

陆世科 带唐林氏。

〔**【一锤锣】**林慧娘从“上场门”上场，入内面朝陆世科下跪。

林慧娘 叩见大人。

陆世科 掌起面来。

〔**【大锣一击】**林慧娘抬头看，惊喜地转身朝外。

林慧娘 （背供）哎呀，这位大人，好像在我家教书的那位先生，他乃正人君子，我的冤枉有了出头之日了。

陆世科 （背供）这个贱人见了本院，忽然面带春色，我久知她不正经，果然是不正经。（向林慧娘）唐林氏，怎样私通表弟谋死亲夫，从实招来。

林慧娘 想大人曾与亡夫交好，小妇人谨守闺门，大人是晓得的，只求大人开恩救命。

陆世科 你又说出救命二字，想当初只为你求我救命，险些害了我的性命，今日怎么又提起救命二字？不动大刑，量她不招。左右与我拶起来。

〔**【阴锣】**二衙役上拶子，拶林慧娘。

陆世科 有招无招？

林慧娘 冤枉难招。

陆世科 收刑！

〔**【乱锤】**二衙役收紧拶绳，林慧娘疼痛难耐。

林慧娘 受刑不过，愿招。

陆世科 松了刑罚，快快招来。

〔中军拿状纸、笔递于林慧娘，林慧娘在状纸上画供。

林慧娘 （边写边念）小妇人私通表弟，谋死亲夫是实。

〔写毕，中军拿过状纸，放在公堂之上。

陆世科 跪过一旁，带杜之秩。

〔**【冲头】**杜之秩上，入内跪。

杜之秩 叩见大人。

陆世科 你表嫂已经招认谋死亲夫，你可有分诉？

杜之秩 她招了，我也招了，免得大人生气。

陆世科 好，本院蒙圣上钦赐尚方宝剑，先斩后奏。明日五鼓，杜之秩斩首示众；唐林氏押赴市曹凌迟处死。

〔**【撕边一击】**林慧娘惊倒右手扶地，站起。

林慧娘 怎么，明日就将我凌迟处死了么？

陆世科 难道还冤枉你不成！

林慧娘 **【冲头】**陆世科呀，陆世科！想当初你在我家教馆时节，我夫妻何等恩待于你，你怎么忍心害理做出此事，岂不怕天下人骂你无情无义。（右手指陆）

陆世科 你事到如今，还提当年之事，你与我有情，哪个与你有义？左右，押下去！

〔**【快冲头】**林慧娘出堂，唐芝从“上场门”上场。母子相遇。

唐　芝 母亲，官司怎么样了？

林慧娘 哎呀儿呀！**【大锣五击】**这位都天大人，就是在我家教馆的陆先生。为娘上得堂去，他不容分诉，将为娘问成死罪；明日五鼓绑赴法场凌迟处死了。

唐　芝 既是陆先生，他与孩儿有师生之谊，待孩儿上得堂去与你鸣冤。

林慧娘 陆先生与你虽是师生，只是他性情古怪，我儿小心了。

〔**【冲头】**林慧娘哭叫：“我儿……”刽子手押林慧娘、杜之秩从“下场门”下场。

唐　芝 （哭叫）母亲！冤枉。

禁　卒 启大人，有一孩童辕门喊冤。

陆世科 带上来！

唐　芝 （入跪）叩见大人。

陆世科 那一孩童，姓甚名谁，有何冤枉？

唐 芝 童生唐芝，替母林氏鸣冤。

陆世科 你母为人，本院素来是晓得的，量无冤枉，你不必再诉。

唐 芝 大人哪，想大人曾在童生家中设帐，我父母待大人如同敬神一般。（拱手）那日大人患病，我母还命童生送被遮寒，如今我父死的不明，大人怎么反将我母问成死罪？只恐天下人闻知，都道大人无情无义！

陆世科 嘟！你还敢提起送被之事，若不是那床锦被，我怎知你母为人不端，左右赶了下去。（拍惊堂木）

唐 芝 哎呀！（站起）

〔西皮散板〕

【快纽丝】（过门同前）1 3 6. 2 1 3 2 3 2

含 悲 忍 泪 出 察 院，

〖**【纽丝】**唐芝出堂站立左台口。

3 2 2. 6 1 2 1 6 5 6 6 1 ‖

原 来 他 是 个 糊 涂 的 官。

（右手抬起，左手向右指）

〖**【纽丝】**唐芝“下场门”下场。

〖王三善内白：“走哇！”

〖王三善“上场门”上场。站右台口。

〔西皮散板〕

王三善 **【纽丝】**（过门同前）3 21 632 1 2 3 2 （7 6 1 2）

都 天 乱 用 尚 方 剑 （仓）

（拱手）

621 2 2 1 2 2161 1 ‖

忙 到 堂 前 去 阻 拦。

（右手按掌）

〖**【大锣住头】**王三善入堂。

王三善 卑职参见大人。

陆世科 贵县上堂何事？

王三善 请问大人将唐林氏怎样发落？

陆世科 唐林氏私通表弟，谋死亲夫是实，本院将她凌迟处死，杜之秩斩首示众。

王三善 此案未曾三推六问，不曾奉到刑部公文，焉能问成死罪？（双手摊掌）

陆世科 本院有钦赐尚方宝剑，可以先斩后奏。

王三善 倘若另有凶手，这失人之罪，卑职当承不起。

陆世科 贵县难道敢承当失出之罪么？

王三善 卑职不敢。（躬身）

陆世科 贵县回衙理事。

王三善 遵命。正是**【大锣住头】**（出堂）

三推六问他不管，（右手摆动）
朝廷用了好杀官。（右手抬起，左手向右指）
「【大锣五击】王三善“下场门”下场。
陆世科 此案必须亲自监斩！（右手外指）
「【大锣打下】众人朝“下场门”“窝下”。

第十三场

赴刑

「杜之秩内唱。

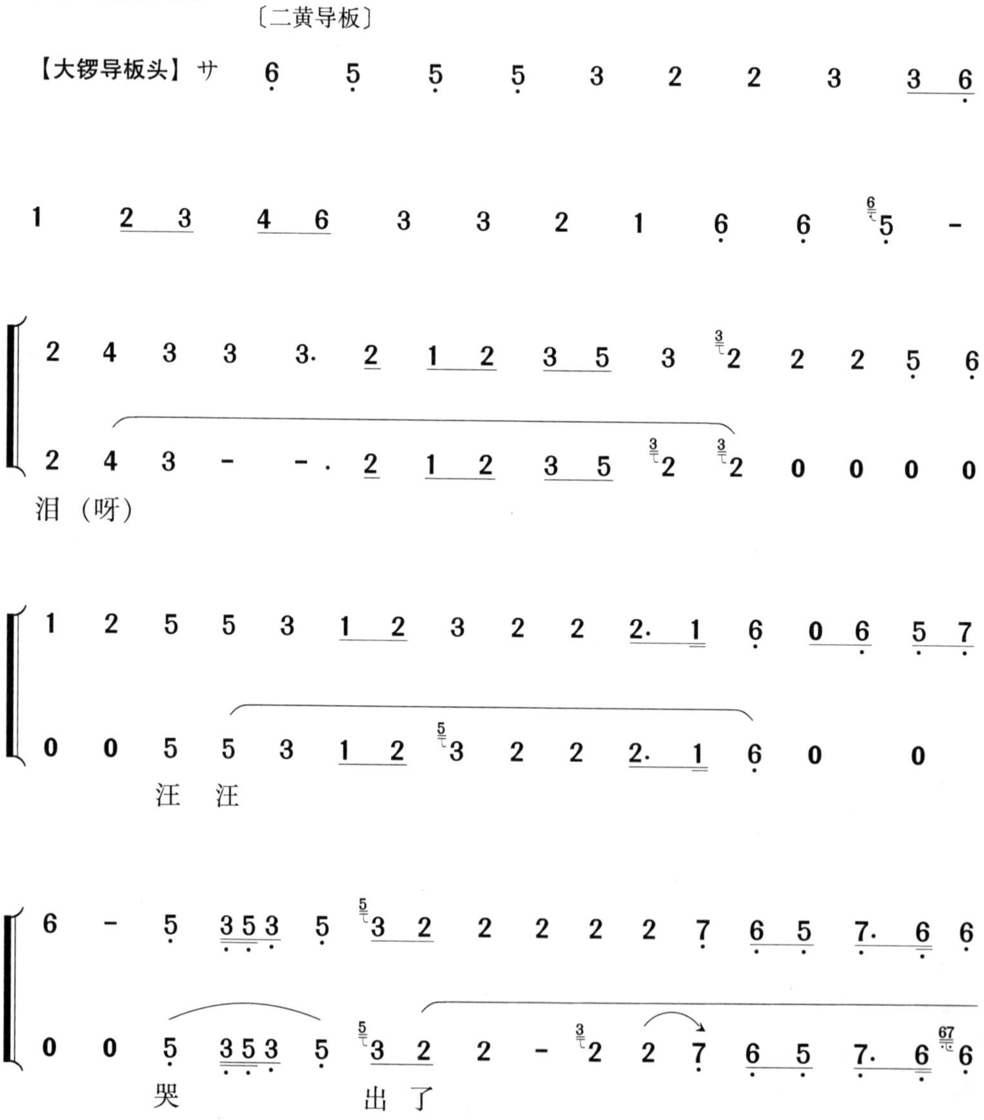

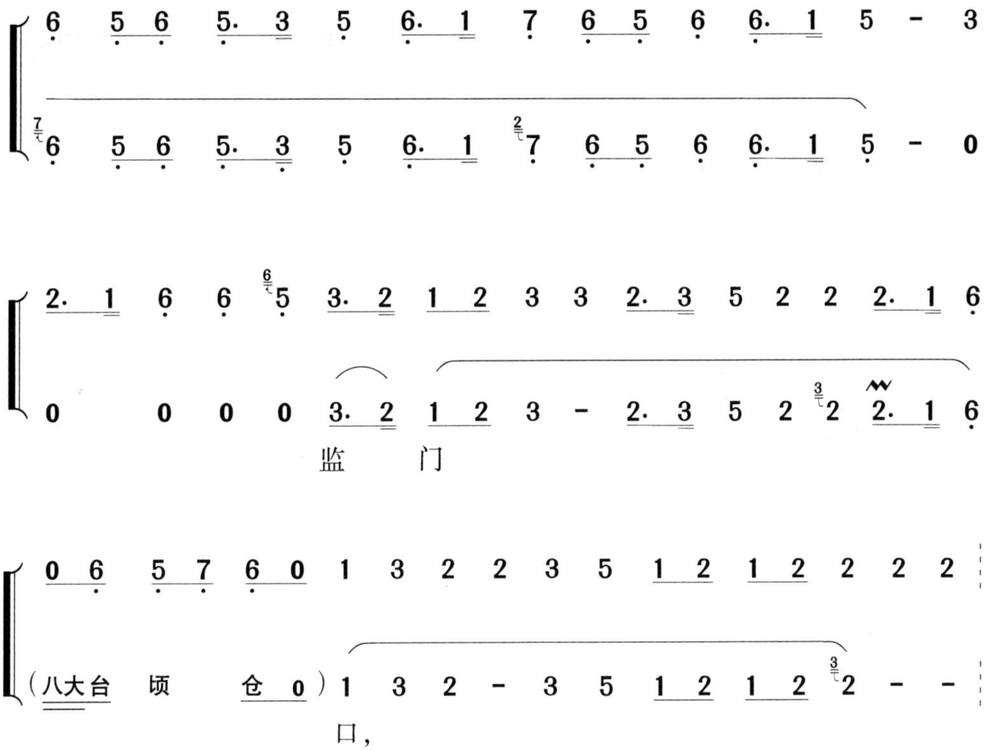

〔【冲头】二刽子手押杜之秩“上场门”上场，杜反绑，杜站台中。

杜之秩 【叫头】天哪天！想我杜之秩糊里糊涂，死的好不糊涂也。【大锣一击】

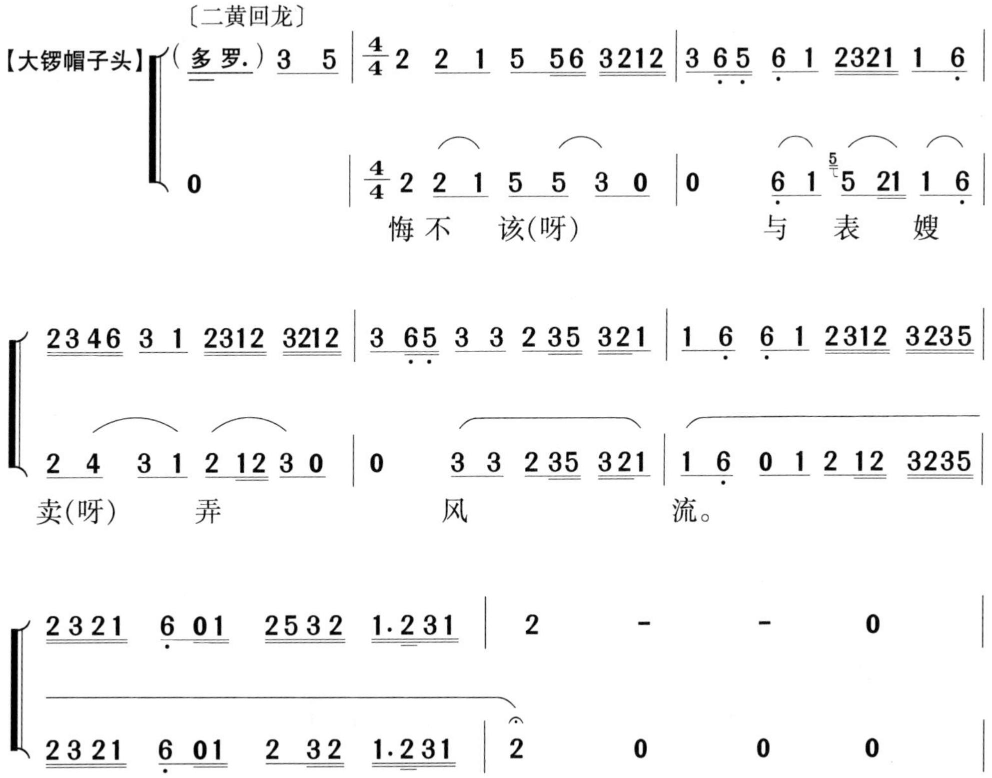

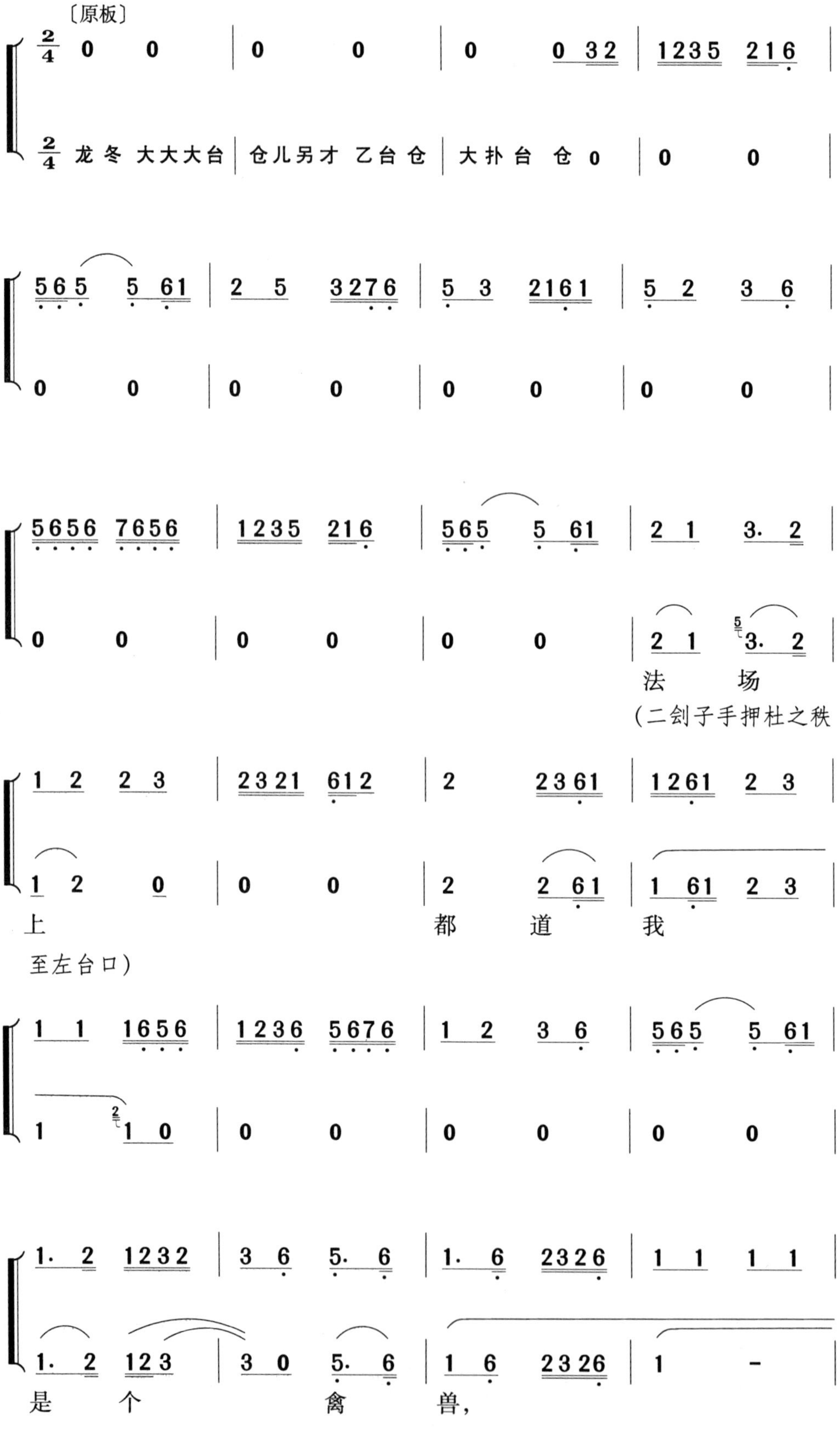
〔原板〕
龙 冬 大大大台 仓儿另才 乙台 仓 大扑 台 仓
法 场
(二刽子手押杜之秩
上 都 道 我
至左台口)
是 个 禽 兽,

香罗带

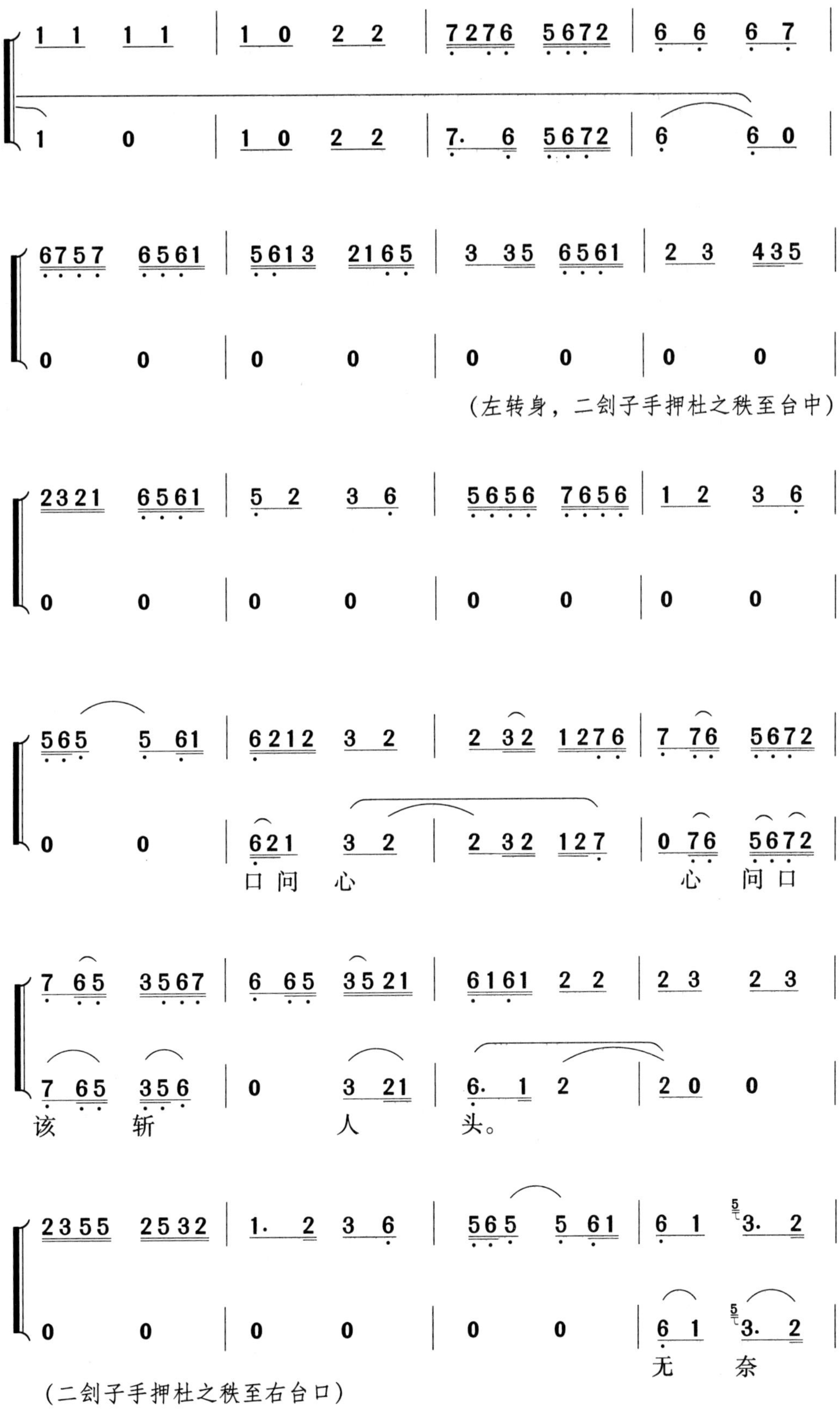

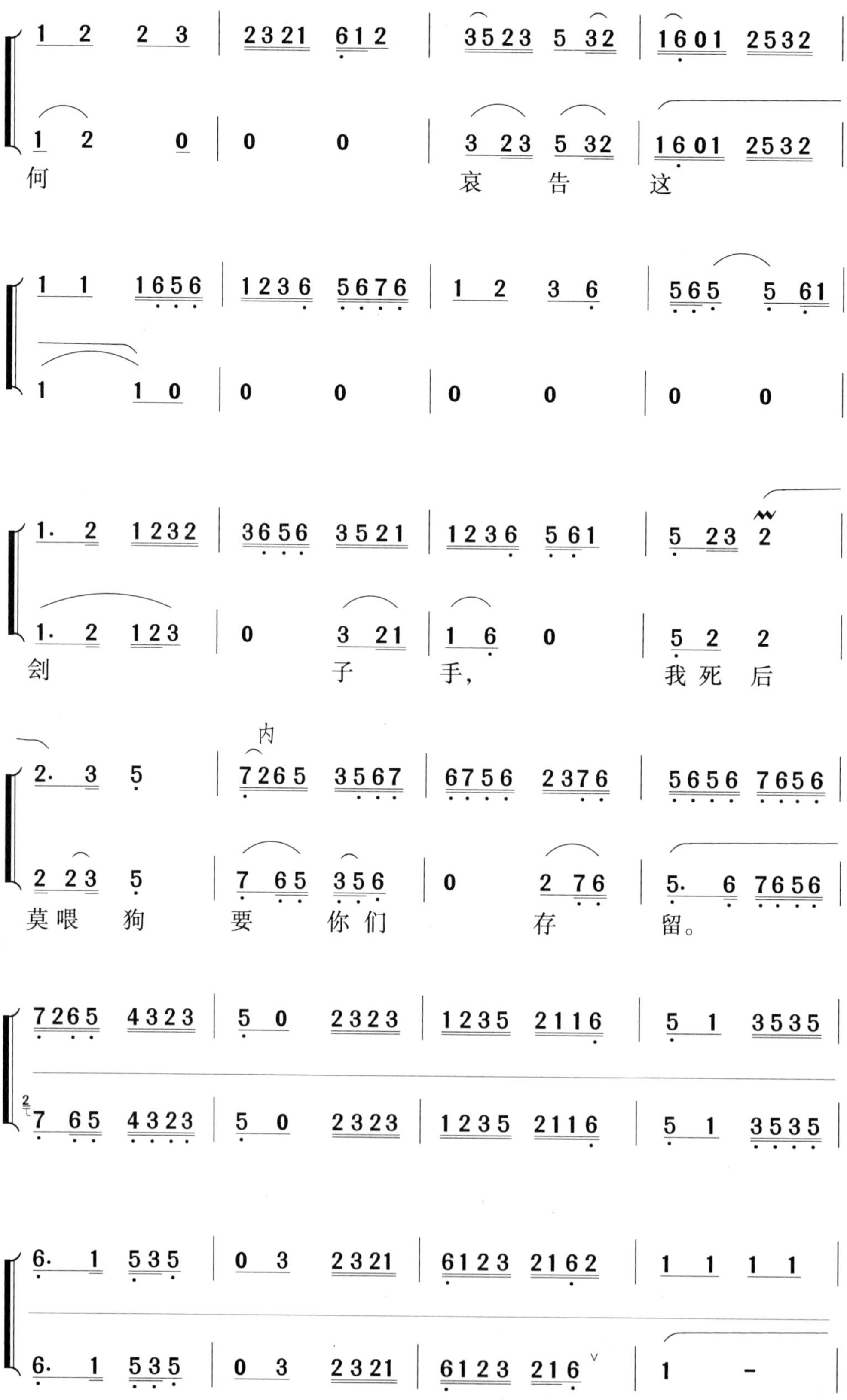
何　哀告这
剑　子手，我死后
内
莫喂狗要你们存留。

香罗带

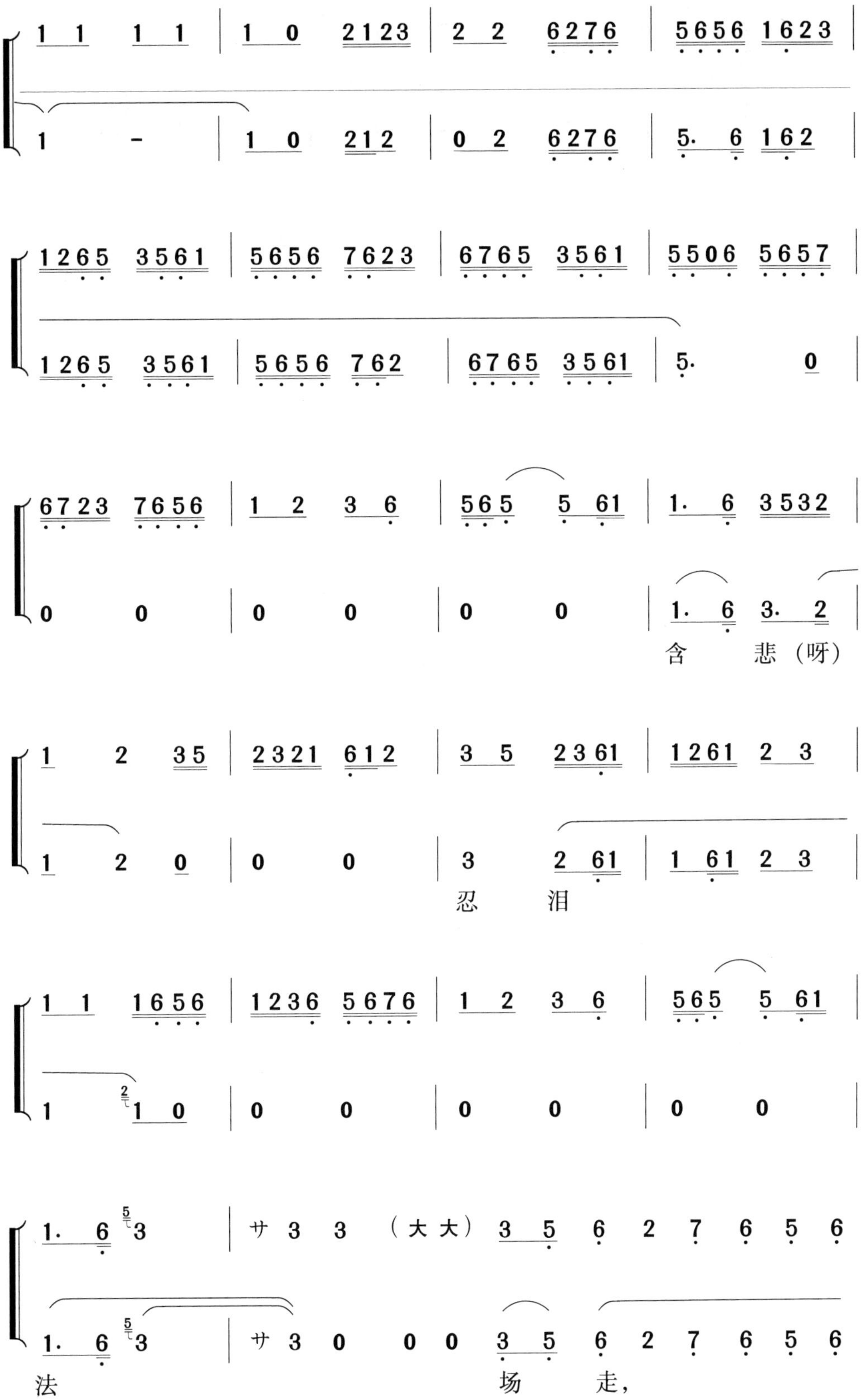

（二刽子手押杜之秩至台中）

6 0 7 7 7 ²7 ²7 7 7 ⁷6 【纽丝凤点头】

6 0 7 - - ²7 ²7 7 7 ⁷6

〔二黄散板〕

サ（6 5 3 2 2 3. 2 1 6 ⁶5 -）2 1 2 ²5 3 2

怕只怕大炮

1 2 3 0 0 0 6. 2 1 - 3 2 1 6 1 2 ‖

响 掉 了 人 头。

〔奏唢呐曲牌＜小傍妆台＞。二刽子手押杜之秩从“下场门”下场。**【一锤锣】**二刽子手搀林慧娘从“上场门”上场，二刽子手押林慧娘站台中正场亮相。林慧娘左右望刽子手，内心怨恨、悲痛、苦不可言，叹了口气，将头低下，二刽子手押林慧娘从台中向右台口绕一小圆圈后，**【大锣打下】**二刽子手押林慧娘从“下场门”下场。曲牌止。接**【急三枪】**四军士、四衙役、中军、陆世科从“上场门”上场，众人“挖门”，八字站，陆世科归正中“内场椅”坐。

陆世科 （念）本院坐法场，埋下杀人桩。**【小锣二击】**

做人莫犯法，犯法刀下亡。**【大锣住头】**

本院，陆世科，今日亲斩犯妇林氏，将淫妇奸夫押上来。

〔**【急急风】**二刽子手押林慧娘；又二刽子手押杜之秩，从“上场门”上场。**【冲头】**二刽子手押杜之秩归“小边”，右台口处坐下；二刽子手押林慧娘向左台口绕一小圈，归台中跪。

林慧娘 **【叫头】**天哪天！我今竟将典刑了。我这生死二字倒也置之度外，只是受了个谋死亲夫的罪名，坏了唐、林两家的清白。九泉之下，也无面目与死去的爹娘、丈夫**【大锣一击】**相见哪……

〔二黄散板〕

【纽丝】 サ（6 5 3 2 2 3 3. 2 1 6 6 ⁶5 -）

3. 6 5 5 35 3 5 2̇ 2̇ ²7 6 5 6 1̇ ²1̇ -

覆 盆[①] 千 古 恨，

（6 5 6 7 6 1 -）3. 6 5 5 5 5 35 3 5

（仓） 有 口也 难

---

① 覆盆：倒置的盆，阳光照不到盆底下，喻指社会黑暗，沉冤难雪。

香罗带

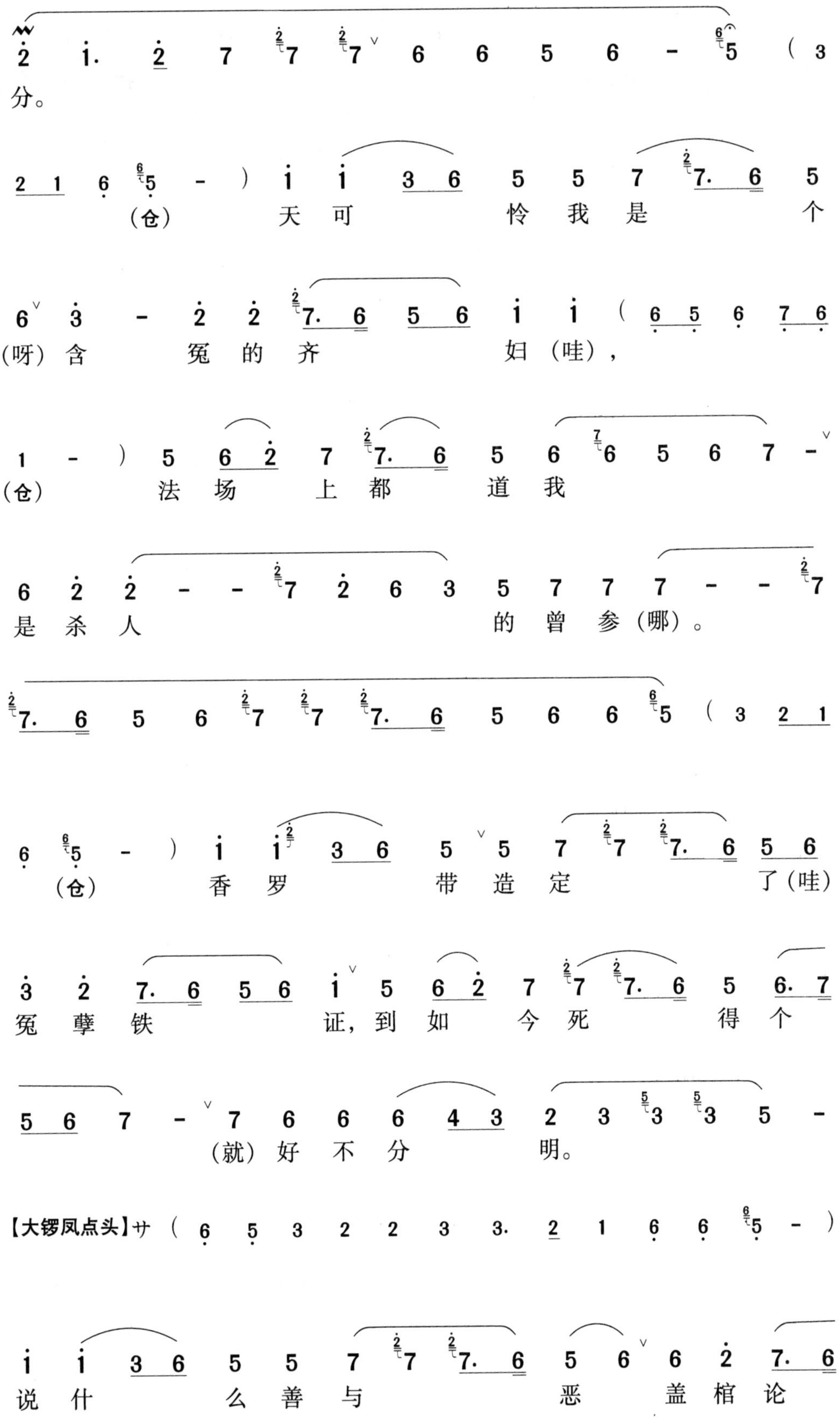
分。
（仓）天可怜我是个
（呀）含冤的齐妇（哇），
（仓）法场上都道我
是杀人的曾参（哪）。
（仓）香罗带造定了（哇）
冤孽铁证，到如今死得个
（就）好不分明。
【大锣凤点头】
说什么善与恶盖棺论

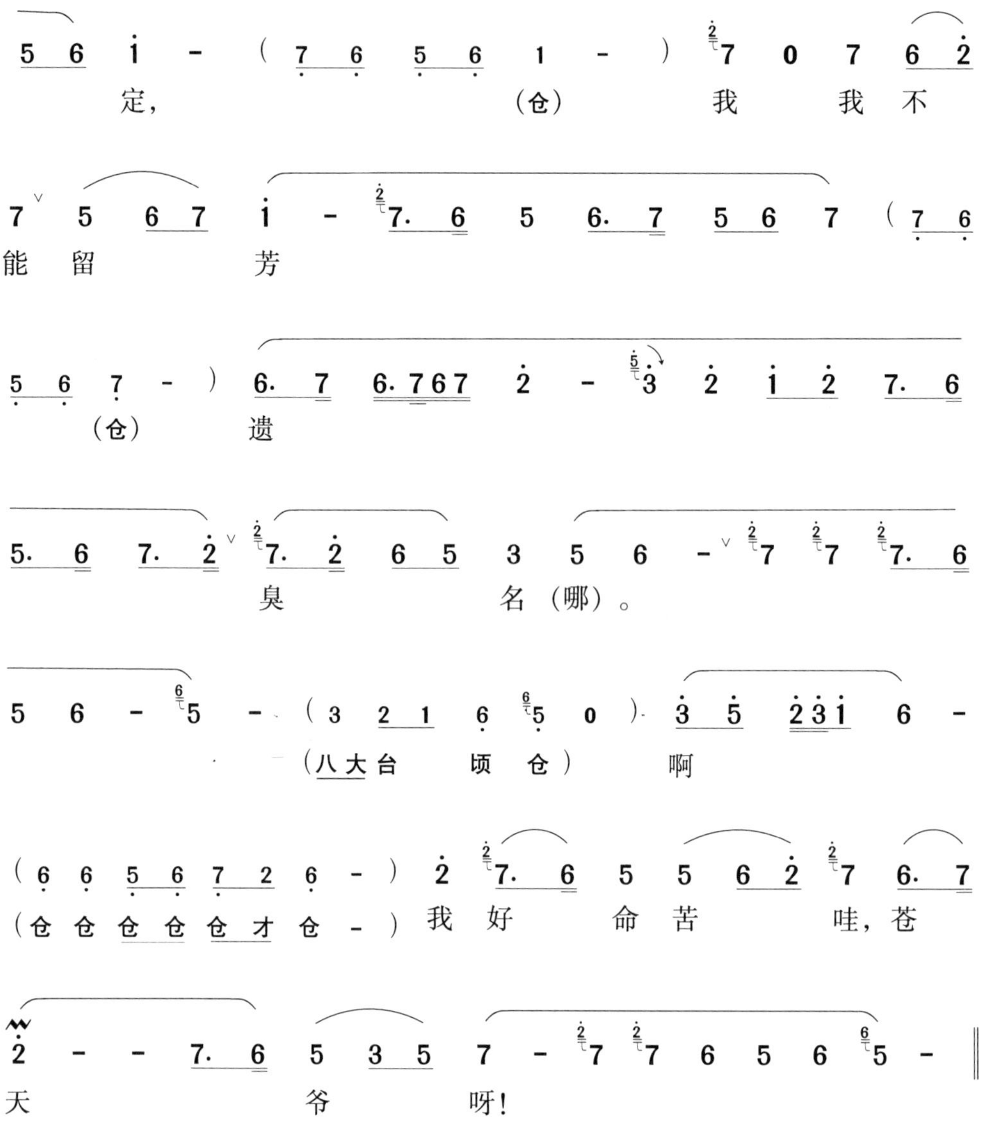

〔刽子手推林慧娘、杜之秩到"大边"上法标；唐芝、春莺从"上场门"持衣上。

唐 芝 母亲！

林慧娘 （闻声寻找，见其子跪法场）**【大锣叫头】**我儿，儿呀！想你父不知被何人杀死，这位都天大人不去访拿凶手，却将为娘与你父抵命，也是为娘前世冤愆[①]，命该如此。我死之后，儿要好好攻书，有日成名，替为娘报得冤仇，方不负为娘养育你一场。

春 莺 **【大锣叫头】**主母，今日主母升天之期，特与小主人带来衣服收殓主母尸首，有什么话，您就嘱咐几句吧。

林慧娘 春莺，你在我家多年，素日为人忠厚，我是晓得的。你家老爷不知被何人杀死，我……唉（看唐芝）唐家无人，只有这一条后根，我儿下得学来叫声父，父已死去，叫声母，唉！母已亡故。他是少娘无父之人，还望你照看他读书成人，有日成名，替我夫妻辨明冤枉，报仇雪恨，我二老在九泉之下，也感你的大恩大德呀……

---

① 愆：读"谦"音。罪过、过失。

春　莺　主母……

陆世科　（紧接）刀斧手将闲人赶出法场。

　　〔【冲头】【叫头】

林慧娘　我儿！

唐　芝　母亲！（顿足哭泣）

春　莺　主母！

　　〔唐芝、春莺被赶下；刽子手押林慧娘“大边”椅上，杜之秩坐“小边”椅上。

陆世科　起鼓开刀！

　　〔王三善内白：“刀下留人！刀下留人！”

　　〔【快冲头】王三善急从“上场门”上。

王三善　大人，这二人杀不得！

陆世科　怎么杀不得？

王三善　（指林、杜）这两个不是正犯，另有凶手。

陆世科　（惊）噢！怎么另有凶手，今在何处？

王三善　卑职半载以前，命人在唐家门前访问形迹可疑之人，不想今日拿获了。

陆世科　哦，贵县竟将真正凶手拿获了。真真是个会办事的能员。

王三善　能员倒也惭愧，只求大人替卑职担承失职之罪。

陆世科　（愧）贵县休提前言，吩咐把凶手带上来。

王三善　带凶手。

　　〔【冲头】二公差押唐通从“上场门”上场。入堂。

唐　通　大人。

陆世科　你不是唐守备吗？

唐　通　正是末将。

陆世科　见了本院为何不跪？

唐　通　我也是朝廷命官，今日非庭参之期，不能下跪。

陆世科　有道王子犯法与庶民同罪，你胡乱杀人，还说无罪？

唐　通　着哇，胡乱杀人是有罪的，请问大人，我妻她身犯何罪？

陆世科　她是谋死亲夫的重罪。

唐　通　哈哈，怎么？她是怎样谋死亲夫的……

　　〔唐通双手托髯看陆世科，陆十分尴尬。

陆世科　这……（向唐通拂袖）唉！那有许多闲言，快将唐林氏解下法标。

唐　通　且慢！待我自己去解。

　　〔【冲头】唐通给林慧娘解法标，林慧娘在昏迷中从椅子上滑落坐地；唐通急跪扶林慧娘。

唐　通　娘子醒来！

〔二黄导板〕

林慧娘　【大锣导板头】　サ　（ 6̣　5̣　3　2　2　3　3·　2　1　6̣

6̣　⁶5̣　－　）　3̇　2̇　2̇　2̇　²7　6　3　5　6　²1̇　－

一　阵　昏　迷　魂　魄　散，

〔【撕边一击】林慧娘半苏醒见唐通在身旁，双手扶唐通撞头哭。【乱锤】【大锣凤点头】

〔二黄散板〕

サ（3. 2 1 6 6 5 －）2 2 7 6 5

阴 曹 地

（二人跪地相扶）

6 2 7 － 6 6. 5 3. 5 6 6. i 5 －‖

府 又 重 圆。

〔【大锣住头】林慧娘看唐通，唐通与林拭泪。

林慧娘 哎呀夫哇，【大锣住头】你既在幽冥，必知我的冤枉，快快引我去见阎罗，（右手前指）告下阴状，（右手按掌）活捉陆世科，报仇雪恨。（右手翻折托袖，左手拉右水袖）【大锣一击】

唐　通 哎呀妻呀，我不曾死。

林慧娘 啊，你不曾死，（拭目再看）难道还在阳世么？

唐　通 喂呀妻呀……（二人抱头痛哭）

林慧娘 喂呀夫呀……

〔二黄散板〕

林慧娘 【大锣凤点头】サ（6 5 3. 2 1 6 6 5 －）3 2 2 7

香 罗 一 带

6 3 5 6 i（6 5 6 7 6 1 －）5 5. 6 7

成 疑 窦，（仓） 半 世 清

（看唐通） （面向前台）

7 7 6. 5 3 5 6 6. i 5 －（3 2 1 6 6

白 付 浊 流。

（连连摇头）

5 －）i 5 6 6 5 2 3 i 7 6

（仓） 三 字 冤 狱 “莫 须 有”，险

（左手拉右水袖） （右手拇指、食指相掐，其余三指翘起） （右手摆动三下）

5 6 7 7 7 6 7 6 5 3 5 6 6. i 5 －‖【大锣住头】

些 骸 骨 委 黄 丘。

（拭泪）

唐　通 不知你身犯何罪，受此极刑？

林慧娘 是一桩奸情命案。

唐　通　哈哈，我不在家中，你又弄出奸情命案来了。
林慧娘　（恨指唐通额头）都是你逼我到陆世科那里叫门，至今他的疑心不解，才弄出这场冤案来。
唐　通　如此说来，那陆先生与我一样糊涂，你我夫妻倒要问他一问。
林慧娘　哎，倒要问他一问。

〔**【冲头】**唐通扶林慧娘走到“小边”。

林慧娘　**【冲头】**陆世科呀，陆世科。我是谋死亲夫的重犯，你怎么（指陆）不快些开刀呢？（以双手拍堂桌角）
陆世科　如今唐通回来了，再不要提起谋死亲夫之事。
林慧娘　幸而我丈夫回来，如若不然，我已做了刀下之鬼，我死不足惜，可怜我一个清白女子问成谋死亲夫的重罪，我险些生遭极刑，死受恶名。我唐、林两家祖宗（拱手）清名被你断送！（右手指陆）陆大人，（拱手）你是读书人，难道不怕丧了阴骘？
陆世科　（冷笑）好个利口妇人，你的为人本院素知，你纵不是谋死亲夫，也算不得什么清白。
林慧娘　大人，（拱手）你怎见得我不清白？（双手摊掌）
陆世科　你可记得我在你家设帐之时，你主婢黑夜叫门的故事？

〔林慧娘恶狠狠瞪着唐通，右手指着唐通无言对答。

唐　通　（向前急辩）大人，黑夜叫门，乃是末将主谋。（右手在胸前托掌）
陆世科　哈哈，黑夜之间，纵容妻子去叫外人房门，你原来甘心愿作此道。
唐　通　（急摆双手）不、不、不，内中还有下情。
陆世科　内中还有下情？讲！
唐　通　只因大人（拱手）病在末将家中，小儿唐芝取被遮寒，误将我妻的锦被、罗带拿到大人斋中，（右手按掌）末将前去探病，正值大人熟睡。末将观见被、带二物，疑心不解，（右手揉动在胸前）错把大人当做轻狂之辈，（右手指出，左手捋髯）夜间持剑威吓我妻去叫大人房门。是末将一时糊涂，并非妻子淫奔。（躬身施礼）
陆世科　如此说来，令正夫人是贞节之人！
唐　通　末将妻子实是贞节。
陆世科　我来问你，那无头死尸，怎么用你妻罗带捆绑？
唐　通　只因末将去往大营，途中夜宿贼店，店主将末将衣服剥下，要害我的性命，（右手抚胸）反而被我擒获，用罗带捆绑，去见陈元帅，（拱手）说明此事。（右手按掌）元帅将他斩首，（右手做刀状）首级带往军中号令，你怎么说我胡乱杀人？（以右拳击左掌心后变双手摊掌）
陆世科　（点头）原来如此，本院险些把案又断差了！
王三善　大人，我想此事俱是地保诬告，请大人传地保审问。
陆世科　嗳，些许小事不必审了，你回衙处置将他斩首了吧。
林慧娘　大人，似你这样人糊里糊涂，也配做官？如今我要到京中叩阍[1]，与你折辩！（右手指陆）**【大锣一击】**
王三善　唐夫人，大人虽断案不清，下官也曾主持公道。（双手捧髯）

---

① 叩阍：读“昏”音。阍：宫门。这里指上京告状。

林慧娘 王太爷，你是个好官，（右手赞美指）我听你的吩咐，不与他作对就是。
王三善 多谢唐夫人，（躬身施礼）请夫人更衣。
林慧娘 法场之上，哪有我的衣服？
王三善 方才你家公子带来衣服，要装殓你的尸首，(右手按掌)如今你不曾典刑，用得着了。
林慧娘 （想前事）唉！
〔奏唢呐曲牌<小傍妆台>。林慧娘从“下场门”速下，更衣再上。曲牌止。
杜之秩 嘿嘿，你们的事都完了，这还绑着一个呢，我这儿怎么样啊？
陆世科 好好好，将他解下法标，回家去吧。
杜之秩 得！我算活啦。
〔二军士给杜之秩松绑。
杜之秩 （边向“下场门”走边说）好吗，好吗，这位大人敢情是个混鸡子呀(“下场门”下)
陆世科 左右，用我的轿马，把唐守备和唐夫人送回府去；我也要过府赔礼，带马唐府去者。

奏唢呐曲牌<尾声>

2/4 0 0 2 | 1 3 | 2 1 | 6 5 6 | 1 3 2 1 | 6 5 i | 6 0 ‖

2/4 多八大 台 | 仓 切 | 仓 台 | 切 另 大 | 仓 另 切 | 切 台 仓 | 0 0 ‖

（陆世科等人从“下场门”“窝下”；唐通、林慧娘出公堂，林慧娘怨指唐通，唐通忙躬身赔礼）

——剧 终

赵纪鑫 **整理**　　王　威 **记谱**

勘玉钏

荀慧生演出本

京剧《勘玉钏》又名《诓妻嫁妹》。这出戏是荀慧生先生与剧作家陈墨香先生于1931年根据古典小说《喻世明言·陈御史巧勘金钗钿》改编而成的。钱塘县首富俞仁嫌贫爱富，打退张少莲家婚事，想将女儿素秋选进宫去；俞夫人与素秋极力反对，暗地命丫环鸾英将贵重玉钏一只送给张少莲，促其迎娶。不想张不在家中，丫环错送少莲学友韩臣。韩臣冒名夜入俞府，素秋竟为所骗。盗贼江海亦于当晚潜入俞府，杀死夫人与丫环，偷去另一只玉钏，张少莲因而被捕。素秋初见少莲方知受骗，羞愧自尽。江海卖货路过韩臣家，又盗另一只玉钏。巡按陈智获贼，察明张少莲之冤，逮捕韩臣问罪。韩妹玉姐至公堂代兄申辩，并愿嫁少莲，代兄赎罪。陈智主婚，二人结为夫妻。

荀慧生先生自1934年10月16日在北京西单“哈尔飞”剧院首演此剧，由于剧情曲折，起伏跌宕，妙趣横生，轰动京城。荀先生在这出戏中突出刻画前俞素秋、后韩玉姐两个完全不同性格的女性，通过京剧传统的正旦、花旦、闺门旦、刀马旦不同表演技巧，精心琢磨，打破行当局限，以人物性格特征为出发点，大胆地吸收幼年所学的梆子花旦技巧和表演程式，融会到京剧旦角表演中来，舞台形象栩栩如生，惟妙惟肖，异常出色，因而数十年来，久演不衰。

自20世纪50年代中期，我参加荀慧生京剧团工作任演员，并为荀先生整理剧本和《艺事日记》，担任秘书，与他接触频繁。荀先生经常讲起演戏的体会，他曾说：“为演戏而演戏是不对的。演戏是为了表现剧中人物的思想感情，并由此对观众产生教育作用。演员在舞台上，无论唱、念、做、打，都必须从人物的需要出发，都必须为表现剧中人物的思想、性格服务。只要一出台到了场上，就要变成剧中人，场上的一切举止言谈，都要符合人物的身份。”正如荀先生在1961年4月8日《光明日报》题为《台步、眼神与人物性格》一文中所讲的：“《勘玉钏》中女主角俞素秋的头一次出场，按照京戏一般本子的路数，很可能先给俞素秋设一个单场，让她在小锣声中上场，慢慢地报家门，唱念自己的婚姻过程……可是这个剧本却打破了那种净场后才缓步出台的套子，让俞素秋在俞仁老夫妻因女儿婚姻争吵的紧张情节中登场。乍看剧本觉得很别扭，后来我想了个办法，预先给丫环鸾英安排了一个上场偷听的动作，她看老夫妇反目了，匆匆由上场门跑下去，暗示她向小姐报信去了。接着场上的俞仁唱一个〔二黄散板〕的上句，在‘崩登仓，嘟儿仓’的【撕边】声中，俞素秋被鸾英拉着跑出台来，冲到台口，一欠身，随即转身入门，在二老厮打中间，屈膝跪下，接唱下句〔散板〕：‘爹爹为何打娘亲？’下面再唱两句，接【大锣住头】，就把这场打架结束了。我想：不能仅在出台后想办法，要预先在人物未上场前，就蓄好势、憋足了劲。我先设身处地想，俞素秋这时似乎应该是坐在自己闺房之中，正在读书或刺绣，可以设想丫环怎样告诉：‘老爷、夫人打起来了！’素秋一听，心里一定又惊慌、又着急，恨不得马上跑到前堂，于是鸾英拉起她就跑，正因为两个人在后台已酝酿了这种心理感情，所以一出台就能把后台的戏带上来。俞素秋在【撕边】里一出台，就带着惦念二老打架的心情，我用双眼微瞪，平视前方，正像生活中心里有事时那样，足下擦着滑步。这种步法是双脚不离地，膝盖骨用力，两腿交替滑动往前走，上身要提气、收腹，挺立不晃，为的是避免驼背，也表现是被拉扯着往前跑。”

从以上荀先生对俞素秋第一次出场的精心设计，可想对全剧人物表演更是细腻入微。荀先生还经常讲：“我是男人要演旦角，就要比女人演旦角更得下功夫。平日就得多观察生活中各式各样妇女的言语动作。我为了观察女孩子的生活动作，就找邻居好多儿童叫她们到家里来玩，买好多糖果分给她们吃，注意看她们的举止动作和各种面部表情。同时对少女、成年妇女也仔细观察她们的表情动作，虽然都是女人，由于身份、性格、遭遇的不同，南方妇女和北方妇女都有很多差别。我在舞台上演《拾玉镯》的孙玉姣、《花田错》的春兰、《金玉奴》前半出的金玉奴和《勘玉钏》后部的韩玉姐，别瞧她们都是少女闺门旦这行当，但是性格、身份各不相同，在几个人物表演上就有很大的区别。就拿金玉奴与韩玉姐来说，家境相近，在表演上也不一样。金玉奴在家受父亲金松的娇生惯养，虽是丐头之女，却不大出门，心里特别单纯天真，她的台步举止动作就要大方不拘束，既活泼而又有小家碧玉的气质；可是韩玉姐这个人物，由于她父母双亡，没有父爱，整天跟游手好闲的哥哥韩臣住在一处，染上一些放纵的习气，从台步到表演动作和说话语气就要洒脱放得开。所以她敢闯入大人的公堂。

我给荀先生整理了几十年的《艺事日记》，其中记载好多过去梨园界的重要史话。在他的《艺事日记》里，记载着1963年6月10日，率团赴四川，在重庆市北碚又演出了《勘玉钏》，当时荀先生已届六十三岁高龄，演出极其火爆，观众大加赞许。万没想到，这场戏演出不久，传统戏就被赶下舞台，直至“文化大革命”北京发生“孔庙事件”，荀慧生被隔离批斗迫害至死。这出《勘玉钏》也就成为荀慧生先生戏曲人生的绝唱了。

赵纪鑫

人物行当

俞素秋	旦	书　童	丑
韩玉姐	花旦	鸾　凤	旦
张少莲	小生	家　院	老生
陈　智	老生	苍　头	丑
韩　臣	丑	中　军	净
鸾　英	花旦	官　媒	旦
江　海	丑	更夫甲赶差人甲	丑
俞　仁	老生	更夫乙赶差人乙	丑
俞安人	老旦	四衙役	杂
熊　瑞	老生	四红龙套	杂
沈富庆	丑		

服装扮相

俞素秋　俊扮。梳大头、水钻头面，湖蓝色绣花褶子、花腰包，湖蓝色彩裤，布袜、湖蓝色彩鞋。第三场换彩色绣花褶子。第五场换孝服：头包白纱后打蝴蝶结，白素褶子、白素腰包，白彩裤，白彩鞋。

韩玉姐　俊扮。梳大头、水钻头面，粉黄色绣花裙子、袄子，粉彩裤，布袜、米黄色绣花鞋。第八场换桃红色绣金花褶子，桃红色绣花褶子。

张少莲　俊扮。黑高方巾，黑褶子白缎子大领绣金线花，黑彩裤，白布袜、登云履。第六场戴甩发。第八场换桃红色绣花桥梁巾，桃红色绣花褶子。

陈　智　俊扮。黪三，忠纱，红蟒、玉带，红彩裤，厚底靴。

韩　臣　丑扮。粉红绣花学士巾，粉色绣花褶子，红彩裤，白布袜、福字履。

鸾　英　俊扮。梳抓髻，水钻头面，皎月色乡花裤袄，黑缎子绣花边坎肩、系红色张花腰巾，布袜、蓝色绣花彩鞋。

江　海　丑扮，勾粉白蝙蝠脸，眼窝向左右两边下垂，黑色眼窝，尖白粉嘴内填黑色（类似《巧连环》时迁脸谱）。蓝毡帽竖戴、外系水纱，蓝布大袖、白绸子腰布，黑彩裤，薄底。

俞　仁　俊扮。黪三、紫色绣团寿字员外巾，紫色绣团寿字员外帔、内衬红褶子，黑彩裤，白布袜，紫色福字履。第六场换香色员外巾，员外帔，内衬香色素褶子。

俞安人　俊扮。戴黪网子、勒子，系紫色绸条、老旦冠，穿紫色绣团寿字老旦帔、内衬紫色素褶子、绿色腰包，黑彩裤，白布袜、紫色福字履。

熊　瑞	俊扮。黑三、戴忠纱帽，蓝色官衣、玉带，黑彩裤，厚底靴。
沈富庆	丑扮。丑三、戴圆纱帽，黑色素官衣、玉带，黑彩裤，朝方。
书　童	丑扮。孩儿发，黑褶子、系紫色大带，黑彩裤，白布袜、方口皂鞋。
鸾　凤	俊扮。梳抓髻、水钻头面，湖蓝色绣花裤袄，粉坎肩，系白色绣花腰巾，布袜、湖蓝色绣花彩鞋。
家　院	俊扮。黑三、戴黑软罗帽，黑褶子、系紫色大带，黑彩裤，厚底靴。
苍　头	丑扮。白五嘴、戴白毡帽，老斗衣、系黄色大带，黑彩裤，白布袜、方口皂鞋。
中　军	勾元宝脸。黑满、牵巾、戴中军盔，紫色开氅，红彩裤，厚底靴。
更夫甲	丑扮。秦椒帽，蓝布箭衣、黄色大带、红卒坎儿，黑彩裤，白布袜、方口皂鞋。
更夫乙	丑扮。秦椒帽，蓝布箭衣、黄色大带，红卒坎儿，黑彩裤，白布袜、方口皂鞋。
差人甲	丑扮。梢子帽，蓝布箭衣、紫色大带，黑彩裤，薄底。
差人乙	丑扮。梢子帽，蓝布箭衣、紫色大带，黑彩裤，薄底。
四衙役	俊扮。皂隶帽，蓝布箭衣、紫色大带，黑彩裤，薄底。
四红龙套	俊扮。红大板巾，红龙套衣，红彩裤，薄底。

道具

堂桌	两张	椅子	四把
大帐子	一份	白小帐子	一份
绣花桌围椅披	一份	红色围桌椅披	二份
紫色桌围椅披	一份	香炉	一个
白色桌围椅披	一份	茶杯	一个
蜡扦、白蜡烛	各一对	玉钏	一对
托盘	一个	剪刀	一把
灵牌	一个	黄布袋	一条
匕首	一把	锁链	三条
家法（双竹板合一起）	一个	火签筒	一个
手杻	一个	令牌	一个
鸭子棍	一对	文房四宝、红木盘	一份
马鞭	一把	红包袱	一个
印盒	一个	手绢	三条
折扇	一把	红盖头	一条
状纸	两张	更锣	一面
更梆	一个	醒木	两块
名帖	一张		

第一场

退婚、赠钏

〔舞台设置：紫色桌围、椅披，一桌两椅摆成“八字”，椅子后面放家法。

〔幕启。**【缓锣，小锣抽头】**家院从“上场门”上引张少莲上，家院站“大边”。张少莲双抖水袖，站“九龙口”。

〔二黄摇板〕

张少莲 （6 5 3 2 2 3 3 33 21 61 56 76 5 5）

6. i i 2 - 3. 6 5 i - 56 i 2 - 2 i -

俞　家　何　事将　我　请？

（抬右手向前指）　（双手向外分开）

〔**【小锣抽头】**家院转身从“大边”至“小边”台口小圆场，张少莲随家院至“小边”台口。

张少莲 （过门同前）3 6 5. 6 7 7 -（76 56 7 7）

不　觉　来到

2 6.5 35 6 6 5 -（56 7 6 50）‖

他　家的　门。

（抬左手指正中）

〔家院上前进门，向“下场门”双手拜揖。

家　院　有请员外。

〔**【小锣五击】**俞仁从“下场门”抖袖上。

俞　仁　（念）告老还乡，快乐安康。张少莲可曾唤到？

家　院　张相公请到。（向俞仁拜揖后站于侧）

俞　仁　唤他进来。（入“大边”座位）

家　院　（拱手）有请张相公！

〔家院从“下场门”下。**【小锣五击】**张少莲“挖门”进入。

张少莲　（双手拜揖）参见岳父。

俞　仁　慢来，慢来！（抬右手摇摆）老夫往日与令尊虽有婚约，只是你还未曾迎娶，你我暂且还是叔侄相称的好。

张少莲　这个……小侄遵命，（双手拜揖）叔父拜揖。

俞　仁　（抬右手）罢了，坐下。（指“小边八字椅”让坐）

张少莲　告坐。**【小锣一击】**不知叔父呼唤有何见谕？

俞　仁　当年令尊在世之时与老夫（抬右手指自己）曾有婚约，只是如今小女娇养成性，恐

不能与你撑持门户。（抬左手摇摆，表示不同意）

张少莲 （拱手）叔父说哪里话来，先人盟约，小侄焉敢违背！只是如今小侄家道贫寒，恐其迎娶之后有累令嫒清苦，小侄立誓发奋攻读，有日功成名就，自当及时完婚，还望叔父体谅下情，（抬右手指自己胸前）延缓婚期。

俞　仁 贤侄，想自古以来怀才不遇者多矣！贤侄何日功成名就，谁能逆料？如今小女年已标梅，岂可久待闺中。

张少莲 若依叔父之见呢？（拱手）

俞　仁 依我之见，贤侄日后发迹，（抬左手指张少莲）当可另缔高门，小女陋质不足以奉君箕帚，你我还是两便了吧。（抖左手水袖）**【小锣一击】**

张少莲 叔父敢有悔婚之意么？

俞　仁 此乃两全之计。

张少莲 既然如此，何必当初？（双手击拍质问）

俞　仁 当初你我两家一样豪富，今非昔比了。（抬左右手出食指对比）

张少莲 好好好，你既嫌贫爱富，大丈夫何患无妻！你我两家从此割断丝萝。（抖左手水袖）**【小锣一击】**

俞　仁 有志气，（抬左手挑大拇指）聘礼庚帖呢？

张少莲 明日两相抵换。告辞！（起身、拱手）

俞　仁 不送！（抖左手水袖）

张少莲 正是：（**【干板】**抬左手提褶子出门）（念）不作儿女态，婚姻两丢开。

〔**【小锣三击】**张少莲抬右手三撣水袖转身退步，提褶子下襟从“下场门”下。

俞　仁 看他不出，倒是个有志气的男子啊！（抬左手抖水袖）

〔二黄摇板〕

【小锣凤点头】（过门同前） 3 2 - 2 1 3 2 2 1 1 2 1 -

张 生 可 算 有 血 性，

（抬右手挑大拇指）

（ 2 7 6 5 6 1 1 ） 2 2 1. 2 1 2 3 - 2 1

三 言 两 语 退

1 2 -（ 2 3 2 1 2 0 ）

了 亲。（笑）哈哈哈……

（抬右手向前指）

〔亮弦〕

〔**【小锣抽头】**俞安人从“上场门”上至“九龙口”抖右手水袖。（ 5 6 1 2 - ）

〔二黄摇板〕

俞安人 **【小锣凤点头】**（过门同前） 2 2 2 1 1 1 2 1 -（ 2 7 6

忽 听 前 堂 有 人 声，

5 6 1 1 ） 2 2 1. 2 3 - 1 2 2（ 2 1 6 1 2 ）

急 忙 向 前 问 分 明。

（抬右手三点手，“挖门”进入至“小边”）

俞安人　员外。（拱手）
俞　仁　（离座向安人拱揖）啊，安人来了，快快请坐。
俞安人　谢坐。
　　　　［俞仁坐“大边八字椅”，俞安人坐“小边八字椅”。【小锣三击】
俞安人　啊员外，适才何人到此？
俞　仁　（抬左手向外指）张少莲。
俞安人　他到此何事？
俞　仁　是我唤他退亲来了。
俞安人　啊，退得什么亲哪？（抬右手伸开五指）
俞　仁　当年我不该将女儿许配张家，如今张少莲乃一介寒儒，家徒四壁，你我的女儿若与他结亲，（抬左手向外指）岂不大大的玷辱我家门庭？
俞安人　嗳，张少莲如今虽然贫穷，日后定有出头之日。（抬右手挑大拇指）
俞　仁　他是个穷秀才，有什么出头之日！（抖右手水袖）
俞安人　啊！
俞　仁　如今朝廷广选秀女，素秋女儿容颜姣好，若被选进宫去，定受恩宠，（抬左手挑大拇指得意地笑）侥幸封宫伴驾，我们便是皇亲国戚，我做个堂堂国丈，你也就是皇上的丈母娘了。（抬右手高兴地指俞安人）
俞安人　我来问你，亲事可曾退却？
俞　仁　这倒不劳多虑，未用三言两语，俱都办妥了。哈哈哈……（抬双手向上大笑）
俞安人　（站起来怒指俞仁）我把你这老强盗啊！（抖右手水袖）
　　　　［【快纽丝】站起来抬右手怒指俞仁。
　　　　〔二黄散板〕
俞安人　サ（6 5 3 2· 1 6· 6 5 -）1 3 2 2· 1 1 1
　　　　儿 句 言 语不
2 1.（6 7 6 1 -）2 1· 2 3 3 3 1 2 2 -
中 听，（仓） 我 儿 岂 能 入 宫 门。
　　　　［抬左手擦眼泪，俞仁气怒地起身抖左手水袖。
俞　仁　住了！
　　　　〔二黄散板〕
　　　　【快纽丝】（过门同前）1 2 - 3 2 2· 1 1 2 1（6 7 6
　　　　退 亲 之 事 今 已 定，
　　　　（此时鸾英在“上场门”
1）2 1 2 3 3 - 2· 1 1 2（5 6 1 2 -）
（仓） 竟 敢 唆 舌 乱 我 心。（仓）
手托茶盘，欲送茶突然停止，站在“小边”台口偷听）
7 6· 5 5 6 3 2· 1 1 - 2 3 1 -
打 你 一 下 消 消 恨，
（俞仁颤抖地指俞安人）

〔【乱锤】俞仁与安人二人厮打，小圆场，鸾英托茶盘急从“上场门”跑下。

〔【大锣一击、撕边】俞素秋被鸾英拉着从“上场门”急上，冲至台口，双抖袖，双眼微瞪，平视前方，表示出心里焦急复杂心情，足下擦着“滑步”，表现被鸾英拉扯前行的姿态。急转身“挖门”至门内跪在台中。双手水袖向后双抖。

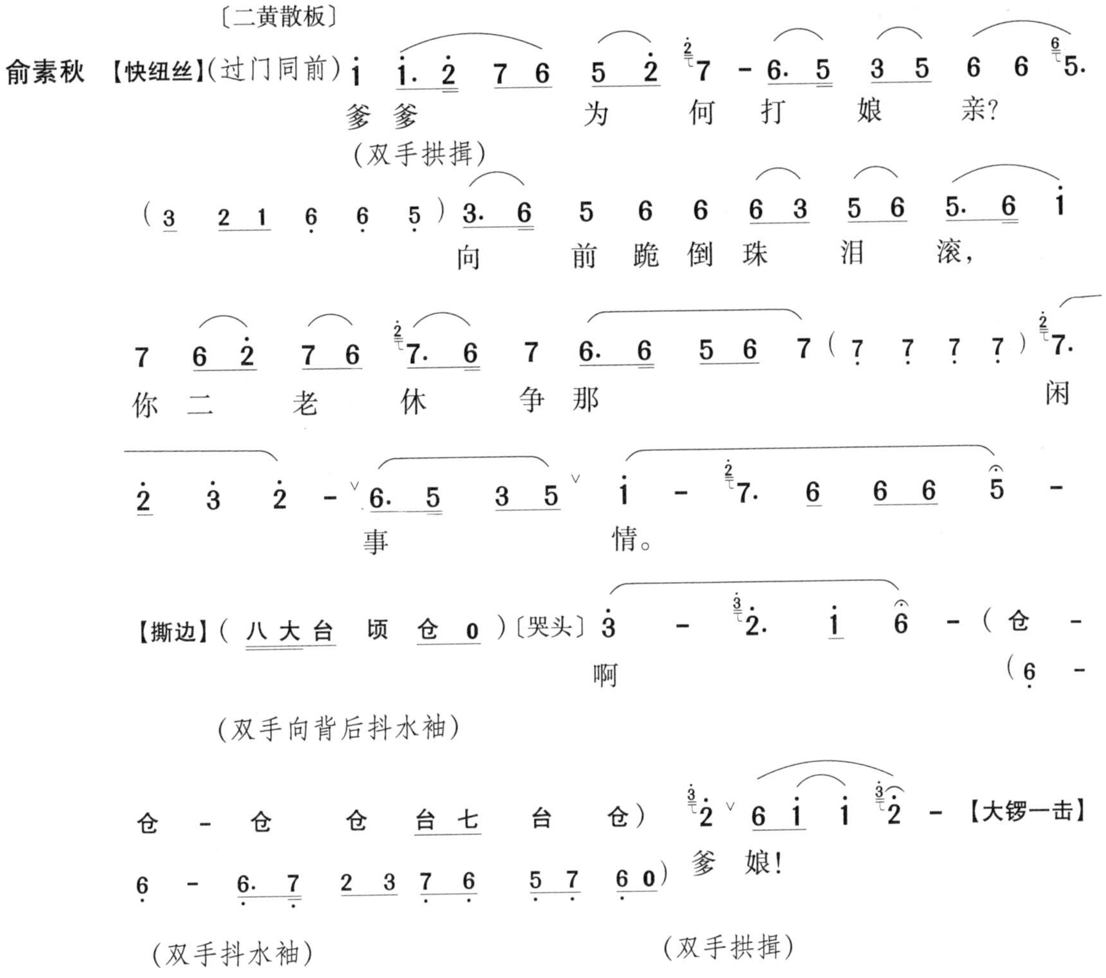

俞　仁　老乞婆，（抬右手指俞安人）我看在女儿份上，暂且不计较于你。

俞安人　老天杀的，（指俞仁）你要退亲我定不与你甘休。

〔俞仁与俞安人各自归坐，坐“八字椅”。

鸾　英　员外、安人别生气啦，难道小姐在这净跪着，你们老两口子（拱手）就不心疼了吗？

俞　仁
俞安人　（抬手指鸾英）不是这个丫头提起，我倒忘怀了。（各伸左右手指俞素秋）女儿起来。

俞素秋　（叩拜）多谢爹娘。

〔鸾英搀扶俞素秋起来。【小锣一击】鸾英搬“小边”跨椅，搀俞素秋坐下。鸾英站俞素秋身后。

俞　仁　老乞婆，这样好的女儿，我岂肯把她嫁与那穷酸？读书人是穷断了筋！（伸左手向外指）

俞安人　老天杀的，（抬左手指俞仁）这样好的女儿，如何不嫁读书之人哪！（伸右手指俞

素秋）

鸾　英　得了，老太太，您就少说两句吧。

俞　仁　你们可曾见过那张少莲哪？

俞安人　不曾见过。

俞　仁　你们未曾见过，（抬右手摆动）这退亲之事么，（双手托胡须）我来做主！

俞安人　（站起来向俞仁）你要是退婚我就与你拼命！

俞　仁　此事由不得你！（怒指俞安人）

「俞仁又要与俞安人对峙，**【小锣一击】**俞素秋立即向前劝阻。

俞素秋　爹爹不要生气，（拉俞安人）您到后面歇息去吧。（伸右手向外指）

俞　仁　哼！此事若不看在女儿的份上，岂肯与你这老乞婆甘休！

鸾　英　（从“小边”至台中劝俞仁）员外爷您别生气啦，到后堂歇息去吧。

「**【小锣五击】**俞仁右手狠抖水袖后又抓住水袖，进门从“下场门”下。

「鸾英把俞安人的“八字椅”搬为“小座”，鸾英到“大边”站立。**【小锣一击】**

俞安人　（一声长叹）唉——

俞素秋　啊，母亲，（拱手）不知为了何事与爹爹吵闹起来？（双手向外张开）

俞安人　儿啊有所不知，只因你爹爹他嫌贫爱富，（抬左手指前方）与那张少莲退亲，要将我儿送往宫廷应选。

俞素秋　（吃惊地）哦，原来我爹爹他要……退……**【小锣一击】**

俞安人　若是进得宫去便无出头之日，你我母女也无见面之期，万万不能应允，（抬右手摆动）你快快想个主意把亲事挽回才好。

俞素秋　这个……（低头面带羞臊，难以启齿）

鸾　英　您想呀，我们小姐乃是闺门幼女，她的婚姻，您（指俞安人）怎么能叫她自己拿主意呀？（双手外翻，张开）

俞安人　哦，有了！鸾英你快去张家催他迎娶小姐过门就是。

鸾　英　（向俞安人拜揖）是啦！

「鸾英欲出门，俞素秋站起身伸双手拦住鸾英。

俞素秋　鸾英慢来！

「**【小锣一击】**鸾英止步，俞安人立即站起身来伸右手指俞素秋。

俞安人　儿呀，你为何拦阻于她呀？

俞素秋　不是喏，母亲你想啊，爹爹为了张家贫穷故此退亲，你叫鸾英前去，他家无有银钱迎娶，岂不是空走一趟吗？

俞安人　可也说的是呀，鸾英快去我的房内取来二百两银子与张少莲送去，（抬右手向前指）叫他急速迎娶。

鸾　英　是了。

「**【小锣一击】**鸾英欲出门，俞素秋又一次向前阻拦。

俞素秋　鸾英转来。

鸾　英　（立即停住脚步）我在这儿哪。

俞安人　（向前伸右手抓住俞素秋左手问）啊，你为何又拦阻于她呀？

俞素秋　不是哟，想母亲的银钱我爹爹素来是晓得的，况且又是为了女儿婚姻之事，（抬右手指自己）若用母亲银两，日后被爹爹知道（拱手），你二老岂不又要吵闹？（双

手向外翻亮手心）

俞安人　（抬左手拍俞素秋左肩）依你之见呢？

〔俞素秋向左转身从手腕上取下一对玉钏，转过身对母亲言讲。

俞素秋　女儿这里有玉钏一对，（双手拿着一对玉钏，让俞安人看）价值五百金，叫鸾英与张生送去，叫他变卖，也足够（羞臊低头含蓄地）迎娶的了。

〔【小锣一击】俞安人接过一对玉钏仔细看。

俞安人　哪用得了许多，与他一只也就够了。（将另一只玉钏收起）

俞素秋　（欲拦阻）啊母亲，与他一只，那一只呢？

俞安人　为娘收存，做个纪念吧。

〔【小锣一击】俞安人将一只玉钏戴在自己手上，另一只向右转身交鸾英。

俞安人　鸾英，这有玉钏一只，价值二百五十金，叫他变卖，早些迎娶。

鸾　英　是啦。（从“大边”走至台中，贴近俞素秋）小姐我可要走了。您还有什么嘱咐我的话吗？

〔【小锣一击】俞素秋难过地看看母亲，摇头又看鸾英，啼哭。

〔四平调〕1＝C　或　D

俞素秋

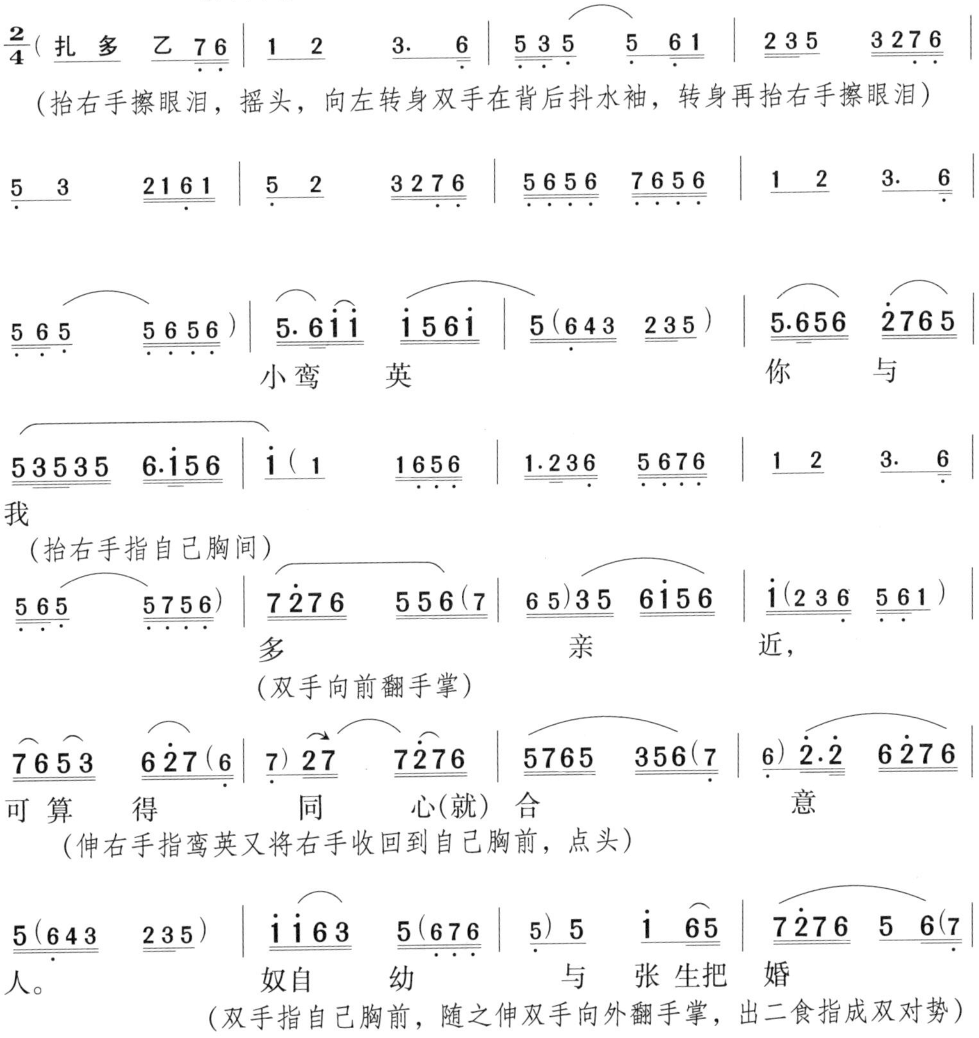

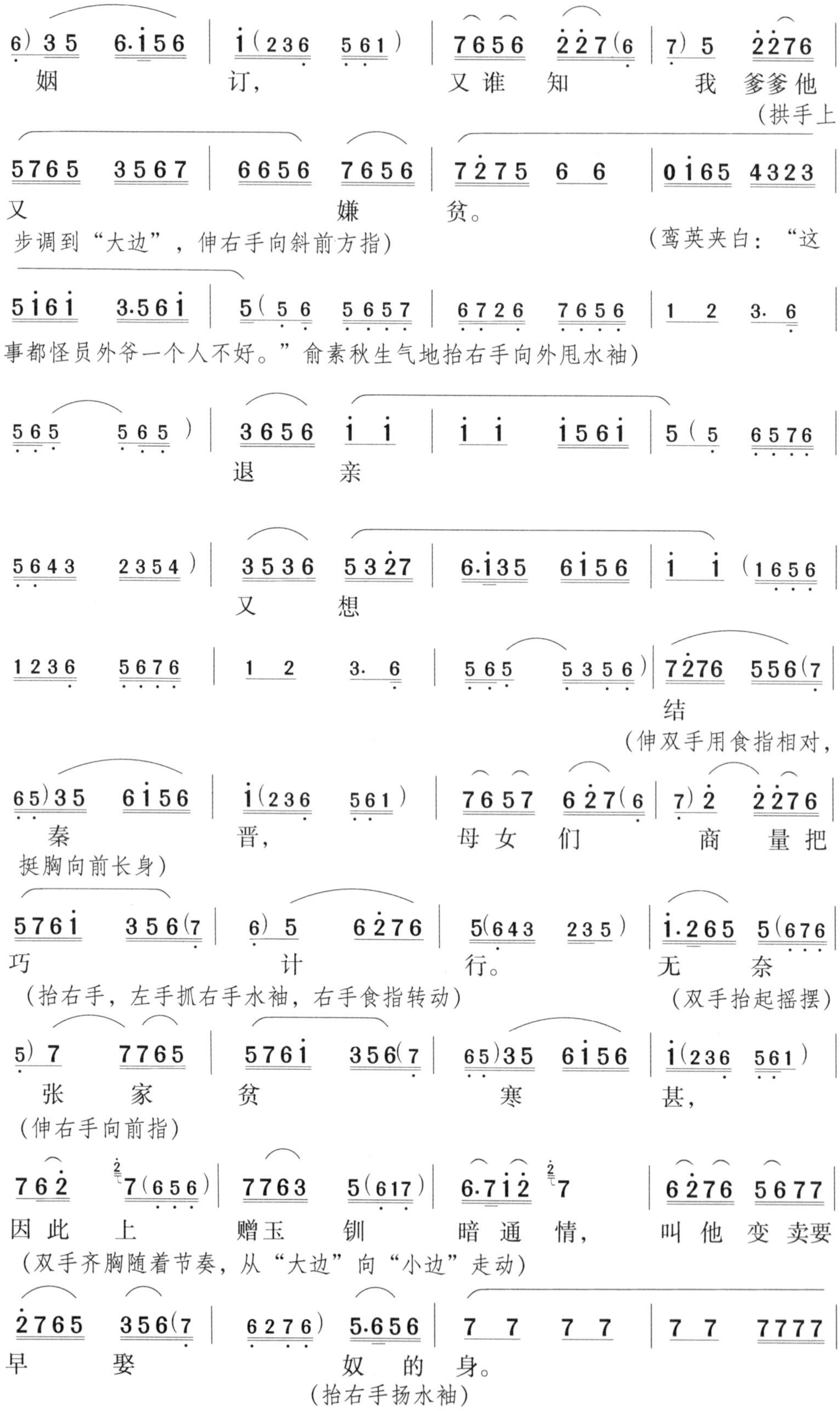
姻 订，又谁知 我爹爹他
（拱手上步调到“大边”，伸右手向斜前方指）
又 嫌 贫。
（鸾英夹白：“这事都怪员外爷一个人不好。”俞素秋生气地抬右手向外甩水袖）
退 亲
又 想
结 秦 晋，
（伸双手用食指相对，挺胸向前长身）
母女们 商量把巧 计 行。
（抬右手，左手抓右手水袖，右手食指转动）
无 奈
（双手抬起摇摆）
张 家 贫 寒 甚，
（伸右手向前指）
因此 上 赠玉 钏 暗通 情， 叫他 变 卖要早 娶 奴 的 身。
（双手齐胸随着节奏，从“大边”向“小边”走动）
（抬右手扬水袖）

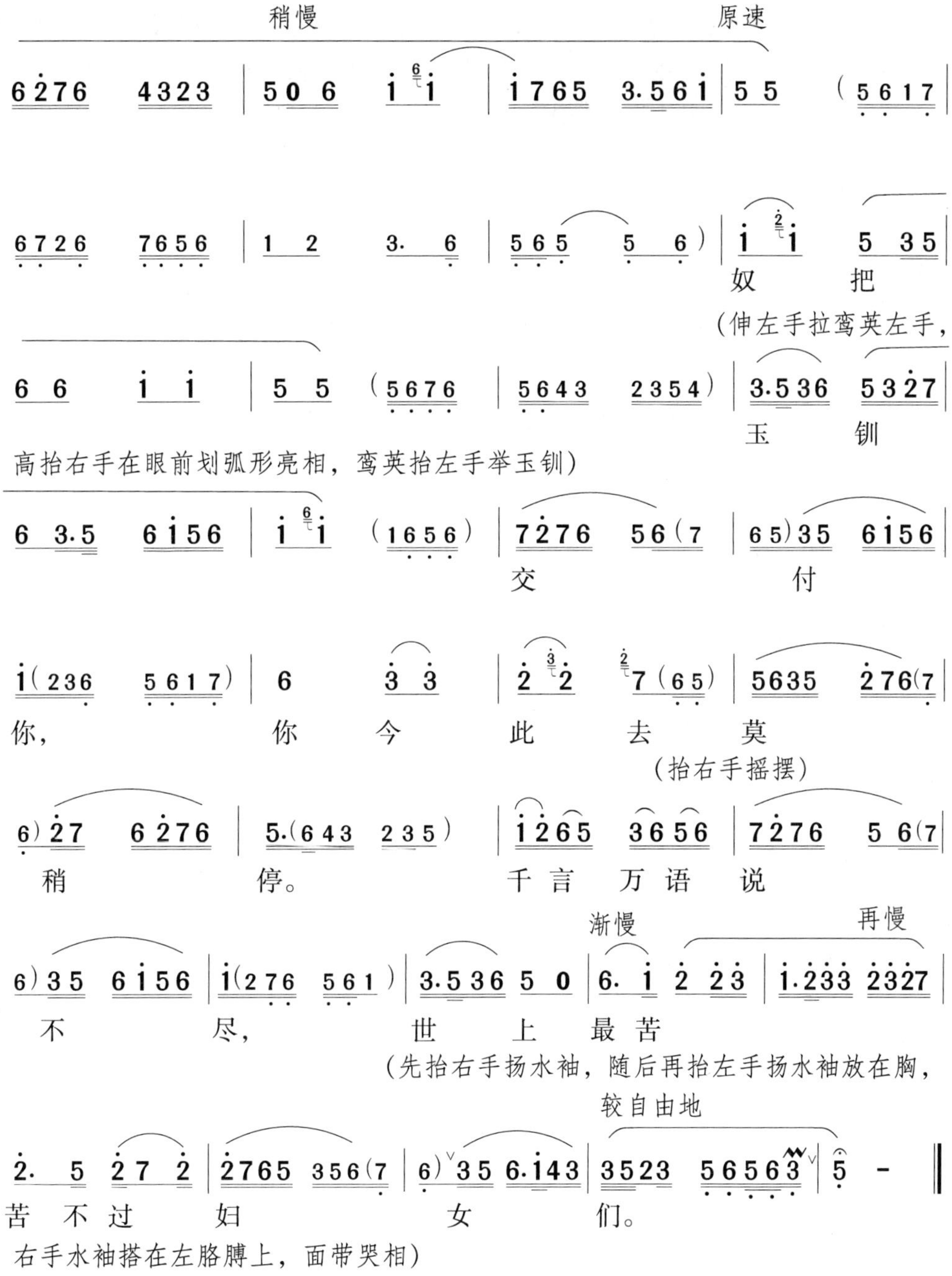

鸾 英 （拱手）小姐！

〔二黄摇板〕

【小锣凤点头】（过门同前）

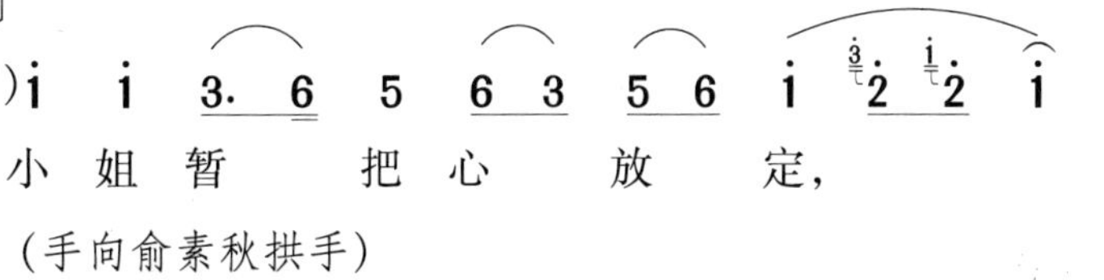

〔【小锣抽头】鸾英出门至“大边”“下场门”又返回到台口。

鸾　英　（过门同前）2　2 7 7 6　5. 6　7　6 6　3 5　6　6　5　-‖
婚　姻　大　事我担　承。
（双手扶胸间）

「鸾英从“下场门”下。

「**【小锣凤点头】**俞安人从“小座”站起，右手抖水袖。

〔二黄摇板〕

俞安人　（过门同前）2　2 1　1 3　2　2 1　2　1　-（2　7 6
母　女　且　把　后　堂　进，
（抬右手指俞素秋，往“下场门”示意）

5 6　1　1）2　1 2　3　3　1　2　2　-‖
且　听　鸾　英　报　佳　音。
（抬左手向前方指）

「**【小锣抽头】**俞素秋上步搀扶俞安人左胳膊，慢慢至“下场门”下。

第　二　场

诓妻、窃钏

「舞台设置：一张桌、紫色桌围，摆“八字椅”。

「**【小锣抽头】**张少莲从“下场门”愁烦地手握古书至台中，抖左手水袖。

〔二黄摇板〕

张少莲　（过门同前）i　i. 2　3. 6　5　6 3　5 6　i（2　7 6　5 6　1　1）7. 6
俞仁　做　事真　可　笑，　讲
（至舞台正场，后坐右侧“八字椅”）

5 6　7　7　-　6 5　3 5　2　7　6　6　6　5　-（5 6　7 6　5 0）‖
好的　婚　姻　一　旦　抛。
（看古书）

「韩臣幕内白：“啊哈。”**【小锣五击】**手拿折扇迈着方步假冒斯文地从“上场门”上至“小边”台口。

韩　臣　（念）每日兄妹吵架，
没事出来溜达。
非是愚兄怕了她，
怕的是街坊笑话。

在下韩臣，（抬右手用折扇指自己）也算是个秀才。刚才在家里跟我妹妹吵了两句嘴，出来躲躲闲气。这两天老没见张少莲，我不免去找他聊聊去（向舞台正中走，抬头看张少莲家门，用折扇敲打。小锣演奏员随着演员动作，轻击三下锣心侧位）（当当当）少莲兄开门来！
张少莲 （抬头看门）来了。
〔张少莲起身，把古书放在桌上，开门。
张少莲 （兴奋地看见韩臣，出门迎接站“大边”）哦，原来是韩兄，请进。（抬右手横指往家里让韩臣）
韩　臣 （点头）正要进去。
〔**【小锣一击】**韩臣进门挖“大边”，张少莲进门至“小边”。
张少莲 韩兄请坐。（抬左手让坐）
韩　臣 坐着就坐着。
〔**【小锣三击】**韩臣坐“八字椅”的“大边”。张少莲坐“小边”，左手轻轻拍桌长叹。**【小锣一击】**韩臣看张少莲一眼，提褶子，搭右腿也一声长叹。
张少莲 韩兄为何长叹？
韩　臣 那你为何长叹哪？
张少莲 小弟乃是为了婚姻之事，故而长叹。
韩　臣 哎，我也为了婚姻之事，故而长叹。
张少莲 难道说你的岳父退亲不成么？
韩　臣 因为我娶妻多年，我和她意见不合，她早就跟人家跑了。我为的不是她，为的是我妹妹。
张少莲 （惊奇地）难道令妹也跟人家跑了么？
韩　臣 得啦，我们家没有那个德行。（放下右腿转身）我是说我妹妹韩玉姐也老大不小的，就是老找不到合适的人家，成天在家吃我喝我，天长日久我受得了吗？
张少莲 （抬左手指韩臣）韩兄差矣，令妹依靠自家兄长，理所当然。
韩　臣 啊，照你这么一说，她就应当吃我一辈子怎么着？
张少莲 那个自然。
韩　臣 （呆愣地）好，就算我倒霉。那你为什么长叹哪？（抬右手用扇子指张少莲）
张少莲 小弟为那俞仁（抬右手向外指）嫌贫爱富，打退亲事，叫我怎不烦恼。（左手拍一下左腿）
韩　臣 怎么，你跟俞仁退了亲啦？（用扇子指张少莲）
张少莲 （点头）是啊。
韩　臣 你可真傻。听说俞素秋小姐长得跟天仙一样，退了亲多可惜呀！（用折扇拍打自己的手）我问问你，你跟老夫人和小姐见过面吗？
张少莲 （抬右手摇摆）我与老夫人、小姐都未曾见过面。
〔韩臣右手打开扇子挡脸，**【小锣一击】**出鬼脸摇晃脑袋。
韩　臣 这就是啦！
〔**【小锣五击】**苍头从“上场门”上，至舞台正中，看张少莲家门，敲门。**【小锣一击】**
苍　头 张相公开门来。
张少莲 （对韩臣）韩兄门外有人唤我。（站起身来）待我开门。
〔**【小锣三击】**张少莲开门，见苍头。
苍　头 张相公，（拜揖）吏部王老爷请相公过府一叙，有事相商。
张少莲 你且先回，我随后就到。

苍　头　是。（拜揖转身从“上场门”下）

〔【小锣五击】张少莲转身进门，此时韩臣热情地对张少莲。

韩　臣　既然你要出门儿，剩我一个人，我也不呆着了，改日再聊吧。（站身欲走）

张少莲　（抬右手拦住）韩兄且慢，【小锣一击】韩兄若无别事，烦劳你看守门户，小弟少时便回，还有一篇文章请韩兄批阅呢。

韩　臣　那也好，没事我看书消遣，等你回来，但是可快点啊。

张少莲　如此暂别了。（双抖水袖）

〔二黄摇板〕

【小锣抽头】（过门同前）6. 2̇ 1̇ 2̇ 1̇ 5 6 3 5 6 1̇ - 2̇ 2̇ 1̇ -

门　户　代我且　照　料，

（向正场双手拱揖，韩臣也向天幕拜揖）

〔【小锣抽头】张少莲抬左手提褶子左下襟，出门向“小边”转身抖水袖，至“小边”台口。韩臣在屋内“关门”，仍归原位。

张少莲　（过门同前）2̇ 2̇ 7 6 5 6 7 2̇ 7 2̇ 6 5 3 5 7 6 6 5 -

王　家　府　内走　一　遭。

〔【小锣五击】张少莲转身从“上场门”下。此时鸾英从“上场门”上，上下打量张少莲后至舞台左侧台口，看张少莲家门。

鸾　英　大概是这儿吧？我冒问一声，张相公在家吗？

韩　臣　（立即起来问）谁啊？

鸾　英　我，（敲门）快开门哪。

〔韩臣赶忙开门，发现鸾英便惊喜地站“大边”用扇子指鸾英。

韩　臣　原来是位小姑娘，你是干什么的？

鸾　英　请问张少莲张相公是在这住吗？（伸左手以食指向里指）

韩　臣　（上下打量鸾英）不错，是在这住，你找他干什么？

鸾　英　我是俞府的丫头，名叫鸾英，只因我家员外爷嫌贫退亲，想把小姐送宫选秀。安人、小姐都不愿意，故此打发我来找张相公商议个办法。

韩　臣　哦，你是俞府的丫头，到这来送信要催娶你们小姐——（转眼珠思考）正格的张相公你见过吗？

鸾　英　没见过。不但我没见过，就是连我们老安人和小姐也没见过！

韩　臣　哦，没见过！那么你远瞧。（拿折扇指前方）

鸾　英　（向前张望）没有人哪。

韩　臣　（用折扇拍打自己胸脯）近看。【小锣一击】

鸾　英　（惊喜地）噢，莫非您就是张相公？（伸左手指韩臣）

韩　臣　嗯嗯嗯。

鸾　英　您就是姑老爷，恕婢子不知，我这儿有礼了。（向韩臣拜揖）

韩　臣　（学小生腔）嗯哼，罢了，起来！（用折扇示意鸾英起来）安人、小姐叫你干什么来了？

鸾　英　（拱手）请姑老爷早日迎娶。

韩　臣　不行啊，我一贫如洗，如何能娶小姐呀？（摇动折扇）

鸾　英　老安人也想到这儿啦。小姐有玉钏一只，价值二百五十金，请您变卖就能迎娶啦。

「鸾英从怀里取出一只玉钏交给韩臣。【小锣一击】韩臣接过玉钏高兴地仔细观看。

韩　臣　噢，这是你们小姐给我的。

鸾　英　是我们小姐给您的。

韩　臣　好，好。（把玉钏仔细看后便转向鸾英）我说鸾英啊，我有一肚子的话要面见小姐当面一诉，鸾英你带我去一趟吧。（用折扇往前指）

鸾　英　（吃惊地）那可不行，我们是瞒着员外爷来的，要叫他知道那可不是闹着玩的。（双手向韩臣一翻）您赶快迎娶小姐过门，有什么话说不了哇！（向韩臣一指，用手绢挡脸）

韩　臣　听这话碴儿，你是不带我去呀。好了，你把玉钏带回去，（伸左手假意把玉钏交与鸾英，但不松手交，鸾英急退步摆手，不接玉钏）带回去！就说我有意功名，无意迎娶。你把玉钏拿去吧。（把玉钏在鸾英眼前晃）

鸾　英　张相公您别生气呀，（双手拱揖劝解）我带您去就是啦。

韩　臣　（面露笑容）这不结了？咱们说走就走。

「【小锣一击】韩臣转身把门拉住，边走边说。

鸾　英　张相公，可是这么着，到那儿您可别耽误，说个三言两语就走。

韩　臣　远不远啊？

鸾　英　前面一拐弯就到。

「鸾英在前面领路，韩臣随后跟，从左至右圆场，又归回“小边”。【小锣一击】

鸾　英　（转身对韩臣白）到了我们家的花园后门啦，咱们从这里进去，您可别说话，什么事都有我哪。

韩　臣　（连连点头）我记下了。

「【小锣一击】鸾英至舞台右侧偏“下场门”处，轻轻推开花园后门，领韩臣进门，【小锣一击】向左侧转身“半圆场”。此时书童从“下场门”手拿扫帚边扫地，边溜上，突然与鸾英和韩臣相遇。

书　童　鸾英，你身后怎么有一个人哪？

鸾　英　（惊慌地）没有人。干你的活吧。

书　童　有人，我看见了。（左手拿扫帚，抬右手指韩臣问）你是谁？姓什么？

韩　臣　（不知所措地）我……姓张。

鸾　英　去去去，（抬左手哄书童）别胡说八道的。

书　童　噢，你姓张啊，好啊，你胡乱带人，（伸右手怒指鸾英）我给你告诉员外爷去。

「【小锣一击】鸾英与韩臣顿时一惊，此刻鸾凤手托茶盘从“下场门”上，与书童相遇。这时鸾英将双臂伸开挡住韩臣，韩臣躲在鸾英身后有些颤抖。

鸾　凤　（问书童）书童，你跟谁说话哪？

书　童　鸾凤你看，（伸左手指鸾英）鸾英带进一个人来，我问他姓什么，他说他姓张。

鸾　英　（气怒地）少说废话。

「书童从“下场门”下。【小锣一击】鸾凤左手托着茶盘，右手指鸾英。

鸾　凤　鸾英，你怎么胡乱带人哪！我去给你告诉老安人去。

鸾　英　你快走吧，老安人那儿找你哪。多管闲事！

鸾　凤　谁多管闲事啦？（从右侧至左侧“小边”指责鸾英说）我去告诉老安人去！

「【小锣一击】鸾凤从“上场门”托茶盘下。鸾英与韩臣到舞台右侧。

鸾　英　您瞧您这个人是怎么回事啊？
韩　臣　我怎么啦？（双手分开向外翻）
鸾　英　不让您说话，您怎么偏说话啊？您还说您姓张！
韩　臣　他问我吗，我不说？
鸾　英　下回可别说了，（向韩臣摆手）幸亏碰见的是他们，还不要紧，您别看他们俩那么大个子，他们都怕我。
韩　臣　那你怕谁？
鸾　英　（拱手向右侧走）我怕我们小姐呀。
韩　臣　你们小姐怕谁呀？
鸾　英　小姐又怕我们安人哪。（拱手）
韩　臣　安人又怕谁呢？
鸾　英　怕员外呀。（伸左手向外指）
韩　臣　那么你们员外又怕谁？（伸右手向外指）
鸾　英　我说您怎么那么贫哪？别说闲篇啦，（双手抬起摇摆）那就是上房，您在这儿等一会儿，（将韩臣领到"小边"台口，此时拉二幕，摆一桌两椅，"小座"启幕）我去请老安人去。
韩　臣　哎，我等着，你快点啊。（四方张望）

「**【小锣一击】**鸾英进门，向"下场门"拜请俞安人。

鸾　英　有请老安人。

「**【小锣五击】**俞安人从"下场门"上。

俞安人　鸾英，你回来了？
鸾　英　不但我回来了，张相公也来了。、
俞安人　啊！我叫你送钏，你怎么将他带进府来了？（气恼地抖袖）
鸾　英　他说有一肚子的话要见安人说哪，我也拦不住。（拱手）
俞安人　如此，请来相见。
鸾　英　是。（至舞台正中，拱手）老安人有请张相公。
韩　臣　（故作斯文样子）如此说来，鸾英带路！（抖左手水袖）嗯哼！
鸾　英　什么腔调。（退至"大边"）
韩　臣　（摇摇摆摆晃着身子进门）嗯哼。
鸾　英　瞧，又来了。（抬右手指俞安人）张相公，这就是我们老安人。

「**【小锣一击】**韩臣进门先挖"小边"，向俞安人拜揖。

韩　臣　啊，岳母在上，小婿大礼参拜。
俞安人　贤婿少礼，（伸右手接礼，又指右侧）请坐。

「鸾英搬椅，摆右侧跨椅。

韩　臣　告坐。（双手拜揖）

「**【小锣一击】**韩臣故作斯文地迈着方步至"大边"跨椅坐下。

俞安人　我命鸾英催你迎娶，贤婿不可迟缓。（抬左手指韩臣）
韩　臣　自当遵命。（双手拜揖）多蒙岳母垂爱，赐钏迎娶，恩同再造。小婿（以扇指胸）有意与小姐相见一面，以吐衷怀，（双手向前表示衷怀）望岳母大人见允。（转身在座位上向俞安人拜揖）

〔【小锣一击】俞安人顿时一愣，向韩臣摆左手。

俞安人 这，你们是未过门的夫妻，怎好相见？（摇头）

韩　臣 岳父退婚，小姐坚贞不变，足见小姐多情，若不相见，小婿岂不是个无情少义之人了吗？（用扇指胸后，将折扇打开摇摆，假作斯文）

俞安人 （犹豫不定，转向站“小边”的鸾英）鸾英，你看，见得的么？（抬右手指前方）

鸾　英 反正人家早晚还不是小两口，您别死心眼啦，（抬右手指前方）见了面说几句话，这有什么呢！（双手向外翻，亮手心）

俞安人 （点头）好，请你家小姐前来。（抬右手指前方）

鸾　英 是了。（双手拜揖，至正场出门，拱手）有请小姐。

〔【小锣五击】俞素秋穿淡粉色绣花褶子，快步从“上场门”上至“小边”台口。

俞素秋 鸾英何事？（双手向外翻，亮手心折腕子）

鸾　英 （拱手）姑老爷来了，老安人请您相见。

俞素秋 （吃惊地）张郎在此,怎好相见？你对安人言讲，（抬右手向右侧指）我还是不去的好。（右手摆动）

〔【小锣一击】鸾英点头转身进门，向俞安人回禀。

鸾　英 老安人，小姐说不见的好。（抬右手向外指）

韩　臣 （焦急地立即站起身欲出门）她害臊，我拉她去。

〔【小锣一击】俞安人、鸾英忙阻拦韩臣。

俞安人 待我去唤她。

〔俞安人出门，韩臣用折扇拍打手心，坐立不安表示着急的样子。【小锣一击】俞安人出门至“小边”见俞素秋，强拉入内。

俞安人 呀，儿呀，随为娘进来，有话与你商议。（伸左手拉俞素秋左手，用右手水袖搭在俞素秋左胳膊上，强拉入内。【小锣三击】俞素秋羞臊低头，用右手水袖挡脸进门，挖到“小边”）呀，这就是你的…… （转身向韩臣）这是我的女儿。

〔韩臣站起身摇摆着身子，抖左手水袖右手抓住水袖一角，学斯文地向俞素秋拜揖。

韩　臣 （故意学小生念白）啊，小姐，小生有礼了。

俞素秋 （抬起左手水袖挡住脸，面带羞臊地用右手向韩臣拜揖）还礼。

韩　臣 （仍故意学小生念白发出逗笑的声音)啊，小姐，小生闻得小姐深明大义，不满令尊退亲，又命丫环姐赠钏，足见小姐多情呀。（抬右手指俞素秋）

俞素秋 （仍抬左手用水袖挡脸，面带羞臊地）女子贵在从一而终，奴与你虽未成亲，名份早定，望早日迎娶。（轻轻地抖动左手水袖示意迎娶）

俞安人 是呀，（对韩臣）你将玉钏变卖，早日迎娶过门，免得她父（抬右手指俞素秋）将她送选秀女，我也就放心了。（抬左手拍自己胸间）

韩　臣 呀，岳母，（双手拜揖）小婿有话不好启齿。

俞安人 有话请讲。

韩　臣 我有一个绝妙之策，不如今晚先行成亲，以后行花烛之礼，想木已成舟，（抬右手折扇指前方）老员外也无可奈何，若将已婚之女送入宫去，他还有欺君之罪呢！

〔韩臣拱手，俞安人点头示意，【小锣一击】俞素秋低头羞臊，自咬嘴唇。鸾英面带微笑轻轻揪俞素秋的衣服，用眼睛斜视她。

俞安人　这……（看俞素秋）

韩　臣　岳母，此乃燃眉之急，迟不如早，若不如此，（用折扇指俞素秋）小姐一旦被选入宫去，青春断送，姻缘难成，（双手从胸前分开）悔之晚矣！（抬右手用扇子轻轻在胸前划一圆圈）**【小锣一击】**

俞安人　这……（左眼看，右眼瞧，双手对拍）事到如今，也顾不得许多了。

俞素秋　（立即拉住俞安人的衣袖劝解）啊，母亲，苟且之行，岂不玷辱名节，还望三思。

俞安人　哎呀，儿呀，**【小锣五击头】**（抖右手水袖）贤婿所言，也还有理，迟恐有变，今有为娘作主，也不算苟合。依我看来，不如成亲，哪怕那老天杀的反悔，如此为娘也就放心了。（抬右手拍打胸间）

俞素秋　（低头羞臊地抬左手用水袖挡脸）使不得呀。

韩　臣　小姐，（双手向俞素秋拜揖）你要通权达变哪。

俞素秋　这……

韩　臣　小姐呀，小生决无他意，情意对天一表。我这给你跪下啦。

〔韩臣跪在俞素秋面前。**【小锣一击】**俞安人一惊。

俞安人　（哀求地）女儿,你看贤婿一片痴情,（抬左手指跪在跟前的韩臣）他是不会变心的，早晚你二人总要成亲，你就答应了吧。

鸾　英　小姐，（又揪俞素秋衣襟）小姐，您就答应了吧。

〔俞安人暗示鸾英去看看前厅动静，鸾英点头示意出门，从“上场门”下。韩臣起身又向俞素秋拜揖。

韩　臣　小姐，你应该想上一想啊？

俞安人　（抬双手从外向内双合十）是啊，你二人就应完成花烛得了啊！

〔**【小锣一击】**俞素秋摇头退步，低头抬左手用水袖挡脸。

俞素秋　（羞答答地低声念）使不得……

韩　臣　（逼迫地）使得的！

俞安人　（面带笑容地）使得的。（抬右手轻轻拉俞素秋衣襟）

〔**【小锣一击】**俞素秋猛然抬头看一眼俞安人，又低下头轻轻摇头，双抖水袖向右侧“翻身”，慢慢提水袖斜眼偷看韩臣。

俞素秋　呀！

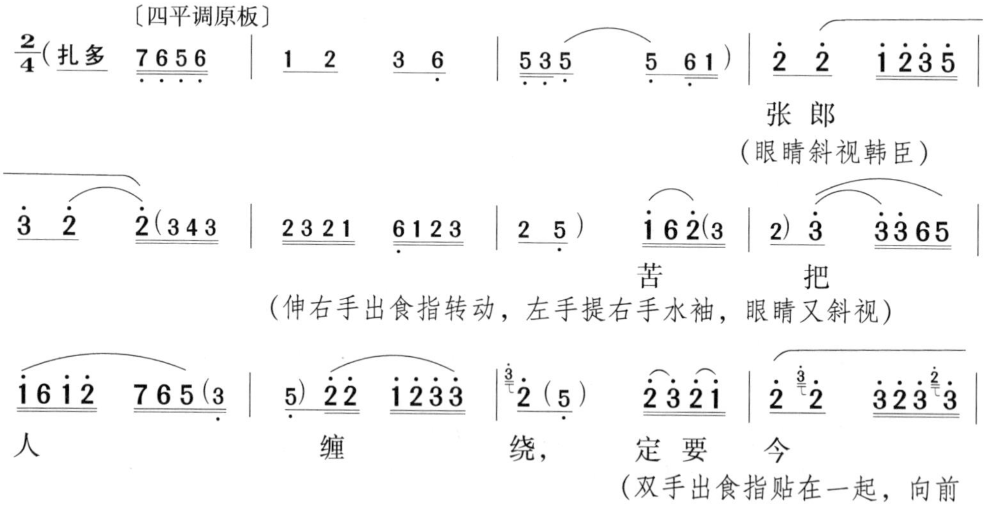

2346 321 | i i 56 | i. 2 7653 | 5 6i 2326 |
宵 鸾 凤

探身，面带微笑）

i 76 | i. i 3.535 | i 5. 6 | 17 65 |
交。 羞 得 我 低 头

（转向舞台右侧欲迈步，又收回来，用左手水袖挡嘴低头羞答

4323 5 54 | 3532 1.233 | 2 2 2（5 | 2356 3216 |
无 计 较，

答神态）（扬右手水袖搭在左胳膊上向左侧“翻身”动作，后用右手挡脸）（韩臣向

2321 6123 | 2 5） 2321 | 2（212） 3235 | 2.235 3212 |
活 活 羞

俞素秋下跪，俞素秋微笑抬左手以水袖挡脸，右手在左手水袖下轻轻向前摇动）

i 5 （6656）| i.6i2 765（3 | 5） 6.i6i | 3 2 2 | i - ‖
煞 了 女 娥 姣。

〔韩臣心领神会立即站起来，上前用左手抓住俞素秋左手，扬右手水袖搭在俞素秋的左胳膊上，脸上露出笑容上步拉俞素秋。俞素秋羞臊地微笑咬自己的下嘴唇，低头眼睛却斜视韩臣。**【小锣五击】**韩臣边拉边搂俞素秋，俞素秋不好意思地用右手拉俞安人，俞安人用左手甩掉，推素秋，素秋低头韩臣将她拉往“下场门”下。

〔俞安人高兴地慢慢追上几步，得意地神态。

俞安人 我的女儿就要与张生完成花烛了，去了我一桩心事啊，哈哈哈……

〔**【小锣打上】**鸾英从“上场门”急跑上，进门。

鸾 英 安人可了不得啦，员外爷回来啦，这可怎么办哪？

俞安人 哎呀，这个老天杀的，不想此时他回来了。鸾英，你去看守小姐房门，天明以前送张相公从后门出去，我到前面与员外周旋一番，快去。

鸾 英 是了。

〔**【小锣五击】**鸾英急出门从“下场门”跑下。

俞安人 员外回来了，员外回来了！待我看来。

〔**【小锣一击】**俞安人出门向“上场门”张望，转身兴奋地拍手。

俞安人 喜得员外在上房安歇，未曾到此，我不免去到后面安歇了吧。（抖右手水袖）

〔二黄摇板〕

【小锣凤点头】（过门同前）1. 2 1 2 3 2 2 1 1 2 1 -（2 7 6
女 儿 婚 姻 今 已 定，

（从舞台右侧向左侧边走“小圆场”边唱）

5 6 i 1) 2 2 1 2 3 2. 1 1 2 -(2 1 6 1 2)‖
不 由 老 身 喜 在 心。
(抬右手拍胸间)

为了我女儿婚姻之事，与我家员外朝吵夜闹，幸喜我女儿与张郎成亲，（抬右手指右侧“下场门”）这才去了我一桩心事啊，哈哈哈……（抬双手打哈欠困倦）这只玉钏现在我的手上，我是要好好保管。（抬头看斜上方）看看天色不早，（打二更）我也要安歇了。

〔**【打更鼓】**俞安人抬起双手打哈欠，从“下场门”下。

〔**【撕边】**江海从“上场门”用左手水袖挡脸上，到舞台正中跨右腿踢左腿，转身骗左腿亮矮相，**【镲锅、小锣四击】**“走边”，在舞台正中扬左手水袖，“山膀”亮相。

江　海　（念）我名叫江海，（抬右手指自己脸）
提刀把人宰。（**【小锣二击】**伸右手做砍人动作，左手抓右手水袖）
高来又高去，（走“旋子”）
办货——**【撕边、镲锅一击】**（平抬左手，伸右手做偷窃式）不用买。（双抖水袖）**【小锣住头】**

我——**【小锣一击】**（抬右手捂嘴，眼睛机警地四下寻视）江海！**【镲锅、小锣三击】**（双抖水袖）自幼不务正业，学会了偷猫盗狗，（蹲下双手在胸前做挖洞姿势）挖墙盗洞。白天以卖杂货为名，探好了道路，到了夜晚我前去（“飞腿”“旋子”亮矮相）**【撕边小锣一击】**偷他。（做偷盗的动作）这两天手头有点贫困，趁今夜（跨右腿踢左腿转身向舞台右侧斜上方“卧鱼”双手高指）月色不明，前面已是俞府，（起身归正场拉“山膀”扬水袖，眺望“下场门”）就此走走！**【半个水底鱼】**（“双飞雁”走“矮子”。圆场至“小边”台口，起身扬水袖看）来此已是俞府，待我越墙而过。**【撕边大锣四击】**（从“小边”台口斜场向“下场门”口，翻筋斗过“下场门”口的一张堂桌表示越墙而过）

〔**【大锣一击】**江海走“小圆场”至舞台正中，从腰里掏出匕首，抬起左手，右手拿匕首表示拨门，走“矮子”进门。

〔拉二幕正场摆紫色大帐子，帐内右侧放一红布包袱。

〔**【撕边小锣一击】**江海从大帐子右侧偷出红布包袱，随后“走矮子”至大帐子正中入内，偷俞安人手上的玉钏。

俞安人　(帐内高喊)有贼!

江　海　(在帐内白)看刀!

〔江海杀死俞安人，后拿红包袱和玉钏和匕首**【大锣冲头】**从帐内急速跑出来，出门。**【叫头】**

江　油　哎呀且住！玉钏一只、包袱一个，人命一条，待我出水。

〔**【大锣冲头】**江海从“下场门”急跑下。

〔拉二幕，撤大帐子，舞台空场。

〔**【小锣五击】**鸾英从“下场门”悄悄引韩臣上。

鸾　英　张相公您快点跟我走吧，要是员外知道了可就糟啦！

韩　臣　(回头看着“下场门”方向凄苦地) 小姐，我走啦，我走啦！

鸾　英　张相公您快走吧！

〔【小锣三击】鸾英领韩臣圆场至舞台右侧，韩臣又回头哭泣。

韩　臣　(大哭)小姐……

鸾　英　相公您干什么哭啊？小姐过门之后，你们夫妻不就百年好合了吗？

韩　臣　过门？哎，甭提啦。

〔【小锣一击】鸾英至右侧开花园门，让韩臣快走。

韩　臣　(哭泣地)鸾英，我可走了？(向远眺望)小姐……(坚决地顿足出门，从“下场门”下)

鸾　英　(双手扶摸胸间) 这回可一块石头落了地了。

〔【软撕边，小钹一击】江海从“上场门”鬼鬼祟祟上，右手拿着匕首，左手抱着包袱，悄悄地往花园门走，突然与鸾英相撞。

鸾　英　(猛喊)有贼！

〔【大锣一击】江海用匕首将鸾英杀死。

江　海　又是一条人命，待我出水。

〔【撕边大锣一击】江海打开花园后门，急从“下场门”跑下。

〔【大锣冲头】家院从“上场门”上，至舞台右侧突然发现鸾英被杀。

家　院　啊！【大锣一击】鸾英被人杀死！(向“上场门”)有请员外。

〔【大锣五击】俞仁从“上场门”急上，书童随上。

俞　仁　何事？

家　院　鸾英被人杀死了！

俞　仁　啊？！有这等事，看看丢失什么物件无有？

〔【大锣冲头】家院和书童分别“上下场门”下，【大锣搜场】【冲头】家院、书童分别急上禀告。家院站“大边”。

家　院　启禀员外，(双手拜揖) 安人也被人杀死了！

【大锣一击】

俞　仁　哎呀！家院，今夜可有形迹可疑之人来过无有？

书　童　昨天晚上小的看见鸾英带着一个人，我问他姓什么，他说姓张。

【软撕边大锣一击】

俞　仁　(捋胡须)姓张……怎样打扮？

书　童　书生打扮。(抬右手指头部)

俞　仁　怎么，书生打扮？(伸右手指书童)

书　童　正是。

【软撕边大锣一击】

俞　仁　(思索地)哦，这一定是张少莲这个小奴才！(抬右手怒冲冲地向外指) 你们快快到他家把他扯来见我！(抖右手水袖)

家　院
书　童　(同拜揖) 是。

〔【大锣冲头】家院、书童同从“下场门”下。

俞　仁　(抖右手水袖) 哎！【干板】

(念) 闭门家中坐，

　　祸从天上来。（抬左手指天）
哎，安人哪……（哭泣用水袖揾眼泪，悲痛地颤抖胡须）
〔【原场】俞仁擦泪从“上场门”颤抖地慢慢走下。

第 三 场

巡更、惊盗

〔舞台设置：空场。
〔幕启。【彻锣】【小锣五击】更夫甲、乙幕内：“啊哈——”更夫甲手拿更梆子，更夫乙手提更锣，先后从“上场门”上。

更夫甲 （念）终日巡更走街巷，（抬右手在胸前拿打梆子的锤比画）
更夫乙 （念）天明犹敲五更梆。（伸右手五指张开）
更夫甲 伙计请了。（双手向更夫乙拱揖）
更夫乙 请了。（双手向更夫甲拱揖）
更夫甲 巡更守夜就此走走。
〔【半个水底鱼】更夫甲、更夫乙向舞台右侧巡更，此刻江海右腋窝夹着包袱从“上场门”贼头贼脑快步而上，与更夫甲、乙相遇。
更夫甲 这小子贼头贼脑的不是好人。
更夫乙 抓住他！
〔【撕边大锣一击】更夫甲、乙上前抓住江海后背。
更夫甲 拿住贼啦……
江　海 我不是贼，贼往那边跑了。（抬右手向舞台左侧斜前方指，不慎把右腋窝夹着的包袱掉在地上，转身就跑，从“下场门”下）
更夫甲 哟，跑啦，追呀。
更夫乙 追，别叫他跑了！
〔【冲头】更夫甲、乙急追，从“下场门”下。

第 四 场

守遗、被诬

〔舞台设置：空场。
〔幕启。【彻锣】【小锣五击】张少莲从“上场门”上。
张少莲 （念）何事嘈杂扰清梦？（双手轻轻揉眼睛）
　　东方鱼白落繁星。（抬右手指斜上方）
〔【小锣二击】张少莲开门，寻视。【小锣一击】突然发现门前红布包袱。
张少莲 （惊奇地）啊，哪里来的包袱？（抬左手摇摆）君子不拾路遗之物，待我进去。

【小锣一击】（转身欲进门又停步）哎呀，不好，这丢包袱之人定有急用，倘被旁人拾去反为不美，我不免在此替他看守，（抬左手指地上的包袱）谅他少时要（抬右手指前方）前来寻找。

〔【大锣五击】家院、书童从“上场门”上，家院突然发现地上的红包袱。【大锣一击】

家　院　那不是我家的包袱吗？

书　童　（过去从地上拾起包袱）这是老安人屋里的包袱。

张少莲　（真诚地）既是你家之物，即请拿去。（转身欲入家门）

家　院　（忙拦）张相公，这包袱是哪里来的？

张少莲　（摇头摆右手）我不晓得是哪里来的。

〔【软撕边大锣一击】家院和书童互对眼光，又对张少莲上下打量。

家　院　书童，你看见的可是此人？

书　童　（又打量张少莲）东西倒是对，人吗？可跟我昨个看见的不大一样。

家　院　如此你我回去禀复员外就是。（欲走）

书　童　（忙拦家院）员外爷正在盛怒之下，我们不带人回去，怎么交差呀？管他是与不是，既然有包袱定有嫌疑，我们糊里糊涂地拉他回去见员外交差就得了。

家　院　张相公，就烦你辛苦一趟吧，见了员外（拱手）你自己分辩就是。

张少莲　【大锣一击】（一惊）我与他已然退婚，我是不去的。（抖右手水袖）

书　童　（上前一步）此时由不得你了！必须得跟我们走一趟！

家　院　是啊，见了员外任你自己分辩。

张少莲　我与他有什么可分辩的？（欲进门）

书　童　分辩不分辩我们管不着。现在让你跟我们走一趟！（用左手拉张少莲）

家　院　张相公，与我们走吧！

〔【大锣原场】张少莲甩水袖垂头丧气地顿足，从“上场门”下，家院、书童拿着包袱随下。

第　五　场

哭灵、自刃

〔舞台设置：白绸小帐子，插在白色桌围堂桌上，桌上摆放“俞安人之灵位”灵牌，正中摆白色香炉，两旁摆放一对蜡扦，蜡扦上插着白蜡烛。

〔幕启。奏曲牌 <哭皇天> 鸾凤从“上场门”搀扶着身穿孝服、白绸褶子，头包白绸的俞素秋擦着泪水上，进门，俞素秋跪拜后，扑向灵桌，曲牌止。双手扬水袖起【叫头】此时鸾凤从“上场门”溜下。

俞素秋　【叫头】母亲，老娘！（双扬水袖扑向灵桌哭啼）

〔二黄散板〕

【大锣纽丝】（6 5 3 2 1 6 ⁶5）6 6. 2 i - 2 -

我 这 里

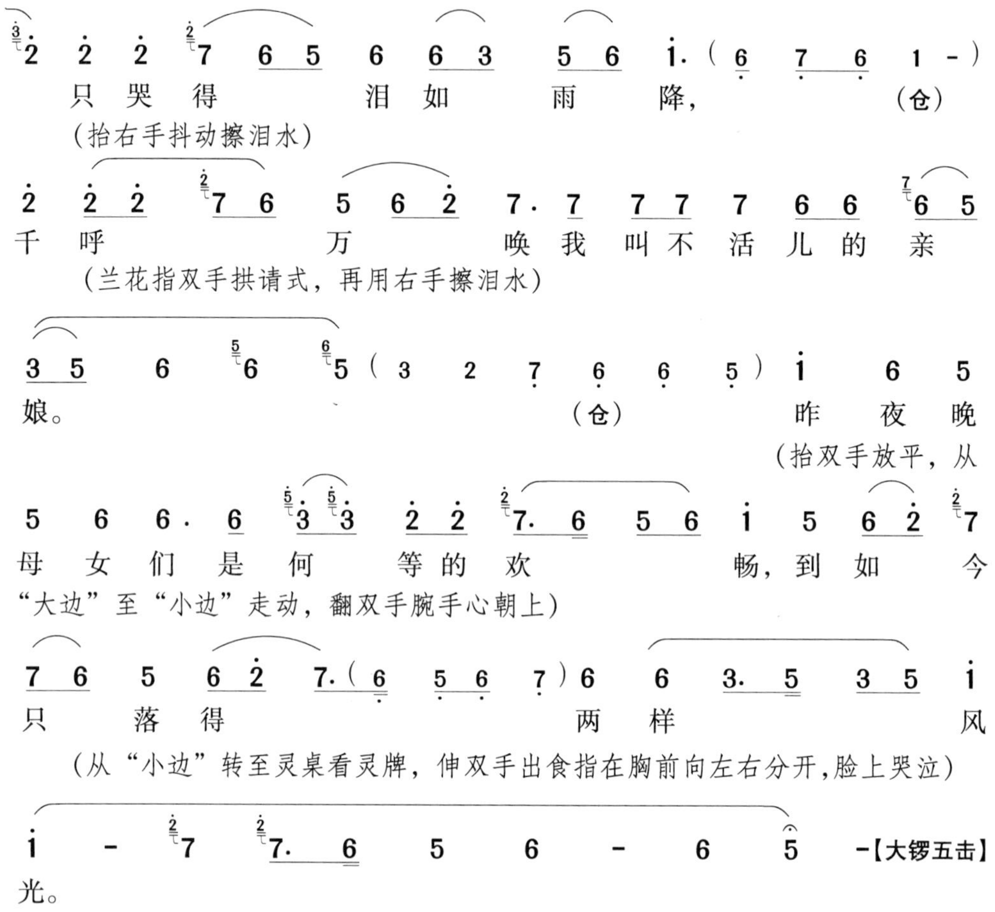

〔俞仁面带悲痛地从“上场门”上，进门挖“大边”。

俞　仁　儿啊，不要啼哭了，杀你母亲的仇人（抬左手向外指）已然拿获了！

【大锣一击】

俞素秋　（大吃一惊往后退一步）怎么？杀我母亲的仇人拿获了？！（上步抓住俞仁的右手）

俞　仁　拿获了！（点头）

俞素秋　但不知是何人呢？（双手向外翻开，手心向俞仁亮出）

俞　仁　就是那张少莲！（抬左手向外怒指）

〔**【大锣一击】**俞素秋吃惊地捂嘴向后退步，眼睛直瞪。

俞素秋　怎么，（颤抖地）就是那张少莲？爹爹，不是张少莲吧！（摇头退步摆动双手）

俞　仁　就是那个小奴才。已经人赃俱获，（抬右手向外指）怎说不是呢？（拍打双手质问俞素秋）

俞素秋　怎么，人赃俱获了？**【撕边大锣一击】**（转向俞仁追问）啊爹爹，但不知是些什么赃物呢？（双手双翻手心朝俞仁）

俞　仁　衣服包袱等物。**【大锣一击】**

俞素秋　（吃惊地问）哦爹爹，那包袱里面可有一只玉钏？（用双手比画圆形）

俞　仁　（莫名其妙地）什么玉钏？（抬双手在胸前张开质问）

俞素秋　（托口而出）就是女儿我……（立即用左手急忙捂住自己的嘴，退步低头）

勘玉钏

俞　仁　（逼问）什么玉钏？（双手在胸前张开上下抖动）【大锣一击】

俞素秋　（发现自己说走了嘴）这？

俞　仁　什么玉钏哪？（又继续逼问）

〔【撕边大锣一击】俞素秋先向台前捂嘴发呆，后转身向灵桌用右手捂脸啼哭。

俞素秋　（啼哭）哎，母亲哪……

俞　仁　儿呀，不必啼哭，你且在此守灵，（抬右手指灵堂）我去盘问那个张少莲去了。

〔【撕边大锣一击】俞素秋忙转身用左手抓住俞仁，抬右手摇摆拦阻。

俞素秋　爹爹！张少莲万不能做出此事！

俞　仁　你哪里知道！只因为父与他退亲，（抬左手指前方）是他怀恨在心，夜入我家盗取财物，杀死你母，还有哪个不成！【大锣一击】（双手拍打）为父去了。

俞素秋　（吞吞吐吐地）爹爹，不是那张少莲吧！（拉俞仁连连摇头）

俞　仁　（生气地）哼！（抖右手水袖）

〔【大锣五击】俞仁出门从“下场门”下。

俞素秋　【叫头】哎呀，且住！【大锣住头】不想爹爹竟把张少莲当做杀人凶犯，（抬右手表示杀头动作）我想张少莲定不能做出此事。（迈左腿探身向右侧看俞仁背影【撕边大锣一击】又收回左腿）我不免（抬双手指胸前）去往前庭（抬右手指前方）偷听偷听，看我爹爹是怎样的审问哪。（双手扬水袖，抖出退步曲步出门，至“小边”台口，双手扬水袖，左手水袖搭在右胳膊上）

〔二黄碰板〕

俞素秋　2/4 (多罗. 5 6) | 6 1 6 1 | 6.161 2 2(3 | 2) 5 6.761 |
事事 万般 难猜 想， 杀 人

（从舞台“小边”扬起双手水袖，圆

2 7 3233 | 2 35 3532 | 1 6 (7656) | 1.612 765(3 |
未 必 是

场边跑边舞动水袖，从“上场门”口斜走至“大边”台口，随之右手提腰包从右

5) 3 2376 | 561(6 1 61) | 2 2 3656 | 5615 6(657) |
张 郎。 潜踪 蹑足 去观 望，

至左侧横贯舞台走下楼梯步至“小边”台口，双舞水袖）

渐慢

6 1 2 35 | 2376 5 6 6 | 1 - ‖
心急 之时 足也 忙。

〔【急急风】俞素秋从“小边”台口圆场。书童拉张少莲脖子上戴铁链，后面跟随家院拿着红包袱，从“上场门”快步而上，跟俞素秋后面圆场，至“大边”台口向左侧，正与俞素秋相遇。俞素秋站“小边”怀疑地指张少莲问家院。

俞素秋　你们带的是何人哪？

家　院
书　童　（同白）张少莲。

俞素秋　（异常吃惊）啊！【大锣一击】（伸左手指张少莲）你是何人？

张少莲 （抬右手拍腰部）我乃张少莲，你是何人？（抬右手指俞素秋）

俞素秋 这个…… **【撕边大锣一击】** 奴家俞素秋。（退步，低头）

张少莲 （右手抓水袖，退步打量俞素秋）噢——**【撕边大锣一击】**（吃惊地）你就是俞素秋，（扬右手水袖）**【叫头】** 俞小姐，我与你虽有夫妻之约，如今你父已经打退婚姻，你前来见我做甚？（向俞素秋怒甩右手水袖）**【大锣一击】**

俞素秋 （惊呆地退步，伸左手指张少莲）你到底是何人哪？

张少莲 （用右手又拍打腰间）我当真是张少莲哪。

〔**【撕边哭头】** 俞素秋失望地退步双手扬水袖啼哭。

俞素秋

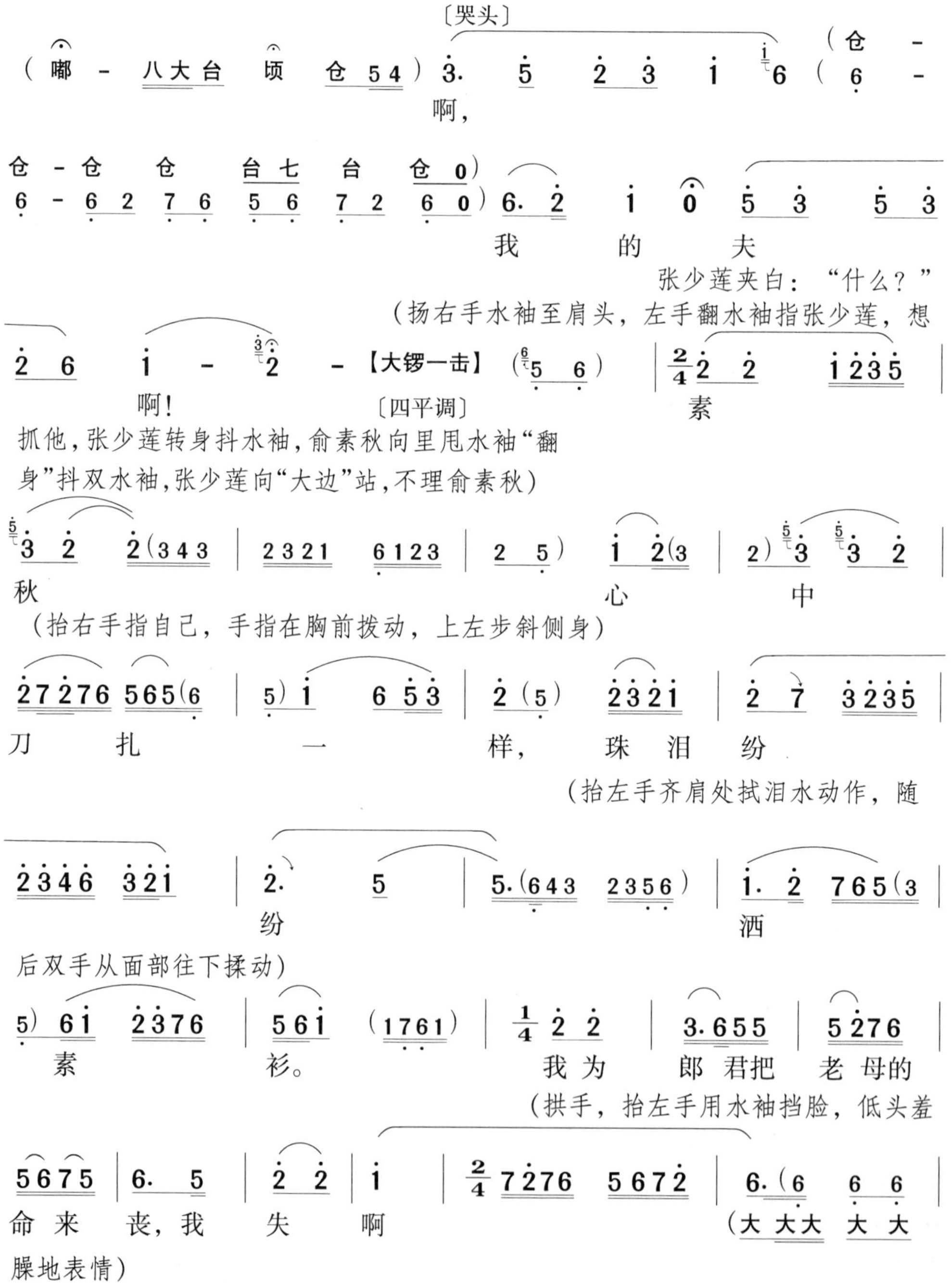

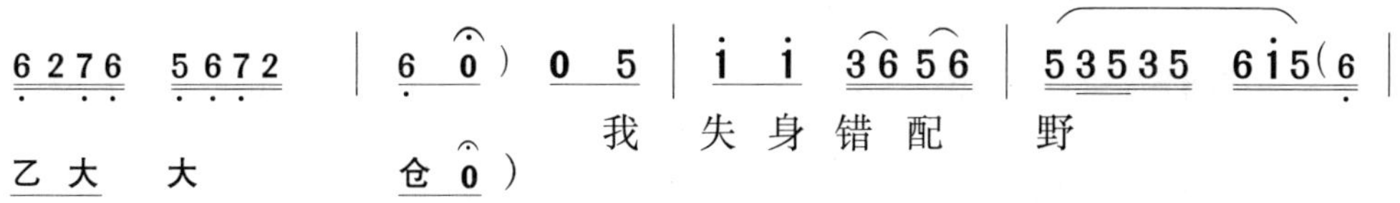

张少莲夹白："失什么？"（双手指自己，后伸右手向外指，随后用水袖

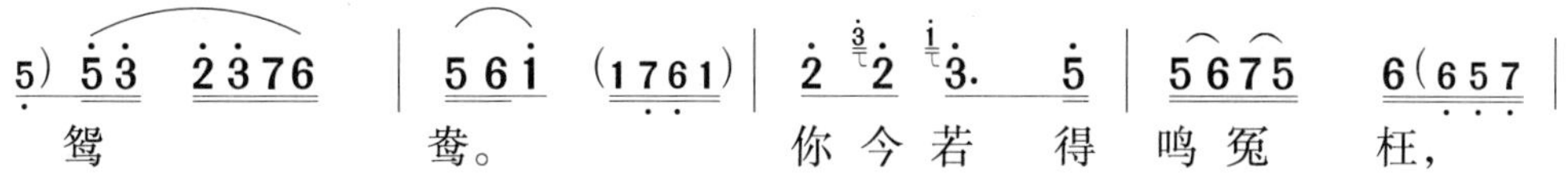

挡脸）（向张少莲拱手）

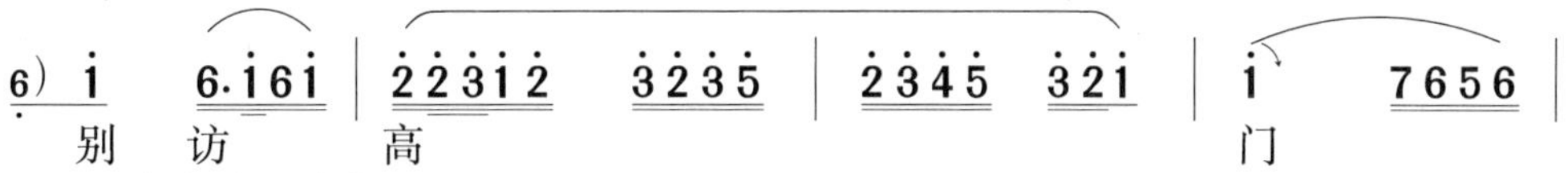

（抬右手向外指）（双手出食指合在一起

渐慢 再慢

成双成对，斜看着张少莲）

〔【撕边大锣一击】俞素秋抬左手用水袖挡脸，啼哭。

张少莲 （抓右手水袖冷笑）哼哼哼……好一个别访高门去求凰！你父（指俞素秋）嫌我贫穷，你也嫌我贫穷，分明是一样的心肠！（怒指右手水袖）【大锣一击】

俞素秋 （顿时双手垂下水袖，呆愣地慢慢转身向张少莲）张郎，你道我嫌你贫穷么？（上下打量张少莲）

张少莲 难道还有两样不成么？（双手对拍向左右分开）

〔俞素秋退步惊呆，抖右手水袖。

〔四平调〕

俞素秋

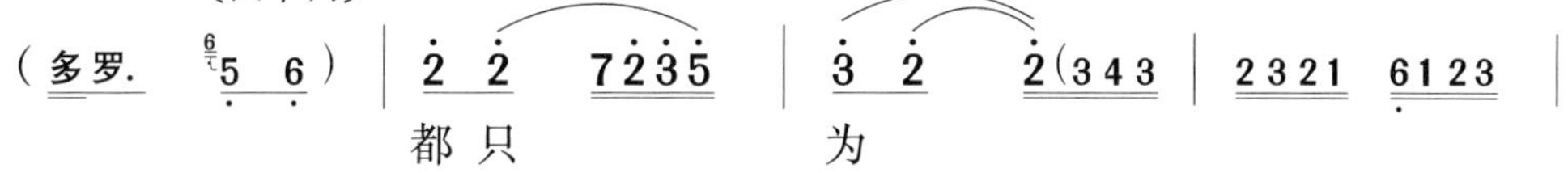

（双手在胸前摇动，伸左手指张少莲上下打扮）

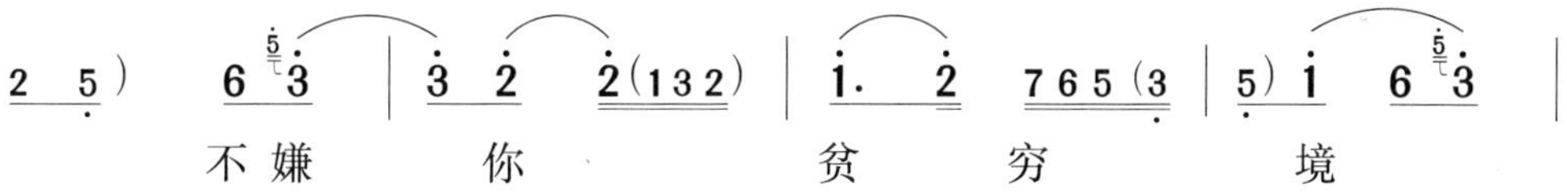

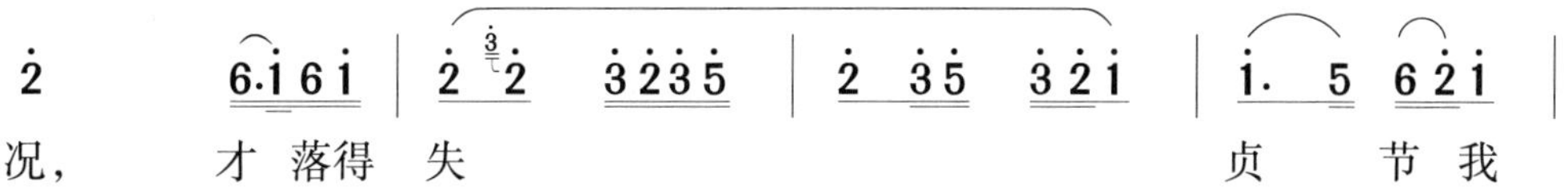

（左手指自己，随后抬双手过头顶摇摆）

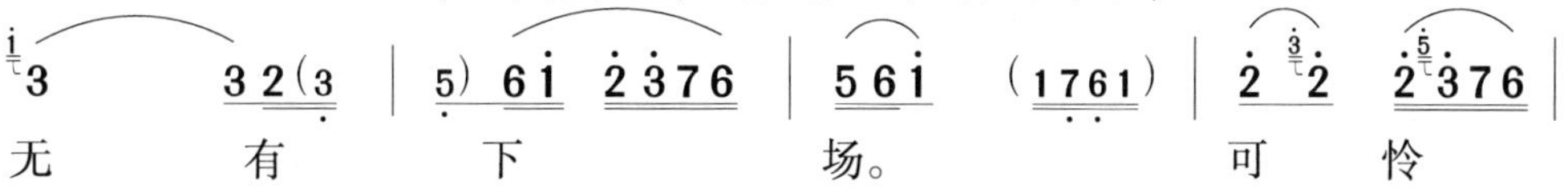

（抬左手指自己，

5·656 7255 | 6712 725 | 6 ⁵6 6(5 | 6723 127 |

我

左右转头斜视张少莲，但张少莲怒视前方）

67265 3·567 | 6 5） 6 ⁵32 | 3 2 2 1 | 7· 1 765(3 |

到此 时 我 有 话

（高扬右手水袖，猛地向右侧狠甩） 张少莲夹白：

（仓 0）

5）1 6 1 | 2 0 （多罗. 0 3 | 5 6 4 3 | 23521 6·123 |

难 讲，

“你讲了半日，我是一点也不明白呀？”（伸右手想抓张少莲，张上步，俞抓空了甩

2 5） 2321 | 2 ³2 3235 | 2 35 321 | 1· 5 621 |

这 件 事 都 是 我(哇)

袖大“翻身”后，抖双手水袖） （抬左手指胸部后，

渐慢

1 ¹6 5 3 | 2.276 5 6 | 1 – ‖【大锣住头】

自 己 荒 唐。

向外抖动双手）

张少莲 （莫名其妙地）你讲了半日，我是一些也不得明白呀！（伸右手向俞素秋抖动）

俞素秋 （焦急地）哎呀，张郎啊！这都是我一人不好，连累了你，但我也说不出口来，此时我又不能出头与你鸣冤，（伸双手先指自己胸部，反手腕向张抖动）请上受我一拜！

〔**【冲头】**俞素秋扬双手水袖，向张少莲跪拜。

家　院
书　童 （同白）走！

〔**【急急风】**书童拉张少莲，家院推张少莲，俞素秋抓家院不放，圆场至“小边”，书童紧拉张少莲，家院推张少莲，俞素秋抓张少莲不放，向右侧三拉**【大锣三击、撕边、大锣一击】**（两番）俞素秋被家院用力一甩，俞素秋向“小边”台口摔“屁股坐子”晕倒。**【急急风】**书童拉张少莲急从“下场门”下。此刻鸾凤从“上场门”快步跑上，唤醒俞素秋。

鸾　凤 小姐醒来，小姐醒来！

〔**【撕边大锣一击】**俞素秋双手揉眼睛，慢慢惊醒。

俞素秋 鸾凤，张相公呢？

鸾　凤 被他们拉走打官司去了。我搀您回房歇息会儿吧。

〔**【软撕边大锣一击】**俞素秋在鸾凤的搀扶下，慢慢站起来，向“下场门”张少莲走的方向眺望。**【大锣冲头】**俞素秋猛然顿足，甩双手水袖，向左侧转身反圆场，鸾凤搀扶进门。此时拉二幕摆花桌围椅披、“小座”，桌上放一把剪刀。鸾凤搀俞素秋坐下。**【小锣一击】**鸾凤站“小边”。

鸾　凤 小姐您干什么这样变颜变色的？（又仔细看俞素秋）噢，我明白了，大概昨天晚上

那个张少莲（抬右手向外指）和今天他们带走的这个张少莲（抬左手指俞素秋眼前）八成不是一个人吧？

〔【撕边大锣一击】俞素秋猛然站起来惊愕地双手垂直甩水袖，眼睛直瞪呆坐。

俞素秋 这……

鸾　凤 要是一个人还好，要不是一个人，我说小姐，那可就糟了！（双手对俞素秋抖动）

〔【撕边大锣一击】俞素秋异常惊呆，站起又坐下，目瞪口呆片刻。

俞素秋 你且退去，唤你再来。（抬右手向外拨动手指）

鸾　凤 我去给您弄饭去，呆会儿您可想着叫我。

〔【小锣五击】鸾凤出门从“上场门”下。【大锣冲头】【叫头】俞素秋猛然起身抬右手扬水袖，向右侧斜前方自问。

俞素秋 我怎么这样的荒唐？我悔不该昨晚误落奸人的圈套，（抬左手怒指斜侧方，面部表露出愁苦的神情）毁坏我的贞节，（左手垂放在胸前，右手反指自己）老母因我而死【大锣一击】，（拱手）我那未婚的丈夫也因我遭受不白的冤枉，【大锣一击】（伸左手指前方）我还有何脸面活在世上，【大锣一击】（双手下垂）我死！【大锣一击】我死……（啼哭）【大锣冲头】（转身向堂桌处右手拿起剪刀，泪眼盯着剪刀绝望的神态）

〔二黄散板〕

【快纽丝】（过门同前）3 2 7·6 5 2 7 6 6 5 2 1（6 7 6 1）
无情 剪 子冰 雪 样，（仓）
（右手握着剪刀抬起，左手抖动顿足）

2 2 7 6 5 6 7 2 6 5 3 5 6·1 5（6 7 6 5）3 6
结 我 的 终 身 就 好 惨 伤。（仓） 可
（此处唱时带悲惨的哭音）（抬左手

5 3 6 6 6 6 3 5 6 1 2 2 6 2 7 0 7
怜 我 身 死 贞 节 丧，死 无 面(哪) 目 我
指自己）（抬左手摇动）（摇动头部，

6 2 72 6 5 5 3 5 6 3 5 3 5 -
见 夫 郎。
抬左手向前指）

〔【撕边大锣一击】俞素秋用左手抓右手水袖，亮出剪刀自刎而死，坐在椅子上，侧身头朝天幕。

〔【大锣冲头】鸾凤手托红木盘，盘里放着饭碗从“上场门”快步上进门，走至俞素秋跟前，吓得把木盘扔地上，向左侧摔“屁股坐子”。【大锣一击】慢慢颤抖地从地上爬起来。

鸾　凤 小姐自杀了！（急出门向“下场门”拜揖）有请员外爷！

〔【大锣五击】俞仁从“下场门”快步急上。

俞　仁 何事？

鸾　凤 员外，我们小姐自杀了！

俞　仁　（焦急地）啊！待我看来！（进门挖右侧，走至俞素秋身边大吃一惊）哎呀！**【快纽丝】**（抬右手用水袖擦泪啼哭）

〔二黄散板〕

（过门同前）1　2　2　3　2　2 1　1 2　1（6　7 6　1）

一　见　我　儿　把　命　丧，（仓）

（抬右手左手抓右手水袖擦泪水）

2　2　1 2　3　2 1　1　2　－　**【大锣住头】**

怎　不　叫　人　心　惨　伤。

鸾凤派人快快装殓起来。（抬右手指鸾凤，左手扬水袖擦泪）

鸾　凤　是啦。

〔**【冲头】**鸾凤急出门从“上场门”跑下。

俞　仁　我女儿一死，一定是由张少莲所起，（怒指前方）张少莲哪，小奴才！（右手抖水袖，左手攥拳痛恨）我不杀你誓不为人。待我县衙告他一状便了。

〔**【大锣扫头】**俞仁出门抖动水袖，颤抖胡须抓双手水袖从“下场门”下。

〔幕闭。

第　六　场

谬审·成冤

〔舞台设置：正场红色桌围、椅披，摆一桌、一椅“大座”。堂桌上印盒，火签放在签筒内，文房四宝。

〔幕启。**【大锣冲头】**四衙役甲乙手拿水火棍，“拉山膀”，从“上场门”上，“站门”；丙、丁左右手分别提箭衣底襟，“拉山膀”，“站门”；二差人站门。随后引熊瑞从“上场门”上。熊瑞至“九龙口”抖袖、整冠、捋黑三，环视两厢后至台前正中抖袖。

熊　瑞　（引子）官居县令，**【小锣二击】**与黎民，**（多多）**判断冤　情。

1　2　3　2 － 2　6　7　6　5　5　6 －‖

（抬右手向前指，双手抖袖。**【大锣入座、归位】**向左侧转身至“大座”）

（念）爱民方是父母官，

两袖清风法度严，

愿效昔年包孝肃，**【小锣二击】**

赏善罚恶断奇冤。

〔**【大锣住头】**四衙役、二差人分别至堂桌两侧站立。熊瑞双手抖袖。随后左手向胸部扬水袖，右手抓水袖一角。

下官**【大锣一击】**熊瑞，**【住头】**（双手抖袖）明室为臣，（拱手）官授钱塘县令。今当升堂理事之期，左右，（环视左右）放告牌搭出。

众衙役　啊！

〔**【大锣冲头】**中军左手拿令牌，右手持马鞭从“上场门”挥鞭而上，至“小边”

台口勒马。

中　军　上司公文到。

〔【**大锣五击**】熊瑞离“大座”出门迎接，站“大边”台口拜揖。

中　军　中丞有令，今有御史陈大人到任，命钱塘县出境迎接。

熊　瑞　遵命。

〔【**大锣五击**】中军挥鞭从“上场门”下。熊瑞进衙门站到正场。

熊　瑞　有请二衙沈老爷。（归正场“小座”）

二差人　有请沈老爷。

〔幕内沈富庆：“啊哈——”【**小锣五击**】从“上场门”上，站“小边”台口。

沈富庆　（念）当年当四衙，

如今升二衙，

二衙倒比四衙大，

四衙比二衙多两牙。（抬左手伸四个手指，右手伸食指和中指）

报，沈富庆告进，（【**小锣扎、扎、扎**】从“小边”拜揖低头挖进去至正场）

（拜揖）沈富庆参见堂翁。

熊　瑞　少礼，请坐。

〔【**小锣二击**】衙役甲搬“大边”跨椅，沈富庆拜揖入座。

沈富庆　唤小官上堂，有何台谕？（右手抖水袖，左手抓水袖一角，拜揖式）

熊　瑞　今有御史陈大人到任，（拱手）中丞命我前去迎接，烦劳足下暂护县印。

沈富庆　小官遵命。（拜揖）

熊　瑞　左右，带马。

二差人　是啦。

〔【**大锣五击**】差人甲给熊瑞带马，熊瑞上马，沈富庆出门至“小边”拜送，熊瑞挥鞭从“下场门”下，二差人随下。

沈富庆　待我升堂理事，左右。

众衙役　有。

沈富庆　升堂！

〔【**小锣五击**】沈富庆坐正堂“大座”，四衙役分站左右两侧。家院拿着红包袱从“上场门”上，进衙门叩头。

沈富庆　你是哪儿来的？

家　院　（站“大边”回禀）小人是俞仁员外家奴。只因秀才张少莲夜入内室，杀死安人和丫环鸾英，劫去衣物，特来报案。

沈富庆　待我出票拿人。我说来呀！

〔【**小锣一击**】家院忙拦阻。

家　院　老爷，凶犯已然带到了，赃物在此。

沈富庆　怎么着，你已然把他带来了？（抬左手指家院）好极了，（拍手）给我带上来！（拍醒木）

〔【**小锣五击**】衙役甲、乙从“上场门”带张少莲上，进门，张少莲挖“大边”，家院到“小边”站立。

张少莲　（双手拜揖）参见老父母。

沈富庆 （上下打量张少莲，抬左手指他）张少莲，你是读书之人，既读孔孟之书，必达周公之礼，你怎么当起强盗来了？

张少莲 （拜揖）生员乃是读书之人，怎能为盗？（双手向外张开）此乃是天大的冤枉！（转身向沈富庆拜揖）

〔**【小锣一击】**沈富庆双手击掌。

沈富庆 对呀，我说你也不能做强盗不是，到后面待茶。（抬左手让张少莲出去）

张少莲 （拜揖）多谢老父母。

〔**【小锣五击】**张少莲出门，从“下场门”下。

沈富庆 （转向家院，伸右手指家院）俞管家，张相公冤枉，你回去吧，这场官司不要打了！（举双手摇摆）

【小锣一击】

家　院 （忙拦）老爷还未曾审问，怎知他冤枉？（双手向外张开）

沈富庆 他自己说是冤枉，那还有什么假的不成吗？

家　院 老爷不可信他一面之词，（抬左手摇摆后，又伸右手指斜前方）总要审问。

【小锣一击】

沈富庆 怎么，一定要审？好，我说来呀，（看左右衙役）再把张少莲带上来。（拍醒木）

众衙役 （高喊）张少莲上堂。

〔**【小锣五击】**张少莲从“下场门”上，进门仍站“大边”。

张少莲 （双手拜揖）老父母。

沈富庆 张少莲，你可不对啦，你拿了人家东西，又杀了人，就该实话实说，你怎么不说实话，还喊冤枉啊！（抬左手指张少莲）

张少莲 生员实是冤枉，（拜揖）求老父母做主。

沈富庆 （连连点头表示同情，转向家院）我说俞管家，人家张少莲张相公说实是冤枉，（抬左手指张少莲）你怎么偏说他杀人劫财哪！（伸右手指家院）

家　院 （拿着红包袱交给沈富庆）现有赃证在此，那还有什么冤枉？

〔**【小锣二击】**沈富庆接过包袱看了又看放在堂桌上，不理睬家院。

沈富庆 （不耐烦地）得了呗，你们一边说冤枉，（抬左手指张少莲）一边说不冤枉，（抬右手指家院）这案子没法审！（抬右手指堂桌）来呀！（向左右两旁呼叫）

众衙役 有。

沈富庆 全都给我轰下堂去！（扬左手水袖）

〔**【小锣五击】**俞仁从“上场门”边喊边跑上，进衙门拦阻。

俞　仁 啊老爷轰不得，轰不得，俞仁又来报案了。（双手举起拦阻，站在“小边”）

沈富庆 （拱手）俞员外来了，快搬椅子请坐。（满脸赔笑）**【小锣一击】**

俞　仁 我是来告状的。

沈富庆 那就别坐了。请问俞员外，你又来告哪一个呢？（探身向左侧问讯俞仁）

俞　仁 我告那张少莲奸骗了我的女儿。（抬左手指张少莲）

沈富庆 员外，这可就是你的不是了。（抬右手指点俞仁）

俞　仁 怎么是我的不是了？

沈富庆 常言说家丑不可外扬，张少莲奸骗了你的女儿，此乃是一件丑事，你（指俞仁）怎么跑到老爷大堂上（抬右手指堂桌）嚷嚷来了！

俞　仁　我女儿羞愧自尽，（抬右手指外面）人命关天，我要那张少莲与我女儿抵命！（双手拍打，颤抖地指张少莲）【小锣一击】

沈富庆　（一愣，探身向俞仁问）你要他偿命，那容易呀，当着老爷我的面儿，（抬右手指自己）你把他掐死（双手表示对掐动作）不就得了吗！

俞　仁　（拱手）还望老爷审问。

沈富庆　怎么，还望我审问？好，我说张少莲，告诉老爷你怎么奸骗他的女儿？（面向张少莲抬右手指俞仁）你可说实话，别挤兑我！（抬右手出食指指自己鼻子）

张少莲　（拱手）生员不曾做出此事。

沈富庆　（双手合击）是啊，我瞧也没这回事吗。俞员外，张相公说没这么回事。（转向俞仁，用左手出食指指张少莲）

俞　仁　老爷，（拱手）审案必须用刑，不用刑罚，（抬左手怒指张少莲）他焉能招认！

〔【小锣一击】沈富庆顿时一惊，看着俞仁如梦惊醒一般。

沈富庆　怎么，还得用刑？领教，领教。（双手向俞仁拱揖）来呀，（用右手猛拍醒木）把张少莲和俞仁拉下去，每人打四十大板！（抬左手伸四个指头，表示重打四十大板）

众衙役　（各上一步）啊！

俞　仁　（急伸双手摇动）慢来，慢来！我是原告，你打我不得。

〔【小锣一击】沈富庆发呆，抬左手指少莲。

沈富庆　打他！

张少莲　（抬右手指自己）我是有功名在身之人，你打我不得。（高抬右手摇动）

沈富庆　（十分忧愁地指俞仁）你是原告，我打不得；（转向右侧指张少莲）你有功名，我也打不得。（慢慢离座位走出堂桌，抓耳挠腮地看一眼张少莲，摇头；又看一眼俞仁，摇头）干脆（自己撩起官衣要趴在舞台正中，对衙役说）老爷我趴下，你们打我四十吧。【小锣一击】

俞　仁　（怒指沈富庆）真是个糊涂的官员！

张少莲　（怒指沈富庆）真是个糊涂的官员！

俞　仁　（赶忙走过去搀扶沈富庆）老爷怎能打得。

沈富庆　我说呢，也不能打老爷四十板子啊。（抬左手伸四个手指）你说这该怎么办呢？

俞　仁　老爷何不将张少莲的功名革掉，然后再打！（伸出右手攥拳头表示狠打的神态）

沈富庆　（连连点头向俞仁拱揖）多谢，多谢！（转身入堂桌后坐下）我说来呀，拿我名帖去到学馆，（提笔写名帖）将张少莲功名革掉。

衙役甲　（上前拜揖）是。

〔衙投甲从沈富庆手里接名贴，【小锣三击】出门从“下场门”下。衙役丙将鸭子棍放在堂桌旁，将张少莲黑高方巾摘掉，放在堂桌上。张少莲头上露出甩发。

张少莲　（跪下叩拜）太爷。

沈富庆　嘿（惊奇地对左侧衙役白）这个主意真灵，（抬左手指跪在堂桌右侧的张少莲）我把他的帽子摘了，他就给我跪下了。我说来呀，去把俞仁俞员外的帽子（抬右手指俞仁）也给我摘掉。

〔【小锣一击】俞仁忙抬双手摇摆。

俞　仁　（惊慌地）啊老爷，老汉并无功名。

沈富庆　那就算了吧。（摇摆右手）把张少莲拉下去重打四十！

众衙役 啊。

「衙役乙、丙拿鸭子棍至堂桌分站两侧，张少莲趴下。衙役乙、丙打张少莲**【软撕边大锣一击】**

衙役乙
衙役丙 （同喊）一十！（举鸭子棍打张少莲）

「**【软撕边大锣一击】**衙役乙、丙举鸭子棍打张少莲。

衙役乙
衙役丙 （同喊）二十！

「**【软撕边大锣一击】**衙役乙、丙举鸭子棍打张少莲。

衙役乙
衙役丙 （同喊）三十！

「**【软撕边大锣一击】**衙役乙、丙举鸭子棍打张少莲。

衙役乙
衙役丙 （同喊）四十大板！

「**【乱锤】**张少莲疼痛难忍，混身颤抖。衙役乙、丙拿着鸭子棍归原位。

沈富庆 （拍醒木）有招无招？

张少莲 实实冤枉，不能招认。（抬右手摇摆）

沈富庆 （气怒地）不招？再给我重打四十！（拍醒木）

张少莲 （立即举双手摇摆）受刑不过，情愿招认。（放下双手点头）

沈富庆 招来！

张少莲 件件是实。

沈富庆 叫他画供。

「衙役丙从堂桌上拿起状纸和笔走到张少莲跟前，把笔交与他，衙役丙展开状纸。

衙役丙 画供！

张少莲 （右手握笔在状纸上画供）供招……事……实。

沈富庆 钉杻收监。退堂！（拍醒木）

「**【冲头】**衙役乙、丙押张少莲戴手杻从“下场门”下。衙役丁从“上场门”下。沈富庆从堂桌上拿起红包袱，挟在腋窝下走出来。

沈富庆 （得意洋洋地）我说俞员外，你看这官司我审的是清清楚楚，明明白白，就是当年包公在世也不过如此呀！得了，有工夫到我这喝茶，再见，再见！（抬手）

「**【小锣五击】**沈富庆夹着包袱从“下场门”下。

俞　仁 （双手作揖）请了，请了。（出衙门，怒指“下场门”）好一个不明白的官长！家院带路。（抖右手水袖）**【小锣抽头】**

〔西皮摇板〕

(7̣ 6̣ 35 55 36 56 32 1 1) 3 3 4 3 12 3 3̂ -
家 院 带 路 回 家 转，

「**【小锣抽头】**家院从“下场门”下，韩臣从“上场门”手拿折扇逍遥自在地上至“小边”台口，见俞仁。

韩　臣 （过门同前） 3 2 13 ³2 1 - 2 ³2 1̂̇ -
只 见 俞 仁 在 街 前。

这不是俞老员外吗？

俞　仁　（上下打量韩臣，用右手托胡须）老夫正是俞仁，兄台（双手拱揖）何以认识于我？

韩　臣　哎呀，满县城里谁不认识您哪。（抬左手指俞仁）

俞　仁　兄台上姓？（拱手）

韩　臣　在下姓韩。请问老员外跟谁打官司去了。（用折扇指衙门）

俞　仁　哎，与那张少莲，兄台不必问了。（抬右手摇动）

韩　臣　张少莲？**【小锣一击】**他是好人哪！

俞　仁　兄台哪里知道！这个奴才，杀死老妻奸骗小女，已蒙县尉沈老爷将他定了罪了。**【小锣一击】**

韩　臣　啊？定了罪了？这位老爷可有些糊里糊涂啊！

俞　仁　他糊涂，（抬左手指"下场门"）我明白。（用右手拍自己胸间）

韩　臣　（拿折扇指）他糊涂，你也……

俞　仁　（逼上前追问）怎么样？

韩　臣　你也不怎么样。（拱手）改日再会，改日再会。

俞　仁　请了，请了，请了。（拱手）

〔**【小锣五击】**俞仁从"下场门"背手下。韩臣上前几步看着俞仁背影一声长叹，摇头。

韩　臣　哎呀，没想到我做的事，会叫张少莲给顶上了。真是冤有头债有主，（右手拿折扇指前方）活该我走运。我也别在外头多溜达了，赶紧回家躲两天去。就此走走！

韩　臣　〔数板〕（多.多罗多　乙个多　多）（打扇提褶子左下襟，走圆场）

急急走，走慌忙，
回家去见小姑娘。（抬左手指右侧）
小姑娘，秉性刚，
灵牙利齿她比我强，（抬右手挑大拇指）
我们兄妹虽是一母养，
就是秉性不一样，（抬右手摇摆）
妹．妹是天真美丽又大方，（用折扇比画面部）
哥．哥是吃喝嫖赌、游手好闲、吊儿郎当。
只因我做下缺德事，
害得人家夫妻不久长。
这件事千万别叫我妹妹她知道，
她要知道我活遭殃，（双手向前抖动）
一定得把我告到公堂上，（抬左手指前方）
到那时我的小命要见阎王，见0阎王。

〔**【小锣五击】**韩臣哭丧着脸从舞台"小边"走至"下场门"下。

〔幕闭。

第七场

货钏、获盗

〔舞台设置：绣花桌围、椅披，一桌两椅。正场先摆“小座”，后改“八字椅”。

〔幕启。**【仞锣】【小锣五击】**韩玉姐幕内：“啊哈！”**【小锣五击】**从“上场门”快步上至舞台正中。

韩玉姐 （念）玉为肌骨铁为肠，
闺阁少女义红妆。（踮脚尖）
武艺虽然无半点，
雄心压倒聂隐娘。（抬右手在**【小锣三击】**中三点手绢动作）

〔**【小锣五击】**向右侧转身归“小座”。

韩玉姐 我，（双手扶胸）韩玉姐，**【干板】**哥哥韩臣乃是本城一个秀才，（抬左手出食指表示一字）他娶了一个媳妇，两个人性情不和，马马虎虎地就离开了。（双手在胸前分开）这两天我哥哥好像有什么心事似的，总是不太高兴，（抬右手摇摆）我看他手上带着一只玉钏，也不是我们家的东西，（抬左手摇摆）我和他要了好几天他也没给我。（双手伸出手心朝上，脸上表露出不高兴神态，摇头）今天一早他又出去啦，到现在还没有回来，（抬头朝斜左上方看）我去到门口盼望他回来。正是：（扎）（双手扶胸）要知心腹事，但听（抬右手三点）**【小锣三击】**口中言。

〔韩臣幕内喊：“走啊！”**【小锣抽头】**韩臣从“上场门”面带愁烦神态上。此刻韩玉姐离位出门，站“大边”瞭望。

〔西皮摇板〕

韩　臣 （过门同前）2 2 1 2 3 2 2 -（3 21 61 2 2）
离了县衙回家转，
（抬右手用折扇指右侧）

3 2 21 12 2 3 2 2.1 1 -（11 72 10）‖
心中有事不安然哪。
（用扇子指胸间，愁苦地摇头）

韩玉姐 哥哥。（双手拱揖）

韩　臣 妹妹。

韩玉姐 哎，哥哥，你从哪儿来呀？

韩　臣 我从衙门口来。

韩玉姐 啊，哥哥，这可就是你的不是了。（抬右手指韩臣，随后双摆手）

韩　臣 怎么是我的不是啦？

韩玉姐 好秀才应该在家里读书，（双手对捧胸前做看书姿态）为什么老到衙门口儿去做什么哪？（抬右手指韩臣）

韩　臣　妹妹，（上下打量韩玉姐）这就是你的不是了。（指左手指）

韩玉姐　怎么是我的不是了呢？（双手向前反翻手腕）

韩　臣　好姑娘应该不出闺门，你怎么到大门口儿来站着呢？（用折扇指点韩玉姐）

韩玉姐　你说我是大姑娘不应该站在大门口儿呀？那不要紧的（双手抬到胸部左右摇动）我进去就得了。（左手提绣花裙子抬左、右脚往门里退着进门）

韩　臣　你说我不应该上衙门口也容易呀，（风趣地学韩玉姐往门里退两步）我回家来不就得了吗。

韩玉姐　（抬左手指韩臣）哥哥，你真坏啊。哥哥请坐。

〔【小锣一击】韩臣把“小座”向右侧搬动，改为“八字椅”。韩臣坐“大边”；韩玉姐坐“小边”。

韩　臣　坐着，坐着。

韩玉姐　哥哥，我到门口儿去看你去了，（抬左手指韩臣）你到衙门口儿去作什么了？

韩　臣　妹妹，我打听了一件要紧的事。（用折扇拍手）

韩玉姐　什么要紧的事呀？哥哥。

韩　臣　咱们街坊张少莲妹妹你是知道的。

韩玉姐　张少莲我知道，我还见过他哪，是个俊俏的书生，（抬右手指面部）是个小白脸儿，长得好看着呢，（抬左手兰花指指眉间）我知道。

韩　臣　得了吧，（抖右手水袖）什么小白脸儿，小黑脸儿的，（抬右手怒指韩玉姐）这都不像姑娘说的话。（抖右手水袖）

韩玉姐　我就要这样儿说，本来人家长的好看嘛！（抬左手向外指）

韩　臣　（站起身，气怒地摇手）我就不许你说。

韩玉姐　（不在乎地也站起来，与韩臣顶嘴）我偏要说，（双手叉腰逼近哥哥）我偏要说。

韩　臣　（毫无办法地）那你要说，（长出一口气，脸上出神）你就说。

韩玉姐　哥哥，（指右手指前方）张少莲怎么了？（归原位坐下）

韩　臣　（归原位愁苦地）张少莲哪，闹出人命案来了。

韩玉姐　（大吃一惊）哟，张少莲闹出人命案来了呀？（双手向外翻，手心朝上）

韩　臣　只因为他老丈人说他贫穷，把亲退了，（抬左手向前指）他这么一气呀，就夜入他老丈人家中杀死了他的岳母，（抬左手攥着折扇，以右手表示刀砍动作）还杀了一个小丫环，奸骗了俞家的小姐，妹妹（转向韩玉姐）你说他可气不可气？（双手向外翻摇动）

韩玉姐　哥哥你说这话我就不信，（抬双手至肩部，歪脑袋摇动）人家张少莲是个书生，（抬右手外指）哪能做出这样儿的缺德事儿呢！不定是哪个（抬右手外指）做的缺德事儿，诬赖人家张少莲。哥哥你说对不对呀？（指韩臣）

韩　臣　（不满意地咳嗽）我说妹妹，张少莲和你沾亲？

韩玉姐　没有。（双手抬起摇动）

韩　臣　和你带故？

韩玉姐　也没有。（坐在位子上转身）

韩　臣　是呀，（双手合击）既不沾亲，又不带故，张少莲闹出命案来了，（抬右手向外指）和你有什么关系？（用右手拍桌）你怎么不依不饶的！

韩玉姐　人家是好人嘛，我就不信。（双手在胸前摇动）

韩　臣　人证、物证全在，还有什么假的呀？（双手合击）

韩玉姐　我看人家就是好人，（双手指自己，随后抬右手挑大拇指）不定是哪个混帐东西做的。（随意地抬左手指向韩臣）

韩　臣　（生气地）得了，得了，咱俩别说人家的事，和咱们也无关（抬右手摇动），我睡觉了。（打哈欠，无意露出右手上的玉钏）

韩玉姐　啊，哥哥，我又看见了，（指手腕上的玉钏）这只镯子，也不是咱们家的，我和你要了好几次，你都不给我，（抓住韩臣的右手腕）你一个男人家带着镯子多不好看呀！哥哥，你这只镯子是哪里来的呀？（抓住韩臣的手腕质问）给我得了。

韩　臣　（用力挣脱，抬右手腕左手指玉钏）这只镯子来的可不容易，你要我的命都成，（指左手腕的玉钏）这只镯子可不能给你。（抬左手摆手）

韩玉姐　谁给你的呀？（抬右手指韩臣）【小锣一击】

韩　臣　这是个女朋友送给我的。

韩玉姐　（双手揪手绢，轻轻摇动身子，脸上露出羞臊的表情）啊，哥哥，你真不老实，你怎么（抬左手指韩臣）交了女朋友了呀？

韩　臣　反正怎么说这只镯子不能给你。你要是要，以后我给你打一只。不要玉的，（指手腕上的玉钏）我给你打金的；（边往“下场门”走边说）不要金的，我给你买翡翠的。

韩玉姐　不嘛，哥哥，（往韩臣身边凑合，抓他手腕）我就要这只。（欲抢玉钏）

韩　臣　（生气地）得了吧，你看（把玉钏从手腕摘下来拿在手上）你还有样儿吗！越大越没出息，和哥哥上脸来了。（此处越念越快，表现出碎嘴唠叨的样子）直说要金的买金的，要玉的买玉的，再不然给你买翡翠的，你怎么偏要这只不可呢！告诉你，这只绝对不能给你，说不给就是不给。（此刻韩臣走进“下场门”幕内）

韩玉姐　不给就不给吧，干什么发这么大火啊？

「这时韩臣又从“下场门”另一侧幕条出来。

韩　臣　不给就不给，说什么我也不给！（随后“下场门”下）

韩玉姐　不给我，我不要，看他变颜变色的，说话支支吾吾，一定做了什么缺德事儿了，（指“下场门”幕内）你就是做了什么缺德事儿，也该告诉我哟！（抬右手在眼前画一弧形指向“下场门”幕内）

〔西皮摇板〕

韩玉姐　【小锣凤点头】（过门同前）3. 6　5　7　6　5　6　3　5　6　6（6 5　3 5　6 5

是　你　杀　人　也　好　办，

（抬右手追至“大边”指幕内）

3 2　1 2　6 5　5 5）i　5　6　6　6 5　5 3　5　5（5 5　3 6　5　-）‖

寻　法　通　融　不　告　官。

（抬双手在胸前摆动，面带微笑）

「江海在“上场门”幕内高喊：“卖杂货呀，谁买我的杂货呀！”边喊边从“上场门”上至“小边”台口。身前挂着一个黄布大袋子。

「韩玉姐闻听卖杂货声音，立即出门巡视。

韩玉姐　（好奇地）什么叫唤哪，我出去看看。（出门巡视，站“大边”问江海）哎，你叫唤什么呀？

江　海　我这儿吆喝哪，什么叫唤哪！

韩玉姐　你吆喝什么哪？

江　海　（指自己）我是卖杂货的。

韩玉姐　什么叫卖杂货啊？（抬左手指江海）

江　海　（一愣）卖杂货你（指韩玉姐）都不懂，就是（抬左手伸五指在韩玉姐面前，边说边数）针头线脑，翡翠玛瑙，样样都有。

韩玉姐　（指江海）你卖的可真全哪，什么都有！

江　海　什么都有。（点头）

韩玉姐　我和你要一件东西你有吗？

江　海　你要什么吧？

韩玉姐　（抬右手指江海）我买一只镯子你有吗？

江　海　你要什么镯子？

韩玉姐　（抬右手伸食指）玉的你有吗？

江　海　（向后看看有人没有，转身对韩玉姐）巧了，我正有一只。（从黄布大袋里取出玉钏）你看看是这样的吗？

韩玉姐　（忙接过玉钏看，吃惊地用右手食指指玉钏）哎，这一只怎么和我哥哥（左手拿玉钏，右手指“下场门”内）那一只是一对呀！

江　海　（趁机贼头贼脑地凑在韩玉姐身边）你跟我……是一对。

韩玉姐　（顺口搭话地）你跟我是一对……（突然明白了，转向江海抬左手欲打）谁跟你是一对？胡说八道！

江　海　（忙摆手）不是，不是。（指玉钏）我说的是镯子呀。

韩玉姐　这只镯子你卖吗？

江　海　卖呀。

韩玉姐　（边看玉钏边问）卖，那你要钱吗？

江　海　卖吗，我怎能不要钱？

韩玉姐　那，你要多少钱哪？

江　海　（抬左手伸五指）五十两。

韩玉姐　怎么着？五十两？（抬右手向江海比画五个手指）

江　海　五十两。

韩玉姐　太多了，五十两，我买不起呀！

江　海　想买，你就还个价。（抬左手指韩玉姐）

韩玉姐　少给你，你也卖呀？

江　海　是呀，还个价。你给多少钱吧？

韩玉姐　你这个做买卖的真和气呀。（抬右手指江海）

江　海　和气生财嘛。

韩玉姐　少给也成。那我就给你一两吧。（伸右手食指表示一两）

江　海　（吃惊地）什么，一两？太少了，连本也不够呀，（摇头）不成，不成。

韩玉姐　你不是说了吗，给钱就卖吗？（指江海）

江　海　我要五十两，你给一两给的太少了呀！

韩玉姐 那我再多给你点。（抬右手指江海）

江　海 （眼睛盯着韩玉姐）唉，你再多给点吧，不然我不够本。

韩玉姐 （一边看着玉钏，拿手绢擦玉钏）我再多给点，就二两吧。

江　海 （摇头）不成，二两也少。你拿来吧，（从韩玉姐手中抢玉钏）不卖了。

韩玉姐 你瞧我给你二两了，你还不卖。

江　海 我不够本，（摇手）怎能卖呀。拿来吧。（与韩玉姐要钏）

韩玉姐 （刚要给江海又收回玉钏）我再瞧一瞧。

江　海 你瞧啊，买不起，你就别瞧了。我问问你，你爱我不爱呀？（探着脖子向韩玉姐调情）

韩玉姐 （专心看玉钏顺口搭话）爱呀。

江　海 你要是爱我，（抬左手指自己鼻子）不就好办了吗？

韩玉姐 我爱镯子，什么爱你呀！（转身抬右手要打江海）胡说八道，我揍你！

江　海 （急忙躲韩玉姐，又伸手要玉钏）你给我吧。

韩玉姐 你不卖呀？（抬右手摆动）

江　海 不卖，不卖！

韩玉姐 （无奈地生气将玉钏给江海）给你，给你，（江海从韩玉姐手里拿过玉钏）我还不买呢！告诉你，以后不许你在我们家门口走来走去的。（伸右手食指在胸前比画）

江　海 官街官道哪不许走啊。

韩玉姐 告诉你，（转身抬左手向“下场门”指）我哥哥有一只，我就为了买这只气气他，（转身对江海生气地）你不卖就算了，（抬双手在胸前摆手）一会儿我哥哥起来，我跟他要那只，我哥哥就在（转身又指“下场门”处，此时江海蹲身向韩玉姐指的方向偷看）那小屋里睡觉哪，镯子就在他手上带着哪，（抬右手用食指指自己的左手腕）他起来我就跟他要。

江　海 （点头）你跟他要吧，我不卖。（抬左手摆手）

韩玉姐 （指江海）我真没见过你这做买卖的，这么不和气，你不卖我还不买啦，（进门）我也睡觉去了，以后你别在我们家过来过去的，真可气！（用右手食指怒斥江海）

「**【小锣五击】**韩玉姐从“上场门”下。江海至“大边”看韩玉姐的动静。

江　海 （抬右手指“上场门”）这个小姑娘儿可真有意思，我要五十两，（伸左手五个手指表示五十两）她给二两，还说我不和气，可真有意思。**【小锣一击】**唉，刚才她说（指“上场门”）她哥哥那里有一只，他就在那个小屋里睡觉，（抬左手指“下场门”）我先给拿来，别叫他凑对了，我（抬右手指自己）先凑对吧。（双手出食指在胸前成对）

「**【小锣五击】**江海巡视四周没人，鬼鬼祟祟溜进门内快步直奔“下场门”幕内偷出另一只玉钏。

「**【撕边小锣一击】**差人甲、乙手拿锁链，从“下场门”侧幕溜上。

江　海 （手拿玉钏得意地）这只玉钏到手，待我出水！

「**【撕边大锣一击】**二差人用锁链套住江海。

差人甲 哪里走！

江　海 我是好人，你们干什么抓我？

差人甲 我们找了你好多日子啦，跟我们走吧！

「差人甲拉着江海，差人乙后面推着，小圆场向“上场门”跪拜。

差人甲、乙　有请太爷！

〔【大锣五击】衙役甲、乙、丙、丁从“上场门”上“斜胡同”引熊瑞骑马上。

熊　瑞　何事？

差人甲
差人乙　（同白）启禀太爷，拿住贼人一名。

熊　瑞　带在马后，迎接陈大人去者！

差人甲
差人乙　是。

〔【一锤锣】熊瑞挥马鞭从“下场门”下，四衙役两排随下，差人甲、乙用锁链拉着江海最后下。

〔幕闭。

第八场

鸣冤、嫁妹

〔舞台设置：先摆红色桌围、椅披，“小座”。后摆红色大帐、堂桌、“大座”，再摆“大边”堂桌、“大座”，堂桌上印盒、文房四宝、醒木。

〔幕启：中军在“上场门”幕内白：“开道！”

〔【大锣原场】四红龙套、中军分别从“上场门”上“站门”引陈智上。陈智上至“九龙口”抖袖、整冠、捋髯，环视两厢后至前正中，【大锣归位】抖袖。

陈　智　（引子）雷厉风行，（台大台）巡浙境，（多多）1 2 3 2 ³2 - 6̣（保 国 安）

7̣·6̣ 5̣ ⁶5̣ 6̣ - ‖（民。）【一锤锣】【大锣归位】（归“小座”）

（念诗）三千法律八千文，

此事如何说与君？【小锣二击】

善恶两途君记取，

一生祸福此中分。

〔【大锣归位】【撕边】陈智抬左手托胡须。

本院，【大锣一击】陈智，【大锣住头】（抖右手水袖）官授浙江巡按御史，自出帝京，一路观见田肥地茂，物富民丰，（双手在胸前从内向两侧拨动）实为太平景象。（抬右手挑拇指）如今已入浙境，左右开道。（抬右手捋胡须，斜视中军）

中　军　（双手拜揖）啊！（至舞台正中）开道！（抬右手向前指）

红龙套　啊。

「奏唢呐曲牌<六幺令>红龙套站台口，陈智低头上轿，红龙套甲、乙扬水袖后，领圆场至“上场门”“九龙口”红龙套分开站“斜胡同”，陈智站中间。此时熊瑞从“下场门”领众衙役“大边”台口“一条鞭”，二差人押江海跪台口。

熊　瑞　（跪拜）钱塘县迎接大人。

中　军　（双手拜揖）启禀大人，钱塘县前来迎接。

陈　智　（抬左手向前指）命他察院伺候。

中　军　大人有令，钱塘县察院伺候。

熊　瑞　（拜揖，起身）遵命。

江　海　（跪“大边”台口高喊）冤枉！

「**【撕边大锣一击】**陈智捋胡须吃惊。

陈　智　吩咐将喊冤人交将过来，本按院亲审。察院去者。

熊　瑞　（拜揖）遵命。

「**【大锣原场】**熊瑞领众衙役从“下场门”下。二差人带着江海随四红龙套、中军、陈智圆场至“小边”台口，红龙套为陈智打轿帘，陈智下轿后红龙套领进“挖门”，陈智坐正中“大座”升堂。二差人带江海站“小边”台口。

陈　智　（拍醒木）带喊冤人上堂。

差人甲、乙　（拜揖）是。

「**【大锣五击】**差人甲、乙押江海进门。江海跪正中，差人甲、乙分站两厢。

江　海　叩见大人。（跪下叩头）

陈　智　你为何在大街之上喊冤？

江　海　小人是个良民，钱塘县太爷糊里糊涂地把小人逮住，带在马后，要当贼办理，因此小人喊冤。

陈　智　哦，你是良民？（抬右手向下指）

江　海　小人是良民。

陈　智　钱塘县错把你当成贼了？

江　海　可不是吗，钱塘县糊里糊涂就把小人给当成贼了。

陈　智　你叫什么名字？

江　海　小人叫江海。

陈　智　你且掌起面来。

江　海　（双手拱揖）谢大人。（左右探头脸上出神）

陈　智　你道钱塘县糊里糊涂错把你当做贼人，今日一见哪……

江　海　（抬右手指自己）小人是好人吧？

陈　智　（冷笑）**【撕边大锣一击】**哼哼哼……你果然是贼头贼脑。（拍醒木）

江　海　小人是个好人，我的大老爷，咱们初次见面，可别开玩笑，我的青天大老爷啊！（双手抱拳叩头）

陈　智　谅你不招。中军，将他身上搜检明白。

「**【撕边大锣一击】**中军进前搜江海，从黄布大袋里搜出玉钏一对，将玉钏交与陈智。

中　军　启禀大人，在他身边搜出玉钏一对，万宝囊一个。

陈　智　呈上来。（看玉钏）你这一对玉钏是哪里来的？

江　海　（双手拜揖）启禀大人，小人是卖杂货的，玉钏是我在市上贩了来的。

勘玉钏

陈　智　(抬右手下指江海)看你衣衫褴褛，这玉钏一对价值数百金，你哪里有钱置办此货？分明是偷盗来的，不动大刑量你不招，来！（拍醒木）扯下去打！

〔**【撕边大锣一击】**中军抬右手欲动刑，江海急忙求饶。

江　海　大人，大人您别生气，玉钏是偷盗来的，小人是贼，可是个好贼。我愿意把玉钏交在当堂，求大人开恩，把我放了，我下次再也不敢做贼了。

陈　智　我来问你，这一对玉钏你是从哪里窃取来的？（抬右手指江海）

江　海　这我倒忘了。

陈　智　胡说，(拍醒木）扯下重责！**【大锣一击】**

江　海　大人，我说实话，（双手拜揖）这一只玉钏是从俞仁俞员外那儿拿来的。

陈　智　那一只呢？

江　海　那一只是刚才从前街一个秀才那儿取来的。

陈　智　（抬右手捋胡须，转眼珠思考）来！

众　人　有。

陈　智　将他带去看押。

差人甲
差人乙　（同白）是。走！

〔**【大锣冲头】**差人甲、乙押江海出大堂门，从“下场门”下。

陈　智　中军，察看俞仁可曾报案。

〔**【大锣搜场】**中军翻阅报案案卷。手托案卷呈陈智。

中　军　启禀大人，这里有俞仁状告张少莲劫财杀人一案。

陈　智　杀人劫财一案？**【大锣一击】**呈上来！**【大锣二击】**

〔中军将案卷呈放在堂桌上。**【撕边大锣一击】**陈智翻阅案卷。

陈　智　（自言自语地）此案有冤，（转向右侧）中军，传钱塘县进见。

中　军　钱塘县进见。

〔熊瑞在陈智翻阅案卷时，从“上场门”溜上，站“小边”台口。

熊　瑞　报，钱塘县告进——

〔**【大锣冲头】**熊瑞扬左手水袖，右手抓左手水袖上角低头从“小边”台口“挖门”，小圆场至正堂叩拜。

熊　瑞　钱塘县参见大人。

陈　智　少礼。

熊　瑞　谢大人。

〔**【大锣五击】**熊瑞站在“大边”。

陈　智　贵县请看，俞、张两家命案，可是贵县审问？

熊　瑞　乃是二衙审问。

陈　智　案中有冤。

熊　瑞　大人问过二衙，便知明白。（抬左手向外指）

陈　智　中军，唤钱塘县二衙进见。

〔沈富庆从“上场门”溜上，站“小边”台口。

沈富庆　（抬左手水袖，右手抓住上角，弯腰小圆场“挖门”至“小边”，叩拜陈智。**【小锣扎、扎、扎】**）卑职沈富庆参见大人。

陈　智　少礼。
沈富庆　谢老大人。
陈　智　俞、张两家命案可是你审问？（抬右手指沈富庆）
沈富庆　正是卑职审问。（抬左手指自己）
陈　智　案中恐怕有冤。
沈富庆　对，（双手击掌）大人真正明鉴，卑职也觉得有冤。
陈　智　（抬右手指沈富庆）你道哪个有冤？
沈富庆　大人，您瞧哪个有冤？
陈　智　本院看张少莲有冤。
沈富庆　对，（抬左手指堂桌上的案卷）我也看张少莲有冤。
陈　智　（生气地抬右手指沈富庆）你既然知道张少莲有冤，你因何将他问成死罪？（拍醒木）

〔**【撕边大锣一击】**沈富庆混身颤抖昏倒堂口。

熊　瑞　启禀大人，二衙昏倒堂口。
陈　智　抬了下去！

〔**【大锣冲头】**差人甲抬沈富庆头，差人乙抬沈富庆双脚，沈富庆身体像僵尸似的从“下场门”抬下。

陈　智　贵县，此案必须另审。
熊　瑞　待卑职回衙审问。（抬左手指斜前方）
陈　智　慢来，老夫知晓你的才能，就在本院堂口另设一公堂，请贵县一同审问。
熊　瑞　（向陈智拜揖）卑职不敢。
陈　智　（拱手）为国为民贵县何必谦让。左右与熊太爷设起公案者。
熊　瑞　（向陈智拜揖）卑职斗胆了。

〔**【大锣五击】**站“大边”龙套搬一堂桌和“大座”椅在右侧设公案，熊瑞入座。

陈　智　贵县请看方才喊冤贼人的供状。

〔中军将供状交给熊瑞，熊瑞仔细看。**【撕边大锣一击】**

熊　瑞　此贼恐与俞家命案大有关连。
陈　智　贵县所见甚是。带俞仁！
中　军　俞仁上堂。

〔**【小锣五击】**俞仁从“上场门”上，进大堂拜揖。

俞　仁　参见大人。
陈　智　见过你的父母官，听候他审问。
俞　仁　参见太爷。（向熊瑞拜揖）
熊　瑞　罢了。俞仁，你状告张少莲逼死人命，杀人劫财，有何为证？（抬左手张开）
俞　仁　张少莲夜入我家有书童得见，当晚丫环、安人被害，安人房中还失去包袱一个，次日在张少莲门外查获包袱，人赃俱获，还有什么假的？
熊　瑞　你家可曾丢失玉钏？
俞　仁　玉钏？这倒未曾查点。
陈　智　你来看，这对玉钏你可认识？

〔**【小锣二击】**中军把玉钏交与俞仁看。

俞　仁　（接过玉钏仔细看）哎呀大人，此乃小女之物，不知怎么到此，定是张少莲所窃！

熊　瑞　（抬左手指俞仁）你且退下。

〔【小锣二击】俞仁出堂门，从“上场门”下。

陈　智　贵县，我想张少莲如果真的杀人，哪有将赃物放在自家门首之理，（抬左手张开）其中定有缘故。（抬右手伸食指在胸前画圈）来，带张少莲。

中　军　张少莲上堂。

〔【小锣五击】张少莲头戴甩发从“下场门”上，进大堂门，跪正场。

张少莲　叩见大人，望大人与小人伸冤。（抬右手用水袖擦泪水）

陈　智　（抬左手指熊瑞）见过你的父母官。

张少莲　（又向“大边”熊瑞叩头）叩见太爷。

熊　瑞　张少莲，俞家告你杀人劫财，逼死他的女儿，还不从实招来！（拍醒木）

张少莲　小人乃是文弱书生，怎能做出此事！（转身面朝外跪）

熊　瑞　俞仁难道无中生有，诬告于你不成？

张少莲　只因那俞仁嫌贫爱富，与小人打退婚事，是小人气忿回家，次日一早起来出门之时，见门首有包袱一个，小人代为看守。（抬左手指外侧）不想俞府家人（抬右手指自己）诬陷小人，竟自弄出这场冤案来了。（双手在胸前分开）

熊　瑞　你从俞家回到家中，退婚之事，你可曾对谁讲过无有？（抬右手在胸前成弧形）

张少莲　小人（双手拜揖）那日正在闷闷不乐之时，恰好学友韩臣前来，曾向他说过退婚之事。（抬左手指斜前方）

熊　瑞　此后韩臣何往？

张少莲　此后恰值小人有事外出，（抬右手先指自己，后向外指）也曾托他与小人照看门户。

熊　瑞　你托韩臣与你照看门户，（抬右手指张少莲）莫非此事与他有关。（抬左手指斜外方）

张少莲　那韩臣是个好人，（抬右手指前方）小人回家之时，他已离去，此事与他无关。（抬左手摇摆）

熊　瑞　韩臣住在何处？

张少莲　前街之上。

熊　瑞　你且下去。

张少莲　（拜揖起身）是。

〔【小锣二击】张少莲出大堂门，从“下场门”下。

熊　瑞　（转向陈智，双手拱揖）大人，卑职看来此案定与韩臣有关。

陈　智　贵县所见不差，定与韩臣有所牵连。中军！

中　军　在。

陈　智　速将韩臣抓来见我。

中　军　遵命。

〔【大锣五击】中军右手提开氅出门，从“上场门”下。

陈　智　贵县，少时韩臣到来，我们先审他守门之事，（抬右手指外面）再问他玉钏之事，（抬左手伸食指指玉钏）他若露出破绽，此案便有八九了。

熊　瑞　大人高见。（低头拱揖）

〔中军在“上场门”幕内喊：“韩臣快走！”【小锣抽头】押韩臣上。

〔西皮摇板〕

韩　臣　（过门同前）2　1　2　2　1 5　3 2　2　1　3　2̂　-
陈　大　人　拿　住　我　怎　肯　轻　放，
（双手颤抖张开，露出哭丧的神态）

⌈韩玉姐在“上场门”幕内呼唤：“哥哥慢走！”【小锣抽头】韩玉姐从“上场门”快步追上，至“小边”台口。

〔西皮摇板〕

韩玉姐　（过门同前）　5　i̇　5　5　6　6　-　i̇
问　兄　长　因　何　故　来
（双手拱揖后，抬右手用手绢三点）

5 i̇　6 5　3 5　3　5　-（5 5　3 6　5）‖
到　公　堂？

韩　臣　陈大人传我打官司。

韩玉姐　你犯了什么罪啦？

韩　臣　（摇头）我也不知道我犯了什么罪啦，你跟着干什么？（抬右手指韩玉姐）

韩玉姐　我也不知你犯的是什么罪，再一说我没（抬双手在胸前摇摆）看见过打官司的，我去开开眼，看看去。（抬左手指右侧）

韩　臣　打官司的有什么瞧头。回去吧。（抬右手往回哄韩玉姐）

韩玉姐　我要瞧瞧。

韩　臣　我不准你去瞧！

韩玉姐　我一定要瞧！（抬左手伸食指向前指）

韩　臣　那你就去瞧。（甩右手水袖气怒地转向右侧）

韩玉姐　哥哥你什么事都瞒着我，今儿出了事啦，我怎能放心呢，（双手扶摸胸间）我倒要去看看你　（指韩臣）犯了什么罪啦！

韩　臣　（无可奈何地）去可是去，到哪儿可别说话，老实点。（抬右手指韩玉姐）

韩玉姐　我(抬左手用食指指自己）不说话，（双手在胸前摆动）我旁听。（双手下垂）

中　军　（烦恼地站在“大边”）走！（怒吼韩臣）

韩　臣　（一惊，看中军一眼）你别这么大嗓门，我害怕。

中　军　到了，进去。

韩　臣　（抬头看正堂，用右手抓抓脖子）哎，进去。

韩玉姐　我也进去。

⌈韩臣先进门挖“小边”，韩玉姐抬头东张西看随韩臣挖“小边”，站韩臣身后。

中　军　（向陈智拜揖）韩臣带到。

韩　臣　（向陈智拜揖）生员拜揖。

陈　智　（打量韩臣）你是韩生员吗？

韩　臣　生员正是韩臣。（低头拱揖）

陈　智　（抬左手指熊瑞）见过你家父母官。

韩　臣　（又向右侧熊瑞拜揖）老父母拜揖。（退至“小边”台口）

韩玉姐　(向陈智) 大人，这儿还站着一个人哪！(抬左手用食指指自己)

陈　智　那一女子，你是何人？(抬右手指韩玉姐)

韩玉姐　我是韩臣的妹妹，(回身用右手指背后的韩臣) 我叫韩玉姐。(双手扶摸胸间)

陈　智　你兄长到官有事，你来做什么？(指韩玉姐)

韩玉姐　我是他妹妹，(双手指自己) 我不知道我哥哥 (指韩臣) 犯的什么罪，我来听听。再看看你们审得公道不公道。(双手摇摆)

陈　智　公道怎样，不公道又怎样？(抬右手张开)

韩玉姐　要是公道，活该我哥哥倒霉。(抬右手指韩臣)

陈　智　要是不公道呢？

韩玉姐　对不起，(双手摇摆) 我要到京城去告你们。(至台正中，抬右手指前方)

陈　智　(冷笑地)哈哈，你倒要告起本院来了，(抬右手托胡须) 你且站在公堂之上听我们审问。(抬右手指韩玉姐)

韩玉姐　是。

陈　智　韩生员。

韩　臣　(双手拜揖) 老大人。

陈　智　那日你在张少莲家中，听到张少莲对你说出退亲之事，你以后替他看守门户，(抬左手指右侧) 在他回家之时你已走去，不知那日你又到哪去了？从实讲来！(拍醒木)

韩　臣　那日生员是和小妹在家争吵了几句，(抬左手指韩玉姐) 负气出来，到张少莲家中闲谈，后来一想做哥哥的总应该让着妹妹，我就赶紧回家了。(抬右手向外指)

韩玉姐　(抢前一步，摆手)不是呀,哥哥！那天你很晚才回来，到家的时候天都快亮了，(抬右手指天) 你怎么会忘了？(双手抓着韩臣质问)

韩　臣　(生气地) 哎哟，(背白对观众道) 可要了我的命了，她怎么全说了！

陈　智　韩生员，你家可有玉钏？

韩　臣　大人，您又不开玉器行，问玉钏干什么？(双手向陈智张开)

陈　智　本院拿住一名贼人，在他身上搜出玉钏一对，言道是你家之物，你可拿去认来。(抬右手将一对玉钏交韩臣)

韩　臣　(进前几步至堂桌左侧)不错，正是我家之物，怎么会落在大人 (拱手) 手中呢？请大人发还给生员吧！(双手向陈智要玉钏，接过来故意辨认)

韩玉姐　哥哥，(用左手拉韩臣) 咱们家只有一只，没有两只，这只不是咱们家的。

韩　臣　(生气地摇头) 是咱们家的，没有错。(故意点头) 是咱们的。大人是我家的。(将玉钏交与陈智)

陈　智　(接过玉钏) 你看得清。

韩　臣　看清楚了，是我们家的。

韩玉姐　(往前抢一步,又站在韩臣前面) 大人，我跟您商量商量，您看怎么样？(吞吞吐吐地说)

陈　智　有话请讲。

韩玉姐　您把那对玉钏给我看看行不行呀？(抬左手伸向陈智)

陈　智　哦…… (右手拿着玉钏犹豫不定) 你要小心了。

韩玉姐　(猛地从陈智手里夺过玉钏) 你拿来吧，干吗那么小气，我会给您抢走不成！

韩　臣　你怎么跟大人抢玉钏，你可真要命，你又看它干吗？（甩左手水袖）

陈　智　（抬右手指韩玉姐手中的玉钏）可是你家之物？

韩玉姐　（抬左手拿一只玉钏对陈智坦率地）这只是我们家的东西，也不是我们家的东西，（拿着玉钏摇手）是我哥哥一个女朋友送给他的！（转向韩臣）

韩　臣　（焦急地向台下背供）哎哟，我的妈呀，她全给撩出来了！（双手扶摸屁股）

韩玉姐　这一只（抬右手拿另一只玉钏）不是我们家的，可是我在哪儿见过它来的。（思考，又看看玉钏）哎，想起来了，（兴奋地对陈智）有一天我跟我哥哥要这只镯子，他不给我，（转身指背后的韩臣）正好门口来了一个卖杂货的，这只是（抬右手拿着另一只玉钏举着）那卖杂货的，我要买他这一只镯子，他跟我要五十两，我给他二两，他不卖，我就没有买妥，买卖虽说没作成，可是我认准了这只镯子了。（又抬起右手突出让陈智看这只玉钏，随后把一对玉钏全放在堂桌上）

韩　臣　（焦急地背供）要命，要命！

陈　智　你可问过那人名姓？（抬右手指韩玉姐）

韩玉姐　我说老大人，您买东西全问人家姓什么叫什么来着呀？（歪着脑袋抬右手指陈智）

陈　智　哦……带俞仁上堂。

中　军　俞仁上堂！

「俞仁从“上场门”上，进门。**【小锣二击】**

韩玉姐　愚人？这个人怎这么愚呀？

韩　臣　人家叫俞仁，不是愚人。

俞　仁　（向陈智拜揖）参见大人。

韩玉姐　（对韩臣）这个老头儿就叫俞仁。

韩　臣　别说啦。

陈　智　俞仁，那日张少莲夜入你家，可是你亲眼得见？

俞　仁　书童所见。

陈　智　哦，书童所见？带张少莲。

「**【小锣二击】**俞仁站“大边”熊瑞的堂桌旁边。张少莲仍从“下场门”上，进门。

韩玉姐　（自言自语地边向正场走，边说）张少莲！（正与张少莲相遇，抬左手边指边自语）长得真不错呀！

张少莲　（背供，用右手水袖挡住）这一女子为何上下打量于我呀？

中　军　张少莲上堂。

韩玉姐　（微笑地垂着左手反手腕伸食指向内指）大人那儿叫你哪，你赶紧进去吧。

张少莲　（斜看一眼韩玉姐，进门跪拜）叩见大人。

陈　智　本院唤你，你为何如此迟慢？

张少莲　堂口有一女子上下打量小人，小人恐怕男女不便，故此迟慢。（双手拱揖）

韩玉姐　（眼睛盯住张少莲，抬左手指着）哥哥，你看人家多规矩呀，真是君子人！（抬右手挑拇指）

韩　臣　（摇手不耐烦地）你少管闲事吧。

陈　智　张少莲，你且站在堂口，听候审问。

张少莲　是。（双手拱揖，起身站在“大边”堂口）

陈　智　带书童。

勘玉钏

中　军　书童上堂。

〔【小锣一击】书童从“上场门”上，进大堂跪正中。

书　童　参见大人。（叩头）

陈　智　书童，张少莲夜入你家，可是你亲眼得见？

书　童　是小人亲眼得见，他自己说姓张。

陈　智　在他门首搜得赃证可有你在内？

书　童　有小人在内。

陈　智　本院拿住两名贼人同在堂口，你去认上一认，哪个是夜入你家之人？

书　童　小人遵命。（站起身来出大堂先往“大边”台口看张少莲，上下打量）不是这个人。（随后又往“小边”堂口看韩臣，此时韩臣躲避韩玉姐背后，被书童扯住）敢情你在这儿哪。（拉韩臣，至大堂）老大人，就是他！

陈　智　你且退下。

书　童　是。

〔【小锣一击】书童从“上场门”下。

陈　智　韩臣，你假冒张少莲夜入俞家，奸骗俞家小姐，杀死安人，还不从实招来！（拍醒木）

韩玉姐　哥哥，你有什么话就跟他说，不要紧的。（凑过去对韩臣）

韩　臣　实在冤枉。

陈　智　不动大刑，量你不招！来，看大刑伺候。

〔【大锣一击】中军上前，韩臣举双手害怕。

韩　臣　您别生气，小人愿招。（叩拜）

陈　智　招来！（拍醒木）

韩玉姐　（怒指韩臣）哥哥，敢情你不是好人哪！

韩　臣　（面朝外跪）小人那天给张少莲看守门户，当时来了俞家的丫环，奉了老安人之命来送玉钏，催张少莲变卖玉钏，早日迎娶小姐过门。是小人假冒张少莲混进俞家，奸骗了俞家小姐，这是小人往日所做之事。至于杀人劫财，小人不知，您念小人是初犯，下次不敢啦。（双手向陈智摇手并叩头）

韩玉姐　（指韩臣）哥哥，你可真不正经！

陈　智　叫韩臣画供。

熊　瑞　且慢，大人不可叫他画供。（抬右手摇手）

陈　智　却是为何？（抬左手张开）

熊　瑞　韩臣只招了一半，还有两条人命案未曾招认。（抬右手向陈智张开）

陈　智　两条命案不在韩臣身上，另有凶手。来，带江海。（拍醒木）

中　军　带江海。

韩玉姐　谁叫江海呀，我瞧瞧去。

〔差人甲、乙押江海从“下场门”上刚进堂口，韩玉姐与江海相遇。【小锣一击】韩臣站立“小边”。

韩玉姐　（转身向陈智）喂，这就是那个卖杂货的，我认识他。

韩　臣　（向观众）怎么，她全认识！

江　海　（进大堂叩头）叩见大人。

陈　智　江海，有人告你夜入俞家杀死人命，还不从实招来。（拍醒木）
江　海　什么人命，小人不知。（双手摇动）
陈　智　不动大刑，谅你不招，来，动刑！
众　人　啊！**【大锣一击】**
江　海　（双手举起来求饶）大人，您别动大家伙，我跟您实说得了。
陈　智　讲！（拍醒木）
〔江海面朝外跪。
江　海　小子叫江海，白天以卖杂货作掩护，夜晚各处偷盗，偷来的东西当作货物。那日到俞家偷盗，见老太太手腕上带着玉钏，指望到手一走，没想到老太太惊醒，正要喊叫，是我一时情急，杀了她一刀。又盗了包袱一个。将出后门，又遇见一个小丫头，我怕她嚷，又给了她一刀。走在半道上，碰见查夜之人，是我用计脱身，把包袱丢在人家门口，手里只剩一只玉钏。之后，我到前街去卖，碰见这个小姑娘，（抬右手指韩玉姐）她要买我的玉钏，我要五十两，她给我二两，我没有卖。听她说她哥哥也有一只，跟这只一样，要配个对儿，我一想先别让她配对儿了，我配个对儿吧。（伸双手食指合为一对）我就趁她哥哥睡觉之际把玉镯偷来，不想就叫你们给逮住了。（抬左手指堂口站的差人）俞家的人是我杀的，不过死活我可不知道。大人这是我以往一段真情实话，若有半点假话，您把我的脑袋（指自己脑袋抬右手做砍头动作）割下来，挂在您的堂口，我决不敢回过头来瞧瞧您哪。（扭回头看陈智，摇晃脑袋出神态）
陈　智　贵县，你看此案有冤吧？（抬左手指堂下）
熊　瑞　大人明察秋毫，令人钦仰！（双手拜揖）
陈　智　叫他二人一同画供。
中　军　是。
〔中军拿着状纸和毛笔，先让江海画供。
中　军　画供。
江　海　（从中军手里接过毛笔）这回可算完了。（画供）
〔中军至“小边”让韩臣画供。
中　军　画供！
韩　臣　供招事实。（用毛笔画供）
〔中军将状纸交付陈智。
陈　智　本院出京，（站起身来双手拱揖）蒙圣恩特赐上方宝剑，先斩后奏，江海即刻斩首，（伸右手指堂下江海）韩臣秋后处决。
〔**【撕边大锣一击】**江海惊呆“屁股坐子”，韩臣惊愣，韩玉姐站正中，双手阻拦。
韩玉姐　慢着。
陈　智　这一女子，你为何喊叫啊？（抬右手指韩玉姐）
韩玉姐　大人，我问问您，（向陈智拱手）江海犯的什么罪呀？（抬左手指江海）
陈　智　夜入俞家偷盗，杀死两条人命。（抬右手指江海）
韩玉姐　江海杀了人啦。（抬右手表示砍头动作）那就该杀他呀！（抬左手指江海）我哥哥犯的什么罪呀？（用右手指韩臣）
陈　智　你兄长假冒张少莲，夜入俞家奸骗妇女，俞家小姐含羞自尽，也是一条人命哪！

（抬右手伸食指表示“一”字）

韩玉姐 啊，虽说我哥哥奸骗人家媳妇，使她含羞自尽，也是一条人命，（抬右手伸食指）可那是她自尽哪，恐怕不能处决吧？（双手摇动）大人，（向堂桌凑合）我跟您商量商量，（吞吞吐吐地）您看怎么样？

陈　智 商量什么？

韩玉姐 我哥哥奸骗了张少莲的媳妇了，人死也活不了啦，如果大人您……（指陈智）把我（抬左手指自己）……您看怎么样啊？（双手出食指相对暗示，指张少莲）

陈　智 什么怎么样啊？

韩玉姐 如果大人您把我（抬左手指自己）……把我这么一来……（又伸一双食指表示成双）马马虎虎的，不就完了吗？（用手绢挡脸，羞臊地低头）

陈　智 你讲了半日，老夫我不得明白呀！（用左手托胡须，摇头）

韩玉姐 大人，您明白！（伸手指陈智）

陈　智 （故意地）我不明白！（摇头）

韩玉姐 （双手拱揖）大人哪！

陈　智 （摇头）我怎么还是不明白呀！

韩玉姐 大人，（双手拱揖）您还不明白，我就跟您直说了吧。您把我要是给了张少莲，这挡子事马马虎虎的（双手出食指相对）不就算完了吗？（用手绢挡脸）

陈　智　(大笑)哈哈哈……【撕边大锣一击】待本院与你说过。(转向“大边”张少莲)啊，张少莲，这一女子之言，你可曾听得明白？(抬左手先指韩玉姐，随之指张少莲)他要嫁你呀！

张少莲　(斜视一眼韩玉姐，双手拱揖)只恐对不起前妻呀。

韩　臣　什么叫对不起前妻，你看(指韩玉姐)跟你前妻长得一样不就完了吗。

陈　智　看这女子倒有些侠风义骨，可算得美满姻缘。

张少莲　仇人的妹子，我是不要她的。(仇视眼神盯住韩玉姐，抖右手水袖)

韩玉姐　哥哥，我都受了你的连累啦。(抬右手指韩臣)

韩　臣　我是损人不利己，都是我不好。

陈　智　你二人不必多言。贵县，就命你将此二犯(抬右手指江海、韩臣)带回衙去，江海即刻开刀，(抬右手表示问斩动作)韩臣暂且收监，听候发落。(拍醒木)

熊　瑞　(双手拱揖)遵命，押了下去。

〔【一锤锣】差人甲、乙押江海、韩臣。

韩　臣　(哭丧着脸对韩玉姐)妹妹，劳你驾，咱们再见啦。

差人乙　快走吧。

〔熊瑞随韩臣、差人甲、乙从“下场门”下。

陈　智　张少莲，如今冤枉已明，你且后面更衣去吧。(抬左手指张少莲)

张少莲　(双手拱揖)谢大人。(【小锣二击】至台中看韩玉姐，不满意地甩右手水袖，从“下场门”下)

陈　智　唤俞仁上堂。

中　军　俞仁上堂。

〔【小锣二击】俞仁从“上场门”上，进大堂站“大边”。

俞　仁　(双手拜揖)拜见大人。

陈　智　俞仁，(拿玉钏)这有玉钏一对，可是你家之物。

俞　仁　(接玉钏看)正是我家之物。

陈　智　收下吧。此桩命案皆因你嫌贫爱富而致，牵连了多少无辜之人，你妻你女，因你而死，张少莲因你含冤受刑，(抬左手指俞仁)如今韩玉姐这个女孩子也落得孤苦无依了。(抬右手指韩玉姐)桩桩件件俱由你一人身上所起，你可知罪？

俞　仁　小人知罪。

陈　智　既然知罪，就命你速去备办妆奁，与张少莲、韩玉姐完成花烛。

俞　仁　(连连点头拱揖)小人遵命。

〔【小锣二击】俞仁出大堂门，从“上场门”下。

韩玉姐　大人，张少莲没有答应我的婚事，您怎么就叫俞仁备办妆奁去啦？(抬右手向外指)

陈　智　你的事情有本院做主，(抬右手托胡须)你且到后面梳妆打扮去吧。(招右手指前方)

韩玉姐　那可不行大人，婚姻大事可不是儿戏，张少莲人家还没认可呢，呆会我打扮好了，(抬右手指自己头饰)跟他拜天地，(双手拜揖)他要是不要我，可怎么好啊。(双手向外翻手腕)

陈　智　此事都包在我的身上，(指自己)你梳妆去吧！(抬右手往外摇动)

韩玉姐　怎么喳，有你做主？

陈　智　有我做主。(连连点头)

韩玉姐 好啦，我去梳妆打扮（抬右手伸食指指自己的头饰）新娘子，跟他拜天地，他（抬左手向外指）要是不要我，呆会儿咱俩人回头再算账！（抬左手向外指，脸上露出喜悦的笑容）

〔【小锣五击】韩玉姐快步从“上场门”下。

陈　智 唤官媒前来。

中　军 官媒前来。

〔【小锣五击】官媒从“上场门”上，进大堂门站“小边”跪拜。

官　媒 叩见大人。

陈　智 本院今日替人主婚，你去搀扶新人。

官　媒 是。

〔【小锣二击】官媒从“上场门”下。

陈　智 请张相公。（抬左手指前方）

中　军 有请张相公。

〔【小锣五击】张少莲换桃红色绣花桥梁巾，桃红色绣花褶子，从“下场门”上，进大堂门向陈智拜揖。

张少莲 参见大人。（站“大边”）

陈　智 张生员，韩臣之妹韩玉姐，情愿嫁你为妻，你为何不要？（双手向外翻手掌）

张少莲 韩臣品行不端。（抬左手摇摆）又是诓妻仇人，使不得。

陈　智 那俞素秋不曾死，（抬右手摆手）

张少莲 （拜揖）大人何曾知道呢？

陈　智 乃是俞仁言讲，他已回家领着女儿与你成亲来了。（双手抬起成对）

张少莲 啊大人，（双手拜揖）既然俞素秋她不曾死，那为何大人又将韩臣之妹许配与我？（抬右手指自己）

陈　智 一来成亲；二来试试你的情意如何？（抬左手指张少莲）不必推辞，就趁吉日，左右，动乐，搀新人。

〔唢呐奏曲牌<小傍妆台>

〔四红龙套两侧分下，中军将“大座椅”搬换“小座椅”，陈智坐“小座”。张少莲整冠，官媒搀扶韩玉姐换红绣花帔，红绣花盖头，韩玉姐与张少莲拜堂后，张少莲站“大边”，韩玉姐站“小边”，曲牌止。

陈　智 张相公，（抬右手指张少莲）你二人乃是患难夫妻，当着老夫（抬右手托胡须）向前说几句好话吧。（抬左手指韩玉姐）

张少莲 （上前双手拜揖）俞小姐，你原来不曾死啊，那韩臣之妹（抬右手向外指）她一定要嫁我，我是再三不允，（抬右手摆手）如若不然我是怎能对得起你啊！（上前揭韩玉姐头上的盖头）

〔【撕边大锣一击】韩玉姐与张少莲对愣，官媒把盖头拿下。

张少莲 （右手指韩玉姐）你不是韩姑娘么？

韩玉姐 是我呀。

张少莲 哪个要你呀！（抖右手水袖，转身不理）

韩玉姐 闹了半天娶的不是我呀？你过来，我问问你，你怎么老想着俞素秋，（双手张开）那是怎么一回事呀？

张少莲 我爱她一点痴情。

韩玉姐 你为她一点痴情，（抬右手向外指）难道我对你就没有情吗？（面对张少莲指着脸说）

张少莲 这个……一点也没有！（甩右手水袖）

韩玉姐 我告诉你，（抬左手指张少莲）我嫁你原来本不单为的是情，我打的是抱不平。（抬右手伸食指向前指）只因我哥哥做的事太不对啦，（双手抬起摆手）把你的媳妇给奸骗了，他今儿个也问罪了。我因怜惜于你，（指张少莲）才跟你成亲，又有老大人做主，如今已到这个份上了，你瞧瞧，（抬左手指张少莲）当着这么多的人，（双手伸出从当中分开）我这么大的姑娘，（双手扶摸胸前）跟你拜了天地，你要是不要我，（抬左手指鼻子）我也是没有脸活着呀，（双手向外翻手掌朝外）我也得一死，（抬右手指左侧）得了，我还不嫁你啦，（指张少莲）我说死就死，（指左侧）我回家上吊去！（双手抬起至双肩，向左侧幕条慢跑）

张少莲 （急忙伸双手阻拦）哎呀，小姐！是我的不是了，我与你跪下了。（哀求地跪在韩玉姐跟前）

〔韩玉姐回身见张少莲跪下，抬左手挡嘴一笑，上左步向后抖双水袖，转身提水袖。

〔亮弦〕

【小锣一击】（7 6 2̇ i̇ – ）

〔西皮垛板〕

韩玉姐 【小锣凤点头】（6̣ | 6̣ | 5. 5 | 5 5 | 3 6 | 5 i̇ | 3 2 |

1 21 | 6̣ 5 | 5 5）| 3 | i̇（656 | i̇）i̇ | 6 5 | 7 6 |

替 兄 赎 罪 风

（抬左手向上翻手腕至眉宇间）

7 2̇ | 6 5 | 3535 | 6 3 | 3 i̇ | 5 6 | 5 i̇ | 6 5 |

节 凛，我 嫁 你 原 非 只 为 情。你 既

（左手扶胸，再指张少莲）

3 i̇ | 6 5 | 3 3 | 3 5 | 676（7 | 6）7 | 7 6 | 7 2̇ |

再 三 不 应 允， 奴 家 何

（双手向外翻手掌，

7 6 | 7 2̇ | 7 6 | 2 3 | 5 6 | 5 i̇ | 5 6 | i̇ 0 |

必 苦 用 心。公 堂 上 交

随后左手在胸前旋转） （转身抬左手指堂桌）

0 65 | 3 3 | 3 5 | 6 5 | 3535 | 6 3 | 3 i̇ | 5 6 |

拜 如 梦 境，我 命 似 鸿 毛 一 样

（伸左手食指，后出三个手指）

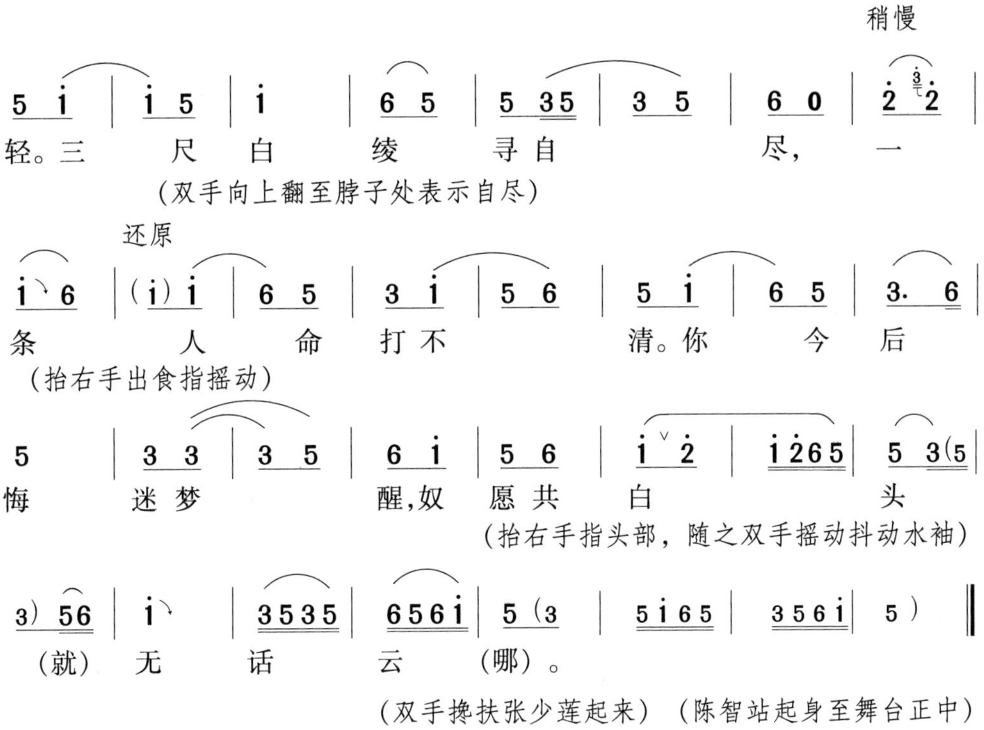

陈　智　（满面笑容地）张少莲，你夫妻一同回去，少时差人前去贺喜。

张少莲
韩玉姐　（双手拜揖）谢大人。（向外抖水袖）

〔奏唢呐曲牌<尾声·合头>

——剧　终

张逸娟 万凤姝 **整理** 万如泉 **记谱**

红楼二尤

荀慧生演出本

荣国府大管家赖大之子赖尚荣为自己庆寿，邀少年清客柳湘莲串演《雅观楼》。贾珍、贾琏、及贾珍之子贾蓉去到赖府祝寿，贾珍妻之庶母尤老娘与次女尤二姐、小女尤三姐也随到赖府看戏。贾琏思纳尤二姐为妾，暗地将其妻王熙凤的九龙玉佩赠与尤二姐为信物，后由贾蓉做媒，私娶尤二姐住在花枝巷。贾珍对尤三姐垂涎已久，但在饮酒之时遭尤三姐痛骂。尤三姐因看戏钟情柳湘莲，对母亲、二姐实言相告；贾琏自愿为媒，向柳湘莲提及亲事，柳湘莲允婚，并以随身佩带的鸳鸯剑以为订聘之物。柳后来却误信薛蟠胡言，以为尤三姐不贞，过府退婚。尤三姐用鸳鸯剑自刎以明其心；柳湘莲后悔不及，疯癫而去。王熙凤得知贾琏私娶尤二姐，用计将尤二姐赚回府中，又利用贾琏侍妾秋桐施以百般折磨。尤二姐产下一子，凤姐借秋桐之手将其害死，最后又用毒药鸩死二姐。

《红楼二尤》一名《鸳鸯剑》。取材于《红楼梦》第64—79回。荀慧生于1932年首演，是荀派的名剧之一。在此剧目中，荀慧生前饰尤三姐，后饰尤二姐。在舞台上塑造了两个性格迥异，又最终逃脱不了封建制度魔掌的被侮辱与被损害的妇女形象。前半出戏，荀慧生运用花旦爽朗、热情、细腻的表演和身段展现出的是一个敢爱敢恨，以清白之身证明自己对爱情忠贞的可歌可泣的尤三姐的形象。

荀先生在处理尤三姐的第一次上场，“小锣抽头”走上，面带不悦，随即右转身向上场门张望，退走两步后再回身归到台中，唱“厌繁华暂避那绮罗豪宴”，这一看一退正反映了尤三姐的处世态度。“且往这花园内寻觅清闲”的唱腔，唱得有感情，尤其“花园内”这三字，边唱边向四周张望，让人感到了尤三姐躲开了绮罗豪宴的轻松的情绪。这两句唱得爽朗痛快，顿挫分明，符合尤三姐对于看不惯的事情就直截了当予以排斥的个性。荀慧生在处理尤三姐因看柳湘莲串戏，由赏舞听歌到对柳一见倾心，表演得很有层次，他用二目凝视柳的串戏而爱慕得出了神，忘其所以。“台上”柳湘莲的一举一动，都关联着“台下”尤三姐的心神。当尤三姐与柳湘莲第一次目光相对时，不好意思地把脸扭过去，低下了头；在柳湘莲临下场时二人目光再次相对，尤三姐的脸上显出了羞涩之情；柳湘莲下场后，尤三姐一往情深地望着柳下场的方向，怅然有失，如梦初醒。荀先生分寸鲜明地把握了尤三姐的感情变化。在第四场“思嫁”中，唱的〔四平调〕是尤三姐爱情的表白，头两句唱的不拖不粘，语气生活化，着重抒发了尤三姐不满足处于这种寄人篱下、供人玩笑的环境的幽怨，尤三姐面部那如痴如呆，落魄失魂的神情，加之懒洋洋的步法，都表现出那种无可奈何的苦闷。当唱到“那一日看戏文把人恋爱”时，在唱中夹入念白，使人看到尤三姐想起柳湘莲串戏情景就精神为之一振；这也和头两句唱形成鲜明的对比。那“把人恋爱”的唱腔缠绵柔情，加上那回身低头的身段，把尤三姐那情窦初开的心怀表现得恰到好处。这段〔四平调〕清新、明朗、秀丽、含情，突出了尤三姐丰富的感情世界。

如果说我们把荀慧生塑造的尤三姐比作是一个出污泥而不染的芙蓉，那么他塑造的尤二姐则可以比作是随风逐飞之柳絮。如作为一个弱女子，在富贵的引诱、淫威的凌逼之下，受到了“恶风吹，残絮天”的下场，虽说她有见异思迁、甘心做贾琏玩物的一面，但出身寒微，迫于生计，将自己终身托附于豪门，就难免不受制于人。在准确地把握住两个人物的基调之后，在声腔处理上，尤三姐重用〔西皮〕，尤二姐重用〔二黄〕。尤其是尤二姐在儿子已死，自己大限将至时唱的〔二黄小导板〕“后悔当初一念差”，荀慧生唱得真是回肠荡气、令人不忍卒听。婉转凄凉的声腔成为人物最后的哀鸣，泣不成声的“不该失足做墙花”包含着二姐的反思与忏悔。张华曾是二姐指腹为婚的夫家。唱到“死无面目见张华”，他的表演是那样撼动人心，随着“见张华”的唱腔将出，尤二姐凝目远视，表现出的极其复杂的内心世界，其中有悔恨、有绝望、有失落，有感到追寻荣华的失算，有不得再见远方的张华的遗憾……直到末句“痛断肝肠染黄沙”，听来游丝百转，凄惨悲哀道出了一个被摧残的弱女子一失足成千古恨的哀怨。

荀慧生的《红楼二尤》，通过尤氏姐妹悲壮凄惨的故事，意在反映生活在男女不平等社会与封建婚姻束缚之下，妇女们的悲惨命运，对贾家这样的豪门望族吃人害人摧残人的本性也是有力的揭露。正因为有如此鲜明的立意，加之荀慧生呕心沥血所刻画的人物，所以，使得这出戏常演不衰，红遍大江南北。因荀慧生晚年息影舞台，有个别身段已难回忆，故在整理此剧时，曾参考过童芷苓主演的戏曲电影片《尤三姐》和刘长瑜的演出本。

张逸娟　万凤姝

人物行当

柳湘莲	小生	赖尚荣	丑
贾　珍	丑	秋　桐	彩旦
尤二姐	旦	薛　蟠	丑
贾　琏	生	王熙凤	旦
尤三姐	旦	院　子	丑
贾　蓉	丑	尤老娘	老旦
平　儿	旦	焦　大	丑
来旺儿	丑	轿　夫	杂
多姑娘	旦	酒　保	杂

服装扮相

柳湘莲　俊扮。白将巾、虎头壳、额子，白绣花箭衣、白绣花褶子、大带、苫肩，浅色彩裤，厚底。

贾　珍　丑扮。学士巾、八字吊牵，褶子、大坎肩，青彩裤，朝方。

尤二姐　俊扮。古装头、水钻头面，后搓油、散发，绣花褶子、帔、绣花白裙子，古装裙袄，浅色彩裤，彩鞋。

贾　琏　俊扮。学士巾，宝蓝褶子、大坎肩、帔，红彩裤，厚底。

尤三姐　俊扮。古装头、水钻头面，古装裙袄，淡青色彩裤，彩鞋。

贾　蓉　丑扮。珠子头，绿褶子、系绦子，红色彩裤，白布袜、福字履。

平　儿　俊扮。古装头、水钻头面，古装裙袄、水袖，粉色彩裤，彩鞋。

来旺儿　丑扮。黑罗帽，青褶子、系大带，青彩裤，白布袜、皂鞋。

多姑娘　俊扮。古装头、水钻头面，古装裙袄、坎肩、腰巾子，浅色彩裤，彩鞋。

赖尚荣　丑扮，勾老脸。白发绺、圆纱，黑官衣，改良带，红彩裤，朝方。

秋　桐　俊扮。古装头，古装裙袄、水袖，粉彩裤，彩鞋。

薛　蟠　勾小元宝脸、酒糟鼻。棒槌巾，花褶子，红彩裤，白布袜、福字履。

王熙凤　俊扮。旗头、正凤，旗袍、淡青彩裤，旗鞋。

院　子　丑扮。黑罗帽，青褶子、黄大带，青彩裤，白布袜、皂鞋。

尤老娘　俊扮。黪网子、黪发髻、黪鬓发、紫绸条，紫帔、绿裙子，青彩裤，白布袜、福字履。

焦　大　搓红勾老年纹或大元宝脸勾老纹。白毡帽，白老斗衣，大带，青彩裤，白布袜、皂鞋。

轿　夫　俊扮。梢子帽，蓝布箭衣、红卒坎、大带，青彩裤，白布袜、皂鞋。

酒　保　丑扮。蓝毡帽，茶衣、腰包，青彩裤，白布袜、皂鞋。

道具

桌子	一张	**椅子**	三把
长条椅	两个	**红披椅**	三把
酒具	一份	**小轿**	一乘
玉佩	一枚	**鸳鸯剑**	一口
扇子	两把	**佛龛**	一座
香炉	一只	**床帐**	一份
药坛	一个	**戒指**	一枚
药碗	一个	**马鞭**	三根
手绢	三块	**素桌围椅披**	一堂
红桌围椅披	一堂	**粉色蝴蝶幕**	一副
车旗	一副		

第一场

赴寿

〔【撤锣】【小锣原场】柳湘莲从“上场门”上，至“九龙口”，整冠、抖袖、提袖，走至前台口站定。

柳湘莲 （引）学业未成（多多）爱风月（多罗.0）

i 2 3 - - 2 - 2 2 5 6 7 - 7 7 6 - ‖
侠 骨 柔 肠。
（右手抚胸）

〔【单上场】柳湘莲转身归“小座”。
（诗）满腔侠气性聪明，
舞剑弄琴件件能；
玩世不恭怀孤愤，（轻摇头）
热心反作冷心人。（右手指出【小锣一击】）
俺，柳湘莲。【小锣一击】父母（拱手）早丧，读书未成，虽习武艺，亦未精通。（摇头）只因世道凌夷，人心不古，将俺激成热心冷面（右手在右颊前托掌），倒成了另一家数。是俺幼年最爱观看名优演戏，天长日久，我亦学会了不少戏文，在清客之中，作了一个小生角色，时常串演（右手按掌）。正是：（扎）
看破功名如梦境，不如散淡乐天真。（右手指出）
〔【小锣五击】家丁从“上场门”上，走至“小边”台口。

家　丁 奉了老爷命（拱手），来请串戏人。【小锣一击】（进门）参见柳二爷（施礼）。

柳湘莲 罢了，你是哪里来的？（右手指）

家　丁 我是赖府来的。

柳湘莲 到此何事？（右手摊掌）

家　丁 奉了老爷之命，请您过府串戏（拱手）。

柳湘莲 （点头）好，前边带路！（右手指出）

家　丁 是啦。

〔【闪锤】柳湘莲站起，右手抖袖、提袖。
〔西皮摇板〕

柳湘莲 （ 7 6 5 55 36 55 32 12 65 55 ）

5 i 5 5 3 7 - 6 5 6'5 35 6
作 清 客 串 戏（呀） 文 十 分 有 兴，
（右手按掌）

（6 5 3 5 6 5 3 2 1 2 6 5 5 5）3 3 6
赖 尚

5 i - 5 6 6 3 6 5 5 2 3
荣 邀 请 我 献 技 散
（右手抚胸）

5（6 5 3 6 5 5 3 2 1 2 6 5 5 5）i 6 5
心。 休 笑
（摆右手）

5 5 5 6（6 6）7 6 5 - 6 -
我 好 做 这 优 伶 径，

〔【快长锤】家丁、柳湘莲出门，走一圆场。【大锣凤点头】

〔西皮摇板〕

柳湘莲 （过门同前）5 i 6 i - 5 - 3 i 6 6
假 功 名 真 事 业

（6 5 3 5 6 6）5 6 i - 2 3 3 5 5 -
一 样 无 凭。
（轻轻摇头）

〔【大锣住头】柳湘莲站右台口。

家 丁 您这儿等一等。（进门、向“下场门”施礼）有请家爷。

〔【单上场】赖尚荣从“下场门”上。

赖尚荣 什么事？（右手摊掌）【小锣一击】

家 丁 柳二爷来啦。

赖尚荣 说我出迎（拱手）。

家 丁 家爷出迎（拱手）。

〔【一锤锣】赖尚荣出门，见柳湘莲一拱手，柳忙还礼。

柳湘莲 赖兄。（拱手，二人同进门，归“八字”坐）

赖尚荣 柳兄（拱手）驾到，未曾远迎，当面恕罪！（稍欠身）

柳湘莲 （忙摆手）岂敢！啊，赖兄（拱手）相约小弟不知为了何事（双手摊掌）？

赖尚荣 今日乃是我的生日（右手抚胸），请您（拱手）过府串戏。

柳湘莲 但不知串演何戏？

赖尚荣 哎呀！串演什么戏呢？（想）噢！听说您的昆腔唱得好，咱们就串演出《雅观楼》，您看怎么样？

柳湘莲 《雅观楼》，倒也使得。（点头）
赖尚荣 天还早哪，我们到后边喝茶去吧。
柳湘莲
赖尚荣 请！（二人同拱手）

〔**【一锤锣】**赖尚荣、柳湘莲二人从“下场门”下。
〔贾珍、贾琏、贾蓉内白：“啊哈！”
〔**【小锣抽头】**贾珍、贾琏、贾蓉举马鞭从“上场门”上，至台中，三人站成一排。勒马。

〔西皮摇板〕
贾 珍 （过门同前）3 2 3 3 2 3 6 2 1 2 3 3（4 6 3 2 1 2 3 1 6 5 5 5）
同加鞭往赖家寻 欢 觅笑，

贾 琏 1 3 2 2 2 1 1 2 （3 2 1 6 1 2）
醉 翁 意 不 在 这
（垂马鞭摆右手）
6 2 1 3 2 1 （3 5 2 1 6 2 1 2 6 5 5 5）
美 酒 佳 肴；

贾 蓉 2 1 2 2 1 2 3 2 （2 2）
贾 府 上 肯 赏 光
（左手垂马鞭，右手在右颊前托掌）
2 6 2 1 2 3 3 5 2 2 |
他 体 面 不 小，

〔**【小锣一击】**薛蟠内白：“慢走！”三人同时回头向“上场门”方向望，随即三人“斜一字”归到“大边”。
〔**【小锣抽头】**薛蟠举马鞭从“上场门”上，归右台口。

〔西皮摇板〕
薛 蟠 （过门同前） 2 1 2 2 1 2 3 2 - 6 2
我 也 要 到 赖 家 看
（用马鞭向左指）
1 2 2 1 - （1 1 7 2 1） ‖ （一看三人）
戏 逍 遥 （哇）！

哟，那不是贾珍、贾琏、贾蓉，（用马鞭指点头）你们三人怎么会走到一块儿啦？
贾 珍 你怎么叫我们三人的名字！
薛 蟠 哎，我要不把你们三人的名字叫出来的话，人家也不知道你们三块活宝是什么东西。
贾 珍 那你是什么东西，（指薛）你也得说一说呀！

薛　蟠　当然我得说一说。我叫呆霸王薛蟠（摇头晃脑）。人家都知道，你不是宁国府的贾珍吗？（指贾珍）他叫贾琏，（指贾琏），你们是叔伯哥俩，他叫贾蓉，他是你的儿子（指贾珍）。你的媳妇尤氏，人称尤大姐，他的（指贾琏）媳妇王熙凤。你还有两个呱呱叫的小姨子（双手赞美指），一个叫尤二姐，一个叫尤三姐。今儿个是赖尚荣的生日，请的是票友唱戏，请咱们大家前来听戏（双手撒掌），就是连你的两个小姨子也去听戏。今天要是人家不唱这出戏，咱们也听不上这出戏。话我说完了，咱们大家就此趱行者！

〔【小锣一击凤点头】起奏过门后四人齐唱。

贾　珍
贾　琏　〔西皮摇板〕
贾　蓉　（过门同前）1　3　2　1　2　6̣2　1　-　3　-　2　-
薛　蟠　大　家　一　同　往　前　（呐）　进，

〔【小锣抽头】四人领起走一小圆场。归到右台口。

〔西皮摇板〕
贾　蓉　（过门同前）6̣2　1　13　^{3}2　6̣2　1　3
不　为　看　戏　为　看　佳
（马鞭指出）

2　^{3}2　1　-　（11　7̣2　1　-　）‖
人　（呐）。
（四人下马，家丁“下场门”上）

家　丁　有请老爷！

〔【小锣住头】赖尚荣从“下场门”上。

赖尚荣　何事呀？
家　丁　四位老爷到。（拱手）【小锣一击】（出门）
赖尚荣　原来是四位。（拱手）啊，薛爷！
薛　蟠　胡说八道，什么四位薛爷。他们三人姓贾，我姓薛（拍胸），你要说四位薛爷，他们三人（指三人）不成我的儿子了么？
贾　珍
贾　琏　胡说八道！（同斥指）
贾　蓉
薛　蟠　对不起，对不起，我说错了！（连连赔礼作揖）

〔【小锣五击】众人进门。

薛　蟠　老赖呀，今儿个是你生日，我们大家给你拜个寿吧！
赖尚荣　不敢当。（忙摆手）
薛　蟠　你们这儿还有戏哪？
赖尚荣　有戏。
薛　蟠　什么戏呀？

赖尚荣　《雅观楼》。
薛　蟠　好戏呀！（朝贾珍三人）
贾　珍
贾　琏　好戏呀！（点头应）
贾　蓉
薛　蟠　开戏了没有？
赖尚荣　您先到后边休息一会儿，马上就开。（右手按掌）
薛　蟠　走（一扬手），咱们去看戏去！正是：（扎）
　　看看戏中戏，又是一出戏。（右手指出）
〔【快原场】赖尚荣恭让众人，众人“下场门”下。

第　二　场

串　　戏

〔【撤锣】【小锣抽头】尤三姐持帕从“上场门”上。走至“九龙口”向右转身朝上场门望，退两步转身至台中。【小锣一击】

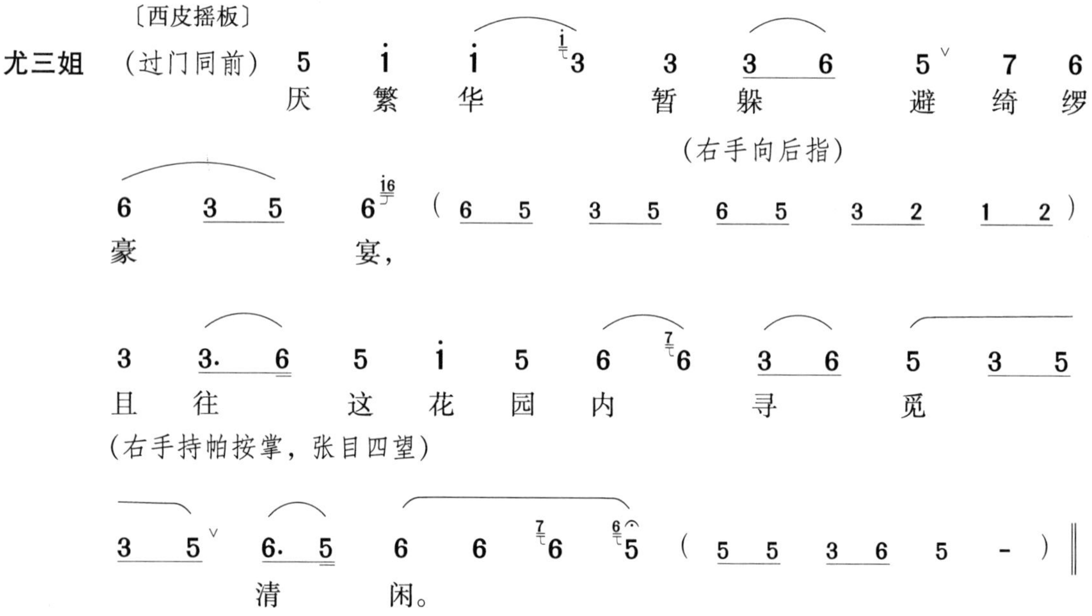

尤三姐　我（右手抚胸）尤三姐。（扎）爹娘只生我姐妹三人（右手伸出中指、无名指、小指），大姐嫁与宁国府贾珍为妻；（右手指出）二姐许配张华，尚未过门（摆动双手）；惟有奴家（右手抚胸）待字闺中。只因我大姐家中（右手向后指）人多事广，请我们合家全来，照看门户（右手按掌）。今日是赖尚荣的生日，他请我们合家（双手抚胸）前来看戏饮酒，那酒席筵前（右手指出）俱是些侯门妇女，骄贵之气，令人难耐（摆右手），故此我一个人走了出来，我要到花园中玩一玩去（左手

向前低指）！（欲走）

〖尤二姐内白：“妹妹等着。”

尤三姐 哎，我姐姐也来了。

〖【小锣抽头】尤二姐从“上场门”上，至右台口。

〔西皮摇板〕

尤二姐（过门同前） 3 3 6 5 5 7 7 5 6 ∨

我 妹 妹 厌 俗 情

（右手指三姐）

5 6 6 3 5 6 (6 6 6 5 3 5 6 5)

离 开 席 筵，

3 3 6 5 i 5 6 ∨ 3 6 5

我 只 得 陪 着 她 散 闷

（右手抚胸看三姐）

6 5 6 6 5 (5 5 3 6 5 -) ‖

一 番。

（右手按掌） （尤三姐站“大边”）

尤三姐 姐姐！

尤二姐 妹妹，你一个人躲在这儿干什么来啦？（右手摊掌）

尤三姐 姐姐，那酒席筵前俱是些个侯门妇女（右手指出），骄贵之气，令人难耐（摇头），故此我一个人走出来，我要到花园玩一玩去！（左手指出）

尤二姐 他人取乐（右手指出），你我也可以取乐呀！

尤三姐 姐姐，你我何必苦苦地追随哟。（右手撇掌）

尤二姐 你的性情也太古怪了。（右手指三姐）

尤三姐 我不！（不高兴地扭过头去）

〖尤老娘内白：“嗯哼！”

尤二姐 妈也来了。（朝三姐示意，尤三姐朝“上场门”一看）

〖【小锣五击】尤老娘从“上场门”上，归到台中；尤三姐站在“小边”；尤二姐站在“大边”。

尤老娘（诗）无儿常自叹，

有女也承欢。（右手按掌）

尤三姐
尤二姐 妈呀！（二人过去搀扶）

尤老娘 你们不要在此玩耍了，前面的戏十分热闹，你我母女前去看戏吧！（一看二人）

尤三姐（点头）对啦，我们也得看看戏。

尤老娘 正是：（扎）

赖氏设华筵，宾客笑开颜。（边说三人边走一小圆场）

「**【小锣一击】**尤氏母女归到“小边”。**【小锣一击】**贾珍、贾琏、贾蓉、薛蟠从“下场门”上；尤老娘坐“小边”。

贾　珍　参见岳母。（施礼）

尤老娘　贤婿少礼。

薛　蟠　（走过来）参见岳母。（深施一礼）

贾　珍　（拦）这是我的岳母，不是你的岳母。

薛　蟠　什么你的岳母，（一甩袖子）不是公共的岳母吗？

贾　珍　胡说八道（右手斥指），岳母还有公共的！（见尤氏姐妹）二姨妹，三姨妹。（连忙拱请作揖）

尤三姐
尤二姐　大姐丈。

薛　蟠　二姨妹、三姨妹，你们早来了？坐下看戏吧。坐下，坐下。（边说边往尤氏姐妹身边凑）来人哪，沏壶茶，端点瓜子。（欲坐在尤氏母女旁边）

贾　珍　（急拉）嘿嘿嘿，你是怎么回事？这儿是男女分坐。

薛　蟠　不是男女合坐吗？

贾　珍　（瞪薛）什么男女合坐！

薛　蟠　那我应当坐哪边呀？

贾　珍　你就应当在那边。（指“大边”）

薛　蟠　好，我那边去。（坐放“大边”斜一字的第一个位子上）

尤三姐　大姐丈，你这儿来。（二人归到台中）这小子是做什么的？（右手向左指薛）

贾　珍　他叫呆霸王薛蟠。

尤三姐　这个人怎么这么讨厌！（一甩手帕瞪薛）

薛　蟠　干什么跟我这么客气呀！

「尤三姐闻言欲向前理论，贾珍忙拦。尤三姐回到原位。

贾　珍　你别理他。（回到薛蟠身边坐下）

薛　蟠　她说我什么呀？

贾　珍　她说你讨厌！（右手指薛）

薛　蟠　怎么我自个儿不觉悟呢？（双手摊掌）

贾　珍　你坐在那儿看戏吧。这就开戏了。

「**【冲头】**场上两边椅子呈八字形；中间空场。在“大边”，薛蟠坐第一个位子；贾珍坐第二个位子，依次是贾琏、贾蓉。在“小边”，尤老娘坐中间；尤二姐立左首、尤三姐立右首。

「**【大锣四击头】**柳湘莲扮李存孝；双手提甲从“上场门”上垫步亮相。**【一锤锣】**柳湘莲双手提甲；向前三跨腿至左台口垫右步，上左步双手提甲亮相。**【冲头】**双手放甲，起“云手”亮“山膀按掌式”。随即向后斜线后退至“九龙口”处，双手拉开“山膀”。**【撕边一击】**整左袖。**【撕边一击】**整右袖。**【冲头】**双手向里绕动后亮端握拳式的相。**【大锣原场】**柳向左转身，左手提甲；右手“单山膀”从“九龙口”走半个圆场至前台口。（**嘟　八　大　仓**）起“反云手”亮左高右低“顺风旗”式的相。**【冲头】**走一圆场。归至台中。**【大锣归位】**左手下缓提甲；右手抬至右额头上方成赞美指亮住相。

<端正好> (1＝D 小工调)

サ 6. i 5 6 －ˇ 6 －【小锣二击】

奋 雄 威，

(跨右腿落右腿) (上踢左腿) (落左腿，双手上撩成双撑掌式) (右手提甲、右手胸前握拳)

3 －ˇ (嘟……仓) 3 － (嘟……仓) 1. 2 7 6 －【小锣三击】

英 名 盛。

(左按掌右端掌) (右按掌左端掌) (左手提甲、右手赞美指) (双手拉开"山膀")

6 －ˇ 7 6 － (八 大) 2 －ˇ 3. 5 2 3

贼 逢 俺 胆 战

(左手指出) (双手抚胸) (向左双按掌、左戳步) (向右双按掌、右戳步)

5 － 2【小锣二击】 6 －ˇ 2 2

心 惊。 男

(右手抚胸揉动两下) (左右一整袖) (左手提甲、右手自里向外缓一圈拍右

3 － (大 大) 6 － 2 6 7 － (八 大)

儿 图 画

腹亮住相) (向左双晃手) (向右双晃手) (左手提甲、右手握拳)

6 6. 6 5 6 3 5 2 －ˇ 3 －

凌 烟 姓，

(右脚上步) (左腿跨抬) (左手向左前方托掌；右手上撩至右额头上方、向里翻腕，成剑指式、指向左掌；眼看左掌)

【小锣三击】 6 5 3 6 5 4 - 0 0
今 日 个
（嘟…… …… …… 八 0 大 0 仓 0）

（双手拉开“山膀”）（“反云手”向右半转身，猛然看见尤三姐，顺风旗亮相；尤三姐与柳湘莲目光相对）

3 （嘟……仓） 3 （嘟……仓） 1 2 7 6 - ‖【一锤锣】【冲头】
功 成 定。

（左手提甲右手拍腹） （右手赞美指亮相） （右手抖动按掌，目视尤三姐，向后退走两步） （向左转身；右手自里向外缓一圆圈亮“单山膀”提甲相） （经中场从“下场门”下）

〔亮弦〕
「【小锣一击】尤三姐站送柳湘莲下场。在（7 6 2 1 -）中，想刚才的演戏情景，低头害羞；手扯弄着手帕【小锣凤点头】

〔西皮摇板〕
尤三姐 （过门同前） i 6. 6 5 3 3. 6 5 7 6
观 此 剧 不 由 我 心 情
（双手抚胸）

6 3 5 6 6 （6 5 3 2 1 2 6 5） 3
撩 乱， 我

3. 6 5 5 3 i 6 5 3 i 5 6. 5
看 他 眉 目 间 英 气
（右手手背朝前以兰花指指己右眉）

4 5 3 5 6 5 6 6 5 （6 5 3 6 5 i
弥 漫。

3 2 1 2） 3 3. 6 5 5 7. 6 5 6 7
一 霎 时 引 得 我 （啊） 柔
（双手抚胸自里向外揉动划圈） （定神

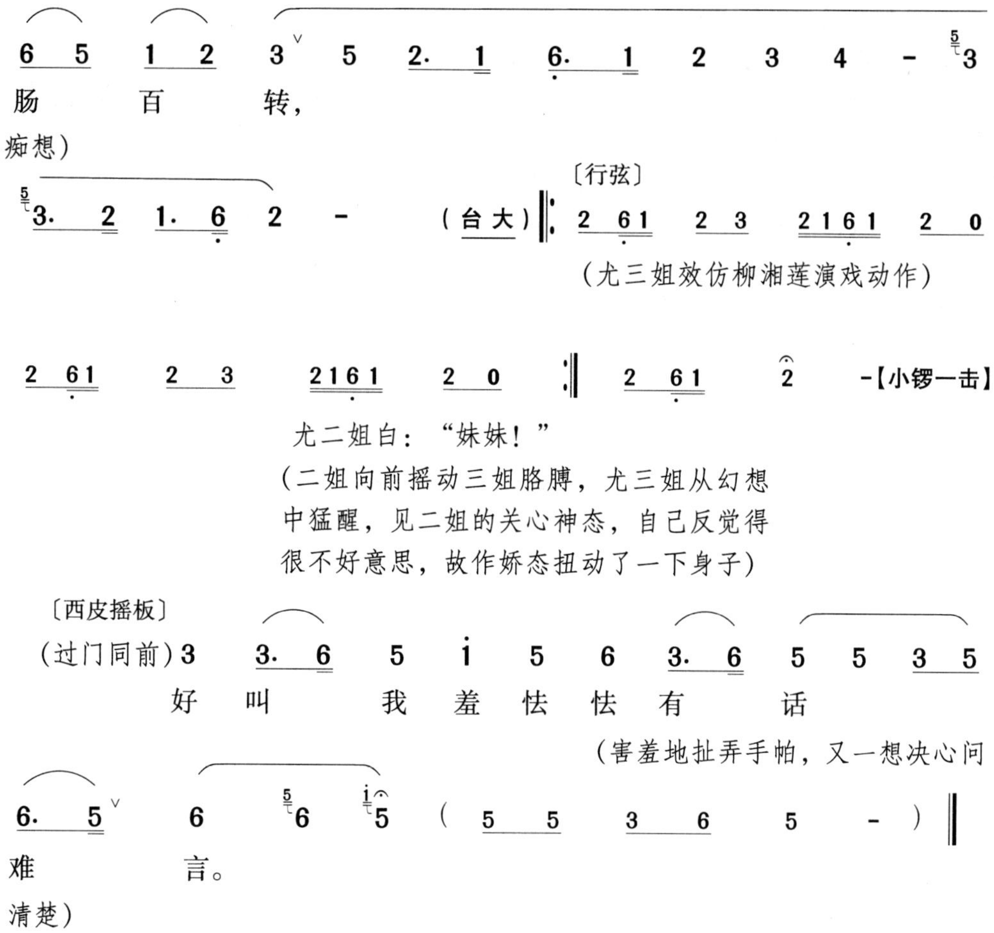

尤三姐 大姐丈，方才唱的什么戏呀？（站“小边”右手摊掌）

贾　珍 （站“大边”）唱的是《雅观楼》。

尤二姐 （点头）噢，《雅观楼》。

尤三姐 唱戏的人名字叫什么呀？（右手指出）

贾　珍 他叫柳湘莲。

尤三姐 （点头）噢！柳—湘—莲—（用右手食指，点数着左手的食指、中指、无名指）唱得可真不错呀！（看贾珍）

贾　珍 不错吧。（尤三姐高兴地点头）

尤三姐 他还唱不唱了？（右手向外指出）

贾　珍 唱完了，不唱了……（摆双手；尤三姐脸上显出遗憾惋惜之情）

〔【小锣一击】尤老娘站起，看尤三姐神态，向尤氏姐妹招呼。

尤老娘 天色不早，我们回家去吧！

尤二姐 对了，咱们回去吧。

贾　蓉 二叔，咱们也回去吧。

〔【小锣五击】贾蓉从“下场门”下；尤二姐、尤三姐搀尤老娘从“上场门”下。薛蟠目不转睛地盯着尤氏母女。

薛　蟠 （向“上场门”招手）走啦！慢慢走。不送了！再见！再见（又招手）（转过头来回味地）好！（双手一拍掌，站立在“小边”）
贾　珍　还叫好哪，你给谁叫好呢？（站“大边”双手摊掌）
薛　蟠　我给小柳叫好呢，唱得不错，嗓子也好，腰腿也好，小模样长得真漂亮。（右手在右颊前托掌）
贾　珍　他不但戏唱得好，而且最好交朋友。
薛　蟠　他好交朋友（右手向外指），那我（右手抚胸）得跟他交朋友。
贾　珍　要是跟他交朋友，那你是找挨揍！（右手指薛）
薛　蟠　胡说八道（一扬左手），交朋友还有挨揍的。走，跟他谈会天去！
〔【小锣原场】贾珍、贾琏、薛蟠从“下场门”下。

第　三　场

谋　姨

〔【小锣抽头】贾琏持扇从“上场门”上，至“九龙口”亮住。〔亮弦〕サ（7̣ 6̣ 2 1 －）
〔【小锣凤点头】贾琏轻轻摇头。

〔西皮摇板〕
贾　琏　（过门同前）2 2 1 2 3 2 2 2（2 1 6̣ 1 2 2）
心 中 有 事 多 烦 闷，
（贾蓉持扇从“下场门”上）

〔西皮摇板〕
贾　蓉　2 2 3 2 1 2 1 2 1 6̣ 1（1 1 7̣ 2 1 －）【小锣一击】
叔 父 因 何 皱 眉 心？
（左手摊掌）

贾　蓉　二叔，您为什么这么唉声叹气的？
贾　琏　你哪里知道我的心事。
贾　蓉　心事，我不猜便罢……
贾　琏　（凑前一步）若猜呢？
贾　蓉　（看贾琏）准猜着（点头）。
贾　琏　你且猜来。（左手指蓉）
贾　蓉　刚才看戏时，八成您看上我那两个小姨儿了吧？
贾　琏　（用扇击左手）哎呀呀，你真是活神仙（用扇指蓉），也会察颜观色。今日我要到你们府上走走。
贾　蓉　（一拦）我父亲没在家，您上我们那儿干什么去？
贾　琏　我与你父乃是手足，他不在府我去何妨。
贾　蓉　您哪是跟我爸爸讲手足之情，您是为我那两个小姨儿（右手拿扇指出）。去可是去，我二婶是有名的醋坛子，要是叫她知道了（左手外指），那我可担待不起（摇头摆左手）。

贾　琏　不妨，你二婶子如今改了脾气。

贾　蓉　怎么着，改了脾气，那咱们就去吧！

贾　琏　走哇！（抖左袖）

〔西皮摇板〕

【小锣凤点头】（过门同前）4　4　3 2　1　2　3　2　2　-　2　2　-

叔　侄　二　人　无　聊（啊）　赖，

（右手开扇）

〔**【小锣抽头】**贾琏招呼贾蓉走，从“下场门”下，贾蓉一望“下场门”，抖左袖。

〔西皮摇板〕

贾　蓉　（过门同前）　3　6 2　1　3　2·　3　6 2　1　3　2　-　2　1　-‖

他　上　梁　不　正　我　下　梁　歪（呀）！

（用扇向左指）　（右扇向外指出）

〔**【小锣原场】**贾蓉从“下场门”下。

第　四　场

思　嫁

〔**【小锣平板夺头】**尤三姐持帕从“上场门”上，至“九龙口”。

〔西平调〕

尤三姐　2/4 另　台 5 6 | 1 6 2 3　2 1 6 | 5 6 5　5 6 1 | 2 5　3 2 7 6 | 5 3　2 1 6 1 |

5 6 2 5　3 2 7 6 | 5 6 1 2　7 6 5 6 | 1　2 3　2 1　6 | 5 6 5　5　5 6 |

1·6 1 2　7 2 7 6 5 3 | 5 7 6 1　2 3 6 5 | 3·5 3 1　2·　5 | 2 3 5 6　3 2 1 6 |

1·　2　7　6 5 0 | 0　6 1　2 3 6 5 | 3·　1　2 | 0　0 |

替　人　家

（双手拉手帕）

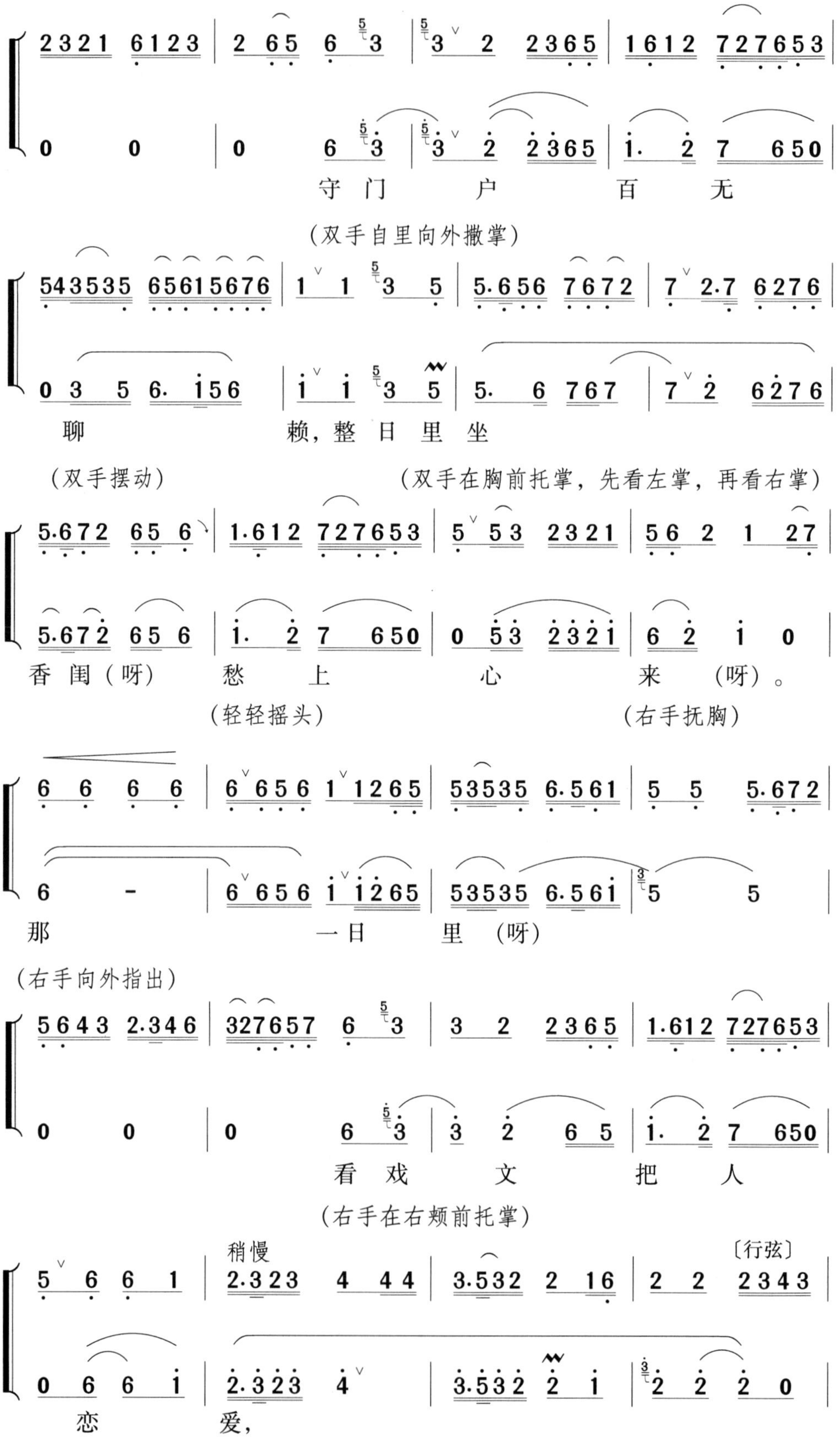
守 门 户 百 无
（双手自里向外撒掌）
聊 赖，整 日 里 坐
（双手摆动）
（双手在胸前托掌，先看左掌，再看右掌）
香 闺（呀） 愁 上 心 来 （呀）。
（轻轻摇头）
（右手抚胸）
那 一 日 里 （呀）
（右手向外指出）
看 戏 文 把 人
（右手在右颊前托掌）
稍慢
〔行弦〕
恋 爱，

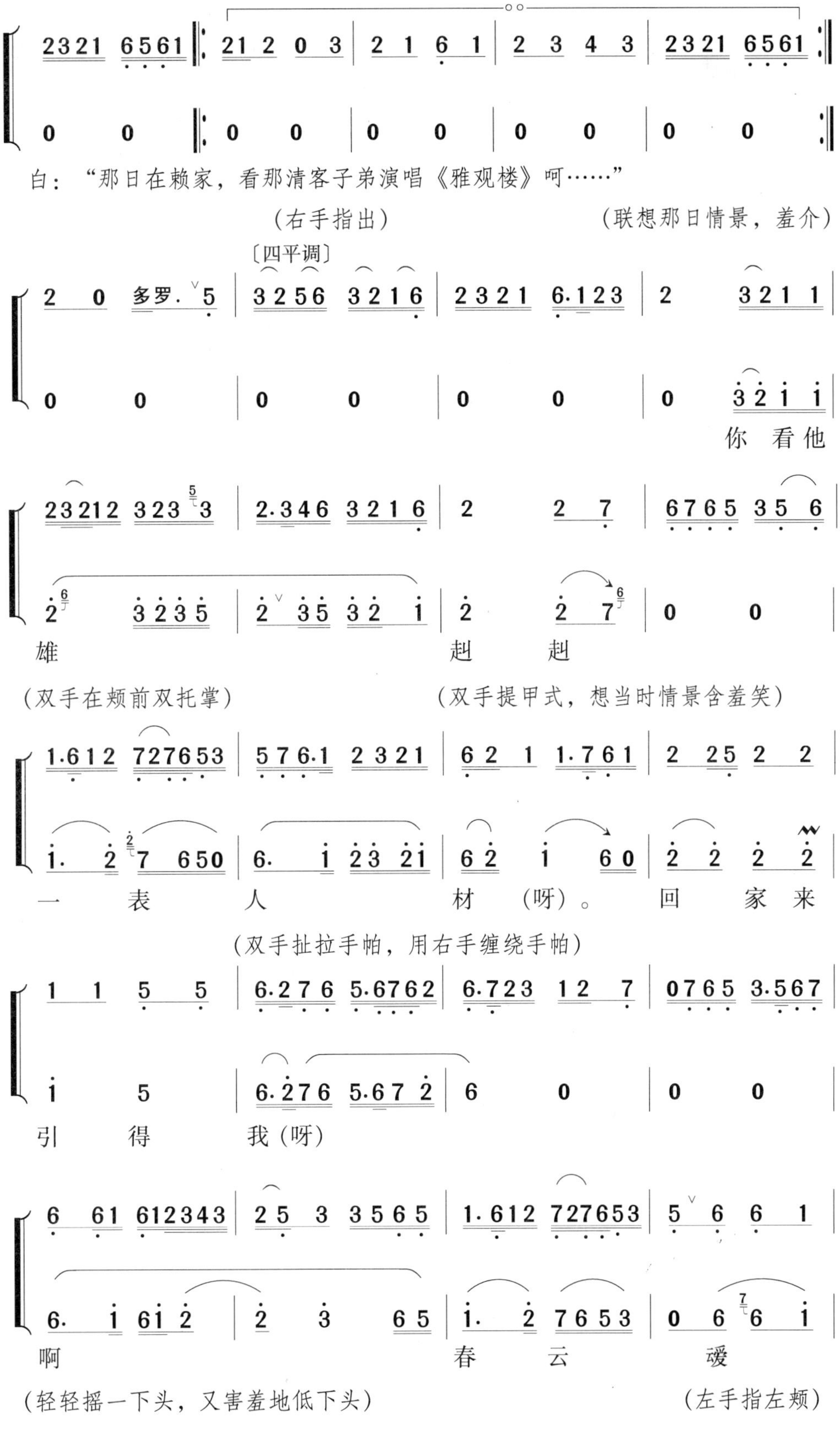
白：“那日在赖家，看那清客子弟演唱《雅观楼》呵……”
（右手指出）
（联想那日情景，羞介）
〔四平调〕
多罗
你 看 他
雄
赳 赳
（双手在颊前双托掌）
（双手提甲式，想当时情景含羞笑）
一 表 人 材 （呀）。回 家 来
（双手扯拉手帕，用右手缠绕手帕）
引 得 我（呀）
啊 春 云 叆
（轻轻摇一下头，又害羞地低下头）
（左手指左颊）

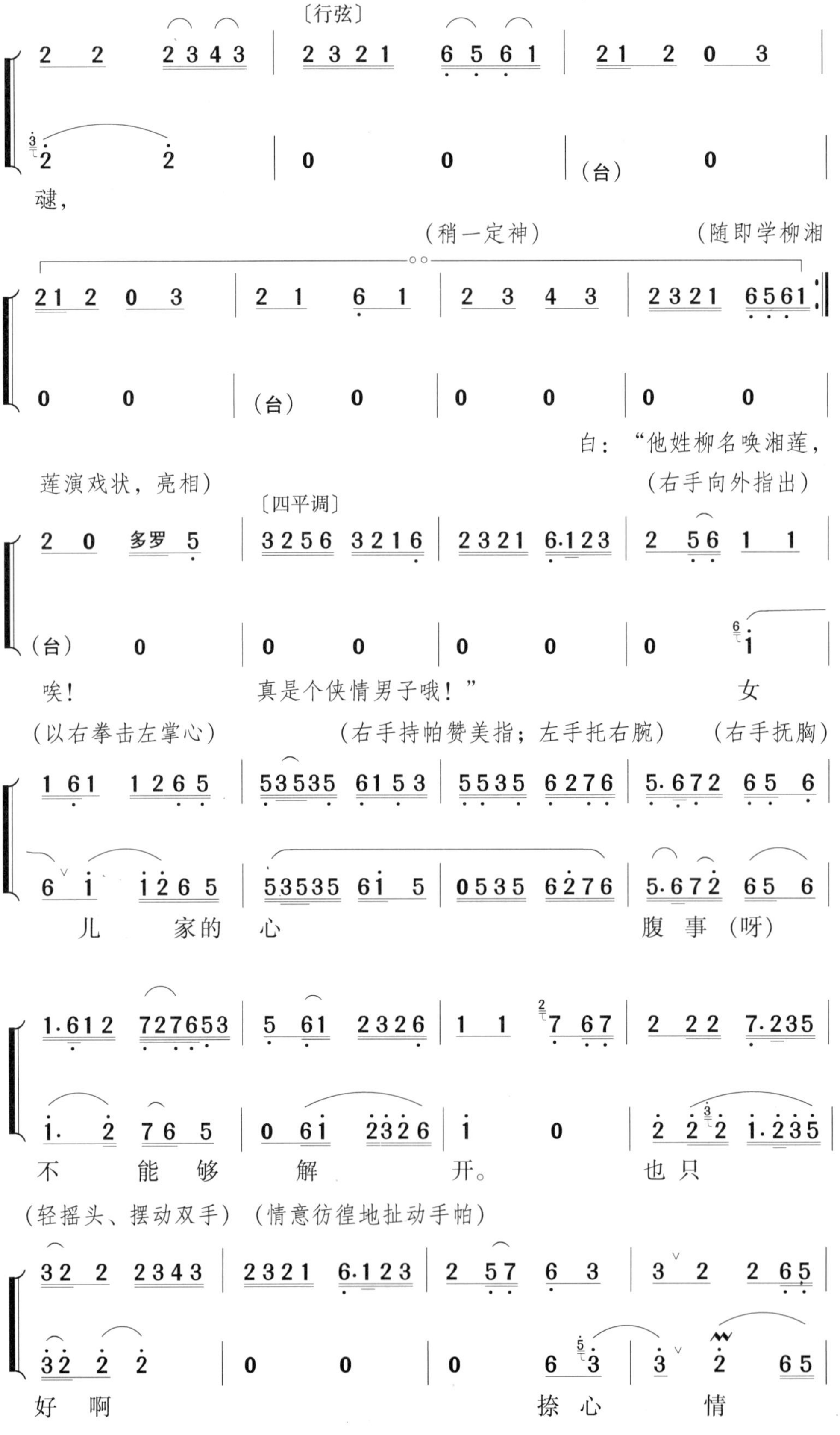
〔行弦〕
(台)
(台)
(台)
〔四平调〕
(稍一定神)
(随即学柳湘莲演戏状，亮相)
白：“他姓柳名唤湘莲，
(右手向外指出)
唉！
真是个侠情男子哦！”
女
(以右拳击左掌心)
(右手持帕赞美指；左手托右腕)
(右手抚胸)
儿 家的 心 腹 事（呀）
不 能 够 解 开。 也只
(轻摇头、摆动双手)
(情意彷徨地扯动手帕)
好 啊 捺心 情

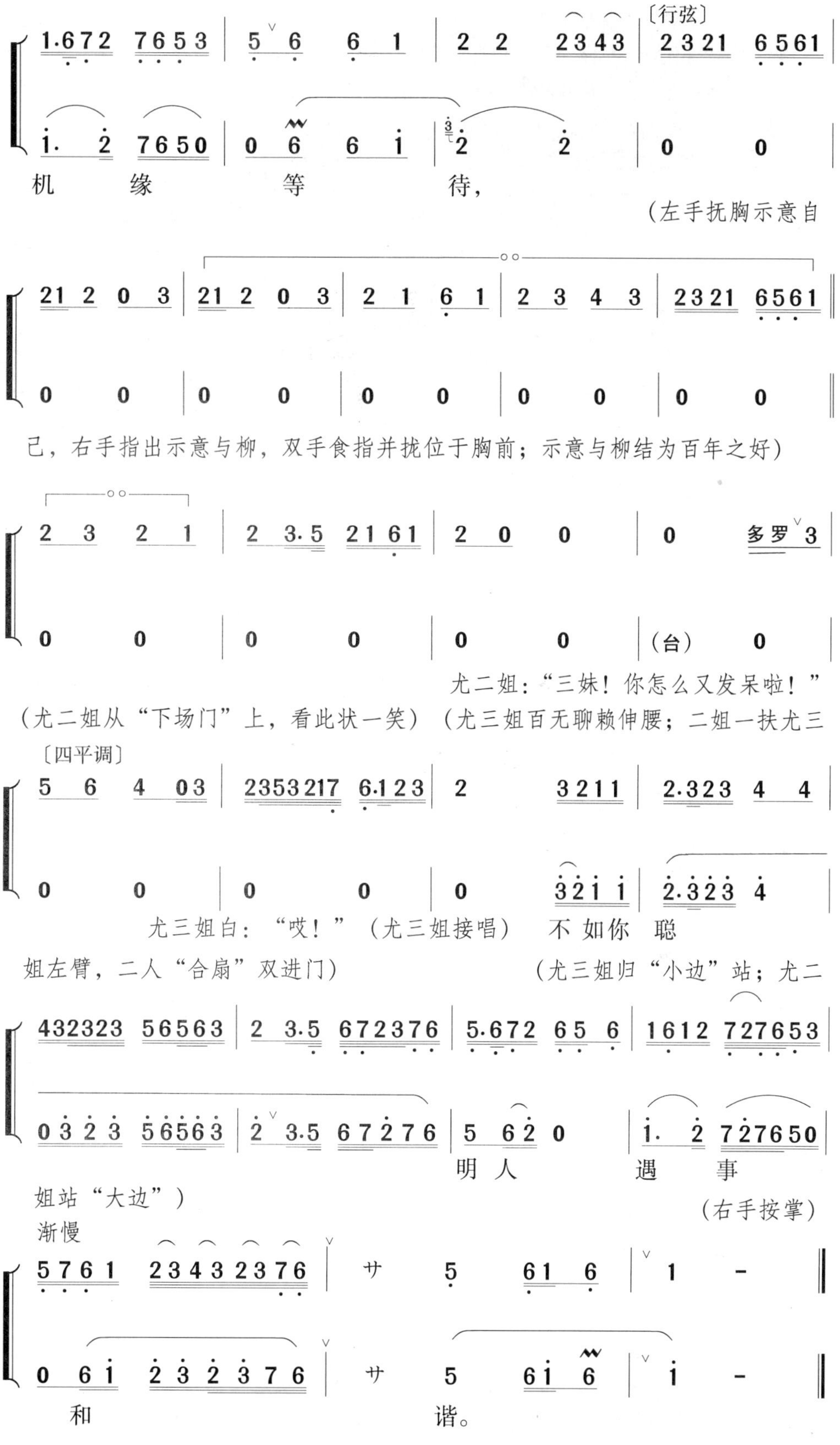
〔行弦〕
机 缘 等 待，
（左手抚胸示意自
己，右手指出示意与柳，双手食指并拢位于胸前；示意与柳结为百年之好）
多罗
（台）
尤二姐：“三妹！你怎么又发呆啦！”
（尤二姐从“下场门”上，看此状一笑）（尤三姐百无聊赖伸腰；二姐一扶尤三
〔四平调〕
尤三姐白：“哎！”（尤三姐接唱） 不 如 你 聪
姐左臂，二人“合扇”双进门）（尤三姐归“小边”站；尤二
明 人 遇 事
姐站“大边”）
（右手按掌）
渐慢
和 谐。

〔【小锣住头】尤三姐冷静呆状地看着尤二姐。

尤二姐　什么和谐不和谐，大姐接咱们娘儿三个到此，帮同料理家务（右手按掌），我们必须经心着意，事事留神（右手按掌掸动四下）。

尤三姐　（不以为然地）无非姐妹恩情厚，何必伤神为彼谋（右手指出）。

尤二姐　你的脾气总是那么古怪？（右手指三姐）

尤三姐　我不……（犟强地扭过身去）

尤二姐　（忙扶三姐肩）别生气，走，我带你玩去！

〔【小锣抽头】贾琏从“上场门”上。

〔西皮摇板〕

贾　琏　（过门同前）3 2 3 3 2 ^{5}3 3 2 1 1 3 ^{3}2 -

我 贾 琏 今 日 里 胆 大 如（呃）斗，

〔【小锣一击】贾琏按扇看尤氏姐妹；尤三姐见贾琏，即示意拉尤二姐走；尤二姐不动，尤三姐见状不悦地甩着手帕从“下场门”下。

贾　琏　二妹，三妹（向“下场门”打招呼，一望尤二姐，二姐羞介）哈哈哈……

〔西皮摇板〕

贾　琏　【小锣凤点头】（7 6 5 5 5）1 3 2 1 3 2 1

见 三 妹 走 慌

（合扇向左指）

2 3 2 7 6 7 2 6 ^{76}1 -（1 2 1 7 2 1 1）‖

忙 面 带 含 羞。

尤二姐　二哥，请坐。

贾　琏　有坐。

〔【小锣五击】贾琏坐“大边；尤二姐坐“小边”。

贾　琏　二姐，三妹往哪里去了？

尤二姐　她有事往后面去了。

贾　琏　她们有事，你怎么无有事呀？（用扇指尤）

尤二姐　我也有事（右手抚胸），告辞了。（离座）

贾　琏　（见状站起）慢来，慢来，她也有事，你也有事（用扇指尤），难道我贾琏到此就无人陪伴了么？（双手摊掌）

尤二姐　这个……待小妹（右手抚胸）陪你讲话。

贾　琏　着哇！（以扇击左掌心）原要贤妹陪我。

尤二姐　请坐。

〔【小锣一击】二人归原座。

贾　琏　哦，贤妹，你可曾许过人家？

尤二姐　许配人家怎么样，不曾许配人家便怎么样？（右手摊掌）

贾　琏　你若不曾许配，我便与你做……【小锣一击】（欲表心意）

尤二姐 做什么？（左手指贾）

贾　琏 （忙转话锋）哦，我便与你做谋呀！

尤二姐 小妹未出娘胎，就许配张华了。（右手指出）

〔**【小锣一击】**贾琏以扇击左掌心思索。

贾　琏 闻得张家早已衰落，岂不误了你的终身！

尤二姐 哦（惊扶右鬓）！张家衰落了么？**【小锣一击】**唉！我好命苦哇……（拭泪）**【小锣一击】**

贾　琏 贤妹不必如此，有道是人定胜天。（用扇指出）

尤二姐 说什么人定胜天，我的终身无有结局了哇……

〔**【小锣一击】**尤二姐伤心地呕吐。

贾　琏 贤妹，你怎么呕吐起来了？

尤二姐 我心中有些难过，故而呕吐。

贾　琏 你吃些槟榔也就好了。（取槟榔）

尤二姐 槟榔我这儿有。（取槟榔吃；贾琏见状收回自己的槟榔）

贾　琏 你的槟榔可与我一用啊？

尤二姐 我的槟榔是不给人吃的。（欲收起）

贾　琏 不与人哪，我就要……（从袖中掏出玉佩）

尤二姐 你要怎样？

贾　琏 你不与我，我便抢。（抢槟榔，随手将玉佩递与二姐手中）

〔**【小锣一击】**尤二姐看玉佩。

尤二姐 这是何物？

贾　琏 此乃九龙玉佩一方，贤妹收下。

尤二姐 这算何意呢？

贾　琏 此乃我妻王熙凤之物，我看你与她面貌相同（右手在右颊前托掌）故此奉送。你那心中（用扇指尤）还不明白么（右手抚胸）？你怎么不讲啊？

尤二姐 二哥之意小妹倒是明白（点头），只是以后不可负心哪！

贾　琏 我若负心（右手抚胸），天诛地灭（急跪，二姐忙扶起），少时差蓉儿前来，与令堂（拱手）商议此事（右手按掌），我去也。（施礼）**【小锣凤点头】**

〔西皮摇板〕

（过门同前） 2 1 2 1^{6} 3 $^{3}2$ - ∨ 2 2 1 3 $^{3}2$ -

九 龙 佩 付 佳 人　安 排 已（呀）定，

（合扇指尤）　（施礼）

〔**【小锣抽头】**贾琏出门，走至左台口向右转身。

〔西皮摇板〕

（过门同前） 3 2 1 1 6 2 1 1 2 7 6 7 2 6 $^{7}6$ 1 - ‖

我 与 那 尤 二 姐 结 下 同 心。

（双手食指直伸在胸前并拢）

〔**【小锣凤点头】**贾琏开扇背扇从“下场门”下；尤二姐站台中。

〔西皮摇板〕

尤二姐（过门同前）1̇ 1̇ 3 6 5 3 3 6 5 5 6
接 玉 佩 不 由 我 暗 暗
（左手拿玉佩）

6 3 5 6^{76}（6 5 3 5 6 5 3 2 1 2）1̇
思 忖， 分
（右手抚胸）

1̇ 3 6 5 5 3 5 6 1̇ 5 6 5 3 $^{5}3$ 5
明 是 那 贾 琏 一 见 留 情。
（右手指玉佩）

〔【小锣一击凤点头】尤老娘从“上场门”上。

〔西皮摇板〕

尤老娘（过门同前）2 1 2 1 3 2 2 1 3 $^{3}2$ -
我 母 女 在 堂 前 暂 息 劳 顿。
（右手按掌） （二姐扶尤老娘入座）

〔【小锣一击】尤三姐从“上场门”上，尤二姐见尤三姐到来，急藏玉佩。【小锣凤点头】尤三姐右手扶鬓看二姐，尤二姐更显窘促不安；尤三姐笑指二姐。

〔西皮摇板〕

尤三姐（过门同前）3 3 6 5 1̇ 6 5 6 $^{5}3$ 5 1̇ 6 5 35 3 5
问 姐 姐 因 何 故 面 带 红 云？

尤三姐 姐姐，你手里拿的什么？（指玉佩）
尤二姐 没有什么。（急藏）
尤三姐 我看见了！
尤二姐 你看见了给你看。（递玉佩，三姐接）
尤三姐 （看玉佩略思）哎，姐姐，想咱们家里贫穷，你哪儿来的这么好的玉呀？（指玉佩）
尤二姐 （忙掩饰）嗯，是贾琏（右手指）行走慌促，他落在这儿的。
尤三姐 怎么着，他落在这儿的（右手向下指）！他怎么不落在那别处哪（右手撒掌）？
尤二姐 那谁知道啊！
尤三姐 姐姐，你不要胡思乱想的，妈呀从小把你许配张华，就要过门了（左手向外指），快把玉佩还给人家吧。（指玉佩）
尤二姐 我的事不用你管。
尤三姐 你不还给人家（看二姐），我就把它摔了！（举玉佩欲摔）
〔【小锣一击】尤二姐急拦。
尤二姐 毁了人家的东西，你赔得起吗？
尤老娘 是啊，毁了人家之物，我们是赔不起的（摆右手），若是毁了我们自己的东西倒也无妨。

尤三姐 妈呀，（右手拍腿）你好不明白！（右手指尤老娘）

尤老娘 我不明白（右手拍胸），你才不明白呢！（左手指三姐）

〔贾蓉内：“啊哈！”

〔**【小锣五击】**贾蓉从“上场门”上，至右台口。尤氏姐妹归“大边”。

贾　蓉 （念）巧计安排好，

　　前来做月老。

〔**【小锣一击】**贾蓉进门，向各位打招呼。

贾　蓉 姥姥，二姨，三姨。（向各位作揖后站“小边”）

尤老娘 罢了。

尤三姐 蓉儿，你这小子做什么来了，八成为你二叔落在这儿的玉佩吧？（右手举玉佩晃两个）在我手里，你拿去。（递）

贾　蓉 您别忙，我还有话说。

尤三姐 有话跟老太太说。

尤老娘 蓉儿，你到此何事？

贾　蓉 我是给我二姨保媒来了。（点头哈腰）

尤老娘 你二姨指腹为婚，早已许配张华了。（右手向外指）

尤三姐 对啦，（以右拳击左掌心）我姐姐在我妈肚子里就许配给人家了。

尤老娘 你这是怎么讲话。（左手指三姐）

贾　蓉 闻听人言张家败落了，我二姨过了门不也得受罪吗？（右手摊掌）

尤老娘 （点头）但不知你提的是哪一家呢？（右手摊掌）

贾　蓉 我提的不是外人（摆右手），就是我二叔贾琏。

〔**【小锣一击】**贾蓉右手外指；尤三姐右手扶鬓一怔。

尤三姐 住了吧（一扬手帕）。**【小锣一击】**谁不知道你二叔娶的是王熙凤，她是有名的醋坛子（左手指出），我姐姐过了门也得受气（右手按掌），打我这说就不成。（双摆手）

贾　蓉 您干什么呀？（进前两步）您不知道，只因我二婶她老生不养儿子。

尤三姐 什么，（双手叉腰）你二婶她不养活儿子，你看看我姐姐就能养活儿子吗？（右手指贾）

尤老娘 你怎么又来了。

贾　蓉 二姨就在外头安家（右手按掌），永不进荣国府（摆右手），做个两头为大（双手食指直伸在胸前点动两下）。老太太（向尤老娘凑一步）您瞧好不好？

尤老娘 （沉思）倒也不差（点头），我应允就是。（右手抚胸）

尤三姐 妈呀，使不得！（摆双手）

尤老娘 儿呀（向二姐），不知你意下如何？（尤二姐向母亲点头）

〔尤三姐生气地指指尤二姐，摇摇头，心中埋怨姐姐不明事理。

贾　蓉 三姨，我看老太太也愿意（右手指尤老娘），您何必多管闲事哪（双手一摊），我要回禀父亲和二叔去啦。

〔**【小锣五击】**贾蓉与尤老娘施礼、出门从“下场门”下；尤三姐跟着出门，召唤贾蓉。

尤三姐　蓉儿，你回来，使不得。（招右手，摆动右手）

尤老娘　他去远了。

尤三姐　（进门）妈妈，你好糊涂！（右手指尤老娘）（台 . 大 另 台）（起唱）

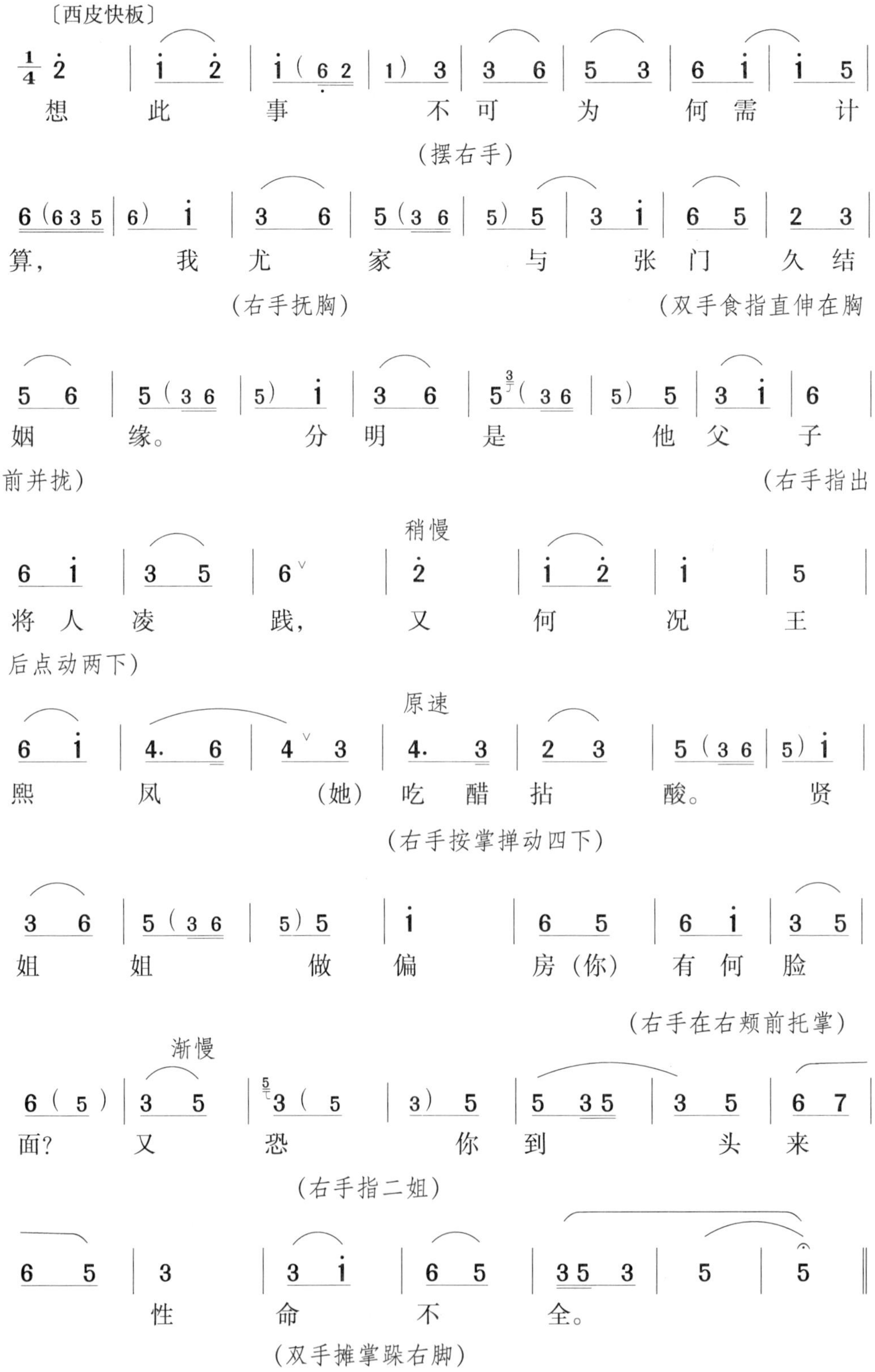

红楼二尤

〔【小锣抽头】贾蓉从“上场门”上，至右台口。

〔西皮摇板〕

贾　蓉　（过门同前）1　3　2　21　1　2　1　1

好　姻　缘　天注　定　棒　打　不

（摆右手）

2　^{3}2　（35　21　$\underset{\cdot}{6}$1　2）　6　$\underset{\cdot}{6}$2

散，　　　　　　　　　　　　　　　　全　凭

1　3　21　2　^{3}2　$\underset{\cdot}{7}\underset{\cdot}{6}$　$\underset{\cdot}{7}$2　$\underset{\cdot}{6}$　${}^{7}\underset{\cdot}{6}$　1　-　‖

我　三　寸　　舌　　两　下　来　　牵。

（进门）

老太太，我去跟我父亲和二叔商量好了，今天就娶。我二叔已把花枝巷的房子打扫好了（右手按掌），一会儿就来抬亲（右手外指），还要接老太太跟三姨一同去住。（向尤二姐）二姨您就梳妆去。

尤二姐　这个……（又喜又羞）

贾　蓉　别装着啦！（示意快去）

尤二姐　唉！

〔【小锣一击】尤二姐“下场门”下，尤三姐疾走两下招右手。

尤三姐　姐姐转来，此事还要商量（向尤老娘），使不得！（摆双手）

尤老娘　（略思）只是今日迎亲太匆忙了。（向贾蓉）

贾　蓉　老太太，这宗事夜长了梦多，不能不快一点儿。（摆右手）

尤三姐　听你之言，分明是欺凌我们（右手抚胸），你们这里一定有鬼计（右手食指直伸向下划圈），快把你母亲请来，我有话讲。

尤老娘　三女儿，你二姐已经愿意，你就少说几句吧！（右手按掌）

贾　蓉　对啦（点头），您跟我母亲说，我母亲也做不了主哇！（双手一摊）这时候抬亲的也快来啦！

〔奏唢呐曲牌<小傍妆台>四家丁从“上场门”上，站“一条鞭”，来旺儿、车夫、轿夫随上。尤老娘扶尤二姐上，入轿；尤老娘、尤三姐上车，贾蓉、来旺儿随后，走圆场。至右台口尤二姐下轿；尤老娘、尤三姐下车，家丁、车夫、轿夫、来旺儿从“上场门”下。尤老娘扶尤二姐进门，尤三姐进门。曲牌止。

贾　蓉　（看一切停当）有请二叔！

〔贾琏从“下场门”上。

贾　琏　花轿到了，吩咐动乐拜堂。

〔奏唢呐曲牌<小傍妆台>贾琏、尤二姐向前台口一拜，向尤老娘一拜，二人对拜。贾蓉白：“入洞房。”贾琏、尤二姐入洞房，“下场门”下。曲牌止。

尤老娘　蓉儿，我们在哪里安歇？

贾　蓉　您随我来。

〔奏胡琴曲牌<西皮小开门>贾蓉领尤老娘、尤三姐圆场。进门，贾蓉双手向外撒

掌。曲牌止。

贾　蓉　您瞧这房子好不好？（站“小边”）

尤老娘　（左右一看）倒也不错。（站台中）

贾　蓉　三姨，您这儿来，（尤三姐近前）您瞅，我给我二姨保的媒怎么样？（双手摊掌）

尤三姐　好，不错呀！（站在“大边”）

贾　蓉　要是好的话，我的叔叔、大爷可多着哪（右手撒掌），我再给您找一个怎么样？（右手摊掌）

尤三姐　我揍你！（举右拳走到“小边”；贾蓉赶快躲着出门）

贾　蓉　（站右台口；右手向左指）好厉害！

〔**【小锣一击】**贾蓉从“上场门”下。

尤三姐　妈呀，这小子怎么不说好话呀！（右手向右指）

尤老娘　你不用理他。

尤三姐　什么时候了。

尤老娘　待娘听来。

〔起三更。

尤老娘　已是三更天了。

尤三姐　三更天了，睡觉哇！（右手指出）

尤老娘　安歇了吧。（点头）（进桌里归“大座”，睡介）

尤三姐　睡觉哇！

〔西皮摇板〕

【小锣凤点头】（过门同前）5 i 3 5 3 6 5 5 6

看天色已交了三更

6 3 5 6 （6 5 3 5 6 5 3 2 1 2 6 5 5 5）

时分，

5 i 5 5 3 3 5 6 6 3

尤三姐一阵阵撩

（右手抚胸，揉动两下）

5 i 6 5 353 5 （6 5 3 5 6 5 3 2 1 2 6 5 5 5）

乱心情。

3 3 6 5 5 7 6 7 6 6 3 5

母女们闭了门合衣而

6 ⁷6（6 5 3 5 6 5 3 2 1 2 6 5 5 5）5 i

寝，　　　　　　　　　　　　　　　　　　到 他

（尤三姐关门）

i － ²i ²i 6 5 ˅ 5 3 3 5 6· 7 6 5

家　　　　　　　必　须　要

（右手向右指）

3 3 i 6 5 3 5³ 5（5 5 3 6 5 －）‖

步　步（哇）留　神。

（右手按掌点动两下，伸懒腰坐“大边”跨椅睡介）

〔在过门收头中，焦大从“上场门”上，至右台口。

焦　大　奉了老爷命（拱手），来请二东人。（一看）来此已是，旺儿！

〔**【小锣一击】**来旺儿从“下场门”上，开门。出门。

来旺儿　焦大爷，您干什么来啦？

焦　大　西府老爷，请二爷有事。

来旺儿　您这儿候着。（进门）有请二爷！

〔**【小锣一击】**贾琏从“下场门”上，右手持扇。

贾　琏　何事？

来旺儿　焦大求见。

贾　琏　唤他进来。（来旺儿出门）

来旺儿　叫您去哪！

〔**【小锣一击】**焦大进门。站“小边”。

焦　大　叩见二爷。（施礼）

贾　琏　何事？

焦　大　西府老爷请您过府有事相商。

贾　琏　前面带路！**【小锣凤点头】**

〔西皮摇板〕

（过门同前）2 1 2 3 3 ³2（2 2）3 2 ³2 1 1 ³2 －

离　却　了　花　枝　巷　　　来　奔　府　第，

（右手合扇指出）

〔**【小锣抽头】**焦大出门，从“下场门”下，贾琏出门走到左台口向右转身，抖左袖、提袖。

〔西皮摇板〕

（过门同前）1 3 ³2 1 3 2（2 2）

到　西　府　见　天　伦

（拱手）

1 - - 2 2. 1 6. 6 1 - ‖
问 安 宁。

〔【小锣抽头】贾琏左转身从“下场门”下；贾珍从“上场门”上。至右台口。

〔西皮摇板〕

贾　珍　（过门同前） 1 1 3 2 1 2 2 （ 2 2 ）
急 急 忙 忙 往 前 进，

3 3 3 2 1 2 2. 3 3
花 枝 巷 内 （我） 会
（右手向左指）

2 2 1 - （ 1 1 7 2 1 - ） ‖
美 人 （呐）！
（右手在右颊前托掌） （一看）

贾　珍　到啦，门没关着，等我招呼一声。来旺儿，大爷来啦。
来旺儿　（从“下场门”上）大爷来啦，我们没关门，您怎么不进来。
贾　珍　岂能失了规矩。新二奶奶来了没有？二爷在家没有？
来旺儿　二爷到西府去了。
贾　珍　二奶奶哪？（右手指“下场门”）
来旺儿　在那梳妆哪，我给您回禀一声。（左手向左指）
贾　珍　我们这样的亲戚，不用你回禀（摆右手），你去吧。（示意）
来旺儿　是。（“下场门”下）
贾　珍　有了，二弟不在家，拿我二姨妹开回心去。正是：（扎）
（念）二弟出了门，
前去看小姨。（右手向左指）
〔【小锣一击】贾珍从“下场门”下；尤老娘、尤三姐睡醒。
〔【小锣一击】尤三姐开门见贾珍下。
尤三姐　看贾珍这厮鬼鬼祟祟，好无有廉耻哟。（左手向左指）
〔【小锣凤点头】尤三姐右手扶鬓望“下场门”。

〔西皮摇板〕
（过门同前） 3 3 6 5 5 7 6 7 6 6 3 5
冷 眼 看 耐 不 得 鬼 蜮 行
（左手向左指）

6 6 （ 6 5 3 5 6 5 ） 3 3 6 5 5 3
径， 怪 不 得 宁
（右手向

3 i 6. 7 6 5 3 3 i 0 65 3 3 5 ‖
国 府 久 有 骂 名。

外指出后再点动两下)

〔【小锣抽头】尤二姐从“下场门”上，至左台口。

〔西皮摇板〕

尤二姐 （过门同前）3 3 6 5 7 7 6 5 6 （6 6）
我 的 夫 出 门 去

（拱手）

7 6 6 3 5 6 （6 5 3 5 6 5）
夫 兄 闯 进，

（右手向左指）

5 i i - 6 5 5 6 6 3 5 i
避 嫌 疑 来 寻 找 手 足

（右手按掌）

6 5 3 3 5 （5 5 3 6 5 -）‖
之 人。

（进门）

尤二姐 母亲，三妹。

尤三姐 姐姐，你不在你的房中，到我们这里做什么来啦？

尤二姐 你不知道，你二姐丈出门了，大姐丈闯进屋去，我怕男女不方便（摆右手），故而躲到你的屋里来了。（右手按掌）

尤三姐 你就该把他轰出去呀！（一扬右手）

尤二姐 他坐在那儿不动，我怎么好意思呢！（双手摊掌）

尤三姐 姐姐，你真是个懦弱的女子，要是遇见我，我就把他给揍了出去。（右手向外指出）

尤二姐 谁比得了你呀！（右手指三姐，坐在了“大边”）

〔尤氏姐妹谈话间，贾珍从“下场门”上，又赶到尤老娘房中。

贾　珍 二姨妹，咱们这样的亲戚，干什么这样躲躲藏藏的？（嘻皮笑脸地说）

尤老娘 嗯哼！（不悦地咳嗽，贾珍见尤母在此坐）

贾　珍 岳母在这儿哪，参见岳母。（施礼）

尤老娘 贤婿少礼。

贾　珍 （搭讪着）三姨妹，你瞧你二姐这件事，我给办得怎么样？

尤三姐 好！

贾　珍 要是好的话，要不你跟我……（向前凑近一步右手抚胸）

尤三姐 （瞪眼叉腰）我跟你怎么着？

贾　珍　你跟我……到我们家里住些日子去。（左手向外指）
尤三姐　这边是二姐丈家（右手按掌），那边是大姐丈家，都是一样。
贾　珍　不不不（摆双手），他们这里的底下人侍奉你（指尤三姐）侍奉得不周到。
尤三姐　他们不敢。（摇头）
贾　珍　（找辙地）你瞧你的衣裳都旧了。（右手上下一比划）到我们那儿（右手抚胸）给你做几件新的好吗？（右手摊掌）
尤三姐　（爱理不理地）家常的衣服，何论新旧？
贾　珍　倒是新的比旧的强得多。（右手向外指）
尤三姐　我说大姐丈你是怎么回事？（右手点指贾珍）
贾　珍　我也不知我怎么啦！（双手一摊）
尤三姐　你瞧我们这屋内都是女人（右手撒掌），惟有你一个男人（左手指贾珍），你进得屋来在这唠唠叨叨（右手按掌），你是怎么回事（双手叉腰）？给我出去吧！（左手指贾珍；贾珍还欲说，尤三姐双手将贾珍推出门）
贾　珍　好厉害，把我给轰出来啦！（双手一摊）
〔贾琏内白：“走哇！”

〔【小锣抽头】贾琏从“上场门”上，〔亮弦〕（1 1 7̣ 2 1 －）
【小锣凤点头】贾琏左手抖袖。

〔西皮摇板〕
贾　琏　（过门同前）1 3 2 3 2 1 1 2 1 3 2
老爹爹他命　我出门公干，
（拱手）
（2 1 6̣ 1 2 2）5̣ 6̣ 2 1 3 2 1 2 ^{3}2
怎奈　是心留　恋
6̣ 2 1 2 ^{3}2 1（1 1 7̣ 2 1 －）‖
难　舍新　欢。
（双手摊掌，进门，见贾珍）

贾　琏　哦，大哥来了，请进。（站“小边”；贾珍站“大边”）
贾　珍　恭喜二弟，贺喜二弟！（拱手）
贾　琏　喜从何来？（右手摊掌）
贾　珍　（右手点指贾琏）跟我装糊涂，你心里明白就得啦。这么办吧，叫三姨妹陪咱们俩喝会儿，你瞧怎么样？（用右手背反拍贾琏左肩）
贾　琏　大哥要饮酒，好，随我来。
〔【小锣一击】贾琏、贾珍进门；尤二姐忙站起。
尤二姐　官人。（拱手）
贾　琏　（示意）回避了。（尤二姐点头）
尤二姐　正是：（扎）杨花今有主，不再逐风流。

〔【小锣五击】尤二姐从“下场门”下。

贾　琏　三姨妹，你可曾听见？

尤三姐　听见什么？（双手摊掌）

贾　琏　大哥要与你饮个双杯酒。

尤老娘　（站起）噢，你们要吃酒，我也要吃酒（右手拍胸）。

尤三姐　妈呀，您要吃酒您一人到屋里去吃，您不知道这里的事。（边说边推尤老娘快走，尤老娘从“下场门”下）

贾　珍　（站“大边”）老二你好福气，得啦（一扬右手），你心里明白，我心里明白。

〔尤三姐推送尤老娘回屋后，向右一转身归到台中。贾琏站“小边”。

尤三姐　过来(向贾珍、贾琏抬手),你们要喝酒(右手点指二人),是不是要我(右手抚胸)陪酒。

贾　珍　不不不（摆双手），陪着你喝。（右手指三姐）

尤三姐　陪着我喝，（右手抚胸）说得好（点头）。我明白啦，我们姐妹三人嫁给你们贾家两个，分明都把我们当做粉头是不是？（双手摊掌）

贾　珍　不敢不敢。（忙摆手）

尤三姐　喝酒，我最喜欢喝酒（右手抚胸、点头），可是这么着……

贾　珍　怎么着？

尤三姐　我得坐在上座。（左手指出）

贾　珍　让你坐在上座。

尤三姐　你们（指二人）给我斟酒。

贾　珍　（讨好地）给你斟酒。

尤三姐　你们来，来，来呀，喝呀，喝呀！

〔尤三姐入“大座”，贾珍坐“大边”跨椅；贾琏坐“小边”跨椅。

贾　珍　（给尤三姐斟酒）来来来，喝呀喝呀！

〔【小锣抽头】尤三姐一看二人蔑视地摇摇头。

〔西皮摇板〕

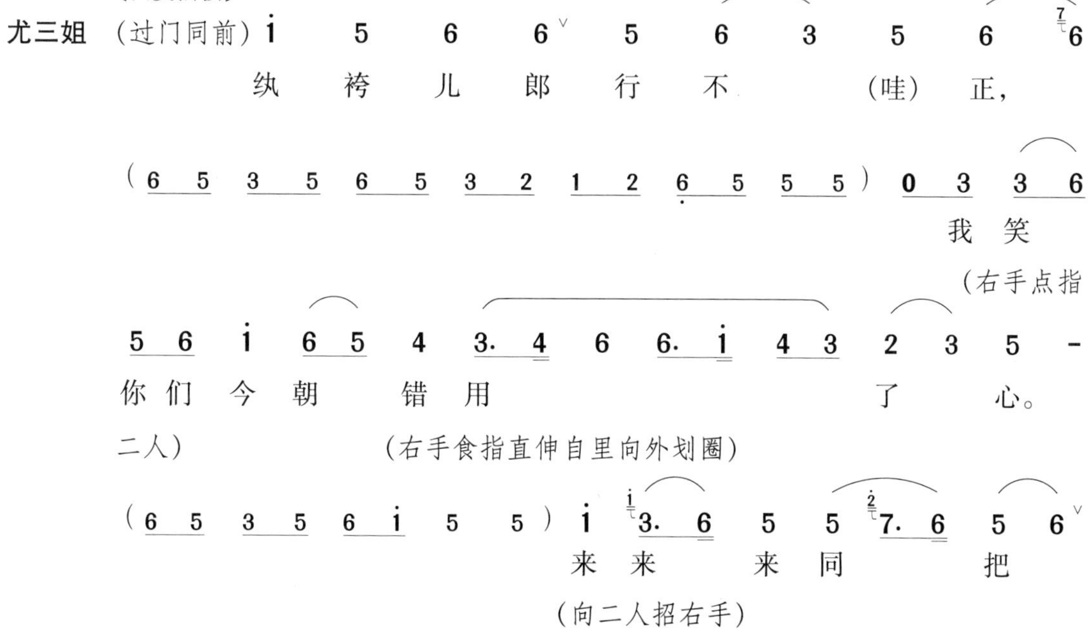

7　6　3ˇ　5　-　5　-　6　-　（台 大 .）
双　杯　　饮，

（端起酒杯）
〔行弦〕
（6 35 | 6 7 | 6535 | 6 0 | 6 35 | 6 7 | 6535 | 6 0 |
尤三姐白：“你喝，呀，　　　　　　　　　　　　　喝呀！
（右手端杯向贾珍让酒，贾珍见三姐正气凛然地端起酒杯，不知如何是好）

6 35 | 6 7 | 6535 | 6 0 | 6 35 | 6 7 | 6535 | 6 0 |
你喝呀！”　　　　　　　　　　　贾珍白：“哎，我喝”。
（望着尤三姐连连头）

6 35 | 6 7 | 6535 | 6 0 | 6 35 | 6 7 | 6535 | 6 0 |
尤三姐白：“你喝吧！你！”
（向贾珍脸上泼酒）

6 35 | 6 7 | 6535 | 6 0 | 6 35 | 6 7 | 6535 | 6 ）‖
贾珍白：“哎哟泼了我一脸。”（急忙擦脸）

〔西皮快板〕
尤三姐　【三锣凤点头】（仓 才 仓 仓 0） 3. 6 | 5（36 | 5）i | 6 5 | i i | 5 6 |
大　骂　　贾　琏　与　贾

5 i | 6 5 | 3. 6 | 5 | 3 3 | 3 5 | 6 i | 3535 |
珍，你　家　凤　姐　心　肠　　狠，她　到　处

6 3 | 0 i | 5 6 | 5（36）| 3. 2 | 3 6 | 5（36 | 5）i |
闻　名　是　恶　人。　我　姐　姐　无
（右手抚胸）

6 5 | i i | 3 5 | 6（5）| 6. 5 | 3 5 | 0 i | 5 6 |
能　遭　勾　引，　失　身　嫁　在　你　家
（右手指二人）

5（65）| 3. 5 | 3 5 | 3 5 | 6ˇ 2 | 2 3 | 4 3 | 4 6 |
门。　纵　然　今　日　多　庆　幸，雪　里　埋　儿
（右手按掌）

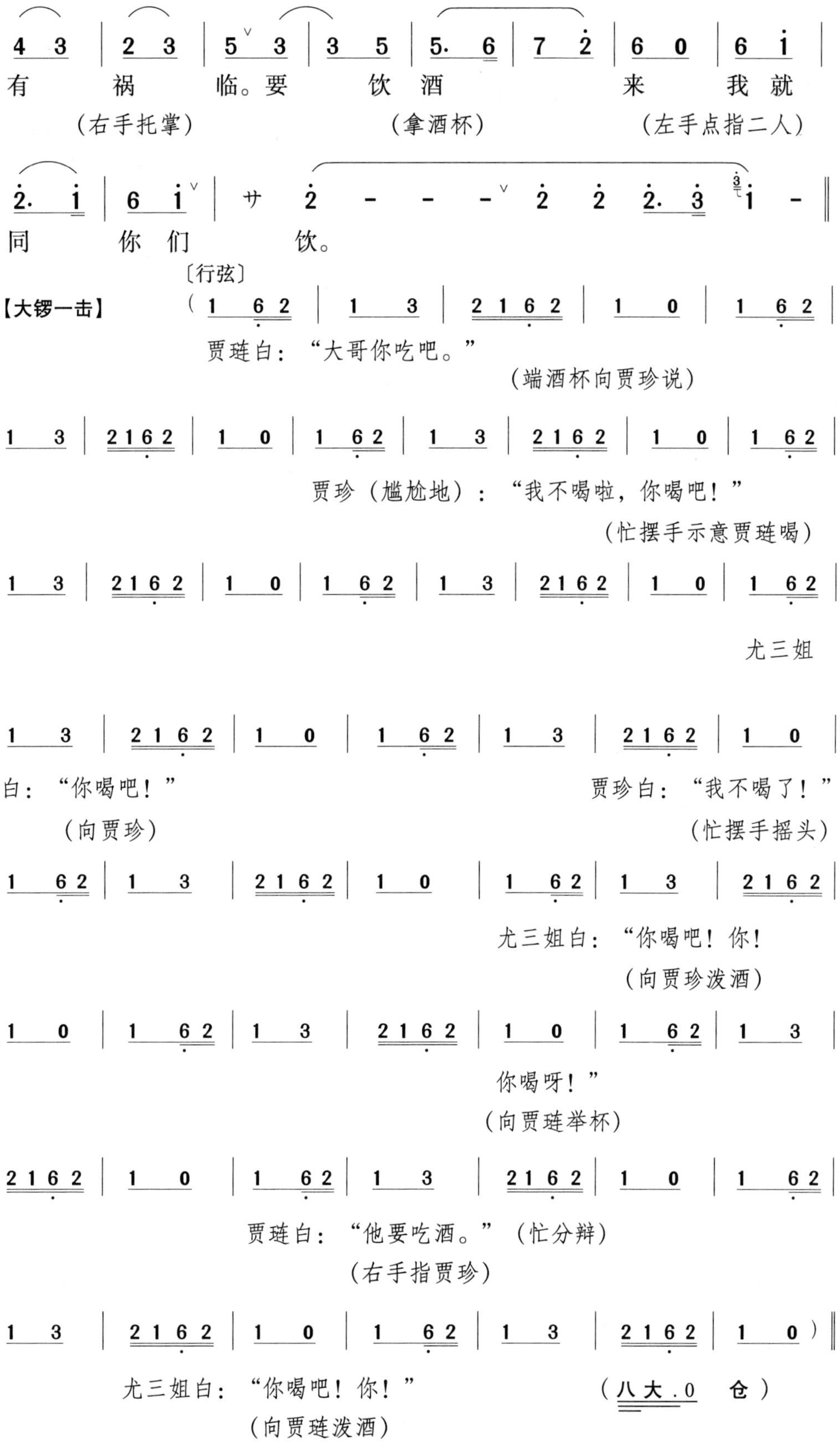
有 祸 临。要 饮 酒 来 我 就
（右手托掌）
（拿酒杯）
（左手点指二人）
同 你 们 饮。
〔行弦〕
【大锣一击】
贾琏白：“大哥你吃吧。”
（端酒杯向贾珍说）
贾珍（尴尬地）：“我不喝啦，你喝吧！”
（忙摆手示意贾琏喝）
尤三姐白：“你喝吧！”
（向贾珍）
贾珍白：“我不喝了！”
（忙摆手摇头）
尤三姐白：“你喝吧！你！
（向贾珍泼酒）
你喝呀！”
（向贾琏举杯）
贾琏白：“他要吃酒。”（忙分辩）
（右手指贾珍）
尤三姐白：“你喝吧！你！”
（向贾琏泼酒）
（八大.0 仓）

〔西皮摇板〕

尤三姐 【闪锤】(过门同前)i 5 i 0 6. i 3 i 6 5 353 5
吞 吞 吐 吐 你 为 何 情!
(看二人双手摊掌)

「【大锣住头】尤三姐从桌内走出来。

尤三姐 再喝一点(向贾珍)。

贾 珍 喝——(摇头看三姐)不……

尤三姐 不喝了,过来。(向贾珍招手)

贾 珍 过来干什么?(不知所措向前走)

尤三姐 站齐了,(二人听话地站成一排)给我滚出去吧!

「【小锣一击】尤三姐双手将贾珍、贾琏推出门外,关门。

贾 珍 (倒吸一口气)好厉害,轰出来了。

贾 琏 大哥,我们吃酒哇。

贾 珍 (伸脖)吃酒哇,我这一辈子也不吃酒了!

「【小锣抽头】贾珍从"下场门"下;尤三姐归"大边"跨椅坐。尤二姐从"上场门"上,至右台口。贾琏在门外"大边"站。【小锣凤点头】

〔西皮摇板〕

尤二姐 (过门同前)3 3 6 5 7 7 7 5 6 7 6
想 必 是 三 妹 妹 起 了

6 3 5 6 (6 5 3 5 6 5) 3 3 6
火 性, 我 不
(右手托掌)

5 5 6 6 3 6 5 6 5 3 3 5
免 向 前 去 细 问 分 明。
(右手向左指)

尤二姐 (叫门)三妹开门哪!

尤三姐 谁呀?

尤二姐 是姐姐我。(右手抚胸)

尤三姐 姐姐,你一个进来,(站起)别让那个混账东西跟进来。

「【小锣一击】尤三姐开门;尤二姐进门、贾琏尾随而进。【小锣一击】尤三姐委屈地抱二姐哭。

尤二姐 妹妹,我这么一会没在这儿,你这是怎么啦?(双手扶三姐肩)谁欺侮你了,跟姐姐我说!

〔亮弦〕

「【小锣一击】尤三姐向后退一步看尤二姐。サ(7 6 2 1 -)

尤三姐轻轻哭泣。【小锣凤点头】尤三姐拭泪。

〔西皮摇板〕

尤三姐（过门同前） 3 6 5 6 6ᵛ ²̇7 6 3 5 6 ⁷6

姐 妹 生 成 金 玉 质，

（右手抚胸）

（6 5 3 5 6 5 3 2 1 2） i̇ ⁱ̇3 3 5 6. 5 4 3

凭 空 反（呐）被（这）恶

（左手向外指出）

2 3 5 －（6 5 3 5 6 i̇ 5 5 3 2 1 2 6̣ 5 5 5）

犬 欺。

i̇ ⁱ̇3 3 6 5ᵛ 5 6 3 5 6⁷⁶（6 5 3 5）

心 中 难 忍 不 平 气，

（右手抚胸揉动两下）

3. 6 5 3ᵛ i̇ 6 ⁵3 3. 6 4 3 3 ⁵3 5 ‖

情 愿 捐 生 委 沙 泥。

（左手拉右帕一缓后，右手向下指地，眼看右手）

「【小锣凤点头】尤二姐右手扶鬓看尤三姐，再看贾琏，贾琏与尤二姐目光相对忙低头。

〔西皮摇板〕

尤二姐（过门同前） 3 6 5 7 6 5 6 3 5 6 ⁷6

闻 言 心 中 怒 火 起，

（右手抚胸）

（6 5 3 5） i̇ i̇ 6 5 3 5 6ᵛ 6 i̇ 6 5 5 3 5 － ‖

从 今 不 管 你 的 闲 是 非！

（右手斥指贾琏后，拉尤三姐欲走）

「【小锣凤点头】贾琏急拦。

〔西皮摇板〕

贾 琏（过门同前） 3 ⁵3 3 2 3 3. 5 1 2 ⁵3

千 错 万 错 我 无 礼，

（连连作揖）

（7̣ 6̣） 6̣ 2 1 2 3 2 2 1 6̣ 1ᵛ

错 把 他 人 来 看 低，

3 2 1 1 3. 3 21 6 5 -
三 妹 且 消 （啊）
（拱手）

2 5 5. 6 7 - 5. 3 6（台 大）
心 头 气，
（右手抚胸）

〔行弦〕
（6 35 | 6 7 | 6535 | 6 0 | 6 35 | 6 7 | 6535 | 6 0 |
贾琏白："三妹愚兄错了，你不要生气了，我再也不敢了！"
（向尤三姐赔礼，尤三姐不理）

6 35 | 6 7 | 6535 | 6 0 | 6 35 | 6 7 | 6535 |
（台） 贾琏白："三妹呀！"

6 | 6 35 | 6 7 | 6535 | 6 6 ）| 【小锣凤点头】

〔西皮摇板〕
（过门同前）3 2 1 1 3 2 1 2 5 1 2 2 1 ‖
我 贾 琏 不 是 个 好 东 西。
（自己用右手打自己一耳光）

尤三姐 你本来就不是好东西。

尤二姐 三妹，你姐丈认了错了，你再不要生气了。

尤三姐 （赌气地）他纵然认错，我也是不与他讲话的。（瞪贾琏）

贾　琏 既然住在一处，怎能不讲话呢？（双手摊掌）

尤二姐 是呀，既然住在一处，怎能不与你姐丈讲话。（指三姐）

尤三姐 姐姐，我是个女儿家（右手抚胸），难道我在他这里住一辈子不成？（右手摆弄手帕）

尤二姐 三妹，听你之言，莫非想寻一个才郎了结终身么？

〔尤三姐欲言又忍，羞而不答；尤老娘从"上场门"上。

贾　琏 原来你想嫁人，依我看来，不如嫁了我兄弟宝玉吧（左手指）。

尤三姐 什么？我们女人嫁人，就得嫁什么宝玉金玉（右手按掌点动两下），又"嘚儿"玉啦(右手外指）还不错呢（右手甩帕）！

尤二姐 妹妹，听你之言，莫非有了什么意中人了吧？（右手摊掌）是谁呀（右手外指），跟姐姐我说说（右手抚胸）。

〔【小锣一击】尤三姐害羞。〔亮弦〕（2 1 1 2 1 -）撒娇地搂着尤二姐。

〔【小锣凤点头】尤老娘站台中；尤二姐、尤三姐站"小边"；贾琏站"大边"。

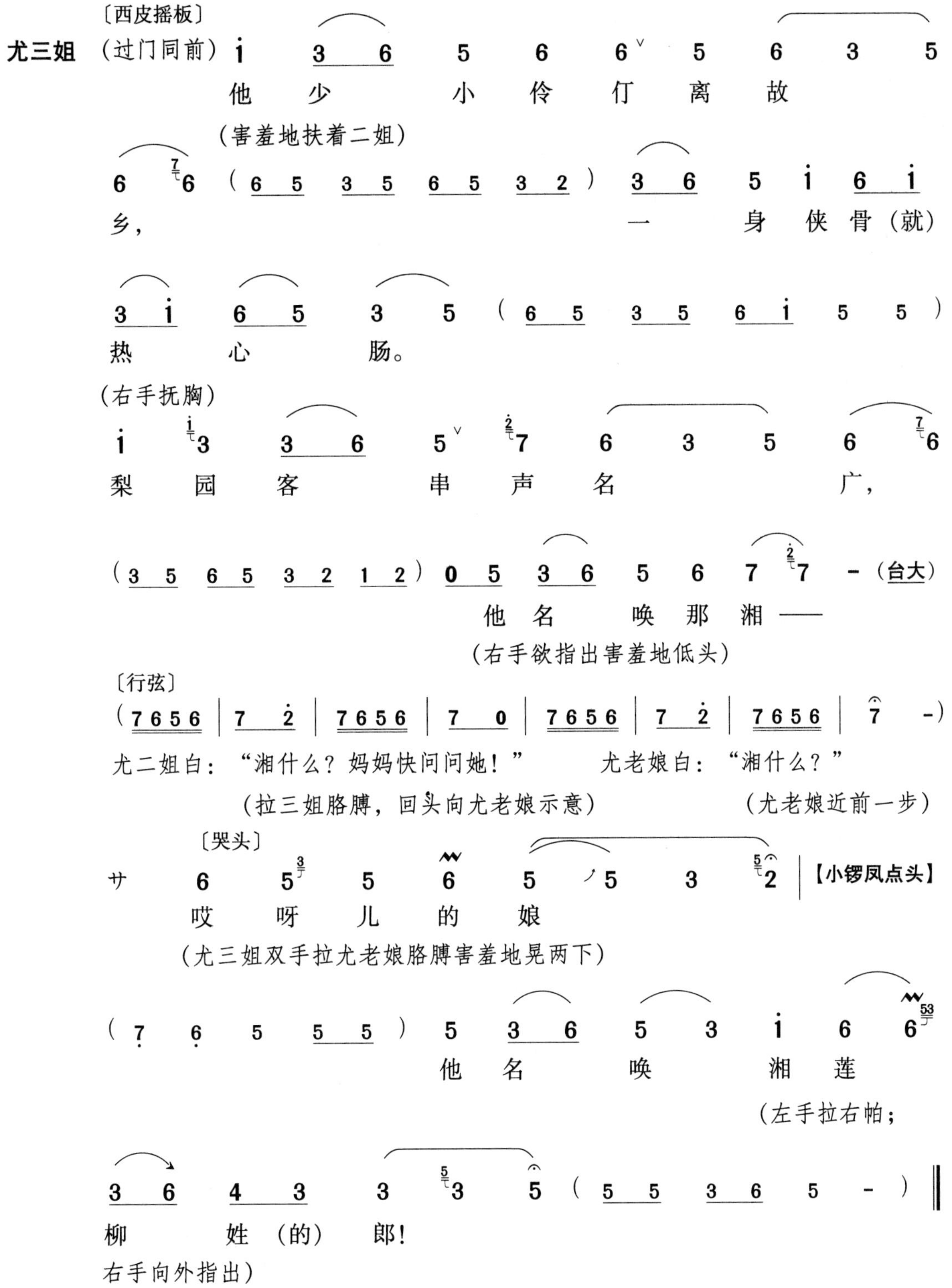

尤二姐 柳湘莲！（右手外指）

贾　琏 柳湘莲只怕不在此处吧？

尤二姐 你给他打听打听。（走到贾琏旁边）

贾　琏 也罢！（右拳击左掌心）方才我父（拱手）命我去到安平公干，我一路上若能寻到

柳湘莲（右手指出），定把三妹的心事对他说明就是。（右手按掌）

尤二姐 但不知官人几时起程？（右手摊掌）

贾　琏 我父命我即刻起程。（左手指出）

尤二姐 我给你收拾去。（右手指贾）

〔**【小锣一击】**尤二姐随贾琏从“下场门”下。

尤老娘 儿啊，方才你也太厉害了。（右手指三姐）

尤三姐 妈呀！您不知道（扶尤老娘胳膊），我要不这么厉害，（右手抚胸）他们（右手外指）也不知道姑奶奶我的脾气（右手拍胸）。

〔**【小锣原场】**尤老娘笑指三姐，尤三姐扶尤老娘从“下场门”下。

第五场

授　聘

〔**【快长锤】**薛蟠、柳湘莲从“上场门”上，走至台中，薛蟠归“大边”，二人“八字站”。

〔西皮摇板〕

薛　蟠 （过门同前）1 3 2 1 3 2 3
在中途遇强人险
（双手一摊）
2 1 1 2 2（3 5 2 1 6 1 2 1 6 5 5 5）
些死了，

柳湘莲 3 3 6 5 5 3 3 5 6 6（6 5
反是我搭救你
（右手抚胸）（右手指薛）
3 5 6）3 i 6 5 5 3 i 6 5 5
性（呐）命一条。

薛　蟠 （6 5 3 6 5 5 3 2 1 2 6 5 5 5）1 2 3 1 2 - 2 3 2 1 3 2
弟兄二人往前（呐）跑，
（右手指出）

〔**【快长锤】**薛蟠、柳湘莲领起来走个圆场至台中；来旺儿引贾琏从“上场门”上。贾琏一看心中纳闷。

〔西皮摇板〕

贾　琏　（过门同前）3 2 1 1 6 1 1 2 7 6 7 2 6 6 1 - ‖

他　二　人　一　行　大　有　蹊　跷。

〔【大锣住头】向薛、柳一拱手。

贾　琏　噢，原来是二位。

薛　蟠
柳湘莲　原来是贾琏二哥。（二人拱请式）

贾　琏　你二人怎么到了一处？

薛　蟠　我们乃是路遇。

贾　琏　今欲何往？（右手摊掌）

薛　蟠　要想到酒楼吃酒。（左手外指）

贾　琏　你们吃酒，我也要吃酒。

薛　蟠　你要吃酒？（贾点头）咱们一块。（右手按掌）

贾　琏　好，走！

〔【四边静】薛蟠、柳湘莲、贾琏、来旺儿圆场。至右台口。

薛　蟠　（一看）到了，二哥（向贾）这座酒楼最清雅、最干净。这么办，今天我请客。（右手拍胸）

贾　琏　好（点头）。

薛　蟠　你给钱（指贾）！

贾　琏　取笑了。

薛　蟠　酒保。（向左方招呼）

〔【小锣五击】酒保从“下场门”上。

酒　保　几位敢是吃酒的？请到里面坐。（一让）

〔【小锣一击】众人进店，贾琏示意来旺儿下。

薛　蟠　二哥请，酒保取好酒来。

〔【小锣一击】酒保下取酒；薛蟠归“大座”；贾珍坐“大边”跨椅；柳湘莲坐“小边”跨椅。

酒　保　（取酒复上）酒到。（给众人斟酒）

薛　蟠　好，叫你再来。

〔酒保“下场门”下。

薛　蟠　二哥近来我可有个毛病。

柳湘莲　什么毛病？

薛　蟠　见了酒就没命，一喝就醉。

柳湘莲　少饮些吧。

薛　蟠　（拿杯一饮而尽，看贾琏未动杯，向贾琏）你的酒我替你喝了！（一饮而尽，又看柳的酒杯，又向柳）兄弟，你的酒我也喝了！（一饮而尽）

〔（大台、匝匝匝匝匝大台）薛蟠醉状在桌上。

贾　琏　贤弟，请过来。（站起）

柳湘莲　何事？（右摊掌跟着站起，二人归到台中）

贾　琏　请问贤弟可曾娶妻？

柳湘莲　尚未订亲。（摇头）

贾　琏　愚兄要与你做媒。（右手指柳）

柳湘莲　不知谁家之女？（右手摊掌）

贾　琏　乃是尤家之女（左手指出），人称尤三姐。她曾言道，除了贤弟是不嫁别人的（摆右手）。

柳湘莲　这倒是奇得很。（略思）既然如此，又蒙二哥（拱手）做媒，小弟应允就是。（欠身施礼）

贾　琏　既然应允，愿求聘物。（右手按掌）

柳湘莲　这……

〔【小锣一击】低头见身上佩带的宝剑，忙摘下。

柳湘莲　小弟身旁未带别物，这里有宝剑一口（双手捧剑），名为鸳鸯剑，二哥拿去以作聘礼。（递剑，贾琏接剑）

贾　琏　一言为定，告辞了（施礼，柳还礼）

〔【小锣凤点头】来旺儿暗上。

〔西皮摇板〕

贾　琏　（过门同前）2 1 2 2 5. 2 2 2 2 1. 2 3. 5 2 –

再不想我贾琏做了月老，

〔【小锣抽头】来旺儿"下场门"下，贾琏走至左台口右转身。

贾　琏　（过门同前）3 2 1 1 3 2 1 1 2 6 2 1 2 $\frac{3}{}$2 1 – ‖

接过了鸳鸯剑去见多姣。

（朝柳示意）

〔【小锣五击】二人一拱手，贾琏从"下场门"下；柳湘莲走至桌前。

柳湘莲　二哥醒来！

〔西皮小导板〕

薛　蟠　【小锣导板头】サ（7 6 6 5. i 3 2 7 2 1 –）2 1 2

三杯酒

1 3 1 2 2 2 1 2 3 21 2 【小锣一击】【小凤点头】

下胸膛把人醉倒（哇）（呃），

（搓双手心）　（拭目一看）

〔西皮摇板〕

（过门同前）3 2 1 1 1 2 1 6 2

不见那贾琏在我喜

（从桌内走出）

1　2 2　1　（1 1　7 2　1　－　）‖
在　眉　（呀）　梢。

薛　蟠　哈哈哈……（站“大边”）

柳湘莲　仁兄为何发笑？（双手摊掌）

薛　蟠　我笑那贾琏性子急，走得快（右手按掌），本来么，他哪有工夫和咱们喝酒，他惦念着他的小姨子呢。（左手向外指）

柳湘莲　什么小姨子？

薛　蟠　你不知道（摆右手），他的媳妇原本是王熙凤，后来我出外做买卖去了，他又娶了个媳妇名叫尤二姐，我说的小姨子就是尤二姐的妹妹。（左手向外指）

柳湘莲　请问仁兄（拱手）那尤二姐有几个妹子？

薛　蟠　就一个妹子，名叫尤三姐。

〔**【小锣一击】**柳湘莲闻言一惊。

柳湘莲　听仁兄之言，那尤三姐不贞么？（右手外指）

薛　蟠　这尤三姐乱七八糟的！（摆右手摇头）

〔**【撕边一击】**柳湘莲惊退一步。

柳湘莲　（后悔地）唉！

薛　蟠　（一看）我说尤三姐，你为什么变颜变色的？

柳湘莲　仁兄你还不知道么？

薛　蟠　什么事？

柳湘莲　方才你醉倒之时，贾琏二哥为媒，将那尤三姐许配小弟了（右手向外指）。

薛　蟠　怎么着，把尤三姐许配给你了？（右手指柳）

柳湘莲　正是（点头）。

薛　蟠　哈哈哈，恭喜贤弟！贺喜贤弟！（向柳作揖）

柳湘莲　喜从何来？（双手摊掌）

薛　蟠　你的帽子准绿！（右手指柳）

〔**【撕边一击】**柳湘莲抓袖。

柳湘莲　哎！（抖袖）俺乃堂堂男子（右手拍腹），岂能受这样侮辱，待俺前去索回聘礼，打退亲事便了！**【撕边一击】**（愤怒地向外走）

薛　蟠　（拉住柳）兄弟！

〔**【撕边一击】**柳湘莲甩开薛蟠。薛蟠又拉柳。

薛　蟠　兄弟，我跟你说着玩哪！

柳湘莲　哎！**【撕边一击】**（甩袖）

〔**【大锣五击】**柳湘莲左手拉衣襟向左转身，从“下场门”下。

薛　蟠　年轻人压不住火，我跟他说句笑话，他就僵了（左手向左指）。有这么档子事没这么档子事儿，我也不知道哇（双手一摊），这么跟他开玩笑（一想）我可缺德了（摇头），酒保——（酒保内应：“哎！”）（薛蟠取银）酒钱搁在桌上了（放银），我跟着他，瞧热闹去！

〔**【小锣原场】**薛蟠甩着袖子从“下场门”下。

第　六　场

明　　贞

〔【小锣五击】尤三姐从“上场门”上，至台中。

尤三姐　（念）落花虽有意，

流水恐无情。

自从那日对我姐丈说明心事之后，每日长斋念佛（双手合十），静候柳郎消息。只是我姐姐这几日身体不爽（摆右手），我不免（右手抚胸）去到佛堂祷告，一来保佑我姐姐病早点好（边走边说），二来也保佑我婚姻早点成就（右手按掌）。

〔【小锣一击】至佛堂，焚香叩头。

尤三姐　菩萨在上（拱手），念信女啊……（右手抚胸）

【小锣夺头】〔西皮二六〕

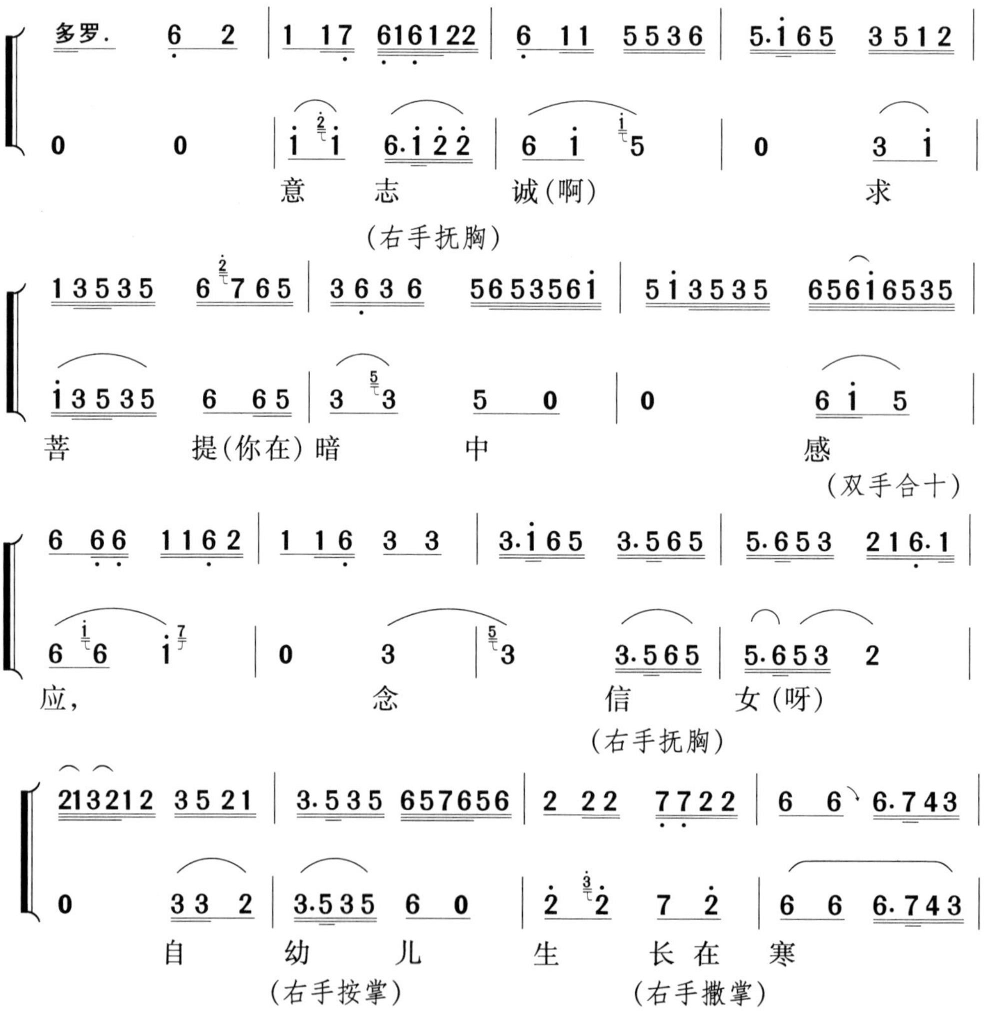

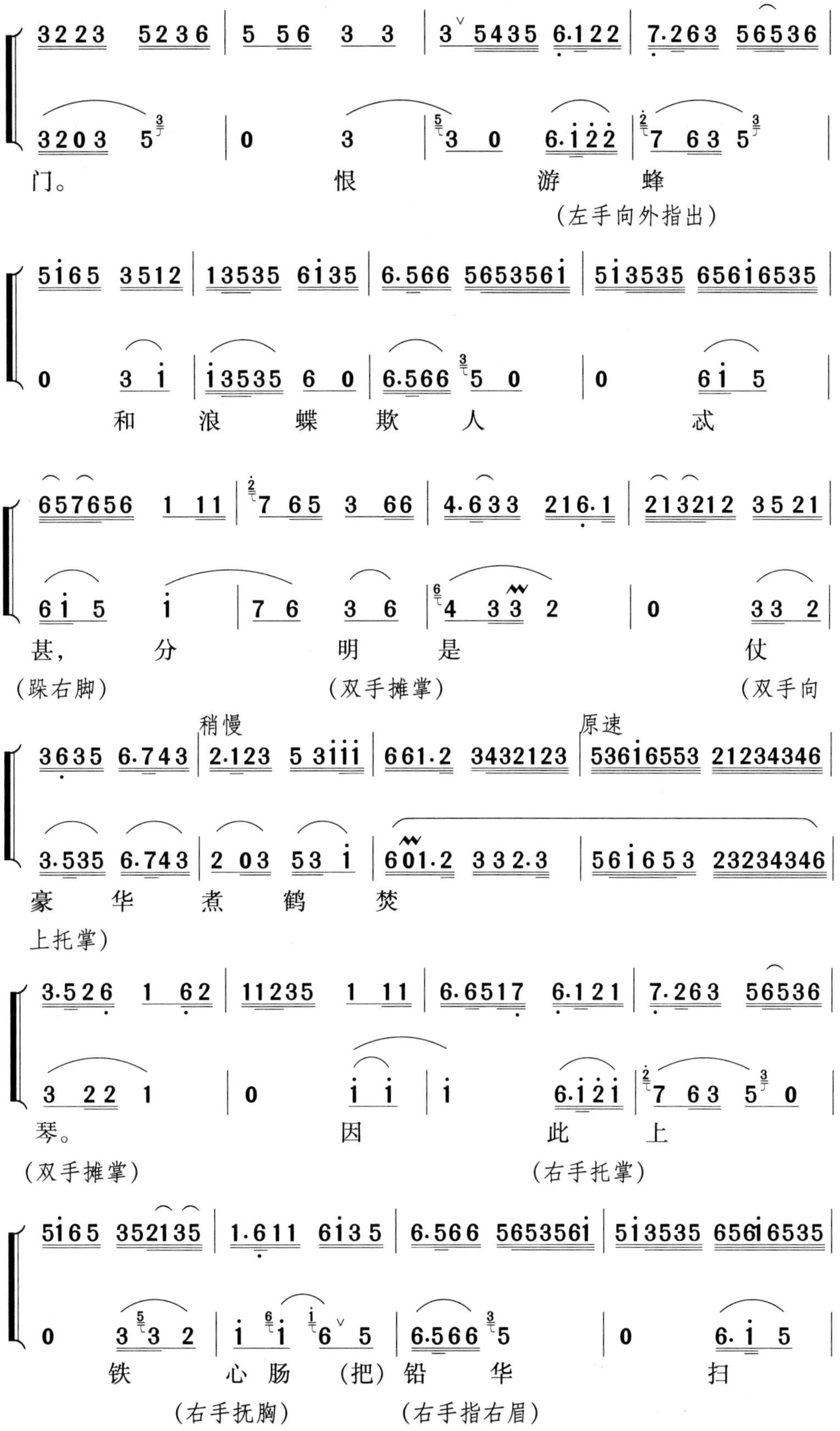
门。恨游蜂
(左手向外指出)
和浪蝶欺人忒
甚，分明是仗
(跺右脚)
(双手摊掌)
(双手向
稍慢
原速
豪华煮鹤焚
上托掌)
琴。因此上
(双手摊掌)
(右手托掌)
铁心肠(把)铅华扫
(右手抚胸)
(右手指右眉)

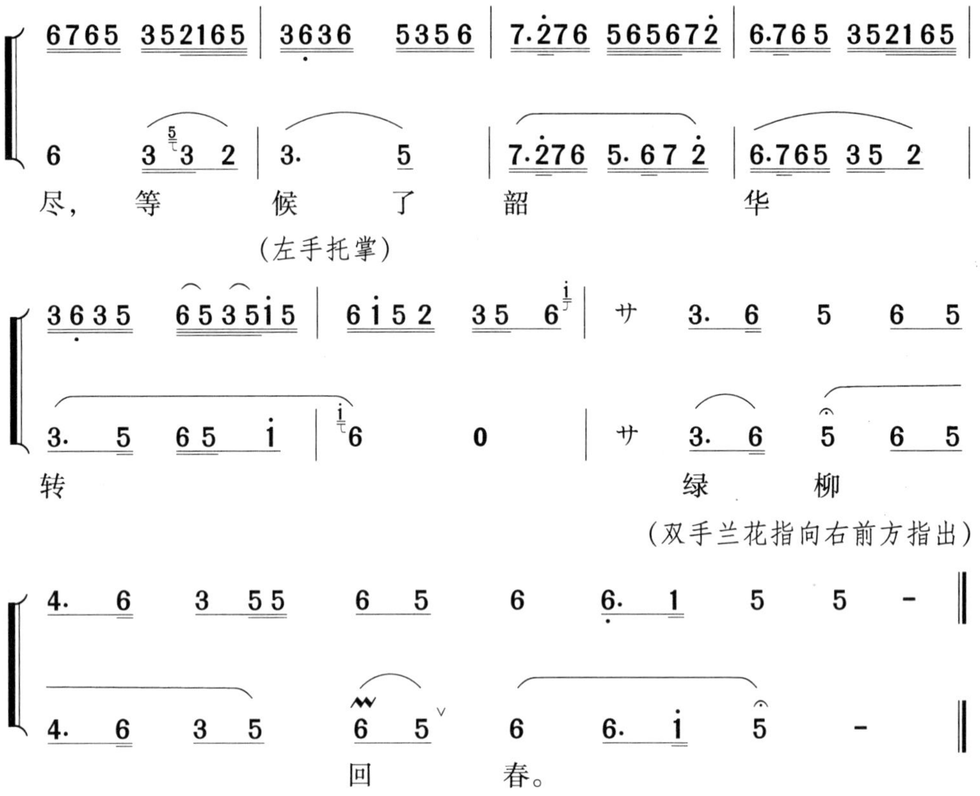

〔【小锣抽头】尤老娘从“上场门”上；贾琏随上；手中拿剑。

〔西皮摇板〕

尤老娘 （过门同前）2 1 3 2 2 1 ³2 2（35 21 6̣1 2 2）|
千里姻缘一线引，
（右手按掌后归台中）

贾　琏 6̣2 1 3 2 1 3 2 ³2 1（11 7̣2 1 －）‖
全然亏我作媒人。
（右手抚胸）（右手按掌后归“大边”站）

尤三姐 姐丈。（站“小边”）

贾　琏 恭喜三妹，贺喜三妹！

尤三姐 我喜从何来？（双手摊掌）

贾　琏 那柳湘莲我已见着了。提起贤妹的心事，他一口应允（右手按掌），岂不是喜。（右手摊掌）

〔【小锣一击】尤三姐又喜又羞。

贾　琏 哦，你不信哪，这里有他的鸳鸯宝剑（亮剑），乃是他的聘物。

〔尤三姐见剑喜，欲要，【小锣一击】贾琏故意一躲。

贾　琏 我与你保存了吧！

〔【小锣一击】尤三姐将剑夺在手中。【小锣长丝头】尤三姐将剑扛在肩上；羞涩地从“上场门”跑下。

尤老娘 哈哈哈……儿呀，快快备酒与你二姐丈同饮。

贾　琏 慢来，慢来，她那个酒（右手向“上场门”指），我是不敢（摇头）饮的了。

〔【冲头】来旺儿从“上场门”上。

来旺儿 启二爷，柳二爷到。

贾　琏 有请。（拱手）

来旺儿 有请。

〔【大锣五击】柳湘莲从“上场门”上，至右台口，贾琏出门。

柳湘莲 （念）索回鸳鸯剑，

打退恶姻缘。

啊，二哥。

贾　琏 啊，贤弟！

柳湘莲 哼！（甩右袖）

〔【一锤锣】柳湘莲进门，挖到“大边”；贾琏挖到“小边”，尤老娘站“小边”。

贾　琏 见过岳母。（右手示意）

柳湘莲 参见伯母。（施礼）

〔【撕边一击】尤老娘不解地。

尤老娘 啊，你我既成秦晋，贤婿不可如此称呼。

柳湘莲 二哥，这里来，小弟家中姑母已与我定下亲事，特地退亲来了。【冷锤】（贾琏愣）

贾　琏 此事乃是我的媒人，岂能反悔呀！

柳湘莲 哼！皆因是二哥的媒人，小弟才来退婚！（看贾）

〔【冷锤】尤三姐持剑从“上场门”暗上，在门外侧耳听。

贾　琏 难道这荣、宁二府还玷辱你不成？

柳湘莲 提起荣、宁二府我倒钦佩。（大仓）

贾　琏 钦佩的是什么？

柳湘莲 门前那对狮子。

〔【冷锤】柳湘莲右手向外指亮相。

贾　琏 却是为何？

柳湘莲 只有它还干净！

〔【冲头】尤三姐听至此疾步进门，站“小边”。

尤三姐 啊，柳……（八 0　仓 0）（见柳冷目相视）

柳湘莲 柳什么，柳什么，哼，柳什么！

尤三姐 嗐，柳郎——

〔【大锣五击】向柳湘莲跟前走去；柳扭头不理。

尤三姐 刚才你们讲的话，我在门外都听见了，我虽久在荣、宁二府，却不曾受他们玷辱（摆右手），你…… 【冷锤】（看柳）你不要冤屈好人哪！

〔【撕边一击】尤三姐伤心地哭泣。

柳湘莲 哼！既在荣、宁二府，你（指三姐）还讲什么清白？

〔【冷锤】尤三姐惊呆。【紧锤】尤三姐惊呆地望着柳湘莲向后退两步，再看手中拿的定情鸳鸯剑，右手抚摸剑鞘百感交集。强忍悲痛决心表明心迹。

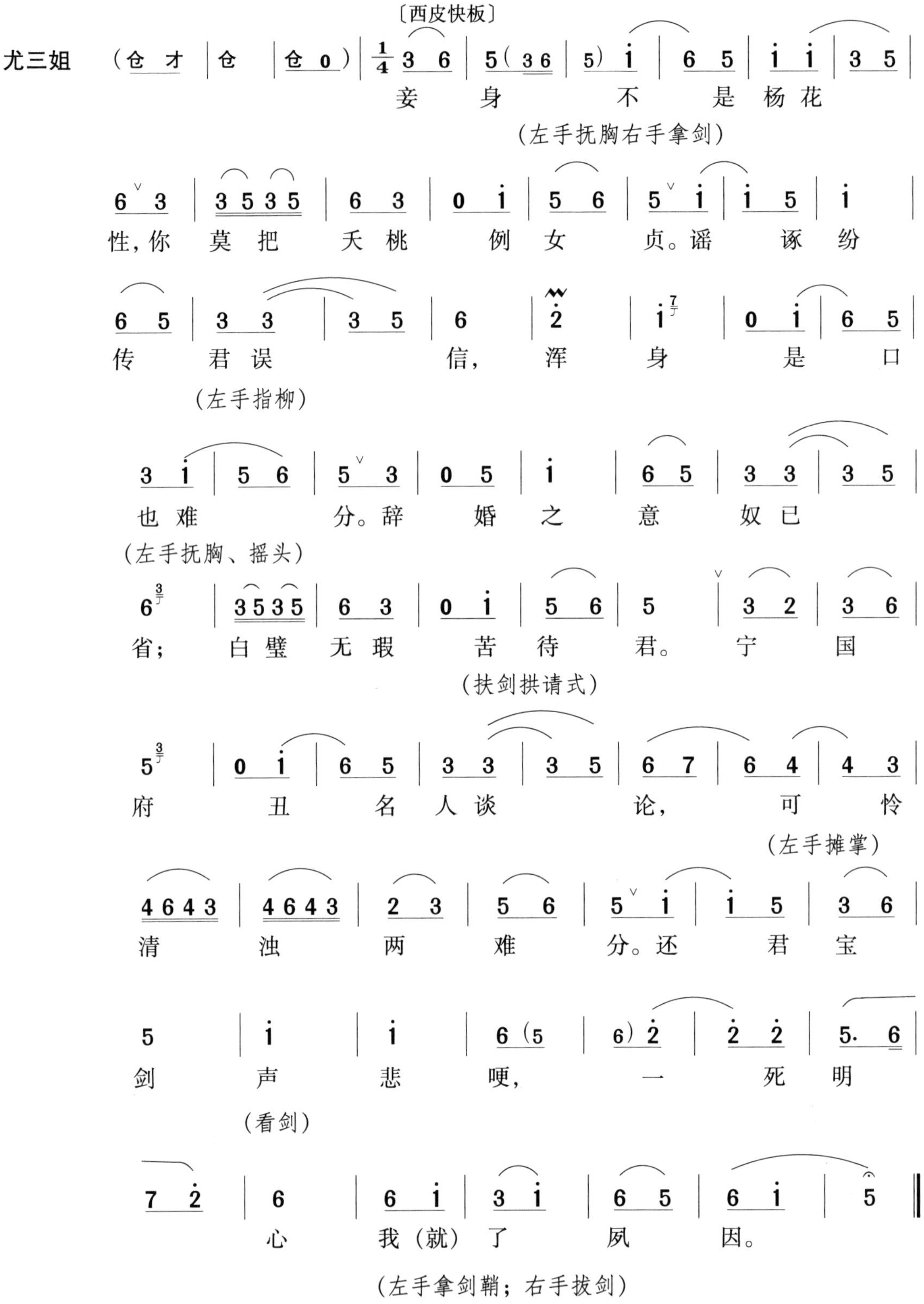

〔【软四击头】尤三姐拔出宝剑，向右转身背向观众自刎；柳湘莲惊呼。

柳湘莲 哎呀！（跪倒在地）

尤老娘 （哭）儿呀……

〔【快纽丝】柳湘莲跪哭。

〔西皮散板〕

柳湘莲 サ（ 7̣ 6̣ 6 5 3 2 6̣ 2 1 - ）

3 6 5 6 6 7 6 3 5 6^76（ 6 - ）
揉 碎 桃 花 心 肠 狠，（仓）

（痛心看气绝的三姐）

3 6 5 6 6 5 6 5 3 5
看 来 是 我 太 无 情。

（自责地摇头）

（ 3 6 5 - ） i̇ 5 7 6 6 6 5 6 i̇
（仓） 阴 曹 之 下 休 怨

〔哭头〕

（ 1 1 1 2 1 7̣ 2 1 - ） i̇ 2̇
恨，

7· 6 5 - 6 5 - 6 - 6 5
我 的 妻！

（拭泪）

贾　琏　人命关天，这还了得！

〔【纽丝】尤老娘哭。

〔西皮散板〕

柳湘莲（过门同前） 3 6 5 6 6 6 5 6 6 5 ‖
怎 不 叫 人 痛 伤 情。

（右手摊掌）

〔【大锣住头】柳湘莲拭泪。

柳湘莲　原来是个烈性女子。（向尤老娘）啊，岳母，是小婿错了（向尤老娘施礼）。

尤老娘　什么妻呀，（一扬右手）你住了吧！（怒指柳）

〔（八大仓）尤老娘逼柳一步，柳向后退。

尤老娘　我女儿在世之时，你不称我岳母（指柳），如今她死了，怎么叫起岳母来了。我（右手抚胸）好端端的女儿活活被你逼死（左手指柳），我这老命不要哇，哼哼，我与你拚了！

〔【冷锤】尤老娘向柳湘莲撞头。【冷锤】尤老娘再撞。（八大.0 仓）贾琏向柳湘莲甩袖。

贾　琏　将他赶了出去。

〔【撕边一击】来旺儿推柳湘莲出去。

来旺儿 你给我出去吧！

〔（八 0 大 0 仓 0）柳湘莲双手垂袖；伤心失神想刚才发生的一幕；尤老娘、贾琏、来旺儿从“下场门”下。

柳湘莲 （半晌）哎，我好悔也！ 嘟 サ（〔亮弦〕 0 4 3 2 3. 6 5 – –）

〔西皮散板〕

【纽丝】（过门同前）i 6 5 5 5 5 7 6（6 –）

我把她当做了

5 7 6 6 5 6（6 5 3 3 5 6 –）

杨花水性，（仓）

i 6 5 5 5 3. 5 6（6 –）

侠义士反作了

（右手抚胸）

36 5 5 i 6 5 3 5（4 3 6 5 –）

无情之人。（仓）

（双手摊掌）

3 3 6 5 5 5 7 6（6 –）5 7 6

一霎时只觉得神魂

（神志恍惚，脚步踉跄）

3 6 5 – 7 – 6 6 ‖（仓 大.）

不定，

〔行弦〕

‖:（6535 | 6 7 | 6535 | 6 0 | 6535 | 6 7 | 6535 | 6 0 :‖

白：“你看三姐左手拿着一本书，右手拿宝剑，还在那里生气。啊，三姐，方（台）才是

（摆右手）

6 35 | 6 7 | 6535 | 6 0 | 6 35 | 6 7 | 6535 | 6 0 |

我的不是，我这厢赔礼了。喏喏喏，不要再生气了，我这厢与你赔礼了！”

（鞠躬） （摆动双手） （鞠躬）

6 35 | 6 7 | 6535 | 6 0 | 6 35 | 6 7 | 6535 | 6 | 6）‖

〔【扫头】柳湘莲双手向前探出；大声呼叫：“啊，三姐，你不要走，你不要走！我赶你来了……”疯癫从“下场门”下。

第七场

泄 机

〔【撤锣】

〔平儿内白："啊哈！"【小锣五击】平儿从"上场门"上，至台中。

平 儿 （念）满园春光好，

花开百草香。（扎）

我平儿（右手抚胸），乃是荣国府二奶奶屋里的一个丫头。只因我们二爷专门爱在外头闹瞎事，我们二奶奶有一方九龙玉佩，被二爷给拿出去啦（右手撒掌），二奶奶有点不放心（摆右手），因此命我去问来旺儿；听来旺儿说，常见二爷到花枝巷去（右手指出），说话总是含含糊糊的（右手托掌）。花枝巷又是什么人的去处呢（双手摊掌）？其中定有缘故，我不免禀告二奶奶（拱手）知道。

〔王熙凤内白："嗯哼！"

〔【小锣一击】平儿朝"上场门"看。

平 儿 说着说着，二奶奶出房来了。（右手向右指）

〔【小锣抽头】王熙凤从"上场门"上。

〔二黄摇板〕

王熙凤

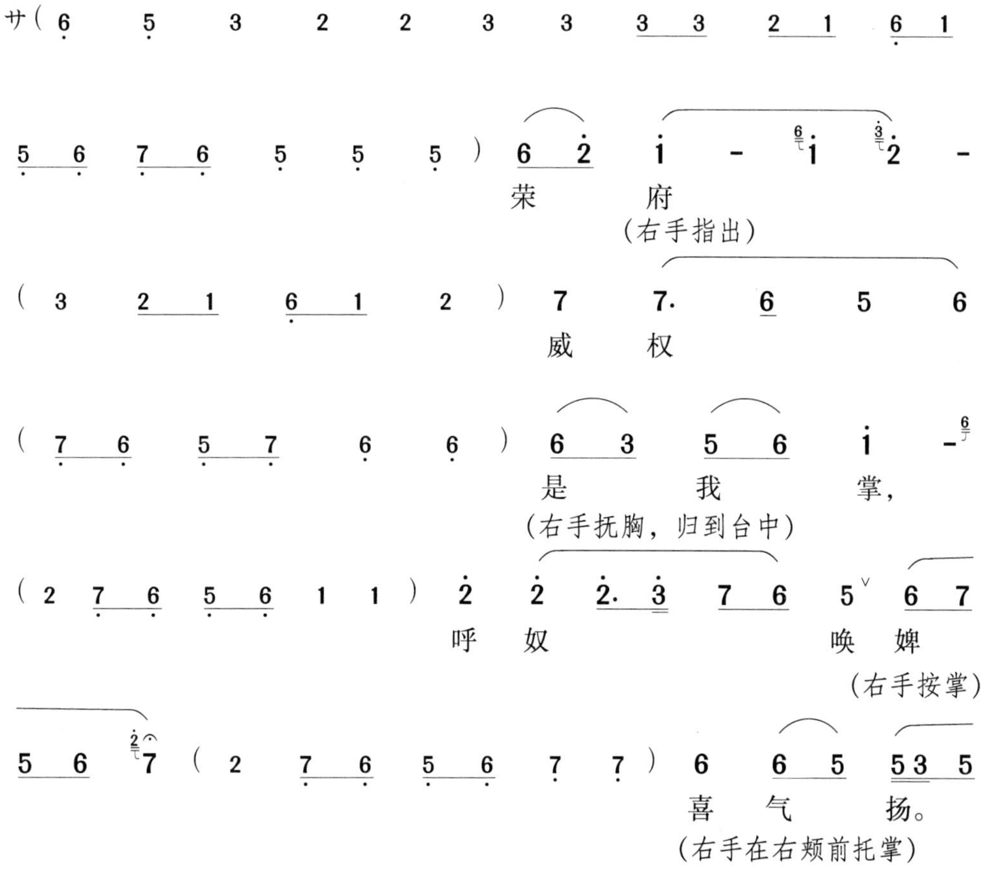

6 6. i̇ 5 （5̣ 5̣ 5̣ 6̣ 7̣6̣ 2 5̣）‖

（台）

〔【小锣五击】王熙凤转身归“小座”。

王熙凤 我，王熙凤（扎）。配夫（拱手）贾琏，夫妻倒也和睦（右手按掌）。只因他专门爱在外头闹瞎事，是我有点不放心（右手抚胸），我有一方（右手食指向上直伸）九龙玉佩，被他拿去了（右手外指），我跟他要，他总是跟我含含糊糊的。我命平儿追问二爷的从人来旺儿，也不知道怎么样啦（右手摊掌）？平儿！

平　儿 二奶奶。

王熙凤 九龙玉佩的下落怎么样了？

平　儿 刚才我问来旺儿，来旺儿说常跟二爷到花枝巷去。（右手外指）

王熙凤 这花枝巷又是什么人的住处呢？（右手扶鬓略思）传来旺儿。

平　儿 是了。来旺儿快来。（出门叫）

〔来旺儿内应：“来了，来了。”从“上场门”上。

来旺儿 什么事呀？（问平儿）

平　儿 二奶奶叫你！（右手向屋里指）

〔【小锣一击】二人进门。

来旺儿 参见二奶奶。（施礼）

王熙凤 罢了。

来旺儿 谢二奶奶。

王熙凤 旺儿呀，听说这几天，你常跟二爷到花枝巷去，不知是什么人的住处呢？

来旺儿 （支吾地）是二爷的朋友。

王熙凤 他姓什么？

来旺儿 他没姓。（忙摆手）

王熙凤 人嘛，没姓？！（瞪眼）快说。（指来旺儿）

来旺儿 他姓贾。（左手向外指）

王熙凤 怎么，咱们姓贾（右手抚胸）他也姓贾吗？（左手向外指）

来旺儿 您瞧，咱们姓贾，就不许人家姓贾了吗？（双手摊掌）

王熙凤 不知是怎么个朋友？（把右腿搭在左腿上）

来旺儿 （装傻）可不是吗。

王熙凤 啊，我明白了，要是不给你点厉害瞧瞧，你是不说实话。（右手指来旺儿）平儿，给我抽他。

〔【小锣一击】平儿欲打，来旺儿急拦。

来旺儿 （告饶）您别打，您别打。我说我说（右手抚胸）。二爷在外头接了一份外家，这都是蓉大少办的事（左手外指）。您问我，我是一点不知道。（摆手摇头）

王熙凤 没你的事了，叫蓉大少去！

来旺儿 有请蓉大少。（拱手，出门叫）

〔【小锣一击】贾蓉从“上场门”上。

贾　蓉　旺儿，叫我什么事？
来旺儿　二奶奶请您啊！（拱手）
贾　蓉　二奶奶请我干什么呀！（朝来旺儿双摊掌）
来旺儿　（近前）花枝巷的案子犯了。
贾　蓉　哟，八成是你给说了吧（指来旺儿，来旺儿摇头）。你要是说了，你留点神，（右手点指来旺儿）告诉你，你留点神！
来旺儿　（急辩）我没有！我没有！（连连摆手从“下场门”溜下）
贾　蓉　我叫他留点神，（略思）我（右手抚胸）也留点神。（右手向下指）（**大八**）（贾蓉偷看王熙凤，见王熙凤闷头生气）哎哟，可不是生气哪吗，气得跟蛤蟆似的。（双手在肚前成圆状）

〔**【免行锣】**贾蓉轻手轻脚进门。**【小锣一击】**站台中。

贾　蓉　二婶在上，小侄有礼。（施礼）
平　儿　二奶奶，蓉大少来了。

〔**【小锣一击】**王熙凤上下打量贾蓉。

王熙凤　好小子！（右手指贾蓉）
贾　蓉　不错呀。（装傻一摊手）
王熙凤　你办的好事呀！
贾　蓉　我办什么事，招二婶（拱手）生气了。
王熙凤　得了吧，（一扬帕）你们花枝巷的事，我已经全知道了（右手抚胸）。回头我禀告老太爷（拱手），就说你引诱你二叔在外头胡行。小子（双手搭在腿上）你担待得起吗？（看贾蓉）
贾　蓉　我哪儿担待得起呀（双手一摊），我的二婶。（拱手）
王熙凤　说实话？（瞪眼）
贾　蓉　您别生气，听我慢慢和您说，他是这么回事……（不好说直拍腿）啊……不……他是那么回事。我不说您不知道（摆双手），我一说您不就全明白了吗？（双手摊掌）
王熙凤　哪儿来的这么些废话。
贾　蓉　我二叔常说“不孝有三，无后为大”，这才用您的九龙玉佩作聘礼，偷娶我二姨，在花枝巷安家（右手按掌），永不进宁国府（摆左手），做个两头为大（双手食指直伸位于胸前）。这是我二叔一个人办的（左手向外指），与小侄无干哪。（右手抚胸）您说我引诱，这“引诱”二字，我担待得起吗？（双手摊掌），我的二婶（拱手）。
王熙凤　这都是实话吗？
贾　蓉　不敢说瞎话。（摇头摆手）

〔**【小锣一击】**王熙凤右手扶鬓思索。

王熙凤　哎哟，怪不得哪，我跟他要九龙玉佩，他总是跟我含含糊糊的，敢情地，他、他、他……安了外家了！（右手向外指）**【小锣一击】**（略思）蓉儿！
贾　蓉　二婶！
王熙凤　（招手）你过来。
贾　蓉　干什么？
王熙凤　有话跟你说。

贾　蓉　您那儿说话，我这儿听得见。

王熙凤　（轻声）过来！

贾　蓉　嗳！（只应不动）

王熙凤　过来！

贾　蓉　嗳！（还不动）

王熙凤　（厉声）过来！

贾　蓉　（不情愿走近）嗳。

王熙凤　（微笑着）既然娶的是你二姨，好极了！（以右拳击左掌心）这不是亲上加亲吗？

贾　蓉　可不是吗，又近了一层了吗。（右手按掌）

王熙凤　但不知他们的感情如何呢？

贾　蓉　您问他们俩人的感情啊，嘿，别提多好了（一扬右手），浓厚极了。前几天我二姨病了，我二叔请了个大夫，号了号脉，您猜怎么着？她不是病。（摆右手）

王熙凤　她是怎么了？（双手摊掌）

贾　蓉　她有了喜了！

〔**【小锣一击】**王熙凤一惊。

王熙凤　怎么着，她她她……有了喜了吗！（右手指出）蓉儿。**【小锣一击】**（王熙凤心中又气又急，思索）

贾　蓉　这头生还许是个大小子。

王熙凤　（沉吟）蓉儿，有了喜了，就更好了（以右拳击左掌心）。你想啊，我跟你二叔都半辈子了，成天盼儿子，（右手按掌）倘若你二姨生个大小子，你想：我跟你二叔不都有了靠了吗？（双手摊掌）

贾　蓉　可不是吗？您要早这么想，不就不生气了吗？（双手摊掌）

王熙凤　（一笑）不生气了，没你的事了。

贾　蓉　没我的事了，我也就跟您告假了。（作揖）

王熙凤　（一扬左手）你去吧！

贾　蓉　（出门）哎哟，我的妈呀！今个会没吃醋！

〔贾蓉不解地摇摇头，从“下场门”下。

〔**【小锣抽头】**贾琏从“上场门”上。

〔二黄摇板〕

贾　琏　（过门同前）1 3 3 2 1 3 2 1 2 2 1 1
老 爹 爹 赐 姬 妾 理 应 高 兴，
（拱手）

（2 3 7̣ 6̣ 5̣ 6̣ 1 1）2 1 2 5 3 2 1 2 3
怎 奈 她 容 貌 丑
（右手在右颊前托掌）

6̣ 3 2 1 2 - 2 （2 2 2 1 6̣ 1 2 -）‖
令 人 心 烦。
（摆右手）（进门）

红楼二尤

贾　琏　娘子！

王熙凤　二爷来了（站起让座）请坐。

〔【小锣住头】二人归“八字”坐。

贾　琏　咳！

王熙凤　二爷，今天怎么这么不高兴？

贾　琏　今天爹爹将侍婢秋桐赏与我做妾了。那个丫头生得十分丑陋，本当不敢，哎，父命难违！（摆右手）

王熙凤　怎么着，太老爷将秋桐赏给你做妾了吗？

贾　琏　正是。

王熙凤　现在哪里？（右手摊掌）

贾　琏　现在门外。（左手指）

王熙凤　平儿，叫秋桐去。

平　儿　（出门）秋桐，快来！（进门依然站王熙凤身旁）

〔秋桐内：“啊哈！”

〔【小锣五击】秋桐从“上场门”上，至右台口。

秋　桐　（念）擦胭脂又抹粉，（右手在右颊前托掌）

　　我是个（右手抚胸）大美人。（右手指出）（台）（进门）

参见二爷，二奶奶。（施礼）

王熙凤　罢了。秋姑娘，你怎么老没上这院来了？

秋　桐　哪有工夫，（双手一摊）要有工夫早给您请安来了。

王熙凤　（上下打量）几天没见，出息得多水灵呀！（右手上下一比划）

秋　桐　我成了水萝卜啦！

王熙凤　你是太爷赏给二爷做妾的吗？

秋　桐　我是他爸爸……（指贾琏，贾琏无奈地摇摇头）

王熙凤　怎么说话哪。

秋　桐　叫我来的。

王熙凤　今天是好日子，我（右手抚胸）就给你们（指贾琏、秋桐）圆房，你瞧好不好？(双手摊掌)

秋　桐　今儿个就圆房，那好极了。（拍掌）走哇，二爷（拉贾琏），到我房里去。

贾　琏　你那房里我不去。（甩袖）

秋　桐　哎，你要不去，叫我多难为情啊！（双手一摊）

贾　琏　岂有此理！（扭过头去）

秋　桐　走吧！

〔【小锣五击】秋桐向前硬拉贾琏，贾又奈何不得，被秋桐拉着从“下场门”下。

〔【小锣一击】王熙凤右手扶鬓思索，眼珠一转。

王熙凤　哎呀，妙哇！（双手一拍）我正无计可施，这秋桐（左手向左指）来的倒也凑巧，我不免去到花枝巷把尤二姐赚回府中（右手食指直伸向下划圈），给她二人拢起对来（双手食指直伸放在胸前），我使个借刀杀人（右手比刀状）之计。【小锣一击】（阴笑）平儿，车辆伺候。

平　儿　车辆走上！（出门说完进门）

〔【大锣抽头】车夫从“上场门”走下，平儿随王熙凤出门，王熙凤上车。

〔二黄摇板〕

王熙凤 （过门同前）6 2 | i i 2 -ᵛ | 7 7· 2 |
巧 计 安 排

5 6ᵛ | 7 6 | 5 6 | i -ᵛ | i 2 2 i |
都 停 当，
（右手按掌）

〔【大锣抽头】车夫、王熙凤到左台口向右转身；平儿从“下场门”下。

〔二黄摇板〕

（过门同前）2 2 2. 3 | 6 7 5 6 | 7 -ᵛ |
花 枝 巷 内

5 7. 2 6 5 | 5 3 5 6 6 5 - ‖
赚 尤 娘。
（右手指出）

〔【大锣抽头】王熙凤、车夫从“下场门”下。

第八场

赚府

〔【撤锣】

〔二黄慢板〕

4/4 0 0 0 0 | 1.6 5 3 2 3 356 | 5 6 565 5 5.7 6543 |

【小锣夺头】

（龙 冬 大大 大另 | 台 另台 乙另 台 | 大 台 台）|

2. 5 2 4 3 2 3276 | 5 2 325.3 2321 6561 |

（尤二姐从“上场门”上，至“九龙口”，双手抖袖，提袖）

5643 2376 2.523 3676 | 5356 162.3 4 7 23 5 |

（想起三姐的惨死，悲从心生，轻轻摇摇头，

1236 5 3 2 3 35 6 | 5 6 53 5 0 7 6 56 |

又将右袖抖下）

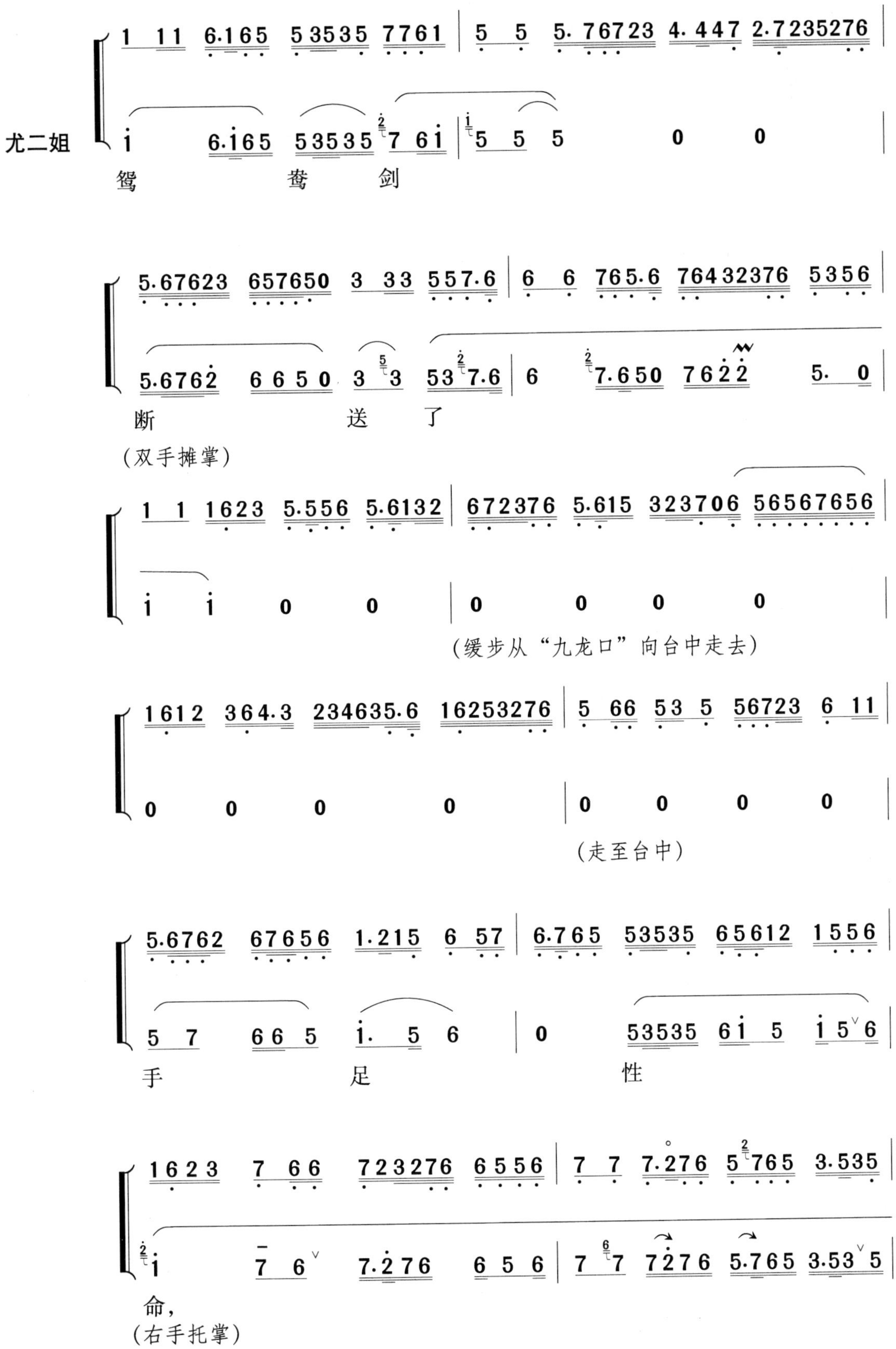
尤二姐
鸳 鸯 剑
断 送 了
（双手摊掌）
（缓步从“九龙口”向台中走去）
（走至台中）
手 足 性
命，
（右手托掌）

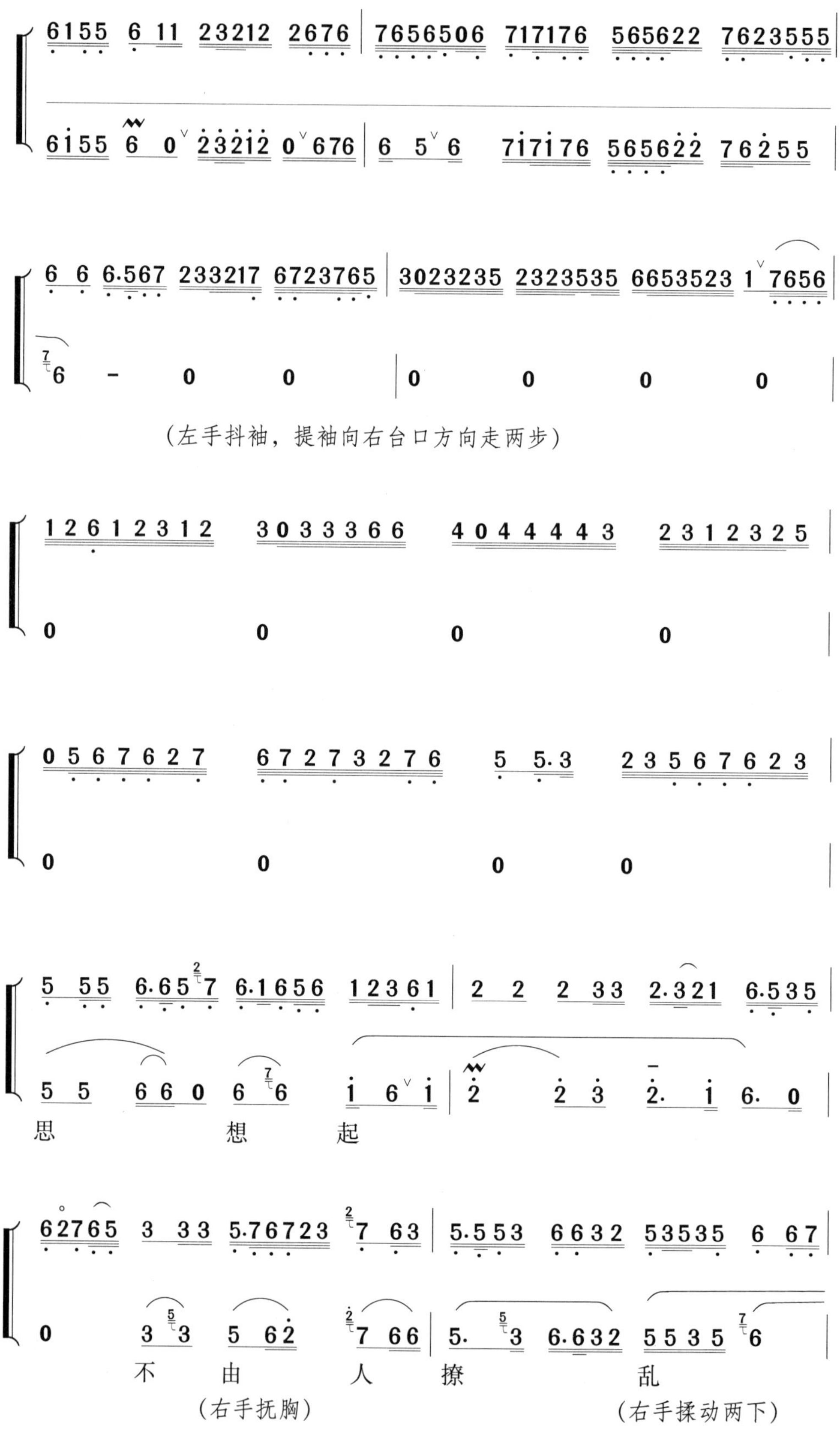
(左手抖袖，提袖向右台口方向走两步)
思 想 起
不 由 人 撩 乱
(右手抚胸)
(右手揉动两下)

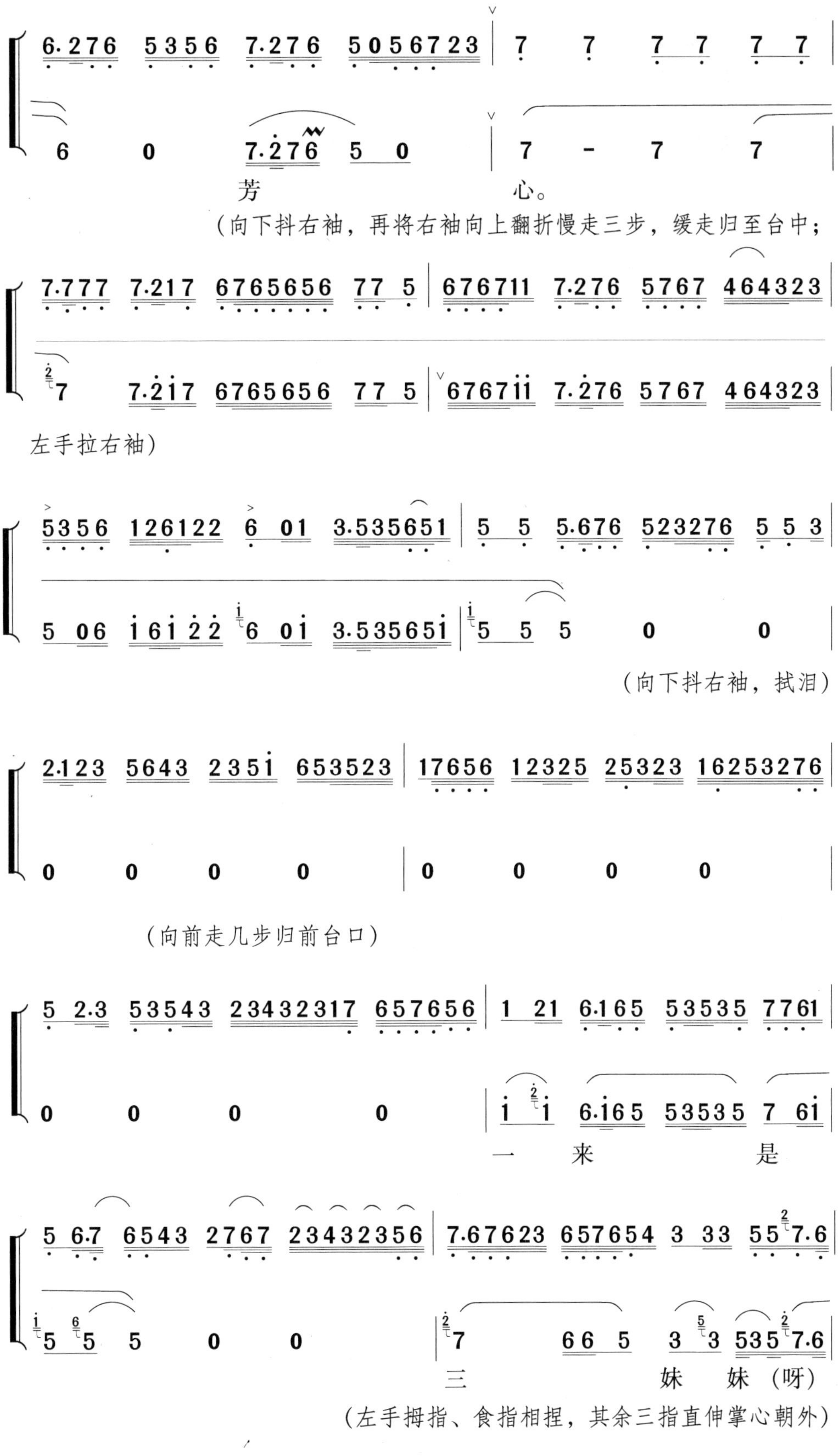

芳 心。
（向下抖右袖，再将右袖向上翻折慢走三步，缓走归至台中；
左手拉右袖）
（向下抖右袖，拭泪）
（向前走几步归前台口）
一 来 是
三 妹 妹（呀）
（左手拇指、食指相捏，其余三指直伸掌心朝外）

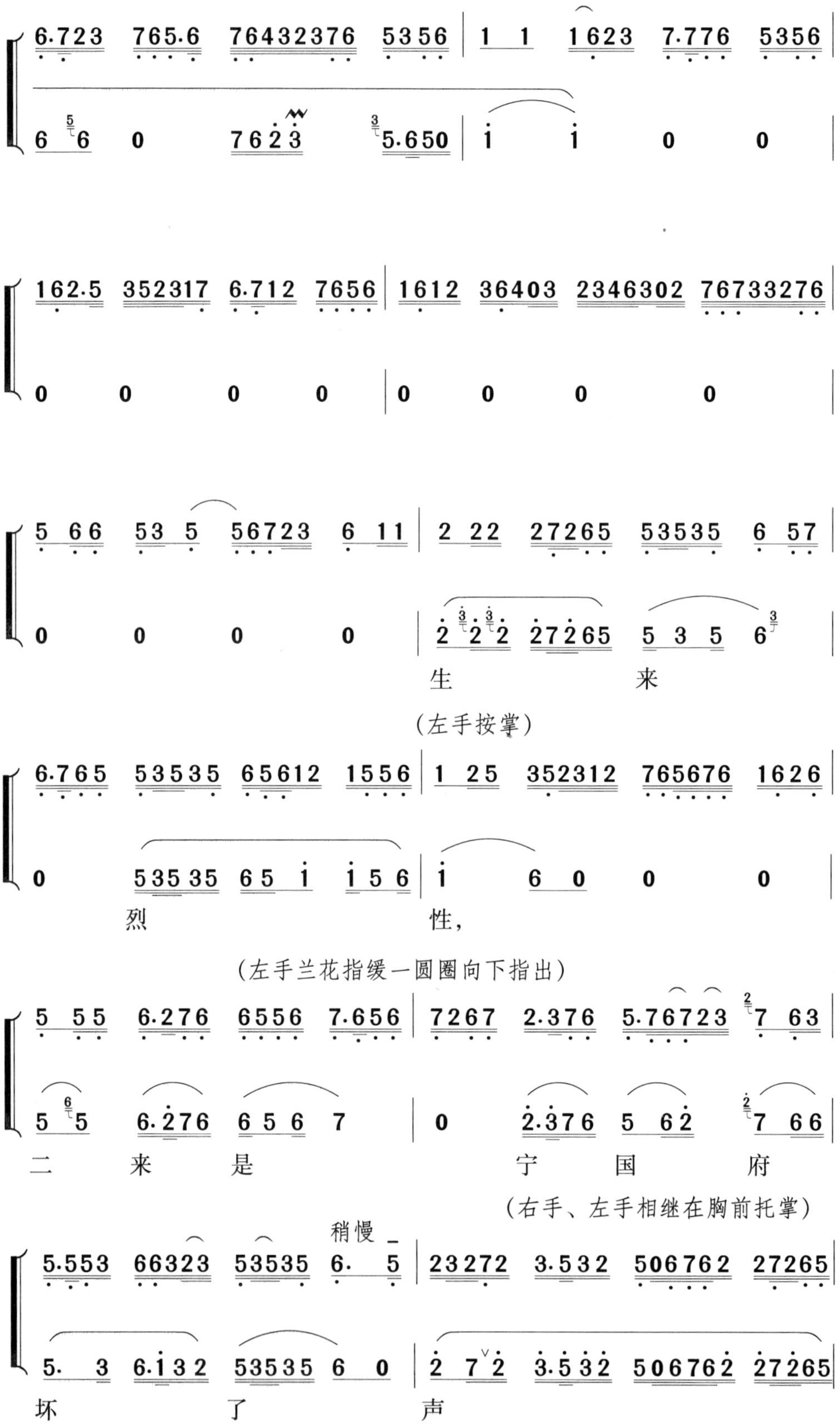
生
来
(左手按掌)
烈
性,
(左手兰花指缓一圆圈向下指出)
二
来
是
宁
国
府
(右手、左手相继在胸前托掌)
稍慢
坏
了
声

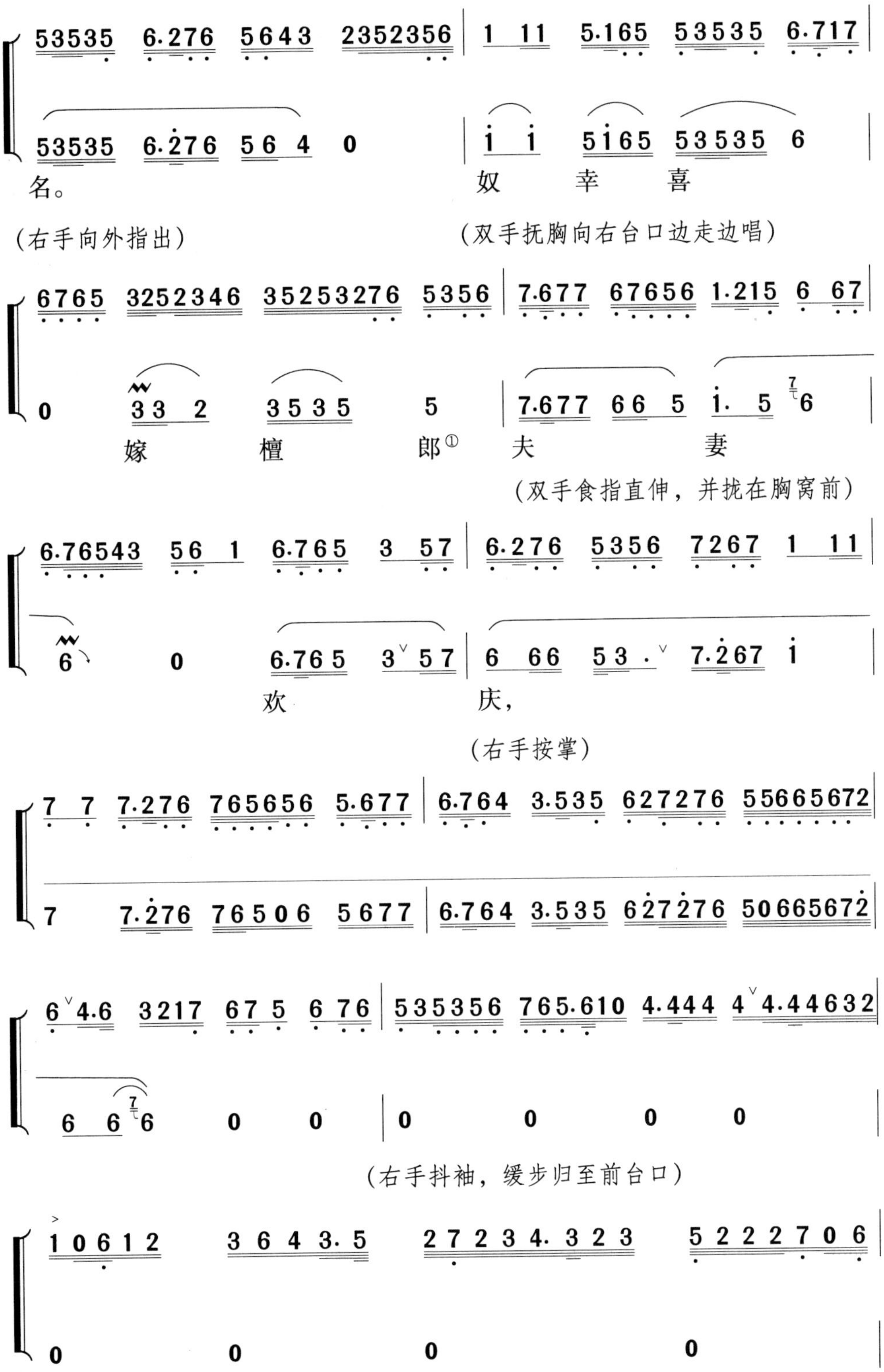

① “奴幸喜嫁檀郎”：晋时，少年潘岳生得俊美，他乘车出行时，路上的妇女争着看他。妇女们挽手成围，友好地向潘岳的车上投掷果品。潘岳小字“檀奴”，后人遂用“檀郎”代表妇女对夫婿或所爱慕的男子的美称。

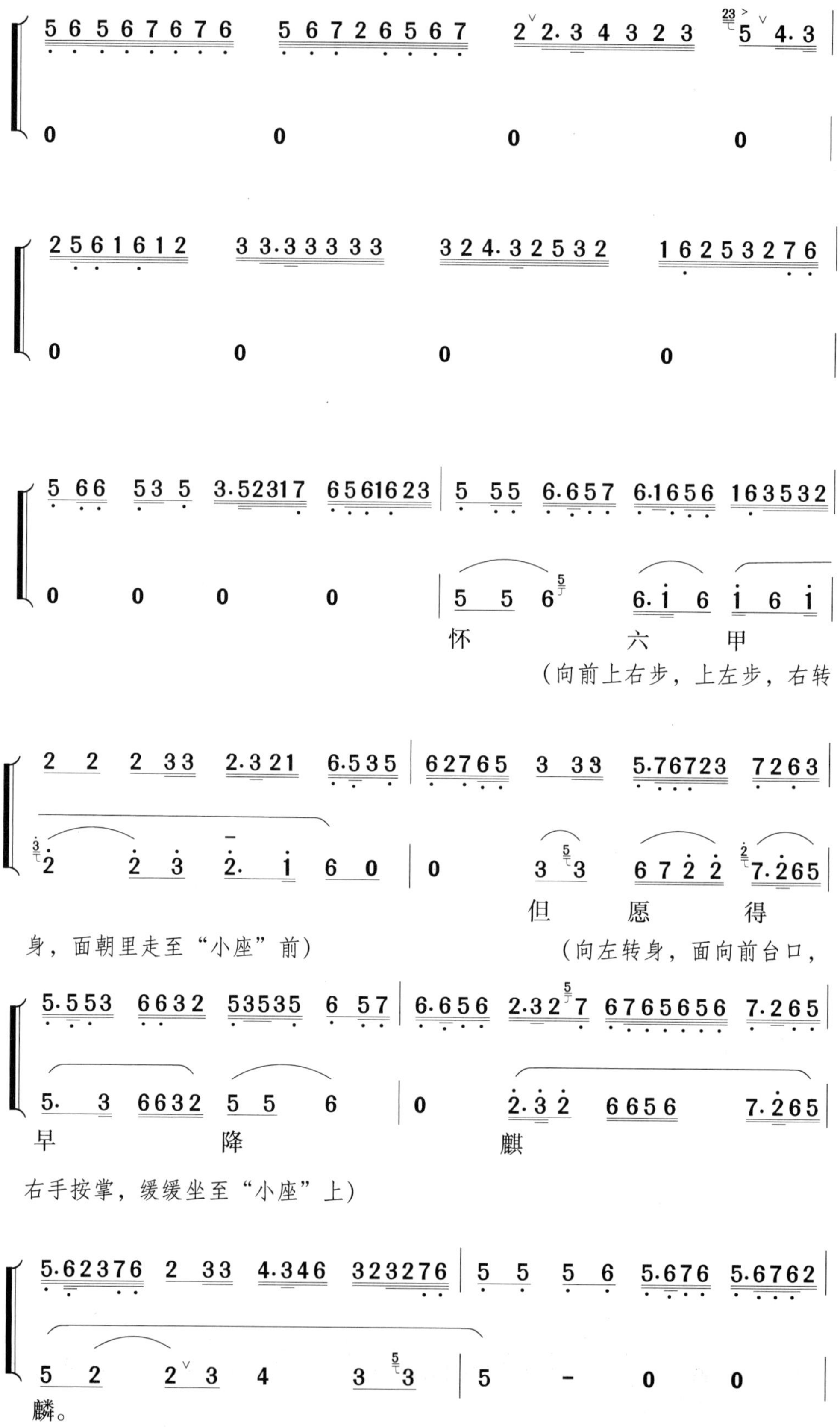
怀 六 甲
（向前上右步，上左步，右转
身，面朝里走至“小座”前）
但 愿 得
（向左转身，面向前台口，
早 降 麒
右手按掌，缓缓坐至“小座”上）
麟。

6567 23 5 3523 12376 | 435·6 76266 1 - ‖

0 0 0 0 | 0 0 0 0 ‖

「【小锣住头】多姑娘从“下场门”暗上，站在“大边”。

尤二姐 奴家尤二姐，（扎）只因三妹想嫁湘莲，不想湘莲竟把她当做下贱之人（右手按掌），是她拔剑自刎，她死之时，我身怀有孕（右手抚胸），未能（摆右手）扶棺一恸。唉，思想起来，好不伤惨。正是：（扎）

（念）多愁多病是婵娟，

手足伤惨甚可怜。（右手摊掌后拭泪）

「【小锣抽头】王熙凤、平儿、车夫从“上场门”上，至右台口。

〔二黄摇板〕

王熙凤 （过门同前）i i 6 3 6 5 6 3 5 6 i -

心 中 巧 计 安 排 定，

（右手抚胸）

【小锣凤点头】（过门同前）2 5 6 7 7 6 6 5

暂 把 胸 中 恶 气

（右手按掌）

3 5 6 6. i 5 （5 5 5 2 7 6 5 -）‖

平。

（平儿向左前方一看）

平　儿 启禀二奶奶，到了。（左手向左指）

「【小锣一击】王熙凤下车，车夫从“上场门”下。

王熙凤 回一声去！

平　儿 是了。（欲走）

王熙凤 （招手）回来！（平儿止步）就说旧二奶奶拜见新二奶奶来了。（右手向外指出）

平　儿 是。（向前走两步）门上有人吗？（拍门）

多姑娘 来了，谁叫门哪！（开门，出门）

平　儿 往里给回禀一声，就说旧二奶奶拜见新二奶奶来了。

多姑娘 候着。（进门）启禀二奶奶，门外有个旧二奶奶要拜见新二奶奶。

尤二姐 什么旧二奶奶新二奶奶的！（右手扶鬓在想。【小锣一击】双手摊掌纳闷）

多姑娘 就是那王熙凤！（左手指出）

「【小锣一击】尤二姐惊站起。

尤二姐 哦，王熙凤……（右手指出，【小锣一击】低头思考）

多姑娘 您是见，还是不见。

尤二姐 哪有不见之礼（双手摊掌），说我出迎。（拱手）

多姑娘 是啦，二姨奶出迎。（拱手）

「【小锣一击】多姑娘尾随尤二姐出门；尤二姐与王熙凤一对目光。

王熙凤 咳，嘿嘿嘿，（向多姑娘）听我告诉你，她（指尤二姐）是二爷娶的，又不是花钱买的，就叫声新二奶奶得了，什么二姨奶奶二姨奶奶的！（右手一扬手帕）

尤二姐 （赶紧向前）是大娘吧？（拱手）

王熙凤 哦，是妹妹吧？（上下打量）

尤二姐 大娘到了，快快请进。（右手让请）

王熙凤 不敢，妹妹请。

尤二姐 大娘请。（拱手）

王熙凤 你头里带个路吧！（一扬左手）

「【小锣五击】二人进门，王熙凤站中间，尤二姐站“小边”。

尤二姐 大娘在上，尤氏叩头。（欲施礼）

王熙凤 （忙拦）这可不敢当啊。

尤二姐 诸事仰仗（拱手），焉有不拜之理。

王熙凤 如此为姐也有一拜。

「【小锣一击】尤二姐、王熙凤面向里互拜。

尤二姐 大娘到了，快快请坐。

王熙凤 妹妹你也坐着。

尤二姐 大娘在此（拱手）我理当站立。

王熙凤 坐下好说话。

尤二姐 多谢大娘。（施礼）

「【小锣住头】王熙凤坐“大边”；尤二姐坐“小边”。

王熙凤 平儿，过去见过新二奶奶。

平　儿 （从王身边走过去）参见新二奶奶。（施礼万福）

尤二姐 罢了！（向多姑娘示意）过去给大娘叩头。

多姑娘 （从尤身边走过去）与二奶奶叩头。（施礼）

王熙凤 罢了，好好伺候着。

「【小锣一击】王熙凤右腿搭在左腿上，双手放在右腿上。

尤二姐 （一看）大娘到此（拱手），未曾远迎，当面恕罪。

王熙凤 岂敢，为姐（右手抚胸）来得鲁莽，妹妹海涵。

尤二姐 大娘到此，必有所为吧？（右手摊掌）

王熙凤 妹妹，只因二爷宿柳眠花（右手指出），我恐老爷、老太太（拱手）责怪，时常劝解于他，都是我的痴心（右手抚胸），谁知二爷把我当做吃醋拈酸之人（右手按掌）。就拿娶妹妹你说吧（右手指尤），他都瞒着我（右手拍胸），真叫我（看尤）有屈无处诉呀……（假哭以帕遮面）

「【小锣一击】尤二姐颇受感动。

尤二姐 大娘宽宏，为妾之幸。（右手抚胸）

王熙凤 话还不是那么说吗？妹妹，我有点事要和你商量。

尤二姐 不知大娘（拱手）有何吩咐？（右手摊掌）

王熙凤 想妹妹你一人在外头住着，也不像我们大家的风范（双手撒掌），我有心把妹妹接进府去（右手按掌），料无推辞了吧（右手摊掌）。

尤二姐 这……

「【小锣一击】多姑娘揪尤二姐示意不去。

尤二姐 本当进得府去伺候大娘，怎奈我……（右手抚胸）

王熙凤 你怎么样？（看尤）

尤二姐 怎奈我身怀有孕，待等分娩之后，再进得府去（右手按掌）伺候大娘吧。（拱手）

王熙凤 怎么着，你有喜了？（站起，假意地）有了喜就更应当搬进去了。（右手指出）

尤二姐 这……（央求地）还是等分娩之后再搬吧。

王熙凤 （右手扬帕）什么这个那个的，（看尤）你要是不搬进去，我可就要搬出来了！（冷眼看尤）

尤二姐 这个……

「【小锣一击】尤二姐为难地愣住。

王熙凤 平儿，车辆伺候，妹妹随我来。

「【小锣凤点头】王熙凤以右手拉尤二姐左手；多姑娘暗下。车夫走上。

〔二黄摇板〕

王熙凤 （过门同前）3 3 6 5 5 6 6（5 7 6 6）6 6 5 6 i –

手 挽 手 上 香 车 同 把 府 进，

（挽手出门，上车）

「【小锣抽头】走圆场至右台口。

〔二黄摇板〕

王熙凤 （过门同前）2 2 5 6 7 6 6 5

不 觉 来 到 自 己

（右手向左指）

3 5 6 6 5（5 6 7 6 2 5 5）‖

门。

「【小锣住头】二人下车，进门。

王熙凤 妹妹请坐。（一让）

尤二姐 慢来，到在府中，我越发地应当侍立了。

王熙凤 （假意地）你我并非嫡庶，何必太谦哪！

尤二姐 如此，多谢大娘。（施礼）

王熙凤 别这么大娘大娘的，你是我们珍大嫂子的姐妹，就如同我的（拍胸）亲妹妹一样，干脆就叫我一声姐姐算了。（尤二姐叫不出口）叫哇！（指尤）

尤二姐 如此……姐姐。

王熙凤 哎！（右手拍腿）我的好妹子。

「【小锣一击】王示意二姐坐，尤二姐坐“大边”跨椅。

王熙凤 （向平儿）快叫秋桐！

平　儿 秋桐快来！

「【小锣一击】秋桐从“上场门”上，进门站“小边”。

秋　桐　来啦！二奶奶您叫我什么事呀？

王熙凤　快给我妹妹磕头见礼去！（右手指二姐）

秋　桐　哟！你多会儿又出来这么个妹妹呀！（指二姐，走到“大边”）

王熙凤　你不知道，这是咱们珍大嫂子的妹妹（左手点指），尤家的二姐，不是跟我的妹妹一样吗？（双手摊掌）

秋　桐　尤二姐许配张华了，上咱们这儿干什么来了？（双手摊掌）

王熙凤　你不知道，只因二爷爱她美貌（右手在右颊前托掌），用我的（右手抚胸）九龙玉佩定她为妻（指尤二姐），她如今已然身怀有孕了。

秋　桐　她有孕了（看尤），那我这儿也有孕哪（右手指肚子）。

王熙凤　咳！（右手拍腿）你可（点指秋桐）哪儿比得了她呀！（指尤）连我呀（右手抚胸），还让她三分哪！（右手伸三指）

秋　桐　（气的叉腰、瞪眼）二奶奶呀！（拱手）

〔二黄摇板〕

【凤点头】(过门同前) 3 3 1 2 3 2 1 2 | 1ᵛ 3 2 1 2 3 3 2 1 1 2 ‖

天不怕来地不怕，岂能屈膝来跪她。

（气势汹汹地站在尤二姐旁边、瞪尤）

〔**【小锣抽头】**贾琏从“上场门”上，至右台口。

〔二黄摇板〕

贾　琏　(6̣ 5̣ 3 2 2) 2 1 2 ³2 2 | 1 2 2 1 - ᵛ 5̣ 6̣ 3 2 2 3 - | 5̣ 6̣ 1 ³2 - (2 2 2 1 6̣ 1 2) ‖

事已毕先到花枝巷，谁知二娘转还家。

（右手按掌）

（右手向左指）

〔**【小锣一击】**进门见尤二姐。

贾　琏　（急切地）你怎么进府来了？

尤二姐　是大娘（拱手）接我来的。（右手抚胸）

贾　琏　你就不该来！（甩右袖）

王熙凤　哎……（一扬手帕）你娶她也瞒着我，我偏知道了（点头、右手抚胸）是我把她接进府来的（右手按掌），省得别人背地里尽说我吃醋拈酸的。（一甩手帕）

贾　琏　但愿你宽宏，永远如此。

王熙凤　你放心吧，总是这样的。妹妹（朝尤）这间屋子（右手下指）就是给你准备的，（指尤）你就在这歇着吧，我不陪你了，平儿，咱们走。

秋　桐　哎！二奶奶，你怎么走了？（招右手）

王熙凤　（看尤又看秋桐）我让了。

秋　桐　（双手叉腰）这么好的缺，你让了？

王熙凤　我让了。（点头）

秋　桐　你让（指王）我不让（摆右手）！我不让！（双手一扬，归“大边”）

王熙凤　瞧你的。（左手点指秋桐）

「【小锣一击】王熙凤从“上场门”下；平儿随下。

贾　琏　大娘待你如何？（右手摊掌）

尤二姐　为人倒也宽宏。（点头）

贾　琏　今晚嘛，我就住在你的房中啊。

尤二姐　（忙摆手）不，你还是住到大娘的房中去吧！（右手向右指）

秋　桐　（走过来拉贾琏）二爷走！

贾　琏　哪里去？

秋　桐　到我房间里去。（左手向左指）

贾　琏　你那里我不去。（摆右手摇头）

秋　桐　我说你是怎么回事（双手叉腰）？一叫你上我的房里，你就别别扭扭的（右手点指贾琏）。你打算怎么着你？

贾　琏　我怕呀！（抖左袖）

秋　桐　你怕什么？我又不咬你（右手指贾琏）。我的二爷呀！

〔二黄摇板〕

【小锣凤点头】（过门同前）2 2　1 2　1 2 1　2 2　1 3　2 3 2　1 1　2 - ‖

手拉　二爷　走了　吧，请你　会　会 母　夜　叉。

（用左手拉贾琏左手，贾琏甩开左手）　（用右胳膊挎贾琏左胳膊）

〔二黄摇板〕

贾　琏【小锣凤点头】（过门同前）6. 2　1 2　2　1 3　2　2 1　1 2

散　了　吧　来　散　了

（左手抖袖摇头）

1　2 1　1. 2　3　-　2 1　1　2 ‖

吧，　也 不　陪　你　也 不　陪　她。

（左手指秋桐）　（看尤二姐感到身不由己）

你那里我也不去，（摆左手）她那里（看尤摇头）我也不去，我还是往大娘房中去呀。（抖左袖）

「【小锣一击】贾琏从“上场门”下。秋桐望贾琏的身影。

秋　桐　你还怪不错你（双手叉腰），我拿猪头还找不着庙门来吗？姓尤的，过来！（叫尤

二姐）

尤二姐 啊，姐姐。

秋　桐 谁是你的姐姐！（一扬右手看尤）我问你，这花谁给你买的？

尤二姐 是二爷给我买的。

秋　桐 衣服谁给你做的？（上下指尤）

尤二姐 也是二爷与我做的。

秋　桐 （指尤）给你买，怎么不给我买？

尤二姐 我哪里晓得。（双手摊掌）

秋　桐 我倒挺喜欢的，你这就给我，脱！（指尤）

尤二姐 少时进得房去，与你摘花、脱衣。

秋　桐 少时呀，不等，（摇头、摆手）现在就给我脱！（向前欲抢）

尤二姐 （急躲）哎呀，你不要逼我，（摆双手）待我自己脱来。

正是：（扎）红颜多薄命，（脱衣）

今日遇恶魔。（看秋桐）

秋　桐 少说废话，你才是恶魔哪！（指尤）

尤二姐 拿了去吧！（将脱下的衣服递与秋桐）

秋　桐 拿去呀，（秋桐不接，命令地）给我穿上。（尤二姐忍气给秋桐穿衣）

〔**【小锣五击】**尤二姐拭泪从“下场门”下。

〔**【小锣一击】**秋桐两手抻着袖子一看，乐了。

秋　桐 真是的，人是衣服马是鞍，她穿上好看，我穿上（双手向下一撣）啊，嘿！更美啦（双手一拍腿）！

〔**【小锣原场】**秋桐左看右看心中乐滋滋，摇头晃脑地从“下场门”扭步下。

第　九　场

摧　芳

〔**【小锣抽头】**贾琏从“上场门”上，至台中。

〔二黄摇板〕

贾　琏 （过门同前） 2 3 2 1 2 3 2 1 2 1

事 有 万 般 猜 不 定，

（摆右手）

2 1 2 2. 3 1 2 3 2 3 2 1

嫉 妒 人 改 作 大 量

（右手抚胸）

6. 1 , 2 (2 2 2 5 6 1 2 -) ‖

人。

大娘快来！

〔【小锣五击】王熙凤从“上场门”上。

王熙凤 二爷，你不在我尤家妹子房中，到我这里干什么来啦？

贾 琏 可恨秋桐这丫头拈酸吃醋，你想个主意劝解于她才好哇。

王熙凤 这是太老爷赏的（拱手），教我可有什么主意呀（双手一摊）。

贾 琏 （央求地）你与我想个法儿吧！

王熙凤 往后再说吧（一扬左手）。

〔【小锣长丝头】平儿急上。

平 儿 恭喜二爷，二奶奶，新二奶奶就要临盆了。（右手外指）

贾 琏 此是大喜之事，（招呼平儿）快快唤稳婆前来。

平 儿 是！（欲下）

王熙凤 回来。（平儿止步）二爷，我虽然没养活过儿子，可添过闺女。她还早着哪，呆会儿我亲自（右手抚胸）给她收生（右手按掌）不更好吗？（向贾琏双摊掌）

贾 琏 （点头）你我前去观看。

〔二黄摇板〕

【小锣凤点头】（过门同前）6̣ 2 1 2 ³2 3 2 2 1 1 2 1̇ – |

倘 若 生 儿 有 后(哇) 胤，

（右手按掌）

〔【小锣抽头】众人圆场；拉二道幕设帐。至右台口。

王熙凤 （过门同前） 5 2̇ 5 6 7 6 6 5 3 5 6 6 ¹̇5 ‖

贾 家 又 有 继 承 人。

（右手按掌）

〔二道幕拉开，尤二姐坐帐内；众人进门。

贾 琏 二娘！（向前）

〔【大锣导板头】王熙凤、平儿站“小边”，贾琏站“大边”。

〔二黄小导板〕

尤二姐 サ（ 6̣ 5̣ – 3 – 2 – ¹6̣ 6̣ 6̣ ⁶5̣ – ）

6 2̇ 1̇ 2̇ ³̇2̇ ³̇2̇ 2̇ 3̇ 7 6

腹 内 疼 痛

6 35 3 2̇ 6. 1̇ 2̇ 2̇ 1̇ **【撕边一击】**

难 扎 挣；（贾琏扶尤二姐起；王熙凤见状不悦）

〔亮弦〕

サ（6 5 6　7 6　1　－）【纽丝】サ（6　5　3　2　3　3　2·　1

王熙凤白：“嗯！”

（王熙凤冷眼看尤二姐，正与尤二姐目光相对，尤二姐痛苦地摇头）

（贾琏扶尤二姐出帐，尤二姐艰难地走至台中）

6　5　－）7 6　5 6　7　7　7（八大）7　6

只　见　夫　君　与　大

（双手拉扶贾琏，看着贾琏）

（王熙凤面朝前，尤二姐见王熙凤又惊又怕地）

6　6·　5　3 5　6　6　5　－（仓）i 5

夫　人　（呐）。　今　日

（右手指王熙凤）　（看贾琏）

6　6　6　6　5 6　i【冷锤】【乱锤】【纽丝】

奴　身　疲　乏　紧，

（腹痛倒吸一口气）（痛苦地摇头，倒三步）（强作扎挣站定）

（过门同前）5　5 6　7　7　7　7　7　6

想　是　娇　儿　（他）要　临

（双手扶贾琏眼含羞涩和欣喜又突然感到腹痛难忍，贾琏忙扶尤二姐入帐）

6　5　3. 5　6　6　3　3　5　－‖

盆。

〔【大锣抽头】王熙凤右手扶鬓看尤二姐，略思。

〔二黄摇板〕

王熙凤　（过门同前）3 6　5　6　6　6 3　5 6　i【大锣凤点头】

假　做　欢　容　把　话　论，

（右手在右颊前托掌）

（过门同前） 2̇ 2̇ 2̇ 5 6 7 6 6 5 3 5 6 6 5 ‖【大锣住头】
你今 保 重要留 神。
（右手按掌）

妹妹，你是初生初养，（左手指尤二姐）可要保重啊。（两边一看）哎，怎么没人哪！（向平儿）给我叫秋桐去。

尤二姐 大娘你唤哪一个？

王熙凤 叫秋桐伺候你呀。

尤二姐 啊！（心惊）她的性情不好，你不要唤她。（摇头、摆右手）

王熙凤 （假意地）不要紧的，都有我呢。（右手拍胸）

尤二姐 啊，二爷，（求助地）不要唤她。

贾　琏 不妨，（劝慰地）有我在此。

平　儿 秋桐快来！

〔【小锣五击】秋桐从“上场门”上；王熙凤向前将帐子放下。秋桐边走边应：“来了！来了！”

秋　桐 二爷，二奶奶。

贾　琏 （惊）啊，二娘的衣服怎么你穿上了？（右手指秋桐）

秋　桐 什么她的（一扬左手），你拿钱买的，谁不许穿哪？

贾　琏 一样之人，你不要欺压于她呀！

秋　桐 谁欺侮她了。（嘟囔着）

贾　琏 还不与我脱下来！（抖右袖）

秋　桐 脱下来就脱下来，我还不爱穿呢（解纽扣）。平儿，给我脱下来。（平儿给秋桐脱衣）

王熙凤 秋桐，这话二爷说的对，都是一样的人，你可别欺侮她（左手指帐里）。你虽然是太老爷赏的，你可哪儿比得了她呀！她是二爷的心尖子（看秋桐右手拍胸），你可别拿鸡蛋往石头上碰！

秋　桐 你这就不对了，不该长她人的志气（指帐里），灭我的威风（右手拍胸），你怎么拿我比鸡蛋哪！（双手摊掌）

王熙凤 听我跟你说（往前拉秋桐），她快生养了，今日个要你在这屋里伺候她的月子，伺候也得伺候，不伺候也得伺候！（用眼神示意，秋桐领会）

秋　桐 哎，伺候着。

王熙凤 二爷，天还早着呢，你先料理公事去吧。

贾　琏 是。

〔【小锣一击】王熙凤掀开帐子，贾琏看尤二姐后，从“下场门”下；王熙凤将尤二姐扶靠床上。

王熙凤 秋桐，你要小心伺候，我一会儿就回来。

〔【小锣一击】王熙凤见尤在昏睡，右手握拳暗示秋桐虐待尤二姐；秋桐会意点头。

秋　桐 哎！

〔【小锣一击】王熙凤冷冷一笑，出门。站前台口。

王熙凤　来旺儿，快来。

〔【小锣一击】来旺儿从“上场门”上。口应：“来了。”

来旺儿　二奶奶，什么事？

王熙凤　待一会儿我跟二爷说话的时候，你想着来报个信儿。

来旺儿　我报什么呀？

王熙凤　你就说她（左手后指）的前夫张……

〔【小锣一击】王熙凤招手与来旺儿耳语；平儿偷听。

来旺儿　（点头）是啦。（下）

王熙凤　（缓了一口气）我都安排好了，我也该歇会儿去了。

〔【小锣五击】王熙凤转身背右手，从“上场门”下；平儿定神思索。

平　儿　哎呀慢着！（台）看我们二奶奶鬼鬼祟祟的，有害新二奶奶之意（右手指帐里）。想我们（右手抚胸）都是一样的人，我能见死不救吗？（双手摊掌）哎！（以右拳击左掌心）我一个做奴婢的（右手抚胸）又有什么法子呢？【小锣一击】我只好略尽其心吧（右手按掌）。我不免取点安胎药酒，叫她将养将养身体。

正是：（扎）可叹花如貌，

偏偏入笼牢。（“上场门”下取药端复上）

叫人无计较，【小锣一击】（见秋桐）

秋　桐　哼！

平　儿　又见大老妖。（瞪秋桐进门归“小边”）

秋　桐　好说，你个小辣椒！

平　儿　我说二奶奶，这儿有一碗安胎药酒，您吃下去吧。（递药）

尤二姐　多谢姐姐美意。【小锣一击】（接药一看）我心中难过，吞吃不下。（秋桐见尤二姐没喝抢过来喝下）

平　儿　你怎么喝了？

秋　桐　她喝得，我就喝不得吗？

平　儿　人家快生养了。（左手指尤二姐）

秋　桐　我这儿也快了。（右手拍肚子）

平　儿　（气忿地）都是一样的人，你可别欺侮她。

秋　桐　欺侮她是好的，（左手叉腰；右手指尤）惹急了我还揍她呢！

平　儿　你敢打（右手斥指秋桐）。

秋　桐　不敢？（叉腰）我说打就打，（右手拍胸）你瞧着吧！（右手指平儿）

〔【纽丝】秋桐将左、右袖子挽起；尤二姐无助、害怕地望着秋桐摆手，求其罢手。

〔二黄散板〕

秋　桐　サ（$\underset{\cdot}{6}$　$\underset{\cdot}{5}$　3　2　1　$\underset{\cdot}{6}$　$\overset{6}{}5$　–）　5 1　2 1　2 2　1　– |

要　打　要　打　偏　要　打！

（左手叉腰，右手指三姐）

〔【冷锤】秋桐向前将尤二姐揪倒在地。【乱锤】秋桐没头没脑地乱打；平儿急向前拉秋桐；尤二姐急忙用双手拦挡。

〔【纽丝凤点头】王熙凤从“上场门”上，至右台口。

红楼二尤

〔二黄散板〕

王熙凤　サ（3　2　1　6　5）2　2　5 6　7　3 5　6 5　6. 1　5 ‖

不　知　何　事　闹　喳　喳。

（右手摊掌）

〔【小锣住头】王熙凤进门，平儿、秋桐见王进门；都要急于表白自己，二人同时拉王，秋桐往“大边”拉；平儿往“小边”拉，王熙凤左右瞧二人。

秋　桐　我先说。（又往“大边”拉）

平　儿　我先说。（忙向“小边”扯）

王熙凤　平儿！【撕边一击】（斥责地）一点规矩都没有了。（二人忙放手）一个说了（右手示意秋桐）一个再说（看平儿）。拉拉扯扯的干什么。（向秋桐前凑了一步）秋桐你先说。

秋　桐　哪儿呀！（指平儿）她把你的（指王熙凤）药酒给她（指倒在地上的尤二姐）拿来了，我喝了一口（右手抚胸），她（指平儿)开口就骂人。她骂人,不许我打人吗?

〔【小锣一击】王熙凤怒视平儿。

王熙凤　人家养猫为的是拿耗子，我养的猫专门咬鸡！

〔【小锣一击】王熙凤右手指平儿、瞪着眼。回头又向“大边”走两步。

王熙凤　秋桐你也不对呀！叫你好好伺候着，怎么不好好伺候呢?

秋　桐　（赌气地）这不是好好伺候吗。

王熙凤　听我跟你说，她（指尤）可快要生养了（右手按掌），将来她养的儿子长大了，可要打你的！（挑拨地右手点指秋桐）

秋　桐　敢！我先打她。（右手指尤）

王熙凤　（激秋桐）你？我瞧你不敢。（左手点指秋桐）

秋　桐　你不信（双手叉腰、摇头，王笑着看秋桐）你瞧着（右手指王）我说打就打。

〔【撕边一击】秋桐拳打尤二姐；平儿想拦见王熙凤瞪她没敢拦。【冷锤】秋桐用脚踢尤二姐，二姐不支倒地。

王熙凤　（假意拦）哟，秋桐，你怎么打她呀！妹妹醒来！

〔【大锣导板头】王熙凤近前看。

〔二黄小导板〕

尤二姐　（过门同前）　2　2　2　2　2. 3　7 6　6 3　5　6　6　1 -

雨　打　残　花　遭　横　暴，

〔【乱锤】尤二姐挣扎抬起头。【纽丝凤点头】欲起手扶地但无力撑起。

〔二黄散板〕

尤二姐　サ（3　2 1　6　5）5. 2　7 6　5　6 2　7.　7

叫　人　此　刻　就

（左手扶地、摆右手、摇头）

6 6 5 3. 5 6 6 5 （3 2. 1 6 5 －）i 5

难 打 熬。 （仓） 霎 时

5 7 6 6. i 6 i 2 2 i 【撕边一击】 【乱锤】

腹 内 如 刀 绞，

（左手推地欲起） （疼痛难忍的腹痛迫使她坐地）

〔【纽丝凤点头】王熙凤见此状，假意向前搀扶。

王熙凤 妹妹怎么样了？

〔二黄散板〕

尤二姐 （过门同前） 2 2 3 7 6 5 6 2 7 6

十 月 怀 胎 到

（向王熙凤投入求援目光）

6 6 3 5 3. 5 7. 6 5 6 6 5

今 朝。

（痛的倒抽冷气）

〔【快原场】尤二姐腹痛加剧，平儿欲扶，王看平儿，平儿不敢动，秋桐扶尤二姐入帐临盆。小儿哭声，秋桐将小儿从帐中抱出。

秋　桐 二奶奶生了，还是大胖小子！

王熙凤 洗孩子去。（又气又急示意秋桐）

秋　桐 哎！（欲下）

王熙凤 回来（招左手）哪儿洗去？

秋　桐 后头洗去。

王熙凤 使什么水洗呀？（右手摊掌）

秋　桐 使温水洗呀！

王熙凤 温水，要是激着孩子，你担待得起吗？

秋　桐 那用什么水洗呀！

王熙凤 用开水。（右手按掌掸动三下）

秋　桐 啊，开水！下得去手吗？

王熙凤 你不会用水浇吗！（右手点指）

秋　桐 那一浇不就浇死了。

王熙凤 我叫你浇，你就给我浇！（指秋桐）

秋　桐 好啦，你叫我浇我就浇，浇死了没我什么事！

〔【小锣一击】秋桐从“下场门”下。【撕边一击】幕内小儿惨哭，秋桐抱死婴上。

尤二姐 啊姐姐，我儿因何啼哭？（着急地望着王熙凤）

王熙凤 说的是呀，秋桐，你怎么把孩子洗哭了？

秋　桐 哪儿呀！哪儿呀！他洗舒服了。

尤二姐 （着急地）快抱与小妹吧。

秋　桐 给你瞧瞧。【小锣一击】（递进帐内）

〔【撕边一击】尤二姐惊抱死婴出帐。

尤二姐 啊，姐姐，我的儿子（看死婴）他他他……怎么死了？

王熙凤 怎么着，死了，我瞧瞧，（过去一看）我的儿吓，（扬起双手再拍腿）【撕边一击】（暗暗得意）（向平儿）有请二爷！

平　儿 有请二爷！

〔【冲头】贾琏从“上场门”上。

贾　琏 何事惊慌？

王熙凤 （假着急）你快看看吧，我妹妹刚养活个儿子，一落草就死了。（假哭）

贾　琏 待我看来！【撕边一击】（抱死婴一看，大惊）怎么一身水泡呀？

王熙凤 （指秋桐）都是秋桐这丫头干的。

〔【快冲头】来旺儿从“上场门”上。

来旺儿 启禀二爷，大事不好啦！

贾　琏 何事惊慌？

来旺儿 张华把您给告下来了！

贾　琏 告我何来。

来旺儿 告您霸占他的媳妇。

〔【冷锤】贾琏惊呆、双手垂袖。

王熙凤 快料理你的官司去吧！

〔【冷锤】贾琏甩右袖急从“下场门”下。

尤二姐 啊！（惊急出帐）【冷锤】二爷！【冷锤】（招右手，欲追出门外；王熙凤用手一拦，【冷锤】王熙凤冷眼看尤二姐）

王熙凤 你没瞧见吗？二爷都打官司去了，（右手向外指）你是个月子人，出得去吗？（右手摊掌）那不是为你呀！（右手点指尤）自你进得门来，搅得我们家宅不安哪！

秋　桐 真是的，自打你进得门来（右手按掌），搅得我们乱七八糟的，（双手一摊）你还不害臊哪，你可怎么好啊你！（右手点指尤）

〔【大锣一击】尤二姐百感交集地向后退步；痛苦地摇了摇头。

〔二黄原板〕

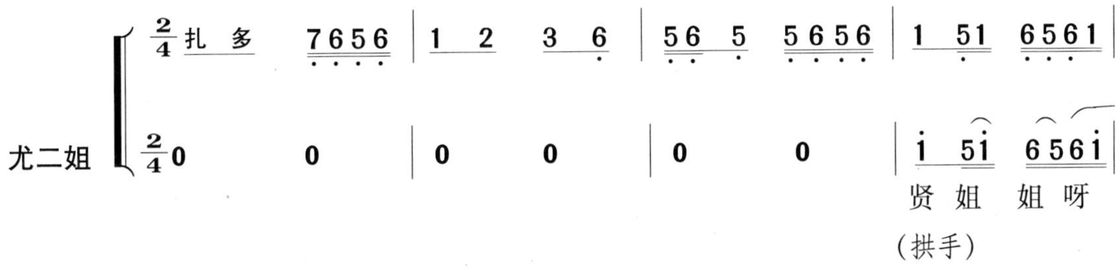

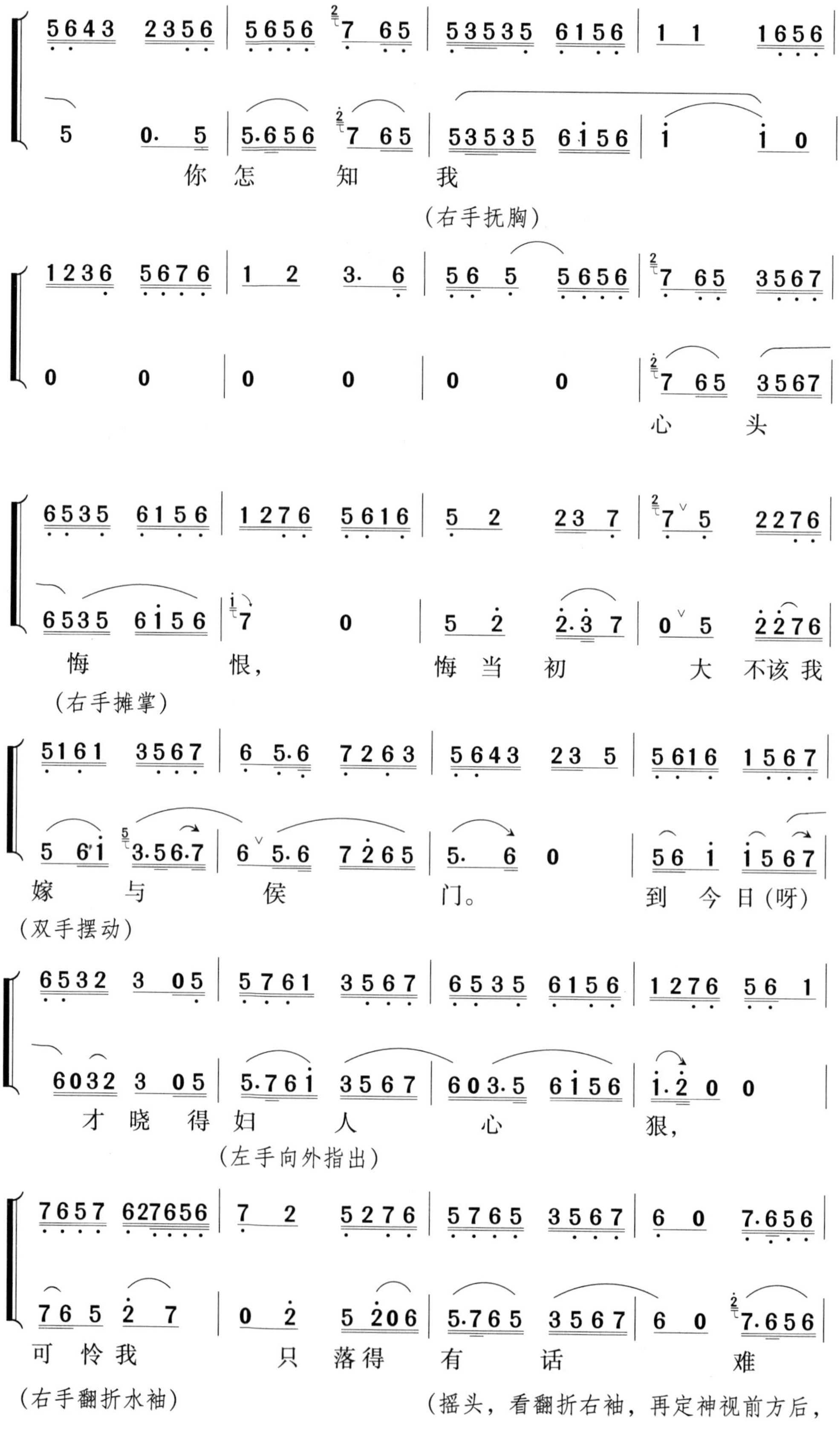
你怎知我
(右手抚胸)
心头
悔恨，悔当初大不该我
(右手摊掌)
嫁与侯门。到今日(呀)
(双手摆动)
才晓得妇人心狠，
(左手向外指出)
可怜我只落得有话难
(右手翻折水袖)
(摇头，看翻折右袖，再定神视前方后，

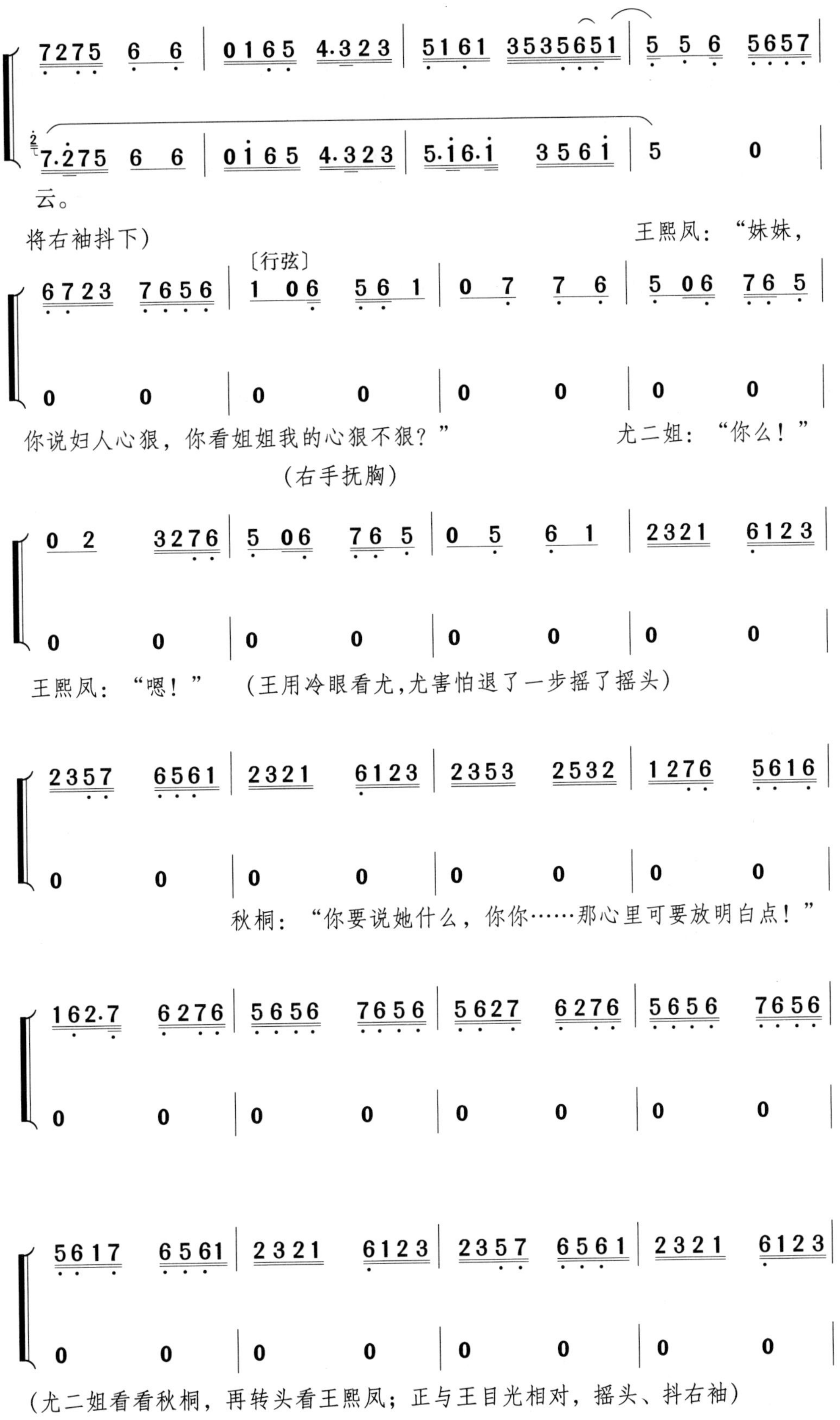
云。
将右袖抖下）
王熙凤：“妹妹，
〔行弦〕
你说妇人心狠，你看姐姐我的心狠不狠？”
尤二姐：“你么！”
（右手抚胸）
王熙凤：“嗯！”
（王用冷眼看尤，尤害怕退了一步摇了摇头）
秋桐：“你要说她什么，你你……那心里可要放明白点！”
（尤二姐看看秋桐，再转头看王熙凤；正与王目光相对，摇头、抖右袖）

〔二黄原板〕

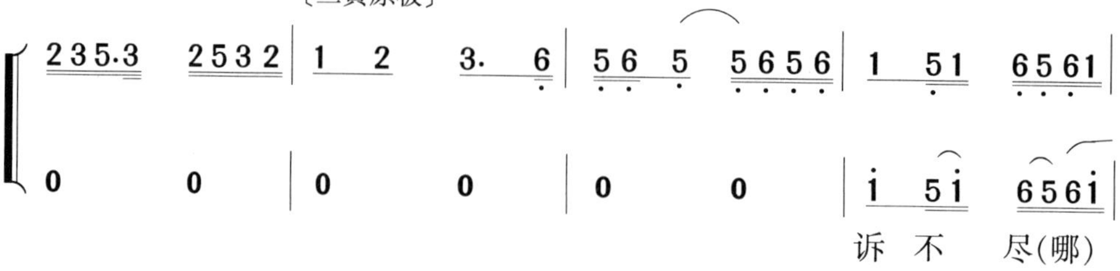

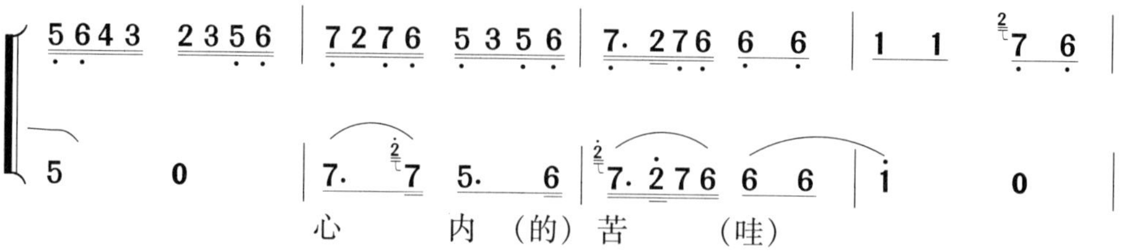

（右手揉胸）

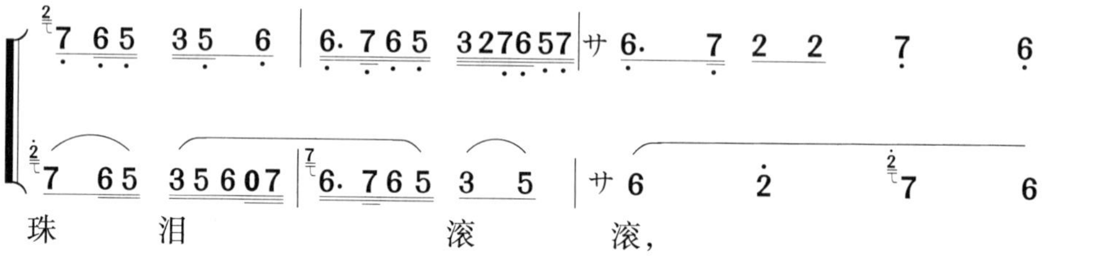

（右手在右颊前托掌）

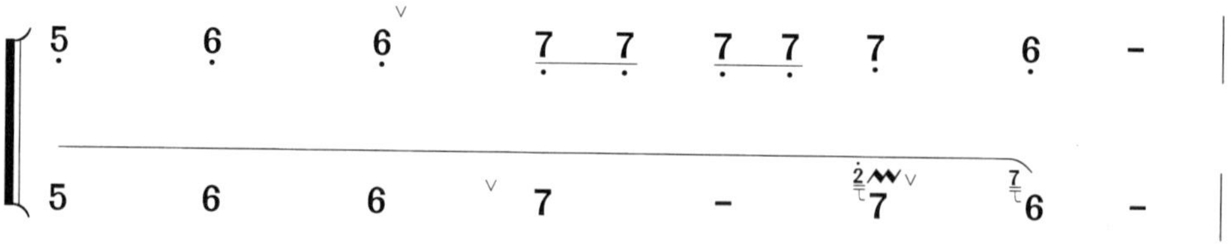

〔亮弦〕

〔【撕边一击】（6 5 7 6 －）尤二姐双目失神注视着死婴；紧紧将死婴抱在怀里，尤二姐感觉孩子还在动，她心中燃起一线希望。【大锣凤点头】她目不转睛地看着死婴。

〔二黄散板〕

尤二姐　（过门同前）

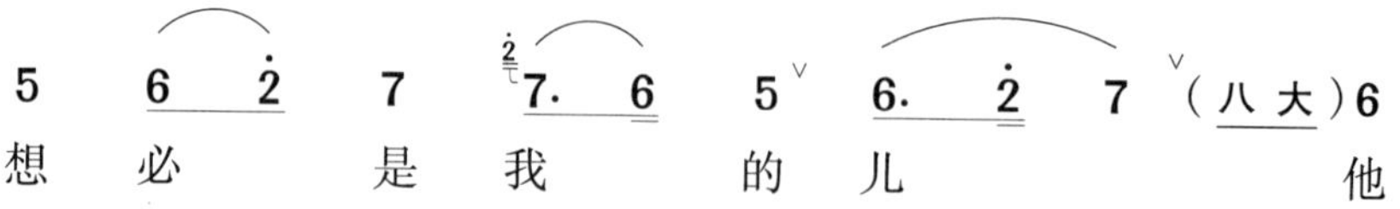

（先看怀中抱着的死婴，慢慢眼中呈现出希望

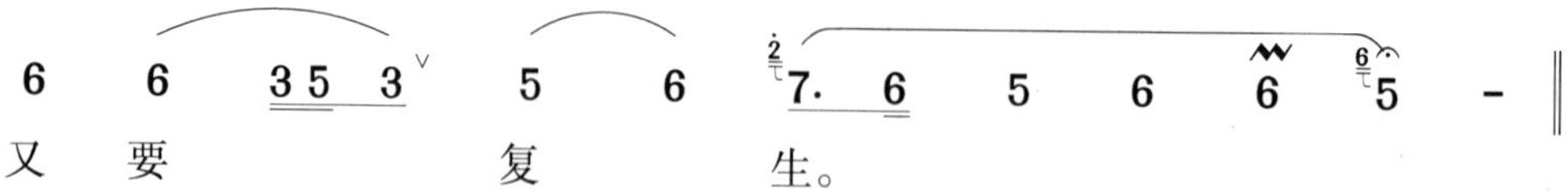

祈盼的目光）

〔【大锣住头】尤二姐抱着“孩子”向王熙凤走去。

尤二姐　啊，姐姐，我的儿子，他活转过来了……（手拍着外面裹着的被子）

王熙凤 妹妹，他死就了，活不成啦！（摆左手）

秋　桐 对了，早就死就了，活不成啦！（摆双手）

〔【一锤锣】尤二姐彻底绝望，脚步踉跄地归到帐里。

王熙凤 秋桐，拿药去！

平　儿 我去。（欲走）

王熙凤 回去！【小锣冷锤】我叫你去了吗（瞪平儿）？多管闲事！

秋　桐 你巴结这差事干吗！

〔秋桐从“下场门”去端药，复上。

王熙凤 （示意）是那个吗？

秋　桐 是那个（点头），没错儿。（递）

王熙凤 妹妹，我这儿有安神的药（右手端碗），还有金戒指一个做药引子，你一块把它喝了就好啦。

尤二姐 这个……（惊怕摆动双手）

〔平儿见状急拦。【大锣叫头】

平　儿 哎呀，二奶奶（拱手）！从古至今也没拿金子做药引子的，你心里可放明白点，万万喝不得。（忙摆双手）

王熙凤 平儿，你少说话！（厉声地）

〔【大锣叫头】尤二姐从帐中站起，拱手。

尤二姐 哎呀，大娘啊——我与你往日无冤、近日无仇，方才我儿一死，分明就是你……【小锣冷锤】（右手指王熙凤）

王熙凤 是我（右手抚胸）怎么样？（逼一步尤二姐）我怎么样！

尤二姐 这个……哎，我儿已死，也就罢了。你又何必苦苦要害我的（双手抚胸）性命，你（右手指王熙凤）；【撕边一击】你；【撕边一击】（向王熙凤下跪）你饶了我吧！

〔【快原场】尤二姐跪着爬行向前，拱手求饶。

王熙凤 你们瞧，这是哪儿的事（双手摊掌），好心好意给她药吃，她倒说起饶命二字来了。秋桐，她不喝怎么办？

秋　桐 她不喝，灌她！

王熙凤 灌！

〔【冷锤】秋桐连推带拉将尤二姐扯入帐内。

尤二姐 （绝望地）二爷！二爷！

〔【乱锤】秋桐捂尤二姐嘴灌药。【冲头】尤二姐已气息奄奄。

秋　桐 （讨好地）啊，二奶奶，药是灌下去了，我这场功劳不小了吧！（右手拍胸）

王熙凤 什么？你还有功劳吗？跟你说，我跟二爷盼儿子心盛，今天好容易有了儿子了，不想你（右手指秋桐）把他给弄死啦。我这药也有富余（右手按掌），我还给你准备了一份呢！平儿！拿药去。

秋　桐 得啦，二奶奶，您就饶了我吧！（央求地）

王熙凤 （点头）好哇，传来旺儿！

平　儿 来旺儿，快来！

〔【小锣五击】来旺儿从“上场门”上。向王熙凤施礼。

王熙凤 来旺儿，我把秋桐赏给你啦，带了走吧？（一扬右手）

来旺儿 谢二奶奶。（朝秋桐）走吧！

秋　桐 上哪儿去呀？

来旺儿 跟我走，过日子去！

秋　桐 （气急败坏地）哈哈！你好厉害呀！（右手点指）你利用完了我啦（右手抚胸），也叫我走（右手撒掌）。（一想）走就走，不走我也跟尤二姐一样的下场。

来旺儿 走吧！（向前拉秋桐，从“下场门”下）

〔**【冲头】**贾琏从“上场门”上。

王熙凤 你回来啦，好。（双手一拍）你快去看看她吧，我妹妹病得厉害！（假哭）

贾　琏 （快步掀帐，看）哎呀二娘，你这是怎么样了？

〔**【大锣导板头】**贾琏极为伤心地扶着尤二姐，轻声地嘘泣。

〔二黄小导板〕

尤二姐 サ（6 5 - - 3 2 - ¹6 6 ⁶5）6 2 i i
后　悔

（贾琏扶尤二姐坐椅子上）

2 ³2 - （2 1 6 6）2 2.3 ²7.6
当　初

6 3 5 6 ⁷6 ⁷6 i（八 大 仓）**【乱锤】**
一　念　差，

（尤二姐出帐站不稳贾琏扶）

〔**【大锣凤点头】**贾琏扶尤二姐向前走两步。

〔二黄散板〕

尤二姐 （过门同前）5 2 2.3 5 6 2 ²7 ²7. 7
不　该　失　足　我

（八 大）6 6 3 5 7 7 ²7 ²7. 6
做　墙　花　（呀）。

（扶贾琏哭眼看，而不止抽泣）

（右手抖动着指出）

5 6 6 ⁶5 - （3 2 1 6 6 ⁶5）
（仓）

i i 5 7 6 6 3 5 6 i 2 2 5
今 朝 一 死 归 泉 下，死 无 面

6 2 ²7 （嘟 大八 大八） 0 7 6ᵛ 6 6 5
（呐） 目 （我） 见 张
（伤心地抽泣） （右手指出）

3. 5 6 6 ⁶5 –【冷锤】【乱锤】【大锣凤点头】
华。
（腹内剧痛，双手分别将水袖翻折起，双手抱肩袖）

〔二黄散板〕
サ（6 5 3 2 2 1 6 6 ⁶5 – ） i 5
浑 身

6 ⁷6ᵛ 6 ⁷6ᵛ ³2 ³2 6. i 2 2 i
疼 痛 难 挣 扎，

サ（0 5. 6 7 6 1 – ） 2 2 –³ 7. 6
（八大台 顷 0 仓） 分 明
（左手指贾琏）

5 2 ²7 – 6 6 3 5 3. 5ᵛ i i ²7
你 是 恶 冤 家 （呀）！

6 5 6 2 7 ²7 6 5 6 6 ⁶5 – ‖
（跺右脚，左手指贾琏额头）

王熙凤 妹妹，你要多保重啊！

〔【纽丝凤点头】尤二姐慢慢转头失神地望着王熙凤。

〔二黄散板〕

尤二姐（过门同前） i 6. 3 5 6 6ᵛ 0 6 6 6 5 6 i –
王 熙 凤 殷 勤 她 都 是 假，
（右手向右指向贾琏看）

（5. 6 7 6 1 – ） 5ᵛ 2 2. 3 7 6
（嘟…… 仓） 平 姑 娘 （的）
（向平儿下跪） （双手翻折水袖，平儿扶尤起）

5 6 2 7 （八 大） 7 6 - 6 4 3
仁 （呐） 义 就 胜

2 - 3 3 5 - 【一击】【纽丝凤点头】 5 5 7
于 她。 倒 不 如
（左手指王熙凤） （腹痛）

6 6 2 2. 3 7 6 6 i -（嘟 仓 大）
把 我 活 焚 化！

〔行弦〕
1/4（1 56 | 1 2 | 7656 | 1 0 | 1 56 | 1 2 | 7656 | 1 0 | 1 56 |
王熙凤白：“我们荣国府的规矩，年轻的死了，都用火烧！”
（右手抚胸） （右手指出）

渐慢
1 2 | 7656 | 1 0 | 1 56 | 1 2 | 7656 | 1 - | 1 - ）|
（八 大 仓）
（尤二姐亮住相；失神凝视前方）

［【纽丝凤点头】尤二姐身体不支，平儿、贾琏相扶。

〔二黄散板〕 慢速
尤二姐 （过门同前） 5 5 6 7 7 7 0 7 6 6 3. 5 3 5
痛 断 了 肝 肠 （我）染 黄
（右手抚肚）

7 7 2 7 6 5 6 6 4. 3 3 5 - ‖
沙 （呀）！

［【软四击头】尤二姐向右三倒步；贾琏白：“二娘，二娘！”【软四击头】尤二姐向左三倒步；平儿白：“二奶奶！”（八大仓）尤二姐倒地；贾琏跪哭。平儿跪。

王熙凤 准备干柴，烧死人哪！（右手指出）

［唢呐慢奏<尾声·合头>，落幕。

——剧 终